KB121297

괴물
공작가의
계약 공녀

괴물 공작가의 계약 공녀 4

2020년 02월 17일 초판 1쇄 발행
2021년 04월 14일 초판 2쇄 인쇄

지은이 리아란
발행인 이종주

기획 편집 송영경
경영 지원 배진경
마케팅 김정수

발행처 (주)로크미디어
출판 등록 2003년 3월 24일
주소 서울시 마포구 성암로 330 DMC첨단산업센터 318호
편집문의 (070)7863-0342 **구입문의** (02)3273-5135
홈페이지 rokmedia.blog.me
E-mail queens@rokmedia.com

값 12,500원

ISBN 979-11-354-5846-0 04810 (4권)
ISBN 979-11-354-5842-2 04810 (세트)

IV

괴물
공작가의
계약 공녀

리아란 장편소설

Queen's
Selection

Contents

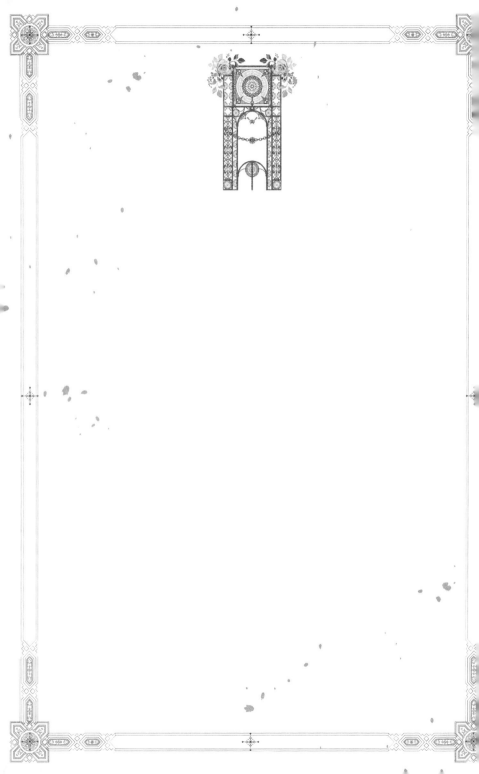

에필로그

셀바토르 공작은 스페라도 후작저 앞에서 눈을 찡그렸다. 분명히 이 자리에는 고풍스럽지만 우아한 저택이 서 있었다. 비록 속은 문드러졌지만, 겉만은 공작도 인정할 만큼 아름다운 저택이었다. 하지만 지금 그녀의 눈앞에는 폐가만이 남아 있었다.

어쩜 이리도 잘 불태웠는지, 커다란 저택은 간신히 뼈대만 유지하고 있었다. 이 크기의 저택을 이렇게 깔끔하게 불태우기는 정말 힘들었을 텐데. 정말 여러모로 유능한 남편이었다.

'어쩐지 수도로 돌아오는 길에 불길이 치솟더라니.'

그때는 너무 바빠 바로 신전으로 말을 몰았는데, 하르트를 보내서라도 확인을 해 봐야 했었나.

몰려오는 두통에 셀바토르 공작은 미간을 꾹 눌렀다. 스페라도 저택을 불태웠다는 게 나쁜 게 아니라, 하마터면 수도에 불길이 번질 뻔한 게 문제였다.

"죄송합니다, 공작님."

셀바토르 공작을 따라온 하르트가 면목이 없다는 듯 고개를 숙였다.

"제가 그때 불길을 확인하러 가기만 했었더라도……."

그때 하르트는 공작저로 말을 몰았다. 걱정과 이성에 따른 당연한 행동이었다. 공작저에 들어서서 이불에 꽁꽁 싸여 묶여 있는 에타이들을 보는 순간 걱정도 어이도 함께 사라졌지만.

"아니, 아니지. 설마 그때 그 불을 사이가 지른 거라고 누가 알았겠어."

사고로 난 건 줄 알았지. 공작의 말에 하르트가 고개를 끄덕였다.

"셀바토르 공작님."

어떻게 이걸 처리할까 고민에 빠진 공작의 옆으로 한 남자가 다가왔다. 투실한 배를 내밀면서 남자는 연신 땀을 훔쳤다.

"아아, 라본 백작."

그녀는 곧 그를 기억해 냈다. 4년 전 스페라도 후작과의 재판에서 판결을 내릴 때가 왔다고 외쳤던 백작이었다.

"무슨 일입니까?"

"큼, 제가 이런 말씀을 드리고 싶지는 않았습니다만! 다른 이들을 대표해서 말씀드립니다."

라본은 안 그래도 작은 눈을 찡그리며 얼굴을 구겼다.

"부군을 제대로 타이르셔야겠습니다, 공작님."

"제 남편을 말입니까?"

공작의 눈매가 가늘어졌다. 하지만 그녀의 변화를 눈치채지 못한 아둔한 백작은 고개를 끄덕이며 말을 쏟아 내었다.

"이런 아름다운 저택에 불을 지르다니요. 거기다 자칫 잘못하면 수도로 불길이 번질 뻔했습니다. 분명 용병 때의 더러운…… 아니, 사냥 버릇이 남아 그런 거겠지요."

아주 틀린 말은 아니었다. 방금까지 공작도 생각하고 있던 거였으니까. 하지만 사이레인을 탓하는 건 그의 아내인 자신만이 할 수 있는 것이었다. 거기다 무슨 버릇?

다른 사람들을 등에 업고 자신만만해진 라본 백작은 자신이 해도 될 말과 하지 말아야 할 말을 구분하지 못하고 있었다.

"백작."

공작은 이내 미소를 머금었다. 스산한 목소리에, '이러니 귀족 출신이 아닌 용병 출신'이라는 말을 쏟아 내던 라본 백작의 입이 막혔다.

"시끄럽습니다."

"……예?"

공작의 말에 하르트는 작게 한숨을 쉬며 고개를 흔들었고, 라본 백작의 얼굴은 하얗게 질렸다가 곧 푸르게 변했다가 이내 붉게 물들었다.

"지금 저에게 시끄럽다고 하신 겁니까? 이건 아무리 대단하신 셀바토르 공작님이라 할지라도 너무 무례한 처사 아닙니까!"

"무례는 지금 그대가 저질렀지."

차갑게 가라앉은 공작의 목소리에 라본 백작은 눈을 껌뻑거렸다.

"지금 백작은 내 남편을 모욕했네. 그건 무례가 아니라고 보는가, 백작?"

"아니, 그게, 저는 그냥 제대로 된 지적을 한 것뿐인데……."

"저택을 불태운 것은 도망가려는 스페라도 후작을 잡기 위해 벌인 일이지. 나도, 그리고 황제 폐하도 허락한 일이야."

그런 적은 없지만. 하르트는 마치 사전에 황제와 공작이 미리 허락했다는 듯 근엄한 얼굴로 고개를 끄덕였다. 황제와 공작이 동시에 나오자 라본 백작의 얼굴이 다시 하얗게 질렸다. 그 표정에 공작의 눈가가 더욱 가늘어졌다.

"감히 백작은 폐하와 내 말에 이의를 제기하는 건가?"

"아니, 그건 아닙니다! 제가 그건 몰랐군요. 알았다면 이렇게 오지 않았을 겁니다.”

라본 백작은 민첩하게 두 손을 내저었다. 얼마나 빠르게 움직였는
지 하르트도 놀라 눈을 크게 뜰 정도였다. 하지만 공작의 말은 끝나지
않았다.

“거기다 내 남편의 위치가 고작 백작 위보다 낮지는 않을 텐데.”

“…….”

“아무래도 라본 백작은 제대로 된 예의를 다시 배워야겠군. 귀족 출
신으로서 말이야. 그리고 백작.”

공작은 옅게 웃으며 겁먹은 라본 백작을 내려다보았다. 백작의 얼
굴이 안쓰러울 정도로 희게 질려 있었으나, 그러든 말든 신경 쓰지 않
았다.

“죽기 싫으면 내 남편에게 사과하는 게 좋을 거야.”

살기가 깃든 말 한마디에 라본은 결국 눈물을 머금고 고개를 끄덕였
다. 순식간에 초라해진 라본의 뒷모습을 보며 하르트가 혀를 찼다.

불쌍한 백작은 모르고 있었던 모양이었다. 사이레인이 아내 바보인
만큼 셀바토르 공작도 제 남편을 사랑한다는 사실을 말이다.

“여전히 사랑꾼이십니다.”

하르트의 말에 공작은 당연하다는 듯 무심하게 고개를 끄덕였다.

“그러지 않았으면 결혼도 하질 않았지.”

아니었다면 적군에 용병이었던 남자를 공작가에 데려오지 않았을
것이다.

“그나저나 이걸 어쩐다.”

공작의 미간에 다시 주름이 잡혔다. 거대한 폐허, 거대한 쓰레기.
이걸 어떻게 치운다지?

저택으로 돌아가면 남편을 한 대 때리고 싶은 마음이 간절해졌다.

"맞았나?"

피스토레의 물음에 사이레인이 이를 보이며 환하게 웃었다.

"바짝 엎드려서 빌었지!"

티끌 하나 없이 밝은 대답에 피스토레는 고개를 저었다. 그래, 친구 놈이 안 맞은 걸 다행으로 여기자.

"하지만 레슬리 건은 맞았어……."

사이레인이 순식간에 시무룩하게 어깨를 늘어트렸다. 사이레인 정도 되는 덩치가 어깨를 늘어트리자 귀엽기는커녕 징그러워 보였다. 피스토레는 자신의 눈을 꾸욱 누르며 말을 이었다. 어쩐지 눈을 씻고 싶은 기분이었다.

"레슬리 건이라니?"

아, 설마. 무언가를 알겠다는 듯 피스토레의 눈이 커다래졌다.

"자네, 베스라온이 나한테 했던 그 말투를 레슬리 양에게도 전염시켰나?"

"……."

사이레인이 시선을 피하는 걸로 대답은 충분했다.

"그건 좀 맞아야겠군."

피스토레는 아직도 그날을 기억하고 있었다. 작고 어리던 베스라온이 눈을 반짝이며 '조져 버리겠습니다!'를 힘차게 외치던 그날을. 그 뒤로 어린 베스라온이 말수가 얼마나 줄었던가.

한 남자는 고개를 젓고 한 남자는 시무룩하게 어깨를 늘어트리는 동안, 뒤에서는 테펜텔이 술병 하나를 들고 크게 외치고 있었다.

"그슨 술 가져왔는데 먹을 사람? 사이레인이 다 마시고 두 병밖에 안 남았어!"

"나, 나! 내가 먹어도 되나요? 테펜텔 님?"

어느새 벽에서 굴러 나와 슬그머니 옛 친구들의 사이에 낀 아르트엘이 눈을 빛내며 손을 들자, 테펜텔이 웃으며 커다란 잔에 술을 가득 따라 주었다.

"피스토레의 아내면 내 친구지! 이름이 뭐라고 했지? 아…… 아, 아르……? 뭐 하여튼! 말 놓고 편하게 마셔!"

아르트엘이에요. 다시 자신의 이름을 외치며 황후는 술잔을 받아 들었다.

"안 돼, 내 사랑! 그건 독주나 다름없어! 테펜텔이 주는 대로 먹으면 숨진다고!"

뒤늦게 피스토레가 외쳤지만, 이미 아르트엘의 손에 들린 술잔은 텅 비어 있었다.

"캬! 이거 진짜 맛있다!"

"그치? 마셔, 더 마셔!"

계속해서 술을 따라 주는 테펜텔과 헤실헤실 웃으며 술을 한 번에 들이켜는 아르트엘, 놀라 말리는 피스토레와 '여보야에게 맞았어.' 하고 어깨를 늘어트리고 있는 사이레인. 그 모습들을 보며 공작은 술을 한 모금 들이켰다.

"난장판이군."

저절로 웃음이 지어지는 풍경이었다. 긍정적으로나, 부정적으로나. 분명 새 가문의 이야기와 스페라도 저택의 처분 문제를 말하려고 모인 것인데 순식간에 술판이 벌어졌다.

"좋지 않나요?"

공작의 뒤에 서 있던 제나는 생긋 웃었다. 오랜만에 추억에 잠기는 것도 좋은 일이 아니던가. 하지만 테펜텔이 당당하게 그녀를 가리키자, 제나의 눈이 동그래졌다.

"제나가 말이야! 지팡이로 에타이들을 처때리고 있었다니까?"

테펜텔은 제나를 따라 하듯 술병을 휘둘렀고, 아르트엘이 손뼉을 치며 환한 웃음을 터트렸다. 포기한 듯 피스토레는 턱을 괴고는 중얼거렸다.

"역시 집사도 셀바토르."

테펜텔을 보며 박수를 보내던 아르트엘이 눈을 빛내며 제나를 바라보았다. 한없이 반짝이고 한없이 순수한 눈을 보며 제나가 저도 모르게 한 걸음 뒤로 물러났다.

"멋져라! 나도 그 지팡이술 가르쳐 주면 안 되나요?"

지팡이술이라니. 그냥 지팡이로 쥐어 팬 것뿐인데. 그렇게 말하는 대신 제나는 여유로운 미소를 머금고는 차분한 목소리로 대답했다.

"황후 폐하, 제가 나이가 많아 그건 조금 어려울 것 같습니다. 그보다는 날아온다 하시더니 정말로 날아온 테펜텔 님의 방법을 배우시는 건 어떨까요?"

화살이 다시 테펜텔에게 날아갔다.

"정말로 날았나요, 테펜텔 님?"

"그럼! 주변에 마법사 놈이 있길래 붙잡고 날려 달라 그랬지. 아무리 생각해도 걷는 것보단 나는 게 빠를 것 같아서!"

테펜텔의 자신만만한 목소리에 가만히 있던 셀바토르 공작이 입을 열었다.

"그러다 벽에 부딪치면 어쩔 뻔했나?"

운 좋게 창문으로 들어왔지, 조금만 비껴 갔어도 단단한 벽이었다. 셀바토르 공작의 말에 테펜텔이 눈을 깜빡이더니 이내 힘차게 외쳤다.

"벽을 부수면 되는 거지!"

벽 따윈 문제없어! 그러는 테펜텔을 보며 아르트엘은 환호했고, 공작은 고개를 저었다.

13

술에 취해 연신 환호하는 아르트엘, 고개를 저으며 자신도 술을 들이켜는 피스토레와 사이레인, 비록 술에 강해 홀로 취하지는 않았지만 이미 망한 테펜텔.

'오늘 이야기를 나누긴 망했군.'

공작은 몸을 젖혀 등받이에 기댔다.

어쩌면 처음부터 오늘은 글렀을지도 모른다. 정말로 피스토레와 진지하게 이야기를 나누고 싶었더라면 테펜텔과 사이레인이 눈을 빛내며 따라오는 걸 막았어야 했다. 거기다 슬슬 자신도 술기운이 돌고 있었다.

술기운을 깨기 위해 테라스로 나오자, 시원한 밤바람과 함께 황궁의 풍경이 눈앞에 펼쳐졌고 메데이아가 머무르던 궁 역시 눈에 들어왔다.

메데이아가 지내던 궁과 온실을 전부 부수고 다른 걸 짓는다고 했던가. 술기운에 느리게 눈을 깜빡이는데, 그녀의 뒤를 따라온 아르트엘이 웃으며 테라스 난간에 몸을 기댔다. 마치 공작의 생각을 읽었다는 듯 뺨이 달아오른 아르트엘은 생긋 웃었다.

"궁을 하나 지을 거야. 이름도 지어 놨어. 에스텔 궁이야."

"에스텔?"

공작의 물음에 아르트엘은 그저 옅게 웃기만 할 뿐이었다. 하지만 충분한 답이 되었다. 신의 곁으로 간 황녀의 이름이었다.

"그냥 지어 두기만 하면 아무도 불러 주지 않을 테니까……."

그렇게 말하며 아르트엘은 바람에 흩날리는 제 머리를 매만지며 말을 이었다.

"레슬리 양의 일을 본보기로 삼아 소외된 아이들을 구하는 일을 에스텔 궁에서 할 거야. 무조건 아이들은 부모 밑에 있어야 한다는 법도 고칠 거고. 이미 피스토레와 말을 끝내 놨어."

"좋은 생각이네."

공작도 옅게 웃었고, 그녀를 따라 미소를 한껏 머금은 아르트엘이 말을 이었다.

"아렌도 말이야, 떠나기 전에 만났거든. 손을 잡고, 힘들면 돌아오라고 했어."

"그랬더니?"

"……그러겠대. 지금 당장은 어렵겠지만 편지도 쓰겠다고. 그러고 갔어."

다행이지? 그렇게 말하며 아르트엘은 팔을 쭉 뻗고 기지개를 켰다. 그리고 억눌러 놨던 숨을 터트리듯 크게 숨을 쉬었다.

"하, 애 키우기 정말 힘들다. 그치, 아셀라?"

"그러게. 힘들긴 해. 차라리 전쟁터에 나가는 게 더 나은 것 같기도 하고……."

셀바토르 공작의 말이 끝나자마자 뒤에서 무언가가 깨지는 요란한 소리가 들렸다. 취한 피스토레와 사이레인이 책상 위로 올라가 알 수 없는 노래를 부르고 있었다. 테펜텔은 열렬히 환호하며 술병을 들이켜고 있었고.

"……남편 키우는 게 더 힘든 것 같기도 하고."

"맞아."

공작과 아르트엘은 동시에 고개를 저었다. 밤이 흘러가고 있었다.

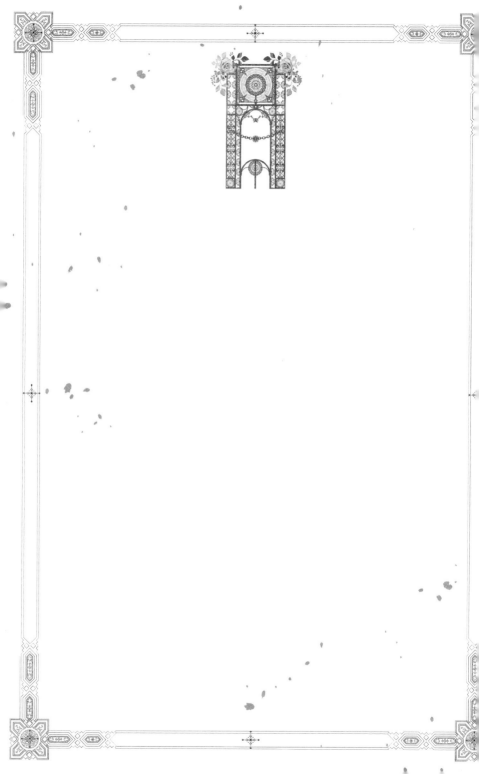

외전1. 레슬리 슈야 셀바토르

• 꽃의 이름은 •

발단의 시작은 이름 모를 들꽃이었다.

그건 처음 보는 꽃이었다. 비록 셀바토르 공작저에 오고 나서 처음 맞는 봄이었지만, 그간 레슬리는 정원을 자주 드나들었고 정원에 핀 꽃을 모두 알고 있다고 생각했다.

몇 명이나 되는 정원사들이 철저하게 계절에 따라 정원을 관리했고, 꽃들과 나무들은 자신의 자리를 아름답게 꾸몄다. 그런 셀바토르 공작가 가장 구석진 곳에 들꽃이 핀 것이다.

어디선가 씨앗이 날아와 피었을까. 하얗게 핀 꽃은 산책 나온 레슬리의 발걸음을 멈추기엔 충분했다.

"마델. 이거 봐."

레슬리가 마델의 이름을 부르며 치맛자락을 붙잡자, 그녀 역시 레슬리의 옆에 쪼그려 앉아 꽃을 바라보았다.

"처음 보는 꽃이야."

레슬리가 손가락으로 조심스레 꽃을 가리켰다. 레슬리의 손끝에는 작은 꽃 한 송이가 피어 있었다.

"아, 이 꽃. 숲속에서 피는 꽃이에요. 제 고향 집이 숲이랑 가까워서 저는 어릴 적부터 종종 봤었어요."

"숲?"

"네. 넬리 숲에 다녀오신 기사님들에게 붙어서 씨앗이 따라왔나 봐요."

마델의 말에 레슬리는 신기하다는 듯 작은 입을 벌렸다. 눈에 반짝반짝한 별이 떠오르는 걸 보니, 무언가 호기심이 동한 모양이었다.

"이 꽃 이름은 뭐야?"

"이름……. 이름이……."

마델은 필사적으로 기억을 뒤져 보았다. 차마 저 반짝이는 눈동자를 배신할 수 없었다. 하지만 기억은 마음을 따라 주지 못했다.

"그……게."

언제나 하얀 꽃, 저 꽃, 이 꽃, 엮어서 문에 걸어 놓으면 이쁜 꽃, 이렇게 불렀던지라 정확한 이름이 떠오르지 않았다. 아니, 아예 이름을 들었던 적이 없었다.

마델의 침묵이 길어지면 길어질수록 반짝이던 눈동자가 점점 가라앉는 게 느껴졌다.

'안 돼!'

안 된다. 절대 아가씨의 눈이 어두워지고 저 작은 어깨가 축 처지는 걸 볼 수 없었다. 아가씨의 좌절을 막는 것이 바로 셀바토르 공작저 사용인들의 가장 중요한 일이니까!

"아가씨. 우리 직접 알아보러 갈까요?"

마델은 레슬리를 보며 화사하게 웃었다. 이건 절대 자신이 몰라서

18

이러는 게 아니었다. 그저 아가씨가 스스로 알아내면 교육에 좋고, 쉽게 잊지 않으실 테니까 이러는 거였다.

"그럼 책……? 책이면 식물도감을 읽으면 되려나?"

레슬리의 물음에 마델이 고개를 저었다.

"아니요. 알 만한 분들에게 직접 물어보러 가는 거예요. 어때요?"

탐험 같을 거예요. 마델의 말에 레슬리의 눈이 다시 반짝이기 시작했다. 잽싸게 화분을 가져온 마델은 조심스레 꽃을 옮겨 심었다.

"이제 알아보러 갈까요?"

"마델."

레슬리가 고개를 끄덕이기도 전에 방해꾼이 끼어들었다. 서올리였다.

"제나 집사님이 휴가 순서 때문에 말하고 싶은 게 있으니 지금 올라오라는데."

제나의 말에 마델의 눈이 흔들렸다. 휴가, 그건 사용인에게 너무도 중요한 일이 아니던가. 특히 이번에는 고향 축제를 노리고 휴가를 신청해 놨던지라 순번에 대해서는 꼭 제나에게 할 말이 있었다.

"마델, 다녀와."

마델의 흔들리는 동공을 본 레슬리가 배시시 웃었다.

"나는 음, 저택을 돌아다니면서 물어볼게. 혼자 해도 괜찮아."

"하지만…….."

"진짜 괜찮아."

레슬리는 괜찮다는 듯 살짝 주먹을 쥐며 자신만만한 표정으로 마델을 바라보았다. 그렇게 마델이 자리를 비우고, 화분을 든 레슬리는 꽃을 내려다보았다.

하얗고 예쁜 꽃. 마델의 말대로라면 숲에서부터 여기까지 오기 힘들었을 텐데.

'어쩐지 나 같다.'

레슬리는 조심스레 꽃잎을 어루만졌다. 하얀 게 자신의 머리카락 색과 제법 닮아 보였다.

'이름을 찾고 나면 내 방에서 키울까.'

넓은 방에서 뭐든 키워도 된다고 하셨으니 꽃 한 송이 정도는 무리가 없겠지. 예쁜 화분을 사 달라고 졸라 봐야지. 그렇게 생각하며 레슬리는 이름을 알려 줄 사람을 찾아 발걸음을 옮겼다.

"오라버니."

레슬리가 찾아낸 첫 번째 타자는 베스라온이었다. 쉽게 답을 줄 수 있는 정원사들이 눈치 빠르게 숨어 버린 탓에 연무장으로 가던 베스라온이 걸린 것이다. 레슬리가 그의 옷자락을 잡으며 시선을 맞췄다.

"오라버니, 오라버니."

"응?"

동생의 보챔에 베스라온의 입가에 미소가 그려졌다.

"혹시 이 꽃이 무슨 꽃인지 아세요?"

레슬리가 손에 들린 꽃을 내밀자 시선이 자연스레 꽃에 닿았다. 하얗고 어딘가 눈에 익은 꽃. 하지만 이름은 몰랐다.

"으음, 모르겠는데. 그렇지만 종종 숲길에서 봤지. 수도 외각 쪽에서도 본 것 같기도 하고……."

그러면서 베스라온이 미안하다는 듯 커다란 손으로 레슬리의 머리를 쓰다듬으며 말을 이었다.

"아버지는 알지 않으실까?"

아버지! 잠시 풀이 죽은 듯 고개를 숙이고 있던 레슬리가 다시 번쩍 고개를 들었다. 그런 어린 동생이 귀여운지 몸을 숙여 시선을 맞춘 베스라온이 웃으면서 말을 이었다.

"그래, 아버지는 아시겠다. 너도 알다시피 아버지는 용병단에서 오래 생활하셨으니까. 연무장에 계신다니 나와 함께 가자.”

“네, 좋아요!”

신난 레슬리는 웃으며 먼저 발걸음을 옮겼다. 그런 동생의 작은 보폭에 맞춰 천천히 걷던 베스라온이 입을 열었다.

“그런데 그 꽃은 어디서 난 거니?”

“정원 한구석에 피어 있었어요. 처음 보는 꽃이라 신기해서요. 마델에게 물어봤는데 마델은 숲에서 봤다고만 말을 해 줘서요. 너무 예뻐서 제 방에서 키워도 될 것 같아요.”

레슬리는 신난 듯 웃으며 폭포수처럼 말을 쏟아 냈다. 레슬리의 환한 모습에 베스라온은 작게 안도의 숨을 흘렸다. 이렇게 밝은 모습을 보면 스페라도 후작가의 그늘이 조금 더 사라진 것 같아 다행이었다.

“아, 아버지!”

연무장에 도착한 레슬리가 발을 빠르게 놀려, 대련이란 이름으로 셀바토르 기사들을 괴롭히고 있는 사이레인에게 달려갔다.

“우리 딸!”

언제 자신이 누구를 괴롭혔냐는 듯 환하게 웃으며 사이레인이 레슬리를 맞이했다. 방금까지 멱살을 잡혔던 기사가 투덜거리며 노려봤지만, 발 밟힘 한 번에 다시 눈물진 눈으로 미소를 가득 띠었다.

번쩍 안아 든 사이레인에게 레슬리는 조심스레 꽃을 내밀었다.

“아버지, 있잖아요. 이 꽃의 이름을 아세요?”

레슬리의 질문에 사이레인은 물론 뒤에 있던 셀바토르 기사들의 고개가 단체로 기울었다. 자연스레 연무장에 있던 모든 기사가 레슬리 곁으로 몰려들었다.

“이 꽃은…….”

“어, 나 아는데……. 뭐였더라?”

“우리 고향에서는 흰둥이 꽃이라 불렀어요!”

21

"그건 아무리 들어도 진짜 이름이 아니잖아."

"이거 말려서 장식해 두면 좋아요, 향이 오래가서."

"막내딸이 종종 머리에 꽂고 돌아다니던데……."

기사들이 웅성거리는 가운데 무시무시한 얼굴로 꽃을 바라보던 사이레인이 씩 웃었다.

"흠! 레슬리, 이 꽃은 말이다."

뭔가 알겠다는 사이레인의 말에 모두의 시선이 그에게 집중되었다.

"야영할 때 수프에 넣어 먹으면 좋아."

기대한 것과 전혀 다른 답에 레슬리의 눈이 동그래졌다. 이렇게 예쁜 꽃을 수프에 넣어 먹는다고?

"고기랑 소금만으로 수프를 끓이면 씹히는 게 없어서 심심하거든. 그때 이거저것 넣는데, 이 꽃도 주로 넣었지."

젊었을 적이 생각났는지 사이레인은 턱을 매만지며 말을 이었다.

"고기 같은 경우도 그 자리에서 바로바로 조달해서 잡내가 심한데, 꽃을 넣으면 잡내가 좀 잡히더라고. 씹히는 것도 쏠쏠하고 말이야."

레슬리가 화분을 꼭 끌어안고 뒷걸음질 치는 것도 모른 채 사이레인은 계속해서 말을 이었다.

"푹 끓이면 수프 색이 배서 좀 이상하게 변하는데 그것도 나름 괜찮았지. 마침 잘됐다! 오랜만에 이 아버지가 요리 솜씨를 발휘해 보마. 꽃을 이리……. 레슬리?"

사이레인이 몸을 돌렸을 때는 이미 레슬리가 사라진 지 오래였다.

"아니, 우리 딸이 왜 사라졌지……."

왜 레슬리가 사라졌는지 몰라 아쉬워하는 사이레인과 그런 그를 알 수 없는 표정으로 바라보는 기사들, 그리고 고개를 젓는 베스라온만이 연무장에 남아 있었다.

✤

사이레인의 흉흉한 마수에서 도망쳐 나온 레슬리는 화분을 꼭 끌어 안았다.

"괜찮아! 내가 지켜 줄게!"

아버지가 배고프다고 그러면 바타에게 말해서 맛있는 음식을 가져 다 드려야지. 그러면 이 꽃에 대해서는 신경 쓰지 않을 거야. 아버지는 고기를 좋아하니까. 그렇게 생각하며 레슬리는 발걸음을 옮겼다. 누구 에게 물어볼까.

'루엔티 오라버니는 어떨까?'

오라버니는 아는 게 많으니 분명 이름도 알고 있겠지. 좋아, 서재로 가자!

레슬리는 당당하게 걷다가 이내 걸음을 멈추고는 입술을 삐죽 내밀 었다. 꽃의 이름을 물어봤을 때 루엔티의 반응이 저절로 머릿속에 그 려졌다.

"이 꽃은 말이야. 먹으면 키가 자라는 꽃이야."

그러면서 꽃을 먹이려고 하겠지. 장난 많은 둘째 오라버니는 요즘 들어 더욱 막내를 놀리는 데 재미를 붙이고 있었다.

다른 사람을 찾아보는 게 낫겠다. 그렇게 생각하며 레슬리는 고개 를 흔들었다. 루엔티는 아니었다. 차라리 사이레인에게 다시 가지.

서재로 가던 발걸음을 옮겨 다시 정원을 거닐었다. 그리고 이내 세 번째 사람을 만날 수 있었다. 정원에서 차를 즐기고 있는 셀바토르 공 작과 제나였다.

"어머니!"

공작의 뒷모습을 발견하자마자 레슬리는 환하게 웃으며 달려갔다. 셀바토르 공작이라면 꽃을 먹겠다고 하진 않을 테니까.

"레슬리?"

"어머나, 아가씨."

차를 따라 주고 있던 제나와 공작이 레슬리를 바라보았다.

"무슨 일이신가요?"

제나가 환한 웃음과 함께 몸을 숙여 레슬리와 시선을 맞추자, 레슬리는 조심스레 꽃을 내밀었다.

"그게요, 꽃의 이름을 알고 싶어서요. 정원에서 찾은 건데 이름을 몰라서요."

"꽃?"

공작과 제나의 시선이 하얀 꽃에 닿았다.

"이런, 예전에 들었는데 기억나지 않는군요. 죄송해요, 아가씨."

제나의 대답에 시무룩하게 레슬리의 고개가 잠시 밑으로 떨어졌지만, 이내 다시 올라왔다. 그리고 마지막으로 남은 공작을 보며 눈을 반짝였다. 그런 딸이 귀여운지 공작은 웃음을 머금으며 예쁜 은발을 쓰다듬었다. 그리고 레슬리가 그토록 찾아 헤매던 답을 해 주었다.

"그 꽃의 이름은 그란델이란다."

"그란델."

드디어 이름을 찾았다! 레슬리는 반짝이는 눈으로 하얀 꽃을 내려다보았다. 그란델이라니, 이름이 정말로 멋지지 않은가.

'꽃은 예쁘게 생겼는데 이름은 멋지네.'

방에 두고 매일 물을 줘야지. 그란델이라고 이름도 불러 줄 거야!

"그리고 꽃말은 '내가 찾은 행복'이란다."

이어지는 공작의 말에 레슬리의 눈이 커다래졌다. 역시 어머니였다. 어머니는 이름도 꽃말도 전부 알고 있었다.

"감사합니다, 어머니!"

환호에 젖은 레슬리가 공작의 뺨에 작게 입을 맞추고 그대로 방으로 향했다. 뒤에서 '그 이름은 아닌 것 같은데……' 하는 제나의 목소리가 흘렀지만, 레슬리의 귀에는 들리지 않았다. 이미 레슬리의 머릿속에는 꽃들이 만개하고 있었으니까.

가장 햇빛이 잘 드는 창가에 놔야지. 어둠이도 친구가 생겨 좋아할 거야!

"오, 레슬리."

행복감에 들뜬 레슬리를 멈춘 건 다름 아닌 루엔티였다. 서재에 가려는 듯 책을 든 루엔티의 시선이 꽃에 닿았다. 그런데 이어지는 루엔티의 말에 레슬리의 고개가 옆으로 기울었다.

"아이벤 꽃이네. 어디서 났어?"

"이건 그란델이에요, 오라버니."

아이벤이라니 무슨 소리인가. 레슬리는 입을 삐죽 내밀며 대꾸했고 루엔티가 입꼬리를 올렸다.

"그란델은 무슨. 그거 숲 쪽에 자주 피는 아이벤이잖아. 말린 가루를 종종 실험에 쓰거든. 그래서 내가 잘 알지. 꽃말도 아는걸. 평범, 길가의 행운."

루엔티의 대답에 레슬리의 고개가 더욱 옆으로 기울었고 머리가 빠르게 돌아갔다. 어머니가 거짓말을 하거나 잘못 아셨을 리가 없다. 그렇다면…….

"오라버니가 잘못 아셨어요. 이건 그란델이에요."

레슬리의 환한 웃음에 루엔티는 눈을 깜빡였다. 루엔티가 고개를 흔들었다. 자신이 아이벤을 못 알아볼 리가 없었다. 아주 어릴 적부터 만지던 재료가 아니던가. 스스로 말려서 가루를 내 써 본 적도 있었다.

'확실치 못한 지식은 위험하지.'

어디서 그란델이라는 이름을 주워들은 건지 모르겠지만, 이건 아니었다.

루엔티는 레슬리의 오라버니로서 지식을 제대로 잡아 주기로 마음
먹었다. 이런 게 바로 오라버니가 할 일이 아니던가. 이렇게 하다 보면
어린 동생도 제 둘째 오라버니를 더욱 존경하겠지.

'형한테 질 수는 없지.'

루엔티는 덧니가 보이게 씩 웃으며 고개를 저었다. 하지만 이어지
는 레슬리의 말에 딱딱하게 굳어 버렸다.

"아니라니……."

"어머니가 그란델이라고 말해 주셨어요. 꽃말도 내가 찾은 행복이
래요!"

그렇게 말하며 레슬리는 보란 듯 꽃이 든 화분을 루엔티에게 내밀었
다. 레슬리가 내민 꽃보다는 어머니, 그 한 단어가 루엔티를 굳게 만들
었다.

"……어머니가 그란델이라고 하셨어?"

"네, 그렇게 말씀하셨어요."

레슬리는 눈을 깜빡였다. 루엔티답지 않게 얼굴이 진지한 것이, 장
난을 치는 것 같지는 않았다. 진짜 어머니가 잘못 아신 걸까. 레슬리는
슬그머니 시선만 올려 루엔티를 바라보았다.

"어머니께 가서 다시 여쭤볼까요?"

"아, 아니!"

레슬리의 말에 루엔티가 하얗게 질린 얼굴로 고개를 미친 듯 흔들더
니 재빠르게 환한 미소를 지었다.

"이런, 잘못 봤네! 그란델, 그란델이 맞아! 꽃말도 내가 찾은 행복이
야. 내가 잘못 봤네."

거봐, 역시 루엔티 오라버니가 잘못 안 거야. 어쩐지 루엔티의 눈동
자가 떨리는 느낌이었지만, 레슬리는 새로 맞이한 친구를 꼭 끌어안고
뿌듯하게 웃었다.

'아이벤의 명칭을 바꿔야 해. 황궁, 황궁으로 가자.'라고 중얼거리는 루엔티를 지나쳐 레슬리는 달뜬 걸음으로 방으로 향했다.

가장 햇빛이 잘 드는 창가에 둬야지. 물도 매일매일 직접 줄 거야! 매일 물만 마시면 질릴 테니까 가끔은 주스도 줘야지.

그란델은 어떤 주스를 좋아할까. 나처럼 사과 주스를 좋아하지 않을까. 코코아도 줘 볼까. 괴상한 생각을 하며 레슬리가 저택으로 들어가려는 순간,

"아."

그란델이 날아올랐다. 정확히는 턱을 보지 못한 레슬리의 발이 걸렸고, 손에 들려 있던 화분이 반동으로 하늘 위로 올라갔다. 레슬리는 하늘을 나는 그란델을 보며 눈을 깜빡였다. 꽃이 하늘을 날기도 하는구나.

"레슬리, 위험해!"

대련이란 이름을 뒤집어쓴 괴롭힘이 끝나고 저택으로 돌아가던 사이레인과 베스라온이 그 모습을 발견했다.

"아버지가 간다, 레슬리이이이!"

거구에게 맞지 않게 두 사람은 날렵했다. 베스라온은 레슬리를 안아 들었고, 사이레인은 괴성을 지르며 그대로 화분을 잡으려고 했다. 하지만 조금, 아주 조금 늦었다.

무언가 깨지는 소리와 함께 하얀 꽃이 바닥에 떨어졌다. 설상가상으로, 비틀거리던 사이레인이 꽃을 짓밟았다.

"힉!"

놀라 날렵하게 발을 뗐지만, 이미 꽃은 처참하게 짓뭉개져 있었다.

"레, 레슬리."

당황한 사이레인이 베스라온의 품에 안겨 있는 레슬리를 바라보았다. 언제나 반짝이던 라일락색 눈동자가 흐리멍덩했다. 잠시 꽃을 내

려다보던 레슬리가 환하게 웃었다.

"저는 괜찮아요! 아버지는 저를 도와주시려고 했던 거잖아요. 제가 실수해서 그런 거니까…….'"

하지만 내용과 다르게 레슬리의 목소리는 정처 없이 떨리고 있었다. 레슬리의 머릿속에서는 짧은 시간 동안 그란델과 나눴던 추억이 스쳐 지나가고 있을 거란 걸 그 자리에 있는 두 사람은 너무도 잘 알고 있었다.

"그러니까, 저는 괜찮…….'"

결국, 레슬리의 눈동자에서 눈물이 후두둑 떨어졌다.

'그란델이 죽었어…….'

이불 속에서 레슬리는 눈을 깜빡였다. 그럴 때마다 눈에 맺혀 있던 눈물이 뚝뚝 떨어졌다.

'내가 넘어지지만 않았더라면 그란델은 죽지 않았을 텐데.'

기억은 시간이 지날수록 미화되는 법이었다. 그래서 지금 레슬리의 머릿속에서도 그란델과의 추억은 더욱 깊어지고 있었다.

레슬리 추억 속의 그란델은 레슬리처럼 사과 주스를 좋아하고 아침의 햇빛을 좋아하는 아름다운 꽃으로 변해 있었다. 넘어지지만 않았더라면, 화분으로 옮겨 심지 않았더라면.

아니 애당초 레슬리가 발견하지 않았더라면 그란델은 셀바토르 공작저 정원 한편에서 행복했을 것이다.

생각이 그렇게 꼬리에 꼬리를 물자 눈물은 멈추지 않았다. 이런 일로 울면 안 되는 건데, 자꾸만 눈은 레슬리의 의사를 배신했다.

결국 레슬리는 굳어 버린 사이레인과 자신을 달래 주는 베스라온을 뒤로하고, 방으로 달려와 이불을 뒤집어썼다.

'얼른 눈물을 멈추고 나가야지. 나가서 아버지에게 죄송하다고 하고…….'

레슬리가 눈물을 훔치며 필사적으로 멈추려 하는데, 노크 소리와 함께 나긋나긋한 제나의 목소리가 울려 퍼졌다.

"레슬리 아가씨. 제나입니다. 들어가도 되겠습니까?"

"드, 들어와요!"

레슬리는 소매로 눈가를 마구 비비고 머리끝까지 뒤집어썼던 이불 밑에서 몸을 일으켰다.

"무슨 일이에요?"

아무렇지도 않은 듯 말을 하긴 했으나, 이미 레슬리의 꼴은 엉망이었다. 퉁퉁 부어 버린 눈과 훌쩍이는 코, 그리고 이불을 뒤집어쓴 탓에 전부 엉켜 있는 머리.

레슬리의 모습을 본 제나는 작게 웃더니 뒤이어 마렐이 들고 온 따스한 물로 수건을 적셔 직접 레슬리의 얼굴을 닦아 주었다.

"아까 많이 놀라셨지요?"

"으응, 아니에요."

레슬리는 얼굴을 붉히며 고개를 저었다. 사이레인이 자신을 위해 해 준 일인데, 그것 가지고 우는 건 조금 부끄러운 일이 아니던가. 거기다 사이레인도 나름대로 최선을 다했고.

"아끼는 꽃이 그리 됐으니 당연히 눈물이 나죠. 저희 아들놈도 간혹 그러는걸요."

제나가 웃으면서 말을 이었고, 레슬리의 눈이 제나에게 닿았다. 동그래진 시선이 정말이냐고 묻고 있었다.

"식물을 키우는 게 취미인 놈이거든요. 손녀가 실수로 화분을 깨트리면 나이도 많은 놈이 구석에 박혀 훌쩍거린답니다. 무엇이든 애정을 줬던 게 떠나는 건 슬픈 일이에요. 나이가 많든 적든, 그것이 실수건 고의건 간에요."

잔잔한 미소를 머금으며 말하는 제나를 보고 레슬리는 작게 고개를 끄덕였다. 그런데 갑자기 얼굴에 차가움이 느껴졌다. 어느새 제나의 손에 수건 대신 얼음주머니가 들려 있었다.

"우리 아가씨, 눈이 부으면 안 되는데."

"맞아요."

제나의 말에 잽싸게 얼음주머니도 챙겨 온 마델이 고개를 끄덕였다. 레슬리의 고개가 옆으로 기울었다.

"무슨 일이 있어요?"

"내일 초상화를 그리기로 했답니다."

"이미 제 초상화는 있는데."

얼마 전 단독 초상화를 그리지 않았던가. 사이레인의 욕심으로 그린 초상화다 보니 초상화는 벽면 절반을 차지할 정도로 컸다.

셀바토르 공작은 그 초상화를 보고 고민하다가 자신의 집무실에 걸려 있던 거대한 세계지도를 내리고 그 자리에 레슬리의 초상화를 걸었다. 이래도 괜찮은 거냐고 마침 옆에 있던 사이레인에게 묻자 그는 웃으면서 이렇게 말했다.

'지도는 걸어 놔 봤자 그게 그거지만, 레슬리, 네 초상화는 걸어 두면 빛이 나지 않니!'

다시 그 말을 떠올리자 부끄러웠다. 이번에는 반대쪽 벽면에 걸 초상화를 그리는 걸까 생각하는데, 제나가 웃음기가 가득한 목소리로 대답했다.

"이번에는 가족 초상화랍니다."

30

가족 초상화! 레슬리의 눈이 반짝거렸다. 저절로 스페라도 후작가에 걸려 있던 초상화가 떠올랐다.
　아름답게 차려입은 엘리가 가운데에 앉고 그녀의 어깨에 손을 올린 스페라도 후작 부인과 근엄하게 서 있는 스페라도 후작. 누가 보아도 완벽한 가족 초상화였다. 당연히 레슬리는 거기에 없었지만.
　"그럼 아버지랑 어머니랑 오라버니들이랑 다 같이 그리는 건가요?"
　"그럼요!"
　제나가 고개를 끄덕이며 웃자, 레슬리의 얼굴이 덩달아 환해졌다.
　"그러니 눈이 붓지 않게 해야겠죠. 초상화에 눈이 퉁퉁 부은 상태로 그려지면 슬프잖아요."
　잠시 레슬리는 눈이 퉁퉁 부은 초상화를 떠올렸다가 이내 고개를 저었다. 확실히 첫 가족 초상화인데 그렇게 그려지면 슬프겠다.
　'이러면 되는 건가?'
　마델이 가져온 얼음주머니를 눈에 올리며 가라앉기를 바라는데, 다시 노크 소리가 들려왔다.
　"준비가 다 됐나 보군요."
　"우리 직접 가서 봐요, 아가씨!"
　제나가 몸을 일으키고 마델 역시 레슬리에게 손을 내밀었다. 무슨 준비일까. 레슬리는 그 손을 잡고 두 사람을 따라갔다.
　"조심, 조심!"
　방을 나서자마자 밑층이 소란스럽다는 걸 느꼈다. 긴 복도를 지나고 몇 개의 방을 지나고, 주방을 지나 도착한 곳은 정원 한쪽이었다. 정원으로 나가는 문 앞에서 레슬리는 마델의 손을 잡고 그녀와 제나를 바라보았다.
　"여기는 왜?"
　"가 보시면 알 수 있어요!"

제나도 마델도 웃기만 할 뿐 이야기를 해 주지 않아, 레슬리는 입술을 삐죽 내밀었다. 하지만 정원으로 나가는 문을 열자마자 레슬리의 입술은 쑥 들어갔다. 라일락색 눈동자가 휘둥그레지면서 웃음으로 이내 휘었다.

"와아아!"

꽃밭이었다. 분명 레슬리가 기억하기로는 이 부근은 잔디와 관목들로만 이루어진 곳이었는데 문을 열자마자 새하얀 꽃밭이 펼쳐졌다. 어떻게 단시간 내에 이렇게 많은 꽃을 심어 둔 걸까, 잠시 의문이 들었지만 이내 사라졌다. 레슬리의 얼굴에 웃음꽃이 만개했다.

"이것 봐! 그란델이야."

그것도 오늘 레슬리가 찾은 하얀 꽃들이었다. 그리고 가운데에는 공작이 서 있었다.

"우리 딸, 마음에 드니?"

공작이 제 머리를 하나로 묶으며 웃었다. 레슬리는 마델의 손을 놓고 바로 공작에게 달려가 안기며 고개를 끄덕였다. 사람들이 계속해서 꽃들을 가져오고 심고 있었다. 아까의 소란스러움은 이 일 때문인 듯했다.

"전부 그란델이에요?"

"아니, 그란델이 주긴 하지만 그 외에도 숲에서 피는 꽃들을 몇 개 더 섞어 놨지."

공작의 말을 듣고 자세히 살펴보니 하얀 꽃들 사이사이에 처음 보는 꽃들이 섞여 있었다.

"이름은 앞으로 같이 알아보자꾸나."

공작의 말에 레슬리는 고개를 끄덕였다. 내일도 그리고 또 내일도, 자신은 꽃의 이름을 찾는 모험을 할 수 있을 것이다.

"레슬리."

꽃을 바라보다가 자신을 부르는 목소리에 몸을 돌리자, 사이레인이 서 있었다. 그의 손에는 아까 깨진 화분과 똑같은 화분이 들려 있었고, 거기에는 그란델이 피어 있었다. 레슬리가 이름을 찾아 헤매고, 사이레인이 실수로 밟아 버린 그 그란델이었다.

"아까 아버지가 놀라게 해서 미안하다. 많이 놀랐지?"

사이레인은 리본이 둘린 화분을 내밀었고, 화분을 받아 든 레슬리는 꽃을 살펴보았다. 상처 하나 없이 화사하게 피어 있는 꽃은 밟혔던 꽃이라는 게 믿기지 않을 정도였다.

"아버지, 어떻게 꽃이……."

"아버지가 우리 딸을 위해서 못 할 게 뭐가 있겠니!"

그렇게 말하며 사이레인은 우쭐거렸다.

"사제를 불러왔단다."

뒤에서 셀바토르 공작이 옅게 웃으며 레슬리에게 답을 알려 주었다. 레슬리가 방에 박혀 있는 동안 다들 레슬리를 달래 주기 위해 바쁘게 움직였다.

"감……사합니다. 아버지, 어머니."

울면 안 되는데 레슬리의 눈에 다시 눈물 한 방울이 맺혔다. 하지만 아까처럼 놀라고 슬퍼서 나는 눈물은 아니었다.

"진짜 기뻐요!"

레슬리는 그란델을 꼭 끌어안았다. 내일을 위해 울면 안 되는데 어쩐지 눈물이 멈출 것 같지 않았다.

• 숨바꼭질 •

바다다. 레슬리는 어둠이를 꼭 끌어안은 채 눈을 깜빡였다. 베스라온이 말했던 별장으로 첫 소풍을 온 레슬리는 거대한 호수 앞에서 얼어붙어 있었다. 이건 바다가 분명했다. 이렇게 넓은데 바다가 아니라면 이건 무엇이란 말인가.

'아니, 여기는 호수랬는데.'

분명 베스라온은 호숫가에 있는 저택이라고 말해 주면서 뱃놀이를 할 수 있다고 넌지시 덧붙이지 않았던가. 수영을 할 수 있을 정도로 물이 얕은 곳도 있다고 했었지. 그러니 이건 호수가 맞을 텐데…….

'이렇게 큰데 바다가 아니라고?'

레슬리의 고개가 옆으로 기울었다. 자신의 기억이 맞다면 바다는 책에서 엄청나게 넓다고 적혀 있었다.

슬그머니 손을 든 레슬리는 어둠이를 옆에 조심스레 내려놓고, 손가락으로 네모 모양을 만들어 보았다. 조그마한 네모 속 호수의 모습은 책에 실려 있는 바다 삽화와 얼추 비슷해 보였다.

'역시 이건 바다인 거야.'

바다를 한 번이라도 본 적이 있었다면 눈앞에 있는 것은 그저 큰 호수라는 걸 바로 알았겠지만, 레슬리는 바다는커녕 호수조차 본 적이 없었다. 책에서 알게 된 얕은 지식이 그녀가 가지고 있는 전부였다.

'그렇지만 오라버니가 놀릴 리는 없는데.'

레슬리의 고개가 다시 기울었다. 다른 사람도 아니라 베스라온이 아니던가. 다시 레슬리의 고개가 반대편으로 기울었다. 이렇게 큰데 바다가 아니라니, 믿을 수가 없었다. 이보다 더 큰 곳이 세상에 존재한단 말인가?

연달아 레슬리의 고개가 이곳저곳으로 기울었다. 바다일까, 아닐까.

아, 맞다. 소금! 책에서 바다는 소금을 품고 있어서 물이 짜다고 적혀 있던 게 이제야 떠올랐다. 그래서 바닷물을 말려 소금을 만든다고 했었지.

'맛을 보면 되겠구나.'

레슬리는 조심스레 호숫가로 다가갔다. 바로 물 앞에 앉아 호수를 내려다보자, 물에 레슬리의 얼굴이 비쳤다. 은발을 예쁘게 땋아 섬세하게 세공된 보석 핀으로 장식하고, 구름보다 부드러운 옷감으로 지어진 원피스를 입고 있는 자신의 모습은 이제 낯선 것이 아니었다.

레슬리는 어느새 물에 비친 자신에게 집중했다.

'얼굴에 살이 올랐네. 머리는 윤기가 나고.'

그리고 행복한 얼굴이야. 괜스레 손을 들어 제 머리를 매만졌다. 후작가에서의 과거 자신과 지금의 자신이 많이 달라졌다는 게 스스로도 느껴졌다. 잠시 뿌듯하게 물에 비친 자신을 내려다보다, 레슬리는 몸을 조금 뒤로 물리려고 했다.

너무 가까이 가면 위험하니까. 그 전에 물만 조금 손으로 떠서…….

"레슬리 아가씨! 위험합니다!"

"히익!"

풍덩―! 하늘은 레슬리를 도와주지 않았다. 갑자기 들려온 거대한 외침에 놀라 레슬리는 그대로 물에 빠지고 말았다.

"아가씨가 물에 빠지셨다!"

"도, 도움!"

의도한 것은 아니지만 레슬리를 물에 빠트린 셀바토르 기사들이 놀라 외치자, 근처에 있던 기사들이 전부 호숫가로 달려왔고, 그대로 호숫가로 뛰어들었다.

"후하."

다행히도 레슬리가 빠진 곳은 발이 닿을 정도로 낮은 곳이었다. 애초에 베스라온이 알려 주었던, 안전하게 얕은 곳으로 갔으니까.

고개를 물 위로 빼꼼 내민 레슬리는 신기한 구경을 할 수 있었다. 수십 명이나 되는 셀바토르 공작가의 기사들이 하늘을 나는 것처럼 호수 가장 깊은 곳으로 뛰어드는 진풍경. 저절로 눈이 동그래지고 입이 벌어지는 광경이었다.

뒤늦게 공중에서 레슬리를 발견한 기사들이 눈빛으로 말했다.

'아가씨, 무사하셔서 다행입니다!'

'응, 여기는 얕은 곳이라······.'

레슬리가 똑같이 눈빛으로 대답하자 기사들이 어딘가 슬프고도 다행이라는 미소를 지었다. 풍덩, 풍, 풍, 풍덩! 연이어 바보들이 빠지는 소리가 들려왔다.

"뱃놀이하고 싶었는데."

레슬리가 의자 위에서 시무룩하게 고개를 숙였다. 그러자 레슬리의 머리를 말려 주고 있던 마델이 잠시 손을 멈췄다.

"그렇지만 오늘 물에 빠지셨잖아요. 뱃놀이는 내일 하도록 해요, 아가씨."

"응······."

레슬리가 물에 빠지는 초유의 사태로 드넓은 호숫가 전체에 울타리가 쳐졌고 당연히 뱃놀이는 중지되었다.

'레슬리가 빠지지 않도록 호수에 전부 부유 마법을 걸어!'

'안전이 최고란다, 레슬리.'

사이레인과 베스라온은 안전 최고를 외치기 시작했고.

'레슬리, 이거 가지고 있어. 아니다, 너는 그냥 내 옆에만 있어라. 알겠지?'

루엔티는 어디서 났는지 몇 개나 되는 마법석을 목에 걸어 주었으며.

'전부 연무장으로 집합.'

공작은 웃으며 기사들을 데리고 사라졌다. 자신의 운명을 받아들인 얼굴로 공작을 따라간 기사들을 떠올리니 어쩐지 미안해져, 레슬리는 발가락을 꼼지락거렸다.

"어머니가 경들에게 심하게 하진 않겠지?"

레슬리의 조심스러운 물음에 다시 마델의 손이 멈추었다.

"그, 그렇겠지요!"

이미 연무장에서는 애절한 비명이 울려 퍼지고 있다는 말을 할 수 없었다. 서올리가 잽싸게 몸을 움직여 아직 열려 있는 창문을 닫았다.

"있지, 마델. 그럼 오후에는 뭘 해?"

오후에는 뱃놀이가 예정되어 있었는데, 레슬리가 물에 빠지는 사상 초유의 사태가 일어나자 자연스레 취소되었다.

레슬리와 놀아 줄 세 사람은 지금 호수 근처에 안전망과 함께 마법을 거느라고 바빴고, 마지막 한 사람은 기사들을 울리느라고 분주했다. 이대로라면 첫 소풍날이 어영부영 지나가게 될 것이 분명했다.

그때, 서올리가 창문 고리를 걸며 두 사람을 바라보았다.

"아가씨, 숨바꼭질은 어떠세요?"

"숨바꼭질? 그게 뭐야?"

"아이들이 주로 하는 놀이인데, 술래는 찾고 나머지 사람들은 숨는 거예요."

서올리는 앉아 차근히 레슬리에게 방법을 알려 주었다. 마델 역시 레슬리의 눈이 빛나는 걸 보자 함께 들뜨기 시작했다.

✤

"이거 재밌어! 정말 재밌어."

막 세탁을 마친 하얀 천 사이에서 나타난 레슬리가 웃음을 터트렸다. 하얀 뺨이 붉게 상기되어 있었다.

"재밌다니 다행이에요, 아가씨!"

마델과 서올리 그리고 저택에 있는 하녀들이 레슬리를 따라 웃음을 머금었다. 세탁 바구니 속에 숨어 버린 레슬리를 찾느라 별장 정원을 다 뒤졌지만 이렇게 즐거워하는 레슬리를 보니 힘든 건 전부 잊혔다.

"다음에도 내가 숨으면 안 돼?"

레슬리가 눈을 반짝이며 고개를 기울였다. 첫 시작은 레슬리에게 방법을 알려 주기 위해 레슬리가 숨고 하녀들이 찾는 것으로 했는데, 아무래도 숨는 데 재미를 들려 버린 모양이었다.

그 후로도 레슬리는 작은 몸을 이용해 거대한 항아리나 빨래들 사이, 풀숲과 같은, 어른이 찾기 힘든 곳에 숨었고, 횟수가 늘어감에 따라 하녀들은 지쳐 거친 숨을 내몰았다. 그리고 모든 하녀의 체력이 바닥을 보일 때쯤.

"다들 뭘 하는 거지?"

네 사람과 셀바토르 기사단이 돌아왔다. 공작은 어딘가 시원한 얼굴이었고, 기사단은 기절한 동료들을 업고 있었으며, 베스라온과 사이레인은 눈을 깜빡이고 있었다. 호수에 빠지게 되면 자연스레 몸이 뜨게 만드는 마법을 건 루엔티는 지쳐 나무 그늘 밑으로 쓰러졌다.

"숨바꼭질이요!"

"네……. 숨……바꼭질을 하고 있었…… 허억, 습니다."

홀로 신나 환하게 웃는 레슬리와 지쳐 쓰러질 것 같은 하녀들의 얼굴을 보고 사이레인이 입꼬리를 올리며 웃었다.

"우리도 참여해 볼까?"

사이레인의 말에 다들 고개를 끄덕이자, 레슬리와 하녀들의 얼굴이 환해졌다.

"나는 잠시 졸음이 와서."

셀바토르 공작은 그렇게 말하며 정원 한쪽에 마련된, 라틴으로 만든 의자에 앉아 꾸벅꾸벅 졸기 시작했다. 그렇게 공작을 제외, 셀바토르 저택의 모든 사람이 레슬리를 찾는 숨바꼭질이 시작되었다.

"하나, 둘, 셋, 넷."

정원 중앙에 심어진 거대한 나무 밑에서 사람들이 숫자를 세기 시작했다. 워낙 많은 사람이 한꺼번에 숫자를 외치는 바람에 온 정원이 쩌렁쩌렁하게 울렸다.

본격적으로 잠을 자는 셀바토르 공작에게 천을 덮어 준 제나가 웃으며 귀를 틀어막았다. 그러고는 안 되겠는지, 고개를 젓다가 잠시 귀마개를 찾아 별장 안으로 들어갔다.

"열! 찾는다!"

순식간에 수십이나 되는 사람들이 정원으로 흩어졌다. 이미 레슬리와 몇 번 숨바꼭질을 한 하녀들은 노련하게 레슬리가 숨을 만한 곳을 찾아다녔고, 기사들은 레슬리가 올라가지 못할 높이의 나무 위나 말먹이 풀 근처를 찾는 등 안타까운 모습을 보였다.

사이레인과 베스라온도 열심히 수풀을 뒤지며 레슬리를 찾았고, 루엔티는 은근슬쩍 마법을 쓰려다가 들켜 퇴장당했다.

"후하, 이번엔 우리 아가씨 제대로 숨으셨는데?"

자칭 숨바꼭질의 달인인 마델이 턱에 맺힌 땀을 훔치며 말하자, 서올리가 캡을 벗으며 고개를 끄덕였다.

"이번엔 정말 못 찾겠네."

다들 웃으며 레슬리는 숨기 천재라고 떠들었다. 사이레인 역시 '우리 딸은 쿠키도 잘 올리고~ 숨기도 잘하고~' 하는 이상한 노래를 즉석에서 만들어 부르고 다녔다.

그러기를 한참. 레슬리는 누구에게서도 발견되지 않았다. 처음에는 별생각 없이 떠들던 이들도 얼굴을 굳혔고, 늘어져 있던 사람들 역시 빠르게 몸을 움직이기 시작했다.

"도대체 어디 숨으신 거지?"

레슬리가 숨은 지 30분이나 지났다. 모두의 마음이 초조해지기 시작했다.

30분, 30분이라니! 30분이라면 레슬리가 간식을 다 먹고 주스를 한 컵 마신 후에 낮잠이 들기 충분한 시간이었다.

"아가씨, 여기 맛있는 핫케이크가 있어요! 밥~ 간식~"

마음이 조급해진 마델은 주방에서 핫케이크를 들고 와 레슬리를 찾았고, 나머지 사람들은 구역을 나눠 레슬리를 찾았다.

"찾았나?"

"아니, 못 찾았습니다!"

"도대체 어딜 간 거지……."

안 그래도 험악한 사이레인이 얼굴을 찡그리자 더욱 무시무시해졌다. 셀바토르 공작저에 막 들어온 신입 하녀가 슬그머니 고개를 떨구며 몸을 떨었다.

"안 되겠다, 루엔티 놈을 깨워라. 마법으로……."

"아버지."

베스라온이 나지막이 사이레인을 부르며 한 곳을 가리켰다.

"혹시 저곳도 찾아보셨습니까?"

베스라온의 손끝에는 라틴으로 만든 의자에 앉아 서류를 보고 있는 제나가 있었다. 그리고 그 뒤에는 따스한 햇볕 아래에서 낮잠을 즐기고 있는 공작이 있었다.

"응, 무슨 일이신가요?"

서류에 집중하고 있던 제나가 외알 안경을 들어 올리며 묻자, 사이
레인이 조용히 하라는 듯 손가락을 가져다 댔다. 그러고는 혹여나 아
내님을 깨울까 봐 발소리를 죽이고 조심스레 공작의 곁에 다가갔다.

공작이 앉은 의자는 알을 반으로 자른 모양이었는데, 안에는 폭신
한 이불과 쿠션이 있어 낮잠을 즐기기에 적합했다. 거기다 셀바토르가
의 사람들, 특히 사이레인도 잠을 잘 수 있게 거대하게 제작된 것이었
다. 한마디로 공작이 누워도 자리에 여유가 있다는 것.

사이레인은 슬그머니 잠든 아내를 바라보았다. 언제나 중앙에서 자
는 셀바토르 공작이 옆으로 살짝 밀려 있었고, 하얀 이불이 뽈록 올라
와 있었다.

"쉿!"

사이레인은 천천히 이불을 걷었고 레슬리를 찾았다. 레슬리는 공작
의 품 안에서 단잠에 빠져 있었다.

"우웅……."

천이 걷히고 바람이 뺨에 닿자 레슬리가 몸을 웅크리며 공작의 품으
로 파고들었다.

"여기 있었구나."

베스라온이 작게 안도의 숨을 내쉬었다. 어디 갔나 걱정했더니 가
장 안전한 곳에 있었다.

"저희가 찾지 못하게 꼭꼭 숨으려다가 잠드신 것 같네요."

"하긴 아까부터 몇 차례나 숨고 뛰고 하셨으니, 지칠 만도 하셨지."

하녀들과 기사들이 잠에 빠진 레슬리를 보며 웃음꽃을 피웠다. 그
리고 사이레인은.

"귀, 귀여워라……."

혹여나 아내님과 따님이 깰까 봐 자신의 입을 틀어막으며 무릎을 꿇

었다. 자신이 늘 원하던 행복한 모습에 절로 눈물이 흘렀다. 정말로 행복한 하루였다.

• 뱃놀이 •

"슈야."

갑자기 들려온 제 애칭에 레슬리는 고개를 들고 눈을 깜빡였다. 뜨거운 여름의 햇빛 사이로 한 얼굴이 보였다.

"많이 더운가요?"

"아……. 조금요."

"이런, 잠깐만 기다려 주세요. 어디 근처에서 얼음이라도 얻어 오겠습니다."

그렇게 말하는 콘라드 역시 턱에 땀방울이 맺혀 있었고, 가벼운 셔츠 차림이었다. 이미 땀으로 젖은 베스트는 벗어 던진 지 오래였다.

"경, 경도 그냥 여기 앉으세요."

레슬리는 그렇게 말하며 콘라드의 손끝을 잡았다. 레슬리가 앉아 있는 곳은 그나마 시원한 나무 그늘 밑이었고, 마델이 양산까지 들어 주고 있었다.

그런 와중에 어딨는지 모르는 근처 민가에서 얼음을 구해 오라고 하고 싶지는 않았다. 그 민가에 귀한 여름 얼음이 있는지도 의문이었고.

"마델, 너도 그냥 앉아. 팔 아프잖아."

레슬리가 마델을 올려다보며 말하자, 마델이 슬그머니 눈치를 보더니 자리에 앉았다. 평소라면 괜찮다고 끝까지 거절할 텐데, 마델도 이 폭염 속에서 지친 모양이었다.

이렇게 더운 여름은 16년 만에 처음이었다. 레슬리는 폭염 속에 눈을 깜빡거렸다.

"덥다……."

레슬리는 지친 얼굴로 제 옆에 앉은 콘라드의 어깨에 머리를 기댔다. 콘라드가 안쓰러운 얼굴로 조심스레 레슬리의 뺨에 붙은 머리카락을 떼어 주었다.

"제가 성기사가 아니라 마법사였으면 좋았을 텐데요."

마델에게서 건네받은 부채를 흔들며 콘라드가 쓰게 웃었다.

"그럼 우리가 처음에 만날 수 있었던 이유가 사라지는데요?"

레슬리가 살짝 시선을 올려 콘라드를 바라보자, 그의 미간에 주름이 잡혔다.

"마법도 신력도 유지해 보이겠습니다."

말도 안 되는 말을 진지하게 하는 콘라드를 보며 레슬리는 웃음을 터트렸다.

"도련님."

대화 사이에 마부가 끼어들었다. 마부의 얼굴 역시 땀으로 푹 젖어 있었다.

"아무래도 수도로 사람을 보내 사람을 더 불러와야 할 듯싶습니다. 단단히 박혔습니다."

"이런……."

마부의 대답에 콘라드가 얼굴을 찡그렸다.

타국으로 친선 교류를 다녀온 루엔티를 마중 가기 위해 근처 마을로 향하던 중 봉변이 일어났다. 밤새 쏟아진 비에 길이 질척하게 젖어 버렸고, 마차 바퀴가 제대로 빠진 것이다.

안 그래도 셀바토르 공작가의 기본 마차답게 보통의 마차보다 두 배는 큰 마차는 사용인들이 전부 달려드는데도 쉽게 빠질 생각을 하지 않았다.

"콘라드 경."

레슬리는 살짝 고개를 들고 콘라드의 옷자락을 잡아당겼다.

"경이 수도로 돌아가면서 공작가에 기별을 넣어 주시면 안 될까요? 경은 돌아가셔야 하니까."

콘라드는 레슬리가 목적지까지 무사히 갈 수 있도록 호위로 따라온 참이었다. 사실 호위보다는 데이트에 목적이 조금 더 크긴 했지만.

"아니, 그럴 수는 없습니다. 슈야를 홀로 남겨 둘 수는 없어요."

콘라드는 단호하게 고개를 저었다. 레슬리가 삐죽 입술을 내밀었지만 이번만큼은 단호했다.

"아가씨."

마부의 뒤로 한 하인이 다가왔다.

"근처 민가 사람들이 보수만 넉넉히 주면 마차를 빼내는 걸 도와준다고 합니다."

희소식이었다. 커플을 피해 나무 그늘 끝자락에 앉아 있던 마델의 얼굴도 환해졌다. 마차 안에는 루엔티가 설치해 준 냉각 마법석이 설치되어 있었으니까. 마차가 움직이기만 하면 시원하게 갈 수 있었다.

"그리고 그 사람들이 알려 주기로는 이 근처에 작은 호수가 있다고 하니, 잠시 거기서 쉬고 계시는 건 어떠신가요?"

호수! 그 말에 레슬리의 눈이 반짝였다. 호수 근처는 바람이 불어 시원하겠지.

"갈래요, 슈야?"

레슬리가 눈을 빛내자 콘라드가 눈을 휘어 웃으며 몸을 일으켰다. 레슬리는 콘라드의 단단한 손을 잡고 따라 일어섰다.

"제가 안내해 드릴게요!"

근처 민가에 사는 듯 보이는 소년이 눈을 빛내며 외치자 콘라드와 레슬리, 그리고 마델과 다른 하녀 한 명이 그 뒤를 따랐다.

"사실 우리 마을 사람들만 아는 호수거든요. 그렇게 큰 편은 아니라…… 그런데 배도 있고 예뻐서 잠시 머물기는 좋아요."

귀족을 본 게 처음인 듯 소년은 길을 안내하며 쉴 새 없이 떠들었다.

"그렇…… 아!"

계속해서 쏟아지는 소년의 말에 귀를 기울이던 레슬리의 몸이 크게 휘청거렸다. 진흙을 밟아 발이 미끄러진 탓이었다. 앞서가던 콘라드가 빠르게 레슬리를 잡은 덕에 진흙 위에 넘어지는 참사는 막을 수 있었지만, 대신 레슬리의 신발이 벗겨져 버렸다.

"괜찮아요, 슈야?"

다급하게 묻는 콘라드의 뒤로 하얗게 질린 소년이 보였다.

"응, 괜찮아요. 발이 미끄러진 것뿐이라."

소년이 안심할 수 있게 레슬리는 환하게 웃어 보였다. 하지만 문제는 신발이었다. 진흙 위에 떨어진 신발은 당장 신을 수 없을 정도로 엉망이 되어 있었다.

"마델, 닦을 필요 없어."

일단 급한 대로 제 치맛자락에 신발을 닦으려는 마델을 콘라드가 말렸다. 그러고는 그대로 레슬리를 들어 안았다.

"……!"

놀란 레슬리의 눈이 커다래졌다.

종종 가족들이 자신을 번쩍 안아 들긴 했지만 그건 말대로 가족들이 셀바토르라 가능했던 일이었다. 남들보다 배는 큰 키와 덩치에 힘. 거기다 레슬리를 안으면서 어딘가 굉장히 즐거워 보이기도 하고 행복해 보이는 얼굴을 했기에 레슬리 역시 가만히 있었지만, 지금은 달랐다.

"코, 콘라드 경! 무거워요, 안 돼요!"

레슬리는 부끄러움에 붉게 물든 얼굴을 손으로 가리며 소리쳤다. 자신은 열여섯 살이나 되었는데!

"괜찮아요, 전혀 무겁지 않아요."

콘라드는 그런 레슬리가 귀엽다는 듯 웃으며 정말 아무렇지 않게 걸음을 옮겼다.

"사이레인 님께서 내거신 조건 중 하나가 힘과 체력이라, 요즘 열심히 단련하고 있습니다."

그렇게 말하며 콘라드는 말간 얼굴로 웃었다.

"언제든 슈야가 힘들 때면 안아서 옮겨 줘야 한다 그래서요."

콘라드의 말에 레슬리는 입을 꾹 다물었다. 도대체 아버지는 무슨 소리를 한 걸까!

아무리 생각해도 사이레인의 눈에는 자신이 열두 살 적 어린아이에 머물러 있는 게 분명했다. 아니, 그보다 더 작을지도.

"아, 슈야."

부끄러움에 입술을 꽉 깨물고 있는데 뭔가 생각난 듯 콘라드가 레슬리를 불렀다. 눈을 뜬 레슬리와 콘라드의 시선이 동시에 마주쳤다. 순식간에 두 사람의 얼굴이 붉게 물들었다.

"그게…… 그, 최근에만 체력이 좋아진 건 아니라고 말씀드리고 싶어서……."

그래도 나름 테센트루아 성기사단이니까요. 그렇게 말하며 콘라드는 시선을 피했다. 귀까지 붉게 물들어 있는 상태였다.

"네, 알겠어요. 최근 체력이 좋아진 콘라드 경."

레슬리가 슬쩍 놀리며 웃자, 콘라드가 샐쭉하게 레슬리를 바라보더니 이내 걸음을 옮겼다.

"도착했네요!"

그렇게 숲길을 걸어오자 호수가 보였다. 마델이 환하게 웃으며 먼저 호수로 다가갔다.

커다란 연못이라 불러야 할까, 아니면 작은 호수라 불러야 할까. 조금 애매한 크기의 호수에는 소년의 말대로 작은 배 한 척이 떠 있었다.

조심스레 레슬리를 호숫가에 내려놓은 후 콘라드는 소년에게 동전 몇 개를 쥐어 주었다. 화색을 띤 소년은 콘라드에게 뭔가를 말하더니 이내 꾸벅 허리를 숙이고는 왔던 길로 달려갔다.

"수야, 배를 타도 된다는데 타 볼래요?"

콘라드가 레슬리에게 다가오며 물었다.

"다녀오세요, 아가씨. 그동안 저는 신발 진흙을 최대한 없애 볼게요."

마델은 그렇게 말하며 진흙투성이가 된 레슬리의 신발을 들어 보였다. 레슬리가 고개를 끄덕이자 배를 준비하고 온 콘라드가 가볍게 레슬리를 안아 들었다. 조심스레 작은 배에 레슬리를 앉히고 발에는 제 손수건을 깔더니 자연스레 노를 저어 호수 한가운데로 향했다.

'시원하다.'

드레스와 같은 무늬로 장식된 하늘빛 양산을 꼭 쥐고, 레슬리는 눈을 깜빡였다. 호숫가에서 불어오는 바람은 차갑게 식어 더없이 시원했다.

"풍경이 예쁘네요."

생각보다 한여름의 숲은 아름다웠다. 짙은 녹음과 함께 화창한 햇살이 수면 위로 아름답게 흩어졌다.

'봄에 있었던 일이 꿈같아.'

에피알테스와 후작, 의식……. 그 모든 일이 이젠 꿈과 같았다. 레슬리가 손을 뻗자 손가락 끝에 차가운 물이 닿았다.

"예전에 가족끼리 호숫가로 소풍을 간 적이 있었어요. 거기 호수도 매우 아름다웠는데……. 비록 호수에 빠지긴 했지만요."

"호수에 빠졌다고요?"

"네. 그게, 호수가 바다인 줄 알고 물을 마셔 보려다가 그만……."

레슬리의 대답에 콘라드가 크게 웃음을 터트렸다. 그게 얄미워 호

47

수 물을 뿌렸지만 그래도 즐거운 듯 입가에 머금은 웃음이 더욱 짙어졌다.

다시 한 번 콘라드에게 물을 뿌리다, 호숫가에 있는 마델과 눈이 마주쳐 작게 손을 흔들었다. 그러자 마델이 환하게 웃으며 이제 깨끗해진 레슬리의 신발을 들어 올렸다. 아무래도 그걸 자랑하고 싶었던 모양이었다.

'마델 귀여워.'

최근 애인이 생겼다는데, 당연히 내가 봐야겠지? 서올리랑 다른 사람들과 시간을 맞춰 보자. 그렇게 생각하며 레슬리는 생긋 웃었다.

"여기서 잠시 쉴까요?"

작은 호수라 그런지 금방 가운데에 닿았다. 콘라드가 노를 놓자, 레슬리가 제 품에서 손수건을 꺼내 콘라드의 얼굴에 남은 땀을 닦아 주었다. 콘라드는 말없이 웃으며 레슬리에게 얼굴을 맡겼고, 레슬리의 몸이 콘라드 쪽으로 기울었다.

"그러고 보니, 슈야. 제가 요즘 고민이 있습니다."

그렇게 말하며 콘라드가 감았던 눈을 떴다.

"슈야는 왜 나를 애칭으로 불러 주지 않을까."

레슬리의 바로 앞에서 황금빛 눈동자가 웃음을 머금고 살짝 휘었다.

"……하는 고민입니다."

그렇게 말하며 콘라드는 손수건을 쥔 레슬리의 손을 잡고 가볍게 입을 맞췄다. 물 흐르듯 자연스러운 행동에 레슬리의 얼굴이 한 박자 늦게 붉어졌다. 툭, 하고 손수건이 떨어졌다.

"그, 게."

"아직도 부끄러운가요? 우리는 연인인데."

그렇게 말하며 콘라드는 다시 손에 입을 맞췄다.

이번엔 빠르게 얼굴이 달아올랐다. 손에 입술을 붙인 채 콘라드가 웃자, 작은 진동이 느껴졌다.

"······라드."

결국, 레슬리가 졌다.

다른 손으로는 양산을 들고 있어 붉어진 얼굴을 감추지도 못하고 레슬리가 작게 콘라드를 불렀다. 하지만 콘라드는 부족하다는 듯 웃기만 할 뿐, 붙들린 손을 놓아주지는 않았다.

부끄러움에 물든 라일락색 눈동자가 잠시 이리저리 움직였다.

"하지만 입에 잘 붙질 않아서······."

"그럼 다른 애칭을 만들어 볼까요? 뭐라고 불려도 저는 상관없는데."

어딘가 즐거움이 듬뿍 배어 있는 목소리였다. 아까 호숫가로 올 때 콘라드를 놀린 복수가 분명했다.

"나도 이제 꼬박꼬박 라드라 부를게요."

"정말인가요?"

"그럼요. 여기서 몇 번 연습해 보죠!"

레슬리는 턱을 치켜들었다. 그까짓 거 입에 붙으면 되는 거지! 거기다 콘라드의 말대로 자신들은 연인이 아닌가.

다시 얼굴이 붉어지는 걸 감추기 위해 레슬리는 콘라드의 황금색 눈을 바라보며 애칭을 불렀다.

"라드."

"네."

"라드."

"네, 슈야."

손바닥에 닿은 입술이 웃음을 머금어 간지럽다.

"바다에 가죠."

그렇게 말하며 콘라드는 레슬리를 바라보았다.

"바다에 가서 바닷물을 한 번 마셔 보세요. 분명 예전에 마신 호수

물과 비교가 될 겁니다.”

괜히 놀렸다, 정말. 레슬리가 입을 삐죽 내밀자 콘라드의 눈이 휘었다.

“바다도, 호수도. 이 제국 어디든 아니, 제국을 넘어 다른 대륙까지도 가고 싶은 곳이 있으면 말하세요.”

청명한 푸른 하늘 밑에서 햇빛을 닮은 황금색 눈동자가 빛났다.

“내가 데려다줄게요, 슈야. 나랑 같이 가요.”

잠시 그 따스한 눈을 바라보고 있다가 레슬리는 웃으며 고개를 끄덕였다.

“네, 꼭 같이요.”

언제나 함께. 레슬리와 콘라드가 서로를 바라보며 웃었다.

• 사냥 대회 •

시작은 셀바토르 공작저로 배달 온 한 통의 편지였다.

“……사냥 대회?”

레슬리의 고개가 옆으로 기울었다. 사냥 대회라니. 아무래도 어머니께 가야 할 편지가 잘못해서 자신에게 온 듯 보였다. 그간 레슬리에게 보내진 초대장은 작은 다과회라든가, 갤러리 전시회라든가, 자선 파티 같은 것이었으니까.

‘누가 보낸 걸까?’

레슬리의 눈이 가늘어졌다. 고급스러운 편지 봉투에 찍혀 있는 인장은 레슬리도 처음 보는 것이었다.

“카벨리온 가문이구나.”

“어머니!”

뒤에서 나타난 공작이 레슬리의 편지를 집어 들었다. 시야를 방해하는 머리를 뒤로 쓸어 넘기며 공작은 말을 이었다.

"이맘때쯤이면 늘 오는 초대장이지. 늘 사이가 가곤 했는데. 어떠니, 이번엔 대신 참석해 볼래?"

공작의 말에 레슬리의 얼굴이 환해졌다. 이런 일에 자신이 간다는 뜻은 레슬리가 셀바토르 공작가를 대표한다는 뜻이었다.

"그래도 되나요?"

"그럼. 안 될 게 뭐가 있겠니."

그렇게 말하며 공작은 작게 레슬리의 이마에 입을 맞췄다.

"카벨리온가의 숲은 아름답지. 너무 깊게만 들어가지 않으면 위험하지도 않고. 괜찮은 곳이야."

"그렇구나."

레슬리는 이제 제 것이 된 초대장을 들고 눈을 깜빡였다. 그러다 뭔가가 생각난 듯 다시 고개를 들어 공작을 바라보았다.

"그런데 어머니. 저는 아직 데뷔탕트를 치르지 못했는데 괜찮을까요?"

"카벨리온 백작은 그런 걸 신경 쓸 위인이 아니란다. 그리고 네가 가고 싶다는데 누가 막겠니."

황제가 말린다면 다시 멱살도 잡아 주지. 그렇게 말하며 공작은 레슬리의 머리를 쓰다듬었다.

⚜

"아가씨, 다 와 가나 봐요. 저기 성이 보여요!"

마차 맞은편에 앉은 마델이 창밖을 바라보며 눈을 반짝였다.

"드디어 땅을 밟겠네."

레슬리가 지친 얼굴로 말하자 마델도 눈물을 글썽이며 고개를 끄덕였다. 카벨리온 영토는 수도에서 마차로 2주를 넘게 달려야 하는 곳이었고, 그간 레슬리와 마델은 마차에 갇혀 있어야 했다.

처음이야 소풍 가는 기분으로 신났지만, 2주를 넘게 마차에 앉아 있다 보니 자연스레 레슬리와 마델의 말수는 적어졌다. 셀바토르 공작저의 마차가 아무리 크고 고급으로만 만들어졌다 해도 하루의 대부분을 가만히 앉아 있는 건 고역이나 다름없었으니까.

'하르트 경이랑 레소 경보다는 낫지만⋯⋯.'

레슬리가 손을 뻗어 창문 커튼을 걷자, 흐트러짐 없이 말을 몰고 있는 레소와 하르트가 보였다. 레소는 눈 밑이 조금 거뭇해진 것 외에는 여행의 피로감을 보이지 않았고, 하르트는 아예 저택에서 지내던 모습과 똑같아 보였다.

'역시 체력의 차이일까?'

나도 돌아가면 더 열심히 단련해야지. 그렇게 생각한 레슬리가 창문 커튼을 닫고 얼마 지나지 않아 마차가 멈춰 섰다.

"아가씨, 카벨리온 성에 도착했습니다."

달콤한 레소의 말이 들리자마자 레슬리는 바로 몸을 일으켰다. 어서 땅을 밟고 좀 걷고 싶었다.

"어?"

마차 문이 열리자 레소도 하르트도 아닌 낯익은 사람이 레슬리를 기다리고 있었다.

"⋯⋯라드?"

레슬리와 마델의 눈이 동그래졌다. 레슬리가 마차에서 내려올 수 있게 손을 내밀고 있는 사람은 콘라드였다. 이름이 불리고 눈이 마주치자 황금빛 눈동자가 웃음을 머금고 휘었다.

"놀랐나요?"

"조금요."

레슬리가 자연스럽게 콘라드의 손 위에 자신의 손을 올리자, 혹여나 그녀가 비틀거릴까 콘라드가 살짝 힘을 줘 레슬리의 손을 잡았다.

"저런, 조금 더 놀라 주길 바랐는데."

어쩐지 장난기가 서린 목소리였다. 그는 잡은 손을 그대로 이끌어 레슬리의 팔을 제 팔 위에 올리게 하더니 자연스레 레슬리를 에스코트했다.

"어떻게 된 거예요? 분명 아직 임무 중인 거로 알고 있었는데."

안타깝게도 카벨리온 사냥 대회에 콘라드는 참석하지 못했다. 아직 그에게는 아이테라 가문의 의무와 함께 테센트루아 성기사로서 해야 할 일이 있었으니까. 그래서 몸 조심히, 잘 다녀오라는 아쉬움이 가득 담긴 편지를 보내 주지 않았던가.

"슈야의 편지를 받고 보니, 카벨리온 성이 바로 근방이더라고요."

콘라드가 레슬리를 바라보며 웃었다.

"그래서 레슬리가 보고 싶어서 일 못 하겠다고, 선배님에게 으름장을 좀 놔 봤습니다. 요즈음 임무 때문에 우리 자주 보지도 못했잖아요."

억울함이 가득 담긴 목소리에 푸훗, 레슬리가 작게 웃음을 터트렸다. 확실히 최근에 콘라드는 임무 때문에 아예 수도를 벗어나 있어서 편지를 주고받는 것조차 수월하지 않았다.

"그래서 렌티우스 경이 보내 주신 거예요?"

"돌아오면 몇 배로 더 일하라는 약속을 받아 내고요. 고리대금업자나 다름없다니까요. 고작 며칠 일찍 보내 주고서는."

콘라드가 레슬리의 버릇을 닮아 입을 삐죽 내밀며 고개를 젓자 머리카락이 흔들거렸다.

"뭐, 그래서 조금 일찍 카벨리온 성에 도착해 슈야를 기다리고 있었지요."

다시 콘라드의 눈이 레슬리에게 닿았다. 어쩐지 칭찬해 달라는 눈이라 레슬리는 웃으며 콘라드의 어깨에 머리를 기댔다.

"보고 싶었는데, 좋아라."

그 말에 화답하듯 콘라드의 얼굴이 붉어지면서 손에 조금 더 힘이 들어갔다. 그렇게 콘라드의 에스코트를 받으며 성으로 들어가자, 카벨리온 백작 부부가 레슬리를 맞이했다.

"셀바토르 공녀님, 어서 오십시오. 기다리고 있었습니다."

카벨리온 백작은 사이레인 또래로 보이는 중년 남자였는데 어딘가 부드러워 보이는 인상이었다. 특이한 것은 백작 부인 쪽이었는데, 붉은 머리를 틀어 올린 백작 부인의 왼팔이 조금 부자연스러웠다.

'의수.'

미리 들었기에 레슬리는 놀라지 않을 수 있었다. 셀바토르 공작은 레슬리에게 카벨리온 가문에 대해 몇 가지를 알려 주었다. 백작 부부 모두 제국 영웅 출신이며 혼란의 시대 때 부인 쪽은 한쪽 팔을 잃었다고.

하지만 자연스럽게 백작 부인을 향해 허리를 숙인 콘라드를 보고 레슬리는 조금 놀라고 말았다.

"선배님을 뵙습니다."

가벼운 인사였다. 콘라드는 임시로나마 아이테라 대공가를 이끄는 가주였고, 그녀는 백작 부인이었다. 그렇지만 백작 부인도 백작도 콘라드도 놀라지 않았다.

"후배님을 뵙습니다."

간략하게 그리 말했을 뿐.

"테센트루아 성기사단 출신이셨나요?"

"예, 그렇습니다. 공녀님."

레슬리의 물음에 카벨리온 백작 부인은 미소를 머금고는 고개를 끄덕였다.

"비록 몸이 이리되어 창을 놓았지만, 테센트루아 성기사단 출신으로 신의 대리인이었습니다."

"저는 린체 기사단 출신이지요. 셀바토르 공작님의 밑에 있었습니다."

백작이 웃으면서 대화에 끼어들었다. 레슬리의 눈이 더욱 커졌다. 이건 어머니에게 듣지 못했던 정보였다.

"셀바토르 단장님의 신세를 많이 졌지요."

"지금도 많이 지고 있긴 하지요."

백작 부인은 웃으며 제 팔을 보여 주었다. 조금 부자연스럽지만 그래도 멀리서 보기엔 전혀 티가 나지 않는 팔이었다.

"이것도 루엔티 마법사님께서 직접 만들어 주신 최고급품이거든요. 덕분에 불편함 없이 생활하고 있습니다."

그러면서 그녀는 팔을 이리저리 움직여 보였다. 확실히 자연스러운 움직임이었다. 레슬리가 놀라 눈을 깜빡이는 사이 누군가가 다가왔다.

"아, 그리고 저희 아이들입니다. 샤온과 베온이랍니다."

'쌍둥이!'

이것도 공작이 미리 말을 해 준 것이었지만 레슬리는 완전히 놀라고 말았다. 처음 보는 쌍둥이였으니까. 그것도 성별만 다르고 나머지는 완벽히 똑같은 쌍둥이는.

백작의 옅은 갈색 머리카락에 백작 부인의 푸른 눈을 닮은 쌍둥이가 가볍게 인사를 건넸다.

"안녕하세요, 샤온 드아 카벨리온이에요."

"저는 베온 엘 카벨리온입니다, 공녀님."

레슬리 나이 또래의 아이들이었다. 두 사람은 자신을 보며 눈만 깜빡이는 레슬리를 보며 환하게 웃었다. 똑같이 생긴 아이들, 목소리로 구분하면 되려나?

"셀바토르 공작님의 대리인 레슬리 슈야 셀바토르입니다."

빠르게 정신을 수습한 레슬리가 인사를 건넸다. 흠잡을 곳 없이 완벽한 예법에 샤온과 베온의 눈이 반짝거렸다.

"환대에 몸 둘 바를 모르겠습니다. 사냥 대회 동안 잘 부탁드리겠습니다."

레슬리의 인사가 끝나자마자 샤온과 베온이 입을 맞춰 힘차게 말을 꺼냈다.

"사냥 기간 잘 부탁드리겠습니다!"

"사냥 기간 잘 부탁드리겠습니다!"

어쩐지, 목소리마저 비슷하게 들린다.

샤온과 베온은 레슬리와 동갑이었고, 레슬리로서는 처음 겪는 엄청난 친화력을 가지고 있었다.

"셀바토르 공녀님, 저랑 같이 정원을 산책하시는 건 어떠신가요?"

"아니, 공녀님은 나랑 같이 우리 성 서재를 구경하러 가실 거야. 그렇죠, 공녀님?"

안타깝게도 레슬리의 친구라고는 옛 친구이자 현 연인인 콘라드와 절친인 셀리스뿐이었고, 두 사람 다 샤온과 베온 같은 활달함을 가지고 있지는 않았다. 즉, 레슬리로는 이런 친화력을 이겨낼 힘이 없었다.

쌍둥이 사이에 낀 레슬리는 눈이 핑글핑글 도는 걸 느꼈다. 일단 왼편에 있는 사람을 바라보았다.

"그, 그러니까 카벨리온 양……?"

"카벨리온 양은 저쪽이랍니다. 저는 베온 엘 카벨리온입니다."

찍었는데 틀렸나 보다. 다시 눈이 핑글 돌았다. 샤온과 베온은 어깨에 닿는 정도로 머리 길이도 비슷했고 옷도 똑같은 훈련복을 입고 있어 구분이 어려웠다.

"제가 샤온, 카벨리온 양이지요."

오른쪽에 있던 아이가 웃으며 자신을 다시 소개했다. 자세히 들어보니 샤온 쪽 목소리가 조금 더 얇았다.

"그리고 제가 베온, 카벨리온 군입니다."

다시 왼편에 있던 아이가 웃으며 말했다.

"죄송해요. 제가 구분을 잘 못 해서 결례를 저질렀어요."

"괜찮습니다. 공녀님."

샤온이 밝게 웃으며 레슬리를 바라보았다.

"저희가 작정하면 부모님조차 저희를 구분하지 못하시거든요. 하물며 오늘 저희를 처음 본 공녀님은 더욱 헷갈리시겠지요."

"맞습니다. 카벨리온 양, 카벨리온 군이라고 부르면 더욱 헷갈리시니 부디 이름을 불러 주세요."

초면에 이름을 부르다니, 괜찮을까. 잠시 고민하던 레슬리는 이내 고개를 끄덕였다. 계속해서 헷갈리는 것보다는 본인들도 허락한 이름 부르기가 낫다는 생각에서였다.

"네, 그렇게 할게요. 저도 셀바토르 공녀보다는 레슬리라 불러 주세요."

"좋아요, 레슬리 양!"

베온이 환하게 웃으며 레슬리의 손을 잡았다.

"친구가 된 기념으로 같이 정원 구경을 하러 가시겠어요? 마침 정원에 심어 둔 꽃들이 예쁘게 피었습니다."

"잠시만."

갑자기 세 사람의 대화에 누군가가 끼어들었다.

"저도 대화에 끼고 싶은데요."

어쩐지 웃고 있는데도 어딘가 날이 서 있는 기색의 콘라드였다. 샤온과 베온이 갑자기 끼어든 콘라드를 보며 눈을 동그랗게 떴다.

"카벨리온 님, 저도 정원 구경을 하고 싶어서요."

그렇게 말하며 콘라드는 자연스럽게 레슬리와 베온 사이에 끼어들었다.

"듣자 하니 카벨리온 백작저의 정원은 아름답기로 유명하다지요. 거기다 꽃들이 아름답게 피었다니 기대가 됩니다. 정원사의 실력이 뛰어나다 들었는데, 정말인가요?"

"어……. 그 정도로 엄청나지는 않습니다만."

베온이 눈을 깜빡이는 사이, 레슬리의 시야가 완전히 콘라드에 의해 가려졌다.

"그렇지만 무척이나 기대됩니다. 사실 며칠 카벨리온 성에 머무르면서 정원이 너무도 궁금했거든요."

"그러시다면 그때 구경을 하셔도 괜찮으셨을 텐데……."

"주인의 허락을 기다리고 있었지요. 손님이 먼저 구경한다고 하면 조금 무례하게 보일까 걱정을 했습니다."

콘라드는 생글생글 웃으며 베온을 바라보았다. 레슬리와 샤온은 콘라드의 뒤에서 눈을 깜빡였다.

'어쩐지 일부러 나랑 베온을 갈라 둔 것 같은데…….'

기분 탓이…… 아닌 거지? 레슬리의 고개가 옆으로 기울었다. 잠시 레슬리가 눈을 깜빡이는 사이 콘라드는 베온을 데리고 정원으로 향했고, 자연스레 레슬리와 샤온은 숲 산책을 하게 되었다. 샤온이 자연스럽게 앞장을 섰고 레슬리는 뒤를 따라 작은 오솔길을 걸었다.

"후후, 그건 질투예요. 레슬리 양."

숲의 향기를 한껏 머금은 바람이 머리카락을 흔들거렸다. 혹여나 양산을 놓칠까 봐 레슬리는 손에 힘을 주었다.

"질투요?"

샤온이 손을 내밀었고 레슬리는 그 손을 잡고 살짝 경사진 언덕을 올랐다.

"맞아요! 베온이 자꾸 친한 척을 하니까 아이테라 경이 질투를 하는 거예요."

'라드가 질투라⋯⋯.'

샤온의 옆에서 보폭을 맞춰 걸으며 레슬리는 눈을 깜빡였다. 질투, 질투라니. 그건 또 새로운 감정이었다.

"하지만 예전에는 그러시지 않았는걸요."

레슬리에게 친한 척을 했던 남자가 없었던 건 아니었다. 셀바토르가의 영광을 보고, 레슬리 자체를 보고, 조금이라도 이득을 얻을까 하여 몰려드는 사람들이 있었다. 하지만 그때마다 콘라드는 레슬리 앞으로 나서 미소 지으며 그들을 밀어낼 뿐이었지.

'아까처럼 다급해 보이지는 않았는걸. 그게 질투였던 걸까?'

레슬리의 고개가 옆으로 기우는 걸 보며 샤온이 작게 웃었다.

"혹시 그때는 셀바토르 경이나 마법사님이 늘 옆에 계시지 않았나요?"

샤온의 말에 레슬리는 느리게 눈을 깜빡였다. 생각해 보니 샤온의 말대로 레슬리가 참석한 몇 안 되는 공식적인 자리에 늘 어머니나 아버지 아니면 오라버니들이 같이 가곤 했다. 레슬리의 표정을 보고 답을 알겠다는 듯 샤온의 입이 곡선을 그렸다.

"그래서 그래요! 자신이 없더라도 지켜 줄 만한 사람들이 있으니까. 하지만 이번에는 조금 다르잖아요?"

샤온의 푸른 눈이 흥미로운 걸 발견했다는 듯 반짝거렸다.

"실례지만, 가족분들 없이 공식적인 자리에 나타난 건 이번이 처음이시지요?"

레슬리는 작게 대답했다. 샤온이 말이 맞았으니까. 가문을 대표해 레슬리 혼자 나온 것은 이번이 처음이었다. 늘 공식적인 곳에는 가족들과 함께 나섰다.

이 사냥 대회도 셀바토르 공작저와 인연이 있는 카벨리온가에서 주최하는 게 아니었더라면 레슬리는 홀로 나오지는 못했을 것이다.

"레슬리 양이 홀로 나온 데다가 친한 척하는 베온도 있잖아요."

나도 있지만, 아이테라 경에게는 나는 안 보일걸요! 샤온은 꺄르륵 웃음을 터트리며 폴짝 뛰어 작은 웅덩이를 건넜다. 그녀의 셔츠 자락이 바람에 나풀나풀 흔들렸다.

"친한 척하는 베온."

"맞아요. 그리고 베온은 아직 약혼녀가 없어요. 아무래도 아이테라 경의 입장으로는 레슬리 양이랑 최대한 떨어트리고 싶을 거예요."

레슬리가 드레스 자락을 적시지 않고 무사히 웅덩이를 건널 수 있게 손을 잡아 준 샤온이 시선을 맞췄다.

"부러워라! 질투는 사랑받고 있다는 증거 중 하나니까요."

샤온의 뺨이 불그스름하게 물들었다. 꽃이 물을 머금고 활짝 피듯 그녀의 눈이 반짝거렸다.

"아이테라 경은 확실히 레슬리 양을 사랑하는군요."

사랑. 그 단어에 뺨이 달아올랐다. 그간 콘라드를 의심해 본 적은 없지만, 오늘 처음 본 샤온이 단언하니 어쩐지 색다른 기분이 들었다. 심장 한편이 간질거려 자꾸만 웃음이 새어 나올 것 같아 레슬리는 입술을 꼭 깨물었다.

"하지만 너무 아이테라 경을 질투하게 만드는 것도 좋은 방법은 아니죠. 베온은 제가 막을게요."

주먹을 불끈 쥔 샤온이 믿으라는 듯 씩 웃어 보였다. 그리고는 고개를 돌려 레슬리와 자신이 서 있는 곳을 둘러보았다.

숲이 한눈에 보이는 곳이었다. 평평한 돌 때문에 앉아서 경치를 구경하기는 더없이 좋아 보였다.

가장 아름다울 때를 맞아 카벨리온 숲은 녹음으로 빛나고 있었고, 새들의 지저귐이 사방에서 들려왔다. 아무것도 가려지는 것 없이 탁 트인 장소. 레슬리는 저도 모르게 한 발 앞으로 나섰다.

"나중에 레슬리 양은 아이테라 경과 여길 와서 데이트를 즐기세요."

"너무 예뻐요."

"제 비밀기지예요. 베온도 모르는 곳이랍니다."

"이렇게 좋은 곳을 알려 줘도 되는 건가요?"

"그럼요! 사과의 뜻이니까요."

베온에 관한 건 아닌 것 같은데. 레슬리가 샤온을 바라보자 혀를 살짝 내밀고 잠시 뭔가를 말하려는 듯 우물쭈물하던 샤온이 멋쩍은 얼굴로 레슬리를 바라보았다.

"베온 일도 그렇고, 저희가 너무 친한 척을 하긴 했잖아요."

그렇게 말하며 샤온은 작게 한숨을 내쉬었다.

"레슬리 양도 아시다시피 우리 카벨리온 성은 다른 성들과 조금 떨어져 있잖아요? 솔직히 다른 사람들과 교류가 힘들어요. 가볍게 안부 인사만 하러 가도 몇 날 며칠을 가야 하니까요."

확실히, 영토에 있는 커다란 숲 때문에 카벨리온 성에서 다른 영토까지 가려면 시간이 상당히 걸릴 것 같았다.

"저랑 베온은 사람을 만나 이야기를 나누는 걸 정말로 좋아하는 편이에요. 그런데 매일 만나는 사람이라곤…… 부모님이랑 말도 잘 안 통하는 집사와 사용인들 몇……."

손가락을 하나하나 접을 때마다 샤온이 푹푹 한숨을 내쉬었다.

"심지어 마을도 멀어!"

억울하다는 듯 샤온이 크게 외쳤다. 쩌렁쩌렁한 샤온의 목소리가 메아리쳐 들리기 시작했다. 하지만 숲속에 숨어 있던 새 몇 마리가 날아오를 뿐 숲은 잠잠했다.

"손님이 올 때라고는 사냥 대회랑 마을 축제 때뿐인데, 마을 축제는 늘 보던 얼굴이고!"

아하. 레슬리는 슬슬 왜 샤온과 베온이 왜 이런 반응을 보이는지 이해할 수 있었다. 샤온과 베온은 그저 새로 온 손님이 좋고 좋았던 모양이었다.

'강아지 같네.'

레슬리는 작게 웃었다. 언젠가 길거리에서 강아지를 만난 적이 있었다. 작고 복슬복슬한 강아지는 레슬리를 보자마자 눈을 빛내며 꼬리를 흔들었었다. 사람이 반가워 빛나는 눈과 환한 얼굴. 실례가 될지는 모르겠지만 그때 그 강아지 같다고 생각하며 레슬리는 작게 웃었다.

"그래서……."

크게 외치고 나자 속이 좀 풀렸는지 샤온이 슬그머니 레슬리를 바라보았다.

"레슬리 양을 봤을 때 조금 흥분했어요. 처음 뵙는 분인 데다가 저희 나이 또래는 정말 귀하거든요. 거기다 레슬리 양은 유명하신 분이잖아요. 아, 저 책도 읽었어요!"

레슬리와 에피알테스의 이야기는 이미 이야기꾼들의 입을 통해 제국 구석구석으로 퍼진 지 오래였다. 루엔티가 더욱 정확한 사실을 알려야 한다며 책까지 써 왔을 때는 부끄러워 고개를 들지 못했지. 아무래도 그 불질러 버려야 했던 책을 샤온과 베온이 읽은 모양이었다.

"그래서 그러셨군요."

왜 이제야 처음 보는 자신에게 친근하게 대했는지 확실히 알 수 있었다. 어머니가 셀리스를 볼 때 이런 느낌이었을까. 나중에 몰래 서재에 잠입해서 책은 불태워 버려야지. 레슬리는 웃으며 고개를 끄덕였다.

다행이라는 듯 샤온이 안도의 숨을 쉬며 자연스레 레슬리에게 팔짱을 꼈다. 두 사람은 천천히 왔던 길로 성으로 내려가기 시작했다.

"이해해 주셔서 감사해요, 레슬리 양. 혹시나 아이테라 경과 무슨 일이 있다면 저에게 말해 주세요. 도울 수 있으면 도와 드릴게요."

어딘가 결연한 얼굴의 샤온을 보며 레슬리는 고개를 끄덕였다.

성으로 돌아오는 길은 즐거웠다. 샤온은 레슬리가 모르는 많은 것들을 알았고 오랜만에 또래와의 대화에 레슬리 역시 웃으며 이야기를 나눴다.

"어, 샤온."

성에 도착할 때쯤, 두 사람은 숲에 다녀온 듯 보이는 콘라드와 베온과 마주쳤다. 말에서 내려온 베온에게 샤온이 가까이 다가갔다.

"베온, 숲에 다녀오는 거야?"

"응, 어머니께서 미리 확인을 해 보라고 해서. 아이테라 경과 같이 다녀왔어."

투레질하는 말의 목을 두드리며 베온이 대답했다. 그러는 사이 말에서 내려온 콘라드도 레슬리에게 다가갔다. 콘라드가 웃으면서 베온을 데려간 후로 처음이라 두 사람 사이에 침묵이 돌았다.

"아! 맞아! 나도 참, 잊어버리고 있었네!"

갑자기 샤온이 눈을 크게 뜨더니 콘라드의 옆에 있던 베온의 팔을 확 잡았다.

"아버지께서 저희를 찾으셨던 걸 잊어버렸어요. 저희는 먼저 성으로 가 보겠습니다."

"아버지가 우리를 찾으셨어? 나는 그런 말은 못 들……."

어리둥절해하며 베온이 말을 잇다가 무시무시한 샤온의 시선에 슬그머니 입을 다물고는 고개를 떨궜다.

"그럼 두 분은 천천히 산책을 즐기다 오세요."

환하게 웃으며 샤온은 레슬리를 향해 눈을 깜빡거리더니 기가 죽은 베온을 데리고 잽싸게 돌아갔고 잠시 두 사람의 뒷모습을 바라보던 레슬리가 웃음을 터트렸다. 너무 티가 나지 않는가. 콘라드도 뭔가를 알아챈 듯 미소 지으며 레슬리를 바라보았다.

"흐음. 두 분이 갑자기 자리를 비운 이유가 뭔지 모르겠네요. 분명 베온 님은 아무 일정도 없다고 하셨는데."

"있죠. 라드."

레슬리가 천천히 양산을 잡고 걸음을 옮기자, 콘라드가 따라 움직였다. 양산 밑에서 은발이 춤추듯 나풀거렸다.

"질투했어요?"

"네."

바로 돌아온 대답에 레슬리가 경쾌하게 웃자, 콘라드가 샐쭉한 얼굴로 레슬리를 바라보았다.

"할 수밖에 없었죠. 베온 님이 그렇게 붙는데 밀어내지도 않으시고, 만난 지 하루 만에 이름도 부르게 하시고. 베온 님은 슈야 또래잖아요."

"그렇지만 라드도 하루 만에 제 이름을 불렀잖아요."

"그건 특수한 경우니까요."

아직도 질투 섞인 말에 레슬리가 손을 뻗어 콘라드의 손을 잡으며 시선을 마주했다.

"질투하지 말아요. 나한텐 라드뿐인걸요."

레슬리의 말에 콘라드가 잠시 말없이 그녀를 바라보았다. 이내, 황금색 눈이 행복감으로 휘고 입술이 곡선을 그렸다.

"이번 사냥 대회 때, 다른 남성분들의 것은 말고 제 사냥감만 받아 주신다면 믿겠습니다."

카벨리온 사냥 대회에서는 자신이 잡아 온 사냥감을 선물함으로써 호감과 우정을 나타낸다고, 샤온이 말해 준 걸 떠올린 레슬리가 고개를 끄덕였다.

"네, 그럴게요."

그러자 콘라드가 레슬리의 손등에 입을 맞추며 그대로 시선을 마주했다.

"약속했습니다, 슈야."

⚜

"그리하여!"

카벨리온 백작이 모인 사람들을 바라보며 크게 외쳤다. 사냥 대회에 참가하는 이들은 사냥복에 무기를 쥐고 있었고, 대회에 참석하지 않는 이들은 편한 복장으로 테이블 앞에 앉아 있었다.

"이렇게 우리 카벨리온가의 유구한 전통인 사냥 대회를 별 탈 없이 열게 되어 신께 감사 인사를 드립니다."

사람들 사이에는 콘라드와 레슬리도 섞여 있었다. 하지만 평소와는 달랐다. 콘라드는 그저 말없이 땅을 내려다보고 있었고, 레슬리는 테이블에 놓인 찻잔에 시선을 고정한 상태였다. 콘라드의 미간에는 작게 주름이 잡혀 있었고, 레슬리의 입술은 조금 튀어나와 있었다.

그리고 쌍둥이는 콘라드와 레슬리의 사이에 껴서 두 사람의 눈치를 보고 있었다.

"……."

백작의 목소리는 더없이 높아졌고 사람들 역시 환호하며 연설에 보답했지만, 쌍둥이의 안색은 더욱 안 좋아졌다. 둘은 힐끔힐끔 시선을 교환했다.

'어떻게 할까.'

'……글쎄, 어쩌지?'

베온은 콘라드를, 그리고 샤온은 레슬리를 바라보았다. 어쩌다 레슬리와 콘라드, 두 사람의 시선이 마주치자 동시에 고개를 돌렸다. 둘 다 단단히 삐진 모양이었다.

'망했다.'

이 사태의 원흉이 된 쌍둥이는 울고 싶어졌다.

사냥 대회가 열리기 일주일 전, 카벨리온 성에 도착한 레슬리는 손님이 하나둘씩 도착하는 걸 보면서 즐겁게 지냈다.

샤온은 자신이 읽던 로맨스 책을 레슬리에게 추천했고, 레슬리는 마델과 서올리가 몰래 숨겨 놓고 보던 책들을 추천해 주었다. 그 이야기를 할 때 레슬리를 따라온 마델의 얼굴이 하얗게 질렸으나, 레슬리는 모른 척 웃었다.

정원을 가꾸는 게 취미라는 베온은 레슬리와 콘라드에게 여러 가지 꽃과 나무들을 알려 주었다. 다른 손님들과 담소를 나누기도 했고, 말을 타고 숲을 돌아보기도 했으며, 서재에서 자신의 책을 찾기도 했다.

가장 즐거운 것은 콘라드와 같이 있는 시간이 부쩍 늘어났다는 것이었다. 비록 레슬리에게 관심을 가지는 다른 손님들 때문에 많이 방해받긴 했지만, 임무로 수도를 자주 비웠던 옛날에 비하면 얼굴을 많이 보게 되어 즐거웠다.

그렇게 평화로운 나날이 흘렀고 사냥 대회를 이틀 앞둔 날, 사건이 일어났다.

'찾았다.'

레슬리는 눈을 반짝였다. 드디어 『레슬리의 신화』라는 거창한 제목의 책을 찾았다.

이렇게 깊숙한 곳에 있으니 찾기 힘들지. 레슬리는 슬그머니 책을 꺼내 들었다.

읽으려는 의도는 아니었다. 레슬리만큼 저 책을 잘 아는 사람은 마치 책을 성서처럼 읽던 사이레인과 베스라온, 루엔티뿐이었으니까.

"레슬리 양!"

갑자기 튀어나온 샤온의 목소리를 듣고 레슬리는 재빠르게 책장에 돌려 두었다. 샤온이 레슬리를 찾는 듯 커다란 책장 사이사이에서 목소리가 울려 퍼졌다.

"레슬리 양! 어딨어요?"

"저 여깄어요."

레슬리는 손을 흔들면서도 시선은 책에 고정했다. 반드시 불태우고 말리라. 저런 건 여기에 존재하면 안 되는 사악한 책이었다.

"여기 계셨군요."

거대한 책장 사이에 있던 레슬리를 찾아낸 샤온이 환하게 웃었고, 그녀를 본 레슬리의 눈이 동그래졌다. 순식간에 책은 레슬리의 머리 밖으로 밀려났다. 책장 사이에 있는 레슬리를 찾아낸 사람이 베온이었던 탓이었다.

'분명 샤온의 목소리가 들렸는데?'

당황한 레슬리가 눈을 깜빡이자 샤온이 환하게 웃었다.

"저 샤온 맞아요, 레슬리 양!"

샤온은 지금 베온이 평소에 자주 입던 것과 똑같은 바지를 입고, 푸른 셔츠에 마치 베온처럼 오른쪽 팔만 걷어 올린 상태였다. 크라바트로 목을 가린 데다가 조금 커다란 재킷이 완벽하게 실루엣을 가려 주자 어디로 보나 베온이었다.

"어때요? 베온 같아 보이나요?"

샤온이 들뜬 목소리로 묻자 레슬리가 저도 모르게 고개를 끄덕였다.

"베온인 줄 알았어요. 목소리를 듣지 않았더라면 완벽하게 속아 넘어갔을 거예요."

구분할 수 있는 거라고는 목소리뿐이었다. 처음에는 똑같이 들렸는데 자세히 들으면 억양에서 차이가 났고 레슬리는 그걸로 쌍둥이를 구분하고 있었다.

쌍둥이가 이래서 쌍둥이구나, 새삼 신기해 레슬리가 샤온을 바라보자, 샤온이 웃더니 큼큼거리며 목을 가다듬었다.

"아아, 레슬리 양."

"……!"

레슬리는 놀라 샤온을 바라보았다. 베온의 목소리였다. 귀 기울여 자세히 듣는다면 샤온의 목소리와 말투를 알아챌 수 있었지만, 그냥 듣기로는 베온의 억양과 똑같이 들렸다.

보란 듯 샤온은 베온의 걸음걸이를 흉내 내 터벅터벅 서재를 한 바퀴 돌기도 했다. 완벽한 베온의 모습에 박수를 보내고 싶은 마음이 들 정도였다.

"사실 우리 가족의 전통 같은 거예요. 어릴 적에 부모님이 장난으로 하셨는데 다들 반응이 좋아서 여태까지 하고 있어요."

밑으로 내려가는 소매를 다시 걷어 올리며 샤온이 말을 이었다.

"카벨리온 성에 와 주시는 분들은 대부분은 깜짝 놀라세요. 몇 번을 봐도 계속 놀라시는 분들도 있고요. 그러다 보니 저도 베온도 재미가 붙어서 서로의 습관까지 따라 하고, 배우들을 불러다 연기도 지도받았어요."

"연기까지요?"

도대체 얼마나 사람들을 놀라게 하려고 연기까지 배운 걸까? 레슬리가 눈을 빛내며 샤온을 바라보았다.

"후후, 이래 봬도 연기는 베온보다 제가 훨씬 나아요. 보실래요?"

어제 똑같은 취미인 승마로 베온에게 진 게 억울했던 모양이었다. 샤온은 그대로 레슬리 앞에 무릎을 꿇더니, 그윽한 눈빛으로 레슬리를 올려다보았다.

　"레슬리 양, 이런 말을 하면 안 되는 건 알지만. 그래도 제 마음을 참을 수가 없습니다."

　샤온의 진지한 모습에 웃음이 터질 뻔했다. 레슬리는 입술을 꼭 깨물었다. 이 대사는 어제 같이 읽던 로맨스 소설에서 나오던 대사가 아니던가. 좋아하는 장면이라더니, 그걸 전부 외운 모양이었다.

　"알고 있습니다! 당신은 연인이 있으시지요. 하지만 아직 반지를 나누지 않으셨으니, 부디 저를 한 번 더 생각해 봐 주십시오."

　레슬리의 반응에 신이 난 샤온이 더욱 열렬하게 대사를 외쳤고 레슬리는 웃지 않기 위해 입을 가리고 고개를 떨구었다.

　"부탁입니다. 오늘 저녁에 저와 만나 손을 잡아 주십시오. 그리고 사냥 대회 때 그의 것이 아닌, 제 전리품을 받아 주십시오. 나의 여신이시여."

　애절한 눈빛. 조금은 느끼해 보였지만 샤온의 말대로 꽤 괜찮은 연기였다.

　레슬리는 입을 가린 채, 고개를 끄덕였다. 이렇게까지 연기를 보여 줬으니 자신도 같이 맞춰 줘야지.

　"네, 좋아요. 그렇게 할게요."

　레슬리의 대답을 끝으로 잠시 침묵이 감돌았다. 시선을 서로 마주한 두 소녀가 침묵 끝에 웃음을 터트렸다.

　"정말 연기가 뛰어나서 놀랐어요."

　"레슬리 양도 연기에 소질이 있으신데요? 수도로 돌아가시면 한번 배워 보세요. 생각보다 즐겁답니다."

　그럴까. 재밌을지도 모르겠다.

"맞다, 사냥 대회 때 아이테라 경에게 드릴 건 준비되었나요?"

샤온의 물음에 레슬리는 고개를 끄덕였다. 카벨리온 영토 사람들은 사냥을 나갈 때 안전을 바라는 마음으로 매듭 장식을 준다는 이야기를 들어, 어제부터 부지런히 만들고 있었다. 처음 해 보는 것이라 몇 번 실패했지만, 이번에 만들고 있는 건 느낌이 좋았다.

"샤온 양이 잘 가르쳐 주신 덕분이에요. 감사해요, 샤온 양."

"레슬리 양의 솜씨가 좋은 거죠. 비밀로 하다가 당일에 선물하신다고 하셨죠? 제가 매듭 장식을 꾸밀 만한 색실을 가져올게요. 조금 이따 저녁 식사 후에 같이 만드는 건 어떠신가요?"

"좋아요."

그렇게 담소를 나누는 샤온의 눈에 살짝 열린 서재 문이 들어왔다.

'들어올 때 닫았던 것 같은데.'

아닌가? 샤온은 잠시 고민하다가 그대로 잊어버렸다.

"……."

콘라드는 눈을 깜빡였다. 방금 자신이 뭘 본 걸까.

레슬리에게 주고 싶은 것이 있었다. 내일은 사냥 대회가 아니던가. 그래서 하인들에게 물어 레슬리가 서재로 간 걸 알아낸 것까지는 좋은데…….

'왜 베온 님과 같이 있는 거지?'

처음엔 샤온인 줄 알았다. 레슬리는 샤온과 친해진 뒤로 늘 같이 다녔으니까. 하지만 살짝 다른 모습과 조금 낮은 목소리, 그리고 걸음걸이. 그 어딜 봐도 베온이었다.

무릎을 꿇고 간절한 얼굴로 레슬리를 올려다보는 베온과 입술을 살짝 깨문 채 눈가를 떠는 레슬리의 모습은 마치 소설 속에서나 보던 장면과도 같았다.

'내가 잘못 봤겠지.'

손으로 얼굴을 쓸고 마음을 추스른 후 콘라드는 다시 한 번 서재 안을 바라보았다. 하지만 자신이 잘못 본 게 아니었다. 베온과 레슬리가 웃으면서 서로를 바라보고 있었다.

레슬리의 붉어진 뺨과 즐거운 듯 반짝이는 눈이 가슴에 박혔다. 아무리 서재 안을 바라보아도 상황은 바뀌지 않았다. 그리고 방금 들은 말이 다시 귓가에 메아리쳤다.

'네, 좋아요.'

아니, 아닐 거야. 콘라드는 그대로 자리를 벗어나 카벨리온 성 복도를 걸었다. 아닐 게 분명했다. 사정이 있는 게 아닐까. 슈야는 마음이 약한 편이었으니까. 남들이 이상한 부탁을 하더라도 쉽게 거절하지 못했다.

'그래, 그런 거겠지.'

정처 없이 걷던 콘라드가 걸음을 멈추었다. 분명 무슨 일이 있어서 그렇게 말한 거겠지.

콘라드는 애써 자신을 이해시켰다. 하지만 머릿속 어딘가에서는 자꾸만 의문이 떠올랐다. 도대체 무슨 상황이기에 저런 행동과 좋다는 말을 했을까. 거기다 분명 '연인은 있지만, 반지는 나누지 않았다.'고 말하지 않았던가.

콘라드는 말없이 머리를 쓸어 올렸다. 레슬리가 데뷔탕트를 치르면 약혼식을 하자고 입을 맞췄기 때문에 아직 두 사람은 반지를 나누지 않았다. 너무 정확히 들어맞는 상황.

거기다 베온은 첫날부터 레슬리에게 과도한 관심을 보이기도 했다. 좋게 생각하고 싶은데 자꾸만 머리가 나쁜 쪽으로 돌아갔다. 마음이 복잡해졌다.

"아하하!"

한숨을 쉬며 간신히 불안한 마음을 가라앉히는 콘라드의 귀에 즐거운 웃음소리가 들렸다. 창문으로 정원을 내려다보자, 몇 남자들과 한 명의 여성이 즐거운 듯 정원을 거닐며 담소를 나누는 장면이 보였다.

남자들을 바라보는 콘라드의 눈가가 가늘어졌다. 일주일 동안 카벨리온 성에는 수많은 손님이 도착했는데 그중에서도 콘라드는 저 세 남자를 확실하게 기억했다. 저들이 도착하자마자 백작이자 성주인 카벨리온 백작 부부의 인사를 대강 넘기면서 레슬리를 찾은 탓이었다.

'셀바토르 공녀께서 손님으로 머물고 있다는 게 사실입니까? 꼭 뵙고 싶던 분을 이렇게 뵐 줄이야!'

마음에 안 들어. 콘라드가 고개를 쳐들며 남자들을 차가운 눈으로 내려다보았다. 지금 누구의 연인을 넘보는 건지. 콘라드는 이번 사냥 대회에서 확실히 저들을 눌러 줘야겠다고 다짐했다.

그러는 사이, 남자들 옆에서 이야기를 나누는 여성에게까지 시선이 닿았다.

샤온이었다. 평소에 즐겨 입던 푸른 드레스에 머리에는 화사한 꽃 장식을 한 샤온은 웃으면서 부채를 팔랑이고 있었다.

사실은 샤온인 척하는 베온이었지만, 콘라드가 그걸 알 리가 없었다. 이젠 카벨리온 백작 부부마저 속아 넘어갈 정도로 두 사람의 연기는 물이 오른 상태였다.

"아직 셀바토르 공녀님은 약혼식을 치르지 않았으니 우리에게도 기회가 있는 거지요!"

한 남자가 외친 말에 머리가 울리기 시작했다. 속이 울렁거려 콘라드는 다급히 그 자리를 벗어났다.

그 때문에 베온이 연인이 있는 사람을 건드리지 말라며 남자의 머리를 부채로 후려치는 장면은 보지 못했다.

❧

서재를 빠져나온 레슬리의 눈에 정원 벤치에 앉아 있는 콘라드가 들어왔다. 반가운 마음에 콘라드에게 다가가던 레슬리는 그의 얼굴을 보고 걸음을 멈추었다.

무언가 이상했다. 어딘가 그늘진 얼굴은 무슨 일이 있다는 걸 여실하게 알리고 있었다.

무슨 일일까. 레슬리는 조심스레 콘라드에게 걸어갔다.

"라드."

바로 옆에서 나지막이 부르자 그제야 고개를 번쩍 들고 레슬리를 바라보았다. 꽤 놀란 듯 보이는 것이 레슬리가 오는 걸 알아채지 못하고 있었던 게 확실했다.

레슬리의 눈이 가늘어졌다. 콘라드는 주변 기척에 민감한 편이었다. 그래서 깜짝 놀래 주려다가도 몇 번이고 실패하지 않았던가. 오히려 자신이 놀랄 때도 많았고, 콘라드의 계획대로 품에 안겨 부끄러운 상황이 되기도 했다.

"무슨 일이 있어요?"

레슬리가 콘라드를 바라보자 황금빛 눈동자가 레슬리를 훑었다. 그리고 이내 바닥으로 떨어졌다.

"아니, 아닙니다."

입으로는 아니라고 하지만, 행동으로는 여실하게 맞다고 대답하는 콘라드였다. 도대체 무슨 일일까. 설마 갑자기 아이테라 저택에서 무슨 연락이라도 온 걸까? 아니면 테센트루아 성기사단에서?

'안 되겠다. 이야기를 들어 봐야겠어.'

아무리 생각해도 자신의 머리로는 답을 알아낼 수가 없었다. 콘라드와 이야기를 하기로 한 레슬리는 콘라드의 옆에 앉았고, 동시에 콘라드가 몸을 일으켰다. 명백히 자신을 피하는 행동에 레슬리의 눈이 커다래졌다.

지금 이게 무슨 일이지? 이 행동을 어떻게 해석해야 하는 걸까.

"아, 베온 님이 저에게 부탁하신 일이 생각나서 가 봐야 할 것 같습니다."

그렇게 말하며 콘라드는 어색하게 미소를 머금었다.

"저녁 식사 때 뵐게요, 슈야."

손등에 가볍게 입을 맞추고 그대로 콘라드는 뒤를 돌아 성으로 걸어갔다. 그의 뒷모습을 바라보던 레슬리가 하, 작게 숨을 내뱉었다.

'도대체 이게 무슨 일이야?'

방금 콘라드의 행동은 명백히 자신을 피하는 행동이었다.

아이테라 가문의 일이었더라면 자신과 상담을 했겠지. 아이테라 대공비나 프리트와 관련된 일이라도 콘라드는 늘 레슬리에게 말을 해 주었다. 그에 대해 레슬리가 의견을 내면 작은 것이라도 귀담아듣고 고맙다고 말해 주지 않았던가.

테센트루아 성기사단 일이었더라도 걱정은 하지 않도록 최소한의 언질이라도 주었을 것이다.

그게 여태 레슬리가 알던 콘라드였다. 하지만 오늘은 달랐다. 콘라드는 아무 말 없이 일어나 자신을 피했다. 처음 보는 행동과 모습에 레슬리는 느리게 눈을 깜빡였다.

레슬리는 무섭게 콘라드의 뒷모습을 노려보았다. 어딘가 처연해 보이는 모습. 도대체 무슨 일이기에 저러는 걸까.

아무리 기억을 되짚어 보았지만, 걸리는 일은 없었다. 어제까지만 해도 어떤 사냥감을 잡아 오면 좋겠냐고 자신의 손을 잡고 나지막이 묻지 않았던가.

'답답해!'

레슬리는 몸을 벌떡 일으켰다. 이유는 모르겠지만, 콘라드가 자신을 피하는 이 상황은 기분이 좋지 않았다. 도대체 왜 피하는 건지 이유를 알고, 자신의 잘못이라면 고치고 싶었다.

"라드!"

저벅저벅 걸어 콘라드의 팔을 잡자 콘라드이 시선이 다시 레슬리에게 닿았다.

"무슨 일인지 말해 줘요. 답답해."

레슬리의 말에 콘라드가 느리게 눈을 깜빡이다가 시선을 돌렸다. 그리고 잠시 옆을 보더니 다시 밑을 내려다보았다. 무언가를 말할 듯 입을 열었다가 닫기를 반복했다.

찰나의 침묵이었지만, 레슬리에게는 길게 느껴졌다. 그래도 기다려야 할 때라는 걸 알아 레슬리는 꾹 참고 콘라드의 대답을 기다렸다.

"……슈야."

한참 만에 콘라드가 레슬리를 불렀다.

"그럼 오늘 저녁 식사 후에 저와 만나 주실 수 있으신가요?"

콘라드의 답은 레슬리가 기다리던 대답은 아니었다. 그러나 순간 머리를 멍하게 만들기는 충분했다. 저녁 식사 후라니. 이미 샤온과 약속된 시간이 아니던가. 거기다 콘라드에게 비밀로 주려는 매듭 장식을 만들기 위한 약속이었다.

이걸 말해야 할까, 말아야 할까. 말한다면 어디까지 말해야 매듭 장식을 들키지 않을까.

'그냥 샤온 양에게 말해서 내일 매듭 장식을 만들고 오늘은 라드와

이야기를 나눠야겠다.'

그렇게 결심을 내리기까지 걸린 시간은 길지 않았다. 하지만 그건 레슬리에게나 그렇지 콘라드에게는 아니었다. 방금 콘라드의 침묵에 레슬리의 기다림이 길었듯 콘라드 역시 마찬가지였다.

레슬리가 고개를 들자 옅게 웃고 있는 콘라드가 보였다. 어쩐지 슬퍼 보이는 미소에 레슬리는 굳어 버렸다. 애써 미소를 머금은 콘라드가 자신의 팔을 잡은 레슬리의 손을 조심스레 떼어 내었다.

"바쁘시다면 저는 괜찮습니다."

그렇게 말한 콘라드는 빠르게 성 쪽으로 돌아갔다. 레슬리는 멍하니 그 뒷모습을 바라보았다.

그렇게 다음 날이 되었고 레슬리의 짜증은 극에 달하고 있었다.

짜증 나. 폭신한 오리털이 가득 든 베개를 끌어안은 레슬리가 입을 삐죽 내밀었다. 카벨리온 성에 도착하고 나서 늘 기분이 좋았는데 어제부터 레슬리의 기분은 최악을 달리고 있었다.

이유는 자신의 연인인 콘라드 때문이었다.

갑자기 어제부터 눈에 띄게 자신을 피하던 연인은 저녁 식사에는 모습을 보이지도 않았다. 하인에게 물으니 카벨리온 백작과 따로 식사했다고 들었다.

내일 아침에 들으면 되겠지. 그렇게 불안한 마음을 가라앉히며 레슬리는 샤온과 함께 매듭 장식을 완성했다.

의미를 담은 색색의 끈을 엮어 만든 장식을 레슬리는 말없이 바라보았다. 내일 이걸 주면서 말해 보자. 샤온에게 듣기로는 사냥 대회 아침에 주는 게 전통이라지만 하루 일찍 준다고 문제는 없겠지.

'좋아. 그렇게 해야지.'

레슬리는 장식을 쥐고 옅게 웃었다. 분명 내일이면 이 소리 없는 전쟁은 끝날 거라 믿었다.

하지만 다음 날이 된 오늘 아침 식사 때도 콘라드는 모습을 보이지 않았다. 듣기로는 또 백작과 아침을 먹었다던데. 도대체 무슨 할 말이 그렇게 많은 건지, 알 수가 없었다.

하는 수 없이 레슬리는 백작의 방에서 나오는 콘라드를 기다렸지만, 잠시 샤온이 말을 건 사이에 콘라드는 방을 빠져나와 사라졌다.

레슬리가 기다렸던 점심 만찬에서도 콘라드는 나타나지 않았고, 그는 계속해서 레슬리를 피해 다녔다. 이제 조금 더 시간이 흐르면 콘라드가 레슬리를 피해 다닌 지 만 하루가 되는 시간이었다.

고작 하루였다. 그런데도 레슬리의 기분은 점점 최악을 찍고 있었다. 피해 다니는 이유라도 알고 싶은데 본인을 만날 수조차 없다니.

'괜히 왔어.'

그냥 공작저에 있을걸. 그럼 오라버니들과 놀고, 어머니랑 책을 읽고, 아버지랑 체력 단련을 했을 텐데. 여기 오지 말 걸 그랬어.

화가 난 레슬리는 저도 모르게 베개 끝을 잘근잘근 씹었다. 돌아갈까, 지금이라도 그냥 돌아갈까.

잠시 고민하던 레슬리는 고개를 저었다. 자신은 셀바토르 공작가를 대표해 이곳에 온 거지, 콘라드를 만나러 온 것이 아니었다.

'좋아, 그럼 나도 무시할 거야.'

레슬리는 몸을 벌떡 일으켜 성큼성큼 서랍장 쪽으로 다가갔다. 그 위에는 아까까지 레슬리가 손에 꼭 쥐고 있던 매듭 장식이 놓여 있었다.

안전을 바라는 노란 천과 승리를 바라는 붉은 천 그리고 연인을 위하는 분홍 천을 알록달록하게 엮어 만들었다. 그리고 끝에는 어제 샤온이 가져온 색실로 자신의 이름과 콘라드의 이름을 수놓았다.

처음 만드는 것이라 조금은 삐뚤삐뚤한 매듭 장식을 바라보던 레슬리의 얼굴이 조금 풀어졌다. 그래도 오랜만에 본 연인인데.

망설임이 성큼 다가와 레슬리는 미간을 좁혔다. 어떻게 할까, 마지막으로 한 번 더 콘라드를 찾아볼까. 어차피 내일이 사냥 대회인데.

레슬리가 고민에 빠진 그때, 마델이 방 안으로 들어왔다.

"아가씨, 저 아이테라 님을 뵈었어요."

레슬리가 계속해서 콘라드를 찾아다니는 걸 안 마델이 내일 레슬리가 입을 옷을 들고 그녀에게 다가왔다.

"라드를 봤어?"

레슬리의 얼굴이 활짝 피며 다시 매듭 장식을 꼭 쥐었다.

"네, 네. 정원에서 다른 분과 이야기를 나누고 계시던데요?"

"다른 분?"

"네, 멀리서 본 거라 어떤 분인지는 잘 모르겠더라고요. 성에 오신 손님이 아닐까요?"

마델의 말에 레슬리는 고개를 끄덕이더니 재빠르게 테라스 쪽으로 다가갔다. 카벨리온 백작 부부는 레슬리에게 가장 좋은 방을 내어 주었는데, 이 방 테라스에서는 베온이 그렇게 자랑하던 정원과 카벨리온 성을 한눈에 구경할 수 있었다.

'있다!'

테라스로 나오자마자 레슬리의 눈에 콘라드가 들어왔다. 그리고 그 옆에는…….

'누구지?'

한 여자가 있었다. 양산을 쓰고 새하얀 옷을 입은 여자. 누군지 얼굴이 보이지 않았다. 하지만 콘라드의 얼굴은 아주 잘 보였다. 환하게 웃고 있었다.

울컥 짜증이 솟구쳤다. 만나려고 그렇게 찾아다녔는데, 그걸 다 무시하고 저렇게 밝게 웃고 있다니. 거기다 다른 여자와 있다는 게 더욱 짜증을 불러왔다.

"세상에……."

레슬리를 따라 테라스로 나온 마델의 입이 벌어졌고 자연스레 마델과 레슬리는 양산을 쓴 여자에게 시선을 고정했다.

양산이 교묘하게 얼굴을 가렸지만, 상당한 미인처럼 보였다. 그녀가 걸을 때마다 긴 푸른 머리가 하늘하늘 흔들렸다.

"……샤온과 카벨리온 부인은 아니지?"

레슬리의 말에 마델은 고개를 끄덕였다. 샤온은 갈색 머리였고, 카벨리온 부인은 붉은 머리였다. 두 사람이라면 그나마 이해를 할 수 있으련만, 안타깝게도 둘 다 아니었다.

사냥 대회에 참석하기 위해 온 손님 중 한 명이겠지. 요 며칠 사이 사냥 대회를 위해 많은 이들이 카벨리온 성에 도착했기에 레슬리는 모든 손님의 얼굴을 알지 못했다. 그래도 저렇게 청아한 느낌의 푸른 머리 여성이라면 기억을 못 할 리가 없는데.

마델과 함께 빠르게 기억을 뒤지는데 콘라드가 고개를 올려 정확히 레슬리가 있는 곳을 바라보았다.

"힉!"

레슬리와 마델은 재빨리 몸을 숙였다. 심장이 두근두근 뛰기 시작했다.

"들켰나?"

"아니, 아닌 것 같아요."

빼꼼 고개를 내민 마델이 말을 이었다.

"다시 성 쪽으로 오시네요. 이제 보이지 않아요. 성으로 들어오셨나 봐요."

마델의 말에 레슬리는 터벅터벅 방으로 돌아왔다. 어쩐지 기운이 빠져 침대에 누우려는데 아직 자신이 매듭 장식을 손에 쥐고 있는 걸 깨달았다.

매듭 장식이 마치 콘라드라도 되는 양 무섭게 장식을 노려보던 레슬리는 그대로 장식을 서랍장 가장 깊숙한 곳에 넣었다. 일부러 서랍장을 소리 나게 쾅 닫는 것도 잊지 않았다.

"이제 나도 무시할 거야!"

그 말을 끝으로 레슬리는 머리까지 이불을 뒤집어썼고 콘라드와 레슬리의 상황은 점점 악화되어 갔다.

두 사람의 사이가 미묘하게 틀어짐에 따라 덩달아 불편해지는 사람이 둘 있었다. 카벨리온 성의 쌍둥이, 샤온과 베온이었다.

"왜 저러시는 거지?"

베온과 샤온이 진지한 얼굴로 서로에게 물었다.

이 일은 두 사람에게도 큰 문제였다. 레슬리는 셀바토르 공작가의 하나뿐인 공녀인 데다가 부모님 대부터 신세를 지고 있는 가문이었고, 콘라드 역시 지금은 가세가 기울었다지만 그래도 황족의 피를 잇고 있었다.

레슬리와 콘라드 둘 다 가볍게 대할 사람들이 아니었다. 두 사람이 오기 전 부모님이 단단히 쌍둥이에게 일러두지 않았던가.

그런 두 사람의 사이가 갈라지자, 부모님의 특명을 들은 쌍둥이에게까지 불똥이 튀었다. 거기다 이제 친구도 되었는데, 친구가 저렇게 싸우는 모습은 보고 싶지 않았다.

"모르겠어. 샤온, 레슬리 양에게 실수한 거 있어?"

베온의 말에 샤온이 고개를 젓고는 베온을 바라보았다.

"나도 모르겠는데. 베온은 아이테라 경에게 실수한 거 있어?"

"아니, 없어."

베온이 고개를 젓자 두 사람은 잠시 서로를 바라보더니 동시에 깊은 한숨을 내쉬었다.

"무슨 일인지는 모르겠지만, 레슬리 양과 아이테라 경의 사이를 회복시켜야 해.”

샤온의 말에 베온이 진지하게 고개를 끄덕였다.

“그래, 맞아. 적어도 수도로 두 분이 올라가시기 전까지는 원래 상태로 돌려놔야지.”

사이가 나빠진 두 사람이 그대로 수도로 올라가면, 사람들은 분명 왜 연인이었던 두 사람이 저렇게 되었는지 궁금해할 것이다. 이유를 캐다 보면 자연스럽게 카벨리온 백작가의 이야기가 나올 것이고, 그러면 자신들의 이야기가 나올 것이고, 사람들 사이에 오르락내리락하다 보면 분명 소문이 조금씩 과장되겠지.

그렇게 과장된 소문을 믿은 사람들은 카벨리온 백작저를 이상한 눈으로 볼 것이고, 아무도 특산품을 사 주지 않아 가세가 기울 게 분명했다. 특산품이 팔리지 않으니 살기 힘들어진 마을 사람들이 들고일어나 성으로 찾아오고…….

“히이익!”

“히이익!”

두 사람은 동시에 비명을 지르며 몸을 부르르 떨었다. 지금 두 사람의 머릿속에서는 부모님과 자신들은 성에서 쫓겨나 친척 집에서 더부살이하고 있었다.

“아, 안 돼!”

베온의 절규에 샤온이 고개를 끄덕였다. 절대 성에서 나갈 수 없다. 자신이 모아 온 환상소설과 로맨스 소설이 몇 권이나 되던가.

베온을 보아하니 그 역시 같은 생각을 하는 듯 보였다.

“아이작, 렐리아, 베러…….”

알 수 없는 이름을 중얼거리며 하얗게 질린 베온을 본 샤온은 고개를 저었다. 지금 베온이 읊는 이름들은 정원에 심어 둔 꽃과 나무들의 이름이었다.

어찌 보면 이상한데 공감이 가는 모습. 샤온 역시 책장 가득 모아 놓은 책들을 버릴 수가 없었다. 한정본, 초판본, 거기다 작가 사인본까지. 시세의 몇 배를 주고 산 책들이 책장 가득 꽂혀 있다.

"나는 우리 애들을 두고 갈 수 없어!"

"나도 그래. 내가 어떻게 우리 아가들을 모았는데!"

서로 자신의 아이들을 버릴 수 없다며 발버둥 치던 두 사람은 이 위기를 빠져나가기 위해 지혜를 모았다.

"일단 왜 아이테라 경이 레슬리 양을 피하는지부터 알아보자."

샤온의 말에 베온이 고개를 끄덕였다. 콘라드가 먼저 피하기 시작한 거니, 자신들의 시작 역시 거기서부터겠지.

그리고 몇 시간 지나지 않아 두 사람은 자신들이 문제의 시작점이 되었다는 사실을 알 수 있었다.

❧

그래서 지금이었다. 두 사람은 힐끔힐끔 레슬리와 콘라드를 바라보았다. 레슬리는 단단히 화가 나서 콘라드 쪽으로 고개를 돌리지도 않고 있었고, 콘라드 역시 다른 방향으로 시선을 고정하고 있었다.

레슬리와 콘라드의 모습을 보고 다른 손님들이 수군거리는 게 들려올수록 쌍둥이의 어깨는 무거워졌다.

"큭…… . 왜 안 믿어 주는 거지."

샤온이 자신의 손수건을 질근질근 깨물었다. 하필 샤온과 레슬리가 장난치던 그 모습을 콘라드가 봤을지 누가 알았겠는가.

그래서 말했다. 그건 자신이었다고. 베온이 아니라 자신이 베온처럼 분장한 것이고, 로맨스 소설에 나온 대사를 따라 했을 뿐이라고 필사적으로 외쳤다. 심지어 책을 가져와 대사와 장면들을 콘라드에게 보여 주기도 했다.

'그렇군요. 알겠습니다.'

하지만 콘라드는 그저 섧게 웃을 뿐 레슬리를 만나러 가지 않았다.

쌍둥이는 레슬리에게도 말했지만, 상황은 나아지지 않았다. 그렇다고 콘라드가 자신을 피해 다니던 일과, 모르는 미인과 함께 정원을 산책하던 일이 사라지는 게 아니니까. 레슬리의 기분이 바닥으로 떨어지면 떨어질수록 쌍둥이의 고개도 같이 밑으로 떨어졌다.

레슬리는 괜스레 찻잔을 만지작거렸다. 상황이 이렇게 흘러가니 남는 건 짜증뿐이었다. 자신을 피해 다니는 콘라드도 싫었고 자신을 자꾸만 귀찮게 하는 다른 손님들도 싫었다.

하지만 가장 싫은 건 이 상황에서도 매듭 장식을 들고 나온 자신이었다.

"셀바토르 공녀님."

레슬리 나이 또래로 보이는 세 명의 소녀가 눈을 반짝이며 레슬리를 바라보았다.

"어디 몸이 안 좋으신가요? 안색이……."

"맞아요! 아프시다면 저희에게 말씀해 주세요."

둘 다 이번 기회에 셀바토르 공작가와 친해지겠다는 욕심이 너무 잘 보였다. 그중에서도 자신을 벨라라고 소개한 소녀는 눈에서 빛이 나올 정도로 레슬리와 샤온을 바라보고 있었다.

"저는 괜찮습니다. 그저 이런 대회는 처음이라 조금 긴장했을 뿐이에요."

레슬리는 생글생글 웃으며 차를 한 모금 마셨다.

"그러시군요. 하긴 저도 이런 곳은 오랜만이라 조금 긴장되네요. 카벨리온 숲에서는 몬스터도 나온다지요?"

"저희까지 위험할까요?"

한 소녀의 말에 다른 소녀가 걱정스럽다는 듯 말을 흘렸다.

"숲의 입구는 저희 카벨리온 기사들과 마법사들이 안전하게 지키니 너무 걱정하지 마세요. 그리고 위험한 동물이나 몬스터는 숲 깊숙이 들어가야 나오기 때문에 만나기도 쉽지 않답니다."

두 소녀의 말에 샤온이 자신만만하게 웃었다.

사냥 대회에 참가하지 않는 사람들은 숲의 입구가 보이는 들판에서 참가자들을 기다리기로 했다.

레슬리는 사냥 대회에 참석할 수 있을 정도의 승마와 실력을 지니고 있었으나 사냥에 취미가 없어 참석하지 않기로 했고, 콘라드는 베온과 함께 사냥 대회에 참석했다. 샤온은 처음에는 참석하려 했지만 레슬리와 같이 이야기를 나누고 싶다며 참석을 취소했다.

"그렇다면 다행이에요."

샤온의 말에 벨라가 환하게 웃었다. 그러는 사이 '마지막으로'를 다섯 번이나 반복한 백작의 축사가 끝났다.

"레슬리 양."

샤온이 레슬리의 귓가에 작게 속삭였다.

"매듭 장식…… 안 드리실 건가요? 지금이 아니면 드리기 힘드실 거예요."

그 말에 레슬리는 슬그머니 주변을 돌아보았다. 축사가 끝나고 사냥 대회에 참석하는 사람들은 바쁘게 마지막 준비를 하고 있었다.

그사이 몇몇은 대회에 참가하는 사람에게 매듭 장식을 건네주고 있었다. 한 남자가 자신의 연인처럼 보이는 여자에게 매듭 장식을 건네는 게 눈에 보였다.

남자 역시 비밀로 하고 있었는지 여자의 눈이 커지더니 그대로 그를 끌어안았다. 마치 로맨스 소설에서나 나올 법한 장면에 다들 얼굴을 붉혔다.

레슬리는 슬그머니 주머니에서 매듭 장식을 꺼내 바라보았다.

'줄까⋯⋯?'

시선을 조금 옮기자 콘라드가 눈에 들어왔다. 사람들 사이에 있는데도 어떻게 이리 한눈에 들어오는지.

콘라드는 말의 콧등을 쓸며 베온과 무언가를 말하고 있었다.

"가요, 레슬리 양. 우리 같이 가서 전해 줘요."

레슬리가 콘라드를 바라보며 머뭇거리고 있다는 걸 눈치챈 샤온이 몸을 일으켰다. 그리고 레슬리의 손을 잡았다.

"레슬리 양, 어서요."

계속되는 샤온의 재촉에 레슬리가 못 이기는 척 몸을 일으켰고 콘라드와 베온이 있는 곳으로 걸어갔다. 그런데.

"어?"

콘라드의 옆에 분명 정원에서 보았던 여자가 서 있었다. 교묘하게 다른 사람들에게 가려져 얼굴은 보이지 않았지만 독특한 푸른 머리카락과 하얀 양산 덕분에 쉽게 알 수 있었다. 그녀는 잠시 콘라드와 이야기를 나누는 것 같더니 이내 그에게 무언가를 내밀었다.

매듭 장식이었다. 분홍색과 푸른색 그리고 노란색의 천으로 만들어진 매듭 장식은 레슬리가 만든 것보다 더 화려했다.

설마 아니겠지. 샤온도 그렇게 생각했을 것이다. 하지만 콘라드는 웃으면서 매듭 장식을 받아 들더니 그대로 주머니에 집어넣었다.

샤온의 눈은 커다래졌고, 레슬리의 눈은 가늘어졌다.

"레, 레슬리 양⋯⋯."

어두웠다. 레슬리의 얼굴은 아주 어두웠고 차갑게 가라앉아 있었다.

"저 돌아갈래요."

이번에 샤온은 레슬리가 뒤돌아 테이블로 돌아가는 걸 막지 못했고, 잠시 머뭇거리는 사이 콘라드와 베온은 말을 타고 숲으로 들어가 버렸다.

"……나는 망했다."

샤온은 그대로 주저앉았다.

"아이테라 경."

자신의 옆에서 나란히 달리는 콘라드를 베온이 부르자, 이내 황금색 눈이 베온을 향했다.

"그 몇 가지만 질문해도 되겠습니까, 경?"

"예, 궁금하신 게 있다면 뭐든지."

콘라드가 웃음을 머금었지만, 베온은 쉽게 입을 열지 못했다. 그도 그럴 것이 물어야 할 게 한둘이 아녔으며 하나하나가 조심스러웠다. 무엇을 먼저 물어야 할까. 베온은 입을 꾹 닫고 눈을 껌뻑였다.

아까 그 푸른 머리의 사람에 관해 물어봐야 할까, 아니면 콘라드가 받은 매듭 장식에 관해 물어봐야 할까. 그것도 아니라면 아버지에게 들은 걸 물어봐야 할까.

베온이 눈을 껌뻑이면 껌뻑일수록 콘라드의 얼굴에는 의아함이 가득 찼다.

"그…… 아까 그분은……? 푸른 머리의 분 말입니다."

결국, 가장 궁금한 것부터 물어보기로 한 베온이 입을 열었다.

"테벤 경 말씀입니까?"

이름이 테벤이구나. 남자 같은 이름이다. 베온은 고개를 끄덕였다.

베온의 조심스러운 모습에 콘라드가 알겠다는 듯 크게 웃음을 터트렸고, 갑작스러운 웃음에 베온은 당황했다. 도대체 이게 무슨 일인 건지 알 수가 없었다.

한참을 웃다 간신히 진정된 콘라드가 베온을 바라보았다. 베온을 이해한다는 눈빛에 그의 눈가가 더 가늘어졌다. 하지만 이어지는 콘라드의 말에 가늘어졌던 베온의 눈은 순식간에 동그랗게 복구되었다.

"카벨리온 님. 테벤 경은 남자십니다."

"……네? 그분이 남자라고요?"

베온이 그렇게 놀란 데에는 다 이유가 있었다. 베온은 정면에서 그의 얼굴을 봤음에도 전혀 남자라고 생각하지 못했으니까.

성인 남자치고는 호리호리한 체격이었던 데다가 얼굴 또한 상당한 미형이었다. 거기다 손에 들고 있는 양산과 긴 머리카락은 베온이 자연스럽게 그를 여자라고 생각하게 만들었다.

"정말로 남자분이시라고요?"

베온이 묻자 콘라드가 웃으면서 고개를 끄덕였다.

"많이들 착각하시죠. 얼굴도 그렇고 다른 경들에 비교해 체구도 큰 편은 아니시니까요. 하지만 테센트루아 성기사단에서도 손에 꼽히는 실력자이십니다."

"그, 그럼 양산은 왜……?"

남자라고 양산을 쓰지 말라는 법은 없지만, 테벤이 들고 있는 건 여성용이었다. 프릴과 레이스, 거기다 천으로 만든 장미 장식까지. 화려한 양산이 생각을 한쪽으로 기울게 도와주었다.

"테벤 경의 동생분이 손수 만든 양산이라 자랑하고 싶으셨나 봅니다."

사실 어제 정원에서 콘라드는 계속 테벤에게 붙잡혀 있었다. 동생 사랑을 손수 실천하는 테벤은 어쩌다 마주친 콘라드를 잡고 계속해서 자신의 양산을 자랑했다.

양산에 달린 레이스 하나하나를 설명하다가 얘기는 동생 자랑으로 자연스레 흘렀다. 이렇게 뛰어난 양산을 자신에게 선물한 동생은 또 얼마나 천사인 거냐며.

도망치고 싶었지만, 도망쳐 봤자 좋을 건 없었다. 누가 뭐라 해도 테벤은 콘라드의 선배였으니까. 미소를 유지하며 '정말 대단하네요.', '멋진 동생분입니다.'를 연발하는 수밖에 없었다.

"그리고 여쭤볼 것도 있었어요. 테벤 경의 취미는 곰 사냥이라."

콘라드의 대답에 베온이 느리게 눈을 깜빡였다. 하나의 의문이 풀렸지만, 아직도 남은 의문은 많았다.

"그럼 아까 테벤 경이 주신 매듭 장식은 뭔지 여쭤봐도 되겠습니까, 경?"

매듭 장식은 기원과 줄 사람에 따라 색이 바뀌었다. 안전을 원하면 노란색을, 승리는 붉은색을, 행운은 푸른색을 그리고 연인에게는 분홍색을 엮어 주었다. 그리고 아까 콘라드가 안주머니에 넣은 매듭 장식에는 분명 분홍색 천이 섞여 있었다.

"그거는……."

대답하려던 콘라드가 갑자기 입을 다물었다. 갑자기 콘라드와 베온이 타고 있는 말들이 겁을 먹은 듯 앞으로 가기를 거부했다. 목을 두드리며 달래 보아도 투레질만 할 뿐, 자리에 멈춰 서서 움직이지 않았다.

"이 앞에 있나 보군요."

콘라드가 말에서 내리자, 베온 역시 따라 말에서 내렸다. 두 사람은 말이 도망가지 않도록 한곳에 묶어 두었다.

"여기는……."

베온의 안색이 파랗게 질렸다. 이야기를 나누며 오다 보니 어느새 숲 가장 안쪽까지 들어와 버렸다.

이 앞은 위험했다. 마을 사람들도 기사들도 이곳까지 오지는 않는데. 여기서부터는 그놈의 영역이 아니던가. 베온은 침을 삼켰다.

작년에 마을 덮친 곰 한 마리가 있었다. 다행히도 사망자는 없었다지만 많은 사람이 다쳤고 밭이 망가졌으며, 키우던 가축들이 잡아먹혔다.

백작과 백작 부인은 그놈을 잡기 위해 기사들을 보내기도 하고 본인들이 직접 움직이기도 했지만, 잡지 못했다. 오히려 그놈은 사람들을 놀리듯 경계의 틈을 파고들어 마을에 내려왔다.

더 나가는 건 위험합니다. 돌아가죠. 그렇게 말하기도 전에 콘라드가 환하게 웃으며 검을 뽑아 들었다.

"갈까요, 카벨리온 님. 부디 제 뒤를 천천히 따라오세요."

"늦네요."

벨라의 말에 레슬리는 저도 모르게 고개를 끄덕였다.

몇 시간 전부터 사람들이 하나둘씩 돌아오기 시작했다. 다들 사냥감을 가지고 와 자랑하듯 뽐냈고, 연인에게 선물하기도 했다.

하지만 콘라드는 돌아오지 않고 있었다. 어느새 해가 저물기 시작했고, 돌아오는 사람들 역시 줄어들었다.

"거의 다 나온 것 같은데……."

샤온마저 불안한 눈으로 숲을 바라보았다. 콘라드를 뒤따라간 베온역시 소식이 없었다. 밤의 숲은 위험하다. 모험해 본 적 없는 레슬리조차 그걸 알고 있으니 콘라드가 그걸 모를 리가 없는데.

왜 안 나오지?

콘라드에게 화가 났다는 사실도 잊은 레슬리는 초조한 마음으로 숲의 입구를 바라봤고, 그때 한 무리의 사람들이 숲속에서 걸어 나왔다.

"사제님을!"

카벨리온 기사들과 사냥 대회에 참가한 손님이었다. 크게 다쳤는지 남자의 다리는 피가 잔뜩 묻어 있었다.

"늑대 몇 마리가 돌아다니고 있더군요."

다친 손님의 말에 카벨리온 백작 부부의 얼굴이 굳어졌다.

사냥 대회라 해도 손님들이 다치면 안 되니 카벨리온 기사단이 먼저 숲 안쪽의 위험한 동물들과 몬스터들을 처리했고, 그 후로도 몇 번이나 숲을 정찰하며 확인했다. 콘라드와 베온이 숲을 자주 다녀왔던 것도 그 이유였다.

그 후에 사냥 대회를 열어 많은 사람이 인기척을 내어 주면, 적어도 위험한 동물들은 숲 안쪽에서 나올 생각을 하지 않았다. 그러면 숲에서 생계를 이어 가는 마을 사람들이 안전하게 숲을 돌아다닐 수 있게 되었다. 사냥 대회는 미래의 안전을 위한 일이었다.

"조금 이르지만, 사냥 대회를 중지하고 수색을 내보내도록 합시다."

카벨리온 백작 부인의 말에 백작이 고개를 끄덕였고 재빠르게 몇 명의 기사를 보냈다. 부상자가 나온 이상 계속해서 진행할 수는 없었다.

사냥 대회를 중지한다는 말에 레슬리의 얼굴이 하얗게 변했다. 아직 콘라드가 나오지 않았으니까.

"부인."

자신도 수색대로 가려는지, 말에 안장을 올리던 백작 부인이 레슬리를 바라보았다.

"저도 데려가 주세요."

"안 됩니다. 공녀님."

백작 부인은 단호하게 고개를 저었다.

"밤의 숲은 위험합니다. 거기다 공녀님은 손님이시지요. 그것도 셀바토르 공작님이 가장 아끼는 분이십니다. 그런 공녀님이 조금이라도 다치시는 걸 볼 수 없습니다. 이건 주인으로서 당연한 일이에요."

"하지만 라드가…… 아이테라 경이 아직 숲 안에 있는 것으로요. 그리고 아시잖아요. 제가 어떤 힘을 가졌는지를요."

예전처럼 강한 힘은 아니더라도 레슬리와 주변 사람을 지킬 정도는 되었다. 그 사실을 아는 백작 부인이 레슬리의 말에 고민하는 듯 눈을 찡그렸다.

"그리고 어머니께서는 제가 이런 일로 다치셨다고 뭐라 하지 않으실 거예요. 오히려 나서지 않았다고 책망하실지도 몰라요. 부인께서도 어머니의 성격을 아시잖아요."

레슬리의 말에 부인이 길게 숨을 내쉬었다. 항복이었다.

"좋습니다, 셀바토르 공녀님. 대신 밤의 숲은 길을 잃기 쉬우니 제 근처에서 벗어나시면 안 됩니다."

"네! 알겠습니다, 부인."

레슬리는 환하게 웃으며 고개를 끄덕였다. 백작 부인은 한 남자를 부르더니 레슬리에게 말 한 마리를 내어 주도록 했다. 남자는 이내 순해 보이는 말을 레슬리에게 내어 주었다. 순해 보이는 갈색 말은 레슬리가 다가오자 눈을 깜빡거렸다.

"잘 부탁할게."

승마는 셀바토르 공작저에서도 그리고 테론 삼촌을 만나러 가면서도 종종 해 보았지만, 밤의 승마는 처음이었다. 그것도 초행인 숲길이니 말이 자신을 잘 이끌어 줘야 했다.

레슬리의 말에 화답이라도 하듯 말이 작게 울었다. 예쁜 말이다. 공작저에서도 이렇게 예쁜 말은 본 적이 없었다.

공작과 사이레인, 베스라온과 루엔티가 타야 했기에 셀바토르 공작저에 있는 말들은 다른 말들보다 몇 배나 컸고, 레슬리의 눈에는 무서워 보였다.

교감하듯 잠시 말의 깊은 눈을 바라보고 있던 그때, 비명이 울렸다.

"꺄아악! 느, 늑대다!"

"으악!"

잘못 몰린 것인지 아니면 무언가에 자극받은 것인지, 늑대 세 마리가 숲에서 튀어나왔다. 이미 극도로 흥분한 늑대들은 근처에 있던 말의 목을 물어뜯었다. 목덜미를 물린 말은 그대로 쓰러졌고 발을 몇 번 버둥거리다가 그대로 숨을 거뒀다.

순식간에 상황은 난장판이 되었다.

피 맛을 본 늑대들은 더욱 거칠게 날뛰었고 말들은 겁을 먹고 발을 구르기 시작했다. 늑대 중 한 마리가 도망치는 남자를 향해 활공했다.

깨깽! 도망가는 남자를 덮치던 늑대는 외마디 비명을 지르며 바닥으로 떨어졌다. 카벨리온 백작 부인이 던진 창이 명중한 것이었다.

"다음!"

부인이 다시 손을 내밀자, 하녀가 바로 새 창을 쥐여 줬고 부인은 그걸 바로 던졌다. 창이 무서운 소리를 내며 밤바람을 갈라 정확히 다른 늑대에게로 날아갔다. 하지만 영악한 늑대는 재빠르게 몸을 피했고, 동료의 죽음과 자신을 향한 공격에 더욱 이를 드러냈다.

그리고 근처에 있는 사람을 향해 덤벼들었다. 레슬리였다.

'이런……!'

히이잉! 문제는 레슬리의 바로 앞에 있던 말이었다. 위험을 감지한 말이 날뛰기 시작했고, 흥분한 말을 말릴 틈도 없이 이빨을 드러낸 늑대가 레슬리를 공격했다.

어쩌지. 순간 머리가 굳었다. 흥분한 말은 자신을 앞발로 내리찍기 일보 직전이었고, 늑대는 자신을 물어 죽일 듯 이를 드러내고 있었다.

늑대는 어둠으로 처리하면 되지만, 말은? 말도 같이 공격해야 하나.

조금 전까지 순하게 눈을 깜빡이던 말의 모습이 레슬리의 발목을 잡았다. 늑대를 공격하기 위해 움직이던 어둠도 망설임에 흔들거렸고 몸이 붕 떠올랐다.

"슈야!"

자신을 부르는 목소리에 눈을 뜨자, 어느새 콘라드의 품에 안겨 있었다. 상황이 이해가 되지 않아 느리게 눈을 깜빡이자, 콘라드가 자신의 검을 버리듯 떨어트리고 조심스레 레슬리의 얼굴을 쓸었다.

뺨에서 느껴지는 온기와 걱정이 가득한 목소리에 정신이 돌아왔다.

"어디 다쳤어요?"

"아니, 아니에요."

레슬리는 콘라드의 어깨를 잡고 황금색 눈동자를 바라보았다. 정말 괜찮냐는 물음에 거듭 레슬리가 고개를 끄덕이자 다행이라는 듯 콘라드가 길게 숨을 내쉬었다.

"다치신 줄 알았습니다."

"저는 괜찮아요."

레슬리가 시선을 마주치며 웃자, 콘라드의 얼굴이 한결 더 밝아졌다.

"그런데 상황이⋯⋯."

레슬리는 콘라드의 품에 안겨 주변을 돌아보았다. 숲에서 튀어나온 세 마리의 늑대 중 한 마리는 백작 부인의 손에, 그리고 다른 한 마리는 레슬리의 어둠에 공격당해 죽어 있었다. 그리고 다른 한 마리는 검에 베인 듯 보였다.

레슬리는 쉽게 누가 늑대를 제압했는지 알 수 있었다. 콘라드였다.

늑대의 사체 옆에는 아직도 놀란 듯 투레질을 하는 말이 서 있었다. 기사처럼 보이는 남자 둘이 말을 진정시키고 있었다.

'다행이다.'

안 죽었구나. 레슬리가 안도의 숨을 내쉬었다. 이제 내려 달라고 하자. 언제까지 품에 안겨 있을 수는 없으니까.

"그런데 슈야, 숲으로 들어오려고 했나요?"

위험이 사라졌음에도 콘라드는 내려 줄 생각이 없이 자연스럽게 레슬리를 품에 안고 움직였다.

"늑대가 나타나서 다친 분이 계세요. 그런데 라드는 돌아오지 않고."

레슬리가 불만이 가득한 목소리로 웅얼거리자, 콘라드가 웃었다. 품에 안겨 있다 보니 미묘한 떨림이 느껴졌다.

"제가 피해 다녀서 저에게 화나신 줄 알았는데."

"알고 있었어요?"

놀라 고개를 들자, 바로 앞에서 황금색 눈동자가 웃음을 머금고 휘었다.

"모를 리가요. 슈야는 무언가를 숨기는데 소질이 없으니까요."

알면서도 그랬단 말이지? 잠시 걱정에 잊혔던 분노가 슬금슬금 솟아오르기 시작했다. 정원에서 봤던 사람과 품속에 가지고 있을 매듭 장식, 물어봐야겠다. 그리고 왜 자신을 피해 다녔는지도.

"라드."

하지만 레슬리가 입을 떼기도 전에 환호성이 들려왔다. 놀라서 앞을 바라보자, 보통 곰의 몇 배는 돼 보이는 크기의 곰이 쓰러져 있었다.

"세상에, 아이테라 경. 이놈을 잡으셨습니까?"

놀란 백작의 말의 레슬리가 콘라드를 바라보자 그가 옅게 웃었다. 떠오르는 달빛을 받은 황금색 눈동자가 반짝거렸다.

"선물이에요, 슈야."

사냥 대회가 끝나고 파티가 열렸다. 보아하니 사냥 대회는 부차적인 것이고 이게 본질인 듯 사람들의 얼굴에는 미소가 완연했지만, 레슬리의 기분은 나아질 기미가 보이지 않았다. 콘라드와 레슬리의 주변이 전부 사람들로 가득 찼기 때문이었다.

"안녕하세요. 셀바토르 공녀님. 저는 그라니아 자작입니다. 뵙고 싶었던 분을 이렇게 뵙게 되어 영광입니다."

"저는 카발리아 백작입니다. 꼭 공녀님과 이야기를 나누고 싶었는데 혹시 시간이 되신다면……."

"셀바토르 공작님께 정말로 드리고 싶은 말이 있습니다. 아주 좋은 사업이지요."

이 파티가 마지막이라고 생각했는지 사람들은 필사적으로 레슬리에게 말을 붙였다. 조금 과장을 보태, 파티에 참석한 인원 중 절반이 달려왔다. 그리고 나머지 반은 콘라드에게 붙어 있었다.

"어머니께서는 이 이상 사업을 늘일 생각이 없다고 하셨습니다."

레슬리는 그런 사람들 때문에 한 발짝도 나가지 못하고 쩔쩔매고 있었다. 그런 레슬리를 보다 못한 샤온이 앞으로 나섰다.

"공녀님께서는 아까 늑대 때문에 많이 놀라 안정이 필요하시답니다. 안색이 좋지 않으신 걸 보세요."

"하지만……."

부채를 흔들며 웃자, 사람들의 얼굴에 당혹감이 서렸다. 다른 사람도 아닌 성의 주인 카벨리온이 하는 말을 무시할 수 없지만, 또 이 기회를 놓칠 수는 없다는 얼굴이었다.

'레슬리 양, 커튼 뒤로 가세요.'

그런 사람들을 필사적으로 막아 내며 샤온이 입 모양으로 의사를 전달했다. 레슬리는 잠시 고개를 끄덕이고 이내 커튼 뒤로 숨었다. 샤온의 희생 덕에 레슬리는 그 자리를 벗어날 수 있었다.

"아이테라 경, 대단하세요. 저희는 저놈을 잡을 사람이 존재할지 몰랐습니다. 저희가 저놈 때문에 얼마나 골치가 아팠는지 몰라요."

"감사합니다. 당연히 해야 할 일을 했을 뿐입니다."

커튼 뒤로 이동해 콘라드에게 다가간 레슬리는 콘라드의 옷자락을 잡아당겼다. 시선이 닿음과 동시에 그가 환하게 웃음을 머금었다.

"죄송합니다. 잠시 실례하겠습니다."

유연하게 웃으며 콘라드는 자리를 피했다. 사람들이 잡으려고 했지만, 콘라드의 맑은 웃음에 주춤거리며 뒤로 물러났다.

"슈야, 여기서 뭐 하는 거예요?"

레슬리를 따라 커튼 뒤로 온 콘라드가 물었다. 어쩐지 즐거워 보이는 기색이었다.

"쉿, 따라와요."

레슬리는 그대로 콘라드를 끌고 밖으로 나갔다. 어디로 가느냐고 물을 법도 한데 콘라드는 말없이 레슬리의 뒤를 따라왔다.

"여긴?"

레슬리가 콘라드를 데리고 간 곳은 샤온이 레슬리에게만 가르쳐 준 비밀 장소였다.

레슬리는 익숙하게 덤불 속을 뒤져, 깔고 앉을 천을 꺼냈다. 천을 펼친 레슬리는 그 위에 가지고 온 등불을 놓고는 자신의 옆자리를 툭 툭 두드렸다.

콘라드는 웃으면서 자연스럽게 레슬리의 옆에 앉았다.

"마법인가요?"

즐거움이 한껏 묻어나는 목소리에 레슬리는 고개를 저었다.

"마법은…… 아니고. 라드랑 여기에 오고 싶어서 미리 가져다 놓았어요."

샤온이 이곳을 알려 주고 나서 레슬리는 종종 길을 외울 겸 왔다 갔다 하며 몇 가지 물건을 가져다 놓았다. 그중 하나가 바로 이 천이었다.

"추우면 말해요, 라드! 제가 두꺼운 것도 가져다 놓았어요."

덤불에서 뭔가를 꺼낼 기색으로 레슬리가 몸을 일으키자, 콘라드가 웃으면서 레슬리의 팔을 잡고 다시 앉혔다.

"춥지 않아요."

그러면서 자신의 재킷을 벗어 자연스레 레슬리에게 걸쳐 주었다.

"하고 싶은 이야기가 있어서 나를 이리로 데려온 거죠?"

콘라드의 말에 레슬리는 몸을 돌려 그를 바라보았다. 생글생글 웃는 콘라드의 얼굴에 레슬리는 속에 담아 놨던 말을 마구 쏘아붙였다.

"샤온 양의 말을 듣고도 시큰둥했던 이유가 궁금해요. 정원에서 같이 있던 양산 쓴 그 여성분은 누구예요? 그리고 아까 매듭 장식은 왜 받은 거고요!"

마음에 담겼던 말이 하나둘 흘러 나갔다. 레슬리는 잠시 입술을 깨물었다가 이번엔 천천히 말을 꺼냈다.

"……나를 피한 이유는요?"

콘라드의 눈이 동그래지더니, 진정하라는 듯 레슬리의 머리를 정리해 귀 뒤로 넘겨 주었다.

"사실은 부끄러웠어요."

콘라드는 붉어진 얼굴로 천천히 말을 꺼냈다.

"오해는 옛적에 풀렸어요. 슈야가 나를 두고 다른 사람의 고백을 받을 리가 없잖아요."

쌍둥이가 자신들의 죄를 고백하기도 전에 콘라드는 스스로 오해를 풀었다. 그는 레슬리에게 강한 믿음을 가지고 있었으니까. 하지만 흔들렸던 것도 사실이었고 한없이 부끄러워졌다.

'이번 기회에 공녀님이랑 친분을 맺어야 해. 연인이 있다지만, 그게 무슨 상관인가. 언제 헤어질지도 모르는 게 연인인데.'

그리고 남들에게 무언가를 보여 줄 필요성도 느꼈다.

"그래서 백작님께 가장 악명이 높은 주인을 물었죠."

"그럼 아까 잡아 온 곰이……?"

"예, 마을을 덮쳐 사상자를 낸 놈입니다. 백작님께서 오랫동안 골머리를 앓으셨더라고요."

레슬리는 눈을 깜빡였다. 아까 콘라드가 잡아 온 곰 크기를 생각하면 그럴 만한 놈이었다.

"혼자 잡고는 싶은데 사냥을 해 본 적은 없는지라…… 테벤 경께 지혜를 빌렸지요. 그분이 슈야가 본 양산을 쓰신 분입니다. 참고로 남자분이세요."

성으로 돌아가자마자 소개해 드릴게요. 그렇게 말하며 콘라드는 웃었다.

"양산은 테벤 경의 동생분께서 만들어 준 거라 계속 쓰고 계시더라고요. 베스라온 님과 루엔티 님 못지않게 동생을 좋아하시는 분이라."

베스라온과 루엔티로 예시를 들자 이해가 갔다. 두 오라버니도 레슬리가 양산을 만들어 주면 하루 종일 마탑에서나 황실에서나 쓰고 다닐 게 분명했으니까.

"……그럼 매듭 장식은 어떻게 된 거예요?"

콘라드는 말없이 자신의 품 안에서 매듭 장식을 꺼내 레슬리에게 쥐여 주었다.

"슈야 거예요. 카벨리온 님께 이야기를 듣고 급하게 만들어 봤습니다."

콘라드의 말에 매듭 장식의 끝 부분을 보자 자신의 이름이 수놓아져 있었다. 매듭 장식은 훌륭한데 수는 조금 삐뚤삐뚤했다.

"자수는 조금 어렵더라고요."

쑥스럽다는 듯 콘라드가 말하면서 매듭 장식을 쥐고 있는 레슬리의 손에 자신의 손을 올렸다.

"미안해요, 슈야."

레슬리가 고개를 들자 콘라드가 섭게 웃는 모습이 눈에 들어왔다.

"조금 나 자신이 부끄러워서, 그리고 남들이 슈야에게 치근거리는 게 싫어서 무언가 확실한 게 필요하다고 생각했어요."

순간이었다지만 믿지 못하고 흔들린 게 부끄러웠다. 그런 상태에서 남들이 레슬리에게 가까이 다가가는 게 싫었다. 자꾸만 올라오는 모순된 감정에 콘라드는 저도 모르게 레슬리를 피했다.

"순간 슈야를 믿지 못하고 흔들린 것도 미안하고."

콘라드가 조심스레 레슬리의 머리카락을 귀 뒤로 넘겨 주었다.

"불안하게 만들어서 미안해요."

진심이 어린 사과였다. 사과하기 위해 그런 곰까지 잡은 거였다.

레슬리는 잠시 콘라드를 바라보다가 제 주머니에 넣어 놨던 매듭 장식을 콘라드의 손에 쥐여 주었다. 그러고는 그의 품에 기댔다.

"……다음부터는."

콘라드가 숨을 삼키는 게 느껴졌다.

"그냥 나를 피하지 말고 미안하다고 해 줘요. 그게 더 좋아요, 나는."

레슬리의 말에 콘라드의 얼굴이 밝아지며 이내 고개를 끄덕였다. 화해의 선물이 곰이라니, 이건 받아 줄 수밖에 없지 않은가. 레슬리는 콘라드의 품에서 작게 웃었다.

• 마델 이야기 •

그 일의 시작은 작은 발견에서부터 비롯되었다.

"어?"

레슬리가 눈을 동그랗게 뜨자, 따라온 하르트와 레소도 레슬리의

99

시선이 닿는 곳으로 고개를 돌렸고 레소가 의외의 발견을 했다는 듯 미소를 머금으며 웃었다.

세 사람의 시선 끝에는 그들도 아는 한 여자가 서 있었다. 바로 마델이었다.

쉬는 날을 맞아 번화가로 놀러 간다고 며칠 전부터 들떠 있던 마델의 옆에는 한 남자가 서 있었는데, 한눈에 보기에도 보통 사이가 아닌 듯 보였다.

"최근 애인이 생겼다더니 정말이었군요."

"그러게."

레소의 말에 고개를 끄덕이면서 레슬리는 마델을 바라보았다. 마델에게 애인이 생겼다는 건 알고 있었다. 한번 만나 볼까 생각도 했는데 이렇게 마주칠 줄이야.

레슬리가 여태 보아 왔던 마델은 늘 셀바토르 공작저에서 지급된 하녀복을 입고 있거나, 셀바토르 공작저의 문양이 새겨진 외투를 입은 모습이었다.

하지만 오늘은 달랐다. 머리에는 커다란 깃이 달린 넓은 챙 모자를 쓰고 요즈음 유행인 옷을 입은 채 환하게 웃고 있는 마델은 더없이 예뻐 보였다.

"마델 예쁘다."

그렇게 레슬리가 저도 모르게 중얼거린 것은 비단 마델이 입고 있는 옷 때문만은 아니었다. 마델의 얼굴에 넘쳐 나는 행복감 때문이었다.

"정말요. 더없이 행복해 보이네요."

"한창 좋을 때로군요. 자, 갈까요 아가씨. 계속 바라보는 건 무례한 일이니까요."

"응."

하르트의 말이 맞았다. 레슬리는 간신히 마델에게서 시선을 거두었다. 그렇게 잠시 몇 걸음 걷다가 레슬리는 발을 멈추었다. 자꾸만 아까 행복해하던 마델의 얼굴이 아른거렸다.

'마델은 결혼하는 걸까?'

아까 봤던 그 남자랑? 눈이 가늘어졌다.

레슬리가 셀바토르 공작저에서 지낸 지 4년이 지났다. 짧다면 짧고 길다면 긴 그 시간 동안 몇몇 사용인들은 결혼 후 일을 그만두기도 했다. 몇 달 전에도 하인 한 명이 결혼하고 일을 그만두지 않았던가.

'아내 고향으로 가서 사업을 도울 생각입니다. 수입이 좋아서요.'

그렇게 말하고 아예 수도를 떠났지. 비록 친하지는 않았지만 그래도 아는 사람과 이별하는 건 슬픈 일이었다. 마델도 그렇게 되려나.

"아가씨, 잘 지내세요. 저는 가 볼게요."

마델이 그렇게 말하며 저택을 떠나는 모습을 상상하니 저절로 미간에 주름이 잡혔다. 거기다 수도를 떠나 버리면 만나고 싶어도 만나기 어려울 테니까.

좋아! 마델이 결혼해도 저택에 머물고 싶게 만들면 되겠지! 방법은 다양하지만 가장 좋은 것은 역시 돈이려나. 그리고 디저트? 마델은 자신 못지않게 단 걸 좋아하니까.

그럼 제나에게 말해서 마델의 급료를 올려 달라고 하자. 그다음에 내가 마델에게 코코아랑 케이크를 선물해 주면 되는 거 아니겠어?

완벽한 계획이었다. 레슬리는 몸을 빙글 돌려 제 뒤를 따라오는 두 사람을 올려다보았다.

"레소 경, 하르트 경! 우리 들어가기 전에 케이크 집을 들렀다 가요."

먹을 거랑 돈으로 마델의 행복치를 올려 주겠어!

“아니, 저는 이걸 먹을 수 없어요⋯⋯.”

　　입으로는 거절하지만, 마델의 눈과 행동은 달랐다. 눈은 이미 케이크에서 떨어지지 못하고 있었고 손은 포크를 들고 있었다.

　　“마음껏 먹어도 돼. 내가 마델을 위해 직접 사 온 거니까.”

　　여유 있는 미소를 지으며 레슬리는 차를 한 모금 마셨다. 레슬리의 말에 조금 눈치를 보던 마델은 이내 포크로 가장 좋아하는 치즈 케이크를 크게 잘라 한입에 넣었다.

　　“으음! 역시 치즈 케이크가 제일 맛있어요.”

　　몸을 부르르 떨며 눈물까지 글썽이는 모습을 보니, 괜스레 뿌듯해졌다. 예전에 마델이 먹고 싶다며 중얼거린 걸 기억해 두길 잘했다. 레슬리는 자신을 칭찬하며 차를 음미했다.

　　“그런데 아가씨, 이 케이크 사시기 힘들지 않으셨나요?”

　　두 번째 케이크를 먹으며 마델이 넌지시 물었다.

　　지금 마델이 먹고 있는 케이크는 수도에서 가장 유명한 케이크집의 한정 치즈 케이크였다. 하루에 단 10개만 파는 것을 레슬리가 전부 사서 마델 앞에 늘어 둔 것이다. 물론 치즈 케이크만 먹으면 질리니 다른 케이크들과 쿠키, 초콜릿 등이 옆에 곁들여졌다.

　　“마델.”

　　레슬리는 찻잔을 테이블 위에 올려 두며 자신만만하게 마델을 바라보았다.

　　“내가 못 할 게 뭐가 있겠니.”

　　레슬리의 머릿속에서 가장 멋진 여자인 어머니를 따라 머리를 쓸어 올리자, 마델이 감동한 얼굴로 레슬리를 바라보았다.

　　“아가씨⋯⋯.”

"나머지는 서울리랑 다른 애들이랑 나눠 먹어. 그러기 위해서 많이 산 거니까."

레슬리의 말에 마델은 입에 포크를 문 채 고개를 끄덕였다. 마델 혼자만 레슬리에게 얻어먹었다는 사실을 다른 사용인들이 알면 마델에게 불이익이 갈 수 있으니 세심하게 몇 개를 더 사 온 것이다.

"감사합니다, 아가씨."

자연스레 세 번째 케이크를 집어 들며 마델이 행복감에 젖은 얼굴로 레슬리를 바라보았다.

"요즘 너무 살맛 나요. 이유는 모르겠지만, 최근에 제나 집사님이 급료도 올려 주셨거든요. 거기다 이렇게 맛있는 것도 먹고……. 아, 행복해."

"흐응, 그래? 잘됐다."

급료 인상도 레슬리의 작품이었으나 모르는 척, 레슬리는 환하게 웃고는 슬쩍 눈치를 보며 네 번째 케이크를 집어 들고 있는 마델에게 질문을 던졌다.

"있지, 마델."

이번엔 딸기 케이크를 입안 가득 머금고 있는 마델이 레슬리를 바라보았다.

"혹시 나중에라도, 아아주 나중에라도 저택 일을 그만두지는 않을……거지? 그! 얼마 전에 한스가 결혼해서 나갔잖아. 그것 때문에."

레슬리가 다급하게 붙인 뒷말은 듣지도 않은 채, 마델이 고개를 저었다.

"그럼요!"

그리고 빠르게 입안에 남아 있던 네 번째 케이크를 삼키며 말을 이었다.

"저는 절대, 절대로 저택을 나가지 않을 거예요. 급료도 좋고 같이 일하는 사람들도 좋거든요."

그렇게 말하며 마델은 레슬리를 바라보았다. 주근깨가 송송 박혀 있는 뺨이 위로 올라가며 환한 웃음을 만들어 냈다.

"거기다 저는 레슬리 아가씨도 정말로 좋은걸요."

진심 어린 마델의 말에 레슬리는 눈을 동그랗게 떴다가 슬그머니 시선을 돌렸다.

"그렇구나."

그러면서 슬그머니 자신의 몫으로 놔둔 케이크를 마델 쪽으로 내밀었다. 레슬리도 마델이 너무너무 좋았으니까.

'그랬는데.'

레슬리의 눈이 가늘어졌다. 레슬리가 길가에서 데이트하던 마델을 발견하고 고작 한 달여가 지났을 뿐이었다.

그사이 마델이 이상해졌다. 언제나 행복감에 차 있던 마델이 며칠 전부터 눈에 띄게 어깨를 추욱 늘어트리고 다니더니, 오늘은 아예 정신이 나갔다.

아까부터 레슬리의 시선은 방을 청소하러 들어온 마델에게 고정되어 있었다. 하지만 마델은 그것도 모른 채 생각에 빠져 있는 듯 눈이 흐리멍덩해 보였다. 미간에는 깊은 주름이 잡혀 있었고 창문을 닦던 손은 멈춘 지 오래였다.

"아무래도 뭔가……."

이제는 작게 중얼거리는 마델을 보며 레슬리의 고개가 점점 옆으로 기울었다. 도대체 무슨 일인지 모르겠다. 레슬리가 알기로는 마델은 연인도 있고 급료도 있고 식사도 잘 나올 텐데.

'왜지?'

급료가 마음에 안 드는 걸까? 그럴 리가 없는데. 요즈음 너무 케이크만 먹여서 그런 걸까. 아무리 고민해 봤지만, 답이 나오지 않았다.

결국 레슬리는 1시간째 한 창문들을 닦고 있는 마델을 작게 불렀다.

"마델."

"으악! 네, 네? 네! 아가씨!"

놀랐는지 걸레를 떨어트릴 뻔한 마델이 눈을 크게 뜨며 마치 고장 난 인형처럼 괴상하게 고개를 끄덕였다. 레슬리의 눈초리가 가늘어졌다.

"무슨 일 있어?"

그렇게 티가 나게 행동하고 들키지 않을 거라 생각했었는지 레슬리의 추궁에 마델의 눈이 레슬리의 시선을 피해 옆으로 돌아갔다.

"무슨 일이요? 저는 모르겠어요. 아무 일도 없는데."

"······정말?"

레슬리의 추궁에 마델이 어색한 미소를 머금었다.

"그럼요! 제가 무슨 일이 있겠어요, 아가씨도 옆에 있는데. 아, 청소! 청소해야지. 이러다 집사님에게 혼날라."

그냥 온몸으로 있다고 말하는 것과 다를 바가 없는 마델의 뒷모습에 다시 레슬리의 눈초리가 가늘어졌다.

⚜

모두가 잠자리에 든 야심한 시각, 불이 꺼진 주방에서 집회가 열렸다.

작은 촛불과 약간의 다과, 새로 들어온 찻잎과 특별 손님을 위한 코코아가 긴 식사용 테이블 위에 놓여 있었다. 그리고 테이블에는 서올리와 몇 명의 하녀들이 앉아 있었다. 전부 마델과 친한 하녀들로, 그들은 최근 그녀의 뒤처리에 지쳐 있었다.

레슬리는 푸념을 늘어 두는 하녀들 사이에 앉아 눈을 또르르 굴렸다.

"어제는 주방 일을 돕다가 그릇을 깨 먹었다니까요! 그게 얼마짜린데. 아마 찻잔 하나가 우리 두 달 치 급료일 거예요."

"내가 알기론 이제 깎일 급료도 없을걸."

벨의 말에 서올리가 캡을 벗으며 눈을 찡그렸다.

"엊그제는 식료품을 나르다가 달걀 두 바구니를 그대로 떨어트렸거든요."

"급료가 올랐다고 좋아했는데 순식간에 사라졌군."

하녀들의 말에 레슬리는 눈을 찡그렸다. 자신이 보지 않는 곳에서 마델의 상태는 더 심각했던 모양이었다.

"도대체 무슨 일이지?"

레슬리의 물음에 하녀들이 나름의 추측을 쏟아 내기 시작했다. 그녀들 모두 정신없는 축제 때나 볼 법한 행렬처럼 이어지는 마델의 실수를 수습하는 데 지쳐 가고 있었다.

"집안일이 아닐까요? 누가 아프다든가?"

"일을 좀 쉬고 싶은 걸까요. 왜, 다들 고비가 한 번쯤 오지 않아?"

여러 추측에도 그렇다 할 만한 게 없었다. 모두의 미간에 깊게 주름이 잡힐 때쯤, 침묵하고 있던 서올리가 고민을 끝낸 듯 입을 열었다.

"남자예요. 애인이요."

남자라면 저번에 보았던 마델의 연인을 이야기하는 게 아닌가? 레슬리는 길거리에서 우연히 봤던 마델을 떠올렸다.

"연인이라면 나도 저번에 봤어. 행복해 보이던데?"

"아, 아가씨도 보셨군요. 맞아요, 그 연인. 그게……."

서올리가 눈을 찡그리며 제 목덜미를 매만졌다. 한참을 고민하듯 입을 열었다가 닫기를 반복하더니 이내 깊은 한숨과 함께 말을 꺼냈다.

"그 남자, 바람을 피우는 것 같더라고요."

"뭐어어!"

서올리의 한마디에 6명이나 되는 사람들의 눈이 커다래졌고, 레슬리는 놀라 코코아를 놓치고 말았다. 쿵! 묵직한 코코아 머그잔이 바닥에 떨어져 구르는 소리가 귓가에 박혔다. 바람, 바람이라니?

❦

　오랜만에 쉬는 날을 맞아 외출을 나온 마델은 고개를 갸웃거렸다. 이상하게 등 뒤에서 시선이 자꾸만 느껴졌다.
　멈춰 서면 사라지고, 걷다 보면 다시 느껴지는 시선에 마델은 빠르게 고개를 돌렸다. 하지만 뒤에는 신문을 파는 소년과 길거리에서 가면을 쓰고 연극을 연습하는 이들, 그리고 거지 떼들이 앉아 있을 뿐이었다.
　'정말 이상해.'
　마델은 고개를 몇 번 갸웃거리다가 다시 걸음을 옮기기를 반복했다.
　이윽고 마델이 완전히 뒤를 돌아보지 않자, 신문 파는 소년으로 변장했던 레슬리는 안도의 숨을 내쉬었다.
　"안 들켰네."
　"네, 아직 모르는 것 같아요."
　"우리의 위장이 완벽한 덕분입니다."
　레슬리의 말에 돼지 가면을 벗으면서 서올리가 고개를 끄덕였다. 거지로 분장한 셀바토르 공작저의 기사들 역시 뿌듯해하며 미소 지었다.
　"좋아, 다시 오늘의 목표를 말해 줄게."
　머리를 묶어 올려 빵 모자 안에 넣고, 체크무늬 베스트와 같은 무늬의 바지를 입은 레슬리는 완벽히 소년 같아 보였다. 레슬리가 길거리에서 주운 신문을 꼭 쥐며 말하자, 모두 비장한 표정으로 레슬리를 바라보았다.

"오늘 우리의 목표는 마델의 애인이야. 마델이 오늘 애인을 만난다고 했으니, 그 뒤를 따라가서 애인이 바람을 피운다는 확실한 증거를 모아다 보여 주자."

레슬리의 말에 모두가 고개를 끄덕였다. 마델은 애인이 바람을 피우는 걸 어렴풋이 눈치를 채고 있었으나, 지금 만나는 사람을 너무 좋아해서 불안해하면서도 그와 헤어질 생각을 하지 않고 있었다.

"마델에게 듣자 하니 그 남자 절대로 자기는 바람 같은 걸 피지 않는다면서 마델을 안심시키고 있다나 봐요."

"그래도 낌새가 있을 텐데."

한 하녀의 말에 서올리가 작게 한숨 쉬며 고개를 저었다.

"마델이 수도에 막 올라왔을 때 도움을 준 사람이래요. 그때부터 좋아했는데 얼마 전부터 마침내 사귀기 시작한 거라, 쉽게 포기가 안 되는 모양이더라고요."

마델이 수도에 막 올라왔을 때부터 시작된, 오랜 짝사랑이었던 모양이다. 그런데 사귀고 난 지 얼마 안 돼서 바람을 피우다니. 서올리의 말을 들은 모두가 화난 듯 표정을 일그러트렸다.

"나쁜 놈이로군요. 그런 놈들은 남자 구실을 못 하게 만들어야 하는데."

머리에 재를 덕지덕지 바른 셀바토르 공작저의 기사가 주먹을 꽉 쥐었다. 그 손짓이 섬뜩한지 몇몇이 고개를 숙였다.

"일단 가장 중요한 건 마델에게 들키면 안 된다는 거야."

마델에게 들키면 안 된다. 그게 가장 중요한 전제 조건이었다. 그래서 이렇게 서올리와 다른 하녀들은 가면극을 하는 배우 분장을 했고, 셀바토르 공작저의 기사들은 자연스럽게 거지 분장을 했다.

여러 번 해 본 듯 익숙하게 몸과 머리카락에 재와 진흙을 바르는 모습에 레슬리가 고개를 갸웃거리자 예전에 그럴 만한 일이 여러 번 있었다며 기사들이 웃었다.

　나른 이들노 아니라 셀바토르 공작가의 기사들이 거지 분장이라니. 도대체 무슨 일이었을까. 얼굴에 재를 바르던 레소에게 물어보았지만, 웃기만 할 뿐 대답해 주지 않았다.

　'기사들이 싸울 때 거지 분장을 하던가?'

　어떤 상황일까. 쉽게 상상이 되지 않았다. 거지로 분장하고 있다가 적이 방심하면 뒤에서 찌르는 것? 잠시 레슬리의 생각이 이상한 곳으로 튀었다. 하지만 이내 현 상황에 집중하기 시작했다. 중요한 건 거지들이 된 기사들이 아니라 마델이었다.

　"좋아, 들키지 않게 가자!"

　"좋습니다!"

　너무 기세등등하게 소리치는 바람에 마델이 잽싸게 뒤를 돌아보았다. 거기에는 신문을 파는 레슬리, 가면을 뒤집어쓴 서올리와 하녀들, 그리고 애절하게 동전을 바라는 셀바토르 공작저의 기사들만이 있었다.

　"이상해."

　의심을 떨치지 못한 마델이 결국 몸을 돌려 서올리에게 다가갔다. 마델의 눈이 의구심을 품고 점점 가늘어지고 있었다.

　"지금 '돼지 가족 이야기'를 연극할 때가 아닌데, 왜 '노릇노릇한 첫째' 가면을 쓰고 있지? '바삭바삭한 둘째'도 아니고."

　길거리에 있던 것을 아무것이나 사서 쓴 것인데 하필 마델이 잘 아는 연극이었나 보다. 당황한 서올리가 주춤하며 자신의 가면을 붙잡았다.

　"묘하게 이상하단 말이지. 아까부터 시선이 느껴지질 않나 쑥덕거림이 느껴지질 않나."

　이런 걸 눈치챌 마델이 아닌데. 다들 놀라 입을 벙긋거렸다.

　의구심을 한껏 품은 마델이 서서히 서올리의 가면으로 손을 뻗었다. 그리고 노릇노릇한 첫째의 귀를 움켜잡았다.

"너 누구……."

"자기!"

갑자기 골목에서 걸어 나온 한 남자가 마델을 불렀다.

마델은 빠르게 몸을 돌려 남자를 바라보았고, 순식간에 그녀의 얼굴에는 웃음꽃이 만발했다.

"브린."

"자기, 뭐 하고 있었어? 돼지 귀는 왜 잡고 있고."

애인이었다. 애인을 본 적이 있던 레소와 레슬리 덕분에 다른 사람들은 빠르게 브린이라 불린 저 남자가 마델의 애인이라는 사실을 알 수 있었다.

상당히 자상해 보이는 남자였다. 외모는 반듯했고, 입고 있는 옷은 꽤 좋은 재질로 만들어져 있었다.

그는 푸른 눈을 빛내며 마델에게 다가왔다.

"아니, 그게 뭔가 이 여자가 이상해서……."

"그런 소소한 건 신경 쓰지 마."

브린은 이를 보이며 웃더니 자연스럽게 마델의 허리에 팔을 둘렀다.

"그보다 자기, 어서 가자. 예약해 둔 오페라가 곧 시작된다고."

"하지만……."

"오페라에 늦으면 자기가 책임질 거야?"

이어지는 남자의 타박에 마델이 눈을 찡그렸고, 남자를 제외한 다른 사람들의 고개는 옆으로 기울었다. 마델은 오페라를 좋아하지 않으니까.

한 번 레슬리를 따라 오페라를 보러 간 적이 있었는데, 그때 확실히 제 취향이 아니었다며 이야기한 걸 모두가 알고 있었다. 그런데 오페라라니?

"내가 가장 좋아하는 오페라야, 어서 가자고."

그러면서 브린은 마델의 팔을 잡고 한 곳으로 이끌었다.

"우리 사랑스러운 자기, 오페라 보자고 해서 삐졌구나? 미안. 하지만 이건 꼭 보고 싶은 거였는걸. 오페라가 끝나고 나면 자기가 좋아하는 스테이크를 먹자고."

그러면서 다정히 머리에 입을 맞췄다. 그러자 마델이 할 수 없다는 듯 웃으면서 브린을 따라갔다. 두 사람의 뒷모습에 따라붙은 시선들을 전혀 모른 채.

오페라가 끝나고 나서는 평범한 데이트였다. 두 사람은 밥을 먹고 공원을 거닐면서 새에게 빵가루를 뿌려 주기도 했다.

"억지로 오페라를 고른 것 빼고는 나빠 보이지 않네요."

행인에게서 동전 몇 닢을 받은 기사가 작게 속삭이자, 모두가 고개를 끄덕였다. 생각보다 브린은 정상적인 사람처럼 보였다.

"요즘 걱정이 있어."

브린이 그 소리를 하기 전까지는.

"걱정?"

빵을 찢어 새들에게 던져 주던 마델이 놀란 얼굴로 브린을 바라보았다. 그는 애써 웃으면서 마델을 바라보았다. 힘겨워 보이는 그의 얼굴에 마델의 얼굴에는 그늘이 드리웠다.

"무슨 일인데. 말해 봐. 우린 연인이잖아. 내가 도울 수 있는 게 있다면 돕고 싶어."

마델의 재촉에 하는 수 없이 입을 연다는 듯 브린이 운을 뗐다.

"얼마 전에 시작된 사업이 잘 안 되고 있어. 그것 때문에 그래."

"세상에, 분명 잘될 거라고 하지 않았어?"

"뭐 쉽게 되는 일이 있나……."

말꼬리를 흐리며 브린은 제 머리카락을 헝클어뜨렸다. 그러면서 슬그머니 말을 흘렸다.

"아아, 셀바토르 공작저 같은 곳에서 우리 물건을 사 준다면 정말 좋을 텐데……."

들으라고 한 말이었다. 레슬리와 서올리는 뛰쳐나가려다가 다른 사람들에게 만류당했고, 분이 식지 않은 레슬리는 허공에 주먹을 날렸다. 선공격이 최고인데, 마델이 그걸 모르다니!

"내가 한번…… 제나 집사님께 물어봐 볼게."

"정말?"

브린은 언제 어두웠냐는 듯 환하게 웃으며 마델을 끌어안았다. 마델이 놀란 듯 눈을 크게 떴지만 이내 옅게 웃었다. 주근깨가 박힌 마델의 뺨에 옅은 홍조가 떠올랐다.

"정말, 정말로 고마워. 자기! 자기 덕분에 내 사업은 살아날 거야."

"뭘…… 그냥 여쭤볼 뿐인데."

"그래도 그게 어디야."

브린은 마델을 보며 환하게 웃더니 그녀의 손을 잡고 손등을 토닥였다.

"돈도 빌려주고…… 이렇게 말도 전해 주고. 조금만 기다려, 사업이 제대로 자리 잡으면 우리 결혼하자."

누가 봐도 믿으면 안 되는 말이었다. 하지만 사랑에 빠진 마델은 눈물을 글썽인 채 고개를 끄덕였다. 그런 마델의 뺨에 키스한 브린은 몸을 일으켰다.

"이만 가 봐야겠어."

"벌써?"

"미안, 자기. 중요한 일이 있거든. 공작저에 물품을 납부하게 됐으니 얼른 가 봐야지! 사업 계획도 짜고, 가게에 들러서 미리 언질도 주고. 그래야 직원들이 놀라지 않을 테니까."

그 말을 끝으로 브린은 마델이 잡기도 전에 자리를 떴고, 화가 끝까지 난 레슬리는 재빠르게 브린을 쫓아갔다.

"수상해."

레슬리의 말에 모두가 고개를 끄덕였다. 사업을 하러 간다던 브린은 가게나 사무실이 있는 상점가가 아닌, 주택가로 들어가고 있었다.

"집에 가는 걸까요? 하지만, 분명 가게로 간다고 했는데."

"그러니까 말이야."

"저 브린이란 남자가 사는 곳을 들은 적이 있는데, 이 근방이 아니었어요."

사람들은 숨을 죽이고 남자의 뒤를 따랐다. 브린은 마델의 도움이 기쁜지 콧노래까지 부르며 어디론가 가고 있었다.

작은 골목을 몇 개나 지나 도착한 곳은 노란색의 아담한 주택이었다.

"브린 씨, 안녕하세요."

"아주머니도 안녕하신가요?"

마침 지나가던 한 아주머니가 익숙하게 그에게 인사를 건넸다. 인근 주민이 그를 안다는 건 그가 지금 서 있는 집에 뻔질나게 드나들었다는 것. 모퉁이에 숨어 고개만 빼꼼 내민 모두의 눈초리가 가늘어졌다.

익숙하게 나무문을 두드린 브린은 재빠르게 제 옷차림을 정돈했다. 그의 얼굴에는 미소가 완연해 있었다. 브린이 문을 두드린 지 얼마 안 돼 문이 열렸고.

"내 사랑, 브린!"

집 안에서 뛰어나온 한 여자가 그의 품에 안겼다. 여자가 사랑스러운지 브린의 눈에는 달콤함이 뚝뚝 흘렀다.

레슬리와 모두의 입이 벌어졌다. 지금 브린의 품에 안겨 행복한 듯 미소 짓고 있는 여자는 아까 오페라에서 단역을 맡았던 여자였다.

"오늘 사업 이야기, 잘 하고 왔어?"

"그럼! 아까 봤지? 아까 오페라를 같이 보러 간 여자가 사업 협력자야. 자기가 보고 싶어 해서 데려왔어. 어때, 나 잘했지?"

나는 이렇게 떳떳하다고. 브린은 그렇게 말하며 여자의 뺨에 입을 맞췄다.

"자기가 보듯 바람 따윈 피지 않으니 걱정하지 마."

굳이 마델이 싫어하는 오페라를 보러 간 이유가 저거였던 모양이었다. 혈압이 끝까지 오른 서울리가 휘청거렸다.

"우리 자기가 최고지. 그럼, 알지. 그런데 그 여자 나랑 비슷한 나이 또래 같던데, 어떤 일을 하는 거야?"

"아아, 셀바토르 공작가랑 나를 이어 줄 다리? 사실 이름도 가물가물하네. 처음 만났을 때 셀바토르 공작가의 겉옷을 입고 있었던 건 기억나는데."

마델이 고백할 때 셀바토르 공작가의 옷을 입고 있는 걸 보고 고백을 받아들인 모양이었다. 그것도 진짜 첫 만남은 기억조차 하지 못하고. 그래서 아까부터 마델의 이름 대신 '자기'라고 불렀구나. 레슬리는 입술을 깨물며 남자를 무섭게 노려봤다.

"뭐야, 사업 협력자라면서 이름을 잊어버리면 어떻게 해."

그렇게 말하며 여자는 브린의 뺨에 입을 맞췄다. 안 되겠다. 레슬리가 성큼 모퉁이에서 뛰어나갔다.

"야, 이……."

"야, 이 바람둥이야!"

뭐지, 내 속마음이 내 입보다 빠르게 말한 건가? 레슬리가 놀라 뒤를 바라보자, 언제 쫓아왔는지 마델이 두 사람을 노려보고 있었다.

"어, 어어? 어떻게 여기에……? 설마 내 뒤를 밟은 거야?!"

잠시 당황해하던 브린은 역으로 마델에게 화를 냈고 그대로 뺨을 처맞았다.

"그래. 쫓있다, 이 새끼야. 내가 쫓아오는 게 싫었으면 이런 걸 두고 가지 말았어야지!"

그렇게 말하며 마델은 남자의 얼굴에 장갑 한 짝을 그대로 던졌다.

"청혼해 놓고 다른 여자를 만나? 어떻게 네가 이럴 수가 있어!"

"잠시만요, 청혼이라니요?"

한쪽에서 폭탄이 터지자, 이쪽에서도 연달아 터지기 시작했다. 브린의 품에 안겨 있던 여자는 놀란 듯 주저앉은 브린과 마델을 번갈아 바라보았다.

"오늘 저는 이 새끼에게서 청혼받았어요, 결혼하자고 했다고요!"

마델의 말에 여자의 경멸 어린 시선이 브린에게 향했다. 브린은 필사적으로 고개를 저었지만, 마델이 때린 뺨을 다시 처맞았다.

여자는 그대로 집으로 들어가더니 창문을 열고 무언가를 집어 던지기 시작했다. 브린의 물건들이었다. 거리 곳곳에 브린의 물건들이 뿌려지기 시작했다.

"당장 내 집에서 나가!"

마지막으로 그렇게 외친 여자는 쿵 소리가 나게 창문을 닫았다. 잠시 얼빠진 듯 여자가 있던 창을 바라보던 브린이 몸을 벌떡 일으키더니 마델을 무섭게 노려보았다.

"너, 너 때문에 내가……!"

브린은 마델을 향해 손을 올렸고, 그대로 얼굴에 주먹을 맞았다.

"마델 괴롭히지 마, 이 나쁜 놈아!"

레슬리였다. 사이레인이 알려 준 선공격이 빛을 발하는 순간이었다.

"아가씨!"

"너."

레슬리는 급하게 달려오느라 반쯤 벗겨진 모자를 그냥 벗어 던졌다. 마델이 아가씨라 부른 것과 모자 밑에서 흘러나온 은발에 브린은 레슬리가 누군지 알아챈 듯했다.

"돈 갚고 다신 마델의 앞에 나타나지 마. 다시 마델 앞에 나타나서 괴롭히면……."

그렇게 말하며 레슬리는 한 발 앞으로 나섰다. 겁을 먹은 듯 브린의 얼굴이 점점 하얗게 질렸다.

"셀바토르가 왜 셀바토르인지 보여 주겠어."

공작저의 이름까지 나오자 브린은 고개를 끄덕이더니 급하게 도망쳤다.

남자의 뒷모습을 바라보던 마델이 그대로 주저앉아 울기 시작했다.

"마델……."

숨어 있던 모두가 나와 마델을 달래기 시작했다.

"사, 사실은 알고 있었는데……. 그래도 사귀게 된 게 너무 좋아서……."

마델의 눈에서 눈물이 뚝뚝 흐르기 시작했다. 레슬리가 마델을 꼭 끌어안고 등을 토닥여 주자 울음소리가 더 커졌다.

"마델, 걱정 마. 우리가 더 괜찮은 남자 소개해 줄게!"

"그래, 저딴 놈은 강물에 떠내려 버리고 좋은 남자 만나자."

한참 만에 울음을 그친 마델에게 하녀들이 주먹을 불끈 쥐더니, 무서운 기세로 소개해 줄 남자들의 이름을 읊기 시작했다.

"아니, 괜찮아."

하지만 마델은 무언가를 결심한 듯 단호하게 고개를 저었다.

"당분간은 연애 따위 하고 싶지 않아. 나는 레슬리 아가씨를 모시는 일에 집중할 거야. 나에겐 레슬리 아가씨뿐이라고!"

마델의 말에 크게 감동한 레슬리가 마델을 꼭 끌어안았다.

"걱정 마, 마델. 내가 평생 책임질게! 매일매일 맛있는 디저트도 주고, 임금도 올려 줄게! 내가 마델 인생 하나 못 책임지겠어!"

"아가씨!"

평생 고용이 보장되는 훈훈한 광경이었다.

• 성인식 •

"오실 때가 되었는데."

마델이 최대한 멀리 보겠다는 듯 눈을 가늘게 떴다. 얼마나 집중했는지 입이 점점 튀어 나가고 있었다.

"마델."

레슬리는 작게 키득거리며 마델을 불렀다.

"금방 오시겠지. 들어와 있어. 마차가 오면 소리가 들리니 그때 나와도 될 거야."

그렇게 말하며 레슬리가 마차 문을 열었다. 하얀 마차에 라일락색으로 셀바토르 가문의 인장이 그려진 마차는 레슬리가 열두 살 적 처음 선물 받은 마차였다.

부모님과 두 오라버니는 이제 오래되었다고 새 마차를 선물해 준다고 했지만, 레슬리는 그래도 이게 마음에 들어 자주 타고 다녔다.

"그래요, 마델. 들어가 있어요. 내가 밖에 나와 있으니 오는 마차를 놓칠 일은 없을 겁니다."

이제 머리를 허리까지 길게 기른 레소가 마델을 보며 웃었다. 레슬리와 레소가 둘 다 그러자 마델이 뺨을 긁적이더니 이내 고개를 끄덕이고 마차로 들어와 레슬리의 맞은편에 앉았다.

"어서 오셨으면 좋겠다."

"그러게요."

117

레슬리가 손가락을 만지작거리며 웃자, 마델 역시 고개를 끄덕였다.

세 사람은 지금 누군가를 기다리고 있었다. 중요한 손님, 셀바토르 공작저의 손님이 아니라 레슬리의 손님이었다. 매일 이날만을 기다리던 레슬리가 못 참고 성문 밖까지 마중을 나올 손님이었다.

베스라온과 루엔티가 같이 나와 주겠다고 했지만, 레슬리는 거절했다. 하녀와 기사들을 못해도 셋 이상 데려가라는 말에도 괜찮다고 웃었다.

셀바토르 공작저는 지금 레슬리의 일로 너무도 바빴으니까. 그런 상황에서 레슬리가 하녀들과 기사들을 데려가는 건 좋아 보이지 않으니까.

거기다 베스라온 역시 셀바토르 공작의 후계자가 되면서 해야 할 일이 배로 늘어 있었다. 루엔티 역시 어쩌다 보니 마법사의 저택과 신전의 중계자가 되어 버리는 바람에 저택에 돌아오지 못하는 날이 늘고 있었고. 그러니 이 정도는 자신이 홀로 해도 되는 일이었다.

'이제 나도 곧 성인인걸.'

레슬리는 뺨을 붉히며 웃었다. 이제 조금만 있으면 레슬리의 성인식이었다. 열여덟 살의 생일이 바로 코앞까지 와 있었다.

잠시 생각에 빠져 있는데 마델이 마차 창밖을 가리켰다.

"아가씨! 저기, 저거 저희 마차 같은데요?"

마델의 손가락 끝을 따라가 보니 그 끝에 저 멀리서 오는 마차가 보였다. 레슬리의 눈이 덩달아 가늘어졌다.

"맞는 것 같아. 그렇죠, 레소 경!"

"네, 맞습니다."

레소 역시 고개를 끄덕이자 레슬리는 환하게 웃더니 재빠르게 마차에서 내렸다.

드디어 만난다. 심장이 작게 뛰기 시작했다.

보통의 마차보다 더 큰 갈색 마차에는 레슬리의 하얀 마차에 새겨진 것과 똑같은 공작가의 문양이 그려져 있었다.

"아가씨, 레소 님. 마델도 나왔구나."

레슬리의 마차를 알아본 셀바토르 공작저의 마부는 하얀 마차 앞에서 멈춰 섰다. 그리고 마차의 문이 열리고 한 남자가 맨 먼저 마차에서 내렸다.

레슬리는 기다리다 못해 냉큼 뛰어 마차에서 내린 남자에게 폭 안겼다.

"삼촌!"

테론이었다. 그가 수도로 올라온 이유는 당연히 하나뿐인 조카, 레슬리의 성인식에 참석하기 위함이었다.

테론이 주름진 얼굴로 옅게 웃었다. 그리고 탄광 일로 거칠거칠한 손으로 머리를 쓰다듬었다.

"레슬리."

"어서 오세요, 삼촌."

레슬리가 테론을 꼭 끌어안고 화사하게 웃었다.

"옷이 더러워질 텐데……."

가장 깔끔한 옷을 입었지만, 광부의 옷이었다. 옷의 군데군데에 그을음이 묻어 있었다. 혹여나 더러운 게 레슬리의 최고급 드레스에 묻을까, 테론이 난감한 기색을 보였다.

"괜찮아요, 삼촌. 삼촌이잖아요."

한껏 웃음을 머금은 얼굴로 레슬리가 고개를 젓자 테론 역시 기쁜 듯 미소를 머금었다.

"레슬리 아가씨."

테론의 뒤를 이어 한 여자가 내렸다. 마차 전복 사고로 죽어 가던 테론을 살리고 그와 결혼한 비안카였다.

"아이참, 또 아가씨라 부르시네요. 부디 레슬리라 불러 주세요."

레슬리가 환하게 웃으며 비안카의 손을 잡자 비안카의 푸른 눈이 동그래지며 고개를 저었다.

"제가 어떻게……. 저는 평민이고 아가씨는 단 하나뿐인 공작가의 공녀님이신걸요."

"저번에도 말했잖아요. 비안카 숙모는 테론 삼촌을 구해 주셨고 테론 삼촌은 저를 구해 주셨으니 결과적으로 숙모님이 저를 구해 주신 거나 다름없어요."

비안카는 동정심에 죽어 가던 테론을 데려와, 얼마 안 되던 저금까지 깨 가며 테론을 치료했다. 그리고 계속해서 테론이 전부 나을 때까지 그를 돌봐 주었고 그가 일자리를 찾을 수 있게 도와주었다.

그동안 두 사람은 서서히 사랑에 물들어 갔다. 비안카의 전폭적인 지지와 사랑 덕분에 테론은 스페라도 후작가에서 받았던 상처를 조금이나마 치유하고 자신의 두 다리로 설 수 있었다.

만약 비안카가 죽어 가던 사람을 무시하거나 그냥 경비대에 알리는 수준으로 끝났다면 어떻게 됐을까. 끝은…… 조금 씁쓸해졌겠지.

"그러니까 부디 레슬리라고 불러 주세요. 그리고 우리는 친척이잖아요. 가족이나 다름없는걸요."

레슬리의 말에 비안카가 머뭇거리더니 이내 고개를 끄덕였다.

"네, 그럴게요."

"좋아요. 그럼 다음부터 또 아가씨라 부르지 않는 거죠?"

사실 이건 테론이 몇 번 수도에 올라올 때마다 일어나는 작은 실랑이였다. 이름을 부르라고 해도 다시 수도에 올 때쯤이면 아가씨라 부르고 있었다.

"네, 아가씨…… 아니, 아니. 레슬리."

이름을 부르는 게 어색한지 비안카의 말끝에 작은 웃음이 붙었다.

"네, 숙모!"

레슬리가 환하게 웃으며 이번엔 비안카 품에 안기사, 비안카가 잠시 어색한 듯 손을 휘휘 젓더니 이내 레슬리를 꼭 끌어안았다. 그사이 마차에서 마지막 손님이 내렸다. 테론과 비안카의 딸인 줄리아였다.

"오랜만이야, 언니!"

마차에서 폴짝 줄리아가 뛰어내리자 그녀의 밀색 머리카락이 바람에 흔들거렸다.

"세상에, 줄리아. 많이 컸네."

레슬리는 자신에게 달려오는 줄리아를 꼭 안아 들었다. 이제 다섯 살이 된 줄리아는 레슬리 품에서 까르륵 웃음을 터트렸다. 녹음이 가득한 눈동자가 햇빛을 머금고 더없이 반짝거렸다.

잠시 그 눈동자를 바라보던 레슬리는 오랜만에 만난 사촌을 꼭 끌어안았다. 레슬리의 은색 머리카락이 줄리아의 뺨을 간지럽혔는지, 줄리아가 입을 꼭 다물고 괴상한 웃음을 흘렸다.

"자, 이제 공작저로 가실까요?"

훈훈한 광경을 뒤에서 지켜보던 레소가 웃으며 말했다. 여기가 길 한가운데라는 걸 잊고 있었다.

"언니 마차는 커서 너무 좋아!"

성문에서부터 공작저까지는 레슬리의 하얀 마차를 타겠다고 우긴 줄리아가 짧은 다리를 동동거렸다. 그러면서도 쉴 새 없이 자신이 들고 온 인형의 머리카락을 만지작거렸다.

"마차는 크고 하얀색이라 이뻐서 너무 좋아. 그래서 내가 저번에 루카에게 자랑했는데 루카가 그런 게 어딨느냐고 막 그래 가지고. 그런데 그때 벌레 허물이 있어서."

짧은 거리 동안 쉴 새 없이 말이 쏟아졌다. 아직은 끊어 말하기가 힘든지 줄리아의 말은 끊어지지 않고 계속해서 이어졌다. 계속해서 주제가 튀었다가 도로 돌아왔다.

"그렇구나."

'그 루카라는 애가 하얀 마차가 어디 있느냐고 줄리아에게 뭐라 한 건가?'

줄리아의 말에 끝없이 호응하던 레슬리가 슬쩍 눈빛으로 마델에게 도움을 요청했다. 간신히 알아들을 만하면 벌레 허물 이야기나 강가에서 본 물고기 이야기가 튀어나와 정확히 알기가 힘들었다.

레슬리의 눈빛을 정확하게 알아챈 마델이 고개를 끄덕였다. 역시 레슬리의 개인 하녀다웠다.

'네, 그런 이야기예요.'

'그렇구나.'

"언니, 내 이야기 듣고 있어?"

레슬리와 마델이 자신의 말을 듣지 않고 있다는 걸 알아챈 줄리아가 자신의 인형에서 시선을 떼고 두 사람을 바라보았다.

"그럼!"

"네! 듣고 있답니다."

레슬리와 마델은 재빠르게 고개를 끄덕였다. 줄리아를 이해시키기 위한 미소는 덤이었다.

"그래서 내가 루카에게 말했거든."

다시 줄리아의 말이 이어지기 전에 마부가 공작저에 도착했음을 알렸다. 마차가 멈춰 서자 가장 먼저 뛰어내린 것은 줄리아였다.

"세상에 줄리아! 위험하니 마차는 멈춘 후에 내리라고 하지 않았니!"

줄리아가 내리자마자 비안카의 잔소리가 쏟아졌지만, 그 위를 줄리아의 맑은 웃음이 덮었다. 레슬리가 고개를 저었다.

레소의 에스코트를 받으며 마차에서 내리자 모두를 기다리고 있었는지, 공작저 문 앞에 서 있던 제나가 환하게 웃었다.

"어서 오십시오, 테론 님, 비안카 님, 줄리아 님. 기다리고 있었습니다."

❧

"언니이! 나 여기!"

줄리아가 환하게 웃었다. 맑은 웃음소리가 울려 퍼졌다. 하지만 레슬리와 마델은 죽어 가고 있었다.

"엄, 엄청 빠르네."

레슬리가 땀을 훔치며 말하자 마델이 고개를 끄덕였다.

지금 세 사람은 숨바꼭질하고 있었다. 레슬리가 열두 살 적, 첫 소풍날에 배운 놀이. 그런데 이게 이렇게 힘든 놀이였나? 레슬리는 눈을 깜빡였다.

"원래 이렇게 힘들지 않은데……."

레슬리의 마음을 읽은 듯 마델이 옆에서 고개를 저었다. 본디 숨바꼭질은 숨은 사람을 찾으면 끝나는 놀이였지만, 잡히고 싶지 않은 줄리아 덕분에 놀이는 많이 변질되어 있었다.

찾으면 도망간다. 쪼그마한 것이 사력을 다해 도망가니 잡기도 힘들었다. 간신히 마델과 연계해 줄리아를 안아 올리면 크게 웃고는 또 이렇게 말하는 것이었다.

'언니, 또 하자!'

'어떻게 저렇게 활기차지.'

움직이기 쉽게 바지로 갈아입고 왔는데도 줄리아의 움직임을 따라

123

잡기 힘들었다. 작은 몸을 이용해 줄리아는 덤불 밑으로 기어들어 가는 것도 마다하지 않았으니까.

"옛날 생각이 나네요."

레슬리를 따라 바지로 갈아입은 마델이 말을 꺼냈다.

"옛날 생각?"

"네, 아가씨에게 처음 이 놀이를 가르쳐 드렸던 날이요."

아아, 그날. 레슬리가 고개를 끄덕였다.

"그래도 나는 줄리아처럼 이렇게 고생……."

"그때도 이만큼 힘들었는데. 줄리아 아가씨를 보니 자연스럽게 아가씨 생각도 나네요."

레슬리가 생긋 웃으며 말하기도 전에 마델이 고개를 흔들며 레슬리의 말을 가로막았다.

"덤불 밑으로 기어가시는 것도 그렇고 나무 위로 올라가 웃는 것도 그렇고. 계속 '한 번 더'를 외치시는 것도 똑같아요."

……내가 그랬단 말이야? 레슬리는 눈을 찡그렸다. 사실 어릴 적이라 기억이 뚜렷하지는 않았다. 마냥 즐거웠던 기억뿐이었다.

마델은 힘들었던 기억도 세월이 지나고 나니 다 추억이라는 듯 아련하고 아련한 얼굴로 말을 이었다.

"마지막엔 30분을 넘게 사라지셔서 전부 찾았었지요. 결국 주무시던 공작님 품에서 발견되셨고요."

아, 이건 기억난다. 사이레인, 베스라온 그리고 루엔티까지 합세한 놀이에서 지고 싶지 않아 온 힘을 다해 숨을 곳을 골랐다. 그런데 눈에 보이는 곳은 다 한 번씩 숨었던 곳이었고, 거기에 또 숨는다면 분명 마델에게 들킬 게 뻔해 보였다.

거기다 설상가상으로 졸음이 몰려왔다. 어쩌지, 어디 숨지. 졸린 눈을 비비며 숨을 곳을 찾던 레슬리는 정원에서 낮잠을 자고 있던 셀바토르 공작을 발견했다.

잠시 제나가 귀마개를 가지러 자리를 비운 사이 레슬리는 공작의 품에 파고들었고, 그대로 잠들었다.

"햇빛이 따듯해서 졸립더라고……."

어쩐지 몰려오는 부끄러움에 레슬리는 눈을 깜빡거렸다. 마델이 그런 레슬리를 보며 웃었다. 그 웃음에 레슬리가 입을 삐죽 내밀었다.

"거기다 마델이 너무 잘 찾으니까 내가 숨을 곳이 없어서 어머니 품에 숨은 거 아니야."

기억의 파편이 하나 떠오르자 연달아 떠오르기 시작했다. 제 나름대로 숨고 숨어도 결국 마델이 웃으면서 자신을 찾아내지 않았던가.

"어머, 당연하죠! 이래 봬도 저는 우리 마을에서 숨바꼭질의 천재, 숨바꼭질의 달인 마델이라 불렸어요!"

마델이 당당한 얼굴로 허리에 손을 올렸다. 그 모습이 정말 숨바꼭질에 대단한 자부심을 느끼고 있는 것 같았다.

그래, 저런 건 존중해 줘야 할 영역이야. 자신도 쿠키 올리기의 천재가 아니던가. 레슬리가 고개를 끄덕이며 박수를 보내자, 마델이 더욱 당당하게 가슴을 펴고 턱을 치켜들었다.

"좋아, 숨바꼭질의 천재 마델! 가자!"

이 이상은 버티기 힘들었다. 도대체 몇 시간째 이 놀이를 하는 건지. 들어가 쉬지 않으면 분명 몸살이 날지도 몰랐다.

"이 놀이는 이 판으로 끝입니다!"

레슬리가 단호한 얼굴로 외치자, 마델 역시 레슬리와 함께 진지한 표정으로 넓고 넓은 셀바토르 공작저의 정원을 뒤지기 시작했다.

"후하."

간신히 방으로 돌아온 레슬리는 소파에 쓰러지듯 앉아 숨을 내쉬었다. 오늘 얼마나 정원을 헤집고 다녔는지 기억도 나지 않았다. 마지막 판이라고 외치며 간신히 줄리아를 잡고 나자 줄리아는 환하게 웃었다.

'언니, 그럼 이번엔 우리 술래잡기하자!'

어린아이들의 체력이란. 다행히도 술래잡기는 일찍 끝났다. 줄리아의 배가 꼬르륵 소리를 내 준 덕분이었다. 그리고 식사가 끝나기도 전에 줄리아는 그릇에 머리를 박고 졸기 시작했다.

'귀여웠어.'

레슬리는 작게 웃었다. 공작저에 오면 맛있는 음식이 많아서 좋다며 눈을 반짝거리다가 순식간에 머리를 박더니 그대로 잠에 빠졌다. 결국 테론이 줄리아를 안아 들고 식당을 빠져나가야 했다.

발이 퉁퉁 부었는지 신발을 신고 있기도 힘들어 레슬리는 신발을 벗었다. 부드러운 가죽으로 만든 신발이었는데도 발이 이렇게 아픈 걸 보니 오늘 많이 걷기는 걸은 모양이었다.

살 것 같다. 휴. 숨을 길게 내쉬며 레슬리는 긴 소파에 편안하게 누워 눈을 깜빡였다.

'내일도…… 놀아 줘야겠지?'

줄리아는 계속해서 놀려고 할 테니까. 도대체 그 조그마한 몸에서 어떻게 저런 힘이 끝없이 샘솟는 걸까. 레슬리는 눈을 깜빡였다.

모든 아이가 저런 걸까? 그래서 두 아이의 아빠인 에론 경이 그렇게 힘들어한 걸까. 잠시 생각에 잠겨 있는데 누군가가 방문을 두드렸다.

"레슬리, 들어가도 될까?"

테론이었다. 레슬리는 목소리를 듣자마자 재빨리 바르게 앉았다.

"네, 네! 들어오세요, 삼촌."

레슬리의 대답이 끝나자마자 문이 조심스럽게 열리면서 테론이 들어왔다.

"무슨 일이세요, 삼촌?"

"다름이 아니라."

잠시 머리를 긁적이던 테론이 옅게 웃었다. 그의 주름진 얼굴에 달빛이 내려앉았다.

종종 이렇게 테론의 얼굴을 정면으로 바라볼 때면 레슬리는 신기한 기분이 들었다. 테론은 아무리 봐도 스페라도 후작과 닮아 있었으니까.

머리카락 색만 밀색으로 바꾼다면 지금 당장 스페라도 후작이 죽음에서 돌아왔다 믿어도 이상하지 않을 정도였다.

하지만 그건 타고난 외양뿐이었다. 오랜 시간 탄광에서 일하면서 생긴 흔적들과 진심으로 사랑하는 비안카와 살며 생긴 웃음, 그리고 그 웃음이 만들어 낸 주름은 스페라도 후작과는 거리가 멀었다.

테론은 테이블 끝에 있는 의자를 빼 앉으며 말을 이었다.

"오늘 고생이 많았지?"

"아니에요. 줄리아 덕분에 재밌었는걸요."

"정말?"

"……조금 활동적이긴 했어요."

"조금은 무슨. 다른 광부들도 줄리아는 감당을 못 해서 죽는 소리를 하는데."

테론의 말에 레슬리는 작게 웃으며 고개를 끄덕였다. 무시무시한 광부의 체력으로도 어쩔 수 없는 아이와 함께 온종일 놀았던 거구나. 내일 마델은 좀 쉬게 해 줘야겠다.

"그래도 줄리아는 너무 귀여워서, 힘들지는 않았어요."

"그래? 그렇다면 다행이구나."

거기서 대화가 끊겼다. 테론은 멋쩍은 듯 다시 목덜미를 쓸었고, 레슬리는 제 손가락을 만지작거렸다. 줄리아의 이야기가 끝나고 나니 무슨 이야기를 해야 할지 감이 잡히지 않았다. 잠시 두 사람 사이에 침묵이 감돌았다.

'탄광 일…… 이야기를 해 볼까?'

사실 테론이 올라오기 전에 이미 어머니를 졸라 약속을 받아 둔 게 있었다. 그래, 이걸 지금 말해야겠다.

"저, 삼촌."

"레슬리."

레슬리가 말을 꺼내는 것과 동시에 테론 역시 입을 열었다. 잠시 두 사람은 서로를 바라보았다.

"삼촌 먼저 말씀하세요."

"아니, 아니. 레슬리 네가 먼저 이야기하렴."

그 후로 레슬리와 테론은 먼저 이야기하라며 말을 주고받았고, 이러다간 끝이 없겠다고 생각한 레슬리가 먼저 본론을 꺼냈다.

"삼촌, 탄광 일 말인데요. 힘드시진 않으세요?"

"탄광 일? 당연히 힘들지."

웃으면서 말하는 테론의 얼굴에서는 진심이 보였다. 그의 손은 거칠거칠했고, 어딘가 늘 피곤해 보였고 그건 테론의 아내인 비안카도 마찬가지였다. 땅을 파고 돌을 쪼개 석탄을 캐는 탄광의 일이 쉬울 리가 없었다.

"그럼 이제 수도로 올라올 생각은 없으세요?"

이게 레슬리의 본론이었다.

레슬리는 서부 지역으로 테론을 보러 간 적이 몇 번 있었다. 그리고 그때마다 탄광에서 일하는 광부들을 보았다.

쉬운 일이 어디 있겠느냐마는 탄광의 일은 아무것도 모르는 레슬리가 보기에도 너무도 힘들어 보였고 위험해 보였다. 거기다 테론은 이제 나이도 많았으니까.

그래서 이번에 테론이 레슬리의 성인식에 참석하러 온다고 했을 때, 레슬리는 셀바토르 공작을 찾아 집무실로 들어갔다.

'어머니, 삼촌이 수도에 자리 잡을 수 있도록 도와주시면 안 될까요?'
'저번에도 거절했지 않니?'

레슬리의 부탁에 셀바토르 공작이 자신의 딸을 바라보았다. 사실 이 생각은 예전에도 하고 있었다. 그래서 슬쩍 얘기를 흘렸을 때 테론 은 괜찮다며 고개를 저었다.

'비록 탄광 일이 힘들지만, 내가 고른 일이라 나는 괜찮단다. 그리고 벌써 어린 조카에게 부담을 주고 싶지 않구나.'

그렇게 말하며 테론은 레슬리를 보고 웃었다. 그때는 테론을 설득 시킬 수가 없었다. 그의 눈은 정말로 자기 일에 자부심을 가진 눈이었 으니까.

하지만 더는 안 될 것 같았다. 레슬리는 이번에야말로 삼촌을 편안 하게 살게 해 주고 싶었다. 삼촌이 조카 덕 좀 볼 수 있는 거지.

'거기다 줄리아 일도 있는걸. 그러니까 이번엔 반드시 설득할 거야.'

"아니, 삼촌. 저는 삼촌이 이제 수도에서 편안하게 사셨으면 좋겠어 요."

레슬리의 단호한 말에 테론이 느리게 눈을 깜빡였다.

"조카에게 매달려 산다는 생각은 마세요. 이건 당연한 거예요. 삼촌 은 저를 구해 주셨고, 저는 셀바토르 공녀잖아요. 그 합당한 대가를 이 젠 받아 주세요. 부탁드려요, 삼촌."

"하지만……."

"그리고 줄리아를 생각해 주세요."

이어지는 레슬리의 말에 테론이 입을 다물었다. 줄리아는 테론과 비안카의 늦둥이였다. 건강하고 밝고 예쁜 아이.

문제는 줄리아가 밀색 머리와 에메랄드색의 눈이라는 것이었다. 스페라도 후작가의 대표적인 색이라, 처음 줄리아를 안아 든 테론은 그대로 굳어 버리기까지 했다고 들었다.

"혹여나 나중에 줄리아가 어둠의 힘을 가지게 된다면."

레슬리는 그렇게 말하며 자신의 가슴에 손을 얹었다. 혹여나, 정말로 아주 조그마한 가능성으로 줄리아가 어둠의 힘을 가진다면 줄리아는 공포에 휩싸일 게 분명했다. 어둠은 강력해서 겉보기에는 좋은 힘이 아니었으니까. 분명 줄리아를 이끌어 줄 사람이 필요할 것이다.

"제가 줄리아를 돕겠어요."

그건 레슬리밖에 없지 않은가. 게다가 레슬리의 주변에는 콘라드도 있었고, 루엔티도 있었으며 셀바토르 공작도 있었다. 레슬리의 단호한 눈에 테론은 잠시 고민하더니 이내 고개를 끄덕였다.

"그래, 비안카와 상의해 보마."

테론만의 일이었다면 이번에도 그는 레슬리의 제안을 거절했을 것이다. 테론은 자기 일과 자신이 살아오던 마을을 사랑했으니까. 하지만 줄리아가 얽히자 상황이 달라졌다.

"잘 부탁하마, 레슬리."

"맡겨 두세요, 삼촌!"

레슬리는 자신만만한 얼굴로 환하게 웃었다. 그런 레슬리를 테론이 신기하다는 듯 바라보았다.

"신기해, 어떻게 레슬리 너 같은 아이가 형님의 딸로 태어났을까."

테론은 아직도 자신이 처음 레슬리를 봤던 그날을 기억하고 있었다.

잘 먹지도 못해 조그마한 체구의 작은 소녀는 재판장에서 떨고 있었다. 이 재판이 끝나면 스페라도 후작의 손에 의해 후작가로 끌려갈지 모른다는 공포에, 그리고 옛날 일이 이어질지 모른다는 두려움에 떨고 있었다.

"그리고 언제 이렇게 컸을까."

자신과 같은 아픔을 나눈 조카. 테론은 레슬리의 머리를 쓰다듬었다. 애정이 가득한 손길에 레슬리는 미소를 머금었다.

"괴로운 시간을 잘 버텨 주어서, 그리고 스페라도 후작가를 무너트려 줘서 정말로 고맙구나, 레슬리."

그렇게 말하는 테론의 눈가는 붉게 물들어 있었다.

"꼭 고맙다고 말해 주고 싶었단다."

자신은 해내지 못한 일을 어리고 어리던 조카가 해냈다.

"잘 자라 줘서 이 삼촌은 기쁘구나."

테론의 말에 레슬리는 잠시 눈을 깜빡이다가 웃었다. 레슬리의 라일락색 눈동자에도 눈물이 고였다.

"우리 과거에 너무 힘들었잖아요. 이제 행복하게 살아요, 삼촌."

"그래, 그러자."

레슬리와 테론은 서로를 바라보며 붉어진 눈으로 웃었다.

분주한 아침이 밝았다. 마델과 서올리는 며칠 전부터 단단히 기합이 들어간 상태였고 그건 다른 사람들 역시 마찬가지였다.

저택에 있는 모두가 정신이 없을 하루였다. 늘 침착하던 제나 역시 오늘은 바쁘게 뛰어다니고 있었고, 미간에는 주름까지 잡혀 있었다. 너무 오랜만에 겪는 일이라 그런지 석 달 전부터 차근히 준비했는데도 당일이 되니 정신이 없었다.

"이건 너무 오랜만이라 그런가. 어질어질하네요."

제나는 그렇게 말하며 작게 한숨을 쉬었다. 옆에서 자신이 도와줄 게 없나 살펴보다 그냥 같이 우왕좌왕만 한 자일로가 고개를 끄덕였다.

"성인식이라니. 아마 공작님의 성인식 이후로 처음이지요? 소 공작님과 루엔티 님은 제대로 된 성인식이 아니었으니까."

성인식. 오늘은 레슬리의 성인식 날이었다. 베스라온과 루엔티가 있었다지만, 둘은 성인식에 큰 의의를 두지 않았다.

베스라온의 경우는 하필이면 그때 사건이 터져 수도를 비우느라 제대로 치르지 못했고, 루엔티는 귀찮다며 깔짝거리다가 크게 하품을 하고는 중간에 사라졌다. 모두가 두 사람을 찾았지만, 두 사람은 저를 찾는 이들에게도 성인식에도 관심을 두지 않았다.

그나마 셀바토르 공작의 경우는 가장 정상적으로 성인식을 치렀는데, 선대 셀바토르 공작 부부의 덕분이었다. 굉장히 무덤덤하고 깔끔한 성인식이라 준비할 것이 거의 없긴 했지만.

그래서 제나에게는 이번이 거의 처음 겪는 성인식이나 다름없었고, 제나를 좌절시키기에 충분했다.

어렵다. 제나는 고개를 숙이고 싶어졌다. 하녀에서 집사가 된 이후로 하녀의 일도 집사의 일도 능숙하게 잘 해낸다고 생각했는데.

본래 이런 일은 저택을 관리하는 안사람과 하녀장, 집사가 주도해서 할 일이지만, 셀바토르 공작저에는 하녀장이 없었다. 그리고 저택의 관리를 해야 할 사람은…….

"으하하하!"

밖에서 신나게 기사들을 날리고 있었다.

잠시 해맑은 사이레인의 웃음소리를 듣던 제나가 고개를 흔들었다. 사이레인에게 안살림을 맡기면 순식간에 엉망이 될 것이다.

다시 밝은 웃음소리가 저택을 가득 메웠다. 기사들과의 수련이 꽤 즐거운 모양이었다. 젊었을 적 처음 본 사이레인은 좀 과묵했는데 어느새 서렇게 바뀐 걸까.

처음 만났던 사이레인을 떠올리며 제나는 고개를 저었다. 역시 세월은 많은 것을 변하게 한다. 자신의 아가씨 역시 많이 변했으니까.

'그래도 하녀장이라도 미리 뽑아 둘 걸 그랬나.'

제나는 머리카락을 귀 뒤로 넘기며 눈을 찡그렸다. 셀바토르 공작저는 크기에 비해 사람을 많이 두지 않았다. 최소한의 사용인들로 저택을 꾸렸고 그나마 손을 늘린 건 레슬리가 들어오고 나서부터였다.

그렇다고 아주 많이 늘어난 것이 아니었고, 여태까지 중요한 일은 제나가 다 맡아서 할 정도였다. 일은 많았지만, 제나는 그걸 전부 해낼 만큼 유능했으니까.

거기까지 생각이 미친 제나가 눈을 크게 떴다.

그래, 이건 자신이 너무 유능해서 일어난 일이었다. 저택 관리를 이만큼이나 꼼꼼하게 하지 않았더라면, 하녀장이 할 일까지 가볍게 해내지 않았더라면, 이렇게 중요한 일을 도와줄 사람이 분명 있었을 텐데.

셀바토르 공작저의 사람들이 나름 신경을 쓰고는 있다지만 다 부질없는 것이었다. 모두 '최고의 것으로'라고 말하며 돈을 줄 뿐이었지, 재단사를 데려오고 보석상을 고르고 성인식 때 할 머리 모양을 고를 수 있게 책자를 제작하는 일은 거의 다 제나의 손에서 이뤄졌으니까.

좌절하는 제나를 보며 자일로가 고개를 흔들었다.

"우리는 일찌감치 이 저택을 탈출해서 휴양지나 갔어야 한다니까."

가장 최고령자인 자일로의 말을 들으며 제나는 쓰게 웃었다. 자일로나 제나나 이 저택을 나가지 못할 것이다. 셀바토르 공작은 유능한 사람은 웃으면서 죽을 때까지 부려먹는 그런 사람이었으니까.

잠시 의자에 앉아 있던 제나가 결연한 얼굴로 몸을 일으켰다.

"일단. 성인식을 끝내고 봅시다."

가장 중요한 건 레슬리의 성인식이었다. 레슬리에게 걸맞게 최고로, 남들은 차마 우러러보지도 못할 만큼 완벽하게 끝내야 했다.

제나의 얼굴을 보며 자일로는 고개를 끄덕였다. 비록 공작저의 주치의인 자일로는 할 일이 없었지만, 그 역시 제나를 따라 결연한 얼굴로 과자를 씹었다.

바쁜 사람은 제나뿐만이 아니었다. 레슬리의 치장을 맡은 마델과 서올리가 가장 바빴고, 하녀 서넛도 레슬리에게 붙었다. 머리카락 한 올마저 놓칠 수 없다는 듯 눈을 빛내는 하녀들 사이에서 레슬리 홀로 나른했다.

"하아암."

크게 하품이 새어 나왔다. 눈가에 눈물이 맺히자, 한 하녀가 손수건으로 재빠르게 훔쳐 냈다. 레슬리는 졸음에 눈을 느리게 깜빡였다.

레슬리라고 긴장하지 않은 건 아니었다. 그저 그 긴장을 아주 오래전부터 했을 뿐. 두 달 전부터 서서히 시작된 긴장은 며칠 전에 정점을 찍었고 당일이 되자 푸스스 꺼져 버렸다.

'졸려…….'

며칠 전까지만 해도 무섭게 밀려오던 긴장감에 계속해서 밤잠을 설쳤다. 그리고 그 덕에 오늘 너무 잠이 쏟아져 정신을 차리기 힘들었다.

거기다 일어나자마자 따뜻한 물로 목욕을 하고 마사지까지 받은 상태였다. 졸리지 않은 사람도 졸릴 만한 상황이었다.

거울 앞에서 레슬리가 계속 고개를 떨구자, 레슬리의 긴 머리를 수건으로 말리던 마델이 물었다.

"아가씨, 차를 진하게 타 올까요?"

마델의 물음에 레슬리는 바로 고개를 끄덕였다. 뭐라도 먹고 정신을 차려야지. 이러다가 성인식에서도 졸게 생겼다. 요즘 잠을 깨게 해 주는 커피라는 게 유행한다던데 그건 너무 써서 먹기가 힘들었다.

루엔티가 먹던 것을 호기심에 한 입 머금었다가 그대로 뱉지 않았던가. 루엔티는 그런 레슬리를 보고 아직도 우리 막내는 어리다면서 낄낄거리며 웃었다.

'도대체 루엔티 오라버니는 그런 걸 어떻게 먹는 거지?'

차라리 각설탕을 하나 넣은 진한 차가 낫지. 셀리스도, 그리고 편지로 이야기를 나누는 틸레이얼 선생님도 커피는 써서 싫다고 했다. 매일 밤을 새우는 탓에 루엔티의 입맛이 이상하게 변해 버린 게 분명했다.

레슬리는 히죽거리며 자신을 놀리던 루엔티의 얼굴이 다시 떠올라 입을 삐죽 내밀었다. 그사이 한 하인이 진하게 우린 차를 가져왔다.

"맛있다."

잠이 좀 깨는 것 같다. 진하게 우린 차는 씁쓸했지만 마시다 보니 각설탕의 달콤한 맛도 느껴졌다.

이제 각설탕 하나만으로도 제법 진한 차를 잘 마실 수 있게 됐다. 레슬리는 스스로를 대견하게 여기며 차를 홀짝거렸다. 이제 슬슬 코코아에서 졸업할 때가 되었지. 오늘로 성인이 되니까. 열여덟 살, 성인식 날이 아니던가.

'성인식.'

레슬리는 거울 속 자신을 보며 눈을 깜박였다. 둥근 스툴에 앉아 차를 마시고 있는 자신의 모습은 이제 일상적인 것이었다. 마치 뒤에 줄줄이 달린 가족 초상화처럼.

열두 살 적 모습부터 시작해서 열세 살, 열네 살, 열다섯 살……. 그렇게 열여덟 살의 레슬리와 가족 초상화가 줄을 이어 걸려 있었다.

레슬리는 웃으면서 남은 차를 마셨다. 진한 차 한 잔에 어설프게나마 잠에서 깨어났다. 레슬리가 잠에서 깨자 본격적으로 하녀들이 움직였다. 그래 봤자 레슬리는 둥근 스툴 위에 가만히 앉아 있는 게 전부였지만.

드레스와 구두, 장신구에 머리 모양까지. 몇 달 전부터 고심에 고심을 거듭해 정해진 것들이었기에 이번에는 열렬한 토론 없이 하녀들은 손을 놀렸다. 그 진지한 눈빛과 섬세한 손길에 레슬리마저 긴장하며 거울 속 자신을 바라보았다.

"아가씨, 피곤하시죠? 이제 이것만 하면 끝나요."

단 두어 시간 만에 얼굴이 퀭해진 마델이 웃으면서 작은 상자를 꺼내 왔다.

그 안에는 나비 모양의 머리 장식이 들어 있었다. 사파이어를 얇게 깎고 백금으로 나비 틀을 잡은 머리핀. 여태까지 공작저에 머물면서 엄청난 보석들을 보았지만, 그중에서도 손꼽을 정도로 아름다웠다.

셀바토르 공작과 사이레인이 하나뿐인 자신의 딸을 위해, 세 개의 대륙을 건너고 몇 개의 바다를 지나 있는 한 작은 나라에서 주문한 것이었다. 드워프들의 마지막 후손들이 살고 있다 했던가. 황제조차 쉽게 가질 수 없는 물건이라 들었다.

마델이 조심스레 나비 모양 핀을 꺼내 레슬리의 반짝이는 은발 위에 고정했다. 햇빛을 받은 머리핀이 부서지는 햇빛과 함께 찬란하게 빛났다. 레슬리가 몸을 일으켜 걸으니 섬세한 세공 덕분인지 마치 살아 있는 나비처럼 날개가 움직이기까지 했다.

"마법으로 가공을 했다는데 정말인가 봐요."

"너무 신기해요. 진짜 살아 있는 나비 같네요."

하녀들이 놀라며 두어 마디를 건넸다. 확실히, 아름다운 핀이었다. 나비 핀이 칭찬받는데 어쩐지 자신이 칭찬을 받는 기분이 들어 레슬리는 한껏 우쭐거렸다.

"하지만 우리 아가씨가 제일 이뻐요!"

"맞아요, 우리 아가씨가 제국 최고예요."

"아냐, 세계 최고야."

"그 누구도 아가씨의 미모에 비교할 바가 아닐 거예요!"

마델의 힘찬 말에 다른 사람들이 전부 고개를 끄덕였다. 여기저기에서 찬사가 쏟아졌다. 평소였다면 부끄러워 고개를 들지 못할 텐데, 오늘만큼은 예외였다. 거울 속 자신은 정말로 아름다웠으니까.

성인식을 위한 새하얀 드레스와 반은 섬세하게 땋고 반은 그대로 흘러내리게 두어 허리까지 오는 은발. 얇은 체인에 걸린 별 장식은 걸을 때마다 찰랑거렸다. 요 며칠 관리를 받은 덕에 피부는 부드러웠고 눈은 반짝반짝 빛났다.

레슬리는 거울을 보며 웃었다. 마델과 서올리는 자신이 태어날 때부터 이렇게 아름다웠다고 찬양을 하는 중이었지만, 이건 엄연히 모두가 몇 달을 고생해서 내 준 결과였다. 아니, 몇 년 전부터인가. 열두 살 때의 자신은 이러지 않았으니까.

어쩐지 코끝이 찡해졌다. 눈물이 날 것 같아 레슬리는 눈을 깜빡였다. 지금 울면 모두가 정성을 들여 꾸며 준 게 엉망이 될 것이다. 그래서 레슬리는 우는 대신 웃는 것을 선택했다.

"모두 예쁘게 꾸며 줘서 고마워."

레슬리는 자신을 뿌듯한 얼굴로 바라보는 하녀들에게, 조금을 붉어진 눈가로 환하게 웃었다. 진심이었다.

방으로 내려오자마자 가장 먼저 보인 건 사이레인이었다. 머리를 깔끔하게 넘기고 셀바토르 공작가의 문양이 그려진 망토에, 어깨에는 털 장식과 함께 검은 정장을 입은 사이레인은 굉장히 중후해 보였다. 입을 열기 전까지는.

"레슬리!"

사이레인이 환하게 웃자, 레슬리 역시 덩달아 웃었다. 그런 레슬리를 바라보던 사이레인의 눈가가 점점 붉어지더니 곧 눈물이 맺혔다.

"우, 우리 예쁜 딸이 언제 이렇게 커서……."

성인식을 준비하면서도 사이레인은 레슬리가 성인이 된다는 게 믿기지 않는 눈치였다. 당일이 되고, 꾸며진 집 안과 레슬리의 모습에 그제야 실감이 나는 듯 보였다.

레슬리는 그런 사이레인의 손을 잡고 자신의 아버지를 올려다보았다. 자신보다 키가 훌쩍 큰 아버지는 어릴 적도 그랬지만, 여전히 올려다보기 조금 힘들었다.

"아버지, 오늘도 너무 멋있어요."

레슬리의 말에 사이레인이 코를 훌쩍였다.

"그래, 오늘 이 아버지가 힘 좀 줬지."

그렇게 말하며 사이레인은 좋은 날을 망칠 수 없다는 듯 애써 웃었다.

"홀로 가자꾸나. 이미 준비가 다 끝나고 손님들도 거기에 있으니까."

사이레인이 손을 내밀자 레슬리는 그 손을 잡고 천천히 걸음을 옮겼다. 레슬리의 성인식은 셀바토르 공작저에서 열렸다.

당연한 것이었다. 다른 사람도 아닌 레슬리 슈야 셀바토르의 성인식이었으니까.

오랜만에 맞이한 성인식에, 손님을 받지 않기로 유명한 공작저의 문이 활짝 열렸고, 거리에서는 음식을 나눠 주기까지 했다. 셀바토르 공작과 친분을 다지고 싶은 귀족들은 이 기회를 놓치지 않겠다는 듯 공작저로 몰려들었다.

레슬리는 커튼마저 주름을 잡아 예쁘게 매어 둔 창문 너머로, 줄줄이 공작저로 들어오는 마차들을 바라보았다. 낯선 문양이 새겨진 마차들 사이에는 익숙한 마차들도 있었다.

'셀리스네.'

레슬리는 방긋 웃었다. 에펜타니 가문의 문양이 새겨진 마차가 공작저 안으로 들어오고 있었다.

에펜타니 가문은 '행복한 꿈'으로 셀바토르 공작에게서 엄청난 투자금을 받았고 그걸로 엄청난 성장을 이루었다. 불과 2년 전까지만 해도 아무도 모르던 가문은 약초학으로 유명한, 어엿한 중앙 귀족이 되어 있었다.

수도에 저택을 사 두긴 했지만, 셀리스는 에펜타니 영토에서만 나는 약초 때문에 영토에서 머물렀는데, 레슬리의 성인식을 위해 수도로 올라온 듯 보였다.

몇 달 만에 보는 친구의 얼굴에 레슬리는 조금씩 신이 나기 시작했다.

"아버지, 어머니는요?"

"홀에서 먼저 손님들을 맞이하고 계신단다. 셀바토르 공작가의 가주니까. 베스랑 엔티도 같이 있지."

사이레인의 말에 레슬리는 사이레인을 올려다보았다.

"아버지는 저를 데리러 홀에서 와 주신 거예요?"

레슬리의 물음에 사이레인이 다시 코를 훔치며 고개를 끄덕였다.

"내가 아니면 누가 우리 딸을 데려다주겠니."

다정한 말이다. 저절로 웃음이 흘렀다.

손을 꼭 잡고 걷다 보니 어느새 홀에 도착해 있었다. 하인이 문을 열어 주기 전, 레슬리는 사이레인을 바라보며 작게 속삭였다.

"고마워요. 사랑해요, 아빠."

레슬리의 그 말에 사이레인의 울음이 터졌다. 문을 열던 하인이 당황해 멈추었고, 그사이 사이레인은 눈물을 닦아 냈다. 그럼에도 울었다는 티를 완전히 없앨 수는 없었다.

"열까요……?"

하인의 조심스러운 물음에 사이레인은 고개를 끄덕였다. 문이 열리고 레슬리는 천천히 홀 안으로 들어갔다.

와. 들어가자마자 저절로 탄성이 흐를 정도로 엄청난 광경이 펼쳐졌다. 아름다운 드레스를 차려입은 사람들이 레슬리를 향해 시선과 함께 웃음을 보내고 있었다. 사람들의 시선이 닿자 조금은 긴장되어 레슬리가 숨을 작게 들이켰다.

'괜찮아. 아버지가 옆에 있으니까.'

아버지의 손을 잡고 천천히 걸어 나갔다. 사람들이 마치 파도가 갈라지듯 길을 내주었다.

홀 중앙에는 네 사람이 레슬리를 기다리고 있었다. 르카디우스 제국의 황제인 피스토레와 황후인 아르트엘, 레슬리와 함께 의식을 진행했던 최고 사제 그리고 그녀의 어머니인 셀바토르 공작이었다. 셀바토르 공작이 레슬리를 보며 웃었다.

"드디어 오늘의 주인공이 왔군."

공작의 옆에 서 있던 피스토레가 한 걸음 앞으로 나섰다. 그는 지금 르카디우스 제국의 황제들이 입는 정복을 입은 상태였다. 그리고 언제나 벽 안에서 굴러다니던 아르트엘 역시 오늘만큼은 황후로서의 품격을 지키고 있었다.

피스토레와 아르트엘, 콘스텐 모두 성인식에 참석하기에는 과한 복장이었다. 황실에 중요한 결정이 있을 때 입을 만큼 격식을 갖춘 복장이니까. 하지만 그 누구도 의아함을 느끼지 못했다.

오늘은 레슬리의 성인식이자, 새 성을 하사받는 날이었으니까.

레슬리는 사이레인의 손을 놓고 홀로 걸어 세 사람 앞으로 다가갔다. 연습한 대로 레슬리가 피스토레의 앞에서 고개를 숙이자, 목을 한번 가다듬은 피스토레가 레슬리의 이름을 불렀다.

"레슬리 슈야 셀바토르."

피스토레의 목소리는 진중하고도 무거웠다.

"그대는 아셀라 벤칸 셀바토르와 사이레인 델파 셀바토르의 딸로서 셀바토르가의 명예와 의무를 지고 자랐으며."

이어지는 피스토레의 말에 레슬리는 작게 웃었다. 으레 이런 성인식의 축복 때는 '태어나 자라고'로 연설이 이어지건만, 지금은 오직 '자랐다'라는 말밖에 없었다.

이것이 스페라도 후작가가 레슬리에게 남길 수 있는 마지막 영향일 것이다. 고작 축복을 조금 바꾸는 것, 그것이 마지막이었다.

"이제 본인의 일을 결정하고 또한 책임질 수 있는 나이가 되었으니."

피스토레가 레슬리를 내려다보며 옅게 웃었다.

"그대는 이제 보호받아야 할 어린아이가 아닌, 어엿한 한 명의 사람으로서 이곳에 설지어다."

축복을 내리며 피스토레가 웃었다. 그는 오늘만큼은 피곤해 보이지 않았다. 그저 환의에 찬 웃음으로 레슬리를 축복하고 있을 뿐이었다.

그건 아르트엘 역시 마찬가지였다. 그녀가 웃으면서 손짓하자, 네 사람 뒤에 있던 제나가 상자 하나를 가져왔다.

황금과 보석으로 장식된 상자 안에는 인장이 하나 들어 있었다. 아르트엘이 손을 뻗어 고급스러운 붉은 벨벳 위에 놓여 있던 황금 인장을 들어 올렸다.

"또한 레슬리 슈야 셀바토르, 그대는 이 제국을 수호했고 에피알테스의 손아귀에서 모두를 구해 내었으니."

피스토레의 말이 이어지는 가운데, 아르트엘이 레슬리에게 다가갔다. 레슬리가 고개를 들자, 그녀가 시선을 마주치며 웃었다.

그리고 손수 레슬리의 드레스에 황금색 인장을 달아 주었다. 새와 꽃이 어우러진 인장, 처음 보는 가문의 인장이었다.

"그대에게 '세이아나'라는 새 성과 함께 공작 위를 내린다."

세이아나. 신어로 '증명된 신의 영광'이라는 뜻이었다. 신의 영광이라니, 한 가문에게 내려지기엔 너무도 거창한 뜻이 아닌가. 거기다 신어라니.

"이는 저희 신전에서도 같이 의견을 모은 바, 세이아나 공작님께는 영원한 신의 축복이 내릴 것입니다."

뒤쪽에 서 있던 최고 사제가 앞으로 나서며 레슬리에게 축복을 내렸다. 르카디우스 황실과 신전, 두 곳의 축복을 받은 셈이었다. 유례없는 상황이었다.

최고 사제의 말이 끝나자마자 사방에서 박수가 터져 나왔다. 귀가 얼얼할 정도였다. 어느새 셀바토르 공작의 옆에 선 사이레인의 울음소리도 같이 홀을 가득 메웠다.

"감사합니다, 황제 폐하."

레슬리는 허리를 숙이며 드레스 자락을 들어 올렸다. 틸레이얼 부인에게 배운 그대로 완벽한 예법이었다. 피스토레와 아르트엘이 마치 자신의 딸을 보듯 너그러운 웃음을 머금었다.

"이제 갓 성인이 된 이에게 공작 위라는 높은 작위를 내린 것은 르카디우스 제국 역사상 단 한 번도 없는 일이었지만."

피스토레는 그렇게 말하며 레슬리를 바라보았다. 그 눈빛에는 대견함과 끝없는 고마움이 담겨 있었다.

"그대가 한 일도 르카디우스 제국 역사상 그 누구도 해내지 못했던 일이니 문제는 없지."

사실 처음 언급된 작위는 후작 위였다. 하지만 레슬리와 약혼자인 콘라드가 대공가의 자제인 점과 함께 르카디우스 제국과 모든 이들을 구했다는 점을 고려해, 공작 위를 받게 되었다. 잡음이 일어날 것 같았지만, 귀족들 중 그 누구도 반대표를 던지지 않았다.

그래서 레슬리는 아이테라 대공가, 셀바토르 공작가의 뒤를 이어 세 번째 공작이 되었다.

사람들이 웅성거리는 소리가 울려 퍼졌다. 미리 듣긴 했지만, 레슬리는 심장이 세차게 뛰었다. 공작이라니, 믿기지 않았다. 거울이 없어도 얼굴이 붉어져 있다는 걸 쉽게 느낄 수 있었다.

  그런데 하나 걸리는 게 있었다. 새 성을 받은 것도 성인이 된 것도, 공작 위에 오른 것도 좋지만.

  '……셀바토르 공작저에서 나가야 하는 걸까?'

  이 집에서 나는 이제 나가야 하는 걸까. 모두를 여기에 두고? 그건 조금 슬플 것 같았다.

  자신의 어머니인 셀바토르 공작과, 아버지인 사이레인, 두 오라버니인 베스라온과 루엔티. 거기다 마델과 서올리, 제나, 바타……. 셀바토르 공작가의 모든 사용인들과 기사들까지.

  그 많은 사람들과 헤어질 거라 생각하니 들뜬 기분이 가라앉고 마음이 먹먹해졌다. 레슬리는 모두가 너무 좋았으니까.

  "흠, 하지만!"

  그런 레슬리의 머리 위로 피스토레의 목소리가 다시 쏟아졌다.

  "그대는 이제 갓 성인이 되었고, 하나의 가문을 이끌기엔 경험이 부족하다고 판단된 바."

  이건 듣지 못한 말이었는데. 의아함에 레슬리는 고개를 들고 자신의 앞에 서 있는 피스토레와 황제의 옆에 서 있는 그녀의 어머니를 바라보았다. 셀바토르 공작은 걱정 말라는 듯 웃고 있었다.

  "셀바토르 공작저에 머물면서 공작에게서 후계자 교육을 받을 것을 권하네."

  레슬리의 눈이 커다래졌다. 한마디로 아직은 셀바토르의 성을 가지고 이곳에 머물러도 된다는 소리였다. 헤어지지 않아도 된다는 소리에 레슬리는 환하게 웃음을 터트렸다.

  "감사합니다, 황제 폐하!"

아까보다 훨씬 더 진심이 담긴 레슬리의 인사에 주변에서 귀엽다는 듯 작게 웃음소리가 들려왔다.

"자, 즐거운 날이다!"

축복이 끝나자마자 사람들 사이에 서 있던 테펜텔이 크게 외쳤다.

"음악을 연주해!"

테펜텔의 말이 끝나기가 무섭게 악단이 악기를 연주하기 시작했다.

작은 탄성이 여기저기서 쏟아졌고, 춤을 출 사람은 중앙으로 그리고 대화를 나눌 사람들은 가장자리로 움직였다. 레슬리는 가장 좋은 자리에 놓인 긴 소파에 앉아 사람들을 맞이했다.

"축하드립니다, 공녀님. 부디 정식으로 작위를 받으신다면 저를 잊지 말아 주십시오. 이것은 공녀님께 드리기 위해 제가 저 먼 대륙에서 가져온 부채입니다."

자신을 벨트라 백작이라 소개한 여자는 웃으면서 자신이 가져온 상자를 열었다. 그 안에는 화려한 검은색 깃털 부채가 들어 있었다. 레슬리의 취향은 아니었으나, 상당히 값이 나가 보이는 물건이었다.

"제 성인식에 와 주셔서, 그리고 이렇게 귀한 선물을 주셔서 감사합니다, 백작님."

레슬리는 방긋방긋 웃으며 이젠 이름도 외우기 힘든 백작의 인사를 받았다. 마델이 재빠르게 백작에게서 선물을 받아 뒤에다가 놓았다. 이미 거기에는 위태로울 정도로 갖은 선물이 쌓여 있었다.

아직 정식으로 공작이 된 게 아니었으니, 더 높은 위치로 레슬리가 올라가기 전에 눈도장을 찍어 두려는 듯 사람들이 몰려들었다.

'어머니는, 다른 사람들은 어디 있지?'

인사를 받으면서 주변을 힐끗 둘러보니 사람이 많아도 너무 많았다. 거대한 홀은 이미 사람들로 꽉 차 있었다.

워낙 셀바토르 공작저가 손님을 받지 않아 베일에 싸인 가문이라,

문이 열린 기회를 놓치지 않으려는 듯 수많은 사람이 몰려들었다. 덕분에 레슬리는 분명히 이 홀에 있을 콘라드와 셀리스, 그리고 아까 음악을 외친 테펜텔은 물론 제 가족들조차 찾기 힘들었다.

재빠르게 시선으로 찾는 동안에도 많은 사람이 레슬리에게 몰려들었다. 한 명과 인사를 끝내면 어느새 세 명이 더 와 있었다. 이러다간 레슬리는 성인식 내내 인사만 받아야 할지도 몰랐다.

"야."

그때 삐딱한 목소리가 울려 퍼졌다. 레슬리에게 인사를 하기 위해 기다리던 사람들이 뒤를 돌아보자, 루엔티가 목소리만큼 삐딱한 자세로 걸어오고 있었다.

이젠 많이 자란 머리를 하나로 묶어 어깨에 걸친 루엔티가 다가오자 절대로 물러설 것 같지 않던 사람들이 슬금슬금 뒤로 물러섰다.

"……루엔티 셀바토르 마법사다."

"위험해. 잘못 건들면 문다고 들었어."

최근 수도에 퍼진 루엔티에 대한 소문 때문이었다.

얼마 전, 루엔티는 마법사 저택의 일부를 날려 버리는 일을 저질렀다. 주제를 모르던 마법사 한 명 때문이었다.

루엔티의 실력이 명성에 비해 부족하다고 대놓고 루엔티의 앞에서 비판을 이어 가던 그는 목숨이 아깝지 않은지 루엔티에게 대결 신청까지 했다. 그리고 이어진 참극.

살려 달라고 도망치는 마법사를 끝까지 쫓아 루엔티는 완벽하게 작살내 놨고, 그 와중에 저택 일부가 손실되었다. 마법사의 저택은 상당한 보호 마법이 걸려 있었지만, 슬프게도 루엔티에게는 쓸모가 없었다.

귀중한 자료가 날아간 마법사들이 미쳐 날뛰기 시작했고, 그걸 수습한 건 셀바토르 공작이었다. 그때 미간에 잡힌 주름은 아직도 공작에게 남아 있었다. 사이레인은 화끈하다며 좋아했다가 뒤이어 등을 맞았다.

"다들 저리로 좀 가지?"

유구한 역사를 지닌 저택을 날려 버린 장본인, 루엔티가 다가오자 사람들이 재빠르게 뒤로 물러났다. 그 모습이 마치 레슬리가 여기로 처음 들어올 때 모습과 비슷했지만, 표정은 사뭇 달랐다. 레슬리 앞에 도착하자마자 루엔티가 덧니가 보일 정도로 환하게 웃었다.

"우리 예쁜 동생, 오라버니랑 춤출까?"

"네, 좋아요. 오라버니!"

레슬리는 루엔티의 손을 잡고 일어섰다. 마침 새 연주가 홀을 가득 메우고 있었다. 사교계에는 많이 나가지 않아, 루엔티는 조금 어색하게 레슬리와 춤을 추기 시작했다.

"레슬리."

그래도 발을 밟는다든가 스텝이 틀려 넘어질 뻔한 상황 없이 춤은 부드럽게 흘러갔다. 음악이 중반쯤에 다다랐을 때 루엔티가 제 동생을 불렀다.

"나중에 정식으로 작위를 받아서 세이아나 공작이 된다 하더라도."

거기까지 말한 루엔티는 입을 삐죽 내밀더니 고개를 돌렸다. 주홍빛 머리카락 사이로 보이는 귀가 붉어져 있었다.

"너는 내 동생이니까 너무 걱정하지 마."

레슬리는 루엔티를 보며 눈을 깜빡이다 이내 웃음을 터트렸다. 저 말이 하고 싶어서 자신에게 춤을 신청한 듯 보였다.

"만약 저택을 나가더라도 매일매일 마법사의 저택에 놀러 갈 거예요."

"정말?"

레슬리의 대답에 루엔티의 시선이 다시 레슬리에게 닿았다. 부끄러움에 가늘어져 있던 눈이 웃음을 머금고 휘었다.

"정말요. 저는 오라버니랑 나히로키아에 대해 토론해야 하잖아요?"

나히로키아, 루엔티와 레슬리를 친해지게 만들어 줬던 철학자. 그의 이름이 나오자 루엔티가 푸핫, 하고 웃음을 터트렸다.

"그래, 그래야지. 우리 쿠키 올리기의 천재 내 귀여운 동생."

솔직히 난 그때 다들 미친 줄 알았다니까? 루엔티의 말에 이번엔 레슬리가 입을 샐쭉하게 내밀었다. 그마저도 귀여운 듯, 춤이 끝날 때까지 루엔티는 웃음을 멈추지 못했다.

다음 순서는 베스라온이었다. 셀바토르 공작저의 정식 후계자가 된 베스라온은 후계 일이 검을 휘두르는 것보다 몇 배는 더 힘들다고 했는데, 그게 사실인지 눈에는 눈 그늘이 져 있었다.

하지만 샹들리에 밑에서 춤을 추는 베스라온은 피곤한 기색 따윈 찾아보기 힘들었으며, 오히려 빛이 나는 듯했다. 사방에서 작은 한숨이 흘러나왔다.

'굽을 높은 걸 신길 잘했다.'

레슬리는 진심으로 그렇게 생각했다. 높은 굽이 아니었다면 베스라온과 춤을 추는 건 힘들었을 게 분명했으니까. 사실 지금도 조금은 공중에 붕 뜬 기분이 들긴 했다.

'앗.'

레슬리가 비틀거렸다. 아직 익숙하지 않은 굽 탓이었다. 그러자 베스라온이 자연스럽게 춤을 추면서 레슬리를 잡아 주었다. 그리고는 레슬리의 발을 제 발등 위에 올려 주었다. 덕분에 한결 춤추기가 편해졌다.

레슬리의 입술이 호선을 그렸다. 언제나 베스라온은 이렇게 말없이 배려를 해 주었다.

춤을 추는 동안 베스라온은 별말이 없었다. 음악이 끝날 때쯤 레슬리를 보며 입을 열었을 뿐이었다.

"만약 아이테라 경이 너를 울리거든 나에게 말하렴."

"오라버니께요?"

혼내 준다는 걸까. 레슬리가 베스라온을 물끄러미 올려다보았다.

"내가 확실하게 조져 주마."

말이 끝남과 동시에 베스라온이 환하게 웃었다. 사방에서 사람들이 쓰러지는 소리가 들렸다. 레슬리는 웃음을 터트렸다. 저게 그렇게 환하게 웃으면서 할 말이던가.

"네, 오라버니. 꼭 그럴게요."

"그래."

대답과 동시에 음악이 끝났고, 두 사람 주변에 다시 사람들이 몰려들었다. 사람들을 막은 베스라온이 손짓하며 레슬리를 먼저 보냈다. 두 오라버니 덕분에 사람들의 시선에서 벗어난 레슬리는 슬며시 홀을 둘러보았다. 사람들 사이사이에 익숙한 얼굴들이 있었다.

"셀리스."

"레슬리!"

다른 사람과 이야기를 나누고 있던 셀리스가 레슬리를 보고 환하게 웃었다. 내년에 성인식을 치르는 셀리스는 처음 만났을 때보다 많이 자라 있었다. 에펜타니 부인을 따라 머리를 우아하게 올린 셀리스가 레슬리의 손을 잡고 환하게 웃었다.

"나보다 한발 먼저 성인이 된 거 축하해, 레슬리!"

그러더니 셀리스가 목소리를 낮춰 작게 속삭였다.

"사실 아까 축하를 해 주고 싶었는데, 사람이 너무 많아져서 밀려났어."

셀리스가 그때의 생각이 났는지 입을 삐죽하고 내밀었다. 레슬리는 소파에 앉아 있어 잘 보이지 않았는데, 뒤에서 상당한 고전을 한 듯 보였다.

"오늘 자고 갈 거지?"

레슬리가 웃음을 한껏 머금으며 묻자, 셀리스가 고개를 끄덕였다.

"응, 응. 공작님이 이미 방을 내주셨어."

공작님이라고 말할 때 볼이 살짝 붉어졌다. 누가 뭐라 해도 셀리스는 아직도 셀바토르 공작의 팬이었으니까.

"그러면 우리 밤새 실컷 떠들자."

레슬리의 말에 셀리스가 연신 고개를 끄덕였다. 저러다 머리가 떨어지는 게 아닐까, 걱정될 정도였다.

"조금 이따 봐."

셀리스에게 손을 흔들어 준 레슬리가 자리를 빠져나갔다. 그다음에 만난 사람은 틸레이얼 부인이었다. 이번에 둘째를 낳은 그녀는 아이를 안고 에펜타니 백작 부부와 이야기를 나누고 있었다.

"선생님."

레슬리가 드레스 자락을 잡고 허리를 숙이자, 틸레이얼 부인 역시 우아하게 화답했다.

"완벽한 예법이시네요, 공녀님."

"선생님께서 잘 가르쳐 주신 덕분이라."

레슬리의 말에 기분이 좋은 듯 틸레이얼 부인이 작게 웃었다.

"새 성과 함께 작위를 받으신 것 축하드립니다, 공녀님. 하지만 전 그 무엇보다도 공녀님이 무사히 성인이 된 게 정말로 기쁘네요."

그녀의 푸른 눈은 진심을 담고 있었다. 셀바토르 공작이 그녀를 데려왔을 때는 막 레슬리가 공작가에 입양된 상태였던지라, 그때의 레슬리를 보고 무언가를 느꼈던 듯했다. 그때까지만 해도 레슬리의 상태는 좋은 편이 아니었으니까. 거기다 공작에게서 약간의 언질을 받았겠지.

"감사합니다. 어머니랑 아버지 그리고 두 오라버니 덕분이에요."

"아니요, 공녀님."

틸레이얼 부인은 그렇게 말하며 레슬리를 바라보았다.

"이건 전부 공녀님이 이루신 일이에요. 공녀님의 의지가 다른 사람들을 움직이게 해 준 거니까요."

틸레이얼 부인의 자상한 말에 레슬리는 고개를 끄덕였다. 어쩐지 눈물이 날 것 같았다.

"제가 너무 공녀님을 붙잡고 있었네요. 오늘 가장 인기 있는 분인데."

"그럼 실례할게요, 선생님. 나중에 봬요."

"네, 나중에 뵐게요. 공녀님."

선생님과 인사를 끝낸 레슬리는 다시 움직였다. 만나야 할 사람들은 수도 없이 많았으니까. 여기저기에서 잠시 잡히긴 했지만, 다행히도 다들 레슬리를 오래 붙잡아 두지는 않았다.

"오, 새 공작께서 여기 계시는군."

레슬리의 발걸음을 멈추게 한 사람은 피스토레와 아르트엘, 그리고 콘스텐이었다. 세 사람은 레슬리를 보더니 어서 오라는 듯 자연스레 미소를 머금었다.

"황제 폐하."

"작위를 내리는 일도 끝났으니, 그냥 셀바토르 공작과 사이레인의 친구로서 대해 주게."

편하게 부모의 친구로 대해 달라는 말에 잠시 레슬리는 망설였지만, 이내 고개를 끄덕였다. 피스토레의 옆에 있던 콘스텐이 환하게 웃으며 레슬리를 불렀다.

"레슬리 양. 성인이 되신 것, 작위를 받으신 것 둘 다 축하드립니다. 앞으로 잘 부탁드리겠습니다."

"감사합니다. 저 역시 잘 부탁드리겠습니다, 황태자 전하."

콘스텐은 미래의 황제였고 레슬리는 미래의 공작이었다. 이제 앞으로 두 사람은 제국을 이끌 이들이었다.

"레슬리!"

콘스텐과 레슬리의 사이에 갑자기 테펜텔이 끼어들었다. 파티를 충분히 즐기고 있었는지, 그녀의 손에는 술과 음식이 들려 있었다. 아무리 봐도 갖춰진 술이 아닌, 자신이 가져온 술처럼 보였다.

'누구지?'

테펜텔의 옆에는 처음 보는 여자가 서 있었다. 하지만 레슬리는 단번에 그녀가 누군지 알 수 있었다. 심각할 정도로 테펜텔과 똑 닮아 있었으니까.

"레슬리, 여기는 내 둘째 딸 바인이란다."

"안녕하세요, 셀바토르 공녀님."

바인이라 소개받은 여자는 레슬리를 보며 웃었다. 테펜텔과 똑같은 눈동자가 반짝 빛나는 바인은 자연스럽게 손을 내밀었다.

"처음 뵙겠습니다. 바인이라고 해요. 공녀님과는 좋은 관계를 유지하고 싶습니다."

"저랑 말인가요?"

"네, 저는 상업 쪽에 관심이 있거든요. 르카디우스 제국으로 아롬벨의 수공예품을 수출하고 싶은데, 셀바토르가의 상단은 최고의 선택이니까요."

겉은 테펜텔이었는데 속은 다른 사람이었다. 레슬리가 놀라 눈을 깜빡이는데 뒤에서 피스토레가 작게 중얼거리는 소리가 들렸다.

"바인은 겉만 너를 닮아서 다행이야."

"그렇지, 바인은 제 아빠를 닮았어."

테펜텔 역시 자신을 안 닮아서 다행이라며 웃었다.

"상단은 제가 아닌 어머니께 말씀드려야 할 거예요."

레슬리의 대답에 바인이 이를 보이며 웃었다.

"물론 말씀드려야지요. 하지만 저는 지금 새 공작님께도 잘 보이려

151

고 하는 중인 거예요. 공녀님 정도면 순식간에 가문을 부흥시키시겠지요. 그러니 앞으로 우리 상호 간의 교류를 통해⋯⋯."

"바인."

테펜텔이 자신의 딸을 부르자, 무언가를 길게 말하던 바인이 입을 멈추고 그녀를 바라보았다. 시선이 닿자마자 테펜텔이 고개를 까닥거렸다.

"그럴 때는 장황한 말보다 그냥 친구가 되고 싶다고 말하렴."

테펜텔의 말에 정곡을 찔린 듯 바인이 눈을 크게 뜨더니 슬그머니 레슬리를 바라보았다.

"음, 그러니까 제 말은 친구도⋯⋯ 좋지요?"

어딘가 어색한 목소리에 저절로 웃음이 새어 나올 것 같았다.

"그럼요. 상단이니 새 공작이니 아직 그런 건 조금 곤란하지만 친구라면 언제든 환영이에요, 바인. 그것도 어머니의 친구이신 테펜텔 님의 따님이시라면 더더욱 환영이에요."

레슬리의 화사한 대답에 바인의 뺨이 조금 붉어졌다. 뒤에서 테펜텔이 '쟤는 친구 사귀는 게 영 서툴러서 걱정이야.' 하며 말을 흘리다가 딸의 무시무시한 눈초리를 받고 입을 삐죽 내밀었다.

갑자기 사귀게 된 친구에게 무슨 이야기를 해야 할까. 그래도 셀리스와 콘라드, 그리고 카벨리온가의 두 쌍둥이를 겪으며 성장한 레슬리가 자연스레 먼저 운을 뗐다.

"바인, 파티는 좀 즐겼나요?"

"음, 아직 적응 중이에요. 사람 구경도 조금 하고 있어요. 아무래도 제가 아는 파티랑은 조금 달라서."

"바인이 아는 파티랑요?"

"네, 우리는 왁자지껄하게 놀거든요. 여기는 굉장히 고상하네요. 책에서 보던 그대로예요."

왁자지껄한 분위기의 파티라, 그게 어떤 파티일까? 쉽게 상상이 가지 않았다. 하지만 이어지는 바인의 말에 레슬리는 어떤 느낌인지 바로 알 수 있었다.

"어머니가 굉장히 좋아하시지요."

테펜텔의 성격과 비슷한 느낌이구나.

"르카디우스 제국의 축제도 즐겨 보세요. 대화를 나누거나 춤을 추는 것도 좋아요."

"춤이라……."

바인의 말에 레슬리는 주변을 돌아보았다. 바인에게 어울리는 첫 동반자를 구할 수 있게 도와줄 생각이었다.

'오라버니들은 안 되고…….'

자연스럽게 베스라온과 루엔티를 뒤로 했다. 두 오라버니가 다른 사람과 춤을 추는 건 두고 볼 수 없었다.

'라드도 안 되고, 하르트 경은 음……. 아니야. 될 수 있으면 바인 또래의 사람이 좋겠는데. 아!'

매의 눈으로 주변을 살피던 레슬리의 눈에 들어온 사람은 콘스텐이었다. 황태자가 된 콘스텐은 피스토레의 옆에 서서 사람들과 이야기를 나누고 있었다.

"바인, 저기 저분은 어떤가요?"

레슬리가 손으로 콘스텐을 가리켰다. 황태자를 추천해 주는 게 조금 애매하긴 했지만, 피스토레와 테펜텔은 친구니 괜찮을 듯 보였다.

"으음……."

콘스텐을 발견한 바인의 눈매가 무언가를 가늠하듯 가늘어졌다.

"이런 말을 하면 실례지만, 어째 피부도 허연 게 약해 보여서 제 취향은 아니네요."

바인이 작게 속삭였지만, 이내 다시 콘스텐을 바라보았다.

"하지만 아버지가 떠올라서 그런가? 호감은 가네요. 레슬리, 춤은 어떻게 신청하면 되나요?"

레슬리에게서 춤 신청의 이야기를 들은 바인은 바로 콘스텐에게 다가갔다. 레슬리는 또다시 발걸음을 움직였다.

이제 사람들을 거의 다 만난 듯 보였다. 테론 삼촌도 줄리아도, 첫 파티에 조금은 어색한 듯 서 있었지만, 셀바토르 공작과 사이레인 덕분에 이내 파티를 즐기기 시작했다.

'어딨지?'

아까부터 찾고 있던 사람이 보이지 않았다. 도대체 어디에 있는 걸까.

그러는 사이 음악이 바뀌었다. 최근 수도에서 유행하는 곡으로 레슬리가 가장 좋아하는 곡이었다. 그리고 그와 함께 추고 싶은 곡이기도 했다.

"슈야."

누군가가 레슬리의 팔을 잡았다. 콘라드였다. 오늘은 테센트루아 성기사단복이 아닌 검은 정복에 붉은 망토를 두른 상태였다. 이제 어릴 적 처음 만났을 때의 그 모습은 찾아보기 힘들 정도로 성장한 콘라드.

"제 약혼녀께 춤을 신청하고 싶은데요."

콘라드는 눈을 휘며 레슬리의 손끝에 작게 키스했다. 어쩐지 웃음이 새어 나왔다. 예전에는 손끝만 닿아도 부끄러워서 얼굴이 붉어지던 그였는데, 언제 이렇게 된 걸까.

"네, 좋아요."

레슬리의 허락이 떨어지자마자 콘라드가 자연스레 허리를 팔을 감고 홀 중앙으로 걸었다. 이미 춤을 추는 사람들 사이에 두 사람은 자리를 잡고 천천히 춤을 추기 시작했다. 음악 소리와 함께 시선들이 두 사람에게 모였다.

"라드."

콘라드의 손을 꼭 잡은 레슬리가 웃었다. 무슨 말을 들을지 모르면서도, 레슬리가 웃으니 그녀를 따라 콘라드의 입술이 자연스레 호선을 그렸다.

"시선이 따갑지 않으신가요?"

사람들 사이에는 셀바토르 공작과 베스라온, 루엔티 그리고 사이레인도 섞여 있었다. 거기다 셀바토르 사용인들과 기사들까지. 레슬리의 장난기 섞인 웃음에 콘라드가 작게 끙, 소리를 내며 난감한 미소를 지었다.

"조금요? 하지만 이젠 버틸 만합니다."

춤에 맞춰 가볍게 레슬리를 들어 빙글 돌리면서 콘라드가 말을 이었다.

"이런 것도 버티지 못한다면 슈야 옆에 있지 못하잖아요."

엉겁결에 조금 더 거리가 좁혀졌다. 레슬리는 바로 코앞에서 콘라드가 눈을 휘며 웃는 모습을 바라보았다.

미소를 머금고 반짝이는 눈동자가 어쩐지 부끄러워 레슬리는 고개를 숙였다. 머리 위에서 콘라드가 키득거리는 소리가 들려왔다.

콘라드의 품에 안긴 채 레슬리가 입을 열었다.

"아까 루엔티 오라버니와 첫 춤을 춰서 기분 나쁘지는 않으셨나요?"

"아니요."

바로 대답이 돌아왔다. 레슬리가 고개를 들어 콘라드를 바라보자, 그의 미소에는 거짓이 없었다.

"앞으로는 제가 슈야의 첫 번째가 될 테니까요."

콘라드의 황금색 눈동자가 행복한 미래를 보는 듯 반짝이며 빛났다.

"앞으로는 춤을 추는 것도, 새로 열린 연극을 보는 것도, 낯선 곳에 가는 것도 그리고 달콤한 디저트를 먹는 것도."

콘라드의 한쪽 손이 레슬리의 뺨을 쓸었다. 그 손길에는, 그리고 레슬리를 바라보는 눈빛에는 사랑스러움만이 가득 담겨 있었다.

"앞으로는 전부 저랑 처음으로 하실 테니까요."

그렇게 말하며 콘라드는 레슬리의 허리를 감싼 팔에 힘을 주었다.

"그러니 성인식 첫 춤쯤은 셀바토르 마법사님께 넘겨 드릴 수 있습니다. 감사한 것도 있으니까요."

그 감사한 일이란 자신와 콘라드를 처음 만나게 해 준 일이구나. 그가 그대로 고개를 숙였다.

"성인이 된 거 축하해요, 슈야."

귓가에 속삭이는 소리가 달콤하게 들림과 동시에 음악이 끝났다. 콘라드가 아무렇지도 않은 얼굴로 고개를 들어 레슬리를 바라보았다.

다음 곡이 연주되는데도 레슬리는 움직이지 않고 그대로 서서 콘라드를 바라보았다. 옆으로 춤을 추는 사람들이 어지럽게 돌아다녔다. 화려한 드레스 자락들이 주변을 수놓았다.

"슈……."

콘라드의 고개가 옆으로 기울었다. 그때 레슬리가 까치발을 들어 그대로 입을 맞췄다.

"……!"

춤추는 사람들에게 묻혀 다른 사람들에게는 보이지 않았다지만, 홀 중앙이었다.

콘라드의 눈이 커다래졌지만, 이내 그도 눈을 감았다. 입술이 머무른 시간은 길지 않았다.

"성인이잖아요. 자신이 하고 싶은 일을 하고 책임질 수 있대요."

레슬리는 그렇게 말하며 웃었다. 부끄러움에 목까지 붉어져 있었고, 말은 조금 떨리고 있었지만, 나름 태연해 보이려고 노력했다.

그런 레슬리를 사랑스러운 눈으로 바라보다가 콘라드가 다시 고개를 틀어 입을 맞췄다. 이번엔 레슬리의 눈이 휘둥그레졌다.

"좋네요."

살짝 입술을 떼고 콘라드가 말을 하자 간질거려 레슬리는 눈을 꼭 감았다.

"슈야."

하지만 너무도 부드러운 목소리에 다시 눈을 뜨자, 콘라드의 웃는 얼굴이 시야에 가득 찼다.

"정말로 사랑해요."

"음……."

콘라드와 손을 맞잡은 채, 레슬리는 눈을 잠시 느리게 감았다가 떴다.

"저도요."

그 말을 끝으로 두 사람은 다시 입을 맞췄다. 차오르는 행복감에 레슬리는 작게 웃었다. 자신은 정말로 행복한 사람이었다.

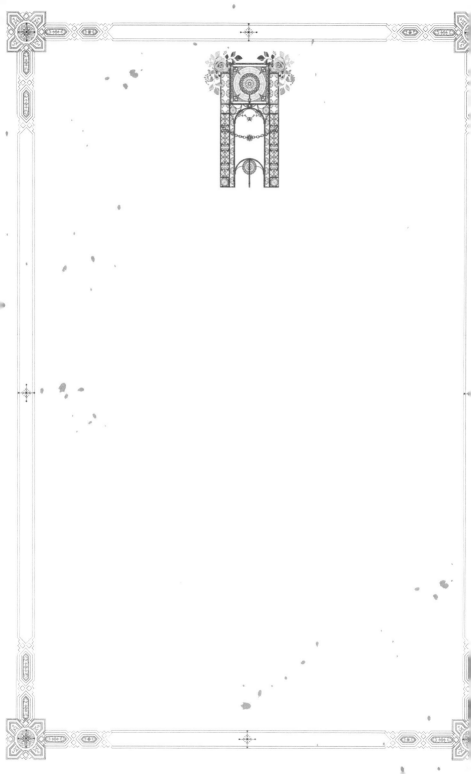

외전2. 아셀라 벤칸 셀바토르

"저기 봐."

사람들의 시선이 한곳에 모였다. 거기에는 큰 키의 여자가 있었다. 검은 제복과 짙은 초록빛 망토를 두른 여자의 머리는 제복만큼이나 검었고, 눈은 늪이 생각날 정도로 짙은 녹색이었다.

"……셀바토르 소 공작이다."

"황궁에는 무슨 일이지? 분쟁 지역에 있던 거 아니었나?"

"몇 달 전에 돌아왔다고 들었어."

그녀가 한 걸음 내디딜 때마다 사람들의 웅성거림이 바닥에 고였다.

"저번에 분쟁 지역에서 큰 공을 세웠다던데."

"마검사라는 게 진짜일까?"

"셀바토르 가문에서도 특출 날 정도로 힘이 강하다며."

사람들의 시선과 수군거림에도 그녀는 신경 쓰지 않는다는 듯 정면을 바라보고 어디론가 향했다.

"검을 한 번 휘두르면 다섯이 쓰러진다던데."

"맨손으로 적의 팔을 부러트렸다는 소리도 들었지."

발소리가 하얀 대리석이 깔린 황궁 복도를 가득 메웠다.

"역시 괴물······."

그때, 셀바토르 소 공작의 고개가 돌아갔다. 그녀가 뒤를 바라보자, 수군거리던 사람들은 일제히 헛기침하더니 이내 그녀의 시야에서 사라졌다. 그런 이들을 바라보던 암녹색 눈이 가늘어졌다.

'한심하긴.'

작게 콧방귀를 뀌며 그녀는 자신의 머리를 쓸어 올렸다. 긴 머리는 예뻐서 좋긴 한데 이게 귀찮았다.

잠시 사람들이 사라진 곳을 노려보는데, 뒤에서 누군가가 자신을 불렀다.

"아셀라."

거기에는 황태자인 피스토레가 서 있었다. 환한 얼굴의 피스토레는 아셀라를 보자마자 씩 웃음을 머금었다.

"뭐야, 왜 거기서 멀뚱히 서 있는 거야?"

"······황태자 전하."

셀바토르 소 공작의 말에 피스토레가 어색하다는 듯 눈을 가늘게 뜨더니 제 팔을 문질렀다.

"그냥 평소 하던 대로 이름을 불러. 너에게서 황태자라는 말을 들으면 기분이 이상해진단 말이지."

피스토레는 손을 휘휘 저으며 고개를 흔들었다. 아셀라의 시선이 잠시 사람들이 서 있던 자리를 향했다가 도로 그에게 닿았다.

"그래."

"그래, 그게 좋지. 아버지 앞에서만 조심하자고, 우리. 그런데 아셀라. 아버지가 왜 너랑 나랑 불렀는지 알고 있어?"

갑작스러운 부름이었다. 황제는 아셀라와 피스토레를 불렀지만, 그 이유는 말해 주지 않았다. 아셀라가 말없이 고개를 흔들자 피스토레의 얼굴이 어두워졌다.

"도대체 또 무슨 일일까⋯⋯."

피스토레는 아버지인 황제와 사이가 좋지 않았다. 외관은 비슷했으나 성격이 정반대인 게 문제였다. 황제가 검의 성격이라면, 피스토레는 방패였다. 그것도 매우 유한 방패.

"저번에도 내 성격을 강인하게 만드시겠다고 이상한 짓거리를 하셨지."

몬스터가 나오는 숲에 홀로 버려졌던 게 기억났는지, 피스토레가 몸을 떨었다.

"그냥 내가 이런 성격이라는 걸 이제 인정해 주시면 좋으련만⋯⋯."

하나뿐인 아들이라 내치지 못했다는 말을 앞에서 듣고 자란 피스토레는 황제의 앞에만 서면 기가 죽어 제대로 고개를 들지 못했다. 그래서 성인이 된 후에는 최대한 부딪치지 않고 피해 왔었는데, 갑자기 황제가 그를 부른 것이다.

"그래도 너랑 같이 불러서 다행이야, 아셀라. 아버님은 널 좋아하니까."

이제 아버지에게 갈까. 섭게 웃은 피스토레가 움츠렸던 몸을 폈다. 등을 곧게 하고 목을 가볍게 움직이고는 그대로 걸음을 옮겼다. 조금 전까지는 기가 죽어 고개를 숙인 남자 같지 않았다.

두 사람이 알현실에 도착하자 시종장이 빠르게 황제에게 두 사람의 도착을 알렸다.

"들어와라."

지극히 낮고도 단조로운 목소리였다. 알현실의 거대한 문을 지나 들어가자마자 본 것은 옥좌 위에 앉아 있는 황제였다.

"왔군."

이제는 흰머리가 많아진 머리를 뒤로 넘긴 황제는 깊은 푸른 눈으로 아셀라와 피스토레를 번갈아 바라보았다.

"셀바토르 소 공작."

"예, 황제 폐하."

"내가 린체의 기사단장이자 셀바토르 소 공작에게 내릴 명령이 있네."

황제의 부드러운 목소리에 허리를 숙인 아셀라는 힐끔, 자신의 옆에 서 있는 피스토레를 바라보았다. 황제는 너무도 자연스럽게 피스토레를 무시하고 자신에게만 말을 걸고 있었다.

"무엇이든 말씀하십시오, 황제 폐하."

하지만 한두 번 일어나는 일도 아니었기에 그녀도, 그리고 피스토레도 자연스레 받아들이고 있었다.

"황태자를 분쟁 지역에 보내기로 결정을 내렸네."

"분쟁 지역 말씀이십니까."

처음 있는 일은 아니었다. 하지만 처음 분쟁 지역에 갔던 피스토레는 좋지 못한 결과를 냈었다.

그는 전쟁에 어울리지 않는 사람이었다. 오히려 그는 사무 처리와 사람들의 마음을 헤아리고 정책을 추진하는 데 뛰어난 능력을 보였다. 거기다 그는 다른 이의 죽음을 견디지 못하는 성격이었다.

성격과 적성, 어느 면에서도 피스토레는 완벽히 전쟁과는 거리가 먼 인간이었다.

"아버……."

"언제까지고 한 제국의 황제가 나약하게 덜덜 떨 수는 없지."

피스토레의 말을 무참히 짓뭉갠 황제가 아셀라를 바라보며 말을 이었다.

"그러니 제국의 가장 고결한 수호자인 셀바토르 소 공작에게 부탁을 하지."

이센 망언사실하며 피스토레는 황세를 바라보고 있었다. 아셀라의 눈이 가늘어졌지만, 잠시였다. 이내 그녀는 고개를 끄덕였다.

"황태자 전하가 분쟁 지역에서 다치지 않도록 최선을 다하겠습니다."

"아니, 아니. 그게 아니네."

황제의 손가락이 피스토레를 가리켰다.

"최전방에 저놈을 세우게."

이번엔 아셀라마저 자신의 귀를 의심했다. 피스토레는 검을 배우긴 했지만 출중한 실력은 아니었다. 분쟁 지역에 가기엔 위험한 실력인데 그것도 최전방이라니.

황제는 두꺼운 손가락으로 툭툭 팔걸이를 치며 말을 이었다.

"죽지만 않게 두고, 그냥 제 운대로 있게 하도록. 팔이 잘리든 뭐가 잘리든 생명만 붙어 있으면 나는 상관없어."

"아버지!"

결국 피스토레가 앞으로 한 발 나서면서 황제를 불렀다. 아셀라를 볼 때는 평온했던 황제의 얼굴이 순식간에 일그러졌다.

"멍청한 소리를 할 거면 그 입을 다물어라, 피스토레."

단호한 말로 황제는 피스토레의 입을 막았다.

늘 이런 식이었다. 황제는 황제 나름대로 피스토레를 아끼고 강하게 키우기 위해 이런 짓을 한다고 하지만, 정작 황제의 말과 행동은 피스토레를 상처 입히고 있었다. 더욱 그를 작게 만들고 있었다.

"예, 알겠습니다."

황제가 피스토레를 더욱 위축시키기 전에 아셀라가 한 발 앞으로 나섰다. 그녀는 흔들림 없는 평온한 목소리로 허리를 숙였다.

"황제 폐하의 고귀한 명을 받아, 저 아셀라 벤칸 셀바토르가 황태자 전하를 최전방에서 호위하겠습니다."

아셀라의 대답이 마음에 들었는지 황제는 다시 옥좌에 몸을 묻었다. 그리고는 나른한 목소리로 대답했다.

"그래, 이제 가 봐도 좋아. 소 공작."

피스토레는 그렇게 아무 말도 하지 못하고 알현실 밖으로 쫓겨났다. 알현실의 문이 닫히자마자 피스토레는 숨을 헐떡였다.

"도대체 무슨 생각을……."

최전방이라니, 최전방이라니!

선황제 때부터 시작된 혼란의 시대는 이제 슬슬 끝을 맺어 가고 있었다. 하지만 마지막에 타오르던 불꽃이 가장 강렬하지 않던가.

마지막 요새만을 남겨 둔 에타이들의 저항은 격렬했다. 그 덕에 분쟁 지역에서 죽은 이들의 시신이 매일 신전 앞뜰에 놓였고, 그들을 위한 기도 소리는 끊기지 않고 있었다.

"그런 곳에서 내가 살아남을 수……."

몰려드는 공포심에 피스토레는 숨을 멈추었다. 분쟁 지역의 다른 곳이라면 가 본 적이 있었지만, 최전방은 아니었다. 그토록 위험한 곳을, 게다가 팔 하나 끊어져도 괜찮다고? 그게 아버지가 할 소리인가.

"……토레."

피는 싫다. 누군가가 내 앞에서 죽어 가는 건 더욱 싫었다. 황제로서는 이러면 안 되는 건 알지만 그래도 싫었다.

"……토레!"

하지만 이걸 이겨내지 못하면 영원히 아버지의 인정을 받을 수…….

"피스토레!"

갑자기 제 귀를 파고드는 목소리에 피스토레가 황급히 고개를 들자, 눈앞에 미간을 찡그린 아셀라가 있었다.

주변을 살핀 아셀라는 그대로 피스토레를 빈 방에 밀어 넣었다. 쾅,

하고 문이 닫히자마자 아셀라가 뚜벅뚜벅 그에게 다가갔다.

"겁먹지 마."

암녹색 눈동자가 빛났다. 피스토레는 저도 모르게 고개를 끄덕였다.

"차라리 잘됐어. 이번 일을 네가 해낸다면 황제도 더 너를 괴롭히지 않겠지."

그렇게 말하며 아셀라는 제 검은 머리를 쓸어 올렸다.

"나도 공작이 되기 전에 공을 하나 세워 두려 했는데 나쁘지 않고."

공을 하나 세워 두려 했다고? 피스토레는 눈을 깜빡였다.

최근 들려오는 연승은 거의 다 아셀라의 활약이었다. 거기다 소 공작으로서의 일도 빠짐없이 하고 있으니, 피스토레로서 아셀라의 발언은 이해하기 힘든 것이었다.

피스토레의 의아한 눈빛을 받으면서도 아셀라는 덤덤히 말을 이었다.

"어차피 황제는 오래 버티지 못해."

누군가가 들었으면 경악할 불경한 말이었다. 아마도 이 이야기를 위해 그녀는 빈방으로 들어온 듯 보였다. 담담한 얼굴로 아셀라는 계속 덧붙였다.

"떨어져 있다 보면 곧 너에게 황위를 물려주려고 하겠지. 그때까지만 분쟁 지역에서 버티면 돼."

"하지만 나는…… 무서워, 아셀라."

아셀라는 피스토레의 말을 책망하기보다는 고개를 끄덕였다.

"알아, 무섭겠지. 너는 전쟁터에 맞지 않는 성격이야. 하지만 그건 넘어야 할 산이지."

아셀라의 말에 피스토레가 고개를 끄덕였다. 이 일을 해내면 아무리 황제라도 한발 물러설지 몰랐다. 더는 자신을 괴롭히지 않을지도 몰랐고. 그리고 아셀라의 말대로 황제는 서서히 끝이 보였으니까.

"걱정하지 마. 내가 있을 테니까."

무심한 듯 다정한 제 친구의 말에 피스토레의 얼굴에 조금 화색이 돌아왔다. 다른 사람도 아니고 셀바토르가의 소 공작이었다. 그녀라면 안심하고 싶지 않아도 저절로 안심되었다.

"그래. 고마워, 아셀라."

"뭘."

그렇게 말하며 아셀라는 가볍게 피스토레의 어깨를 툭 쳤다.

"돌아오면 너는 황제, 나는 공작이다."

† † †

"아셀라!"

누군가가 막 마차에 오르려던 소 공작을 불렀다. 목소리에 마치 꽃이 핀 듯 화사했다. 아셀라가 고개를 돌리니 거기에는 아르트엘이 서 있었다. 허리까지 오는 긴 구불거리는 머리를 반으로 묶고 짙푸른 드레스를 입은 아르트엘은 잡티 하나 없는 뽀얀 뺨을 물들이며 웃었다.

아르트엘은 어릴 적부터 하나뿐인 황후 후보로 황궁으로 들어왔고, 자연스레 피스토레와 아셀라랑 유년 시절을 보내, 그녀와도 친분이 두터운 편이었다.

"아셀라, 내 친구!"

다시 한 번 아셀라를 부르며 아르트엘이 웃었다. 아름다운 외모와 맑은 목소리로 웃자, 사방에 꽃이 피는 것 같았다. 하지만 이름을 불린 당사자는 슬그머니 뒷걸음질 쳤다. 아르트엘이 저리 환하게 웃을 때면 그 속은 겉보다 몇 배는 더 음흉한 속셈이 있었다.

아르트엘을 잘 모르는 사람들은 저 환한 웃음에 넘어가 그녀가 원하는 대로 끌려다녔지만 그녀는 아니었다. 이미 어릴 적부터 몇 번이고 겪었으니까.

사람들을 조종하는 밝은 웃음을 한껏 머금은 아르트엘이 거추장스러운 드레스를 입은 게 믿기지 않을 정도로 빠르게 다가오고 있었다.

느낌이 좋지 않다. 아셀라는 못 들은 척, 아르트엘을 발견하지 못한 척 빠르게 마차에 올라타려고 했지만, 늦었다. 뛰듯이 다가온 아르트엘이 아셀라의 허리를 덥석 끌어안았다.

"아셀라, 약속 시각보다 이르게 와 줬구나! 내가 심심할까 봐 일찍 와 준 거지? 아아, 정말 기뻐!"

약속? 자신의 허리를 끌어안은 채 생글생글 웃으며 올려다보는 아르트엘에, 아셀라의 눈이 가늘어졌다.

오늘 그녀에게는 입궁하라는 황제의 명만 있었을 뿐, 그 어떤 약속도 없었다. 그래서 볼일을 마치고 나면 저택에서 늘어져라 잠을 잘까 했었는데, 아무래도 아셀라 본인도 모르는 약속이 있던 모양이었다.

"네가 좋아하는 차를 준비해 놨어. 아, 럼. 럼을 마실래? 안 그래도 좋은 술을 선물 받았거든. 너라면 분명 좋아할 거야. 해가 떠 있긴 하지만 낮술이 최고지!"

아르트엘이 그녀를 올려다보며 필사적으로 눈을 찡긋했다. 그러고 보니 목소리도 묘하게 크고 활달한 게…….

'아, 역시.'

아셀라는 저편에 서 있는 한 여자를 발견하고는 이 상황을 이해했다. 메데이아, 이 나라의 젊은 황후가 멀찍이 서서 그녀와 아르트엘을 바라보고 있었다.

아니, 젊다고 하기에도 애매했다. 어리다는 말이 더 맞으려나. 실제로 황제와 메데이아의 나이 차는 상상을 초월했으니까.

그녀는 자기 아들인 피스토레보다 어렸고, 아셀라보다도 연하였다. 거기다 그녀는 르카디우스 제국의 사람도 아니었다.

자신의 나라 심장을 제국에 바친 왕녀, 메데이아. 그 대가로 그녀가 받아 낸 건 황후 자리와 함께 넘어온 국민들의 안전이었다.

콧대가 높은 르카디우스 귀족들은 그녀를 좋게 보지 않았다. 그리고 그중에는 아르트엘도 껴 있었다. 정확히 말하자면, 여타 귀족들과는 조금 다른 감정이지만.

어느새 두 사람에게 가까이 다가온 메데이아가 운을 뗐다.

"이런. 셀바토르 소 공작과 선약이 있으셨군요."

그렇게 말하는 메데이아의 목소리는 담담했다. 헤이즐넛색 눈동자가 아쉬움을 담고 아르트엘과 아셀라를 향했다.

"네, 황후 폐하. 그래서 너무도 아쉽지만 티타임은 다음에 가져야 할 듯싶습니다."

"그래요."

그사이에 떨어진 아르트엘이 메데이아를 향해 정중히 거절의 뜻을 내비쳤다. 메데이아는 어쩔 수 없다는 듯 옅게 웃더니 아셀라를 바라보았다.

"메데이아 황후 폐하를 뵙습니다."

아셀라가 허리를 숙이며 인사하자 메데이아가 그녀를 바라보며 입을 뗐다.

"셀바토르 소 공작의 연승 소식은 황궁에서도 잘 듣고 있습니다."

"부끄러울 정도로 작은 공일 뿐입니다, 황후 폐하."

"부끄럽다니요! 소 공작의 공이 부끄러울 정도면 수도의 그 누구도 고개를 들고 다니지 못할 겁니다."

메데이아가 부채로 자신의 턱을 톡톡 두드리며 말하자, 아르트엘이 옆에서 고개를 끄덕였다. 마치 아셀라의 공이 자신의 공이라는 듯 무척이나 뿌듯해 보이는 얼굴이었다.

"감사합니다, 황후 폐하."

아셀라가 다시 허리를 숙이자 메데이아의 입가에 걸린 미소가 짙어졌다.

"언제 한번 내 온실에 놀러 오세요, 소 공작. 새로 꾸민 온실이 작긴 하지만 매우 아름답습니다. 분명 소 공작께서도 좋아하실 거예요."

꽃 같은 여자다. 메데이아를 처음 봤을 때부터 들었던 생각이었다. 미모 하나만으로 황제를 홀렸다는 소문이, 소문이 아니라 진실로 바뀔 만큼 메데이아는 아름다웠다.

잡티 하나 없는 뽀얀 얼굴에 뚜렷한 이목구비는 멀리서도 그녀가 미인이라는 걸 여실하게 말해 줬다. 그런 메데이아가 한껏 미소를 지으면 사방에서 꽃이 피는 듯했다.

물론 아르트엘 역시 그런 느낌이었다. 하지만 아르트엘이 작은 들꽃 같은 느낌이라면 메데이아는 그것보단 더 위험한 느낌이었다. 그래, 흡사 흠뻑 독을 품은 꽃과도 같은 느낌.

"초대에 감사드립니다."

아셀라는 옅게 미소 지으며 메데이아를 바라보았다.

"하지만 안타깝게도 그 초대에 응할 수는 없을 것 같습니다, 황후 폐하."

그녀의 거절에 메데이아의 미간에 작은 주름이 잡혔다. 하지만 뒤이은 아셀라의 말에 메데이아뿐만 아니라 아르트엘의 눈동자가 커다래졌다.

"방금 황제 폐하께서 최전방으로 가라는 명령을 내리셨습니다."

† † †

쿵!

"가지 마!"

얼마나 세게 테이블을 내리쳤는지, 그릇 위에 예쁘게 놓인 술안주들이 크게 흔들거렸다.

"안 돼, 나는 반대야. 반대라고!"

아르트엘은 자신의 남편과 친구가 최전방으로 간다는 말에 세차게 고개를 지었다.

"아니, 너 돌아온 지 얼마나 됐다고 또 보내! 그리고 내 사랑은 왜? 내 사랑은 왜 보내는 거야? 피스토레는 나가자마자 칼 맞을 거야, 그럴 거라고!"

확신에 찬 목소리로 크게 외치던 아르트엘은 그대로 테이블 위에 엎드렸다.

"으아아앙, 내 사랑 죽는다! 차라리 내가 가는 게 낫지."

아르트엘의 말에 술을 마시던 아셀라는 조용히 고개를 끄덕였다. 아무리 생각해 봐도 피스토레보다는 아르트엘이 분쟁 지역에서 살아남을 가능성이 컸다.

그래, 차라리 아르트엘에게 검을 가르쳐 볼까? 검 실력은 피스토레보다 떨어지겠지만, 성격상으로는 그보다 나을 게 분명했다.

"아셀라……."

테이블에 엎드려 있던 아르트엘이 슬금슬금 손을 뻗더니 소 공작의 손을 잡았다.

"우, 우리 남편 잘 부탁해……. 너밖에 믿을 사람이 없어."

울먹이는 아르트엘의 말에 아셀라는 다시 고개를 끄덕였다.

"그래, 걱정 마."

아셀라의 덤덤한 대답에 감명받은 듯 아르트엘의 눈이 눈물로 반짝거렸다.

"사랑해, 아셀라!"

"치워."

소 공작이 자신에게 달려드는 아르트엘을 냉정히 밀어내자 그녀가 입을 빼죽 내밀었다.

"매정한 아셀라……. 내 사랑을 내팽개치다니."

"뭘."

언제나 그랬는데, 새삼 충격을 받고 있어. 그렇게 말하며 소 공작은 찻잔에 담긴 술을 한 모금 더 들이켰다. 확실히 아르트엘이 자랑할 만한 술이었다.

매정한 소 공작을 샐쭉한 표정으로 바라보던 아르트엘은 제 머리를 만지작거리며 말을 이었다.

"오늘 황제 폐하께 불려 간다고 얼굴이 죽상이긴 했는데 그런 말을 들었을지는 몰랐어."

"나도 솔직히 놀랐어. 설마 최전방에 세우라고 하실 줄이야."

사실 어느 정도는 예상한 바이긴 했다. 황제는 많이 늙었고 자신의 기대에 못 따라오는 피스토레를 못마땅해했으니까. 최근엔 초조함마저 내비치고 있었다. 그래서 황제를 알현했을 때, 분쟁 지역 이야기는 나올 것을 가늠했다.

하지만 최전방은 다른 이야기였다. 거기다 요즘은 끝이 보이는 가장 위험한 시기.

"피스토레도 심란한 게 눈에 보이더군."

지금쯤 그는 자신의 업무를 처리하면서도 연신 한숨을 흘리고 있을 것이다. 그런 남편의 모습이 눈에 훤하게 그려졌는지 아르트엘의 얼굴에도 그늘이 드리웠다. 시무룩해 보이는 게, 피스토레가 걱정되어도 단단히 걱정되는 모양이었다.

"아르트엘."

찻잔을 내려놓으며 그녀를 부르자 시선이 바로 닿는다. 무슨 일이냐는 듯 눈까지 깜빡였다.

“그렇게 피스토레가 좋아?”

언제나 보지만, 조금은 신기한 일이었다. 아르트엘은 아주 어릴 적부터 황궁에서 피스토레와 함께 자랐으니까. 그렇게 오래 보면 마음이 변치 않을까 싶기도 했는데, 아닌 모양이었다.

“응.”

언제나 말을 늘리는 그녀답지 않은 단답형이었다. 한 점 흔들림 없는 눈동자에 아셀라가 옅게 웃었다. 역시나 신기한 일이었다.

“음…….”

소 공작이 이유를 묻지 않았지만, 아르트엘은 말해 주려는 듯 눈을 가늘게 뜨면서 말을 정리했다.

“뭐, 어릴 적부터 봐 와서 좀 싫은 것도 있긴 하지만.”

그렇게 말하며 아르트엘은 씩 웃었다.

“그래도 좋긴 좋네.”

“신기하네.”

셀바토르 공작 부부의 사이가 나쁜 건 아니었다. 부모님은 서로를 사랑했고 충분히 존중했다. 하지만 아르트엘과 피스토레처럼 서로를 ‘내 사랑’이라는 간질간질한 칭호로 부를 정도는 아니었다.

어릴 적부터 지내 온 세월을 생각하면 셀바토르 공작 부부 못지않은 세월일 텐데. 신기한 일이었다.

아셀라의 말에 고개를 끄덕인 아르트엘이 그녀를 바라보았다.

“그치, 나도 그렇게 생각해. 아직 아셀라는 결혼 생각이 없는 거지?”

“그렇지.”

흐응, 작게 콧소리를 내며 아르트엘은 고개를 갸웃거렸다.

“구혼서랑 함께 초상화가 산처럼 쌓여 있다는 말을 들었는데, 그중에서도 괜찮은 사람이 없었어?”

“글쎄, 잘 안 봐서 모르겠네.”

거의 매일, 셀바토르 공작저로는 전 제국에서 몰려온 구혼서가 쌓여 갔다. 어느 순간부터는 초상화도 그 옆에 놓였다. 후작가의 누구, 백작가의 누구…… 심지어는 다른 왕국의 왕자도 있었다.

하지만 본인 자신도 놀랄 정도로 그 누구에게도 흥미가 가지 않았다. 섬세하게 그려진 초상화는 반송되었다.

"나는 네가 더 신기해. 이상형은 있지, 아셀라?"

아르트엘의 물음에 아셀라가 입을 다물었다. 그리고 뭔가를 생각하듯 찻잔을 톡톡 건드리자, 술에 파문이 생겨났다.

"있지."

"뭔데?"

"일단 나보다 힘이 세거나 비슷한 정도의……."

비록 현실성은 없지만, 아르트엘은 간신히 여기까지는 이해할 수 있었다. 셀바토르 가문은 대대로 기사 가문이었으니까. 그래, 힘을 중요시할 수도 있지.

하지만 이어지는 말은 도무지 납득할 수 없는 말이었다.

"귀여운 남자."

환한 웃음과 함께 튀어나온 말에 아르트엘 역시 그녀를 따라 한껏 웃음을 머금었다. 내 친구의 이상형은 이 세계에 존재하지 않겠구나. 만일 그녀가 이상형을 찾는다면 그건 기적이었다.

† † †

"아."

아르트엘과 헤어져 공작저로 돌아오니, 가장 먼저 그녀를 반긴 사람은 소 공작의 하나뿐인 하녀, 제나였다. 짙은 갈색 머리를 하나로 단정하게 묶은 제나는 아셀라를 보자마자 눈을 가늘게 떴다.

"아가씨, 술을 드셨군요."

아직 해가 중천에 떠 있는데 그녀가 술 냄새를 풍기면서 들어오는 게 마음에 안 든 모양이었다.

"별로 안 마셨는데."

술잔에 마신 것도 아니고 찻잔에 가볍게 마시지 않았던가. 메데이아에게 보여 주기 식으로 정원에서 마셔서 그런 거지만.

아셀라의 대답에 제나는 말없이 그녀의 군복을 받으며 미소를 머금었다. 어쩐지 양심이 찔리는 미소라 아셀라는 슬그머니 시선을 피했다. 아셀라는 공작 부부보다도, 어릴 적부터 자신을 모셔 온 이 하녀를 이기는 걸 더 힘들어했다.

"그나저나, 언제까지 아가씨라 부를 거야?"

황제를 만나기 위해 입은 군복은 군복이라고도 하기 힘들 정도로 이래저래 장식이 많았다. 커프스를 풀며 아셀라가 생긋 웃었다.

"후계자가 되었으니 소 공작님이라 해야지."

"저에겐 언제까지나 아가씨인걸요."

그녀의 군복을 자연스럽게 정리하며 제나가 말을 이었다. 제나가 움직일 때마다 이번에 새로 바뀐 하녀복이 나풀거렸다. 좋은 옷감으로 하녀복을 새로 지어 지급했다는 게 사실인 듯, 캡과 앞치마 모두 깔끔하고도 고급스러워 보였다.

"내가 공작이 된 후로도 아가씨라고 부르겠네."

"어머, 그때쯤이면 공작님이라 불러 드려야지요."

"실수할지도 몰라, 제나."

"제가 실수를 할 리가요. 아가씨. 저 세탁실에 다녀오겠습니다."

제나는 옅은 미소를 짓더니 아셀라의 군복을 가지고 방을 나섰다. 일부러 아가씨라고 또박또박 불러 주는 것도 잊지 않았다.

남들 앞에서는 소 공작님이라 부르는 걸 알기에 아셀라는 어깨를 으씩하고는 이내 그녀도 방을 나섰다. 오늘 황제에게 들은 명령을 아버지나 어머니께 선날해야 했으니까.

"공작님, 접니다. 들어가도 되겠습니까."

가볍게 집무실의 문을 두드리며 자신이 왔음을 알렸다.

"그래."

담담한 목소리가 들리자 그녀는 문고리를 잡고 천천히 문을 열었다.

셀바토르 공작의 집무실에는 공작 외에 다른 사람이 있었다. 그녀의 어머니인 공작 부인과 집사인 빌헬름이었다. 무슨 이야기를 나누고 있었는지, 짙은 푸른 소파에 앉아 있던 공작 부인이 자신의 딸을 맞이했다.

"아셀라."

옅은 갈색 머리와 짙은 푸른 눈동자를 가진 셀바토르 공작 부인은 담담한 목소리로 자신의 딸을 불렀다.

머리색과 눈 색만 보자면 공작 부인과 아셀라는 닮은 게 없었다. 그러나 생김새는, 누구든 모녀지간이라는 걸 확신할 정도로 닮은꼴이었다.

"황궁에 다녀왔다고 들었다."

"네, 집사가 말했나요?"

아셀라의 시선이 어머니 너머에 서 있는 노집사에게 닿았다. 선대 셀바토르 공작, 그러니까 아셀라의 할아버지 때부터 쭉 공작가를 모셔 온 집사는 아셀라를 보자마자 가볍게 고개를 숙였다.

"그래, 빌헬름이 말해 줬지."

가볍게 수긍하며 공작 부인은 고개를 끄덕였다. 그러고는 이내 폭탄을 던졌다.

"이번엔 그 늙은이가 뭐라 하던?"

부인이 지금 말하는 그 늙은이는 뒤에 있는 집사 빌헬름이나 다른 이를 말하는 건 아니겠지. 공작 부인은 마음에 안 드는지 부채를 소리 나게 접으며 말을 이었다.

"아니다, 됐다. 어차피 또 황태자가 나약해서 뭐가 어쩌니 저쩌니 했겠지. 쯧, 제 아들 성격 하나를 아직도 이해를 못 하다니. 죽을 때가 된 늙은이가 아집만 남아서……. 신의 곁으로 가서나 인정하려나."

위험한 발언들이 연이어 쏟아졌지만, 아셀라도 집사 빌헬름도, 그리고 책상에 앉아 있던 공작마저도 담담한 얼굴이었다. 하루 이틀 일이 아니었으니까.

분명 아셀라의 어머니인 공작 부인은 셀바토르의 피가 섞이지 않았지만, 이럴 때면 혹여나 그녀의 선대에 셀바토르가 있었던 건 아닐까, 의문이 들 정도였다.

"너도 늙은이의 웅얼거림 따위 신경 쓰지 마라. 고생했다."

부인은 어서 가라는 듯 부채를 가볍게 흔들었다. 아셀라가 거대한 집무실 책상에 앉아 있는 공작을 보자, 그 역시도 말없이 침묵할 뿐이었다. 지금 볼일이 끝났으면 어머니의 말대로 돌아가도 좋다는 뜻이었다.

하지만 안타깝게도 볼일은 끝이 아니었다. 아셀라는 옅게 웃으며 제 머리를 쓸어 올렸다.

"최전방으로 가라는 황제 폐하의 명입니다."

그녀의 말에 공작 부인과 공작의 눈썹이 위로 올라갔다. 아셀라는 분쟁 지역에서 돌아온 지 얼마 안 됐으니까.

"그리고 이번엔 황태자 전하랑 같이요."

아셀라의 말에 그 자리에 있는 세 사람의 얼굴이 삽시간에 구겨졌다.

"늙은 황제가 미친 게 분명하구나!"

"여, 여보!"

다급히 공작이 부인을 말렸다. 그런데도 한 번 거칠어진 말은 끝날 줄을 몰랐다.

"돌아온 지 얼마 안 된 애를 또 싸움터로 밀어 넣으면서 이번엔 혹까지 붙여? 그것도 이 위험한 시기에?"

뚜뚝. 얇은 나무와 푸른 레이스로 만들어진 최고급 부채가 위태로운 소리를 냈고, 붉은 루즈가 뭉개졌다.

"일이 있어서 잠시 올라온걸요. 어차피 금방 내려가야 했어요."

"그래도 혹이 생겼잖니!"

안 되겠다는 듯 몸을 벌떡 일으킨 공작 부인이 집사를 돌아보았다.

"빌헬름."

"네, 마님."

"마차를 준비해. 황제에게 간다."

당장 가서 멱살이라도 잡겠다는 기세였다. 안 되겠다 싶었는지 공작이 몸을 일으켰다.

"여보, 진정해."

흰머리가 난 머리를 깔끔하게 뒤로 넘긴 공작은 커다란 손으로 자신의 아내를 다독였다. 남들보다 머리 하나는 큰 키와 짙은 수염이 무서울 법했지만, 자신의 아내를 바라보는 눈과 목소리만큼은 다정했다.

"어차피 죽을 인간에게 당신이 손쓸 필요는 없어."

내용은 다정하지 못했지만.

저렇게 의식 밑바닥에 황제조차 깔보는 경향이 있으니, 황족들과 사이가 나쁘다는 소문도 사라지지 않지. 아셀라는 고개를 저었다.

아무리 자신이 피스토레와 잘 지내는 모습을 보여도 그 소문은 없어지지 않을 게 분명했다. 셀바토르의 콧대가 꺾이지 않는 이상 쭉 그렇겠지.

"어머니, 잠시 아버지랑 하고 싶은 말이 있는데요."

아셀라의 말에 조금 진정한 공작 부인이 고개를 끄덕이더니 빌헬름을 데리고 나섰다. 두 사람이 나가자 공작은 볼일을 다 봤다는 듯 다시 집무실 책상에 앉아 나른한 얼굴로 아셀라를 바라보았다.

"그래, 무슨 일이냐."

자신의 딸을 바라보는 게 믿기지 않을 정도로 차갑게 가라앉는 눈이었다. 아까 부인을 바라보던 눈빛과 너무도 비교되었지만, 아셀라는 가볍게 무시했다. 자신 역시 이쪽이 편했으니까.

셀바토르 공작을 마주 보는 의자에 털썩 앉은 아셀라는 머리를 쓸어 올리며 그를 바라보았다.

"저는 이번에 혼란의 시대를 끝낼 생각입니다."

아셀라의 말에 셀바토르 공작이 웃음을 머금었다.

"아라벨라가 되었을 때, 최고 사제에게 그런 말을 했다는 건 들었다. 그게 몇 년 전 일이지?"

오래전에 내뱉은 말을 아직도 지키지 못했다는 비아냥이 섞인 말이었다.

"늦었지만, 지금이라도 해야지요."

"그래, 그러거라."

그러든 말든 신경 쓰지 않는다는 말투였다. 공작은 집무실 책상 끝쪽에 놓인 술을 컵에 따랐다. 짙은 호박빛 술이 크리스털로 만든 잔에 담겼다.

술이 담긴 잔을 입가에 대기도 전에 공작은 도로 내려놓아야 했다. 뒤이은 소 공작의 말 때문이었다.

"돌아오면 공작 위를 저에게 주십시오."

"하?"

소리 나게 잔을 테이블 위에 올려둔 공작이 아셀라를 바라보았다. 그녀가 한쪽 입꼬리만 올려 그를 바라보았다.

"이제 슬슬 그 자리가 탐납니다. 공작님 역시 쉬실 때가 됐지요. 노후는 편안하게, 따뜻한 곳에서 보내는 게 좋지 않겠습니까."

공작 작위를 물려주는 건 전적으로 현 셀바토르 공작의 몫이었다. 아셀라로서는 그저 공작의 말을 기다려야 할 일이었지만, 그녀의 성격 상 줄곧 기다리는 건 맞지 않았다. 그녀는 의자 팔걸이를 손가락으로 툭툭 두드리며 말을 이었다.

"혼란의 시대를 끝내고 오면 딱 좋을 때가 아닌가요? 전쟁 영웅, 꽤 괜찮은 수식도 붙을 테니까요."

공작은 어이없다는 듯 자신의 딸을 바라보았다. 그 눈빛에 아셀라 는 어깨를 으쓱하더니 이내 말을 이었다.

"어차피 슬슬 작위 양도를 고려하지 않으셨습니까."

딸의 말에 공작은 말이 없었다. 사실이었으니까. 보통 작위를 가진 이가 죽음으로써 후계자에게 작위를 물려주는 경우가 빈번했지만, 셀 바토르 공작은 그건 사양이었다. 죽기 직전까지 일이라니, 너무 가혹 한 소리가 아닌가.

그나저나 아직 입 밖으로 내지 않았던 이야기인데 자신의 딸은 어떻 게 안 걸까?

이내 의문은 풀렸다. 아셀라가 자신의 머리를 톡톡 치며 답을 내 준 까닭이었다.

"공작님 성격이나 제 성격이나 비슷하니까요."

"허어."

"어머니 생신을 기념해 이번에 섬을 하나 구매하셨지요. 한 번도 가 시지 않은 걸로 알고 있는데, 슬슬 방문할 때가 되지 않았나요, 공작 님?"

아셀라는 그런 공작을 보며 생긋 웃었다.

"그러니 그 자리, 제가 돌아올 때까지만 앉아 계신 거로 하지요."

그녀의 손은 정확히 공작의 자리를 가리키고 있었다. 볼일을 다 끝 냈다는 듯 그대로 나가 버리는 제 딸의 뒷모습을 보며 공작은 웃었다.

"하?"

할 말을 잃은 듯한 웃음이었다.

"아가씨."

집무실을 나서자마자 제일 먼저 만난 건 빌헬름이었다. 노집사는 힘겨운 웃음을 지으며 이 저택에 하나뿐인 아가씨를 맞이했다.

"어머니는?"

"다행히도 황궁으로 가시진 않으셨습니다. 다만 번화가에 볼일이 있으시다고 하셔서 마차를 준비 중입니다."

다행이네. 아셀라는 고개를 끄덕였다. 그래, 험담 정도는 가벼운 거지. 아무리 그래도 황제는 황제가 아니던가. 아셀라의 생각에 동의하듯 빌헬름도 안도의 미소를 지었다.

"그리고…… 쿨럭!"

말을 이으려다가 집사가 크게 기침했고 몸이 휘청거렸다. 순식간에 안색이 어두워졌다.

"괜찮아? 자일로를 불러올까?"

"괜찮습니다, 아가씨. 걱정을 끼쳐 죄송합니다."

빌헬름은 이내 목을 가다듬으며 고개를 저었다.

"매번 이 늙은이가 가면 자일로도 불편하지요."

그렇게 말하는 집사는 옅은 미소를 지었다.

"어서 이 자리를 물려주고 좀 쉬어야 하는데. 제 눈에 차는 사람이 없군요."

선대 셀바토르 공작 때 빌헬름은 그의 아버지에게서 셀바토르 공작가의 집사 자리를 물려받았고, 지금까지 공작저에서 집사의 자리를 맡고 있었다. 젊었던 청년은 어느새 나이를 먹고 노년이 되었고, 후계를 찾고 있었다.

"자식 놈들은 이 일에 관심이 없고……."

푸념을 늘어놓는 빌헬름을 보던 아셀라의 시선이 어디론가 움직였다.

"흐음."

그 시선 끝에는, 세탁실을 들렀는지 새 이불보를 끌어안고 있는 제나가 있었다.

"빌헬름, 여자가 집사 일 하면 안 된다는 생각은 없지?"

"누가 이 집안에서 일하면서 그런 고리타분한 생각을 가진답니까? 스페라도…… 크흠! 그건 아주 뒤처진 자들이나 가질 생각이지요."

만족스러운 대답에 아셀라가 턱 끝으로 누군가를 가리켰다. 제나를 발견한 빌헬름의 입가에 미소가 걸렸다.

"오호, 생각이 있답니까?"

"비록 말은 안 했지만 행동으로는 아주 여실하게 보여 줬지."

아셀라의 대답에 그의 미소가 짙어졌고 빌헬름 역시 자신의 콧수염을 매만지며 말을 이었다.

"아주 마음에 듭니다. 마침 후계를 위해 오랫동안 준비해 놓은 게 있는데 딱 맞겠군요."

제나 고생길, 그 첫 번째 막이 올랐다.

† † †

'스페라도 후작이로군.'

군복을 차려입고 황궁에 온 아셀라의 발걸음이 멈추었다. 그녀의 시선 끝에서는 밀색 머리에 푸른 눈을 가진 젊은 남자와 통통한 남자가 서서 이야기를 나누고 있었다.

그녀는 요새 부쩍, 최전방에 가는 일로 황궁 출입이 잦아졌다. 피스

181

토레와 함께 맞춰 볼 말들이 많았으니까.

그러다 보니 자연스럽게 만나고 싶지 않은 사람과도 마주치게 되었다. 그중 한 명이 바로 저 스페라도 후작이었다.

아셀라는 2년 전쯤 후작 위에 오른 저 남자를 곱게 보지 않았다. 이유는 간단했다. 귀족으로서의 명예를 내팽개치고 분쟁 지역에 시선도 두지 않기 때문이었다.

귀족은 괜히 귀족이 아니다. 유사시에는 검을 들고 최전방에 서야 하건만. 특히 르카디우스 제국의 귀족들은 더더욱 앞장서야 했다. 가문들이 가지고 있는 특유의 힘으로 르카디우스 제국을 건설했고, 그 힘으로 백성들을 보호하며 귀족이라는 위치를 지켜 왔으니까.

비록 지금은 가문들 특유의 힘이 약해졌다지만 다들 스스로, 안 된다면 자식들을 분쟁 지역 끝자락에라도 보내 나름 면을 세우고 있었다.

하지만 몇몇 가문들은 사람을 사서 보내는 데 그쳤다. 아셀라의 기준으로는 부끄럽고도 창피한 행위였다. 자신들은 조금이라도 다치기 싫다는 뜻이 아닌가. 그건 다른 사람들 역시 마찬가지일 텐데.

거기다 스페라도 후작은 부끄러움을 모르는지 이상하게 목소리가 높았고, 이유를 모를 정도로 자신을 싫어했다.

왜일까. 잠시 이유를 가늠해 보려다 아셀라는 이내 그만두었다. 자신이 여자라서 마음에 안 들거나, 아니면 자신이 가지고 있는 힘과 마력이 마음에 안 들거나. 그것도 아니라면 셀바토르 공작가의 권위가 마음에 안 들어서겠지. 즉, 열등감이었다.

아셀라는 저도 모르게 팔짱을 끼고 있던 손으로 자신의 팔을 톡톡 두드렸다. 자신보다 힘도, 배짱도, 머리도, 권력도, 그 무엇도 없는 남자. 그런 주제에 자존심은 세고 목소리는 높이고 싶은 남자.

'귀찮은 놈.'

아셀라는 그를 무시하기로 마음먹었다. 어차피 저런 놈들은 상대해 주다 보면 끝이 없었다. 그냥 쳐 내는 게 답이었지.

잠시 두 사람을 바라보던 아셀라는 그대로 걸음을 옮겼다. 바라보는 시간도 아까웠고 저 남자를 생각하는 기력도 너무도 아까웠다.

그러나 아쉽게도 아셀라는 다시 걸음을 멈추어야 했다. 이번엔 저쪽에서 그녀를 발견한 탓이었다.

"셀바토르 소 공작님!"

스페라도 후작과 이야기를 나누던 한 통통한 남자가 재빠르게 그녀가 있는 곳으로 달려왔다. 짧은 거리인데도 숨이 차는지 헉헉거리며 숨을 크게 몰아쉬었다.

"안녕하십니까, 저는 라본가의 그마누 타엘 라본입니다."

"아아, 라본가의 소 백작이로군요."

얼마 전, 라본 백작이 후계자를 정했다더니 이 남자인 모양이었다. 남자는 손수건을 꺼내 땀을 훔치며 연신 고개를 조아렸다.

"예, 예. 그렇습니다. 추후 백작이 되어 황실에 정식으로 출입하게 된다면 잘 부탁드립니다, 소 공작님. 셀바토르 소 공작님 말씀은 많이 들었습니다만 이렇게 뵐 수 있을 줄이야! 소문보다 더 강인하시고 아름다우시군요."

"과찬입니다."

미래를 위한 포석을 깔아 두겠다는 듯 라본 소 백작은 연신 그녀를 칭송하는 말을 늘어 두었다. 어릴 적부터 이어진, 너무도 익숙한 것이라 아셀라는 적당히 받아치며 고개를 끄덕였다.

그때, 다른 목소리가 두 사람 사이에 끼어들었다.

"그만하게, 라본. 소 공작께서 곤란해하지 않나."

어쩐지 비아냥거림이 섞여 있고 그 밑에는 열등감이 깔려 있기도 한 목소리의 주인공은 스페라도 후작이었다.

"안녕하십니까, 셀바토르 소 공작님."

"스페라도 후작."

아직 정식으로 공작 위를 받은 것도 아닌데, 아셀라가 덤덤하게 자신의 인사를 받자 스페라도 후작의 눈이 가늘어졌다. 이까지 가는 계열 받은 모양이었다.

"……역시 셀바토르는 나이가 어려도 셀바토르인 모양입니다."

실제로 말하고 싶은 것은 여자이면서 나이도 어린 게 콧대가 높다고 이야기하고 싶었던 거겠지. 숨겨진 말이 너무도 잘 들려 아셀라는 입꼬리를 올리며 웃었다.

"예, 그렇지요. 셀바토르가 언제 셀바토르가 아닌 적이 있었답니까?"

한 발 앞으로 다가가자 흠칫 몸을 떨더니 뒤로 한 발 물러난다. 스페라도 후작은 슬프게도 그녀보다 작은 편이었다. 체구 역시 그러했고.

"스페라도 후작은……."

그녀의 시선이 스페라도 후작을 훑었다. 한쪽 입꼬리가 올라갔다.

"스페라도답군요."

아셀라의 말 한마디에 소 공작을 올려다보던 후작은 잠시 그대로 멈춰 있었다. 그러고는 뜻을 이해했다. 그게 겉으로 보였다. 순식간에 스페라도 후작의 얼굴이 분노로 붉어졌으니까.

"셀바토르 소 공작! 어떻게 그런 말을……!"

"그저 후작 방식대로 인사를 드린 것뿐입니다."

그러고는 잘 모르겠다는 듯 웃음을 머금고 그를 바라보았다.

"도대체 후작께서는 스페라도답다는 말을 어떻게 해석하신 겁니까? 본인의 가문을 말한 것뿐인데."

"……!"

스페라도 후작의 얼굴이 붉으락푸르락하더니, 이내 셀바토르 소 공작을 무섭게 노려보고는 그대로 자리를 떴다. 어쩌다 보니 홀로 남은 라본 소 백작만 안절부절못하고 있었다.

"스페라도 후작께서 안 좋은 일이 있어서 저런 겁니다. 너무 신경 쓰지 마십시오, 소 공작님."

"네, 저는 신경 쓰지 않습니다."

"그렇군요. 다행입니다. 그럼 저도 가 보겠습니다. 다음에 뵙길 기대하지요."

그녀가 가볍게 고개를 끄덕이자, 이리저리 눈치를 보던 라본 소 백작도 재빠르게 자리를 떴다. 혼자서 소 공작을 상대하긴 무리라고 생각한 모양이었다.

도망치듯 빠져나가는 두 인영을 보고 있자니 저절로 한숨이 흘러나왔다.

"응? 아셀라, 안 오고 뭘 하고 있었나?"

그때 피스토레가 복도 모퉁이에서 고개만 쏙 내밀고 그녀를 불렀다.

그래, 차라리 저놈이 낫지. 황족이라는 가장 높은 자리에 있으면서도 이상하리만큼 편견이 없는 놈이었다.

"아무것도 아니네."

'어차피 스페라도 후작과 이제 마주칠 일은 거의 없겠지.'

전쟁터에는 코빼기도 내비치지 않는 남자라 그런지 자신을 향해 날을 세워도 공격 역시 우스웠다. 적당히 피해 주면 될 일. 앞으로 저 열등감 덩어리와 엮일 일은 없다. 그렇게 생각하며 아셀라는 자신을 바라보는 피스토레를 향해 걸음을 옮겼다.

✝ ✝ ✝

"소 공작."

피스토레를 만나고 공작저로 돌아가려는 아셀라는 걸음을 멈추었다. 오늘을 아무래도 예상치 못한 사람들을 만나는 날인 것 같았다. 스페라도 후작에 라본 소 백작, 그리고 이렇게 메데이아마저 만났으니 말이다.

"메데이아 황후 폐하."

아셀라가 허리를 숙이자 어리고 아름다운 황후의 얼굴에 미소가 번졌다.

"피스토레…… 아니, 황태자를 만나고 오는 길인가요?"

메데이아는 자연스레 황태자를 입에 담았지만, 어색한 느낌을 지울 수 없었다. 피스토레는 메데이아의 아들뻘이지만 그녀보다 나이가 많았으니까.

아르트엘이 메데이아를 어색해하는 이유도 그 때문이었다. 자신보다 그리고 자신의 남편보다 더 어린 황후. 어떻게 지내야 할지 감이 안 잡힌다고 했던가.

'그것뿐만이 아니라, 묘하게 느낌이 안 좋아. 뭔가 싸늘한 느낌이야. 그래, 마치 뱀 같은…….'

그렇게도 말했었지. 아르트엘은 겉보기로는 아무것도 모르는 귀족 집안의 여식처럼 보이지만, 그녀도 아무 능력 없이 황태자비가 된 게 아니었다.

"예, 황태자 전하를 만나 뵙고 최전방으로 갈 일정을 논의했습니다."

"아아, 그렇군요. 언제쯤 가나요?"

"글쎄요, 확정된 것은 없으나 준비가 끝나는 대로 바로 갈 것 같습니다. 못해도 이번 달 안으로는 출발할 예정입니다."

"저런……. 이번 달 안으로라니, 생각보다 일정이 빠르군요."

"위급 사항과 관련된 일이니까요."

아셀라를 바라보는 메데이아의 눈에 아쉬움이 서렸다.

"그렇지요. 다른 사람도 아닌 소 공작이 분생 지역을 오래 비울 수는 없는 거지요. 하아, 그래도 아쉽네요. 소 공작과는 꼭 이야기를 나누고 싶었는데 말이죠."

진심이 담긴 목소리에 셀바토르 소 공작은 옅게 웃었다.

"곧 혼란의 시대가 끝이 날 테니 평화 속에서 천천히 이야기를 나눠도 괜찮겠지요."

이번 일이 잘 끝나면 사실상 혼란의 시대는 종결이 된다. 추후 처리해야 할 것이 남지만 그래도 전쟁터로 나아갔던 이들은 집으로 돌아오게 될 것이고, 전보다 더욱 여유로워질 게 분명했다.

"그래요, 조금 있으면 평화……."

평화라는 말을 되새기며 메데이아가 눈을 깜빡였다. 투명한 유리창을 타고 들어온 햇빛이 그녀의 헤이즐넛색 눈동자에 잠시 담겼다가 흩어졌다.

"평화의 시대가 오지요."

메데이아는 환하게 웃으며 자신의 말을 끝맺음했다. 하지만 묘하게, 그녀가 피스토레의 이름을 입에 담았을 때처럼 위화감이 들었다.

아셀라는 그 위화감을 놓치지 않았다. 그렇지만 겉으로는 티 내지 않고 그저 입가에 서린 옅은 웃음을 유지했을 뿐이었다.

"후후, 기대되네요. 소 공작이 가져올 평화라."

"그리고 평화의 시대를 황태자 전하께서 통치하시겠지요."

슬쩍 떠보듯 이어지는 말에 메데이아의 웃음이 더욱 짙어졌다. 그녀는 눈가를 접으며 화사하게 웃어 보였다. 마치 자신은 아셀라의 말에 조금도 의구심이 없다는 듯, 그렇게 아셀라의 눈을 바라보며 고개를 끄덕였다.

"그래요, 평화의 시대를 황태자가 다스릴 겁니다. 혜안을 갖추고 사람들을 배려하는 분이니 분명 시대에 어울리는 황제가 되겠지요."

"네, 분명 그러실 겁니다."

아셀라도, 메데이아도 뭔가를 숨긴 채 웃음을 유지했다.

"황후 폐하."

메데이아의 한 발 뒤에 물러서 있던 시녀는 조심스레 메데이아를 불렀다.

"무슨 일이니, 이피엘."

이피엘이라 불린 아직 앳돼 보이는 시녀는 아셀라의 눈치를 보며 허리를 숙였다.

"슬슬 약속한 시각이 다 되어 가고 있습니다."

"아아!"

이피엘의 말에 메데이아는 그제야 생각이 났다는 듯 눈을 크게 뜨더니 미안하다는 얼굴로 소 공작을 바라보았다.

"이만 가 봐야겠습니다. 소 공작. 즐거운 대화였는데 이렇게 끝을 내니 아쉽군요."

"아닙니다, 황후 폐하."

"그럼 부디 다치지 말고 돌아오길 빕니다."

셀바토르 소 공작. 그렇게 말한 메데이아가 아셀라의 옆을 지나쳐 갔다.

아셀라는 잠시 메데이아와 이피엘이라 불린 시녀의 뒷모습을 바라보았다. 아들보다 어린 황후. 나라의 심장을 들고 온 공주, 그리고 그 옆을 지키는 시녀. 무언가 꺼림칙한 것이 남았으나 지금은 섣불리 캐볼 때가 아니었다.

아셀라는 몸을 돌려 황궁 안쪽으로 향한 메데이아의 반대로 걸어 황궁을 나섰다.

† † †

    준비는 빠르게 진행되었다. 셀바토르 소 공작과 피스토레와 함께 최전방으로 갈 기사들이 뽑혔고, 그에 따른 절차들이 진행되었다.

    "아가씨, 대장간에서 검을 보내왔습니다."

    제나는 기다란 검을 품에 안아 간신히 들고 방으로 들어왔다. 제나 혼자서는 들기 힘들어 하인들까지 같이 동원돼, 소 공작이 사용하는 방까지 옮겨야 했다.

    "그래? 생각보다 빠르게 도착했네."

    안락한 의자에 몸을 묻고 책을 보던 그녀는 제나의 말에 몸을 일으켰다. 그러고는 가볍게 검을 빼 들었다. 마치 무게 따위는 느껴지지 않는 듯한 움직임에 제나가 작게 웃음을 머금었다.

    "확실히 그곳이 실력이 좋아."

    아셀라는 날카롭게 벼려진 검날을 확인하며 방긋 웃었다. 이 정도면 합격, 마음에 든다. 다시 검을 검집에 집어넣은 그녀는 검을 테이블 위에 올려 두었다.

    "다른 준비들은?"

    "차근히 다 끝나고 있습니다. 황궁에서도 곧 날짜를 알려 주겠다고 하더군요."

    사실은 아셀라 혼자였다면 이미 분쟁 지역으로 떠났을 일이다. 하지만 이번에는 황태자인 피스토레가 같이 움직였고, 황실 측에서는 이걸 대대적으로 홍보하고 싶어 했다. 그래서 이번에는 화려한 환송식과 행진이 그녀를 기다리고 있었다.

    "나는 그런 거 딱 질색인데."

    아셀라의 암녹색 눈이 가늘어졌다. 사람들의 시선은 귀찮다. 신전도 대기도회 때가 아니면 가고 싶지 않았다.

'내가 공작이 되면 대기도회만 참석해야지.'

그러면 1년에 몇 번 가지 않아도 문제가 없으리라. 행복한 미래를 상상하며 아셀라는 여유로운 미소를 지었다.

"그리고 아가씨에게 온 편지입니다."

제나는 익숙하게 은쟁반을 내밀었다. 거기에는 그녀에게 온 편지들이 놓여 있었고, 뒤편에 따라 들어온 하인들은 초상화를 들고 있었다.

"구혼서야?"

사실 일반 편지는 몰라도 초상화까지 딸려온 구혼서 정도는 집사가 가져오곤 했다. 그런데 이번에는 제나가 가져온 것이었다.

"네, 집사님께서 몸이 안 좋으신지 저에게 부탁하셨습니다."

말하면서도 뭔가 이상하다는 듯 제나는 눈을 찡그렸다. 눈치 빠른 제나. 아셀라는 몸을 일으켰다.

"빌헬름도 늙었으니까. 늘 하던 대로 구혼서는 폐기하고 초상화는 돌려보내."

"보지 않으셔도 괜찮겠습니까?"

"뭐, 그놈이 그놈이지."

아무리 초상화를 보고 구혼서를 뜯어봐도 자신의 이상형에 맞는 사람은 없을 것이다. 아셀라는 자연스럽게 방을 나서면서 미간을 좁혔다.

아셀라가 생각하기에도 자신의 성격은 냉랭한 편이었다. 그러니 남편 정도는 좀 귀여워도 괜찮지 않을까? 유일한 문제는 부모님인데…….

"결혼하고 싶니?"

정원에서 같이 티타임을 즐기던 공작 부인은 잠시 그녀를 바라보다가 말을 이었다. 최전방으로 가기 전 어머니와의 마지막 티타임에서 이런 이야기를 할 줄은 몰랐다. 아셀라는 어색하게 눈을 깜빡였다.

"하고 싶으면 하렴."

그게 끝이었다. 공작 부인은 할 말을 끝냈다는 듯 자연스럽게 차로 입을 축였다.

"얼굴이 진지하길래 무슨 일인가 했더니 그런 쓸데없는 일로 고민 중이었구나."

"아르트엘의 말을 듣다 보니 그런가 해서요."

"뭐, 굳이."

공작 부인의 긴 갈색 머리가 바람에 흩날렸다.

"너라면 굳이 결혼하지 않고서도 이 공작저를 이끌 수 있겠지."

하늘을 올려다보며 부인은 담담하게 말을 이었다.

"그러니 나머지는 네 선택이란다, 아셀라. 결혼이 전부 나쁜 건 아니지만, 모두 좋다고 할 수는 없으니."

갑자기 공작 부인의 얼굴에 미소가 번졌다. 부인은 어딘가를 향해 손을 흔들기까지 했다. 시선을 따라가자 거기에는 자신의 아버지인 셀바토르 공작이 있었다. 자신의 아내를 발견한 공작의 얼굴에도 옅은 미소가 번졌다.

"네가 원하는 때에 원하는 남자가 있다면 하렴. 아니면 말고."

너무도 가벼운 말투였다. 말을 끝낸 공작 부인은 셀바토르 공작에게 다가가 환하게 웃음을 머금더니 이내 다정하게 공작의 손을 잡았다.

흐음. 자신이 잘못 알았다. 아르트엘과 피스토레 부부만큼이나 자신의 부모님도 애정이 깊었다. '내 사랑'이라는 조금은 낯부끄러운 말을 안 해서 그렇지.

'결혼이라.'

황태자 부부와 공작 부부를 떠올린 아셀라의 눈이 가늘어졌다. 하지만 이내 그녀는 머릿속에서 그 단어를 지워 버렸다. 최전방에서 인연을 만날 것도 아니니까.

잠시 몸을 쭉 늘린 그녀는 마지막으로 떠날 채비를 확인하기 위해 방으로 올라갔다.

† † †

"그럼 다시 한 번 더 현 상황을 알려 줄게."

피스토레의 앞에 거대한 지도가 펼쳐졌다. 검은 제복에 르카디우스 제국의 황가 문양이 그려진 붉은 망토를 입고 장식을 주렁주렁 달고 있는 피스토레가 무겁게 고개를 끄덕였다.

황궁에서부터 성문까지 기나긴 행렬 가장 앞에 서 있을 때까지만 해도 두려움 따윈 없어 보였던 그는 수도를 나오고 자신을 보는 눈이 사라지자 다시 평소처럼 온순하고도 걱정이 많은 얼굴로 돌아왔다.

"좋아, 준비됐어."

이미 한 번 황궁에서 알려 준 것이었지만, 최전방에 도착하기 전에 더 들으면 좋은 거지. 아셀라는 그렇게 생각하며 자신도 피스토레를 따라 거추장스러운 망토와 장식들을 벗어 던졌다.

"일단 우리가 갈 곳은 여기야."

그녀의 손가락이 지도의 한 부분을 가리켰다. 지도는 크게 밝은 부분과 어두운 부분으로 나뉘어 있었는데, 그 사이에는 회색으로 칠해진 지역들이 있었다. 거기가 바로 분쟁 지역이었다. 지도상 어두운 부분에 가까우면 가까울수록 위험하다는 걸 피스토레도 잘 알고 있었다.

아셀라가 가리킨 곳은 어두운 지역에 가장 근접한 곳. 피스토레는 저도 모르게 침을 꼴깍 삼켰다.

"남은 에타이들과 우리들이 붙고 있는 곳이야."

아셀라의 손가락이 가리킨 지도에는 붉은색 깃발과 하얀색 깃발이

192

검은 깃발과 대치하고 있었다.

"붉은색은 우리, 하얀색은 테센트루아 성기사단 그리고 검은색은 에타이들, 맞지?"

"맞아."

고개를 끄덕인 아셀라가 설명을 이었다.

"남은 에타이들과 전면전을 하는 상황이지. 수적으로는 우리가 우세하지만…… 지형적으로는 불리해."

싸우고 있는 곳은 하필 라니스 숲 근처였다. 피스토레 역시 들어 본 적이 있는 숲이었다. 미로라 불릴 정도로 우거진 숲은 에타이들의 완벽한 은신처가 되어 주고 있었다.

"저번보다도 더 짜증 나는 곳에 자리를 잡았지. 쯧."

가볍게 혀를 찬 아셀라가 피스토레를 바라보았다.

거기다 이 미친놈들은 평민들을 방패로 삼고 있었다. 감언이설로 홀린 이들도 있었고 납치하듯 데려온 이들도 있었다.

그 때문에 요새를 발견한다 해도 공격은 조심스러워야 했다. 눈이 돌아 버린 놈들이 인질들을 죽이면 안 되니까.

"너는 나랑 같이 본거지를 찾아내는 데 집중할 거야."

그렇게 말하며 그녀는 검은색 깃발 뒤를 가리켰다.

"숲 어딘가에 녀석들의 본거지가 있는데 어딘지 알아내질 못했어."

라니스 숲은 산맥에서부터 강까지 너무 널리 분포해 있었다. 때문에 조금이라도 꼬리가 잡히면 에타이들이 다시 빠르게 숲으로 숨기에 적절한 지형이었다.

숲에서 태어난 쥐새끼들도 아니고. 아셀라는 이를 갈았다.

그녀 역시 라니스 숲에 자리 잡은 에타이들을 소탕하는 데 번번이 물을 먹은 탓이었다. 잡힐 만하면 몇몇을 내어 주고 도망친다. 몇몇을 무시하고 도망치면 순식간에 땅으로 기어들어 가거나 절벽 밑에서 사라진다.

'숲을 아주 잘 아는 놈들이 있는 거지. 그놈들을 반드시 잡아야 해.'

"우리가 해야 할 일은 맨 첫 번째, 숲을 가장 잘 알고 있는 놈들을 잡는다. 두 번째, 라니스 숲 어딘가에 있을 거점을 찾는다."

콰득! 단검이 지도를 뚫고 책상까지 뚫었다. 책상 밑에서 칼날이 촛불을 받아 반짝였다.

"그리고 에타이의 머리를 죽인다."

라니스라고 써진 부분이 통째로 뚫려 사라졌다. 열 받은 듯한 아셀라의 목소리에 피스토레는 그저 끽 소리도 내지 못하고 고개를 끄덕일 뿐이었다.

"이미 대다수 곁가지는 제거되었지만, 아직 몇 놈이 살아 있어."

아무렇지도 않게 단검을 다시 빼 들고는 검집에 넣은 아셀라는 지도 위에 세 장의 초상화를 던졌다.

"이놈은 엠릭. 남은 머리 중에서 가장 쓸모없는 놈이지."

가장 왼쪽에 있는 초상화에는 붉은 머리의 남자가 그려져 있었다. 상처 하나 없이 깔끔한 얼굴이긴 했지만, 어쩐지 인상이 좋아 보이진 않았다.

"그리고 이쪽은 포르. 부두목 같은 놈이야."

피스토레의 시선이 맨 오른쪽으로 향했다. 거기에는 한 중년 여성이 그려져 있었다. 조금 다부진 체격인 걸 제외하면 어디서나 흔히 볼 법한 평범한 얼굴이었다. 수도에서 길을 걷다 보면 마주칠 법한 그런 인상인데 에타이들의 부두목이라니 어쩐지 신기해, 피스토레는 초상화를 꼼꼼히 살폈다.

"그리고 마지막으로 이놈."

아셀라는 중앙에 있는 초상화를 가리켰다. 거기에는 말쑥한 얼굴의 한 남자가 그려져 있었다. 전쟁과는 어울리지 않아 보이는 남자. 하지만 눈빛만큼은 어딘가 섬뜩해 보였다.

초상화를 비리보는 피스도레의 눈이 가늘어졌다. 아셀라의 목소리가 아까처럼 낮아졌다.

"타스 벨린이다."

"타스 벨린?"

그녀는 어두워진 얼굴로 고개를 끄덕였다.

"마지막 남은 머리 중 하나야. 저번 싸움 때 제 아들놈을 내던지고 도망가 살았지."

아슬아슬했던 순간, 그 자리에 그녀도 있었다.

린체 기사단과 테센트루아 성기사단이 같이 오랫동안 계획을 세웠던 전쟁이었다. 에타이들이 가지고 있던 철벽의 요새를 협동해서 무너트렸다.

그 싸움에서 대부분 중요 인물들을 잡을 수 있었지만, 저놈은 놓치고 말았다. 자신을 향해 검을 휘두르던 테센트루아 성기사에게 자신의 어린 아들을 내던졌기 때문이었다.

갑자기 소년이 날아오자 당황한 성기사는 검을 멈추었다. 아주 찰나의 순간이었지만, 그대로 그는 사라졌고 현재 라니스 숲에서 발견되었다.

"제 아들을 방패 삼아 던졌다고?"

아이를 좋아하는 피스토레의 얼굴이 하얗게 질렸다. 그가 믿기지 않는다는 듯 눈을 깜빡이자 고개를 끄덕인 아셀라는 피곤하다는 듯 의자에 몸을 기댔다.

"그래, 이번엔 던질 아들도 아이들도 없으니 잡을 수 있겠지."

철벽의 요새에는 마을이 형성되어 있었고, 거기에 에타이들의 가족들이 살고 있었다. 하지만 지금 가는 라니스 숲의 기지는 그 정도로 크지 않았다. 그러니 이번엔 반드시 머리를 뽑아낼 수 있을 것이다.

"저놈만 죽으면 다른 놈들은 알아서 흩어질 거야. 유일하게 남은 머리니까."

"흐음."

잠시 뚫어져라 타스 벨린의 초상화를 바라보던 피스토레가 질문을 던졌다.

"그럼 이놈만 잡으면 혼란의 시대는……."

아셀라는 가볍게 어깨를 으쓱해 보이며 말을 이었다.

"끝이지."

"남은 잔당 처리가 있으니 완벽히 끝은 아니더라도 종결이나 다름 없지."

툭, 툭. 아셀라의 긴 손가락이 책상을 두드렸다. 그녀의 시선은 저 너머를 바라보는 것 같았다.

"하지만 쉽게 죽으려 하지 않을 거야."

저번엔 자기 아들을 던진 뒤 남은 에타이들과 그 가족들을 제물 삼아 제 목숨을 구했다. 이번엔 던질 만한 놈이 없었다. 타스 벨린의 뒤에 낭떠러지만 남아 있었다.

자신이 죽으면 이 긴 싸움의 끝이 온다는 걸 그도 잘 알고 있으니, 분명 무슨 수를 썼겠지.

'이번엔 타국에서 군사를 빌려 오진 못할 거야.'

예전에 에타이들이 썼던 방법이었다. 그걸 저지한 건 바로 아셀라의 아버지인 현 셀바토르 공작이었고, 황제는 무섭게 타국을 압박했다. 당한 지 얼마 되지 않았으니 다른 나라에서는 더 그들의 꼬임에 넘어가 군사를 내어 주지 않을 게 분명했다.

어떤 수를 쓰든 이번엔 놓칠 생각이 없었다. 반드시 이 분쟁은 여기서 끝내야만 했다.

그간 에타이들이 식량과 돈을 수급하겠다고 작은 마을들을 수탈해

간 걸 떠올리자 자연스레 다시 분노가 치밀었다.

싸울 만한 젊은이들이 일하러 간 때만을 노려 마을을 급습한 에타이들은 아이들과 노인들, 그리고 마을에 남아 있던 약자들을 전부 죽이고 떠났다. 심지어는 마을에 불을 지르기까지 했다.

저들 생각으로는 꼬리가 잡히지 않기 위해 완벽히 목격자를 처리한 거였지만 참혹한 광경은 오히려 사람들의 분노를 불러일으켰다. 스스로 제 목을 쥔 것이다.

마지막으로 갔던 마을이 떠올랐다. 잿더미로 변해 버린 작은 마을의 잔해 속에서 발견한 건 불길을 피하지 못한 작은 아이의 시신이었다. 그녀의 분노가 옳은 듯 피스토레 역시 이를 갈고 있었다.

"좋아, 그럼 이놈을 죽이는데 전력을……."

"아셀라!"

갑자기 문이 쾅 하고 열리며 한 여자가 들어왔다. 조금은 작은 키였지만, 상당히 다부진 체격의 젊은 여자는 환하게 웃으면서 방으로 들어오려다가 피스토레를 보고 걸음을 멈추었다.

그리고 피스토레 역시 불청객을 보고 그대로 굳어 버렸다. 까무잡잡한 피부며 르카디우스 사람들보다 더 짙은 이목구비가 낯선 탓이었다.

"아아, 아롬벨의 사람이로군."

하지만 이내 최전방에 아롬벨에서 온 용병이 있다는 말을 기억해 냈다. 아롬벨의 사람들은 호전적이고 쾌활하며 무기를 잘 다뤘기에 다툼이 있을 때 용병으로 가장 많이 오는 사람 중 한 명이었다.

"누구……?"

쾌활하게 셀바토르 소 공작의 이름을 외치며 들어온 여자는 아직도 피스토레를 보고 굳어 있었다.

"아아, 우리 황태자."

가벼운 목소리와 그렇지 못한 내용이었다. 여자의 눈이 동그래지더니 이내 의자에 앉아 있는 피스토레에게 다가갔다.

"만나 봬서 무한한 영광입니다. 황태자 전하. 아롬벨에서 온 테펜텔덴입니다. 바덴 영주인 베그리언 덴의 두 번째 딸이지요."

정중한 인사였다. 피스토레는 자세를 고쳐 잡고는 의젓한 얼굴로 고개를 끄덕였다.

"르카디우스 제국의 황태자, 피스토레네."

간단히 인사하며 피스토레가 고개를 끄덕였다.

"아롬벨과 르카디우스는 기후가 달라 적응하기 힘들다는 이야기를 들었는데, 그대가 고생이 많군."

"아닙니다. 기회를 주셔서 감사한 것을요."

테펜텔은 정중하게 말을 이었다. 듣자 하니 최전방에서 철퇴를 휘두르는 아롬벨의 용병이 있다던데, 그녀가 소문의 용병인 듯 보였다.

"그런데…… 셀바토르 소 공작과는 무슨 사이인가?"

피스토레가 느긋하게 앉아 있는 셀바토르 소 공작을 슬쩍 바라보았다. 그녀가 자신의 이름을 부르라고 허락해 준 사람은 몇 명 없는데. 대뜸 아셀라의 이름을 외치며 등장할 줄이야.

피스토레의 물음에 테펜텔이 고개를 갸웃거리더니 이내 활기차게 외쳤다.

"친구죠!"

"일개 동료지."

틀렸다는 듯 끼어든 말에 피스토레와 테펜텔의 시선이 아셀라에게 닿았다.

"……우리 친구 아니었어?"

단호한 그녀의 말에 상처받은 듯 테펜텔의 목소리가 가라앉았다.

"아니야, 우리는 친구야!"

하지만 이내 회복했다.

198

"우리는 같이 몇 번이나 사선을 넘은 친구잖아!"

"그게 동료지."

"친구!"

"동료."

피스토레는 두 사람을 바라보다가 이내 고개를 끄덕였다.

아셀라도 테펜텔을 꽤 마음에 들어 하고 있었다. 그렇지 않았더라면 처음 친구라는 단어를 꺼냈을 때, 완전히 밟아 놨겠지.

"보기 좋은 광경이야."

아셀라에게 자신과 아르트엘 외에 다른 친구가 있을지는 몰랐다. 저절로 뿌듯한 마음이 차올랐다.

✝ ✝ ✝

"에타이 쪽에 용병단이 붙었어."

한 손에는 닭다리를, 다른 한 손에는 술을 들고 테펜텔이 말을 이었다.

"에타이 놈들, 타국에서 지원을 못 받을 것 같았는지 이번엔 용병들을 고용했더군."

말을 이으며 테펜텔은 크게 닭고기를 찢어 입에 물었다. 맞은편에 앉아 있던 셀바토르 소 공작과 피스토레의 눈이 가늘어졌다.

"잠시만, 덴. 아니아니, 덴 경?"

"아롬벨에는 전사가 있지만, 기사는 없지요. 경이라는 호칭은 저에게 어울리지 않습니다. 그냥 테펜텔이라 불러 주십시오, 황태자 전하."

테펜텔이 피스토레를 보며 말을 이었다.

"아, 그래. 테펜텔."

성도 아니고 호칭도 없이 이름을 냉큼 부르는 건 피스토레에게는 익숙하지 않은 일이었다. 그래서 아셀라도 자신의 이름을 쉽게 허락했나?

"에타이들의 의뢰를 받아 주는 용병단이 아직도 남아 있단 말인가?"

일단 호칭은 추후에 정리하고 피스토레는 자신이 알고 있는 지식과 현실을 맞추기 위해 질문을 던졌다.

에타이들이 몸집을 불리기 위해 가장 먼저 했던 일이 용병을 고용하는 일이었다. 하지만 돈을 제대로 지급하지 않는다든가, 용병들을 깔보는 태도를 보였다. 그게 몇 번 지속되자 그 어떤 용병단도 에타이들의 의뢰를 받지 않았다.

그런데 하필이면 이 상황에서 에타이들의 의뢰를 받은 용병단이 나타나다니?

"게다가 지금은 전세가 기울었지. 아무리 봐도 그들이 망할 텐데."

용병들에게 무엇보다 중요한 건 바로 돈이었다. 이런 상황에서 다들 르카디우스 제국 측에 붙고 싶어 했지, 에타이들에게 붙고 싶어 하는 놈들은 없었다. 망해서 죽으면 돈을 받지 못하니까.

거기다 잘못하면 엮여서 죄인이 될 가능성도 컸다. 용병들로서는 에타이들은 반드시 피해야 할 놈들이었다.

피스토레의 질문에 술을 벌컥벌컥 들이켠 테펜텔이 입가를 쓱 문지르더니 품속에서 종이 한 장을 꺼냈다. 거기에는 한 젊은 남자가 그려져 있었다. 아까 색까지 입혀진 초상화랑은 다르게 흑백으로만 그려진 남자는 험악해 보였고, 매서워 보였다.

"사이레인이야."

"사이레인."

처음 듣는 이름이었다. 르카디우스 제국에서 들을 법한 이름은 아닌 것 같은데. 어디 쪽 이름인 거지.

"그래."

나머지 술을 전부 들이켠 테펜텔이 술잔을 치우면서 말을 이었다.

"활동한 지는 얼마 안 됐지만, 실력이 좋아서 몸값이 천정부지로 치솟았지."

"흐응."

실력이 좋은가? 아셀라는 남자를 바라보았다.

"돈이 되는 일이라면 다른 용병들이 버린 일까지 전부 하더라고. 얼마 전에 조사를 해 봤는데."

테펜텔이 품 안에서 종이 몇 장을 더 꺼내 식탁 위에 펼쳐 두었다. 가장 첫 번째 종이에 '레너드 용병단'이라는 글자가 크게 쓰여 있었다.

"레너드?"

"네, 저들은 레너드 용병단입니다. 보니까 초기 용병단 사람들이 다 같은 고아원 출신이더군요. 해당 고아원은 아주 오래전 문을 닫은 걸 확인했습니다."

"고아원이 문을 닫게 되면서 그곳에 아이들을 모아 용병단을 꾸렸다?"

흔하지만 흔하지 않은 이야기였다. 고아원이 문을 닫아 그곳 출신 아이들이 손을 잡고 무언가를 하는 것까지는 종종 들려오는 이야기였다. 하지만 그게 용병단이라니.

그건 또 처음 듣는 이야기였다.

"사이레인, 이자가 아이들을 통솔했어. 아주 어릴 적부터 뒷골목에서 이름을 떨쳤더군. 나올 때 원장을 반죽음으로 만들어 둔 거 보니 한 성격 하는 모양이야."

다시 피스토레와 아셀라의 시선이 사이레인이라 불린 남자가 그려진 초상화로 향했다.

"힘이 웬만한 성인들보다 더 강해서 아무도 건들지 못했나 봐."

타고난 강인한 힘, 그리고 그대로 용병단을 만들 정도의 통솔력. 어쩐지 입꼬리가 올라갔다. 아셀라는 시선을 아예 초상화에 고정했다.

"너는 만나 본 적 있어?"

시선은 초상화에 고정한 채, 테펜텔에게 질문을 던지자 테펜텔이 얼굴을 일그러트리면서 대답을 피했다. 머리를 벅벅 긁으면서 눈을 찡그리는 게 좋은 소식은 아닌 듯 보였다.

"졌어."

긴 한숨 소리 끝에 나온 대답은 아셀라를 놀라게 만들기 충분했다.

테펜텔은 그녀가 인정한 몇 안 되는 인간 중 한 명이었다. 힘도, 실력도, 통찰력도 그 누구보다도 뛰어났고, 테펜텔은 그런 자신의 실력을 잘 알고 자부심을 느끼고 있었다. 비록 자신만큼은 아니었지만, 쉽게 질 만한 사람이 아니었다. 그런데 졌다니?

"아! 방심해서 진 거야! 다음엔 절대, 절대로 안 져! 안 진다고!"

자신이 진 게 분한지 테펜텔은 술을 새로 따르더니 그대로 들이켰다.

"크하!"

단숨에 한 잔을 그대로 들이켜고도 기분이 풀리지 않는지, 얼굴을 구기고 있는 테펜텔이 아셀라를 바라보았다.

"그놈, 산만 한 덩치에 거대한 도끼를 쓰는데 엄청나게 빨라. 거기다 용병이라 그런지 완전 짜증 나는 공격을 써서."

"빠르기만 해?"

"……힘에서도 밀렸어."

고개를 미친 듯 저은 테펜텔은 술로 구겨진 자존심을 펼 생각인지 연신 술을 따랐다.

"아마 만나면 너도 고생할 거야, 아셀라."

술이 가득 든 술잔을 두 손으로 꼭 쥐고 테펜텔은 아셀라를 바라보았다.

"힘만으로 따지자면 너랑 싸우는 거랑 비슷한 느낌이었거든."

그렇게 말하며 테펜텔은 왼쪽 어깨를 매만졌다. 아셀라의 입꼬리가 위로 올라갔다.

테펜텔은 늘 소매가 없는 옷을 입고 다녔는데 오늘은 손목까지 가리는 긴 팔을 입고 있었다. 살짝 놀려 줄까 하다가 모른 척해 주었다. 나름 피스토레를 처음 만나는 자리가 아니던가.

'그래도 놀랍긴 하군. 테펜텔에게 상처를 입힐 줄이야.'

사이레인이라는 그 남자에게 흥미가 동했다. 아셀라의 입술이 완전히 호선을 그렸다.

이렇게 그녀의 호기심이 동하면 상대가 불쌍해진다는 사실을 알고 있는 피스토레는 고개를 저었다.

예전에도 이런 일이 있지 않았던가. 아셀라도 자신도, 그리고 아르트엘도 열 살도 되지 않았을 때, 황궁에는 꽤 뛰어난 기사가 한 명 있었다. 오랜 경험이 있던 기사는 아직 미숙했던 아셀라를 이겼고, 그때 그녀는 지금과도 같은 얼굴을 하고 있었다.

그 뒤로 기사는 어떻게 되었더라?

'자식들이 결혼해서 황궁을 떠나게 되었습니다.'

석 달도 안 돼서 황궁을 떠났다. 아셀라에게 밤낮으로 시달린 탓이었다. 그나마 그것도 아셀라가 그녀를 이길 수 있게 되어 도망칠 수 있는 거였지, 아니었더라면 그녀는 평생 황궁을 떠나지 못했으리라.

그때와 똑같은 얼굴을 한 아셀라를 보며 피스토레는 고개를 저었다. 신이여, 불쌍한 사람이 한 명 더 갈 예정입니다.

'아, 불쌍하지는 않나?'

잠시 생각에 잠긴 피스토레를 무시하고 아셀라가 손을 뻗어 테펜텔의 술을 낚아챘다. 그러고는 그대로 전부 들이켰다.

"야, 마시고 싶으면 네가 따라 마셔!"

술을 뺏긴 테펜텔이 날뛰었지만 아셀라는 가볍게 무시했다. 그녀의 시선은 다시 초상화에 고정되었다. 앞머리를 내리고 눈 밑에 그늘이 있는 남자, 똑똑히 기억했다.

"레너드?"

레너드는 사자란 뜻이 아니던가. 사자는 무슨.

"꼭 곰 새끼처럼 생겼네."

아셀라는 그대로 초상화를 챙겨 들고는 식당을 나섰다.

† † †

"하필 셀바토르, 그 괴물이 이렇게 빨리 돌아올 줄이야."

가장 상석에 앉아 있는 한 남자가 얼굴을 굳혔다. 차라리 르카디우스 제국의 다른 가문들이 떼로 덤비는 게 나았다.

셀바토르 소 공작, 그 미친 것 때문에 자신이 얼마나 큰 피해를 보았던가. 하나뿐인 아들마저 그녀에게 제물로 바쳤어야 했다. 자신과 아들이 헤어진 건 전부 그 괴물 탓이었다.

"한 달 정도 더 걸릴 줄 알았는데."

"예상보다도 훨씬 더 이르게 돌아왔군."

타스의 말에 몇몇이 동요했다. 셀바토르의 이름은 숲속에 숨겨진 마지막 요새에서도 유명했다. 간신히 살아 돌아온 생존자들은 그녀의 이름만 들으면 아무 말도 못 하고 그저 덜덜 떨었으니까. 공포에 기절하는 놈들도 있지 않았던가.

"이번에 중요한 보고를 위해 수도로 돌아갔다고 들었는데."

얇은 목제 테이블에 앉아 있던 남자가 느리게 눈을 깜빡였다. 붉은 머리의 남자는 엠릭이었다.

"왜 벌써 나왔지?"

"다들 동요하지 말라고! 어차피 다 예상된 일이었잖아?"

맞은편에 앉아 있던 중년 여성이 자신만만한 목소리로 외쳤다.

"확실히 좀 일찍 돌아오긴 했지만, 단지 그뿐이야. 괴물이 아무리 강해 봤자, 우리의 요새는 안내인이 없으면 찾을 수 없어."

절벽과 우거진 숲에 가려진 요새였다. 숲에 익숙한 자들도 이곳을 찾아오는 걸 힘들어할 정도였다. 거기다 오래된 숲은 마법사들의 탐색을 방해하는 힘까지 가지고 있었다.

지형이 어쩌고, 요새 밑에 묻힌 대량의 마법석 원료들이 어쩌고 하던데 그건 에타이들에게 중요한 일이 아니었다. 저들이 자신들을 찾을 수 없다는 게 가장 중요했지.

"우리에겐 방패들도 있지."

여차하면 자신들이 도망갈 시간을 벌어 줄 방패가 있지 않은가.

"그러니 우리는 지금까지 했던 대로 치고 빠지기를 하면 돼."

숲으로 적들을 끌어들인다. 우거져 햇빛조차 제대로 들지 않는 숲을 한껏 헤매게 만든 후 낙오되는 이들부터 한 명, 한 명 뒤에서 죽이면 되었다. 밤이 되면 어둠을 틈타, 숲 입구 근처에서 경계를 서는 이들을 숲으로 끌어들여 숨을 끊어 두었다.

"아무리 괴물이라도 서서히 피를 빼 죽이면 간단한 일이야."

포르는 입꼬리를 씩 올리며 웃었다. 자신만만한 그녀의 말에 동요되었던 다른 에타이들이 이내 고개를 끄덕였다.

"그래. 거기다 우리는 다른 방법도 있으니까……."

타스가 몸을 일으켰다. 하지만 그는 다른 방법에 관해 이야기하기보다는 다른 쪽으로 말을 틀었다. 들려주고 싶지 않은 귀가 있었다.

"괴물이 온 건 확실히 경계해야 할 일이지만, 괴물을 사냥하면 보상이 떨어지지."

"보상?"

"이번에 그녀가 동행한 인간이 르카디우스 제국의 황태자다."

타스의 말에 방에 있던 사람들이 일순 숨을 멈췄다.

"황태자? 르카디우스 제국의 황자는 거의 한 명이었지. 다른 황녀도 황자도 없어. 유일한 후계자 아니야?"

"잡자, 잡아서 황제에게 거래를 거는 거야."

"대신할 인간은 없다. 얼마나 귀중한 인간인가! 그 르카디우스 황제조차 무릎 꿇릴 수 있을 거야."

사람들의 얼굴이 밝아졌다. 괴물을 이기면 기울어진 형세가 단박에 뒤집힐 수 있었다.

"왜 황태자가 여기까지 기어온 건진 몰라도 그자를 잡으면 우리의 승리다!"

타스의 말에 다들 피스토레를 이미 잡았다는 듯 환호성을 질렀다. 그들의 눈에는 보물이 굴러들어온 것이나 다름없었다. 괴물을 처리해 줄 이는 따로 있었으니까.

"사이레인."

타스가 나지막이 한 남자를 불렀다. 다른 사람들보다 머리 두 개는 큰 키에 다부진 몸, 사이레인이라 불린 남자는 감고 있던 눈을 떴다. 짙은 주홍빛 머리카락 사이로 밝은 청녹색 눈동자가 번뜩였다.

"……뭐지."

"괴물은 네가 맡도록 해."

타스는 가볍게 가장 큰 위험을 그에게 넘겼다.

"힘으로는 붙어 볼 만할 거다. 괴물에 대한 자료는 곧 넘겨주지."

셀바토르 소 공작이 마검사라는 이야기는 쏙 뺀 채 타스가 말을 이어 갔다. 솔직히 말하자면 빼든 말든 그는 상관하지 않을 것이다. 왜냐하면 저 오만한 남자는 자신이 질 거라는 건 상상도 하지 못했고.

206

"그런 건 추가금이 붙는다."

오직 돈만을 보고 움직였으니까.

"괴물의 목을 가져오면야 얼마든지 추가금을 내 주지. 금액은 흡족할 거야."

그렇게 말하며 타스는 뒤를 돌아 선반에서 말려 있는 종이 한 장을 꺼내 사이레인에게 던졌다.

가볍게 종이를 공중에서 받아 낸 사이레인이 말려 있는 종이를 펼쳤다. 거기에는 긴 검은 머리에 짙은 녹색의 눈을 가진 여자가 그려져 있었다.

"그게 바로 셀바토르 소 공작이다."

자신의 목표란 뜻이었다. 잠시 차가운 표정의 여자가 그려진 초상화를 바라보던 사이레인은 이내 그걸 품속에 넣었다. 목표가 되었으니 자신의 부하들에게도 보여 줄 생각이었다.

"착수금 절반은 미리 내놔. 나머지 절반은 돌아와서 받도록 하지."

돈만 준다면 자신은 뭐든 할 수 있었다. 그게 괴물의 목을 잘라오는 일이라도, 목표를 위해서라면 못 할 게 없었다.

사이레인은 그대로 방을 나섰고 그가 방을 나서자마자 그의 뒷모습을 보고 있던 자들이 천천히 방법에 대해 논의하기 시작했다.

† † †

"셀바토르 경."

라니스 숲 근처에 도착하자마자 제일 먼저 그녀를 맞이한 건 한 남자였다. 짙은 갈색 머리를 한 선량해 보이는 남자는 아셀라를 보자마자 이를 보이며 웃었다.

"셀바토르 경께서 돌아오시다니 한결 마음이 놓입니다."

피스토레도 아는 사람이었다. 은빛 갑주 위에는 신을 나타내는 문양이 음각으로 새겨져 있는 데다가 과거에 몇 번이고 그를 본 적이 있었으니 못 알아볼 수가 없었다. 테센트루아 성기사 단장, 엘로스 오신 루카벨로였다.

"경이 있으니 자리를 비울 수 있었습니다."

"하하, 뭘요. 그저 신의 검으로 해야 할 일을 하고 있었을 뿐인걸요."

엘로스의 눈이 부드럽게 곡선을 그리며 휘었다. 동료에게 보내는 신뢰를 담은 웃음이었다.

"황태자 전하, 오랜만에 뵙습니다."

피스토레를 발견한 그는 가볍게 허리를 숙이며 인사를 건네더니 이내 한 점 흔들림 없는 눈으로 피스토레를 바라보았다.

"셀바토르 경과 테펜텔 경께 들으셨겠지만, 여기서는 극진한 대접은 어려울 것입니다."

말 안 해 줬는데……. 잠시 피스토레는 눈을 껌뻑이다가 이내 고개를 끄덕였다. 여기서 그 말을 꺼내 봤자 위태로운 건 자신이었으니까.

어릴 적부터 같이 커 온 아셀라, 그리고 중간 지점에서 만나 고작 며칠을 같이 있었지만 그 성격을 알 수 있는 테펜텔. 그 사이에서 약자인 피스토레는 그저 고개를 끄덕였다.

"네, 들었습니다."

"역시, 경들께서 미리 말을 해 주셨군요."

피스토레의 말을 한 치의 의구심도 없이 믿은 엘로스는 환하게 웃으며 고개를 끄덕였다.

"비록 시중을 들어 줄 사람은 없지만, 불편함이 없게 최대한 좋은 곳에 막사를 준비했습니다."

엘로스가 피스토레를 안내하겠다는 듯 천천히 발을 뗐다.

자연스레 피스토레와 아셀라, 테펜텔은 엘로스의 뒤를 따라 천막들 사이를 걸었다. 테센트루아 성기사단과 린체 기사단 깃발이 휘날리는 사이를 걷자 시선이 집중됐다. 좋은 시선만은 아니었다.

　갑자기 나타난 황태자. 이미 그에 대한 소문을 듣지 않았던가. 함구령이 내려져 몇 명만 알고 있는 소문일지라도 엘로스의 귀에도 닿았다.

　그랬던 피스토레가 최전방에 나타났다. 기사들은 깊게 생각하지 않아도 피스토레가 에타이들 눈에 어떻게 보일지 잘 알고 있었다.

　황궁에 있으면 나쁘지 않은 평가를 받는 피스토레였다. 하지만 최전방에서는…….

　'심약하고도 나약한 미래의 황제.'

　어쩐지 황궁에서 자신을 바라보는 황제와 귀족들의 시선 같아 피스토레는 저도 모르게 어깨를 굽혔다. 어릴 적 황궁 복도에서 우연히 들었던 귀족들의 속삭임까지 떠오르기 시작했다.

　"어깨를 펴."

　순간 그 위에 목소리가 덧입혀졌다. 한 발 뒤에서 따라오던 아셀라가 시선은 정면으로 고정한 채, 작게 속삭였다.

　"실수는 만회하면 돼. 누구나 다 실수를 하는 법이야."

　"하지만……."

　"저번에도 말했지만, 네가 보였던 행동은 전쟁터에 처음 나오는 놈들이라면 다들 보이는 행동이야."

　그래, 그렇게 말했었지. 누구나 다 보이는 행동이라고. 기절은 고상한 축에 속한다고 했었나.

　"그리고 이번엔 처음부터 내가 있으니 걱정하지 마. 테펜텔도 있고."

　아셀라가 시선을 맞추며 입꼬리를 올려 웃었다.

　"이번 기회에 만회하면 돼."

　"잘 할 수 있을까……. 너도 알지만 내 검 실력은 좀 슬프잖아."

"괜찮아."

아셀라의 목소리에는 흔들림 따위 존재하지 않았다. 어쩐지 안심이 되기 시작해 피스토레는 안도의 숨을 내쉬었다. 하지만 그 역시 잠깐이었다.

"너는 다른 용도로 이용할 거니까. 검술은 기대도 안 했어."

"다른 용도? 잠깐, 아셀라. 그게 뭔데?"

"네가 뛰어난 거."

"어……. 어?"

"너도 잘 알잖아."

도대체 내가 뛰어난 게 뭐지. 지식인가? 하지만 전쟁터에서 그가 가지고 있는 지식은 자랑할 만한 것이 아니었다.

전술을 알고는 있었지만, 뒤에 셀바토르 소 공작이 있지 않은가. 그녀는 전술도 경험도 뛰어난 여자였다. 어떤 능력으로 저번의 실수를 만회시킨다는 건지 도무지 감이 오지 않았다.

피스토레가 혼란에 빠져 있는 사이 엘로스는 한 천막에 도착했다. 한눈에 보기에도 다른 천막보다 크고 좋아 보이는 천막은 피스토레를 위한 것이었다.

"아, 단장님! 오셨습니까."

천막 앞을 지키고 있던 검은 머리의 기사가 그녀를 보며 환하게 웃었다.

"크레시벨 경."

아셀라가 이름을 부르자, 크레시벨의 입이 유려하게 곡선을 그렸다. 크레시벨이라 불린 남자는 마치 강아지 같은 온순한 인상이었다. 눈도 동그랗고 해맑아 보이는 것이 사람의 호감을 끌어냈다.

"여기입니다. 오늘 오신다는 이야기를 듣고 열심히 꾸며 났습니다."

아이처럼 밝은 목소리도 한몫하는 듯했다. 황궁에 비교할 바는 아니었지만, 안은 꽤 깔끔하게 꾸며져 있었다. 먹거리나 잠자리를 가리는 건 아니었기에, 피스토레는 만족스럽게 고개를 끄덕였다.

그 뒤로도 크레시벨은 밝은 목소리로 피스토레에게 이곳저곳을 안내하기 시작했다.

"크레시벨."

"오! 왔냐."

워낙 밝은 이미지여서 그런가, 어딜 가든 크레시벨은 환영받았다. 자신과는 다른 모습이 신기하게 느껴져 피스토레는 줄곧 그를 바라보았다.

자신도 저렇게 밝은 성격이었더라면 아버지는 자신을 조금 더 좋게 봐주지 않았을까? 절로 그런 생각이 들 정도였다.

"크레시벨 경."

"예, 황태자 전하."

"경은 린체와 테센트루아 성기사단 두 곳에서도 환영받는군."

"아, 네!"

우렁차게 대답하며 크레시벨은 부끄럽다는 듯 얼굴을 붉혔다.

"다들 집의 막둥이를 닮았다고 좋아하시더라고요. 그런데 몇몇 분들은 외동에 다른 분들은 자기가 막내인데 이상하죠?"

어쩐지 인기의 이유를 알 것 같았다.

"린체 기사단에서도 아직 막내급이긴 하니 뭐 불만은 없습니다. 이렇게 황태자 전하를 모실 좋은 기회가 되기도 했고요."

"흐음."

안내가 끝나고 커다란 천막 안으로 들어가자, 이미 거기에는 아셀라와 테펜텔, 그리고 엘로스가 커다란 테이블 앞에 서 있었다.

테이블 위를 꽉 채울 정도로 큰 지도는 여기 오기 전 피스토레가 봤던 지도보다 더욱 상세하게 그려져 있었다. 피스토레를 따라온 크레시벨은 천막 밖에서 허리를 꾸벅 숙이더니 이내 문을 꼼꼼하게 닫았다.

"크레시벨 경은 참여하지 않는 건가?"

"아직 저놈은 이런 데에 올 능력이 없지."

긴 머리를 하나로 묶은 아셀라가 차갑게 대꾸했다. 그녀의 시선은 온통 지도에 쏠려 있었다. 린체 기사단과 테센트루 성기사단이 있는 위치, 그리고 라니스 숲의 수색 경로가 상세하게 적힌 지도를 내려다보며 아셀라는 자신이 알고 있던 것과 다른 점을 확인했다.

"생각보다 동쪽 수색이 빠르게 진행되었군요."

아셀라의 말에 엘로스가 바로 고개를 끄덕이며 설명을 덧붙였다.

"네, 다행히도 숲을 잘 아는 약초 채집자들의 도움을 받을 수 있었습니다."

라니스 숲은 오래된 숲인 만큼 주변에 숲에서 생계를 유지하는 마을도 존재했다. 대부분은 분쟁을 피해 자리를 비웠는데, 아직 남아 있던 몇이 도움을 준 모양이었다.

"하지만 그도 더 이상은 알지 못하더군요. 여기까지가 한계였습니다."

라니스 숲에서 쓸 만한 약초는 주로 동쪽에서 자라났다. 더 들어가면 비싼 값에 팔리는 약초들이 있겠지만, 그들은 안쪽을 알지 못했다. 숲 안으로 들어가면 들어갈수록 몬스터나 흉포한 동물들을 마주칠 수 있었으니까.

실력이 좋고 오랫동안 일한 채집가들 역시 여기까지가 한계였다는 뜻이었다. 그래도 이 정도면 충분한 진척이었다.

"동쪽은 수색에서 완전히 제외해도 되겠군요."

아셀라는 웃으면서 동쪽에 수색 완료를 뜻하는 푸른 깃발을 꽂았다. 잠시 자리를 비운 사이 꽤 괜찮은 수확을 얻었다. 지도에는 몇 개의 푸른 깃발이 나부끼고 있었다.

“좋아, 그럼 작전 회의를 할까.”

“좋습니다.”

방 안에 있던 사람들이 테이블로 몰려들었다. 린체 기사단장인 아셀라와 부기사단장인 레센, 그리고 테센트루아 성기사단의 단장인 엘로스와 부단장인 바티네, 마지막으로 피스토레였다.

테펜텔은 용병이란 자신의 위치를 자각해서 그런지 한 발 뒤로 물러서 있었다. 그녀는 현명하게, 필요할 때 외에는 계획에 적극적으로 참여하지는 않았다.

잠시 테이블을 둘러싸고 이런저런 이야기가 오고 갔다. 피스토레는 빠르게 상황을 파악하면서도 제가 필요하다 싶을 때 슬그머니 끼어들어 의견을 던졌다.

“숲에서 에타이들을 끌어내자고요?”

“그래.”

바티네가 알 수 없는 얼굴로 아셀라를 바라보았다.

“하지만 그 방법은 저번에도 실패하지 않았습니까.”

“단장님, 그놈들은 숲에서 나오지 않을 겁니다. 숲을 벗어나 들판으로 나오면 자신들이 죽는다는 걸 너무 잘 알지 않습니까.”

“그래, 에타이들은 숲을 나오려 하지 않겠죠. 하지만 상황이 달라졌습니다.”

아셀라의 눈이 웃음을 머금고 휘었다.

“우리에겐 이제 이놈이 있으니까요.”

불경스러운 시선이 닿은 곳은 지도를 내려다보며 열심히 낑낑거리며 외우고 있는 피스토레였다.

“어…… 나?”

쏟아지는 시선에 고개를 든 피스토레가 영문을 모르고 눈을 깜빡였다.

"황태자 전하를 말입니까?"

"네."

아셀라는 머리를 쓸어 올리며 말을 이었다. 그녀의 입가에는 아직도 미소가 가시지 않고 있었다.

"분명 저쪽은 황태자가 왔다는 걸 알았을 겁니다."

일부러 감추지 않았으니까. 수도에서는 거창한 행렬도 했고, 테펜텔을 불러 중간까지 마중을 나오게 했다. 거기다 지금도 피스토레의 천막 위에는 황가의 깃발이 나부끼고 있었다.

"저쪽은 열세에 몰려 있고, 이게 마지막이지."

아셀라의 손가락이 천막 한쪽을 가리켰다. 라니스 숲이 있는 곳이었다.

"그런 와중에 판을 뒤집을 만한 패가 나타났어."

이번엔 손가락이 반대쪽에 있는 피스토레를 가리켰다.

"위험을 감당해서라도 손에 넣고 싶겠지."

그러니까, 아셀라의 말은.

"……황태자를 미끼로 삼아 에타이들을 불러내자고?"

한 걸음 뒤에 서 있던 테펜텔이 아셀라를 바라보았다. 그녀의 목소리에는 당황스러움이 잔뜩 서려 있었다.

"그래."

"……."

당당한 대답에 잠시 침묵이 돌았다.

"야, 야……."

피스토레가 '어떻게 네가 나에게 이럴 수가 있어?'라는 눈으로 아셀라를 바라보자, 다시 그녀의 한쪽 입꼬리가 올라갔다.

"물론 위험한 일을 시킬 생각은 아니야."

"미끼는 필연적으로 위험할 수밖에 없습니다."

엘로스가 걱정스레 대꾸하자 그녀는 테이블 밑에서 무언가를 꺼냈다.

"이건?"

초상화였다. 피스토레가 성인이 되던 날 전국에 배포된 그의 초상화. 고급스러운 녹색 배경에 그려진 피스토레는 동일 인물이 맞나 싶을 정도로 당당하고도 우람하게 그려져 있었다.

"세월의 흐름은 아닌 것 같고."

테펜텔이 빠르게 초상화와 피스토레를 바라보았다. 동일인이라고 하기에도, 아니라고 하기에도 미묘하게 달랐다. 차라리 듬직한 형과 아픈 동생 정도로 보는 게 나을 정도였다.

"황제의 입김이 좀 닿았지."

어깨를 으쓱하며 아셀라는 말을 이었다.

"그러니 대충 머리색과 눈 색이 비슷한 놈을 골라 대역을 세우도록 합시다. 저놈 복장을 입히고 황가의 깃발 아래에 두면 에타이들은 속아 넘어갈 테지요."

대외적으로 알려진 피스토레의 모습은 이 초상화니까. 피스토레가 나약하다는 진실을 아는 놈들이라도 멀찍이서 진짜와 가짜를 대번에 구분할 방법은 없을 것이다. 적어도 지금 살아 있는 에타이들 중에서는 피스토레를 직접 본 놈은 없었다.

그렇게 말을 이으며 아셀라는 웃었다.

"실제로 황태자는 여기에 있으니 들판으로 기어 나오겠지."

들판, 아니 숲의 입구까지만 끌어내도 성공이다.

"그럼 진짜 황태자 전하는 여기에 안전하게 계시면 되겠군요."

바티네가 안도하듯 말하자, 아셀라는 그저 미소를 머금더니 손을 뻗어 에타이들의 깃발을 숲의 입구까지 한 번에 쓸었다.

"그리고 나는 숲을 수색할 겁니다."

“숲을요? 아, 설마.”

무언가를 짐작한 듯 엘로스의 눈이 동그래졌다. 아셀라는 웃음을 머금으면서 고개를 끄덕이더니 이내 제 품에서 작은 상자 하나를 꺼냈다.

“마법사의 저택에서 가져온 수색 마법석입니다.”

상자 안에는 작은 마법석이 들어 있었다. 이게 바로 아셀라가 수도까지 올라간 이유 중 하나였다.

빈번이 라니스 숲 요새 수색에 물을 먹은 마법사들은, 독이 오를 대로 올라 탐지 마법을 강화했고, 고위 마법사들 몇이 밤과 낮, 그리고 자신의 생명과 영혼을 갈아 탐색 마법석을 만들었다.

연이은 야근과 계속된 야근 그리고 또 이어진 야근으로 마법사들은 지쳐 쓰러졌지만, 그래도 결과물이 꽤 그럴싸했다.

“몇 번 쓰지는 못합니다. 거기다 정확한 방향까지 알려 주진 못해요.”

“그런…….”

“급작스럽게 만든 거니까요. 하지만.”

아셀라가 라니스 숲이 그려진 지도 위에 마법석을 올리고 마력을 쏟아붓자 작은 돌멩이가 빛나기 시작했고, 마치 물에 젖듯 지도 위로 빛이 번져 가기 시작했다.

“지역을 잡아 주는 정도는 됩니다.”

라니스 숲 남서부 지역이 푸른색으로 빛나고 있었다.

“남서부 지역.”

바티네는 작게 중얼거렸다. 이 정도만 되어도 수색 지역이 확 줄어든다.

그런데도 현실적인 문제는 남아 있었다. 이들은 조금만 냄새가 풍겨도 도망가는 녀석들이 아닌가. 그런 녀석들을 잡으려면 빠르게 그리고 한 번에 덮쳐야 했다.

"나와 테펜텔, 그리고 수색에 능한 자들을 뽑아 당장 내일부터 수색을 시작할 겁니다."

"예, 알겠습니다."

엘로스가 고개를 끄덕이자, 바로 바티네가 말을 이었다.

"크레시벨 경만으로는 황태자 전하의 호위가 불안하니 몇을 더 뽑는 것도 좋겠군요."

"하고 싶은 말이 있는데."

갑자기 대화에 피스토레가 끼어들었다. 그는 눈치를 보는 것도 없이 바로 본론을 쏟아 냈다.

"나도 수색에 참여하고 싶네."

주위가 조용해졌다. 바티네와 엘로스는 자신이 무슨 소리를 들었는지 모르겠다는 얼굴이 되었고, 테펜텔의 눈은 가늘어졌으며 레센은 고개를 저었다. 하지만 아셀라는 그저 웃고만 있었다.

"그 수색에 내가 도움이 될 거야."

피스토레의 푸른 눈은 마법석에 반응해 빛나고 있는 남서부 지역에 고정되어 있었다.

"분명해."

그의 단언에 모두 슬그머니 서로의 눈치를 보더니 종국에는 아셀라를 바라보았다. 황태자의 말에 자신들이 나서기는 애매하니, 친분이 있고 최종 지휘권을 가지고 있는 그녀가 말려 주기를 원하는 눈치였다.

하지만 아셀라의 대답은 그들이 원하는 것과는 조금 다른 것이었다.

"정말로 할 수 있겠어?"

아셀라의 물음에 피스토레가 진지하게 고개를 끄덕였다.

"응."

"정말로?"

"그래."

이어지는 단언에 그녀는 웃으면서 고개를 끄덕였다.

"황태자 전하를 수색대에 포함시키도록 하지요."

"예?"

마법석을 거둬 상자에 도로 넣은 아셀라는 자신의 부기사단장에게 상자를 넘겨주며 말을 이었다.

"루카벨로 기사단장님과 바티네 경은 적당한 대역을 골라 가짜를 만들어 전면전에 참여해 주십시오. 눈길을 끌기 위함이니 적당히 싸우다 퇴각해 주시고요."

이번에 시선은 자신의 부기사단장인 레센에게 닿았다.

"레센 경은 슬그머니 소문을 퍼트려 주시길 바랍니다. 황태자는 의욕에 넘쳐 선봉에 서고 싶어 한다고 말이죠. 소문이 어느 정도 익었다 싶으면 나랑 불화가 있다고도 퍼트리는 것도 좋겠군요."

"단장님이 있으면 아무래도 에타이 놈들이 경계를 할 테니까요. 알겠습니다."

"그리고 테펜텔."

"수색대라고? 알았어. 저런 숲은 그나마 내가 가장 익숙하지."

테펜텔이 위로 손을 쭉 뻗으며 고개를 끄덕였다. 아롬벨은 평야가 많은 르카디우스 제국과 달리 우거진 숲이 많았다.

상황이 하나둘씩 정리되었지만, 아직 남은 의문이 있었다. 결국 엘로스가 입을 열었다.

"셀바토르 경. 황태자 전하께는 죄송한 말이지만, 저는 황태자 전하께서 수색에 도움이 될 거라 생각하지는 않습니다."

그는 피스토레의 눈치를 보면서도 자신의 의견을 정확히 말했다. 그나마 이 자리에서 아셀라와 비슷한 위치에 황가의 눈치를 보지 않아도 되는 건 그뿐이었으니까. 거기다 그의 성격상 이런 일을 지나칠 사람도 아니었다.

"모두가 불안하다는 건 압니다."

아셀라는 흔들림 없는 눈동자로 모두를 바라보았다.

"하지만 분명 황태자 전하는 이번 일에 도움이 될 겁니다. 부디 나를 믿고 따라와 주세요."

그녀의 말에 완전히 해소되지는 않았지만, 감돌던 불안감이 가라앉았다. 아셀라가 여태 이뤄 온 업적들이, 그리고 그녀의 이름이 사람들에게 믿음을 주었다.

"알겠습니다. 그럼 그렇게 알고 진행하도록 하죠."

엘로스가 고개를 끄덕였고, 아셀라는 몸을 일으키며 말을 이었다.

"뭐, 추후에는 황태자 전하를 믿게 될 겁니다."

확신하지요. 그렇게 말하며 아셀라는 피스토레를 바라보았다.

† † †

모든 일은 천막을 나서자마자 바로 시작되었다. 기사 중 검은 머리에 푸른 눈을 가진 이들이 선발되었고, 피스토레와 키는 비슷하지만 체격은 훨씬 좋은 성기사 한 명이 대역으로 뽑혔다.

성기사는 피스토레의 걸음걸이나 행동 같은 걸 어설프게나마 따라하며 완벽한 그의 대역이 되기 위해 노력했다.

수색대로 지목된 세 사람은 머리를 맞대고 수색할 지역을 추렸고, 다음 날 새벽빛이 땅 위를 비추자마자 바로 출발했다. 앞서 몇 번이고 수색을 나온 테펜텔이 익숙하게 앞장섰다.

"오늘 우리의 목표는 이 절벽이야."

어젯밤 테펜텔과 아셀라는 라니스 숲 남서부 지역에 요새가 있을 만한 곳을 몇 곳 추려 냈는데 그중에는 절벽도 있었다. 깎아지듯 떨어지는 절벽은 한눈에 보기에도 위험해 기사단은 물론 몬스터나 위험한 동물들도 피하는 곳 중 하나였다.

하지만 최근 정찰에서 절벽 밑에서 에타이들이 움직이는 걸 포착했기에 가장 가능성이 큰 곳 중 하나였다.

"일단 이 부분부터 여기까지."

테펜텔은 작은 종이에 그려진 절벽 일부분을 찍더니 쭉 그었다. 오늘 확인할 곳이었다. 본래라면 다시 알려 주는 일 없이 바로 절벽으로 출발했겠지만, 오늘은 예외였다. 피스토레가 있었으니까.

'잘 할 수 있을까?'

테펜텔은 힐끔 굳은 얼굴로 지도를 진지하게 내려다보는 피스토레를 바라보았다.

척 보기에도 이 나라의 황태자는 검과는 거리가 멀어 보였고, 테펜텔은 이미 기사들에게서 피스토레에 대한 이야기를 들은 지 오래였다. 다들 괜찮은 이야기를 했으나 전투에 관해 물으면 말을 흐렸다.

괜찮으려나. 적어도 수색에 따라올 체력 정도는 되어야 할 텐데. 그녀의 눈이 가늘어졌다. 힘들다고, 어렵다고 그대로 땅에 주저앉는 건 아닐까.

아셀라가 괜히 데려온 건 아니겠지만 불안이 엄습했다. 아롬벨의 왕자 같은 사람은 아니겠지. 테펜텔의 머릿속이 어지러워졌다.

단 한 명뿐인 아롬벨의 왕자는 불만이 많은 사람이었다. 조금만 불편해도 성질을 냈고, 무기를 잡으면 자신의 손이 부서지는 줄 알았다. 원하는 것도, 욕심도, 그리고 불만도 많던 아롬벨의 왕자.

'그래서 죽었지.'

왕위에 오를 만한 인물이 아니라 판단되자마자 그는 숨을 거두었다. 돌연사. 모두가 그렇게 들었지만, 사실은 그게 아니라는 걸 알았다.

'여기는 뭐 그런 일은 없겠지만, 그래도 불평을 한다면 기분이 좀 더러워지긴 하겠네.'

테펜텔은 상처투성이인 손으로 제 목덜미를 만지작거렸다. 하지만 티 내지는 않을 것이다. 테펜텔의 입장에서 피스토레는 돈을 주는 고용주였으니까.

르카디우스 황실은 테펜텔에게 꽤 만족스러운 돈을 지급했고, 추가금도 넉넉하게 쥐어 주었다. 조금만 더 모으면 완벽히는 아니더라도 영지를 조금이나마 살릴 수 있을 것이다.

그녀의 영지는 몇 년 동안 이어진 최악의 가뭄으로 크게 휘청거리고 있는 상태였다. 테펜텔의 부모님은 어떻게든 영지를 살려 보려고 사방으로 노력했지만 결국 실패했다.

테펜텔은 차기 영주로 영지를 살리기 위해 용병 일을 택했다. 돈을 버는 대로 영지로 흘러갔고, 테펜텔의 손에는 남는 게 없었다.

아무리 강인한 그녀도 세월에는 버티기가 힘들었고 반복되는 그 상황에 조금 지쳐 가던 때, 자신을 셀바토르라 소개하는 여자를 만났다.

'뛰어난 실력을 갖춘 이는 더더욱 값을 받아야지.'

그렇게 말하며 어마어마한 금액을 불렀다. 타국인을 좋아하지 않는 르카디우스 황실을 설득시킨 것도 그녀였다. 덕분에 테펜텔은 숨통이 좀 트였고 생각보다 더 빠르게 영지의 빚을 해결할 수 있었다.

아셀라 역시 테펜텔의 활약으로 득을 봤으니 서로 상부상조하는 관계였지만, 그래도 테펜텔은 그녀에게 좀 고마운 감정이 있었다.

'그래.'

테펜텔은 어깨에 닿을 만큼 길어 버린 제 머리를 매만지며 생각을 정리했다. 눈앞에 있는 이 고귀한 황태자가 아름벨의 왕자만큼 불만이 많아도 최대한 참고 참자. 못 가겠다고 투덜거리면 업어서라도 데려다주면 되겠지.

하지만 이내 테펜텔은 자신이 가지고 있던 게 잘못된 생각이라는 걸 깨달았다.

　피스토레는 생각보다, 아니 기대보다 훨씬 더 빠르게 테펜텔을 잘 따라왔다. 간혹 지형 때문에 뒤처지긴 했지만, 기사들의 도움으로 금방 따라잡았고 절벽에 도착할 때까지 그는 아무런 불평도 쏟아 내지 않았다. 분명 힘들었을 텐데.

　"아셀라."

　테펜텔이 아셀라를 부르자, 제복 위에 짙은 초록 망토를 두른 그녀가 시선을 맞췄다.

　"생각보다 더 잘 따라왔네."

　누구라고 말하지는 않았지만, 아셀라는 정확히 피스토레임을 알아차렸다.

　"겨우 이 정도도 따라오지 못할 만큼 약하지는 않아."

　테펜텔과 다른 기사들의 눈에는 아직도 의구심이 서려 있었다. 그걸 가볍게 무시하며 아셀라는 입을 뗐다.

　"금방 알게 될 거야. 괜히 데려온 게 아니라니까. 그리고 제 위치는 잘 아는 놈이지."

　비록 황제의 기준이 높아 허덕이고는 있지만, 피스토레 역시 이 나라의 황태자였다.

　아직 새벽이슬이 맺혀 있는 시간인지라 숲의 바람은 차가웠다. 아셀라는 눈을 가늘게 뜨고 빠르게 주변을 훑었다. 테펜텔과 수색에 능한 자들을 골라 데려왔기에 절벽 수색은 빠르게 이루어졌다. 그러나 무언가를 발견할 수는 없었고 첫날은 그렇게 사라졌다.

　둘째 날이 밝았다. 어제보다는 지친 얼굴이었지만 그래도 잘 따라오던 피스토레가 갑자기 발을 멈추었다.

　"……?"

그의 시선이 한곳을 향했다. 피스토레의 시선이 박힌 곳은 빛도 잘 들지 않을 정도로 유달리 우거진 숲이었다.

"피스토레, 무슨 일이야."

결국 그의 근처로 다가온 아셀라를 바라보며 피스토레가 조심스레 입을 뗐다.

"아셀라, 저기에 뭔가가 있어."

"뭐?"

피스토레의 말에 아셀라와 테펜텔 그리고 기사들의 시선이 일제히 숲 안쪽으로 향했다. 하지만 거기에는 불길하게 우는 새와 숲 그늘만 있을 뿐이었다.

"아니야, 정말 뭐가 있다니까?"

의심쩍은 시선을 받은 피스토레가 고개를 절레절레 저으며 필사적으로 항변했다. 그러다 이내 어깨를 축 늘어트리며 말을 흐렸다.

"정말 뭔가 있는 기분이야."

눈치까지 슬쩍슬쩍 보는 게 자신이 없는 모양이었다. 잠시 그런 피스토레와 숲 안쪽을 바라보던 아셀라가 손을 들었다.

"먼저들 가서 수색하고 있어. 나는 이 주변을 둘러보고 갈 테니까."

"어? 괜찮겠어?"

테펜텔이 놀라 눈을 깜빡이자, 괜찮다는 듯 고개를 끄덕이며 아셀라는 머리가 풀리지 않게 다시 묶었다.

"지리는 이미 전부 익혀 놨어. 이 부근은 우리 진영과도 멀리 떨어진 곳이 아니니, 이상한 게 있으면 빠르게 처리하는 게 좋겠지."

피스토레의 말대로 이상한 게 있다는 걸 확신한 목소리였다. 아셀라의 말에 테펜텔은 어깨를 한 번 으쓱하더니 이내 발을 떼었다.

"알았어, 너무 늦을 것 같으면 먼저 진영으로 돌아가 있어."

가볍게 고개를 끄덕거린 아셀라가 빠르게 숲 안쪽으로 들어갔다.

그녀가 걸음을 떼자 놀란 다람쥐 한 마리가 나무로 재빠르게 올라갔고 토끼 두 마리가 깡충 뛰어 덤불 밑으로 기어들어 갔다.

그뿐이었다. 숲 안쪽에는 아무것도 없었다. 그저 나뭇잎 사이로 햇살이 내려오고 새들이 울고, 작은 동물들이 아셀라를 보고 놀라 도망치는 그뿐. 피스토레가 '뭔가'라고 부를 정도는 없었다.

그러나 위험한 것이 있으리란 아셀라의 믿음은 바뀌지 않았다. 단순히 황태자인 피스토레의 자존감을 높여 주기 위해서는 아니었다.

"저기."

햇볕이 유달리 뜨겁던 여름날, 별장으로 놀러 간 어린 피스토레는 한 곳을 가리켰다. 넓디넓은 정원에서는 아셀라와 피스토레 그리고 아르트엘이 공을 가지고 놀고 있었다.

그들을 지켜야 할 기사들은 조금 멀리 떨어져 있었고, 시녀들 역시 마찬가지였다. 정확히는 남들의 얼굴만 맞추는 독보적인 아르트엘의 공 실력 때문이었다. 거기에 이 별장은 단 한 번도 적에게 허점을 내어 준 적 없어 안전하다는 인식이 강했다.

그렇게 세 아이만 정원 한곳에 덩그러니 남아 있을 때, 피스토레가 한 곳을 가리킨 것이었다.

"저기 뭔가가 있어."

아셀라도 아르트엘도 채 열 살이 되지 않던 때였다. 아셀라는 그때 처음으로 피스토레의 얼굴이 차갑게 내려앉은 걸 보았다.

"아무것도 없는데?"

금색 공을 든 아르트엘은 고개를 갸웃거렸다. 하지만 피스토레는 고개를 저으며 뭔가가 있다는 주장을 물리지 않았다.

"있어."

"없다니까."

없다는 아르트엘과 있다는 피스토레의 신경전이 팽팽해졌을 때, 아셀라가 입을 열었다.

"기사들에게 확인해 보라 하자."

그렇게 말하며 기사들을 부르는 순간, 풀숲에서 뭔가 뛰어나왔다. 오랫동안 피스토레를 지키던 하인이었다. 늙은 하인의 손에는 독이 듬뿍 발린 단검이 들려 있었고 그는 주저 없이 피스토레를 노리고 단검을 휘둘렀다.

아셀라에게 제압당한 늙은 하인은 지하 감옥으로 끌려가기 전 동기를 주절주절 늘어 두었는데, 솔직히 지금 와서는 기억나지도 않는 이유였다. 그 사건이 일어나고 며칠 후 한 백작가가 몰락한 걸 봐서는 그와 연관이 되어 있겠지.

그 사건을 시작으로 피스토레는 몇 번이나 가리켰고 그가 가리키는 곳에는 무언가가 있었다.

'독을 가지지 못한 새끼 뱀이 살아남으려고 독 대신 가진 것이로구나.'

셀바토르 공작, 아셀라의 아버지는 그걸 보고 황가의 문양인 뱀에 빗대어 말했다. 독기를 품은 성격이 아닌 피스토레가 살기 위해 가진 감이라고. 그러니 꽤 믿을 만한 것이라고도 했었지.

주변 지리가 잘 보이는 높은 바위 위로 올라간 아셀라가 주변을 훑으며 머리를 쓸어 올렸다. 얼굴까지 가릴 정도로 뒤집어쓴 망토가 거치적거려 벗을까 고민하는 사이 무언가가 그녀의 눈에 들어왔다.

있다. 확실히 피스토레는 틀리지 않았다.

아셀라는 입꼬리를 틀어 올려 미소를 지으며 바위 아래에 있는 남자에게 시선을 고정했다. 번뜩이는 청녹빛 눈이 그녀와 마주쳤다.

"숲속에 곰 새끼가 다 있네."

225

아셀라가 검을 빼 들자, 남자 역시 거대한 도끼를 쥔 손에 힘을 주었다. 상처투성이인 투박한 손에 힘줄이 돋아났다.

카앙―! 쇠와 쇠가 부딪치는 소리가 숲속에 울려 퍼졌다.

아셀라의 검과 사이레인의 도끼가 부딪치는 순간, 두 사람의 눈이 커다래졌다. 그리고 그건 사이레인을 따라온 다른 용병들 역시 마찬가지였다.

"뭐, 뭐야. 저놈!"

한 남자의 얼굴이 하얗게 질렸다. 사이레인과 같은 고아원에서 자란 그는 단 한 번도 사이레인이 힘에서 밀린 걸 본 적이 없었다.

최근 한 아롬벨의 용병과 싸울 때 엇비슷한 느낌이 나긴 했지만, 그래도 사이레인이 그 여자 용병보단 우위였다. 덕분에 그 여자의 왼쪽 어깨에 상처도 입혀 주었지.

그랬던 사이레인이 지금 뒤로 밀리고 있었다.

하지만 놀란 건 아셀라 역시 마찬가지였다.

"큭."

짧은 신음을 흘린 사이레인이 바로 도끼를 잡고 공격을 퍼부었다.

다른 사람들이라면 이 무식한 힘을 이기지 못할 게 분명했다. 막았다고 해도 땅에 주저앉아 다음 공격에 목이 떨어졌을 것이고, 막지 못했다면 팔이나 목이 떨어졌겠지.

검과 도끼가 부딪치는 소리가 울려 퍼지고 그걸 지켜보는 용병들의 얼굴을 더더욱 하얗게 질렸다.

'안 되겠네.'

아셀라는 입술을 살짝 깨물었다. 그녀의 주변에서 이 정도 힘을 가진 건 자신의 아버지 셀바토르 공작뿐이었다. 몇 번 공격을 막아 내던 아셀라는 검을 틀어 사이레인의 공격을 흘렸다. 도끼가 땅에 박히며 묵직한 소리를 내었다.

그로 인해 필연적으로 몸이 굽은 그때, 아셀라는 발을 들어 그대로 사이레인의 복부를 걷어찼다. 퍼억! 둔탁한 울림이 퍼짐과 동시에 사이레인이 이를 깨물었다.

사이레인이나 아셀라나 갑주를 걸치지 않고 있었다. 아셀라는 셔츠에 바지 그리고 망토 차림이었고, 사이레인은 가죽으로 만든 가벼운 걸 입고 있었을 뿐이었다. 복부는 텅 비어 있었다.

"어?"

이번엔 아셀라 쪽에서 당황한 목소리가 흘러나왔다. 그녀가 이 정도로 걷어차면 평범한 사람은 뼈가 부러지거나 한동안 움직이지 못했는데, 사이레인은 바로 도끼를 움직였다. 경이로운 움직임이었다.

'새로운데?'

아셀라는 저도 모르게 웃었다. 이렇게 자신과 검을 맞대는 사람은 오롯이 셀바토르 공작, 그녀의 아버지뿐이었다. 다시 자신에게로 들어오는 도끼를 피하며 그녀는 사이레인을 바라보았다.

그도 마찬가지로 자랐을 테지. 자신과 비슷한 힘을 가진 이를 만나는 건 쉽지 않은 일이었으니까. 처음 초상화를 봤을 때 느꼈던 감각이 잘못된 게 아니었다.

'아, 이런.'

방심했다. 서걱 소리가 나며 목 쪽에 고정해 두었던 망토 끈이 잘려 나갔다. 그 와중에 정확히 목을 노린 것이었다. 후드도 함께 벗겨지면서 시야가 밝아졌다. 아끼는 망토인데, 짜증이 울컥 치밀었다.

"어, 어. 저 얼굴! 나 알아, 괴물!"

용병 중 하나가 아셀라를 손가락질했고, 아셀라의 눈이 가늘어졌다. 이젠 괴물이라 부르는 건가. 저번 에타이들은 자신을 마녀라고 부르지 않았나.

마녀, 괴물. 무엇으로 부르든 상관없었지만, 호칭을 주렁주렁 달고

227

다니는 것만은 사양이었다. 가볍게 목을 날려 입을 다물게 해 볼까, 검을 쥔 손에 힘을 주는 순간 용병이 제 생명을 살렸다.

"사이레인, 저 여자 네 목표 맞지? 아침에 보여 줬잖아!"

뭐? 아셸라는 눈을 깜빡였고 사이레인은 차가운 눈으로 그를 돌아보았다.

"마, 말하면 안 되는 거였나? 미안, 사이레인⋯⋯."

주절거리던 용병은 사이레인의 눈빛을 받고 깨갱 꼬리를 내렸다. 하지만 이미 아셸라는 그의 말을 다 들은 후였다.

"서로가 목표였어?"

이런 일도 드물지. 아셸라는 미소를 머금었다.

"사이레인, 바렌베르크 왕국 출신에 레너드 고아원 출신. 성은 없고 이름은 원장이 지어 줬지. 열세 살에 바로 용병단을 꾸렸고 그 뒤로 아롬벨로 이동했다가."

아셸라는 여태 조사한 사이레인에 대해 읊으며 머리를 쓸어 올렸다.

"이트바나로 갔지."

우연이었다. 레너드 용병단은 돈이 되는 일이라면 거처를 옮겨 가며 무엇이든 했으니까.

그러다 마지막으로 받았던 의뢰가 이트바나 국경에서 완료되어, 그대로 국경을 넘었을 것이다. 사이레인과 용병들이 이동했을 때의 이트바나는 이미 메데이아에 의해 제국으로 편입된 후였으니까.

남아서 제 터전을 지키는 사람들도 있었지만, 메데이아를 따라 르카디우스 제국으로 넘어가는 이들도 많았다.

사이레인이 노린 것은 그 이주민들이었다. 이주민들은 돈을 모아 르카디우스 제국까지 안전하게 갈 수 있도록 호위를 고용했다.

그리고 그 시기에, 에타이들 역시 이트바나로 건너갔다. 이미 이트바나라는 이름은 잃었지만, 아직 자신들은 망하지 않았다고 믿던 사람들이 있던 나라. 거기서 에타이들을 만났으리란 생각은 너무도 손쉬운 것이었다.

에타이들은 르카디우스 제국에 반감을 품은 이들이라면 누구든 자신의 안으로 끌어들였으니까. 하지만 이트바나에서는 그런 사람들을 찾기 힘들었을 것이다. 메데이아 덕분에 이트바나의 사람들은 르카디우스 제국에 크게 반감을 품지 않았다.

메데이아가 제국으로 넘어가기 전부터 이트바나는 크게 기울어져 있었다.

귀족들은 세금을 올리고 사치를 부렸으며, 메데이아의 옆자리를 차지해 이트바나의 왕이 되기 위해 끊임없이 싸웠다. 매일같이 크고 작은 분란 일어나고, 바닥을 긁어 세금을 내도 다음 날 똑같은 양의 세금이 부과되었다.

그렇게 이트바나의 사람들이 죽어 가던 때, 메데이아가 나섰다. 그녀는 자신의 나라를 르카디우스 제국의 황제에게 바쳤고 자신의 옆에 앉을 이 역시 그녀 스스로 선택했다.

그 결과 이트바나의 사람들을 억누르던 막대한 빚과 세금이 사라졌고, 귀족들의 분란에 대신 싸우거나 휩쓸려 죽을 위험도 사라졌다.

메데이아의 독단하에 급진적으로 일어난 일이라 불만을 가진 이들도 많았지만, 이내 그 불만은 사그라들었다. 가장 큰 불만을 가졌던 이트바나의 귀족들은 목이 떨어져 더 제 소리를 내지 못했고, 르카디우스 제국에 정착한 사람들은 더 나은 곳에서 살면서 서서히 불만이 사라져 갔으니까.

이트바나가 망했다는 사실에 에타이들이 달려갔지만 얻을 수 있는 건 아주 조금의 사람들뿐이었다. 지금의 상황을 역전시킬 수 있는 숫자는 아니었겠지.

그런데 레너드 용병단이 어쩌다 보니 흘러 흘러 거기까지 갔으니,

에타이들의 입장으로는 놓치면 안 될 놈들이긴 했다.

'어떻게든 자금을 털어 용병단을 묶어 놨겠지.'

실제로도 자신과 테펜텔을 상대할 수 있는 놈들은 드물었다.

하지만 아셀라는 에타이들이 약속한 자금을 저들에게 전부 줄 수 있을 거라고 생각하지 않았다. 에타이들의 곡창 지대는 자신이 손수 불태우지 않았던가. 그들의 자금줄을 하나하나 끊어 놨던 것도 그녀와 린체의 기사단이었다. 마지막으로 남은 에타이들의 자금 상황이란 뻔한 것이었다.

아셀라는 머리를 쓸어 올리며 자신을 보고 굳은 용병들과 아직도 도끼를 쥔 손에 힘을 주고 당장이라도 달려들 듯한 사이레인을 보고 생긋 웃었다.

"내가 아는 건 이 정도인데. 사이레인 너는 어떻지?"

친근한 듯 자신을 부르는 아셀라를 노려보던 사이레인의 눈이 움찔했다.

"괴물."

후웅! 사이레인의 거대한 도끼가 바람을 가르더니 정확히 아셀라를 가리켰다.

"그리고 내가 죽여야 할 상대."

아셀라의 진한 녹색 눈이 가늘어졌다.

"아쉽네. 나는 나름 내 목표라고 조사도 했는데."

묵직하게 들어오는 공격을 가볍게 피하며 그녀 역시 검을 쥔 손에 힘을 주었다. 가볍게 자기소개나 해 볼까. 아셀라는 작게 중얼거리며 공격을 흘려 버렸다.

자신의 공격을 피하면서도 흘려 보내기까지 하는 아셀라를 보는 사이레인의 얼굴이 구겨졌다. 아셀라는 그런 사이레인을 바라보며 검을 휘둘렀다.

"나는 아셀라 벤칸 셀바토르. 셀바토르 공작가의 후계자이고."

캉! 검과 도끼가 부딪쳤다. 자세가 제대로 잡히지 않은 탓에 사이레인 쪽이 밀렸다. 급하게 달려온 용병 한 명이 아셀라를 향해 검을 휘둘렀고 그녀는 가볍게 피했다.

"저리 가!"

사이레인이 도와주러 온 여자를 밀어냈다. 이 중에서 아셀라를 상대할 사람은 자신뿐임을 정확하게 깨달은 탓이었다.

"르카디우스 제국의 검이라 불리는 린체 기사단의 단장이고. 아, 공작이 되면 그만둘 거야."

카앙! 다시 검과 도끼가 부딪쳤다. 이번엔 아셀라 쪽이 밀렸고, 사이레인의 뒤에서 환호성이 터졌다. 하지만 그녀는 공격을 흘리며 몸을 피했다. 도끼는 애꿎은 나무에 박혔다.

재빠른 여자. 사이레인이 꽉 다문 잇새로 중얼거렸다.

"아라벨라를 한 적도 있어. 음…… 또 뭘 말해야 하지? 자기소개를 해 본 적이 없다 보니 뭐라고 해야 할지 모르겠네."

늘 모두가 자신을 알고 있었다. 셀바토르라는 이름을 꺼내기도 전에 그녀를 알아보고 알아서 몸을 낮췄다. 대기도 때 신전에 가면 신을 모시는 사제들도 아셀라를 한눈에 알아보고 고개를 숙였다. 그리고 그건 황제도, 황태자인 피스토레도 그리고 타국에서 온 메데이아 역시 마찬가지였다.

어찌 보면 첫 자기소개가 아닌가. 그 사실을 깨달은 아셀라는 눈을 크게 떴다.

카앙!! 세 번째로 검과 도끼가 마주쳤다. 이번엔 팽팽한 힘겨루기가 시작됐다. 검과 도끼, 자신들의 무기 너머로 시선을 맞춘 채, 아셀라가 미소 지었다.

"나는 마검사야."

그녀의 말을 끝으로 불길이 치솟았고 사이레인의 눈이 커다래졌다.

거칠게 불이 붙은 검을 쳐 내며 뒤로 물러났다. 식은땀이 흐르기 시작한 사이레인의 머릿속에 요새를 나서기 직전 엠릭이란 놈이 다가와 나눴던 대화가 떠올랐다.

"괴물을 상대하러 가는 거야? 그러고 보니 정보를 제대로 주지 않았군."

기분이 나쁜 놈인 데다가 때때로 시비까지 걸어오는 놈이라 상대하고 싶지 않았지만, 엠릭은 끈질기게 사이레인에게 붙었다. 무시할 생각으로 시선도 마주치지 않고 대꾸도 하지 않았다.

"뭐야, 듣는 척도 안 하는군. 상당히 귀중한 정보인데."

사이레인이 듣든 말든 엠릭은 입술을 틀어 올리며 말을 이었다. 어딘가 광적인 느낌이 서려 있는 엠릭의 눈동자. 사이레인은 그걸 놓치고 말았다.

"나는 괴물을 직접 상대했다고."

엠릭이 자신만만하게 내뱉은 그 말에 레너드 용병단의 시선이 엠릭에게 닿았고 사이레인 역시 짜증이 잔뜩 섞인 시선을 보냈다.

"직접 상대했었다고?"

"그래! 경험자의 조언이 가장 중요한 건 용병인 네가 잘 알고 있겠지."

엠릭은 자신만만한 얼굴로 말을 이었다.

"그 괴물…… 아니 그 여자는 말이야. 생각보다 별것 없어. 여태까지 과장된 소문만 들어 봤지?"

"……."

"힘이 세긴 하지만 힘만 믿고 밀어붙이는 경향이 있지. 기술만 따지자면 얼마 전에 만나 본 아롬벨의 용병보다도 못해."

아롬벨의 용병, 그 말에 철퇴를 휘두르던 여자가 떠올랐다. 만만치 않았지만 그래도 못 이길 상대는 아니었다.

하지만 그가 들어 본 소문과는 사뭇 다르지 않은가. 괴물이라 불릴 정도면 보통 실력이 아닐 텐데.

"정말이라니까! 그렇죠, 누님!"

사이레인이 자신의 말을 믿지 않는 눈치자 엠릭은 평민들에게 지시를 내리고 있던 포르까지 끌어들였다. 잠시 엠릭을 바라보다 포르는 고개를 끄덕였다.

"힘은 확실히 강해. 하지만 조금 무식할 정도로 저돌적이지. 덕분에 나랑 타스 형님 그리고 포르 누님이 살아남은 거지. 왜 힘센 놈들이 으레 그러잖아? 너는 제외하고."

가볍게 씩 웃은 포르는 그대로 둘을 지나쳐 요새 안으로 들어갔다. 나름 요새에서 중요한 위치에 있는 포르까지 그러자 조금 흔들렸다. 잠시 고민하던 사이레인은 엠릭을 보고 질문을 던졌다.

"그 마녀, 마검사라는 소문이 있던데 진짜인가?"

마검사는 귀했으니까 소문이 뜬소문이 아닌지 확인할 필요가 있었다.

하지만 상대를 잘못 골랐다. 엠릭을 처음 봤을 때 더러웠던 그 기분을 쭉 유지해야 했다.

엠릭은 사이레인이 자신을 믿기 시작하자, 한쪽 입꼬리를 씩 올리더니 입에 물고 있던 싸구려 시가를 툭툭 건드렸다.

"고작 담뱃불이나 붙이는 정도지."

무식하게 힘만 가지고 밀어붙인다니. 사이레인을 이를 꽉 깨물었다. 이렇게 날카로운 검술을 가진 이는 여태까지 한 번도 본 적이 없었다. 이게 무식하다면 이 세상에 무식하지 않을 이는 없었다.

거기다 문제는 하나 더 남아 있었다.

'담뱃불이나 붙이는 정도라고?'

사이레인이 뒤를 돌아보았다. 순식간에 불길은 주변을 휩쓸고 있었다. 놀란 용병들이 뒤로 주춤거리며 물러났다.

"불이야!"

메마른 계절이 아니긴 했지만 그들이 있는 곳은 숲. 불탈 것들이 천지로 널려 있었다. 사이레인이 재빨리 떨어졌다.

아셀라로서는 의외였다. 당황한 듯 주변을 살피는 게 그녀가 마검사인 걸 정말로 몰랐던 모양이었다.

"꽤 유명한 사실인데 몰랐어?"

이미 알았지만 너무 허황된 이야기로 치부했거나 에타이들이 정보를 제한한 게 틀림없었다.

"에타이 놈들은 너무 믿지 않는 게 어때? 적인 내가 보는데도 불쌍할 정도야."

진심이었는데, 사이레인과 용병들은 어쩐지 그 말에 화가 난 듯했다.

싫으면 말고.

아셀라는 사이레인이 불에 신경이 팔린 틈을 놓치지 않고 공격을 퍼부었다. 이런 놈들은 정신이 홀려도 금방 제정신을 되찾으니 지금이 기회였다.

눈앞에서 불이 번쩍이고 시야가 점멸하자 사이레인이 크게 비틀거렸고, 그때를 노려 아셀라가 검을 크게 휘둘렀다.

아까 아셀라의 목 쪽에 걸려 있던 망토 끈이 잘려 나간 것처럼, 검날이 사이레인의 턱을 스쳐 갔다. 턱부터 뺨까지, 깊은 상처가 났다.

사이레인은 손으로 자신의 얼굴을 훑었고 커다란 손에 피가 고였다. 상처 입은 사이레인의 얼굴이 구겨지기 시작했다.

"너……."

"아셀라!"

사이레인이 뭐라고 말하기도 전에 뒤에서 사람들이 달려오는 소리가 났다. 아셀라가 위협용으로 질러 놓은 불 때문인 듯 보였다.

아셀라는 가볍게 뛰어 자신이 원래 있던 바위 위로 올라갔다. 용병단과 사이레인의 시선이 자연스레 그녀를 따라갔다.

그녀는 사이레인을 바라보며 자신의 뺨을 톡톡 두드렸다. 사이레인이 상처를 입은 곳이었다.

"그럼 다음에 또 봐, 곰."

아셀라의 짙은 녹색 눈이 웃음을 머금고 반달처럼 휘었다.

잠시 그녀를 바라보던 사이레인은 다급하게 숲의 그늘로 사라졌다. 그 뒷모습을 보며 아셀라는 작게 콧노래를 불렀다. 이게 얼마 만에 느껴 보는 즐거움인지.

"아셀라."

테펜텔이 달려왔을 때는 이미 사이레인과 용병들은 자리를 뜬 후였기에, 그녀가 본 것이라고는 아무렇지도 않은 얼굴로 검을 집어넣는 친구 한 명뿐이었다.

습관대로 머리를 쓸어 올리며 아셀라는 테펜텔을 맞이했다. 주변을 살펴보는 테펜텔의 눈이 가늘어졌다.

"무슨 일이 있었던 거야?"

불은 사그라들었다지만 주변이 온통 그을린 흔적이었다. 맑은 하늘에서 갑자기 벼락이 떨어진 게 아니라면 불은 아셀라가 마법으로 일으킨 게 분명했다.

"몬스터라도 만난 거야? 트롤? 오크 같은 놈들은 아닐 거고……."

이미 테펜텔은 아셀라가 만난 게 인간이 아니라 몬스터라고 생각하는 모양이었다. 그도 그럴 것이, 몇 명의 인간이라면 굳이 그녀가 마법까지 쓸 일은 아니었을 테니까. 적어도 재생력이 뛰어난 트롤 정도면

235

모를까.

그런데 이 근방에 그런 놈들이 나오던가? 테펜텔이 고개를 갸웃거리는 사이에 아셀라의 눈에 무언가가 들어왔다. 사이레인의 도끼에 감겨 있던 낡은 천. 가까이 다가가 들어보니 안전을 기원하는 문양이 그려져 있었다.

저도 모르게 아셀라는 허리를 숙여 천 조각을 집어 들었다.

'수를 놓은 것도 아니고 그냥 그린 거네.'

보통은 수를 놓을 텐데. 어설픈 솜씨로 봐서는 바늘도 제대로 잡지 못하는 어린아이들이 만든 게 아닐까 싶었다.

아셀라의 입이 부드러운 곡선을 그렸다. 이런 걸 소중하게 도끼에 감아 두고 다니는 용병이라니.

"아셀라, 그래서 뭐가 나왔던 거야?"

테펜텔이 저 멀리서 그녀를 재촉하듯 묻자, 아셀라는 천 조각을 품속에 넣으며 대답했다.

"별거 아니야. 곰 한 마리를 만났어."

그리고 또 만날 것 같네. 아셀라는 가벼운 걸음으로 몸을 돌려 걸었다.

잠시 아셀라의 뒷모습을 바라보고 있던 테펜텔의 고개가 옆으로 기울었다.

'쟤가 곰을 좋아하던가.'

생일은 모르지만, 알게 되면 곰이 그려진 걸 선물해 주자. 엉뚱한 오해를 하며 테펜텔은 아셀라의 뒤를 따라 걸었다.

† † †

쾅앙! 커다란 소리가 식당을 가득 메웠다. 테이블이 크게 휘청거리면서 가득 담긴 스튜가 넘쳐흘러 엠릭의 소매를 적셨고, 식당에 적막이 가라앉았다.

테이블을 내려친 사이레인은 무섭게 엠릭을 노려보았다.

"왜 거짓말을 했지?"

화가 난 사이레인이 잇새로 꽉 억누른 듯한 목소리를 흘렸다. 엠릭의 옆에 앉아 있던 한 에타이는 사이레인의 모습에 슬며시 시선을 밑으로 내렸다. 하지만 엠릭은 아무렇지도 않다는 듯 소맷자락에 묻은 스튜를 닦아 내며 말을 이었다.

"거짓말이라니? 내가 네놈에게 무슨 거짓말을 했다는 건지 모르겠군."

"……!"

뻔뻔스러운 대답에 사이레인의 얼굴이 구겨졌다. 안 그래도 험악한 얼굴인데, 화를 내니 더욱 무서워졌다. 사이레인과 엠릭의 팽팽한 분위기에 늦은 저녁을 먹던 몇 명은 자신의 그릇을 챙겨 밖으로 나갔다.

"무슨 거짓말을 했는지 모르겠다고?"

"커, 컥!"

화가 난 사이레인은 그대로 엠릭의 멱살을 잡아 들어 올렸다. 설마 자신을 이렇게 대할 줄은 몰랐는지, 아니면 사이레인의 힘이 이 정도로 강할 줄은 몰랐는지 엠릭의 얼굴이 벌게졌다.

"네놈 눈에는 숲을 불태울 정도의 힘이 담뱃불을 붙일 정도로 보이나?"

아. 그제야 엠릭은 전말을 알아차렸다. 이 무식한 용병은 하루도 안 되어 르카디우스 제국의 괴물과 마주친 모양이었다.

엠릭은 사이레인을 내려다보며 누런 이를 보이며 웃었다.

"그건 네놈의 실력이 부족한 탓이지. 고작 그딴 거 하나 못 막아서 나한테 달려와?"

"그런 거?"

사이레인의 이마에 힘줄이 솟아올랐고, 자연스레 엠릭의 멱살을 쥔 손에 힘이 들어갔다. 그러는 와중에도 엠릭은 사이레인을 도발하는 걸 멈추지 않았다.

"아, 하하. 얼굴에 상처까지 입었군. 하급 용병다워서 좋은데? 바닥을 기는…… 놈들에겐 이 정도도 과분……하지."

하급 용병. 거기서 사이레인은 왜 이 엠릭이란 자가 자신에게 제대로 된 정보를 제공하지 않았는지 알 수 있었다.

이건 일어나서는 안 될 일이었다. 레너드 용병단과 에타이들은 같은 배를 탄 사이다. 비록 사이레인도 엠릭에게 좋은 감정을 가지고 있지 않았으나 이런 상황에서 거짓된 정보를 주는 건 아군을 죽이겠다는 소리였다.

"이 미친 새끼가."

손에 힘을 주자 숨이 통하지 않는지 엠릭의 숨이 점점 옅어졌다. 견디지 못하겠는지 주먹을 휘둘렀지만, 사이레인에게 타격을 줄 정도는 아니었다.

"이……거 놔!"

결국 발길질까지 했지만, 엠릭의 목을 잡은 손에 들어간 힘은 약해지지 않았다. 엠릭의 얼굴이 점차 하얗게 변함과 동시에 사이레인을 때리는 주먹과 발길에 힘이 풀렸다.

사이레인을 따라 들어간 레너드 용병 몇이 안절부절못하는 얼굴로 엠릭을 바라보다 그를 말리려는 순간, 누군가가 식당 안으로 들어왔다.

"지금 이게 뭐 하는 짓입니까."

죽어 가는 엠릭을 살린 건 타스였다. 보아하니 식당을 빠져나간 에타이들 중 한 명이 타스를 불러온 모양이었다.

원장님께 이르는 꼬맹이도 아니고. 어이가 없어진 사이레인은 거칠

238

게 엠릭을 내던졌다.

테이블 위로 떨어진 엠릭은 컥컥거리며 한동안 숨을 골랐다.

"내가 보석을 주고 그쪽을 고용한 이유는 이 요새의 방어와 공격을 위해서지, 내 부하를 해치기 위함이 아닌데."

타스가 조용히 다가와 사이레인과 다른 에타이들의 부축을 받는 엠릭을 바라보았다.

"그쪽 부하가 나에게 거짓을 말했다."

"엠릭이 말입니까?"

타스의 눈이 가늘어졌다.

"적어도 적에 대한 정보는 정확히 제공했어야지."

전투가 아닌 가벼운 수색을 위해 나선 상태였다. 그 여자가 무슨 생각으로 넘어간 것인지는 모르겠지만, 만일 전력으로 붙었더라면 위태로울 뻔했다.

거기다 주변에 동료들이 있었던 게 분명했다. 실제로도 전투가 시작되고 얼마 안 돼 아롬벨의 용병이 바로 달려오지 않았던가.

무엇보다 마검사. 마검사나 마법사를 상대할 때는 신중에 신중을 기울여야 했다. 특히나 그 정도 실력의 마검사라면 더욱더.

아까의 싸움은 무방비한 상태로 늑대 아가리로 기어들어 간 판국이나 다름없었다.

타스를 바라보는 사이레인이 이를 갈았다. 이번만큼은 타스는 사이레인의 편을 들 것이다. 자칫 잘못했다간 귀중한 전력을 잃을 수 있었으니까.

하지만 그건 사이레인의 착각이었다.

"그건 그쪽 잘못입니다, 사이레인."

타스의 입에서 덤덤한 목소리가 흘러나왔다.

"……뭐?"

239

바람 빠진 듯한 목소리가 사이레인의 입에서 흘러나왔다.

"우리가 레너드 용병단을 그 비싼 값을 주고 고용했을 땐, 일에 대한 처신도 맡긴 겁니다. 그만큼 능력이 있을 거라 믿었으니까요."

한마디로 속인 엠릭은 잘못이 없고, 그 상황을 가볍게 빠져나오지 못한 사이레인에게 잘못이 있다는 태도였다. 타스는 사이레인을 바라보며 말을 이었다.

"거기다 셀바토르 공작에 관한 소문은 이미 용병들 사이에서도 파다할 텐데요? 거기에 속아 넘어간 당신의 잘못이 아닐까요."

뒤에 서 있던 레너드 용병이 앞으로 한 발 나섰다.

"그건 좀 이상하지요! 용병들 사이에서 떠도는 소문은 심각하게 과장된 것이 많았습니다. 하늘을 날며 검기를 날린다는 소문도 있었어요. 그래서 확인차 물었더니, 저자가 아니라는 답을 한 겁니다."

용병은 겨우 벽에 기대어 앉아 숨을 고르는 엠릭을 가리켰다.

"실제로 싸워 본 사람을 믿는 게 이상한 일이 아니지요!"

"그렇다 하더라도."

타스가 차분하게, 하지만 매섭게 용병을 노려보았다.

"어느 정도는 각오하셔야지요. 괜히 그런 과장된 소문이 돌고 괴물이라 불리는 게 아니지 않습니까."

"……뭐, 뭐? 이봐!"

앞으로 나서려는 용병을 사이레인이 팔을 들어 막았다. 타스를 바라보는 눈은 차갑게 가라앉아 있었다.

"앞으로 이런 일이 없었으면 하는데."

"약속드리지요. 엠릭도 적절한 벌을 내리겠습니다."

벌은 무슨. 다시 이가 갈리는 걸 간신히 참은 사이레인은 고개를 끄덕이고 그대로 식당을 나섰다. 식당을 나서는 사이레인의 뒤로 힘겨운 웃음소리가 쏟아졌다.

저 망할 놈. 사이레인은 작게 욕설을 내뱉었다.

용병에게 있어서 고용주와의 마찰은 가장 피하고 싶은 일 중 하나였다. 돈을 주는 인간이었으니까.

하지만 저런 놈들일 줄은 몰랐다. 엠릭이라는 자는 일부러 자신에게 거짓된 정보를 알려 준 게 분명했다. 그리고 포르와 타스는 그 행위를 묵인하고 감싸 주었고. 하급 용병들 사이에서 싹수가 보이는 신입을 미리 밟아 두기 위해 하는 짓거리였다.

용병단을 꾸리기도 전에 이름을 날리던 사이레인에게 감히 그런 짓을 하는 놈들은 없었기에 사이레인이 간과하고 있던 것 중 하나였다. 아니, 사실은 이런 중요한 상황에서 저딴 추잡한 짓을 할지는 몰랐다.

입으로는 늘 고귀한 신념을 외치면서 행동이 이따위라니, 곧 망하겠군. 반드시 저 엠릭이란 놈을 조져 버리겠다고 다짐하며 사이레인은 식당을 벗어났고 같이 식당을 나온 용병이 그를 나지막이 불렀다.

"사이레인. 괜찮아?"

살벌한 기색에 그는 기가 죽은 듯 슬며시 물었다. 하지만 사이레인은 대꾸도 하지 않고 성큼성큼 앞으로 나아갔다.

그러다 갑자기 걸음을 멈추었다.

'에타이 놈들은 너무 믿지 않는 게 어때? 적인 내가 보는데도 불쌍할 정도야.'

사이레인의 눈이 가늘어졌다.

"사……이레인?"

조심스레 동료가 부르는 게 들렸지만 무시했다. 머릿속이 복잡스러웠다. 오늘 처음 본 적의 말이 이렇게 신경 쓰이다니. 잠시 이를 갈다 결정을 내린 사이레인은 자신을 따라오던 동료를 불렀다.

"로인, 가서 에타이 놈들이 우리 값을 치를 수 있는지 확인해 봐."

"어, 어? 전부 이미 확인한 사항 아니야? 그리고 우린 선금도 두둑이 받았잖아. 보석 상자!"

그래, 그랬었지. 에타이들은 선금으로 보석을 상자째 내밀었다. 비록 작은 상자지만 고급 보석들로만 채워져 있어 값어치가 상당했다. 거기다 그들은 사이레인이 지목한 가게로 들어가 감정평가를 받기까지 했다.

의심할 바 없는 최상급 보석들이었다. 자신이 무작위로 지목한 가게에서 받은 데다가 용병단에서도 보석을 볼 줄 아는 놈이 고개를 끄덕여 그러려니 했다.

그러나 의심이 깊어져 자꾸만 머릿속이 복잡해졌다.

"일단 확인해 봐, 알겠지?"

"으음⋯⋯. 알았어."

눈을 찡그린 채 고개를 갸웃거리던 로인은 사이레인의 말에 이내 몸을 돌렸다.

잠시 남자의 뒷모습을 바라보다가 사이레인은 머리를 긁었다. 오늘 처음 본 여자의 말에 이렇게 휘둘려도 되는 걸까.

사이레인의 미간에 주름이 잡혔지만 잠시였다. 그는 고개를 저으며 깊은 한숨을 흘렸다.

'의심해도 나쁠 건 없지.'

애써 그렇게 생각하며 사이레인은 자신의 숙소로 돌아갔다.

✝ ✝ ✝

'⋯⋯없어.'

사이레인의 눈이 가늘어졌다. 도끼 끝에 감아 두었던 천이 사라졌다.

어릴 적 고아원 친구들과 함께 그린 것을 늘 도끼 끝에 매달아 두고 다녔는데, 도끼를 손질하려고 보니 없었다. 너무 낡고 오래되어 떨어지지 않도록 새 천으로 이어 감아 놓은 게, 오늘 싸움에서 떨어져 나간 모양이었다.

사이레인은 어딘가 허전해 보이는 도끼 끝을 바라보다가 얼굴을 구기며 머리를 벅벅 긁었다.

언제 없어져도 이상하지 않을 낡디낡은 천이었다. 고아원을 나오기도 전에 그린 것이었으니까. 아무리 대충 셈해 봐도 10년은 넘은 물건이다 보니 가지고 있는 것도 사이레인 혼자뿐이었다.

다들 칠칠치 못한 성격에 잃어버리거나, 오늘의 그처럼 낡아서 사라져 버렸거나 그것도 아니면 처음부터 어디 짐 가방 밑에 쑤셔 박아 놓고 완벽히 잊어버렸다.

그러니 잃어버린 것을 안타까워만 해도 괜찮을 것이다. 아무도 사이레인에게 뭐라 하지 못할 게 분명했다. 가장 오래 가지고 다녔던 건 그니까. 하지만…….

"……."

자신의 거대한 도끼를 무섭게 노려보며 애꿎은 머리만 헝클어트리던 사이레인은 결국 몸을 일으켰다. 그간 매달고 있던 천에 대한 의리도 있고 천이 떨어졌을 만한 곳도 명확했던 탓이었다.

오늘 셀바토르라는 여자를 만났던 그 장소, 거기에 있겠지. 실제로 그녀가 불을 썼지 않은가. 그때 새 천으로 이어 놓은 매듭이 그을리며 천이 바닥에 떨어졌을 가능성이 높았다.

'한번 둘러보고 없으면 그냥 오자.'

이미 잠든 놈들을 깨우지 않기 위해 벽에 걸린 겉옷을 조심스레 빼 낸 후 사이레인은 빠르게 숙소를 벗어났다. 늦은 밤, 요새 경비병 외에는 사이레인을 막는 사람은 없었다.

"어딜 가는 거야?"

"야간 수색."

경비병조차 간단한 질문 후에 요새의 문을 열어 주었다. 에타이들만이 돌던 야간 수색은 어느새 용병들까지 돌고 있었으니까.

약간의 비웃음과 경멸이 담긴 경비병의 시선을 받으며 요새를 나선 사이레인은 후드를 푹 눌러썼다.

그래, 자신은 순찰 겸 가서 한번 살펴보는 것이다. 나온 김에 살펴보는 거야 어렵지 않은 일이니까. 비록 오늘은 그가 순찰을 돌 차례가 아니었고 낮에 싸웠던 장소는 순찰 장소에서 멀찍이 떨어진 곳이긴 했지만.

달빛도 잘 들지 않는 우거진 한밤의 숲을 사이레인은 작은 등불 하나에 의지해 빠르게 걸었다. 낮의 열기는 사라지고 차디찬 한기만이 숲을 가득 채우고 있었다.

'있어야 할 텐데.'

가면서도 온통 그 생각뿐이었다. 그 자리에 과연 남아 있을까, 불에 타 버린 건 아닌가.

홀로 빠르게 걸어서 그런지 아니면 마음이 급해서 그런지 생각보다 이르게 도착했다. 잘리고 그을린 싸움의 흔적들이 사이레인을 맞이했다.

어느새 저쪽 편에 걸려 있던 달이 머리 위에 떠, 달빛이 나뭇잎들 사이로 쏟아져 내리고 있었다.

사이레인은 허리를 숙이고 천을 찾아 헤맸다. 어디쯤에 있을까. 그 여자가 불을 썼던 이쯤일까 아니면 처음 검과 도끼가 마주쳤던 이 부근일까. 비록 아까보다 달빛이 선명해지긴 했지만, 사이레인의 시야는 작은 등불 하나에 국한되어 있었다.

그런데 그 순간 등불 끝에 무언가가 보였다. 사이레인의 눈이 가늘어짐과 동시에 그는 빠르게 뒤로 물러나며 도끼 대신 가져온 검을 뽑아 들었다.

땅을 비추고 있던 등불을 높게 들자, 흔들거리는 빛은 한 여자를 그려 냈다.

"굉장히 빠르네."

잘못 본 게 아니었다. 어둠 속에서 나타난 건 낮에 싸웠던 그 여자였다. 검은 머리를 하나로 묶고, 낮보다 편한 복장에 망토를 걸친 여자는 무언가를 기다리고 있었다는 듯 나무 그루터기에 앉아 있었다.

"……너."

"안녕?"

아셀라는 자신에게 검을 겨누고 있는 사이레인을 보며 손을 흔들어 보였다. 인사는 중요한 거지.

하지만 상대방은 인사를 할 생각이 없는 듯 인상만 쓴 채 아셀라를 노려보고 있었다.

털을 바짝 세운 고양이 같은 모습에 사이레인에게 다가가려던 아셀라는 그냥 턱을 괸 채 그대로 앉아 있었다. 사람과 친해지는 데는 시간이 든다. 그리고 그건 동물도 마찬가지였다. 아셀라는 말없이 사이레인을 바라보았다.

"무슨 생각으로 여기까지 온 거지?"

도대체 저 여자는 무슨 생각으로 여기에 있는 걸까. 잠에 빠져들 한밤이었다. 복장을 보아하니 자신처럼 수색이나 보초를 위함도 아니었다. 저절로 머릿속에서 의문이 떠올랐다.

"아, 별건 아니고."

그때 아셀라가 자신의 품속에서 무언가를 꺼내 펼쳐 들었다. 그걸 본 사이레인의 복잡한 머리는 이내 가라앉았다. 자신이 찾고 있던 천이었다.

"주인을 잃은 것 같아서 찾아 주려고."

그렇게 말하며 아셀라는 낡은 천을 펼쳐 사이레인에게 보여 주었다.

"네 것이지. 사이레인."

사이레인은 비록 답이 없었지만, 천에서 떨어지지 않는 시선으로 긍정했다.

정말로 이 천을 찾으러 여기까지 올 줄이야. 어쩐지 신기해졌다.

보통 이런 물건 하나를 찾으러 여기까지 오지는 않는다.

이 부근은 르카디우스 제국 쪽에서도 그리고 에타이들 쪽에서도 수색 범위로 잡지 않는 곳이었다. 간간이 출몰하는 몬스터들 때문이었다. 나름 위험한 지역을 저 작은 등불 하나에 의존해 온 것이다.

저 용병에 대한 흥미가 조금 더 일었다. 야밤을 이용해 사람들을 공격하는 몬스터 따위는 신경 쓰지 않아도 될 실력이라는 걸까. 아니면 에타이들에게 뒷말이 나와도 괜찮을 정도로 이 천이 중요한 걸까.

뭐가 되었든 마음에 들었다. 낮에 검으로 이야기를 나눴을 때도 괜찮은 느낌이었지.

흘러나온 머리카락을 귀 뒤로 정리하며 아셀라는 그대로 천을 사이레인에게 던져 주었다. 설마 이렇게 간단히 천을 넘겨줄지는 몰랐는지 엉겁결에 천을 받은 그의 눈이 동그래졌다.

"뭐야, 주인 아니야?"

그 모습에 놀리듯 아셀라가 묻자 사이레인은 천을 한 번, 아셀라를 한 번 바라보더니 입을 열었다.

"……맞아."

사이레인은 천을 다시 잃어버릴까 품에 넣으며 그녀를 바라보았다.

"그런데 왜 나에게 이걸 주는 거지?"

생각해 보면 기묘한 일이다. 저 여자는 르카디우스 제국의 귀족이었고, 자신은 에타이들에게 고용된 용병이었으니까.

게다가 낮에도 아롬벨의 용병과 합세해 밀어붙였더라면, 전부는 아니었어도 분명 자신 동료들 중에선 사상자가 나왔을 게 분명했다. 실제로 자신도 방심 속에서 위태하지 않았던가.

그런데 아셀라라는 저 여자는 자신과 동료들을 그냥 보내 주었다. 그리고 잃어버린 줄 알았던 천까지 주워 주었다. 남들이 보기에는 그냥 버리는 천 조각이나 다름없을 텐데도.

"소중한 거 아니었어? 천에 그려진 문양, 용병들이 안전을 기원하며 수를 놓는 문양 같던데."

"그건 맞는데."

흐응, 콧소리를 내며 아셀라는 턱을 괴고는 사이레인을 바라보았다.

"왜 낮에는 너희를 도망치게 놔뒀는지, 왜 너에게 소중한 천을 주워 줬는지 묻는 거라면."

사이레인을 바라보는 아셀라가 환하게 웃었다. 어딘가 음흉해 보이기도 하고, 위험해 보이기도 해서 사이레인은 본능적으로 한 발짝 뒤로 물러났다.

"나는 네가 마음에 드니까."

"어?"

갑자기 튀어나온 대답에 사이레인의 눈이 동그래지더니 이리저리 헤엄치기 시작했다. 흘러나온 머리를 정리하는 아셀라의 눈이 반짝였다.

"야망도 있고 그걸 이룰 능력도 있지. 나는 실력 있는 놈들이 좋거든."

인재들을 발견하고 키우는 건 즐겁다. 여자라는 이유로 집사가 아니라 하녀장을 생각하던 제나나, 제 실력에 맞지 않는 돈을 받아 가며 일하던 테펜텔이나.

그런 사람들을 데려다가 능력에 맞는 위치를 주고 커 가는 걸 보는 건 아셀라의 작은 취미 중 하나였다. 관심만 있고 그들을 데려와 제 위치에 놔줄 능력이 없었더라면 조금 슬펐겠지만, 그녀는 셀바토르였다. 권력도, 힘도, 돈도 그리고 인재들을 알아보는 능력도 차고 넘칠 정도로 있었다.

그런 아셀라의 눈에 사이레인이 들어온 것이다.

즐거워라. 데려다가 잘 클 만한 자리에 두고 충분한 지원을 하면 얼마나 커질까. 소드마스터까지는 아니더라도 명성을 떨치는 기사가 될 것이다. 아니, 성격상 기사가 안 맞으면 용병 왕 정도도 괜찮지.

'그렇게 보면 메데이아, 그녀도 나쁘지는 않은데……'

잠시 아셀라의 눈이 가늘어졌다. 메데이아, 독을 한껏 머금은 꽃 같은 여자. 그녀에게 호감은 갔지만 그 못지않게 본능이 위험하다는 경고를 울리고 있었다. 자신들의 관계는 앞으로 그녀의 행보에 달렸다.

아셀라는 나무 그루터기 위에 굴러다니던 돌을 손가락으로 만지작거렸다.

"……그, 나는!"

그런데 갑자기 사이레인이 목소리를 크게 내었다. 놀라서 사이레인의 쪽을 바라보니 아직도 눈이 핑글핑글 돌고 있었다. 어버버, 헛소리를 잠시 내뱉더니 이내 소리를 내질렀다.

"나는 그럴 생각이 없다!"

저건 무슨 개…… 아니 곰 소리지. 아셀라는 놀라 눈을 크게 떴다. 아, 설마.

'오해했나?'

앞에 한 말만 들은 걸까. 뒤에 나름 충분한 설명을 덧붙였는데. 그러고 보니 마음에 든다는 말을 했을 때부터 청녹빛 눈이 미친 듯 좌우로 흔들리고 있었던 듯했다. 저놈 못 들었구나.

"어…… 그래."

그렇구나. 아셀라가 한쪽 입꼬리만 올린 채 고개를 끄덕이자, 사이레인은 눈을 몇 번 껌뻑거리더니 희미한 등불로도 알 수 있을 정도로 얼굴이 붉어졌다. 아셀라의 표정과 대답에 자신이 오해했다는 걸 그제 야 깨달은 모양이었다.

한참을 말도 못 하고 입만 달싹이더니 제 얼굴을 손으로 가린 채, 커다란 몸을 천천히 허물어트렸다. 아직도 등불은 꼭 쥐고 있던 탓에 붉어진 귀가 아셀라의 눈에 들어왔다.

"아하하!"

결국 웃음이 터지고 말았다. 저 덩치에 저런 행동이라니! 생각보다 더 귀엽지 않은가.

아셀라의 웃음소리에 고개를 번쩍 든 사이레인은 그녀를 원망스러 운 눈으로 바라는 보았지만 말은 하지 못했다.

"그…… 관심은 없는데, 다른 쪽으로 관심은 있어."

너무 웃어서 배가 아파 왔다. 아셀라는 눈물을 훔치며 자신을 무섭 게 노려보는 사이레인을 바라보았다.

"상황은 살펴봤어? 에타이 놈들은 너희에게 지불할 돈이 없다니까. 내가 그놈들의 자금줄을 하나하나 잘라 놨거든. 지금쯤이면 입에 들어 갈 식량도 부족할걸."

아셀라의 말에 사이레인의 얼굴이 차갑게 굳었다.

"너."

"아셀라."

너라는 말에 아셀라는 입꼬리를 올리며 정정해 주었다.

"아셀라라고 이름을 부르기 싫으면 아셀라 벤칸 셀바토르 소 공작 님이라고 불러. 아니면 아셀라 벤칸 셀바토르 린체 기사단장님도 괜찮 아."

길다. 잠시 고민하던 사이레인은 이내 나직하게 그녀를 바라보았다.

"……아셀라."

“응.”

생긋 웃으며 아셀라는 고개를 끄덕였다. 머쓱한 듯 잠시 얼굴을 연신 손바닥으로 쓸던 사이레인이 입을 열었다.

“너는 내가 에타이들을 배신하고 너희 쪽에 붙기를 바라는 건가?”

“그래.”

이번에도 단답이 돌아왔다. 잠시 사이레인은 말없이 그녀를 바라보았다. 두 사람 사이에 침묵이 흘렀다.

“……뭘 해 줄 수 있지?”

“뭐든, 네가 원하는 거라면 다.”

뭐든? 저 말은 조금 우스웠다. 사이레인은 비죽 한쪽 입꼬리만 올린 채 그녀에게 질문을 던졌다. 아무리 저 여자라 해도 이 질문에 답은 힘들겠지.

“나를 귀족으로 만들어 줄 수 있나?”

르카디우스 제국의 귀족들은 오만했으니까. 평민 출신의 용병 따위가 자신들 사이에 섞이는 걸 원치 않을 게 분명했다. 한때 르카디우스 제국 출신 귀족 밑에서도 일해 본 사이레인은 확신했다.

다른 왕국의 귀족들도 그랬지만, 특히나 르카디우스 제국의 귀족은 마치 자신들과 용병단은 다른 생물인 것처럼 행동했다. 그는 사이레인과 레너드 용병단을 ‘근본도 모르는 자들’이라고 부르며 아무도 자신들과 섞이고 싶지 않아 할 거라 말했었다. 그러니 저 여자도 마찬가지일 테지.

“만들어 주지.”

기대와는 다른 대답이 떨어졌다. 사이레인의 눈이 커다래지고, 아셀라의 입꼬리는 호선을 그었다.

“뭘 그리 놀라. 내가 말했잖아.”

달빛은 머금은 채 아셀라는 사이레인을 바라보았다.

"뭐든 원하는 건 다 이뤄 줄게."

사이레인은 나무 그루터기에 앉아 자신을 바라보는 아셀라를 바라보았다. 저런 이야기를 하면서도 흔들림 따위는 느껴지지 않았다. 어쩐지 그 확고함이 신기하게 느껴졌다.

잠시 제 목덜미를 쓸던 사이레인이 입을 열었다.

"안 돼."

어쩐지 청녹색 눈이 무겁게 가라앉아 있었다.

"돈 때문에? 아니면 명성?"

아셀라의 물음에 사이레인은 답을 하지 않았다.

보통 용병이라면 도망치고도 한참 남았을 것이다. 그런데도 레너드 용병단은 요새에 머물렀다. 무언가 약점이라도 잡혀 있는 걸까?

'설마 레너드 용병단에서도 인질을 잡아 뒀나.'

평민들을 감언이설로 꾀어 요새의 노역을 시키다가 적이 들어오면 방패로 쓰는 놈들이니 가능성이 컸다.

아셀라는 작게 이를 갈았다. 요새를 찾으면 바로 들어가 타스의 목을 자른다. 머리에 쓰레기만 가득 찼으니 머리통이 아깝지는 않겠지.

아셀라는 바닥을 구르는 타스의 목을 상상하며 머리를 쓸어 올렸다. 답을 주지는 않았지만 이대로 아셀라를 보낼 생각은 아닌지, 뜬금없는 질문을 던지며 사이레인이 제 목덜미를 매만졌다.

"혹시 보석을 잘 볼 줄 알아?"

"보석?"

아셀라의 고개가 살짝 옆으로 기울었지만, 이내 대답을 해 주었다.

"어느 정도는 보지."

크게 흥미가 있는 분야는 아니었으나 보석을 보는 눈은 귀족들의 기본 소양이었다. 그런데 이걸 왜 물어보는 걸까.

잠시 고민에 빠진 아셀라를 구해 준 건 사이레인이었다.

"보석 하나를 봐 줄 수 있을까."

아하. 대강 상황이 이해가 갔다.

용병의 입에서 보석이 나올 말을 하나밖에 없다. 용병에게 주어지는 보수가 아니던가.

테펜텔 역시 르카디우스 제국에서 사용하는 동전보다는 금과 보석을 선호했다. 특히나 사이레인처럼 국경을 넘나드는 용병단은 더욱더 보석이나 금을 선호했다.

"나보다는 감정사를 불러서 확인을 받는 게 좋지 않아? 그리고 용병대에는 보석을 보는 놈이 하나쯤 있을 텐데."

용병대에서는 혹여나 가짜나 저질 보석으로 자신들을 속이는 걸 방지하기 위해 늘 한두 명쯤 보석을 확인하는 이들이 있었다. 그들조차 없다면 상점의 감정사를 이용했다.

"확인했는데 믿을 수가 없어. 우리 쪽 애는 보석을 잘 보는 편도 아니고⋯⋯."

어쩐지 멋쩍어 사이레인은 말꼬리를 흐렸다. 그와 반대로 아셀라의 입가에 걸린 미소는 짙어졌다.

"적인 나는 믿을 수 있고?"

"⋯⋯."

입이 콱 막혀 버렸다.

사이레인이 뭐라고 말하기도 전에 아셀라가 몸을 일으켰다. 슬슬 서로 돌아가야 할 시간이었다. 어느새 달이 기울었고 사이레인의 손에 들린 등불은 꺼지기 일보 직전이었다.

"좋아. 대신 날짜는 내가 정할게."

잠시 셈을 하던 아셀라가 이내 고개를 끄덕였다.

"사흘 아니, 나흘 후에 볼까. 자주 수색 길을 벗어나면 네가 의심받을 테니. 대신 낮이 좋겠네. 태양이 정 가운데에 있을 때."

252

사이레인이 우직하게 고개를 끄덕였다. 나흘 후, 낮, 정오. 잊어버리지 않게 몇 번이고 되새겼다.

"아, 그리고 저쪽으로 가면 적당한 게 있을 거야."

적당한 거? 물어보기도 전에 아셀라가 시야에서 사라졌다. 놀란 사이레인이 등불을 높게 들자, 어느새 저만치에 서 있는 그녀가 보였다. 아셀라는 후드를 깊게 눌러쓴 채 손을 흔들었다.

"잘 가, 수색자."

입가에 미소를 머금고 처음 만났을 때처럼 손을 살랑살랑 흔든 아셀라는 순식간에 사라졌다. 머리를 긁적이던 사이레인은 아셀라가 가리킨 쪽으로 걸어갔고 거기서 사슴 몇 마리를 발견했다.

"사슴?"

왜 늦게 돌아왔는지 추궁하려던 에타이들은 사이레인이 지고 온 사슴을 보고 입을 다물었다. 그리고 그저 사이레인을 탓할 뿐이었다.

"네가 너무 늦게까지 돌아오지 않는 바람에 탈주했다고 보고하려고 했어, 알아? 뭐 그래도 이런 걸 잡아 왔으니, 한 번은 봐주지."

경비병은 사이레인 때문에 신경을 썼던 게 짜증이 나는지 입으로는 연신 툴툴거리면서도 입가에 미소를 지었다.

"오랜만에 고기를 먹을 수 있겠군. 이게 얼마 만이람?"

사슴을 옮기면서 에타이가 작게 중얼거린 말을 사이레인은 놓치지 않았다.

그러고 보니 식사에 고기가 올라오지 않은 기간이 오래되었다. 처음엔 사흘에 한 번씩 고기를 먹을 수 있었는데, 그 기간이 나흘로 늘었다. 그리고 또 어느새 닷새, 엿새로…… 그렇게 기간이 늘어나고 있었다. 마지막으로 식사에 고기가 올라왔던 건 보름 전.

사이레인의 눈가가 가늘어졌다.

'식사를 따로 하니 식사도 차별을 두는 건 줄 알았는데.'

레너드 용병단은 거대한 건물 하나를 숙소와 식당으로 이용하고 있었다. 처음엔 에타이들도 이용하는 식당을 이용했으나, 자주 시비가 붙어 따로 식사하게 되었다. 그래서 자신들을 차별하는 의미로 그런 건 줄 알아서 항의한 적도 있었다.

기억을 되짚어 보니 어제 엠릭인가 엠넥인가 하는 놈이 먹던 스튜도 나름 건더기가 풍부해 보였지만, 그 안에 고기는 없어 보였지. 왜 그걸 이제야 눈치챘을까.

"사이레인!"

"어딜 다녀오는 거야, 단장! 우릴 두고 도망간 줄 알았다고."

숙소로 돌아오자, 레너드 용병들이 그를 맞이했다. 다들 너무 늦게 들어온 사이레인의 어깨를 툭툭 두드렸다.

"에타이 놈들이 밤새 수색을 시킨 거야?"

우람한 체격의 한 여자는 사이레인이 고개를 끄덕이면 그대로 에타이들에게 달려갈 듯 이를 갈고 있었다.

"아니, 그건 아니야."

사이레인의 말에 아쉬운 듯 탄식이 흘러나왔다. 그녀뿐만 아니라 여기저기에서 불만을 말하고 있었다.

"에타이 놈들, 돈을 줬다고 너무 부려 먹고 있어. 지나가기만 해도 시비를 건다고."

"거기다 어제 사이레인에게 시비를 걸었어."

"미친, 전부 모가지를 따 버려."

로인 놈, 알아 오랬더니 용병들 사이에 껴서 에타이들의 험담을 흘리고 있었다.

"모가지로는 부족하지, 일단 온몸에 털을 다 뽑고 사막에 굴리는 거야."

"고문 같고 좋은데? 여기서 제일 가까운 사막이 어디더라. 지도를 좀 봐야겠다."

"로인."

로인이 지도를 찾아 몸을 벌떡 일으키자, 사이레인은 조용히 그의 어깨를 잡고 숙소 밖으로 끌고 나왔다.

"알아봤어?"

숙소 뒤편으로 가자마자 사이레인은 로인을 재촉했고, 그는 아픈 어깨를 부여잡으며 고개를 끄덕였다.

"그럼, 알아봤지! 그런데 눈에 띄는 건 없더라고."

"눈에 띄는 게 없다고?"

"맞아! 무기 창고나 이런 델 쭉 돌아봤거든? 그런데 뭐가 빈다든가 그런 건 없어. 식량 창고도 훑어보았지만, 문제없던데?"

물론 좀 빈 게 있지만, 그건 아직 보급 마차가 안 와서 그런 거고. 말을 주절주절 이어 나가는 로인을 뒤로하고 사이레인은 생각에 잠겼다.

그래, 보급 마차. 꾸준히 보급 마차는 무언가를 싣고 들어왔지. 비록 천으로 덮여 있어서 그게 뭔지는 몰랐지만.

"로인, 가서 식량 창고 다시 확인해 봐."

"식량 창고를 다시 확인하라고?"

"그래, 이번에 하나하나 다 뒤져. 감자 포대든, 보리를 담아 둔 항아리든. 가리지 말고 싹 다. 알겠지? 그리고 이틀 후 보급 마차가 오지. 그것도 천을 벗겨 봐."

"그, 그것도?"

로인이 겁먹은 듯 눈을 크게 떴다. 식량 창고와 보급 마차, 에타이들이 가장 신경을 곤두세우는 것들이 아니던가. 하지만 이내 눈을 질끈 감고 고개를 끄덕였다.

"알았어. 해 볼게!"

"그래."

사이레인은 로인의 어깨를 토닥였다. 좋아, 일을 끝냈으니 숙소로 돌아가면 선금으로 받은 보석 몇 개를 챙기자. 그리고 나흘 후 그 여자를 만나면 보여 줘야지.

'나흘……'

어쩐지 열이 나는 것 같아, 사이레인은 맨손으로 입가를 쓸었다. 뺨에 난 상처가 생각보다 거슬리지 않았다.

† † †

"요즘 어디를 그렇게 다녀와."

후드에 묻은 새벽이슬을 털어 내는 아셀라를 피스토레가 게슴츠레한 눈으로 바라보았다. 그 옆에는 따라가려다가 따돌려진 테펜텔이 입을 삐쭉 내밀고 있었다.

어쩐지 기분이 나빠 보이는 두 사람이었으나 아셀라는 가볍게 무시하며 후드를 벽에 걸어 두었다.

"밤 산책."

아직은 때가 아니었다. 그 용병을 만난 건 고작 두 번. 피스토레와 테펜텔에게 알려 주기는 일렀다.

사이레인과 레너드 용병단을 이쪽 편으로 만들려면 경계심을 최대한 누그러트리게 만들어야 했다. 아까도 털을 바짝 세운 새끼 고양이 같은 꼴이 아니던가.

추후 조금 경계가 누그러지면 선금에 몇 배를 제시해 보자. 무릇 용병에게 제일 중요한 건 돈이다.

'아니, 그 전에 뭔가 원하는 게 있어 보이는 눈치였지.'

자신을 귀족으로 만들어 줄 수 있냐고 했다. 귀족, 귀족이라. 자연

256

스레 아셀라의 눈길이 피스토레에게 닿았다. 뭔가를 테펜텔과 열렬히 떠들던 피스토레가 아셀라의 눈빛을 받고 몸을 부르르 떨었다.

"왜, 왜?"

"아니야."

여차하면 저놈의 이름을 팔면 되는 거지. 곧 황제가 될 피스토레의 이름과 자신의 이름을 합치면 신귀족이라는 건 쉽고도 간단한 일이 된다.

'하지만 진정으로 원하는 건 그게 또 아닌 것 같았는데.'

도대체 뭘까, 곰 같던 용병이 원하던 것은. 뭘 해 줘야 이쪽으로 오려나. 그 속에 숨기고 있는 것은 뭘까.

옷을 정리하던 아셀라는 저도 모르게 미소를 지었다. 어차피 나흘 후에 만나기로 했으니까. 조용히 자신의 팔짱을 낀 채 아셀라는 생각에 잠겼다.

순식간에 붉어지던 얼굴이며 귀며, 자신이 착각했다는 걸 알자 조용히 얼굴을 감싸 쥐던 모습은 다시 생각해도 저절로 웃음이 터졌다.

자신에게 청혼하던 남자들과는 달랐다. 아직은 지위를 잇는 여자들이 별로 없어서 그런가, 은근히 자신을 아래로 보는 놈들이 많았는데. 그래서 거절하거나 뭐든 이루어 줄 수 있다고 말하면 자존심 상해 몸을 떠는 놈들이 많았다.

공개 청혼을 하기에 공개 거절을 했더니, 분노로 몸을 떨면서 자신에게 아무 개소리나 지껄이던 놈이 떠올랐다. 자신이 사람들 앞에서 창피당하지 않게 받아 줘야 한다든가 뭐라든가. 그해에 들었던 소리 중 가장 개소리였지.

말하기도 귀찮고 말해 봤자 못 알아들을 게 뻔해 사람들 앞에서 가볍게 반으로 접어 주고, 뒤로는 가문의 힘을 이용해 그놈과 그놈의 가문을 가볍게 눌러 주었다. 그 뒤로는 자신의 앞에서 개소리하는 놈들이 사라져서 편했던 기억이 문득 떠올랐다.

어쨌든 사이레인은 그런 놈들 같아 보이진 않았다. 그리고 꽤 귀여웠고.

"아셀라······?"

잠시 생각에 빠져 있던 그녀를 현실로 되돌려 둔 건 테펜텔이었다.

"왜?"

아무렇지도 않은 척, 아셀라는 테펜텔을 바라보았다.

분명 아까 이상한 얼굴이었는데. 테펜텔과 피스토레의 눈이 가늘어졌다.

무언가 이상한 기류가 제 친구에게 찾아왔다.

† † †

그 뒤로 두 사람은 자신의 일에 집중했다. 아셀라는 요새를 찾기 위한 수색을 펼쳤고, 사이레인은 종종 전면전에 나섰다.

그는 성기사나 제국의 기사들과 부딪쳤지만 평소만큼 싸우지 않았다. 그저 몇 번 검을 부딪치고 뒤로 스리슬쩍 빠졌고 그건 다른 용병들 역시 마찬가지였다.

그렇게 둘이 약속했던 날이 돌아왔다.

"왔어?"

이번엔 화사한 낮의 햇살을 받으며 일광욕을 즐기던 아셀라는 사이레인을 보자 손을 흔들었고, 그는 상자를 내밀었다. 에타이들에게 받은 보수로 가득 찬 상자였다.

결론부터 말하자면, 사이레인이 받은 보석은 굉장히 질이 나쁜 보석이었다.

보석을 감정한 레너드 용병이나 그때까지 제 터전을 지키고 있던 이트바나의 보석 감정사들을 나무랄 건 없었다. 사이레인에게 주어진 보석은 저품질의 보석에 마법을 걸어 최상급 보석처럼 만든 것이었으니까.

한때 몇 명의 마법사들이 마음먹고 사기를 친 적이 있었다. 보석들은 꽤나 감쪽같아 감정사들과 귀족들마저 속아 넘어갔다.

문제는 시간이었다. 마법이 걸린 상자에서 나온 보석의 광채와 투명도는 시간이 갈수록 떨어졌고, 서너 달 사이에 보석은 원래의 등급으로 돌아갔다. 그사이 마법사들은 거액의 돈을 가지고 도주를 했었다.

나름 완벽한 계획이었다. 서너 달이면 도망갈 시간도 충분했고, 귀족들은 자신의 체면만은 중요하게 여겨 입을 다물 테니까.

하지만 안타깝게도 한 귀족이 마법사들의 보석으로 만든 귀걸이를 아르트엘에게 선물했고, 아르트엘은 입을 다물 인물이 아니었다. 그리고 국경을 넘기 직전의 마법사들을 잡은 건 다른 누구도 아닌 아셀라였다.

마검사이자 과거에 이 사기 사건을 담당했던 아셀라는 대번에 보석을 알아보았다.

"에타이 놈들……."

꽉 물은 잇새로 들끓는 목소리가 흘러나왔다. 사이레인의 손에 든 상자가 엄청난 힘에 우그러들며 보석들이 흙바닥에 쏟아졌다.

하, 짧게 한숨을 쉰 사이레인은 그대로 상자를 바닥에 던져 버리고는 피곤하다는 듯 아셀라가 걸터앉아 있는 나무 그루터기 옆에 털썩 주저앉았다.

말없이 자신에게 정수리를 보여 주는 남자를 아셀라는 빤히 바라보았다. 지금 이 남자의 머릿속은 상당히 복잡할 것이다.

보수로 받은 것이 가짜다. 레너드 용병단의 이름으로 선지급한 돈들을 메꿀 방도가 사라졌고, 용병들의 생계가 위태해졌다. 거기다 떠

난다고 해도 에타이들이 레너드 용병단을 그대로 보내 줄까.

"이번 일만 끝나면……."

자책감 서린 목소리가 밑에서 흘러나왔다. 하지만 심란한 그의 목소리와는 다르게 아셀라는 별생각 없이 사이레인의 머리를 내려다보았다.

만져 봐도 될까? 뭔가 용병답지 않게 복슬복슬해 보이는 주홍빛 머리카락이 시선을 붙잡았다.

잠시 고민하던 아셀라는 그대로 손을 내려 머리를 쓰다듬었다. 보기보다 거칠거칠한 감촉이 느껴졌다. 그래도 어딘가 만족스러웠다. 지금 놀라서 눈을 크게 뜬 이 모습도 정말로 마음에 들었다.

"너, 너?"

놀란 사이레인이 다급하게 몸을 돌렸고, 붉어진 얼굴을 보자마자 다시 웃음이 터져 나왔다.

아셀라가 웃자 눈을 크게 뜬 사이레인은 머리를 긁더니 이내 다시 몸을 돌려 앉았다. 다시 만져도 된다는 뜻이겠지. 아셀라는 이번엔 거리낌 없이 머리를 쓰다듬었다. 거칠한 게 생각보다 마음에 들었다.

"에타이들의 지금 현황은 알아봤어?"

사이레인은 못마땅한 얼굴로 아셀라를 한 번 노려보다가 이내 한숨을 푹 쉬었다. 아예 포기한 모양이었다.

"지금 현황은 못 알아봤어. 하지만 느낌이 좋지는 않더군."

아직 로인에게서 자세한 말이 들어오진 않았지만, 확실히 꺼림칙했다. 붉어졌던 사이레인의 얼굴이 다시 어두워지기 시작했다.

여태까지 사이레인과 용병단이 번 돈은 그들이 세운 고아원으로 들어갔다. 아이들을 학대하던 원장 밑에서 나온 아이들을 보호할 곳으로, 첫 보수를 받자마자 바로 만든 것이었다. 그렇게 보수 대부분을 고아원으로 보냈고, 나머지는 용병들이 나눠 가졌다.

다들 원하는 곳에 원하는 직업을 가지고 정착하고 싶어 했다. 상인이 되고 싶다는 놈도 있었고, 선생이 되고 싶다는 사람도 있었다. 뭐가 돼도 좋으니 가정을 꾸려 한곳에 머물고 싶다는 이도 있었다. 그들은 고향도 모르는 떠돌이였으니까.

간혹 누군가가 레너드 용병단을 떠돌이라고 불렀을 때나, 동료들이 불안에 휩쓸렸을 때.

'고향은 만들면 되는 거지. 우리가 정착하는 곳이 바로 고향이다.'

사이레인은 그렇게 말하며 씩 웃곤 했었다. 그러면 불안해하던 용병들도 이내 웃으며 고개를 끄덕였다. 그렇게 고아원에 보낼 자금과 동료들이 정착할 자금을 차근히 모으고 있었다.

그런데 하필 가장 중요한 순간에 실수를 해 버리다니. 까득, 이가 절로 갈렸다.

용병이 하지 않던 일들조차 마다하지 않고 했기 때문에 레너드 용병단은 용병들 사이에서도 평판이 그다지 좋지 않았다. 그런 와중에 다들 무시하고 있던 에타이들의 의뢰를 받아들였으니.

거기다 다급하게 요새로 오느라고 레너드 용병단의 자금과 무기, 약초를 썼기에 더더욱 타격이 컸다.

맨 처음 받은 착수금이 가짜니 아마도 아셀라를 맡게 되면서 받은 추가금도 가짜일 게 분명했다. 쓰게 된 돈을 회수할 방법이 사라졌다.

"앞날이 깜깜하군……."

사이레인은 혼잣말을 흘리며 인상을 구겼다. 그때 위에서 목소리가 쏟아졌다.

"뭘 고민해."

아셀라가 담담한 얼굴로 그를 내려다보고 있었던 탓에 사이레인이 놀라 고개를 들자 바로 시선이 맞았다.

"나에게 와."

시선이 맞자 아셀라의 입꼬리가 올라갔다. 자신과 비슷한 녹색이면 서도 더 맑은 색의 눈을 내려다보며 그녀는 말을 이었다.

"지금 머릿속에 떠오르는 것들을 내가 다 처리해 주지."

믿기지 않는다는 듯 사이레인의 눈이 가늘어지자, 아셀라는 고개를 살짝 옆으로 기울였다.

"정말로. 르카디우스 제국에서 가장 기름진 토지를 가지고 있는 건 바로 우리 아버지야."

셀바토르 공작령은 비록 수도에서 가장 멀리 떨어진 곳에 있었지 만, 비옥한 땅이었다. 계절의 간극이 크지 않아 동사하거나 열병에 걸 려 죽는 사람이 없었고, 작물이 잘 나는 데다가 세금이 적어 평민들이 가장 살고 싶어 하는 곳으로 뽑혔다.

"거기에 너희 용병들이 정착할 수 있게 도와주지. 적당한 직업도 골 라 줄 거야."

"어어?"

사이레인의 눈이 커다래졌다. 잠깐, 자신이 머릿속으로 생각하던 걸 저 여자가 어떻게 알고 있는 거지?

"상인이 되고 싶으면 그것도 좋지. 나는 꽤 좋은 상단을 가지고 있 거든. 아! 아직 아버지가 가지고 있긴 한데, 곧 내가 가질 테니 그건 걱 정하지 마. 내가 너희들의 고향을 만들어 주지."

아셀라는 머리를 쓸어 올리며 말을 이었다.

"고아원도 문제는 없지. 원하는 만큼 세워 줄게."

그다음 또 뭐가 있었더라. 아셀라가 말을 잇기도 전에 사이레인이 그녀를 저지했다.

"너 어떻게 알았지? 설마 마법으로 내 머릿속을 알아본 건가?"

마검사가 마법사도 어려워할 법한 그런 고난도 마법을 할 줄 알았던가. 하지만 마법을 쓰는 건 느끼지 못했는데, 설마 마법석인가? 아니면 이 근처에 마법사가 숨어 있는 함정이었나? 수많은 생각이 사이레인의 머릿속을 스치고 지나갔다.

"아니, 너 소리 내서 말했어."

다 꽝이었다.

아셀라의 대답에 사이레인의 얼굴이 다시 붉어지기 시작하더니 몸을 웅크렸다. 그런 사이레인을 바라보는 아셀라의 눈은 마치 작디작은 동물을 바라보는 듯했다.

"다른 사람 앞에서도 이렇게 해?"

불현듯 궁금해진 것을 묻자, 사이레인의 고개가 미친 듯 양옆으로 흔들렸다.

"아니!"

절대로 자신은 이런 사람이 아니었다. 언제나 레너드 용병단의 기둥이자 단장으로, 무너지는 모습 따위 보여 준 적이 없었다. 그리고 비록 아셀라만큼은 아니었지만, 다른 용병들과 기사들에게도 꽤 명성을 떨치지 않았던가.

그래, 이상한 일이었다. 이상한 일. 왜 자신은 적이고 만난 지 며칠 되지 않는 여자 앞에서 별의별 꼴을 다 보이고 있단 말인가.

"흠, 그래. 다른 놈들은 이런 모습을 모른단 말이지."

그래서 아셀라가 작게 중얼거리는 걸 사이레인은 놓치고 말았다.

아셀라가 사이레인의 어깨에 팔을 걸치더니 옅게 미소를 머금었다.

"어때, 여러 모습을 나에게 다 보여 줬는데 슬슬 이쪽으로 넘어오는 건?"

이젠 아주 대놓고 물어본다. 사이레인은 조금 머쓱한 얼굴로 눈을 가늘게 떴다. 매력적인 제안이 아닐 수 없었다.

하지만 바로 갈 수 없는 이유가 있었다. 에타이들은 다친 레너드 용병들을 인질로 잡고 있었다. 다친 놈 중에서는 걷지도 못하는 놈들도 많았다. 그들을 한 명 한 명 안전히, 그리고 천천히 옮길 수만 있다면.

'힘든 일이지만 이 여자는 가능하겠지.'

잠시 아셀라를 바라보다 사이레인은 고개를 끄덕였다.

"좋아. 대신 인질들 안전을 보장해 줘."

"인질?"

"다친 놈들을 인질로 잡고 있어. 요새 안에는 사제도 약초도 부족해. 덕분에 돌팔이 같은 놈이 애들을 보내 주지 않아. 거기다 끌려온 평민들도 있어. 요새에서 일어나는 잡다한 일들을 시키더군."

사이레인의 말에 아셀라의 진녹색 눈이 가늘어졌다. 아, 역시. 짐작은 했지만, 요새 안은 더욱더 상황이 안 좋은 모양이었다. 다친 용병들까지 인질로 잡을 줄은 몰랐다.

"그리고 점점 탈주자들이 생겨서 도주도 힘들어. 에타이 놈들 전투보다는 경비에 더 신경을 쓰고 있어."

그나마 에타이들에게 유리한 점은 르카디우스 제국 놈들이 자신들의 요새 위치를 모른다는 것, 그리고 인질이었다. 하지만 인질로 잡혀있던 이들이 도망쳐 르카디우스 제국 쪽으로 들어가게 되면 그 유리함을 전부 잃게 된다.

'마지막 발악인가.'

얼마 못 갈 임시 대처였다. 도망치더라도 이번엔 숨겨 둔 마지막 요새 따윈 존재하지 않는다.

목숨이라도 부지하려는 걸까? 그럴 만한 놈들이긴 했다.

'그래도 뭔가 석연치 않단 말이지. 마치 뒤에 누가 있다는 듯……'

설마. 아셀라는 입술을 깨물었다. 안 좋은 느낌이 스쳐 지나갔다.

"그렇게 하지."

하지만 얼굴에 불안감을 나타내지 않은 아셀라는 웃으면서 고개를 끄덕였다.

"바로 빠져나오는 건 무리일 테니, 일단 이렇게 몇 번 더 만나자고. 꼬리가 길면 에타이 놈들이 알아차릴 수 있겠지만 꼬리가 밟히기 전에 그놈들을 먼저 밟아 주면 되는 거지."

사이레인이 아셀라를 바라보자 아셀라가 그를 내려다보며 웃었다.

"사이레인을 포섭했어."

천막으로 돌아온 아셀라는 피곤하다는 듯 털썩 의자에 앉으며 말을 꺼냈다. 테펜텔과 피스토레 그리고 엘로스의 시선이 그녀에게 닿았다.

"수고하셨습니다, 셀바토르 경."

"목표였던 자를 포섭한 거야? 대단한데, 아셀라."

"수색은 더 나갈 필요가 없는 건가?"

쏟아지는 질문에 아셀라는 눈을 찡그리며 말을 이었다.

"일단 에타이 놈들이 이상함을 알아채지 못하게 수색은 나갈 거야. 하지만 예전처럼 꼼꼼히 할 필요는 없지. 적당한 수준으로 하자고."

아셀라의 말에 다들 고개를 끄덕였고 엘로스가 진지한 얼굴로 말을 이었다.

"그럼 전면전 역시 시간끌기용으로 이대로 하는 게 좋겠군요."

"길게는 안 되겠지만 최대한 시간을 끌어야지."

아셀라는 머리를 쓸어 올리며 말을 이었다.

"생각보다 요새 안 상황이 더 안 좋아. 전투에 직접 나가는 용병들과 에타이들마저 제대로 식사 배급이 안 되는 모양이더군."

아셀라의 말에 모두의 눈이 찌푸려졌다. 가장 중요한 사람들조차 식사 배급이 원활하지 않다면 인질로 잡혀 있는 평민들의 상태는 안 봐도 뻔한 것이었으니까.

"거기다 용병들 역시 다친 이들이 인질로 잡혀 있어. 일단 이들을 구출할 방법을 찾아야 해."

"구출할 방법이라."

사람들이 머리를 맞대고 평민들과 부상자들을 빼낼 방법을 토론하기 시작했다. 그런 사람들이 있는 곳에서 전투를 벌였다간 어떻게 될지 뻔했으니까.

'첩자를 한 명 넣어 두는 게 좋겠군.'

요새의 위치를 알게 됐으니 평민인 척 정보를 캐는 놈을 집어넣어야지.

요새 안 상황도 상황이지만 더 급한 게 있다. 아까 사이레인과 대화할 때 든 감각, 등을 타고 흐르던 그 감각은 절대 무시할 게 아니었다.

그녀의 추측이 맞다면 에타이들에게 새 뒷배가 생겼다. 그리고 그녀의 감이 맞다면 그 뒷배는.

'르카디우스 제국 측에 있어.'

아셀라는 얼굴을 일그러뜨리며 입술을 깨물었다.

† † †

"안녕, 사이."

사이레인은 자신을 '사이'라는 말도 안 되는 애칭으로 부르는 여자를 바라보았다.

사이레인이 르카디우스를 따르기로 하면서 아셀라와 사이레인의 만남은 지속되었다. 둘은 의심을 피하기 위해 최대한 시간을 들여 숲을 돌아다니다가 만났다.

몇 번의 만남 이후, 사이레인은 아셀라가 자신에게 명령을 내릴 줄 알았다. 이쪽으로 넘어오라고 강요하거나 요새의 위치를 말하라고 명령할 줄 알았지만, 아셀라는 딱히 그런 걸 강요하지는 않았다.

그렇다고 르카디우스 제국 측 누군가를 데려오는 일도 없었다. 그저 저렇게 이상한 별명을 붙이고 자신의 이야기를 조금 늘어 둘 뿐이었다.

귀족들을 그다지 좋아하지 않는 사이레인으로서는 반가운 일이었으나 그래도 왜라는 의문은 쉽게 지워지지 않았다.

"안녕."

오늘 여자는 연한 녹색의 윗옷에 검은 바지를 입고, 머리를 하나로 묶고 있었다. 평민들이 주로 입는 옷이었는데도 어딘가 기품이 흐르고 있었다. 곧은 자세 때문일까 아니면 귀족으로 태어나 자란 탓일까.

잠시 고민하던 사이레인은 이내 쓸데없는 생각을 털고 그녀에게 다가갔다.

"오늘은 부탁하고 싶은 게 있는데."

"부탁?"

나무 그루터기에 앉아 있던 아셀라는 고개를 끄덕이더니 몸을 일으켜 가벼운 걸음걸이로 사이레인에게 다가왔다.

'키가 크네.'

여태까지 봤던 여자 중 가장 키가 큰 것 같다. 성격도 그렇고 검 실력도 그렇고 시원시원한 느낌이지. 드레스 같은 건 안 입으려나? 잘 어울릴 것 같은데. 푸른색? 아니면 눈을 닮은 녹색? 그것도 아니라면…….

"사이."

"어어?"

어느새 바로 자신의 앞에 서 있던 아셀라가 고개를 살짝 기울인 채 사이레인을 바라보고 있었다.

"무슨 생각을 그렇게 심각하게 해? 잠시 집중해 줬으면 하는데."

"아, 그래."

사이레인은 눈을 크게 깜빡거리더니 머쓱한 듯 제 목덜미를 큰 손으

267

로 훑었다.

"무슨 일인데?"

아셀라는 확실하게 사이레인의 눈동자가 자신에게 집중된 걸 확인하고 입을 열었다.

"별건 아니고, 요새 쪽에 첩자를 심어 둘까 하는데. 너희에게 무리가 가는 건 아니야. 그저 그놈이 요새로 들어갈 수 있게 틈을 벌려 달라는 거지."

"틈을?"

"그래, 혹시 있을 탈주자 때문에 경비가 강하다며. 그것만 통과할 수 있게 손을 빌려줘. 그 뒤는 그놈이 알아서 할 거야."

아셀라의 말에 사이레인은 고개를 주억거렸다. 아셀라의 말을 듣자마자 사이레인의 머릿속에는 이미 많은 방법이 떠올랐다.

"평민들을 이용하는 건 위험하고……. 짐수레를 이용해 볼까. 사냥감을 잡아서 그걸로 옮기는 거지."

사냥감을 잔뜩 잡아서 그 사이에 숨어 경비를 통과한다. 나쁘지 않은 방법이었다. 아셀라가 고개를 끄덕이자 사이레인이 입을 열었다.

"첩자는 우리 일을 도울 사람인가?"

"아니, 그놈은 따로 알아봐야 할 게 있어."

"흐음……."

사이레인은 다시 목을 쓸었다. 어째 저쪽으로 넘어간다고는 한 것치고는 아무 일도 없었다. 가만히 대기하는 지금 상태가 좀이 쑤시기도 했고, 자신에게 믿음이 없는 건가 그런 생각도 들었다.

사이레인의 얼굴에 떠오른 생각을 읽어 낸 아셀라가 그의 어깨를 가볍게 툭 쳤다.

"지금 너희가 바로 움직이긴 위험하지. 다친 용병들도 거기에 있고 평민도 있고. 무엇보다 도주로나 방법도 정해지지 않았지."

지금은 잠시 몸을 웅크릴 때야. 그렇게 말하며 아셀라는 사이레인을 보며 웃음을 머금었다.

"아직 레너드 용병단 전원이 찬성한 일도 아니라며."

사실이었다. 사이레인과 대다수의 용병은 르카디우스 제국 측으로 붙는 걸 찬성했으나, 몇은 아직도 반대 중이었다.

그 이유로는 르카디우스 측으로 돌아서면 배신자의 낙인이 찍혀 앞으로 일을 받기 힘들 수 있다는 것과 르카디우스 제국의 귀족을 믿을 수 없다는 것이었다.

'땅과 지위를 준다고? 자기 그림자만 밟아도 소스라치게 놀라며 욕해 대는 놈들이 잘도 그러겠다!'

한 용병은 비아냥이 잔뜩 담긴 목소리로 크게 외쳤다. 귀족들, 특히 르카디우스 제국 측의 귀족들은 콧대가 높은 걸로 유명했다. 그런 놈들이 제 옆에 설 수 있게 해 주겠다는 게 믿기지 않는다면서 사이레인의 말에 반대했다.

차라리 에타이놈들도 르카디우스 제국놈들도 지긋지긋하니 그냥 야밤에 도주하자는 놈들도 생겨났다.

"뭐, 그건 금방 처리될 거야."

사이레인은 아셀라를 바라보며 말을 이었다. 다들 자신의 눈앞에 있는 여자를 만나 보지 못해서 그런 게 분명했다. 아셀라는 사람들에게 믿음을 주고 자연스럽게 이끄는 능력이 있으니 분명 반대하는 놈들도 이내 고개를 끄덕일 것이다.

"대장이 훌륭해서?"

물음이 아닌 확신이 섞인 말이었다. 아셀라의 말에 사이레인은 얼굴을 붉히며 머리를 긁적거렸다. 그런 건 아닌데.

269

아셀라는 얼굴을 붉히는 사이레인이 귀엽다는 듯 웃었다.

"그럼 첩자 건은 그렇게 하지."

한참을 웃던 아셀라는 사이레인을 바라보며 말을 이었다. 그녀의 목소리에는 아직도 웃음기가 진득하게 묻어났다.

"사냥감은 우리 애들을 풀어서 한번 알아보도록 하지. 사슴 무리를 발견하면 좋은데. 그 외에 더 필요한 건?"

사이레인은 자신을 담고 있는 녹색빛 눈동자를 바라보았다.

뭐라고 하지? 사실 아직 필요한 건 없었다. 무언가 일을 해야 필요한 게 생기지.

그래도 무언가를 말해 볼까 싶어, 다친 이들을 위해 사제를 대기시켜 달라고 하려다 입을 다물었다. 테센트루아 성기사들이 사방에 널려 있지 않던가. 웬만한 사제보다 강력한 체력을 가진 그들이라면 문제가 없을 것이다.

그럼 뭘 부탁하지? 뭔가 말해야 할 것 같은 압박감에 사이레인은 눈을 두어 번 껌뻑이다가 입을 열었다.

"어……. 나중에 대련이나 할래?"

갑자기 튀어나온 말이었다. 대련 신청을 받은 아셀라는 놀라지 않았지만, 사이레인은 놀라 눈을 크게 떴다.

아니, 왜 하필 대련이야! 자신의 입을 때려 주고 싶은 사이레인과 달리 아셀라는 담담한 얼굴로 고개를 끄덕였다.

"좋아. 너랑 비슷한 힘을 가진 사람하고는 붙어 본 경험이 없지? 난 아버지가 그나마 비슷했거든."

순수하게 사이레인이 대련을 하고 싶었다고 생각한 아셀라는 그가 망했다는 얼굴로 고개를 숙이고 있는 걸 보지 못하고 말을 이었다.

"아, 테펜텔도 만나 봤지. 그녀도 꽤 강한데."

"테펜텔?"

머리를 미친 듯 헝클어트리다 사이레인은 고개를 들었다.

"아롬벨의 용병."

아, 그 철퇴를 쓰는 용병 말인가.

"이겼지."

사이레인은 입꼬리를 씩 올리며 웃었다. 눈이 반짝였다.

"확실히 철퇴를 쓰는 애는 처음이라 힘들긴 했는데, 못 이길 정도는 아니던데?"

어쩐지 우쭐해 보이는 모습이었다. 아셀라는 저도 모르게 마치 자신의 털을 자랑하는 강아지 같다고 생각했다. '이거 보세요, 제 복슬복슬한 털을 모두가 봐 주세요!'라는 말도 안 되는 말이 소설처럼 그의 주변을 둥둥 떠다녔다.

아셀라가 그렇게 생각하는 걸 모르는 사이레인은 계속해서 말을 이었다.

"빠르긴 엄청 빠르던데. 팔을 베어 낼 생각이었는데, 어깨에 상처만 입히고 물러났어."

"테펜텔이 다쳤어?"

아, 실수했나? 승리에 도취하여 말을 내뱉던 사이레인의 눈이 커다래졌다.

친한가? 방금 말, 둘이 되게 친하다는 것처럼 들리지 않았나? 친구 팔을 벤다고 해서 화가 난 거 아닌가? 아니, 그 전에 우리는 적인데. 아니지. 지금은 한배를 탄 동료인데.

머리가 핑글핑글 돌다 못해 폭발하려는 사이레인을 막은 건 아셀라의 맑은 웃음소리였다.

"아하하하!"

"어…… 어?"

"그래서 요즘 어깨를 덮는 옷을 입고 다녔구나, 테펜텔!"

화가…… 난 게 아닌가? 사이레인은 슬그머니 아셀라의 눈치를 보았다. 제 친구를 다치게 해서 화가 난 줄 알았는데 오히려 기분이 좋아 보였다.

웃음이 묻어나는 입가를 쓸며 아셀라는 말을 이었다.

"뭐, 쉽게 당할 놈은 아니니까. 너도 그리고 테펜텔도 좋은 경험이었겠지."

거기까지 말한 아셀라는 사이레인을 보고 말을 이었다.

"적당한 사냥감을 발견하면 연락을 줄게. 그때 잘 부탁해. 사이."

다시 자신과는 어울리지 않는 애칭을 부르며 아셀라는 숲속으로 사라졌다.

'일단 내 말에 동의하는 놈들만 데리고 나가야겠지.'

요새로 돌아오면서 사이레인은 바쁘게 머릿속으로 계획을 짰다. 전부 말을 듣는 건 아니니 몇몇만 골라서 사냥을 가면 될 것이다. 첩자가 누군지는 모르겠지만, 데리고 들어오면 알아서 잘 숨겠지.

'이제 자기 이야기는 안 하려나.'

일다운 일이 시작되었으니 그럴 수도 있겠다. 어쩐지 아셀라가 이야기하는 르카디우스 제국의 이야기를 들을 수 없다 생각하니 조금 씁쓸한 기분이 들었다.

아니지. 오히려 그쪽으로 넘어가면 더 자주 만나게 되니까…….

요새 안쪽으로 돌아오던 사이레인의 발걸음이 멈추었고, 웃음이 번졌던 얼굴이 삽시간에 굳어졌다.

"대장이 오셨군."

이죽거리는 에타이들과 그를 맞이하는 엠릭 사이에 누워 있는 건 로인이었다. 얼마나 맞았는지, 팔이 뒤틀려 있었고 온몸은 멍투성이였다. 명백히 에타이들에게 폭행당한 흔적이었다.

흙바닥을 적시고 있는 피에 사이레인의 눈이 뒤집혔다.

"용병 대장, 부하 관리 좀…… 커헉!"

말을 끝내기도 전에 엠릭의 코에서 피가 터져 나왔다. 휘청거리는 엠릭의 복부에 바로 주먹이 꽂혀 들어갔다. 그는 신음을 흘리며 결국 피가 묻은 흙바닥에 주저앉았다.

"이게 무슨 짓이야!"

"이 미친 새끼가!"

엠릭이 쓰러지자 남은 놈들이 사이레인에게 달려들었다. 하지만 반항은 무의미했다. 에타이들의 요새 안에서는 무언가가 부서지는 소리가 울려 퍼졌다.

안 되겠다 싶었는지 몇 놈들이 달려들었지만, 그들을 그대로 매단 채 사이레인은 엠릭을 향해 다시 주먹을 휘둘렀다. 뼈가 으스러지는 소리가 울렸고 모두의 얼굴이 사색이 되어 갔다.

"으악, 단장!"

결국 요새 밖으로 나갔다 돌아온 레너드 용병들이 소리를 듣고 달려와 사이레인을 말릴 때까지 그는 로인을 구타했던 에타이들을 향해 주먹을 날리고 있었다.

"대장! 그만해, 죽겠어!"

양옆에서 사이레인을 결박하듯 팔을 잡고 끌어냈지만, 그는 여전히 무서운 눈길로 바닥에 쓰러진 에타이들을 노려보고 있었다. 분노로 숨이 옅어졌고 저절로 이가 갈렸다.

"이놈이 먼저 잘못한 거라고!"

얼굴을 제대로 맞은 에타이가 제 얼굴을 감싸면서 크게 외쳤다. 그의 손 밑으로는 피가 주르륵 흐르고 있었다.

"먼저 식량 창고 근처에서 기웃거리고 있었어! 수상하잖아!"

"기……길을 잘못…… 들었다고 내가…….."

쓰러져 있던 로인이 힘겹게 말을 흘렸다. 쌕쌕 숨을 몰아쉬는 것이 상당히 위태해 보였다.

"길을."

사이레인이 끊어지듯 말을 내뱉었다. 분노로 숨이 옅어졌다. 마치 사람을 잡아먹는 괴물을 눈앞에 둔 듯, 에타이들의 얼굴이 하얗게 질렸다.

"길을 잘못 들었다지 않나."

이 조져 버릴 새끼들아. 사이레인이 분노로 이를 갈았다.

"맞아! 우리는 그 근처를 다닐 권리도 없다는 거야? 애당초 그 부근은 가지 말라고 한 적도 없었잖아."

사이레인의 말에 그를 만류하던 용병이 앞으로 나서며 크게 외쳤다. 요새 안에 있던 평민들이 웅성거리며 이쪽을 바라보는 게 느껴지자, 엠릭의 얼굴이 수치심으로 붉게 물들었다.

"하고 싶은 말이 있으면 해."

사이레인이 아직도 땅을 기고 있는 엠릭을 바라보며 잇새로 말을 내뱉었다. 안 그래도 험악한 얼굴에 힘이 들어가자, 에타이들은 고통도 잊은 듯 시선을 피했다. 거기다 다른 용병들도 가세하니 슬금슬금 뒷걸음질을 쳤다.

"아니, 그래도 식량 창고는……."

"닥쳐."

언제 자리에서 일어난 것인지 엠릭은 변명을 하듯 웅얼거리는 남자를 거칠게 쳤다. 그리고 매섭게 사이레인을 노려보더니 그대로 기절한 동료를 버려두고 홀로 자리에서 떴다. 남은 에타이들은 허둥지둥 기절한 동료를 챙기더니 이내 그의 뒤를 따라 도망쳤다.

"로인! 괜찮아?"

"우리 이제 어떻게 하지."

지금 사이레인이 주먹을 휘두른 사람들은 이 요새에서 어느 정도 위치에 서 있는 놈들이었다. 거기다 엠릭, 그는 타스의 최측근이 아니던가. 저번에도 사이레인에게 시비를 걸다가 된통 당한 놈이 기회를 엿보고 있다가 로인을 족친 게 분명했다.

"저놈들 그냥 안 넘어갈 거야. 어쩌지, 사이레인? 리스?"

분명 불이익이 있을 것이다. 조금은 걱정스럽고 조금은 무섭다는 듯, 한 용병이 말을 흘렸다.

사사건건 시비를 걸어 대던 놈들이 아니던가. 조금만 뭐라고 하면 끈질기게 붙으며 자신들을 괴롭혔던 놈들이었다.

"뭘 어쩌긴 어째!"

리스라 불린 여자는 짜증 난다는 듯 사이레인의 팔을 탁 놓더니 이를 박박 갈았다. 로인이 다쳐 화가 난 것 외에 다른 일이 그녀를 화나게 만든 듯했다.

침묵하며 이를 갈던 용병은 사이레인을 매섭게 노려보았다.

"대장."

리스가 사이레인을 부르자 아직도 분이 안 풀린 사이레인은 그녀를 바라보는 걸로 대신 답했다.

시선이 닿자 리스는 주변에 서 있는 용병들도 들을 수 없는 목소리로 작게 속삭였다.

"르카디우스 제국 놈들 쪽은 정말로 안전해?"

"어, 야…… 르카디우스 제국 놈들은 믿을 수가 없다며."

사이레인의 다른 팔을 잡고 있던 남자가 눈을 크게 뜨자, 리스가 이를 갈며 남자와 사이레인을 번갈아 바라보았다.

"그건 그렇지만, 저 엠릭이란 놈 면상에 제대로 주먹을 날려 주고 싶어. 로인 일은 절대로 쉽게 넘어가지 않을 거야. 오늘 대장이 날려 주긴 했지만, 부족해."

아예 얼굴을 곤죽으로 만들어 줘야 한다는 듯 리스는 분에 찬 목소리로 말을 이였다.

"얼굴에 사라지지 않는 훈장이라도 새겨 줘야 하는데. 그냥 여기를 떠나는 걸로는 분이 안 풀리잖아."

르카디우스 편에 서서 얼굴에 칼자국을 내 주겠다는 말을 고상하게 하는 리스였다.

"우리를 배신하거나 그런 건 아니겠지? 르카디우스 제국 귀족 놈들 콧대는 알아줘야 하잖아."

다그치듯 묻는 리스의 말에 사이레인은 고개를 저었다.

"아셀라는 절대로 그럴 사람이 아니야. 내가 장담하지."

자신도 이유를 모르는 확신에 찬 목소리였다. 사이레인의 말에 두 용병은 서로를 바라보았다. 자신들의 대장이 뭔가가 이상했다.

"뭐, 그렇게 말한다면 내가 다른 놈들을 설득해 보지."

하지만 이내 리스는 중요한 건 그게 아니라는 듯 어깨를 으쓱했다. 지금 그녀에게 제일 중요한 건 한 방 먹이는 거였으니까. 아니면 다리 사이를 가볍게 차 줘도 괜찮고. 리스는 히죽 웃었다.

† † †

며칠 후, 첩자는 아무런 문제없이 요새로 숨어들었다. 반대하던 나머지 용병들이 로인의 일로 사이레인의 말에 따르기로 한 덕분이었다.

"셀바토르 소 공작님께서 건네신 겁니다."

죽은 사슴들 사이에 숨어 요새로 들어온 첩자는 사이레인에게 뭔가를 건넸다. 사슴 피를 뚝뚝 흘리는 남자에게서 받아 든 것은 평범해 보이는 병이 든 상자였다. 병마개를 뽑아 안을 살펴보자, 붉은색의 액체가 들어 있었다.

병에는 아무런 무늬가 없어 정보를 알 수가 없었다. 약이라면 만든 이의 이름이나 어디서 만들어졌는지 새겨져 있을 텐데, 병은 그냥 매끈하기만 했다.

'약초 냄새가 조금 나는 거로 봐서 물약인 것 같은데.'

사이레인이 설명을 요구하듯 자신에게 물약을 건넨 남자를 바라보자 그는 바로 입을 열었다.

"중앙 신전의 고위 사제님들께서 만든 약입니다. 다친 분들에게 쓰라고 하셨습니다."

"와우."

사이레인을 따라 나온 용병이 작게 탄식을 흘렸다.

사제들이 만든 약은 효과가 좋은 대신 비쌌다. 그런데 고위 사제가 만든 약이라니.

지금 사이레인의 손에 들린 작은 물약 하나만 팔아도 번듯한 곳에 집을 살 수 있을 것이다. 그리고 그렇게 귀한 게 한 무더기나 사이레인의 손에 들려 있었다.

"많이 다치신 분이 계신다고 들어서 최대한 좋은 것으로 준비해 왔습니다."

첩자는 그렇게 말하며 아무렇지도 않게 전신에 묻은 피를 닦아 냈다. 따라온 용병이 사이레인의 뒤에서 한 병 빼돌려 팔자고 하다가 얼굴에 주먹을 맞고 입을 다물었다.

"혹시 그분께서 식량 상황을 말해 주셨습니까?"

이미 사이레인은 아셀라에게 로인이 요새 상황을 파악하다가 많이 다쳤다는 쪽지를 건네 놓은 상태였기에 첩자가 그걸 묻는 건 이상한 상황이 아니었다.

"밀과 잡곡이 있어야 할 포대에는 모래가 들어 있었다더군."

로인이 식량 창고에서 확인한 건 그것 하나였다.

"고기도 다 떨어지고, 식량도……."

잠시 중얼거리던 첩자는 사이레인에게 무언가를 내밀었다.

"소 공작님의 쪽지입니다."

에타이들은 사냥으로는 식량 상태가 충분치 않을 테니, 강에서 물고기를 잡으려 할 것. 그때 평민들을 데리고 지원. 강 근처에는 레너드 용병단과 요새에 있는 평민들이 전부 숨을 만한 동굴이 있음.

에타이들의 요새를 찾기 위해 벌였던 수색은 헛되지 않았다. 린체 기사단은 절벽을 수색하다가 이어진 강을 따라갔고, 거기에서 동굴 하나를 발견했다.

물줄기와 식물에 가려진 동굴은 오래전에 버려진 걸로 확인되었다. 비록 깊지는 않았지만 꽤 넓어서, 다수의 사람이 숨기에 적합해 보였다고 했다.

"여차하면 여기로 숨어라?"

사이레인이 다 읽자마자 종이 끝부터 작은 불꽃이 일어나더니 그대로 재가 되어 바람에 흩어졌다.

"예. 하지만 동굴이 어딘가와 연결됐는지 확인이 안 돼서 같이 확인을 해 보자고 하셨습니다."

작게 대답하며 첩자로 온 남자는 주변을 흘깃 돌아보았다.

사슴 무리에 토끼까지 잡아 온 터라 에타이들의 시선은 짐수레에 완벽히 고정되어 있었다. 레너드 용병들도 솜씨 좋게 그들 사이에 섞여, 혹여나 사라진 사이레인을 찾지 않게 눈속임을 잘 하고 있었다.

"……마지막으로 소 공작님은 에타이들 뒤에 새로운 뒷배가 생겼다고 추측하셨습니다."

안 그래도 낮은 목소리가 한층 더 낮아졌다. 사이레인은 남자의 말을 듣기 위해 몸을 숙여야 했다.

"에타이들은 자신들이 살아서 그 뒷배에게 가기 위해, 레너드 용병단과 여기에 있는 평민들을 방패막이로 쓸 생각입니다."

저번처럼 말이죠.

실제로 에타이들의 공격은 약해지고 있었다. 전에는 르카디우스 측에서 먼저 적당히 치고 빠지기를 하고 있었으나, 어느 순간부터 에타이들이 먼저 뒤로 빠지고 있었다. 최대한 사상자를 피하려는 움직임은 눈에 보일 정도였다.

"하지만……."

사이레인의 눈이 가늘어졌다. 모든 걸 내팽개치고 가려고 하기에는 에타이들 상부 움직임이 심상치 않았다. 황태자한테 집착을 버리지 않는 놈들이 꽤 있던 탓이었다.

"그 일은 앞으로 제가 알아볼 것입니다. 그걸 알아보기 위해 여기에 온 거지요."

마치 사이레인의 생각을 읽은 듯 대답한 남자는 말을 이었다.

"소 공작님은 그 전에 미끼를 걸고 에타이들을 끌어내실 겁니다."

"요새가 비겠군."

남자는 무겁게 고개를 끄덕였다.

"그때 평민들을 데리고 동굴로 가면 추후 우리 기사단이 모시러 갈 겁니다."

손에 든 물약으로 걸을 수 있을 정도로 사람들을 회복시킨 다음 움직인다. 피난처가 된 동굴은 숨겨진 곳이라 에타이들은 모르는 곳이고, 거기에 잠시만 있으면 테센트루아 성기사단과 린체 기사단이 보호하러 올 것이다.

사이레인은 말없이 손안에 놓인 물약을 바라보았다.

"아셀라는 어디로 가지? 요새 쪽으로 오나?"

사이레인의 물음이 마음에 들지 않는다는 듯 남자의 눈썹이 움찔거렸다. 사이레인이 질문을 했기 때문이 아니라 소 공작의 이름을 불렀기 때문이었다.

"소 공작님께서는 공격대에 들어가실 겁니다. 빈 요새를 공격해 타스, 포르 그리고 엠릭이라는 주동자들의 목을 치실 겁니다."

그녀는 이리로 온다. 잠시 입가를 쓸던 사이레인이 품속으로 물약을 집어넣었다.

"좋아. 그대로 따르지. 하지만 나도 요새에 남아 타스의 목을 치겠어."

"……마음대로 하십시오."

남자는 못마땅하다는 얼굴로 고개를 끄덕였다.

"평민들을 움직일 수는 있겠습니까?"

물음에 사이레인은 말없이 뒤를 가리켰다. 아까 사이레인에게 맞은 용병이 코를 감싸 쥐고 낑낑거리다 자신을 바라보는 시선에 고개를 옆으로 기울였다.

"저놈이 발이 넓어. 여기 있는 평민들과도 친하게 지내고 우리 중에서는 에타이들과도 가장 사이가 좋지."

"네, 제가 좀 그렇죠!"

언제 맞았냐는 듯 용병은 환하게 웃으며 고개를 끄덕였다.

"저분에게 평민들을 이끌게 하려는 겁니까?"

"아니, 에타이들의 이름을 팔 거다."

요새에 있는 평민들은 협박과 납치로 끌려온 사람도 있었지만, 에타이들의 감언이설에 속아 자진해 남아 있는 사람도 있었다. 그런 사람들까지 속이기 위해선 에타이들의 이름을 팔아 피신시키는 게 가장 중요했다.

"제 이름으로 애들이 다 도망간 걸 알면, 타스 새끼 좀 날뛰겠는데?"

사이레인이 입꼬리를 올려 웃었다.

벌써 그날이 기대되었다. 타스 놈과 엠릭 놈의 모가지를 자신의 도끼로 떨어트려 줄 날. 어차피 그놈들은 머리통이 필요 없어 보이니 바닥이라도 구르게 해 줘야지.

그때를 위해 도끼날을 갈아 놔야겠다. 날이 무뎌 한 방에 끝내지 않으면 모두가 슬플 테니까.

'그리고 아셀라도 위험할 수는 있으니.'

아무리 길고 날뛰는 사람이라도 어쩌다가, 아주 간혹 위험할 수 있지 않은가. 그러니까 자신이 요새에 있는 건 현명한 선택이었다.

이래도 좋고, 저래도 좋은 선택에 사이레인의 입가에 걸린 미소가 짙어졌다.

† † †

"준비는 이제 끝났습니다."

엘로스가 저의 긴 머리를 하나로 묶으며 하얀 이를 드러내 보였다. 그의 얼굴에는 피로한 기색이 역력했으나 기분 좋은 미소가 그걸 가리고 있었다.

"에타이들의 약이 오를 대로 올랐으니 슬슬 총공격전을 진행해 보려고 합니다."

"그럼 이제 치고 빠지기는 안 해도 되는 겁니까?"

린체 부기사단장인 레센이 묻자 엘로스는 고개를 끄덕였다.

"이 이상 가짜 수색도 진행하지 않아도 됩니다. 모두 고생 많으셨습니다."

엘로스의 말에 아셀라와 피스토레를 제외한 전원이 안도의 한숨을 길게 내뱉었다. 레센은 살았다는 듯 얼굴을 맨손으로 박박 문지르며 입을 열었다.

"그간 왜 제대로 붙지 않느냐는 불만에 제대로 답을 못 해 줘서 답답했는데, 이제 부하 놈들에게 말해 줄 수 있겠군요."

"하아, 저도요."

레센의 말에 바티네 역시 미간에 주름을 잡고 고개를 끄덕였다.

에타이들을 속이기 위해 진행된 이번 작전은 이 천막에 있는 사람들과 몇몇 소수의 사람만 알고 있었다. 굉장히 중요한 일이었고, 아는 입이 많아질수록 비밀이 새어 나갈 가능성은 커졌으니까.

피스토레가 가짜라는 사실도 모르고 있는 사람도 있었다. 늘 피스토레의 대역을 맡은 사람은 정해진 기사들의 호위를 받으며 대열에 섰고 싸움이 끝나면 황태자의 깃발이 꽂혀 있는 천막으로 돌아갔다.

처음엔 황태자를 위해서 일부러 치고 빠지는 게 아니냐는 말이 돌았지만, 이게 벌써 몇 차례나 지속되다 보니 아무리 충성심이 높은 린체 기사단과 테센트루아 성기사단이라도 불만이 가득 쌓였다.

"다들 자존심이 강해서 더 그렇지."

의자 등받이에 몸을 기대고 있던 아셀라가 입꼬리만 올려 웃으며 말을 이었다.

"린체 기사단이나 테센트루아 성기사단이나 최고의 기사단이잖아? 분명 승리할 텐데 자꾸만 도망가라! 그러니 짜증이 나는 거지."

"그렇죠."

린체 기사단장과 테센트루아 기사단장이 웃으며 고개를 끄덕였다.

"우리 기사단은 아주 오랫동안 벼려진 최고의 검이니까요."

"최고는…… 이쪽이 어울리지 않을까 싶은데."

아셀라가 물 잔을 테이블에 내려놓으며 말하자 엘로스가 미소를 유지한 채 그녀를 바라보았다.

"확실히 린체 기사단은 제국 내 최고긴 하지요."

제국 내. 그 말이 아셀라의 귀에 박혔고 그녀의 입가에 걸린 미소가 짙어졌다. '우리 테센트루아 성기사단은 대륙 최고지만요.'라는 의미가 자연스레 말꼬리를 따라왔다.

"아하, 요즘 경들께서 심심하신 모양입니다. 얼마 전 친선경기에서 크게 다치셨던 거로 기억하는데."

"하하하. 그게 언제 일인데요, 셀바토르 경. 아! 혹시 다시 친선경기를 원하시면 언제든 받아들이겠습니다. 저희 꼬맹이도 훌쩍 커서 이번엔 만만치 않을 겁니다."

한껏 화사하게 미소를 머금은 아셀라는 엘로스를 보며 고개를 끄덕였다.

"언제든."

"언제든!"

분명 두 사람은 웃고 있는데 어쩐지 추워져 피스토레는 팔을 세차게 문질렀고, 차마 단장을 말릴 수 없었던 부기사단장 둘은 슬그머니 시선을 피했다.

그런 두 사람의 시선을 끊은 건 테펜텔이었다. 자신의 철퇴를 만지작거리며 의자에 삐딱하게 앉아 있던 테펜텔이 얼굴을 일그러트렸다.

"짜증 나는 기 싸움은 그만하고. 그래서 언제 총공격을 할 거야? 나는 수색만 하러 여기 온 게 아니라고! 벌써 몇 달째야!"

테펜텔은 짜증이 가득한 목소리로 크게 외쳤다. 싸우려고 왔더니 수색대에만 머물러 몸이 근질근질한 모양이었다. 거기다 어느새 아셀라와 피스토레가 이곳에 온 지 시간이 꽤 흘렀다. 조금 더 있으면 계절이 바뀔 것이다.

엘로스가 조금은 머쓱한 표정으로 테펜텔의 질문에 답을 해 주었다.

"총공격은 닷새 후, 그 전에 작은 마찰을 두 번 일으킬 생각입니다. 그간 에타이들에게 셀바토르 경의 모습이 잘 보이지 않았으니까요."

"이번에도 보여 주기구먼."

테펜텔은 길게 한숨을 내쉬며 철퇴를 만지작거렸다. 이걸로 짜증 나는 놈들의 얼굴을 가볍게 만져 줘야 하는데. 툴툴거리는 소리가 천막 밑바닥을 가득 메웠다.

"한 번은 에타이들과 그리고 마지막 한 번은 레너드 용병단과입니다. 에타이들과 싸울 때는 최대한 끝까지 자리를 지켜 주시고, 레너드 용병단과는……"

"도중에 사이랑 빠져나와 동굴을 안내하면 되겠네."

그간은 제대로 만나지 못했다.

뭘 하고 있으려나. 아셀라의 얼굴에 다시 미소가 떠올랐다. 아까 엘로스와 기 싸움을 할 때 보였던 미소와는 확연히 다른 미소였다.

피스토레가 봤다면 조금 놀릴 수 있었으련만, 그 미소는 이어지는 엘로스의 말에 순식간에 사라졌다.

"네, 그리고 두 번이 지나면 소문을 흘릴 겁니다. '공을 세우고 싶은데 마음대로 안 되자, 황태자가 몸이 달았다.'라는 식으로요."

엘로스의 미소가 피스토레를 향했고, 피스토레는 눈물을 머금으며 고개를 끄덕였다.

이 뒤의 이야기는 굳이 듣지 않아도 잘 알 수 있었다. 황제에게 잘 보일 마지막 기회를 놓치지 않기 위해 몸이 단 피스토레는 앞장서 에타이들에게 뛰어들고, 그건 분명 에타이들에게 있어서 굉장한 자극이 될 거란 것. 즉, 피스토레는 이제 대놓고 뛰어들면 되는 것이었다.

"내 소문이 어떻게 날지 궁금하네."

피스토레는 절망적으로 머리를 쥐어뜯으며 낮게 읊조렸다. 그 말에 반대편에 앉아 있던 아셀라가 제 머리를 쓸어 올리며 말을 이었다.

"뭐 어때. 황제는 좋아할 법한 소문인데. 아르트엘은…… 믿으려 하지 않겠지."

아셀라의 말에 피스토레의 눈가에 눈물이 맺혔다. 어느새 그의 목소리에는 절망보다는 그리움이 가득 담겨 있었다.

"크흑, 내 사랑…… 식사는 잘 하고 있겠지?"

잘 먹다 못해 간식에 티타임까지 꼬박꼬박 챙기고 있을 것 같은데. 그 말을 아셀라는 물과 함께 꼴깍 삼켰다.

도대체 저 부부는 서로를 어떻게 보고 있는 걸까. 피스토레의 눈에는 아르트엘은 날개를 단 요정일 게 분명했다. 아르트엘에게 피스토레는…… 뭐려나. 백마 탄 왕자? 아니면 자기가 지켜 줘야 할 왕자?

"웩, 닭살 부부……."

테펜텔이 옆에서 중얼거리자 피스토레가 테펜텔을 노려보았다. 무시무시한 피스토레의 잔소리가 쏟아지기 전에 테펜텔은 잽싸게 고개를 돌려 버렸다.

"두 사람 친해졌네?"

언제 이렇게 된 거지? 드물게 아셀라의 눈이 커다래지면서 그녀의 고개가 옆으로 기울었다.

피스토레도 그렇고 테펜텔도 그렇고, 제 옆을 쉽게 내주는 사람이 아닌데. 자신이 야생 곰을 길들이는 동안 무슨 일이 있었던 걸까?

"이거랑."

아셀라의 물음에 테펜텔이 술잔을 들이마시는 행동을 취하더니 이내.

"이거 덕분이지."

손을 입가에 대고 무언가를 나불나불 이야기하는 행동을 이었다. 아하, 술과 뒷담의 힘이구먼.

'잠깐, 뒷담?'

아셀라의 눈이 가늘어졌다. 두 사람에게 공통된 지인이란 자신뿐이 아니던가.

피스토레는 사색이 된 얼굴로 아셀라의 시선을 필사적으로 피하고 있었다.

"아……!"

자신의 실수를 깨달은 테펜텔이 벌떡 몸을 일으켰다. 그녀의 의자가 뒤로 넘어가며 쿵, 소리를 크게 울렸다.

"자, 자! 그럼 끝난 거지? 가서 준비들 하자고! 난 먼저 가 볼게, 할 게 많아서!"

다급한 움직임 그리고 그보다 더 다급한 행동. 테펜텔은 누구보다 빠르게 천막에서 뛰쳐나갔다. 엘로스와 바티네가 그녀의 뒷모습을 보고 환하게 웃었다.

도망치는 제 친구의 뒷모습에 사람들을 따라 웃은 아셀라도 몸을 일으켰다. 친구의 말대로 이미 회의는 끝났고 마지막을 위한 준비가 남아 있을 뿐이었으니까.

"셀바토르 경."

그녀를 부른 엘로스가 하얀 이를 보이며 웃더니 슬그머니 용건을 흘렸다.

"아까 말한 친선경기는 정말입니다. 아니, 이쪽에서 부탁드리고 싶어요."

친선경기, 아셀라와 엘로스처럼 단장들의 사이가 좋을 때는 종종 열리고는 했었다. 혹시 혼란의 시대가 끝나고 그 마무리를 위해서 하자는 걸까?

나름 그럴듯했던 아셀라의 생각은 비껴갔다.

"사실 렌티우스라고 제가 키우는 놈이 한 놈 있는데. 저번에 만나 보시지 않으셨습니까? 실력이 좋은 녀석이라. 다른 기사단의 검술도 경험하게 해 주고 싶습니다."

그제야 완전히 이해가 갔다. 기억을 더듬어 보니 금발의 소년이 끝에 잡혔다. 확실히 실력이 좋긴 했지.

"좋습니다. 수제자로 키우는 건가요?"

고개를 끄덕이며 묻자, 제 제자가 인정받았다는 게 뿌듯한지 엘로스의 얼굴이 환해졌다. 기사라는 게 믿기지 않을 정도로 단숙한 그는 완전한 선생의 얼굴을 하고 있었다.

"네, 기회만 된다면 추후 제 자리를 물려주고 싶습니다."

"어, 단장님! 제가 먼저죠!"

바티네가 제법 진심을 담아 엘로스의 옆구리를 콱 하고 찍었다. 정말로 아픈지 그는 작은 신음을 내며 비틀거렸다.

"렌티우스, 그놈. 좋은 놈인 건 인정하는데 순서는 제가 먼저죠."

"그래, 그래. 내가 말실수를 했다."

항복하겠다는 듯 엘로스가 두 손을 들자, 바티네가 환한 웃음과 함께 제 단장을 괴롭히는 걸 멈췄다.

"렌티우스 그놈은 단장님과 내가 신의 곁으로 간 후에나 기사단장이 될 수 있지! 아직 어리니 끈질기게 버텨라, 렌티우스!"

아무래도 렌티우스 경은 바티네에게도 사랑받는 모양이었다. 혼란의 시대가 끝나고 다시 이야기하자고 대화를 마무리한 아셀라는 다시 누군가에게 잡혔다. 이번엔 피스토레였다.

천막 밖으로 나온 아셀라와 걸음을 맞추며 천천히 걷던 피스토레는 이리저리 눈치를 보더니 아셀라에게만 들릴 정도로 작게 말을 꺼냈다.

"아셀라, 크레시벨 경이 공을 세우고 싶다던데. 이번 임무에 참여하고 싶은 모양이더라고."

크레시벨은 진짜 피스토레의 경호를 맡고 있었고 이런저런 눈치로 무언가를 깨달은 모양이었다.

피스토레의 말에 아셀라는 아무 말도 없이 그를 바라보았다. 피스토레는 자신에게 맡긴다는 아셀라의 침묵을 빠르게 알아챘다.

"나는……."

저 멀리 서 있던 크레시벨이 아셀라와 피스토레를 발견하더니 이내 강아지 같은 유순한 웃음을 머금으며 허리를 꾸벅 숙였다.

"데려가지 않았으면 해."

자신의 결정을 말하기 힘겹다는 듯 피스토레의 시선은 어느새 크레시벨이 아니라 아셀라에게 닿아 있었다.

"어……. 그."

피스토레는 아셀라를 바라보며 얼굴을 구겼다. 자신의 말을 어떻게 그녀에게 설명해야 할지 모르는 얼굴이었다.

어렸을 때부터 종종 봐 오던 그 난감한 얼굴을 아셀라는 말없이 바라보았다.

"크레시벨 경이 자기 일을 소홀히 한다든가 나에게 직접 부탁한 건 아니야. 하지만 느낌이…… 좋지 않아."

피스토레의 변명 같은 말에 아셀라의 눈이 가늘어졌다.

카온 바란 크레시벨, 아주 어릴 적 부각을 나타내던 천재. 모두의 기대를 받으며 린체 기사단에 입단했고 수습 기사일 때부터 뛰어난 실력과 서글서글하고 밝은 성격을 무기로 순식간에 정기사 자리에 올랐다. 하지만 거기까지였다.

그는 그 이상으로 성장하지 못했다. 어릴 적 자신과 지금의 자신을 끝없이 비교하며 남들은 모르게 제 속에 벽을 쌓아 갔다.

천재가 사라지는 안타까운 마음에 아셀라는 몇 번 조언도 해 주고 대련도 해 주었지만, 그는 끝끝내 벽을 깨지 못했고 실력이 조금 뛰어난 정기사로 남게 되었다.

그래도 밝은 성격 덕에 기사단의 분위기를 잘 주도했고, 기사들 간의 불화도 그가 나서면 쉽게 해결되었기에 크레시벨은 아셀라에게서도 평가가 높은 편이었다. 그래서 슬슬 공을 세울 기회를 줄까 생각 중이었는데…….

"좋아."

아셀라는 담담해진 얼굴로 피스토레를 바라보았다.

"네 감을 믿지."

"네 부하인데?"

"뭐, 지금이 아니면 공을 세울 기회가 없는 것도 아니고."

솔직히 지금처럼 좋은 기회는 오기 힘들겠지만, 아직도 르카디우스 제국은 여기저기서 자잘한 사건들이 터지고 있었다. 쓸데없이 몸뚱이가 크니 공격당하기 좋은 것이다.

거기다 지금 높은 공을 세울 거라면 요새를 급습하는 쪽으로 붙어야 했다. 그러나 아무리 생각해도 크레시벨의 실력은 급습에 데려가기엔 너무도 부족했다. 크레시벨의 성격 또한 급습에 맞지 않는 편이었고.

아셀라가 피스토레를 보며 다시 말을 잇기도 전에 크레시벨이 빠른 걸음으로 두 사람에게 다가왔다.

"황태자 전하, 단장님!"

맑은 목소리, 크레시벨의 커다란 눈은 무언가의 희망에 차올라 더 없이 반짝거렸다. 피스토레는 작게 한숨을 내쉬고는 피하지 않고 그를 바라보았다.

"안녕하십니까, 황태자 전하. 단장님."

앞에서 다시 인사를 하며 크레시벨은 두 사람을 올려다보았다.

"혹시 제 이야기를 하고 계셨습니까? 다른 건 아니고 제 이름이 들리길래……. 왜, 다들 자기 이름은 잘 들으니까요."

다급하게 변명을 덧붙이며 크레시벨은 제 손을 만지작거렸다. 하지만 그와 비교될 정도로 담담한 얼굴로 아셀라는 그를 내려다보았다.

"크레시벨 경."

"예, 단장님!"

"황태자 전하의 호위를 잘 해 주고 있다 들었어. 덕분에 이곳에서도 마음의 안정은 잘 찾았더군."

뒷말을 기대하는 듯 크레시벨의 눈이 더욱 반짝거렸지만, 이내 그 반짝임은 눈 깊은 곳으로 사라졌다.

"앞으로도 기대하고 있겠네."

아셀라는 손을 뻗어 크레시벨의 어깨를 토닥이고는 그대로 그를 지나쳐 갔다. 피스토레는 힐끗 뒤돌아 씁쓸한 얼굴로 고개를 떨구는 크레시벨을 보고는 작게 한숨을 쉬었다.

"왜, 신경 쓰여?"

"쓰이지. 하지만 내 말을 철회하진 않을 거야."

피스토레의 목소리에는 씁쓸함이 묻어 나왔지만 동시에 단호함이 느껴졌다. 그런 피스토레를 내려다보며 아셀라는 입꼬리를 올려 웃었다.

"네가 그런 성격이 아니었다면 진작에 나는 떠났을 거야."

피스토레는 마음이 약하다. 하지만 동시에 그는 자신이 내린 결정을 쉽게 무르지 않았다. 비록 귀는 가벼운 편이었으나 입으로 담는 말은 천금보다도 무겁게 여겼다. 그리고 그게 황제가 지녀야 할 자질이다.

피스토레는 그의 아버지처럼 꽉 막힌 고집불통이 아니었고, 바람에 흔들리는 갈대처럼 자신의 말을 번복하는 사람도 아니었다.

누군가는 용맹함이 부족하다고 그를 손가락질했으나, 그러면 어떤가. 피스토레의 옆에는 자신이 있는데. 그가 검을 휘두를 일이 있으면 자신이 나가면 간단한 일이었다. 그는 황좌에 올라 모든 것을 듣고 많은 것을 입에 올리지 않는 황제가 되면 족했다.

'뭐 그래도 사람이니 말실수할 수는 있겠지.'

아셀라는 피스토레를 보며 어깨를 토닥였다.

"딱 한 번 봐줄게."

갑자기 자신을 단 한 번만 봐준다는 아셀라의 뜬금없는 말에 피스토레의 눈초리가 가늘어졌지만 가볍게 무시당했다.

✝ ✝ ✝

"할매."

사이레인이 한 용병과 함께 작은 집으로 들어갔다. 나무판자로 얼기설기 지은 집은 보통 크기의 성인이 살기에 너무도 작은 곳이었다. 하지만 이런 작은 집에서 보통은 4~5명의 사람이 같이 살았다.

오늘 사이레인이 찾아온 할머니는 에타이들을 싫어하면서 용병들을 따르는, 가장 믿을 만한 사람이었다.

"용병들이 왔구먼."

몸을 구기듯 간신히 들어가자 한 할머니가 그들을 맞이했다. 그녀는 머리는 새하얗게 새어 있었고, 허리는 굽어 지팡이가 없으면 제대로 설 수조차 없을 정도로 나이가 많은 사람이었다.

"다른 사람들은?"

"일하러 갔지. 아이는 자고."

이 집에는 할머니와 아이 한 명 그리고 아이의 아버지와 두 사람이 더 살고 있었다. 아이와 할머니를 제외한 나머지는 일하러 집을 비운 듯 보였다.

할머니는 단 하나뿐인 테이블에 앉아 주름이 가득한 손으로 무언가를 손질하고 있었다. 에타이들이 평소에 입는 옷이었다. 그걸 본 사이레인의 얼굴이 와락 일그러졌다.

"얼굴 펴! 이놈아. 너는 안 그래도 무서운 놈인데, 우리 애 울릴 거야?"

할머니의 호통이 떨어지자 사이레인은 얼굴을 손바닥으로 쓸었다. 뒤에 따라온 용병이 킬킬 웃으며 할머니에게 무언가를 던졌다.

"하이고, 정정하시구먼. 할매, 이거 드쇼. 내가 할매 주려고 일부러 가져왔소."

종이로 대강 싼 물건은 사슴 고기와 토끼 고기였다. 고기를 받아 든 할머니의 손이 놀라움에 잘게 떨렸다. 하지만 이내 그녀는 아무렇지도 않게 고기를 종이로 싸 테이블 한쪽으로 밀었다.

"쯧······. 이거 이렇게 줘도 되는 거냐."

"우리가 잡아 왔는데 무슨 문제가 있겠소. 거기다 그거 우리 몫으로 떨어진 거 가져온 거니. 할매는 걱정하지 마세요."

용병이 괜찮다는 듯 손을 휘휘 저었다. 할머니는 고개를 떨구더니 아까 호통을 친 사람과 동일 인물이라는 게 믿기지 않을 정도로 작은 목소리로 감사의 인사를 건넸다.

"······고맙다. 잘 먹으마."

"그래, 잘 드셔. 할매. 건강하게 오래오래 사셔야지."

"여기서 오래 살아 봤자 뭐 하겠어."

할머니의 목소리는 슬픔과 절망으로 조금 전보다 더욱 가라앉아 있었다.

그녀는 남편과 작은 마을에서 같이 살았다고 했었다. 그 마을에서 태어나 자라 결혼하고 외동딸 키우며 평화로운 노년을 보내고 있었다고, 그렇게 구슬프게 말했었다.

마치 동화책 같은 그녀의 인생을 짓밟은 건 다름 아닌 식량을 수급하려던 에타이들이었다. 작은 마을은 기름 몇 통과 횃불 몇 개로 순식간에 사라졌고, 할머니는 남편과 헤어져 이리로 끌려왔다고 들었다.

"다른 마을에 살던 딸은 무사하다며."

"쯧······. 내 딸이 나를 어떻게 찾아. 제국군도 이 요새를 찾질 못한다던데."

거기서 말이 멈추었다. 진득한 침묵이 세 사람의 입을 막았다.

"할매."

그 침묵을 깬 건 사이레인이었다.

"할매, 나를 도와줘야겠어. 에타이들이 일을 시켰는데 우리끼리는 안 되겠네."

사이레인의 말에 갑자기 그의 얼굴에 무언가가 날아왔다. 방금까지 할머니의 손에 들려 있던 옷이었다.

"야, 이놈아! 지금 이 옷 짓는 것도 울화통이 터지는데 여기서 더 에타이 놈들을 도우라고? 난 못 한다. 차라리 나를 죽여라, 이놈아!"

사이레인은 말없이 잔뜩 구겨진 옷을 바라보았다. 회색 옷 군데군데에 말라붙은 눈물 자국이 새겨져 있었다. 그걸 본 사이레인과 용병은 고개를 끄덕였다.

사이레인이 옷을 가져다주러 할머니에게 다가가는 동안 빠르게 용병은 문을 막고 보초를 섰다.

"할매. 이건 아주아주 중요한 일이야. 타스 님께서 시킨 아주 중요한 일. 엠릭 님께서도 이 일이 중요하다고 얼마나 우리에게 상냥하게 말씀하시던지."

대화만 듣는다면 전혀 이상함을 알아채지 못하겠지만, 사이레인을 아는 사람들은 고개를 갸웃거릴 말이었다. 타스 님, 엠릭 님. 거기다 엠릭이 상냥하게.

할머니의 얼굴이 상한 음식을 먹은 사람처럼 일그러졌다.

"독 먹었냐, 이놈아?"

사이레인이 입꼬리를 올리며 웃자, 할머니의 얼굴이 더욱 일그러졌다. 그녀의 눈은 사이레인이 무언가를 잘못 먹었다고 반쯤 확신한 듯 보였다.

"아주 중요한 일이야, 할매. 이번 일만 잘 하면 민들레를 보러 갈 수 있다니까."

민들레, 그 말에 할머니의 눈이 커다래졌다. 그건 자신의 딸을 부르는 그녀만의 애칭이었다. 딸의 머리가 민들레꽃처럼 화사한 금발이라며 그녀가 조금은 억지로 지은 애칭.

"이 부근은 안 피어서 못 봤지? 조금 나가면 볼 수 있어……."

자신의 딸을 볼 수 있다는 말이었다. 할머니의 손에 힘이 들어가며 덜덜 떨렸다.

"정말로, 정말로 볼 수 있는 거야?"

"내가 거짓말하는 거 봤어, 할매? 걱정하지 말고, 적당히 바람 좀 넣어 줘. 알겠지?"

그 말이 끝이었다. 사이레인은 그대로 몸을 돌려서 밖으로 나갔고 문 앞에서 보초를 서고 있던 용병은 할머니를 보고 꾸벅 인사를 하고서는 사이레인을 따라갔다.

"보, 볼 수 있단 말이지."

주름진 눈에 눈물이 맺혔다. 그녀는 자신의 손을 꼭 잡고 작게 '볼 수 있어. 드디어 볼 수 있어.'를 반복했다. 그러고는 자신이 바느질하고 있던 옷에 눈물 자국 대신 노란 민들레를 작게 수놓았다.

"할머니, 이거 맛있어요."

"천천히 먹어라. 다 흘리는구먼."

작은 여자아이는 코를 훌쩍이며 제 앞에 놓인 사슴 고기를 전투적으로 씹었고 할머니는 치맛자락으로 아이의 입가를 정성스레 닦아 주었다. 아이는 생긋 웃더니 이내 자신의 몫으로 놓인 고기를 입안에 집어넣었다.

"자네는 안 먹는가?"

할머니가 물은 쪽은 아이의 아버지였다.

"……우리 딸이나 더 주쇼."

그러면서 남자는 간신히 구해 온 술을 연신 들이켰다. 움푹 들어간 뺨과 퀭한 눈은 남자가 이곳에서 얼마 버티지 못한다는 걸 여실히 알려 주었다.

"쯧. 몸 상해!"

거칠게 남자의 술잔을 뺏은 할머니는 고기 몇 점을 더 덜어 남자 앞에 쿵 소리 나게 내려놓았다.

"그런데 무슨 고기요? 이런 걸 줄 놈들이 에타이들 사이에 있던가?"

"용병들이 줬어."

"아하, 그 고양이 놈들."

남자는 자조적으로 킬킬거렸다. 할머니는 용병들을 신뢰하는 쪽이었지만, 남자는 아니었다. 에타이들도, 그리고 그놈들의 돈을 받고 일하는 용병들도 다 거기서 거기였다.

"그런 말 말어! 그래도…… 좋은 일이 있을 테니까."

할머니의 조심스러운 말에 남자의 눈에 의구심이 담겼다.

"곧 달려야 할 일이 있을 거야. 뜀박질을 해야 할 거라고. 그러니 어서 먹어."

"할매, 그게 무슨 말……."

남자의 말을 듣지도 않고 고개를 돌린 할머니는 아쉽다는 얼굴로 빈 그릇을 내려다보고 있는 아이를 바라보았다.

"아가, 다 먹었나? 잠깐 나갔다 올래? 바람 좀 쐬고 오너라."

"아픈 애한테 왜 그러쇼. 메이야, 들어가서 자라."

여자아이는 동그란 눈을 깜빡이더니 이내 고개를 저었다.

"아니야, 나 주변 산책하다 올게요. 오늘은 좀 힘이 나요."

"멀리 가지 마라."

여태까지 침대에 누워 있던 아이는 오늘은 힘이 좀 난다는 듯 환하게 웃더니 이내 집을 쪼르르 나갔다.

"무슨 일이요?"

아이가 나가고 문이 닫히자 남자는 할머니를 바라보았다. 하지만 그녀는 한참이나 말이 없었다. 혹시나 있을 위험을 줄이기 위해 주변을 둘러보고 또 둘러보다가 작게 속삭였다.

"용병들이 아무래도 밖에 있는 놈들과 손을 잡은 것 같아."

"……밖에 있는 놈들이라면 르카디우스 제국군 말이요?"

남자의 눈이 동그래졌다.

"그래! 가장 먼저 우리를 대피시키라고 했다는데, 그때 자네랑 내가 사람들을 좀 이끌어야겠어. 자네 왕국 출신은 다들 자네 말에 껌뻑 죽지 않는가."

할머니는 르카디우스 제국 출신이었지만, 남자는 아니었다. 그는 제국 근처의 시히카 출신이었다.

"그런 그렇지만……."

"자, 이것부터 받아!"

말꼬리를 흐리는 남자의 손에 할머니가 덥석 쥐여 준 건 작은 물약 병이었다. 사슴 고기를 준 뒤로 한 번 더 들른 사이레인이 할머니에게 전해 준 물약 병. 그걸 바라보는 남자의 눈이 커다래졌다.

"아가도 데리고 탈출해야 하니까 주는 거라고 하네. 나는 그릇을 좀 씻어 와야겠어."

마음을 정하라는 듯 할머니는 빈 그릇을 챙기더니 요새에 단 하나뿐인 우물로 가기 위해 집을 나섰다.

남자는 말없이 자신의 손에 들린 물약을 바라보았다. 과연 이걸 믿어도 되는 걸까?

남자와 그의 딸은 이곳에서 산 지 오래되었다. 그래서 도망을 치는 자들도 여럿 봐 왔다.

그리고 그 도망자들을, 에타이들과 에타이들에게 간도 쓸개도 바친 인간들이 어떻게 처리하는지도.

'……말할까.'

남자는 이를 악물었다. 이웃이, 말을 나눴던 친구가 어떻게 죽는지 아는 남자는 자신과 딸이 언제 어떻게 죽을지 모르는 공포에 굴복한 지 오래였다.

밀고자는 살려 준다. 심지어 그 공이 크면 고향으로 돌려보내 준다고도 했었다. 다른 이들도 아니라 레너드 용병단이 르카디우스 제국 측과 손을 잡고 배신하는 것이니, 이걸 밀고하면 분명 자신과 딸은 고향으로 돌아갈 수 있을 것이다.

시히카, 따스한 나라. 르카디우스 제국에 겨울이 올 때마다 남자는 추위를 느낄 수 없던 자신의 나라가 떠올랐다.

자신의 딸은 시히카가 어딘지도 모르고 있었다. 어느새 딸은 고향에서 살았던 날보다 요새에서 컸던 날이 더 오래되었다.

남자의 시선이 문을 향했다. 손에 든 물약이 뜨겁게 느껴졌다. 저 문을 열고 나가 뛰면 된다. 가장 커다랗고 좋은 숙소의 문을 두드리고 외치면 된다. 그러면, 그러면……

"휴우……."

남자는 깊은숨을 내쉬었다. 그러고는 옅은 미소를 머금었다.

"됐다. 나쁜 놈들은 벌을 받아야지."

악행을 눈으로 확인했던 놈들보다 가까이 있는 놈들을 믿는다. 비록 실패할 가능성이 컸지만, 남자는 레너드 용병단 쪽에 자신이 가진 모든 것을 걸었다.

"그래서요."

아이는 눈을 깜빡이며 입안에 든 사탕을 굴렸다.

"할머니가 사슴 고기를 줬는데, 맛있었어요."

"그렇구나."

타스는 커다란 테이블에 아이를 앉혀 두고 생긋 미소 지었다.

유약해 보이는 타스의 웃음은 어쩐지 아버지를 닮아 아이에게 쉽게 호감을 샀다. 거기에 입안에 든 사탕은 타스를 완벽히 좋은 사람이라고 생각하게 했다.

그렇게 몇 년이었다. 이제 아이에게 타스는 경계해야 할 사람이 아닌 자신의 가족 같은 사람이었다.

"용병 아저씨들이 왔는데, 민들레를 볼 수 있다고 했어요."

"민들레?"

"네에."

아이는 손가락을 꼼지락거리면서 고개를 끄덕였다. 타스는 아이를 윽박지르고 싶은 마음을 누르며 사람 좋아 보이는 미소를 지었다.

"그 외에 다른 소리는 없었니?"

아이가 눈을 데굴데굴 굴렸다. 사탕을 하나 내밀자 덥석 받아 들더니 이내 주머니에 집어넣었다.

"아빠 줄 거예요."

환하게 웃더니 아이는 이내 자신이 들은 모든 걸 털어놓았다.

"그렇구나."

타스는 아이의 말을 들으며 고개를 끄덕였다.

인내했던 보람이 있었다. 레너드 용병단이 자신을 배신했다.

'깜찍한 짓을 했군.'

아이를 내보낸 타스의 얼굴이 구겨졌다. 그는 이를 갈고 있었다. 어쩐지, 괴물이 공격에 자주 나서지 않던 게 이상했다.

얼마 전 일어난 가벼운 마찰에서 황태자와 괴물이 싸우는 모습을 봤다는 보고를 듣긴 했었다. 황위에 오르기 전에 공을 세우고 싶어 몸이 달은 황태자 그리고 그놈을 보호해야 하는 셀바토르.

균열이 일어나는 건 당연해 보였다. 그래서 그 틈을 타 황태자를 납치하면 이쪽에 유리하게 돌아갈 거라고 생각했었다.

하지만 레너드 용병단이 셀바토르와 손을 잡은 지금에 와서는 그 모습마저 의심스러웠다.

왜 용병단이 르카디우스 쪽과 손을 잡았는지는 아직 모르겠지만, 보란 듯 날뛰는 황태자는 미끼일 거란 생각에 무게가 실렸다. 자신들을 끌어내고 그대로 목을 칠 먹음직스러운 미끼.

누가 한 나라의 황태자를 미끼로 걸 거라고 생각이나 했겠는가. 어찌 보면 그 대담함에 타스는 속아 넘어간 것이나 다름없었다.

"아셀라 벤칸 셀바토르……."

타스는 저도 모르게 그 이름을 내뱉었다가 몸을 잘게 떨었다. 자신이 이전에 머물던 곳에 쳐들어왔던 괴물. 그리고 그때 새겨진 공포는 아직도 타스의 발목을 감고 있었다.

"망할 년."

이가 갈렸다.

그곳은 자신의 왕국이었다. 자신이 세우고 이룩한 왕국! 그곳에서 자신은 얼마나 행복했던가. 자신의 수발을 드는 사람이 십여 명이나 있었고 손짓 한 번에 금화가 발밑에 쌓였다. 손가락으로 한 마을을 가리키면 그 마을은 순식간에 잿더미가 되어 버렸다.

말 한 마디, 손짓 하나에 뭐든 이뤄지던 자신의 왕국을 단 하룻밤 만에 타스는 잃어버렸다. 사람의 껍데기를 뒤집어쓴 저 괴물 때문에.

"휴우우……."

타스는 몰려오는 두통에 미간을 꾹 눌렀다. 그렇게 자신의 왕국을 잃어 놓고선 이번엔 이 요새마저 잿더미로 만들 뻔했다.

아셀라의 도발에 요새를 비웠더라면 안에 웅크리고 있던 레너드 용병단이 움직였을 것이었다. 자신의 방패막이자 이제는 거의 유일하게 남은 자금원인 평민들을 데리고 도망쳤겠지.

'아니, 이제 우리에겐 그분이 있긴 하지.'

타스는 만족스러운 얼굴로 제 서랍장 깊숙한 곳에 넣어 둔 서신을 떠올렸다.

망해 버린 이트바나로 갔던 건 그에게 있어서 크나큰 행운이었다. 자신들도 사기당했던 가짜 보석으로 레너드 용병단을 실컷 부려먹었고, 그분과도 인연이 닿았으니까.

든든한 뒷배를 떠올리자 타스에게도 조금 여유가 생겼다.

타스는 어느새 거칠하게 수염이 올라온 제 턱을 매만지면서 눈을 가늘게 떴다. 그래, 이참에 괴물을 죽이는 건 어떨까. 분명 그분도 좋아하겠지.

하지만 어떻게 그 괴물을 죽인단 말인가. 힘과 마력으로 유명한 셀바토르 가문에서 튀어나온 괴물, 마력과 힘을 전부 가진 마검사.

치열하게 머리를 굴리던 타스의 눈에 방 한쪽에 내팽개쳐진 초상화 한 점이 들어왔다. 에타이들에게 황태자의 얼굴을 익히기 위해 가져온, 근육질에 우람한 체격으로 묘사된 피스토레의 초상화였다.

초상화를 바라보던 타스의 입꼬리가 올라가기 시작했다. 그래, 그녀도 대담하게 큰 미끼를 쓰지 않았던가? 그렇다면 이쪽도 그대로 해 주면 되는 것이다. 이게 미끼라는 게, 함정이라는 게 믿기지 않을 정도로.

'누굴 쓸까.'

이럴 때 제일 좋은 게 혈육인데. 괴물도 자신이 던진 혈육에 굳지 않았던가.

'제 애도 아닌데!'

타스는 작게 킬킬거렸다. 그 덕에 도망쳐 나왔으니 그 아이는 잘 쓰인 것이다. 아이가 태어나자마자 노예상에 파는 부모도 있는 세상이다. 말하고 걷고 생각할 수 있을 때까지 키워 준 것만 해도 다행인 거지.

잠시 제 입가를 쓸던 타스는 눈을 가늘게 떴다. 이번에는 누굴 미끼로…….

"형님!"

쾅 소리와 함께 엠릭이 씩씩거리며 안으로 들어왔다. 생각을 방해받은 타스의 얼굴이 구겨졌다.

"내가 이 방에 있을 땐 함부로 문을 열지 말라고……."

"형님, 그게 중요한 게 아니잖습니까!"

타스를 무시하고 엠릭은 무작정 방 안으로 들어갔다.

"도대체 그 레너드 용병단은 언제까지 데리고 있을 작정입니까. 어차피 뒷배도 생겼겠다, 적당히 가지고 놀다가 버리겠다고 하지 않았습니까!"

엠릭의 얼굴에는 얼마 전 사이레인에게 맞은 상처로 얼룩져 있었다. 아마도 저 멍은 오래 갈 것이다. 그리고 엠릭의 마음에 난 상처는 평생 갈지도 모르지.

"……."

멍청한 놈. 타스는 속으로 혀를 찼다. 식당에서도 난리를 피운 것을 간신히 막아 줬더니 여전히 눈치를 차리지 못해 기어코 맞아 왔다. 저딴 놈을 수족이라고 가까이 두고 있었다니. 자신이 한심스러워질 따름이었다.

잠깐만. 이놈 때문인가? 타스는 여기저기에 멍 자국을 달고 있는 엠릭을 바라보았다.

그래, 이놈 때문이구나! 이놈이 자꾸 용병단을 자극하는 바람에 그놈들이 배신을 한 게 분명했다. 가짜 보석이 들켰을 리는 없으니까!

"형님!"

"시끄럽다!"

타스는 버럭 소리를 지르며 미간을 팍 좁혔다. 적당히 가지고 놀았으면 될 것을 너무 자극하는 바람에 신경 써야 할 일이 늘어나지 않았던가. 거기다 어서 뒷배에 가 몸을 의탁하고 싶어 하는 타스랑 포르와는 달리 엠릭과 엠릭을 따르는 놈들은 황태자를 잡고 싶어 안달을 내는 상태였다.

엠릭의 탓을 시작하자마자 순식간에 요새에 있는 모든 문제가 엠릭의 탓이 되어 버렸다. 이 쓸모없는 걸 어디에다가 팔아 치울 수도 없고.

순간 타스가 움직임을 멈추었다. 무언가 이상한 낌새에 다시 타스를 부르려던 엠릭이 의구심이 담긴 눈으로 그의 형님을 바라보았다.

"엠릭."

잠시의 침묵 끝에 고개를 든 타스의 얼굴은 평소와도 똑같아 보였다.

"걱정하지 마라. 그 멍청한 용병들은 미끼로 쓸 거니까."

"미끼 말이요?"

"그래, 황태자를 잡을 미끼. 그냥 버리기엔 아는 것이 많고 그렇다고 계속 데리고 있을 수도 없으니까. 미끼가 적당하지."

그렇게 말하며 타스는 엠릭을 바라보았다. 멍청한 놈의 얼굴에는 희열이 가득 차 있었다. 아마도 저놈 머릿속에는 죽어 가는 사이레인의 모습만이 가득하겠지.

"미끼를 사용하는 건 좋은 것 같습니다. 형님."

이를 드러내며 웃는 엠릭을 보고 타스는 고개를 끄덕였다.

"그래, 내 생각에도 미끼가 적당한 것 같구나."

† † †

첫 번째 마찰이 끝났다. 거기서 에타이들은 화가 나 제대로 자신을 통제하지 못하는 황태자와 그걸 간신히 말리는 아셀라를 제대로 볼 수 있었다. 화가 난 황태자는 제 분을 이기지 못하고 끝내 아셀라를 향해 제 투구를 집어 던지기까지 했다.

비록 뒤돌아 있어 황태자의 얼굴은 잘 보이지 않았지만, 화가 난 듯 험악하게 일그러진 아셀라의 얼굴은 숨어 있던 에타이에게 잘 보였다.

'황태자는 황제 위에 오르기 전에 그럴듯한 공을 세우기 위해 몸이 달아 있다.'

'셀바토르 소 공작과 황태자 사이에 분열이 일어났다.'

에타이들의 입맛에 맞게 생성된 소문은 빠르게 타스의 귀에 닿을 것이다. 두 번째 마찰 때는…….

"자연스러웠다, 그치?"

사이레인이 밝은 얼굴로 아셀라를 보며 입술을 올렸다. 누군가는 배신하고 또 배신하려고 준비하는 상황에서 저렇게 밝은 얼굴이라니.

아셀라는 사이레인을 바라보며 웃었고 그녀를 따라온 테펜텔은 입술을 삐죽 내밀었다.

"시끄러운 놈……."

"뭐래. 아직도 진 거로 꽁해 있냐?"

그러면서 사이레인이 테펜텔의 등을 큰 소리가 나게 때렸고, 그녀의 몸이 크게 휘청거렸다.

"이왕 같은 배를 탔으니 잘 해 보자고."

"……?"

테펜텔은 맞았다는 것보다 사이레인이 밝은 얼굴로 있다는 게 믿기지 않는다는 얼굴이었다.

자신과 싸울 때만 해도 아니, 마주칠 때마다 이놈의 얼굴은 썩어 있지 않았나? 아니, 그 전에 이놈 왜 이렇게 친한 척이지?

용병들이 으레 그렇듯 오늘의 적이 내일의 동료가 되고는 했다. 하

303

지만 이렇게 빨리 앙금을 털어 내는 놈은 또 처음이었다.

'내가 못 이긴 놈이라 그런가?'

그럴 수도 있긴 한데, 정확한 답이 되지 않았다. 뒤를 돌자 사이레인을 따라온 용병들이 테펜텔을 보며 고개를 저었다. 자신들도 무슨 일인지 모르겠다는 얼굴이었다.

그때, 답이 나왔다.

"사이."

동굴 안쪽으로 들어가 있던 아셀라가 손짓으로 누군가를 불렀다.

사이, 사이라니. 그런 사람이 있던가? 순간 동굴에 있던 기사들과 용병들 그리고 테펜텔의 고개가 옆으로 기울었다.

"불렀어?"

그리고 그 부름에 자연스레 움직인 건 누구도 아닌 사이레인이었다.

"이 부근을 잘 봐 둬."

그렇게 말하며 아셀라는 동굴 안쪽을 가리는 덩굴을 팔로 걷어 내며 무언가를 말했다. 사이레인은 말 잘 듣는 어린 학생처럼 고개를 끄덕끄덕하더니 몸을 조금 낮추기까지 했다.

기묘한 모습이었다. 용병들의 눈이 믿기지 않는다는 듯 커다래졌다. 마치 강아지처럼 누군가를 따르는 대장이라니.

"전부 기억했어?"

"대강."

사이레인의 대답에 아셀라는 맑은 웃음과 함께 손을 뻗어 머리를 쓰다듬었다. 순간 정적이 감돌았다.

"안 돼, 사이레인!"

용병 중 한 명이 잽싸게 뛰어나갔다. 그는 분명 사이레인이 멋대로 남의 머리를 만졌다고 화를 낼 거라 생각한 듯 보였다. 하지만 오산이었다.

"……다른 곳이나 안내해 줘."

퉁명스럽지만 싫지 않다는 대답이 돌아왔다. 그 대답에 달려가던 용병은 한쪽 팔과 다리를 허공에 든 우스꽝스러운 상태로 굳어 버렸다.

"좋아, 가자."

아셀라는 그런 사이레인이 귀엽다는 내색을 숨기지 않았다. 그녀가 먼저 몸을 돌리자, 사이레인이 아셀라의 뒤를 졸졸 따라갔다.

허어어어? 이제는 두 진영에서 동시에 믿기지 않는다는 탄성이 튀어나왔다. 저것은 우리의 대장이 맞는가. 용병들은 놀란 채 덜덜 떨었고, 그건 기사들과 테펜텔도 마찬가지였다.

테펜텔은 마치 고장 난 인형처럼 눈만 껌뻑이는 린체의 부기사단장 레센을 툭 쳤다.

"이봐요. 레센 경."

"예, 예? 예예……. 아니, 무슨 일……."

레센은 머리를 흔들면서 대답했다. 목소리가 흐릿한 게 어쩐지 아직 제정신이 아닌 느낌이었다.

"……제가 아셀라를 오랫동안 봐 온 게 아니라서 그런데…… 원래 저럽니까?"

의구심이 가득 찬 눈으로 레센을 바라보자 레센이 미친 듯 고개를 저었다. 마치 물을 싫어하는 강아지에게 물을 뿌렸을 때와도 같은 반응 속도였다.

"아니, 아닙니다!"

너무 고개를 세차게 젓느라 힘들었는지 레센은 숨을 색색 내쉬며 말을 이었다.

"저도…… 처음 봅니다."

레센은 아주 오래전부터 아셀라를 상관으로 모셔 왔던 인물이었다. 즉, 그가 못 봤더라면 아셀라가 이런 모습을 보이는 건 처음이라는 것.

테펜텔의 입꼬리가 올라갔다. 왜 아셀라가 굳이 레너드 용병단과 접촉하지 않아도 되는 상황에서 가겠다고 자원했는지, 왜 요즘 이상해졌는지 알겠다. 아니, 그 자리에 있던 용병단과 기사단 전부 알 수 있었다.

좋아, 조금 이따가 놀려 먹어야지. 속으로 킬킬거리던 테펜텔의 눈이 가늘어졌다. 사이레인에게 혹시 모를 도주로를 알려 주던 아셀라의 표정이 어두워진 탓이었다.

"그런데…… 음."

말을 멈춘 아셀라가 동굴 안쪽을 바라보며 얼굴을 굳었다. 사이레인과 아셀라가 보고 있는 곳에는 길이 하나 있었는데 무언가가 그녀의 눈에 거슬린 듯했다.

그녀는 등불을 가져와 동굴 안쪽을 살펴보더니 이내 손짓으로 레센을 불렀다.

"레센 경."

"네, 단장님."

눈앞의 광경에 머리를 여러 번 털고서야 간신히 제정신을 차린 레센이 아셀라의 옆에 다가갔다. 두 사람은 심각한 얼굴로 말을 나누기 시작했다.

대강 듣기로는 첫 발견자이자 동굴을 확인한 사람이 저 레센이란 사람인 듯했고, 동굴을 재확인하러 온 지금 무언가 문제가 생긴 모양이었다.

하지만 사이레인에게 동굴은 문제가 아니었다. 아셀라와 레센이었지.

'저 남자는 누구지.'

레센에게 밀려 뒤로 한 걸음 물러선 사이레인은 눈을 가늘게 떴다. 단장, 단장이라 불렀으니 부하인가? 자신과 리스 같은 부하 사이면 괜찮은데 어쩐지 친밀해 보이는 모습이 언짢았다.

남들이 보기에는 그저 담담한 얼굴로 일 이야기를 나누는 상사와 부하의 모습이었으나, 사이레인의 눈에는 그렇게 보이지 않았다.

어쩐지 속이 부글부글 끓기 시작했고, 사이레인은 무서운 눈으로 동굴 안쪽을 확인하는 레센을 노려보았다. 레센은 아무 이유도 모른채 잠시 덜덜 떨어야 했다.

아니라고 외치고 싶었다. 자신은 셀바토르 단장님과 아무 사이도 아니라고! 그저 충실한 부하와 상사일 뿐이라고, 이건 오해라고 그렇게 동굴이 떠나가라 외치고 싶었다.

'아니 다른 사람도 아니라 단장님이랑 나라니.'

눈물이 조금 흘렀다. 자신이 그간 단장님에게 괴롭힘을 당한 게 얼마나 많던가.

능력 있는 자는 내 곁에서 죽어라. 조금 과격하게 말하자면 그게 바로 아셀라의 신조였다.

그 신조 덕분에 레센은 집으로 돌아가지 못하는 나날이 길었고, 침실에 거미줄이 생긴 걸 보고 경악했다. 그나마 결혼을 하고 아이가 생긴 후로는 집에 꾸준히 돌아갈 수 있었다.

하지만 아셀라의 괴롭힘은 거기서 끝나지 않았다.

'나는 경이 할 수 있으리라 믿네.'

그렇게 말하며 자신을 사지로 내몬 게 몇 번이던가. 신이 자신의 앞에서 '어서 이리 오거라. 지쳤지? 내 품에서 편히 쉬어라. 아이야.' 하고 포근하게 웃으며 손을 내밀던 게 몇 번이란 말인가!

눈물을 삼키며 주변을 살펴보던 레센의 얼굴이 점점 어두워지기 시작했다. 아셀라가 가리킨 곳에 그가 몰랐던 무언가가 있었다.

"아무래도 다른 사람들을 이끌고 주변을 확인해 봐야겠습니다. 죄송합니다, 단장님."

무언가 문제가 생긴 게 확실해졌다. 레센은 조금 어두워진 얼굴로 고개를 숙였고 그 위로 아셀라의 차가운 눈빛이 내려앉았다.

"실수는 할 수 있지. 다음은 없으리라 믿네, 레센."

레센의 대답에 아셀라는 아무런 감정이 없는 덤덤한 얼굴로 고개를 끄덕였다.

"테펜텔."

레센과 이야기를 끝낸 아셀라가 이번에 부른 건 테펜텔이었다. 사이레인을 이상한 눈으로 바라보던 테펜텔이 아셀라의 옆에 섰다.

레센은 사이레인과 피스토레를 지나쳐, 동굴 입구 쪽에 서 있는 기사들에게 무언가를 말하기 시작했다.

"음?"

레센이 자신을 지나쳐 갈 때, 사이레인은 자신의 옆에 서 있는 남자를 발견했다.

언제부터 자신의 옆에 서 있던 걸까. 보통의 기사들이 주로 입는 경갑옷을 걸치고 있었으나 어쩐지 기사 같아 보이진 않았다.

이내 사이레인은 그 이유를 깨달았다. 투구를 벗는 남자의 손에는 굳은살이 제대로 박여 있지 않았던 데다가 눈이 흔들리고 있었으니까. 이런 상황에 익숙하지 않은 인간처럼 보였다.

'수습…… 뭐 그런 건가?'

그렇게 생각하자 상황이 맞아떨어졌다. 경험을 쌓아 주기 위해 데려온 걸까. 높은 놈들만 데려온다고 하지 않았나. 그렇게 생각하며 사이레인이 눈을 가늘게 뜨는 순간 사이레인과 피스토레의 시선이 마주쳤다.

긴장한 피스토레가 침을 삼키는 소리가 적나라하게 울려 퍼졌다.

솔직히 이야기하자면 동굴로 따라온 그 순간부터 피스토레는 조금 기가 죽어 있었다. 이유는 자신의 옆에 서 있는 남자 때문이었다.

평민, 용병, 떠돌이. 그런 단어는 피스토레를 겁먹게 하지 못했다. 괴물이라는 친구와 같이 자란 그가 아니던가.

피스토레가 겁을 먹은 이유는 지극히 간단했다. 아셀라보다 머리 하나는 큰 체격하며 어딘가 암울하고도 험악하게 생긴 인상 때문이었다.

'아버지와 닮은 것 같기도 하고.'

피스토레는 그렇게 생각하며 투구로 엉망이 된 제 머리를 정리했다. 피스토레 혼자 느끼는 위압감 때문일까. 저절로 황제가 떠올랐다. 언제나 높은 황좌에 앉아 자신을 내려다보기만 하던 아버지의 눈에는 늘 실망감만이 서려 있었다.

그 높디높은 황좌까지는 자신의 목소리나 노력은 잘 들어오지 않나 보다. 그러니 늘 아버지의 눈은 차갑고 그 심장 안에는 자신의 자리가 없었겠지. 어쩐지 입안이 씁쓸해져, 피스토레는 저도 모르게 제 목을 매만졌다.

"이봐."

그때 피스토레의 머리 위로 묵직한 음성이 내려앉았다. 피스토레는 흠칫, 몸을 잘게 떨었다.

반사적인 것이었다. 아버지를 생각하고 있었다 보니 사이레인의 목소리가 아버지의 목소리처럼 들린 탓이었다.

이자는 아버지가 아니야. 스스로 그렇게 중얼거리며 고개를 들자 사이레인이 시선을 맞췄다. 짙은 눈썹 밑으로 청록색 눈동자가 번뜩였다.

"물어볼 게 있는데."

사이레인은 조금 주저하듯 말을 끊었다.

"방금 지나간 레셴인가 뭔가 하는 남자와 아셀라는 무슨 관계지? 부하인가?"

아셀라. 제 친구의 이름이 피스토레의 귀에 박혔다. 그녀의 이름을 막 부르는 사람은 이 세상에 몇 명 되지 않을 텐데.

자신의 아버지조차 그녀의 이름을 부르지 못했다. 셀바토르 소 공작, 아니면 린체 기사단장 셀바토르 경, 그렇게 불렀지.

피스토레는 신기한 눈으로 평민 용병을 바라보았다.

어쩐지 아까의 감정이 조금 사라졌다. 거기다 혹시나 하는 마음이 들었다. 방금 두 사람이 보여 준 분위기는 매우 수상쩍지 않았던가. 피스토레는 조금 용기를 내기로 했다.

"부하네. 부기사단장이야. 아주 오랫동안 레센 경은 아셀라를 모셔 왔지. 아! 그리고 얼마 전에 결혼도 했네. 벌써 딸도 한 명 있어."

혹시나 하고 덧붙인 말이 효과를 발휘했다. 사이레인은 눈을 크게 뜨더니 이내 부끄럽다는 듯 헛기침을 몇 번 했다.

"아니, 나는 그런 걸 물어본 적이 없는데⋯⋯."

대답을 안 해 줬더라면 레센 경은 최초로 시선에 찔려 죽은 남자가 됐을지도 몰랐다.

웃음이 조금 새어 나오기 시작했다. 조금 더 용기를 가지고 피스토레는 붉어진 제 목덜미를 만지작거리는 사이레인을 바라보았다. 어쩐지 최전방으로 떠나오기 몇 달 전, 아르트엘과 마지막으로 나눈 대화가 떠올랐다.

"아셀라가 이상형을 찾으면 그건 기적이야!"

피스토레의 방을 찾아온 아르트엘은 언제 봐도 아름다운 모습으로 재잘거렸다.

"아셀라의 이상형이 누구길래?"

제가 사랑스러운 아내의 볼에 입을 맞추며 묻자 아르트엘의 눈이 반짝였다.

"놀라지 말고 잘 들어 봐."

얼른 말하고 싶은 마음과 피스토레가 놀랄 모습에 대한 기대감으로, 아르트엘의 뺨은 붉게 물들어 있었다. 그 모습이 너무도 사랑스러워 피스토레는 웃음을 머금었다.

"아셀라의 이상형은 말이야. 일단 자기랑 비슷한 힘을 가지고."

여기까지는 괜찮았다. 아셀라와 결혼할 사람이 셀바토르의 이름에 어울리지 않는다면 그건 문제였으니까. 아마 황제도 결혼 허가를 내주지 않을 것이다.

하지만 이어지는 아르트엘의 말에 피스토레는 눈을 크게 떴다.

"귀여운 사람이래!"

'귀여운…… 사람.'

피스토레는 천천히 제 옆에 있는 남자를 훑었다. 사이레인이라고 했었지. 용병에 평민, 고아.

솔직히 말하자면 사이레인의 출신만 본다면 아셀라와 어울리지 않았다. 아셀라의 이상형을 몰랐을 때 들었더라면 조금은 반대했을지도 모르는 일이었다. 왜냐하면 그녀는 곧 셀바토르 공작이 될 사람이니까.

하지만 그녀의 이상형을 들은 지금은 반대할 이유가 하나도 없었다.

'힘은 테펜텔을 이겼다고 들었는데.'

테펜텔이 고국의 술이라고 가져온 그슨의 술은 무엇이든 줄줄 풀어 놓는 마법의 술이었다. 테펜텔은 자신의 영지와 자신의 자리를 대신하는 학자 출신의 남편 이야기를 늘어 두었다. 그리고 사이레인에게 진슬픈 과거 역시 구구절절이 풀었다.

피스토레는 술병을 들고 슬프게 외치던 테펜텔을 떠올렸다. 그리고 처음 사이레인을 만났을 때 묘하게 만족하는 미소를 짓던 자신의 친구도.

일단, 첫 번째 관문은 통과했다. 이제는 마지막 관문이자 최종 관문인 '귀엽다'인데.

피스토레는 눈을 가늘게 뜨고 사이레인을 훑었다. 겉보기에는 귀여움과는 거리가 멀어 보였다. 하지만 마음이 있다면 괜찮지 않을까?

"그런데 자네. 조심스러운 질문인데."

"뭐지?"

"아셀라를⋯⋯."

"사이, 피스토레."

그때 앞서 있던 아셀라가 손짓으로 두 사람을 부르는 바람에 대화가 끊겼다. 사이레인과 피스토레는 조금 굳은 얼굴로 서 있는 두 여자의 곁으로 다가갔다.

"무슨 일이지?"

"문제가 생겼어. 아무래도 이 동굴, 며칠 사이에 뭔가가 살게 된 것 같아."

그렇게 말하며 아셀라는 작은 램프를 들고 있는 팔을 뻗었다.

빛은 동굴 안쪽을 비춤과 동시에 흙에 찍혀 있는 발자국 역시 드러냈다. 사이레인과 피스토레는 말없이 다가가 발자국을 관찰했다. 묘한 크기의 짐승의 발자국은 생긴 지 며칠 되어 보였다.

테펜텔이 옆에서 어깨를 으쓱였다.

"늑대 종류긴 한데, 이 숲에 사는 늑대 발자국이 이렇게 크지는 않지. 혹시 너는 짚이는 게 있어?"

"그래, 보통 동물은 아닌 것 같군."

이 숲에 사는 늑대형 몬스터가 뭐가 있더라. 웨어울프? 사이레인의 눈이 가늘어졌다.

웨어울프라고 하기엔 너무 작았다. 거기다 그놈들은 더욱 깊숙이 사람의 손 따위 닿지 않는 곳까지 들어가야 만날 수 있었다.

"마수일지도 몰라."

어느새 사이레인의 등 뒤로 다가온 아셀라가 얼굴을 굳히며 말을 이었다. 늑대형 마수라면 골치가 아팠다. 마수 중에서는 지능을 가지고 있는 놈들도 많았으니까.

"안전이 확보되지 않으면 여기로 사람들을 데려올 순 없어."

동굴 안쪽에 찍힌 발자국도 확인하던 피스토레가 단호한 목소리로 말을 꺼냈다. 그는 어느새 빛이 닿는 곳 가장자리에 서 있었다.

가장 중요한 건 요새에 잡혀 있는 평민들의 안전이다. 전쟁터로 스스로 걸어 들어온 사람도 있겠지만, 대부분은 힘없이 끌려와 휘말린 사람들이었다. 그런 사람들을 지키는 게 황제의 몫 아닌가.

피스토레는 빠르게 머리를 굴렸다. 가장 좋은 방법은 다른 피난처를 찾는 것이다. 하지만 가능할까?

총공격전이 얼마 남지 않았다. 그사이에 요새와 멀리 떨어지지 않고 요새에 있는 평민들을 전부 수용할 수 있으며, 적당한 뒷길이 있는 이런 동굴을 발견할 수 있을까?

'안 돼. 시간도 없고…… 인원도 없어.'

그간 보여 주기식이긴 했지만, 피스토레는 성실하게 수색에 참여했고 작전 회의에서 다른 사람들의 의견을 들었다. 피스토레의 머리에는 지금 린체 기사단과 테센트루아 성기사단의 모든 정보가 들어 있었고, 그는 재빠르게 수색에 참여할 인원 따위 없다는 결론을 냈다.

거기다 에타이들이 가까워져 오는 총공격전에 예민해진 상황. 새 피난처를 찾겠다고 주변을 헤집다간 들킬 가능성도 컸다.

"하지만 다른 동굴을 찾아보기에도 시간은 없으니, 안쪽을 확인해 보자. 아셀라."

피스토레의 말에 아셀라는 고개를 끄덕였다.

"그래, 하지만 전부 자리를 비울 순 없어. 밖에도 그놈들이 있을지 모르니까. 그러니까 동굴 안쪽을 살피는 건 너와 나, 그리고 테펜텔……."

그때, 피스토레와 가장 가까이 있던 테펜텔이 어둠을 향해 철퇴를 휘둘렀다. 무언가 맞아 떨어지는 소리가 울려 퍼졌다. 하지만 그보다 더 빠르게, 피스토레가 비명도 지르지 못하고 어둠 속으로 끌려 들어갔다.

피스토레가 사라짐과 동시에 테펜텔이 움직였고 아셀라는 검을 빼들었다. 그러다 이내 손을 멈추었다.

"쯧."

무언가를 계산하듯 빠르게 주변을 훑어본 아셀라는 가볍게 혀를 차더니 그대로 피스토레와 테펜텔이 사라진 방향으로 뛰어갔다.

"너희는 여기에 있도록 해!"

사이레인은 당황한 듯 웅성거리는 기사들과 용병들에게 크게 외친 후 아셀라를 따라 빛도 닿지 않는 동굴 안쪽을 향해 뛰어갔다. 하지만 이내 사이레인의 얼굴이 굳어졌다.

생각보다 동굴 안쪽은 더욱 어두웠다. 아직 어둠에 익숙해지지 않은 눈으로는 아무것도 구별해 낼 수가 없었다. 하지만 이대로 돌아가 램프를 가져올 생각도 들지 않았다. 이미 충분히 뒤처져 있었으니까.

끌려 들어간 피스토레는 물론 바로 그 뒤를 따라간 테펜텔, 거기다 아셀라 역시 보이지 않았다. 바로 쫓아왔으니 벌써 이렇게 보이지 않을 리가 없는데.

"……!"

안쪽으로 한 발 더 내디딘 사이레인의 눈이 커다래졌다. 이래서였구나.

동굴 안쪽으로 가는 길목에 구멍이 있었다. 언뜻 보기엔 갖가지 풀들과 낙엽으로 가려져 있던 구멍은 순식간에 제 위에 발을 얹은 사람을 끌어내렸다. 몸이 끝없이 밑으로 내려앉았다.

'큭!'

사이레인은 이를 악물었다. 떨어지면서 머리를 부딪치긴 했지만, 크게 다친 건 아닌 듯했다.

조금 어질어질한 머리를 붙잡고 몸을 일으켰다. 주변을 둘러보자 자신이 있던 곳과는 전혀 다른 곳이 눈에 들어왔다. 아까보다 더욱 커다랗고 넓은 곳. 심지어 커다란 호수까지 있었다.

'절벽이랑 연결된 곳이니……. 이리로 가면 강인가?'

절벽의 끝자락에는 강이 걸려 있었다. 그리고 거기서 조금 더 나아가면 바다, 교역선이 어지럽게 다니는 해안가로 이어졌다.

동굴 안쪽에 이런 구멍이 있을 줄이야.

'그 망할 놈.'

러센이라고 했었나, 레센이라고 했었나. 이런 구멍도 못 찾고 여기가 안전하다고 보고했다니, 믿기지 않았다.

잠시 끝없이 떨어지는 물과 생각보다도 깊어 보이는 호수를 바라보고 있던 사이레인은 이내 고개를 돌렸다. 아까 떨어질 때 도끼를 떨어트린 탓이었다.

다행히도 그의 도끼는 사이레인이 있는 곳에서 몇 발자국 떨어진 곳에 놓여 있었다.

'아셀라도 이 안쪽에 있나?'

무언가에 끌려간 피스토레도, 테펜틸도 이곳에 있겠지만 딱히 걱정되지는 않았다. 철퇴도 휘두르는 용병에 신체 건강한 견습 기사인데 뭐가 걱정되겠는가. 위에 있는 놈들도 걱정이 없었다. 가장 걱정되는 건 아셀라지. 그건 너무나도 당연한 게 아닌가?

아셀라가 다치거나 그럴까 봐 걱정된다는 건 아니었다. 자신과 동등하게 싸우는 사람이 누구에게 다치고, 누구에게 죽겠는가.

그래도 눈에서 보이지 않는 것과는 다른 의미였기에 사이레인은 빠르게 걸음을 옮겼다. 동굴 밑쪽은 물이 떨어지는 곳으로 빛도 새어 들어와, 오히려 아까보다 더 밝은 편이었다.

먼저 간 아셀라를 찾기에는 문제가 없었다. 그리고 숨어 자신을 노리는 무언가를 사냥하기에도.

사람의 흔적을 찾아 걷던 사이레인은 도끼를 쥐고 있는 손에 힘을 주고는 그대로 휘둘렀다. 거대한 도끼는 돌 위에서 자신을 노리고 뛰어내린 늑대를 정확히 노렸다.

"캐앵!"

도끼가 무언가를 부수는 소리가 울려 퍼지고 피가 사방으로 퍼졌다. 일격이었다. 한눈에 보기에도 다른 늑대들보다 커다란 늑대가 땅바닥을 굴렀다.

'이놈들이었나?'

아까 위에서 본 발자국과 대강 비교해 보니 맞는 것 같았다.

"컹!"

무리 중 한 마리가 죽자 다른 놈들도 자극을 받았는지 네 마리도 넘는 늑대들이 사이레인을 향해 달려들었다. 위에서 떨어지고, 바위 틈새에 숨어 있고, 심지어 어떻게 갔는지 그의 뒤쪽에서 달려드는 놈도 있었다.

"후우……."

사이레인은 일부러 숨을 내쉬며 마음을 가라앉혔다. 지금 가장 중요한 건 평정심이었으니까.

몇 마리가 덤비든 상관없었다. 그저 전부 다 베어 넘기면 그만이다. 가장 먼저 위에서 내려오는 놈부터.

도끼가 무시무시한 소리를 내며 허공을 가로질렀고 그대로 늑대 한마리가 물속에 처박혔다. 사이레인은 그대로 도끼를 뒤로 움직였다.

등 뒤에서 달려들던 늑대는 도끼 끝에 맞아 저 멀리 날아갔다.

도끼를 쥔 팔을 노리고 달려드는 늑대를 베어 넘기고 다시 뒤쪽에서 달려드는 늑대를 처리하는 것까지는 문제가 없었다. 문제는 마지막에 일어났다.

'젠장!'

실수했다. 이 늑대들은 상당히 영악했다. 일부러 그를 뒤쪽과 옆쪽에서 밀며 막다른 곳으로 유인했고, 때문에 그는 어느새 바위 안쪽으로 밀려 있었다.

자신에게 달려들던 늑대를 베어 넘긴 도끼가 콰직 소리를 내며 동굴 벽면에 꽂혀 버렸다. 한 번에 죽이기 위해 힘을 줬던 까닭에 깊숙이 꽂혀 버린 도끼는 쉽게 움직이지 않았다.

"크르르르."

그러길 기다렸다는 듯 어둠 속에서 튀어나온 십여 마리가 사이레인을 포위했다. 늑대들은 자신들이 이겼다는 듯 자신만만한 눈빛을 하고 있었다.

사이레인은 늑대들을 바라보면서 커다란 손으로 목덜미를 훑었다.

곤란한데. 늑대 사냥이야 종종 하던 거였지만 이렇게 많은 수를 혼자 상대해 본 적은 없었다.

거기다 이놈들은 덩치뿐만 아니라 체력도 보통의 늑대와는 차이가 났다. 실제로 도끼 뒷부분으로 얻어맞은 놈이 아무렇지도 않게 사이레인에게 이빨을 드러내고 있지 않은가.

'최대한 일격에 죽여야 한다는 건데.'

도끼는 바위에 박혀 있고…… 도끼를 뽑으려 몸을 돌리면 늑대들이 바로 덮쳐 올 것이다. 사이레인은 품속에 단검을 꺼내 들고 눈을 찡그렸다.

어떻게 할까?

이길 것이다. 그건 명확했다. 하지만 부상이 따를 게 분명했다.

최소한으로 부상을 줄일 방법을 생각하는데 갑자기 목소리가 들려왔다.

"도와줘?"

시선만 돌려 주변을 바라보자, 제 옆쪽에 있는 바위 위에 아셀라가 앉아 있었다. 아셀라는 아무렇지도 않게 턱을 괴고 앉아 사이레인을 바라보고 있었다. 저 호수에 빠졌던 것인지 검은 머리카락에서는 물이 뚝뚝 떨어지고 있었다.

"음……."

사이레인은 아셀라를 한 번, 늑대들을 한 번 바라보다가 고개를 저었다.

"아니."

아셀라가 그럴 줄 알았다는 듯 웃음을 머금었다.

"오래 걸렸네?"

아셀라는 보통 사람의 키보다 두 배는 넘는 바위에서 가볍게 뛰어내렸다. 발치에는 늑대들이 죄다 쓰러져 있었다. 아셀라가 혹여나 늑대를 밟을까 조심스레 사이레인에게 다가가는 동안 그의 눈은 아셀라에게서 떨어질 줄 몰랐다.

"물에 빠졌었어?"

아셀라가 가까이 오자 사이레인이 대뜸 입을 열었다. 그도 그럴 것이 아셀라는 호수에서 헤엄치다 온 사람처럼 푹 젖어 있었다. 분명 위에 걸치고 있던 제복 윗옷은 사라지고 가벼운 셔츠 차림이었다.

"아, 나는 호수 위에서 떨어졌어."

아셀라는 아무렇지도 않게 긴 머리에서 다시 물을 짜며 말을 이었다.

구멍은 여러 개였다. 몇 개의 구멍은 피했지만 이내 아셀라도 밑으

318

로 추락했다. 그리고 그대로 호수 속에 잠겼다.

아셀라의 대답에 사이레인의 눈이 가늘어졌다.

"그 시커먼 윗도리는?"

시커먼 윗도리? 제복을 말하는 건가? 아마도 그녀의 제복은 저 물 밑 어딘가에 걸려 있거나 강으로 쓸려 내려갔을 것이다. 하필 입고 있던 제복이 어딘가에 걸리는 바람에 빠져나오는 데 애를 먹었으니까.

결과적으로 물을 먹지도 않았고 다치지도 않았지만, 피스토레와 테펜텔을 놓쳐 열을 좀 받긴 했었다.

"떨어지면서 어디 걸리는 바람에 그냥 벗어 버렸어. 어차피 물 먹어서 무거울 테고."

머리의 물기를 전부 짜낸 아셀라는 담담하게 대답했다. 아셀라가 잠시 생각에 잠긴 사이 그녀의 머리 위에 무언가가 턱 하니 얹혔다. 사이레인이 입고 있던 윗옷이었다.

"젖은 상태로 있으면 감기 걸려."

감기……? 아셀라는 눈을 깜빡였다. 감기라니. 지금 자신에게 감기 걸린다고 제 윗옷을 건네준 건가?

그녀에게 있어서 감기나 병 같은 단어는 거리가 멀었다. 애당초 자신은 셀바토르가 아니던가.

비가 내리는 상황에서도, 눈이 내리는 곳에서도 자신에게 감기를 말하며 윗옷을 건네주는 이는 없었다. 오히려 이런 거치적거리는 걸 입는 게 더 짜증 나는 일이었으니까.

"흐응."

하지만 아셀라는 윗옷이 나쁘게 느껴지지 않았다.

"고마워, 잘 입을게."

아셀라의 인사에 사이레인은 붉어진 얼굴로 목덜미를 훑었다. 자신에게 어울리지 않는 짓을 했다는 걸 이제야 깨달은 모양이었다.

귀엽긴. 아셀라는 웃으면서 윗옷을 걸쳤다. 사이레인의 물건치고는 꽤 깨끗하고 나름 깔끔한 것이 일부러 가져온 게 분명해 보였다. 평소에는 무언가를 걸치고 다니는 사람이 아니었으니까.

　사이레인은 부끄러운 듯 시선을 피하며 늑대들과 싸우며 빼낸 도끼를 만지작거렸다. 그러는 동안 아셀라는 몸을 숙여 사이레인이 베어 넘긴 늑대들을 확인했다.

　'늑대 마수…….'

　이 동굴을 찾고, 수색하고, 피난처로 확정한 건 약 한 달 전. 그사이에 이런 놈들이 들어와 있을지는 몰랐다.

　아니, 어쩌면 처음부터 이놈들이 살고 있었던 걸지도. 레센은 무언가를 빠트릴 정도로 허술한 사람은 아니나 동굴 밑으로 빠져 본 적은 없을 테니까.

　'골치가 아파지겠네.'

　이런 놈들은 꼭…….

　"대장이 있을 텐데."

　들려온 말에 뒤를 돌자 사이레인이 자신처럼 늑대를 살펴보며 말을 하고 있었다.

　"이런 늑대 마수들은 주로 무리를 짓고 대장이 이끌잖아. 하지만 이 크기는 대장이라 보기 어렵군."

　사이레인이 턱을 매만지며 대장이 있을 만한 곳을 찾는 듯 주변을 훑었다.

　"마수와 싸워 본 적이 있었어, 사이?"

　마수는 전문적으로 토벌하는 사람들이 아니면 잘 알지 못했다. 기사들 중에서도 마수와 마주친 적이 없는 이가 대부분이었다. 마수들은 사람들의 발이 잘 안 닿는 곳에 있었으니까.

　지금만 봐도 라니스 숲 안쪽에 있는 절벽 밑 숨겨진 동굴에서 발견되지 않았는가.

"떠돌이니까. 별의별 일을 다 겪었지."

사이레인은 그렇게 말하며 머리를 긁적였다.

"얼른 용병과 견습 기사를 찾아야 하는데……."

견습? 아셀라가 그걸 물어볼 틈은 없었다. 갑자기 동굴에 비명이 울려 퍼졌다. 북을 두드리는 듯한 억양이 섞인 비명, 테펜텔이었다. 아셀라와 사이레인의 눈이 가늘어졌다.

생각하기도 전에 다리가 먼저 움직이고 손은 자연스레 무기를 쥐었다. 테펜텔의 비명은 조금 떨어진 바위 사이에서 울려 퍼지고 있었다.

테펜텔은 아셀라도 인정한, 실력을 갖춘 용병이었다. 실제로 테펜텔과 호흡을 맞추는 몇 년간 아셀라는 테펜텔이 비명을 지르는 걸 들어 본 적이 없었다. 적들의 칼에 찔렸을 때도 테펜텔은 비명을 지르긴커녕 철퇴를 휘두르지 않았던가.

그런 테펜텔이 비명이라니. 아셀라의 걸음이 빨라졌다.

"테펜……!"

바위를 돌아 보인 광경에 아셀라는 말을 멈추었다. 그건 사이레인도 마찬가지였다.

"……뭐야."

사이레인은 눈을 찡그린 채 얼굴을 구겼고, 아셀라는 눈을 깜빡였다.

"으아아!"

테펜텔은 그녀답지 않게 괴성을 내지르며 바위 위에 올라가 있었다.

그 밑에는 거대한 지네들이 몰려 있었다. 어린아이 크기의 지네들은 테펜텔을 잡아먹으려는 듯 괴상한 소리를 내며 바위에 붙어 있었다.

"키이익!"

테펜텔을 잡으려 간신히 바위에 기어오른 한 마리가 오히려 그녀의 발에 맞아 나가떨어졌다. 바닥에 부딪친 지네가 내는 괴상한 소리 때문에 머리가 울릴 정도였다.

"아셀라! 살려 줘! 용병, 너도 와서 도와줘!"

하얗게 질린 테펜텔은 반쯤 울먹이고 있었다. 테펜텔이 필사적으로 도망친 바위가 동그란 편이라, 지네들이 아직 테펜텔이 있는 곳까지 올라가지 못한 듯 보였다.

하지만 이내 지네들은 꾀를 내었다. 탑을 쌓듯 제 동료들을 밟아 순식간에 바위를 기어올랐고 안 그래도 하얗게 질려 있던 테펜텔의 얼굴이 더욱 하얗게 질렸다.

"키에에엑!"

지네가 울부짖자 입처럼 보이는 곳에서 녹색 침이 뚝뚝 떨어졌고 테펜텔을 위협하듯 수십 개의 다리가 꿈틀거렸다.

"……!"

끔찍한 지네의 모습을 본 테펜텔은 기절 직전이었다. 아셀라는 잠시 고개를 흔들더니 검을 빼 들고 테펜텔이 있는 바위로 가까이 다가갔다. 그녀의 검에서 불길이 솟아올랐다.

"사, 살았다……."

아셀라의 불길에 잿더미가 된 지네들이 바람에 흩어졌고, 사이레인의 도끼에 반 토막 난 지네들이 사방에서 꿈틀거렸다.

간신히 바위 위에서 내려온 테펜텔은 경기를 일으키는 얼굴로 지네를 피해 아셀라의 뒤로 숨었다.

"지네가 무서워?"

그간 온갖 벌레를 봐도 꿈쩍도 하지 않던 테펜텔이었는데. 그녀의 고향 아롬벨은 습기가 많아 벌레가 많은 나라기도 했고. 그런데 지네몇 마리에 이렇게 떨 줄이야.

"어렸을 적에 지네한테 물린 적이 있거든. 엄청엄청 아팠어. 엄마한테 맞은 것보다 더."

322

그렇게 말하며 테펜텔은 아직도 꿈틀거리는 지네를 보며 경악스러운 표정을 지었다.

"크면서는 보통 크기의 것들은 괜찮아졌는데 저렇게 큰 걸 보니까……"

과거의 아픔이 다시 몰려든 모양이었다. 그렇게 말하며 테펜텔은 저도 모르게 손을 흔들었는데 그 팔을 본 아셀라의 눈이 가늘어졌다.

"물렸어?"

아셀라가 성큼 다가와 굳은 얼굴로 테펜텔의 팔을 잡았다.

그녀의 팔목에 약한 상처가 나 있었다.

"아, 이거."

상처를 내려다본 테펜텔이 아무것도 아니라는 듯 어깨를 으쓱했다.

"피스토레를 감싸다가 좀 다쳤어. 걱정은 하지 마. 물린 것도 아니고 스친 거니까. 팔도 제대로 움직여."

테펜텔의 말에도 굳어진 아셀라의 얼굴은 펴질 기미가 없었다. 그도 그럴 것이 지네 마수는 마비 독을 가지고 있는 걸로 유명했으니까.

"정말 괜찮아. 봐 봐, 잘 움직이잖아?"

테펜텔은 그렇게 말하며 보란 듯 팔을 휘둘렀다. 마비의 증세도 없고 그녀의 혈색도 나빠 보이지 않았다.

테펜텔 정도 되는 용병이 자신의 몸 상태를 모를 리 없었다. 그리고 괜찮다며 저 자신도 속이다가 결국 상황을 불리하게 만드는 바보는 아님을 아셀라도 잘 알고 있었다.

"그래, 이상하다 싶으면 바로 말해. 혹시 모르니까."

아셀라는 고개를 끄덕이며 뒤로 물러났지만, 사이레인은 한심하다는 눈이었다. 사이레인을 바라보는 테펜텔의 눈이 가늘어졌다.

"뭐, 인마."

명백히 시비조가 서린 목소리였다. 테펜텔의 목소리에 사이레인이 입꼬리를 올렸다.

"아니, 다른 나라도 아니라 아롬벨의 용병이 지네를 무서워한다니 놀라워서. 거기다 물리기까지?"

"사람이 무서워하는 게 있을 수도 있는 거지. 그리고 안 물렸다고!"

"아하, 나는 무서워하는 것 따위 없는데."

사이레인의 말에 테펜텔이 그를 노려보았다. 사이레인의 덩치와 키에 눌릴 법도 했지만 테펜텔은 아랑곳하지도 않고 그를 매섭게 노려보았다.

"곰 새끼가……."

"레너드는 사자거든. 무식하긴."

"무식? 야! 내가 이래 봬도 귀족이거든? 너 내가 제대로 차려입고 나타나면 얼굴도 못 들걸?"

'둘이 잘 노네.'

아셀라는 사이레인과 테펜텔이 싸우는 모습을 한 발짝 뒤에서 바라보고 있었다. 남들이 봤으면 서로 죽이기 일보 직전의 모습이었지만, 어쩐지 그녀의 눈에는 투닥투닥 사이좋게 싸우는 걸로밖에 보이지 않았다.

흐응, 진녹색 눈이 가늘어졌다.

"자, 두 사람 다 그만해."

싸움이 끝나지 않을 것 같다는 이유를 핑계로 아셀라는 두 사람 사이에 끼어들었다. 그래, 이건 피스토레를 빨리 찾기 위함이야.

테펜텔은 피스토레가 지금 어디에 있을지 알고 있을 가능성이 컸다. 그녀는 가장 마지막까지 피스토레를 따라가지 않았던가.

"테펜텔, 피스토레는?"

자연스럽게 둘 사이에 끼어든 아셀라가 그녀를 바라보며 물었다.

"호수 쪽에 숨어 있을 거야."

아셀라의 물음에 사이레인을 노려보던 테펜텔이 시선을 돌려 그녀를 바라보았다.

"그나저나 그 샌님, 대단하던데? 솔직히 얕잡아 봤는데. 놀라웠어."

갑자기 어둠 속에서 튀어나온 늑대 마수는 가장 가까이에 있고 가장 약한 피스토레의 다리를 물고 구멍으로 끌었다.

급작스러운 상황과 갑자기 느껴지는 고통에 당황한 듯 피스토레는 속수무책으로 끌려갔다. 하지만 이내 정신을 차리려는 듯 이를 꽉 물었고, 늑대가 구멍에 떨어져 착지하는 그 순간 품속에서 단검을 꺼내 들어 늑대를 찔렀다.

"비명이나 빽빽 지를 줄 알았는데 말이야."

테펜텔이 알고 있는 아롬벨의 왕자였다면 분명 그랬을 것이다.

만약 피스토레가 아롬벨의 왕자처럼 비명을 내지르고 살려 달라고 울부짖었더라면 주변에 있는 마수들이 전부 모여 아무리 테펜텔이라도 골치가 아플 뻔했다. 거기다 경험이 부족한 검 실력이긴 했지만 피스토레는 테펜텔과 손을 맞춰 늑대 마수들과 싸웠다.

비록 지네까지 합세하며 그 수가 늘어나 도중에 헤어지긴 했지만, 테펜텔이 다수의 마수를 끌어왔으니 분명 피스토레는 안전할 것이다.

'조금 놀랐단 말이지.'

그간 그슨의 술을 마시며 피스토레와 친해졌으나 내면에는 아직 의문을 품고 있던 테펜텔은 이번 사건으로 완전히 그걸 털어 냈다.

"나름 황실의 검을 배운 놈이니까."

아셀라는 아무렇지도 않게 고개를 끄덕였다.

피스토레는 약해 보였지만 아주 어릴 적부터 황태자로서의 교육을 충실히 받았고, 검 실력도 나쁘지 않았다.

황가의 핏줄을 이은 사람치고는 심약한 편으로 평가를 받았으나 그 심약함이 황제의 기준임을 잊으면 안 되었다. 평범한 사람이었다면 그 황제 밑에서 버티지도 못했을 테니까.

황제와 아셀라 같은 사람들 사이에 껴 있어서 그렇지, 피스토레도 평균 이상은 되는 사람이었다.

"그래도 어서 찾아야 해. 그놈, 대련 경험은 많지만 마수를 상대해 본 경험은 없어."

교육으로 다수의 기사와 대련을 통해 경험을 쌓았지만 마수를 상대할 일은 없었다. 분명 오래 버티지 못하리라. 아셀라는 불안한 듯 눈을 가늘게 떴다.

"너무 걱정하지 않아도 될걸? 내가 대부분 다 끌고 왔거든."

"그래도……."

"당연하지! 저 여자 용병 말이 맞아."

사이레인이 불쑥 두 사람의 대화에 끼어들었다. 아셀라가 피스토레를 신경 쓰는 게 못마땅한 눈치였다.

"그놈, 견습 기사잖아. 황실 기사면 어마어마한 놈 아니야? 핏줄도 고급일 거고. 그러니 걱정할 필요는 없어. 실력도 겁…… 아니 엄청 뛰어날 테니. 주변에 있는 놈들을 전부 조질 수 있겠지."

……조져? 새로 들어 본 단어에 아셀라의 눈이 동그래졌다.

아셀라의 주변은 전부 귀족이었다. 그것도 황실과 고위 귀족의 자제들이 대부분이었기에 언행이 거친 이들은 없었다. 부드러운 비단 밑에 칼을 숨겨 둔 이들이 대다수였지.

용병들을 많이 만나 봤지만, 그들 역시 아셀라의 앞에서는 자연스럽게 입을 조심했고 그건 사이레인도 마찬가지였다.

그간 아셀라가 만나 온 용병들과는 다른 이유였지만, 사이레인 역시도 상당히 말을 조심하고 있던 편이었다. 그런데 오랜만의 만남에서 이상한 사건이 터지고 다른 놈만 걱정하는 모습에 그만 실수를 해 버리고 만 것이었다.

"견습이라도 늑대 대갈빡 정도는……."

말을 잇던 사이레인의 눈이 커다래지더니 슬그머니 시선만 내려 아셀라를 바라보았다. 생소한 단어에 놀란 아셀라와 제 실수로 놀라 땀을 삐질 흘리는 사이레인의 시선이 마주쳤다.

"어……. 그러니까 내 말은."

수습한다며 보이는 손동작이 이상했다. 마치 사이레인이 늑대의 머리를 치는 듯한 기묘한 손동작에 아셀라의 눈이 더욱 커다래졌다.

"아! 저기 있다!"

테펜텔이 그를 구원했다. 정확히는 사람들의 목소리를 듣고 바위 사이에서 튀어나온 피스토레와 그를 발견한 테펜텔이었다.

"아셀라!"

바위 사이에서 튀어나온 피스토레는 제 친구를 발견하자마자 눈물을 글썽거리며 세 사람이 있는 쪽으로 뛰어왔다.

머리며 옷이 더러워지고 찢긴 걸 보니 퍽 고생한 듯 보였다. 아무리 테펜텔이 대다수의 마수를 데리고 갔다지만, 그래도 몇은 피스토레가 처리했을 테니까.

"피스토레."

아셀라가 제 친구의 이름을 부르며 가까이 가자 사이레인의 얼굴이 한층 더 썩었다.

"아셀라……. 흑."

"고생했어."

아셀라는 제 옷자락을 잡고 울먹거리는 피스토레를 안쓰러운 눈으로 바라보았다. 마수를 상대해 본 경험도 없는 친구 놈의 얼굴은 잠시 사이에 홀쭉해져 있었다.

"문제가 있어."

다행히도 사이레인의 얇은 인내심이 끊어지기 전에 피스토레는 아셀라의 옷자락을 놓았다. 그리고 목소리를 낮추더니 한쪽을 가리켰다.

"늑대들과 싸우다가 알아낸 건데 아무래도 이 근처에 대장이 있는 것 같아. 무리 중 몇 마리가 저리로 들어가더라고."

비록 마수나 몬스터와 싸운 경험은 없었지만, 지식만은 풍부한 피스토레는 늑대들의 이동으로 대장이 있을 법한 장소를 추려 내었다.

세 사람의 시선이 피스토레가 가리키는 곳으로 향했다. 동굴에 있는 게 믿기지 않을 정도로 넓은 호수 끝자락이었다. 높은 바위가 어지럽게 있는 곳, 그곳이 피스토레가 가리킨 곳이었다.

"저 바위 뒤에 있는 건가. 숨기도 좋아 보이고 있을 법해 보이네."

"대장의 위치를 찾는 데 애를 먹을 줄 알았는데."

테펜텔의 말에 아셀라가 고개를 끄덕였다.

"좋아, 늑대 사냥이나 해 보자고."

아셀라가 머리를 쓸어 올리며 말하자, 테펜텔과 사이레인이 입꼬리를 올리며 제 무기를 꺼내 들었다. 피스토레는 단호한 표정으로 아셀라의 뒤로 숨었다.

피스토레의 눈과 짐작이 정확히 맞아떨어졌다. 거대한 바위 뒤로 돌아 바위와 모래로 가득 찬 길을 조금 걷다 보니 정찰을 하러 나온 늑대 한 마리와 마주칠 수 있었다.

"커엉……!"

동료에게 알리기 위해 목청을 높이려던 늑대는 제 할 일을 다 하지 못했다. 소리를 크게 내지르기도 전에 목이 바닥을 굴렀기 때문이었다.

사이레인은 아무렇지도 않게 늑대의 목을 친 도끼를 다시 붙잡았다.

"이 앞에 대장이 있겠네."

한 사람이 간신히 지나갈 법한 좁은 길을 바라볼 때, 피스토레의 눈은 어딘가 절망에 빠져 있었다.

"……나는 한 마리를 처리하기 위해서……. 크흡."

작게 중얼거리는 소리를 들어 보니 사이레인이 늑대 마수를 일격에 죽인 게 적잖이 충격이었던 모양이었다. 깊은 절망에 빠진 피스토레는 어느새 뒤로 빠져나온 사이레인이 자신을 내려다보고 있는 걸 몰랐다.

'그러고 보니, 이놈.'

아셀라와 사이가 좋았더랬지. 생각해 보니 러센인가 러근가 하는 놈의 사정도 잘 알고 있었고. 오랫동안 기사단에 머물렀던 것 같았다.

'견습이 아닌가?'

용케도 사이레인의 생각이 거기까지 닿았다. 그럼 도대체 이놈은 뭐란 말인가. 뭐기에 아셀라의 이름을 막 부르고 친해 보이는 건지 알 수가 없었다. 하지만 그냥 정기사라고 보기엔 자신 없는 모습과 뛰어난 검 실력은 어딘가 모순되어 있었다.

"이봐, 너."

모르면 물어보면 되는 거지. 아까도 그러지 않았던가. 사이레인은 빙빙 돌아가는 건 질색이었다. 모르면 물어보면 되는 거고 말하고 싶으면 말하면 되는 거다.

"어, 어?"

"아셀라랑 어떻게 아는 사이지?"

선두에 테펜텔과 서 있는 아셀라를 힐끗 바라본 사이레인이 목소리를 한층 낮추고는 말을 이었다.

"부하가 아닌가? 그럼 뭐지? 동료? 아니면 그냥 아는 사이? 그것도 아니라면……."

"친구, 친구네!"

사이레인의 오해가 극에 달하기 전에 피스토레가 빠르게 그 오해를 잘라 내었다. 아까도 레센 경과 아셀라의 사이를 의심했던 자이니 쉽게 무얼 오해하는지 알 수 있었다.

"부, 부모님들께서 나름 사이가 좋아서 어릴 적에 같이 자랐지."

반은 진실이고 반은 거짓이었다. 어릴 적부터 같이 자란 것은 사실이나 셀바토르 공작과 황제의 사이는 좋지 않았다.

그나마 공작 부인과 돌아가신 황후, 피스토레의 어머니의 사이가 나쁘지 않았던 덕에 교류가 끊기지는 않았다.

"거기다 나는 아내도 있어! 엄청엄청 이쁘고 요정 같다고!"

분명 아셀라는 좋은 친구이자 조언자였고, 완벽한 조력자였다. 그걸 부인하지 않는다. 그 사실을 부인할 바에야 차라리 제가 아버지와 같은 핏줄임을 부인하지.

하지만 연인은 아니다. 정말로 아니었다. 황실에서 오매불망 자신의 귀환을 기다릴 아르트엘에게도 실례였고 무엇보다 피스토레 본인에게도 실례였다.

상상조차 가지 않는 일이었다. 친구와 연인이 된 자신이라니!

피스토레의 필사적인 모습에 사이레인은 저도 모르게 고개를 끄덕였다.

"그런데 자네."

그 틈을 타 피스토레가 역공을 시작했다. 안 그래도 궁금하던 차였다. 아무리 아셀라의 취향이라고 해 봤자 마음이 서로 안 맞으면 끝이니까.

"아셀라를 좋아하나?"

피스토레의 질문에 사이레인의 청녹색 눈동자가 커다래지더니 느릿하게 눈을 깜빡였다.

"……어?"

그리고 얼굴을 한 번 쓸고 눈을 다시 깜빡이더니 아셀라의 뒷모습을 바라보았다. 무언가를 깨달은 얼굴, 사이레인의 그 표정에 피스토레의 입꼬리가 올라갔다.

빙고.

아셀라는 처음 이자의 초상화를 봤을 때 곰 같다 했었지. 곰, 곰 귀엽지. 봉제 인형이라고 하면 가장 먼저 떠오르는 대표적인 동물이 곰과 토끼가 아니던가.

아셀라가 이미 이자를 보고 곰이라고 생각한 시점에서 이 사이레인이라는 용병은 완벽한 제 친구의 이상형이었다.

'좋아, 좋아.'

아셀라도, 사이레인도 좋다고 하면 결혼을 밀어붙이자. 아니, 이미 좋다고 하는 시점에서 자신이 할 일은 최대한 황제의 반대를 막는 것뿐이겠지만.

아직은 아셀라도, 셀바토르 공작도 모르는 사실이었지만, 최근 황제는 아셀라의 결혼을 자신이 주도하려고 하고 있었다. 자신이 고른 남편과 그녀를 결혼시켜 셀바토르 공작가마저 자신의 발밑에 무릎 꿇게 하려는 속셈이었다.

셀바토르 공작과 아셀라가 그 멍청한 명령에 굴복할 리는 없지만 상당한 압박이 들어갈 게 분명했고 그럼 귀찮은 일이 벌어질 것이다.

피스토레는 그걸 막고 싶었다. 만약 그렇게 된다면, 황가는 아이테라 대공가와 셀바토르 공작가를 전부 손에 넣고 휘두름으로써 조언자를 잃어버린다. 길을 가르쳐 줄 조언자의 입을 막으면 언젠가는 르카디우스 제국의 황가는 길을 잃을 것이고.

'그 끝은 쉽게 상상이 가지.'

결국 제국은 몰락할 게 분명했다.

거기다 셀바토르 공작가와 마찰을 일으켜 봤자 좋을 일도 없었으며 무엇보다 피스토레는 친구로서 아셀라를 지켜 주고 싶기도 했다.

'뭐, 겸사겸사 결혼의 행복감을 아셀라도 알면 좋은 거고.'

아르트엘과 자신이 얼마나 행복하던가. 그 사랑스러움을 아셀라도 조금이라도 알아줬으면 하는 마음도 없지는 않았다.

마음은 자각한 것 같으니 이제 어떻게 다가가게 할지의 문제만 남은 건가.

현실적으로 벽은 높았다. 아셀라는 르카디우스 제국의 고위 귀족이고 사이레인은 작위도 없는 평민, 그것도 고아에 떠돌이 용병이었으니까.

'내가 도와주면 되는 거지.'

에타이들을 전부 잡아들이고 나면 공을 세웠다며 기사 작위를 내려주자. 준귀족이 된다면 아셀라와 결혼하는 데 조금은, 아주 조금은 도움이 되겠지. 거기에 자신도 사이레인의 편에 선다면 조금 더 도움이 될 것이다.

피스토레는 자신의 손을 내려다보며 단호한 표정으로 고개를 끄덕였다. 친구의 행복한 미래가 자신에게 달려 있었다. 그리고 어느새인가 피스토레의 눈에는 사이레인 자체도 나쁘게 보이지 않았다.

"내가 도울게, 그대는……. 어?"

중대한 결심을 하고 고개를 들자 자신의 앞에는 아무도 없었다. 사이레인은 이미 성큼성큼 앞서 나가고 있었다. 어딘가 상기되고 당당한 표정으로.

피스토레의 눈이 커다래졌다. 설마 저놈 지금 아셀라에게 고백하려는 건가?

"자, 잠깐!"

"쉿."

피스토레의 절박한 만류도, 그리고 사이레인의 고백도 아셀라에 의해 막히고 말았다.

바위에 붙은 아셀라는 턱짓으로 한곳을 가리켰다. 거기에는 늑대들의 무리와 함께 거대한 늑대 한 마리가 있었다.

"……대장이로군."

방금까지 살짝 들떠 있던 얼굴이 순식간에 가라앉았다.

늦대 마수는 보통의 늦대들보다 거대했는데, 대장은 늦대 마수 중에서도 독보적으로 큰 덩치를 가지고 있었다.

"저놈만 죽이면 되는 거지."

테펜텔이 어딘가 즐거움이 묻어나는 목소리로 철퇴를 잡자, 피가 묻어 있는 쇠사슬이 잘그락거렸다.

"사이, 너는 저기로 가서 주변에 있는 놈들을 맡아. 피스토레, 너는 위험하지 않게 이곳에 있고. 테펜텔 너는 뒤로 돌아간 후에 사이를 도와줘. 도망치는 놈들이 생기면 그놈들 위주로 잡아."

아셀라는 빠르게 세 사람에게 할 일을 부여했다.

"대장은?"

테펜텔의 물음에 아셀라가 입꼬리를 끌어 올리며 웃었다. 그녀의 미소에는 약하지만, 분명히 즐거움이 묻어 있었다.

"저건 내 몫."

제일 재밌는 건 자기가 가져가겠다는 말이었다. 테펜텔이 입술을 삐죽 내밀고 투덜거렸지만, 돈을 주는 고용주에게 대놓고 항의하지는 않았다.

사이레인과 테펜텔이 아셀라가 정해 준 위치에 서자, 그녀가 턱짓으로 신호를 보냈고 말 그대로 살육전이 시작되었다. 지네가 아닌 늦대 마수에게 테펜텔은 무자비하게 철퇴를 휘둘렀고 그건 두 사람도 마찬가지였다.

이미 상당히 수가 줄어 있던 늦대 무리는 더욱 빠르게 수가 줄었고 세 사람이 사방에서 나타났기에 도망을 치지도 못했다.

세 사람의 발목을 잡지 않기 위해 아셀라가 말한 자리에 숨어 있던 피스토레는 그 광경을 보면서 혀를 내둘렀다. 대장을 공격하는 아셀라와 그런 아셀라를 노리고 달려드는 늦대들을 가볍게 쳐 버리는 사이레인. 생각보다 두 사람의 합이 잘 맞았다.

아셀라는 제 키에 맞는 장검을 쓰고 있었고, 사이레인은 거대한 도끼라, 어쩐지 두 사람은 손발이 척척 맞았다. 사실 그건 테펜텔도 마찬가지였으나 피스토레는 그건 지워 버렸다. 나중에 금화를 더 얹어 주면 되는 거니까.

일단 사이레인의 작위를 기사가 아니라 자작쯤으로 해 보자. 아니, 조금 더 힘을 써서 백작 정도? 아무리 피스토레라도 작위를 함부로 내릴 수는 없지만 제 친구가 저렇게 즐거운 걸 보니 절대 놓쳐서는 안 될 사람이라는 게 확실해졌다.

이미 피스토레의 머릿속에서는 셀바토르 공작의 결혼식이 거행되면서 최고 사제가 주례를 서는 모습이 그려지고 있었다.

"어, 어?"

그런데 그 상상이 깨진 건 한 늑대 때문이었다. 그것은 굽이진 바위틈에서 기어 나오고 있었다. 늑대와 싸우는 세 사람의 모습을 한 발짝 뒤에서 바라보고 있었기에 피스토레만 발견한 듯했다.

얼핏 보기에도 대장과 비슷한 크기. 피스토레의 얼굴이 하얗게 질렸다.

마수들은 힘으로 서열을 정한다. 가장 강한 놈이 대장이었고 대장이 위험할 시 무리의 전체가 적에게 달려들었다.

그런데 아주 간혹 대장이 둘인 경우가 있었다. 매우 희귀한 일이었고 발견되면 기록으로 남길 정도였다. 피스토레에게 그걸 알려 준 백작은 아마 피스토레는 그걸 볼 일이 없을 거라고 단언했고, 피스토레역시 그렇게 생각했다. 하지만 오늘 그 믿음이 산산이 깨져 나갔다.

안 되는데. 피스토레는 침을 꿀꺽 삼켰다. 반쯤 빠져나오는 두 번째 대장과 세 사람을 번갈아 바라보았다.

평소라면 알아채고도 남았을 이들이었지만, 워낙 늑대들이 끈질기게 달라붙는 바람에 두 번째의 존재를 아직 모르는 듯 보였다.

"아, 진짜 끈질겨!"

테펜텔이 짜증이 섞인 목소리로 크게 외쳤다. 회복이 빠른 마수들이다 보니 아무래도 테펜텔의 철퇴와는 합이 맞지 않았다.

사이레인은 아셀라에게 덤벼드는 늑대 한 마리를 베어 넘기고 낮게 낄낄거리며 웃었다.

"야, 너 웃냐?"

"그럼 웃지, 우냐? 그것도 한 번에 못 보내 주는데?"

사이레인의 말에 머리끝까지 약이 오른 테펜텔이 이를 악물고 자신에게 덤벼드는 늑대에게 힘껏 철퇴를 휘두르자 퍽, 소리가 나며 한 방에 늑대가 떨어져 나갔다.

"봤냐!"

테펜텔이 의기양양하게 사이레인을 바라보았다. 하지만 사이레인은 매정하게도 이미 고개를 돌린 지 오래였다. 분통 터져 하는 테펜텔과 그런 테펜텔을 무시하는 사이레인을 뒤에 두고 아셀라는 대장과 대치 중이었다.

'끈질겨.'

생각보다 강한 놈이었다. 발톱도, 이빨도 날카롭고 단단했다. 가죽 역시 도대체 어떻게 된 건지 연구해 보고 싶을 정도로 제대로 공격이 먹히지 않았다.

힘으로 무식하게 밀어붙여 가장 골치 아픈 이빨과 발톱을 부러트려 버릴까 고민하던 아셀라는 이내 고개를 저었다. 자신의 검이 버티질 못한다.

이미 몇 번이나 검을 깨 먹은 전적이 있는 아셀라는 간신히 길들인 검을 또 부숴 먹고 싶지 않았다.

남들이 들으면 기함하겠지만, 이럴 땐 타고난 힘이 거추장스럽게 느껴지곤 했다. 보통의 셀바토르보다도 뛰어난 힘 때문에 맞는 무기를 찾기가 몇 배는 힘들었다. 좀 버틸 만하면 부서지고, 좀 길들였다 싶으면 깨져 버렸다.

'그나마 아버지의 검이 가장 괜찮은데.'

한 번이지만 아버지의 검을 빌려 써 본 적이 있었다. 아셀라의 괴력을 감당해 내면서도 잘 길든 검은 그녀의 마음에 쏙 들었다. 그래서 달라고 했지만 당연하게도 거부당했다. 빼앗고 싶긴 했는데 어머니가 결혼할 때 가지고 온 검이라 쉽게 뺏을 수도 없었다.

'아니지.'

아셀라는 늑대가 휘두르는 거대한 앞발을 피하며 생각을 바꾸었다. 그 정도로 소중한 검이면 축하받을 날에 선물로 받으면 되는 거 아닌가? 예를 들자면…… 자신이 셀바토르 공작이 되는 날? 완벽하다.

아셀라의 입꼬리가 올라갔다. 셀바토르가의 인간들은 대대로 제 자식에게는 큰 관심을 두지 않았고 그건 아셀라의 아버지인 현 셀바토르 공작 역시 마찬가지였다. 아마 자신도 그렇겠지.

누군가와 결혼해 아이를 낳는 것까지는 나름 상상할 수 있었다. 하지만 아이에게 애정을 쏟아붓는 자신의 모습은 도무지 그려지지 않았다. 남들이 보기엔 조금은 매정해 보이는 어머니가 될지도 모른다.

그래도 아셀라는 자신의 아이도 자신을 이해할 거란 걸 확신하고 있었다. 마치 지금의 자신과 아버지가 그렇듯 덤덤하고도 문제가 없는 그런 사이가 될 것이다.

누군가는 이게 셀바토르 공작가가 힘과 마력을 가져간 대신 잃어버린 저주 같은 것이라고 했지만, 아셀라의 생각에 이건 그냥 대대로 내려오는 성격이었다. 셀바토르 성격의 표본인 아버지와 그 아버지를 쏙 빼닮은 자신. 하지만 어머니는 달랐다.

'어머니는 나를 좋아하지.'

일전에도 아버지와의 싸움에서 이기지 않았던가.

어머니에게 졸라 보자. 어차피 공작 위를 자신에게 물려주면 아버지도 어머니를 위해 산 섬에서 평화로운 나날을 보낼 테니 검 따위 필요 없지 않은가. 그러니 그건 내가 갖는 게 맞는 거지.

해결책을 찾은 아셀라는 입꼬리를 끌어 올리며 자신의 목덜미를 물어뜯으려는 늑대의 입에 검을 가져다 박았다.

끼, 끼긱.

아셀라의 검이 늑대의 이빨과 부딪치며 마치 검과 검이 마주쳤을 때 같은 소리가 울려 퍼졌다. 이대로 힘을 줘 이빨을 부러트려도 되겠지만 당장 쓸 검이 없어지는 건 사양이었다.

이빨을 받아 낸 자세가 조금 불안정했던 탓인지 날카로운 이빨이 아셀라 쪽으로 조금 기울었다. 이빨이 제 얼굴에 닿기 전 그녀의 미소가 짙어졌고 순식간에 검에서 냉기가 흘러나왔다.

"······?!"

이상함을 느낀 늑대가 뒤로 물러나기도 전에 그대로 입안에서 날카로운 얼음이 솟아올랐다.

그게 끝이었다. 아무리 단단한 가죽과 날카로운 이빨을 가지고 있더라도 입안만큼은 다른 동물들처럼 약하다.

쿵! 늑대의 몸이 옆으로 넘어가며 자욱한 흙먼지를 일으켰다. 아셀라는 검에 묻은 피를 털어 내며 쓰러진 늑대를 흐뭇하게 바라보았다.

됐다. 이제 끝났으니 남은 늑대들을 처리하고 위로 올라갈 방도를 찾아봐야지.

"사이······."

뒤를 돌며 이름을 부르던 아셀라의 얼굴이 굳어짐과 동시에 그녀의 미간에 주름이 잡혔다.

대장과 싸우느라고, 검 생각을 하느라고 잠시 정신을 판 사이, 대장

급으로 보이는 거대한 늑대가 한 마리 더 나와 있었다. 그 늑대는 사이레인과 대치 중이었는데 한쪽 뒷발이 둔기에 맞은 듯 덜렁거리고 있었다.

날카로운 금속음이 들렸다. 이빨을 막아 내는 사이레인의 얼굴이 구겨져 있었다.

후웅! 늑대가 잠시 주춤하는 틈을 타 사이레인이 크게 도끼를 휘둘렀지만, 늑대는 그보다 조금 더 빠르게 뒤로 물러났다. 아까 아셀라가 싸웠던 놈보다 힘은 부족하지만, 더 빠른 놈 같아 보였다.

"젠장……."

순식간에 사이레인 키의 두 배는 되어 보이는 바위 위로 올라간 늑대를 보며 그가 이를 까득 갈았다.

"크르르르……."

늑대 역시 약이 오를 대로 올랐는지 이를 보이며 사이레인을 위협하고 있었다. 아셀라는 검을 들고 사이레인을 돕기 위해 그에게 다가가려고 했다.

"아셀라, 나 말고 용병을 도와!"

용병을? 그러고 보니 테펜텔의 모습이 보이지 않았다.

'설마, 또 지네가 다시 나타난 건가?'

주변을 살피자 아셀라는 자기 생각이 정답이라는 걸 알 수 있었다.

테펜텔은 이를 악물고 철퇴를 휘두르며 싸우고 있었지만 아무래도 표정이 좋지 않아 보였다. 거기가 피로가 누적된 건지 살짝 비틀거리기까지 했다. 심지어 팔이 잘 안 움직이는 듯 철퇴를 휘두르는 움직임이 둔해져 있었다.

'설마.'

머리를 스치고 지나가는 기억이 있었다. 호숫가로 오기 전 봤던 테펜텔의 상처. 가볍게 스친 상처처럼 보였고 테펜텔 역시 마비는 오지 않았다고 했지만 가장 유력한 후보였다.

'지네 마비 독은 귀찮은데.'

쳇, 가볍게 혀를 찬 아셀라가 입을 열었다.

"사이, 버틸 수 있겠어?"

일단 테펜텔 주변을 둘러싸고 있는 지네들부터 처리하는 게 급선무였다. 아셀라의 말에 사이레인이 늑대를 노려보며 고개를 끄덕였고, 아셀라는 재빠르게 테펜텔을 돕기 위해 호수 쪽으로 달려갔다.

아셀라가 등을 보이자 기회라고 생각한 건지 늑대가 그녀를 향해 달려들었다.

결과만 이야기하자면 늑대의 판단은 옳았다. 늑대는 아셀라가 다른 대장 늑대를 죽이는 걸 목격했고 자신이 이기지 못할 걸 잘 알고 있었다. 그러니 저렇게 틈을 보일 때 공격을 하는 수밖에 없었다. 하지만 문제가 있다면 단 하나, 사이레인이었다.

우둑. 포물선을 그리며 아셀라에게 덤벼들던 늑대의 앞발이 뭉개졌다. 그사이 아셀라는 테펜텔이 있는 곳에 무사히 도착했다. 분노와 고통에 물든 샛노란 눈이 사이레인을 향했다.

"왜, 아프냐?"

도끼를 든 사이레인은 입을 삐죽 올렸다. 마치 그의 말을 알아들은 듯 늑대의 울부짖음이 한층 더 강해졌다.

'젠장.'

무식한 힘으로 달려드는 늑대의 공격을 받아 내며 사이레인은 얼굴을 구겼다. 늑대는 마지막 힘까지 짜내어 그를 죽이려 하고 있었다.

아직 힘이 넘치는 늑대에 비교해 사이레인은 상당히 피로가 누적된 상태였다. 동굴에 들어와 늑대를 몇 마리나 잡았던가. 아까 테펜텔을 구하기 위해 지네를 잡은 것도 있었다.

적이 사람이라도 지칠 만한데 상대는 보통 사람들보다 더욱 강한 마

339

수였다. 들어오는 공격에 밀리지 않기 위해 사이레인은 이가 나갈 정도로 깨물고 도끼를 쥔 손에 힘을 주었다.

무기를 놓치면 끝장이다. 가장 본능적인 생각이 들었다. 그리고 아셀라의 도움을 받아서 이길 수는 없다는 생각이 뒤를 이었다.

이런 놈들 목 하나쯤 가져다주면서 고백을 해야지. 오히려 도움을 받으면 꼴 보기 싫어질 게 분명했다.

'좋아.'

다시 힘이 샘솟는 것 같았다. 사이레인은 달려드는 늑대를 향해 도끼를 휘둘렀다.

그렇게 얼마나 지났을까 사이레인 쪽으로 승기가 돌아왔다. 아까 테펜텔이 휘두른 철퇴에 제대로 맞은 뒷다리가 제 역할을 못 한 데다가 앞발도 도끼에 의해 힘이 들어가지 않은 덕분이었다.

높은 곳에서 착지한 늑대의 자세가 흔들렸다. 이 틈이다. 사이레인은 마지막 공격을 날리기 위해 비틀거리는 늑대의 안으로 들어갔다.

그때, 날카로운 외침이 들렸다.

"안 돼!"

그 외침에 알 수 있었다. 실수했구나.

늑대는 꾀를 내어 일부러 틈을 보였다. 거기다 지금 사이레인이 휘두르는 도끼를 막기 위해 움직이지 않는 앞발을 희생하는 모습까지 보였다.

대신 늑대의 이빨이 그의 코앞까지 다가왔다. 검고, 붉은 입안과 수십 개의 날카로운 이빨을 자세히 볼 정도로 거리가 가까워졌다.

"커엉!"

옆에서 누군가가 늑대를 공격했다. 갑작스러운 공격에 늑대는 비명을 내질렀고 이빨은 얼굴 대신 사이레인의 어깨를 스쳐 지나갔다.

"크륵!"

괴상한 소리를 내며 화가 잔뜩 난 늑대는 이번에 방해꾼, 피스토레를 향해 달려들었다. 간신히 용기를 내 달려든 피스토레는 자신을 향해 달려드는 늑대의 모습을 보고 바로 몸을 움직였으나 늑대 쪽이 조금 더 빨랐다.

그리고 늑대보다는 사이레인 쪽이 더 빠르게 팔을 움직였다. 무언가 부서지는 소리가 나며 늑대가 옆으로 기울었다.

"사, 살았다."

털썩 주저앉은 피스토레는 피가 묻은 검을 떨어트리며 가쁜 숨을 내쉬었다. 사이레인이 위험해지는 걸 보고 달려와 늑대의 눈을 공격한 것 하나로 힘을 다했는지 다리에 힘이 들어가지 않았다.

마치 갓 태어난 초식동물이 된 기분에 피스토레는 헛웃음을 흘렸다.

"괜찮나?"

사이레인은 그런 피스토레에게 손을 내밀었다.

"아, 괜찮네……."

사이레인의 손을 붙잡고 일어난 피스토레의 시선이 피가 줄줄 흐르는 어깨에 닿았다.

"자네! 피가 나네."

피스토레의 외침에 사이레인은 아무렇지도 않다는 듯 어깨를 으쓱이더니 입꼬리를 올렸다.

"뭐, 이 정도야. 그나저나 다시 봤어! 견습이면서 이렇게 달려들 용기도 있고!"

사이레인은 피스토레가 자신을 구해 준 게 꽤 고맙고도 신기한 모양이었다. 그는 그대로 팔을 올려 피스토레의 등짝을 친근하게 때렸다. 퍽, 퍽. 이상한 소리가 들리며 피스토레의 얼굴이 하얗게 질렸다.

"아셀라."

그런 두 사람에게 다가온 건 지네들을 전부 처리하고 온 아셀라와 테펜텔이었다. 둘은 아파서 눈물을 찔끔 흘리는 피스토레와 사이레인을 이상한 눈으로 바라보았다.

"이 견습 기사 놈, 대단한데? 늑대에게 달려들어 나를 구해 줬어."

사이레인은 웃으면서 이번엔 피스토레를 흔들었다. 멀미가 나는지 피스토레는 입을 막고 뻐끔거리고 있었다. 안타까운 피스토레의 모습에 아셀라와 테펜텔의 얼굴이 더욱 굳어졌다.

"그런데 견습 기사라니?"

간신히 먼저 정신을 차린 테펜텔이 사이레인에게 묻자, 그가 평온한 얼굴로 피스토레의 어깨에 팔을 올리며 씩 웃었다.

"이놈! 꽤 좋은 놈이잖아."

"어……. 아셀라, 말 안 했어?"

테펜텔이 주저하며 제 옆에 있는 친구를 바라보자 그녀는 손으로 얼굴을 가리고 고개를 저었다.

"사이."

고개를 든 아셀라의 얼굴은 아까보다 조금 더 어두워져 있었다.

"황태자야."

"어?"

"그놈, 견습 기사가 아니라 우리나라 황태자라고."

뭐? 그 말에 사이레인의 얼굴이 환한 웃음과 함께 굳었다.

움직이지 않는 시선만 간신히 내려 피스토레를 바라보자 하얗게 질린 피스토레가 어색하게 웃으며 뒤늦은 자기소개를 했다.

"르, 르카디우스 제국의 황태자 피스토레네."

아셀라는 작게 고개를 흔들었고, 테펜텔은 웃음을 터트렸으며 피스토레는 멀미를 참느라 다시 입을 꾹 다물었다. 그리고 사이레인은 그대로 굳어 버렸다.

†††

"……."

동굴을 빠져나와 커다란 바위에 앉아 있는 사이레인의 얼굴은 다른 사람들과 다르게 어두웠다. 굳게 닫힌 입과 어딘가 딱딱해 보이는 표정이 그에게 무슨 일이 있었음을 여실하게 알려 주고 있었다. 아직 마르지 않은 주홍빛 머리카락에서 물이 뚝뚝 떨어졌다.

"왜 얼굴을 굳히고 있어?"

그런 사이레인에게 다가온 아셀라도 물에 들어갔다 나온 듯 푹 젖어 있었다. 아까 밑에서 올라올 때, 구멍을 찾고 올라오다가 다 같이 호수에 한 번 빠진 덕분이었다. 물에 빠진 생쥐 꼴이 된 테펜텔과 피스토레는 이미 밝고 따뜻한 햇빛 아래에서 머리를 말리고 있었다.

사이레인은 아셀라의 목소리에 슬그머니 고개를 들어 그녀를 바라보았다. 그의 눈에는 어딘가 복잡한 감정이 서려 있었다.

뭐지? 아셀라의 고개가 옆으로 기울었다. 언제나 자신만만해할 것 같은 놈이 이렇게 풀 죽은 얼굴을 하고 있으니 좀 더 귀여운 것 같기도 하고.

"무슨 일이야. 말해 봐, 응?"

가져온 담요를 어깨에 둘러 주며 묻자 사이레인이 손가락을 꼼지락거리며 시선을 피하더니 힘겹게 입을 열었다.

"그게."

다시 시선을 올려 아셀라와 눈을 맞춘다. 풀 죽은 듯한 그 시선에 어릴 적 봤던 강아지가 떠올랐다. 한 노부인이 키웠던 작은 강아지는 잘못한 게 있으면 이런 눈으로 부인을 바라보곤 했었다.

사이레인답지 않게 안절부절못하며 시선을 이리저리 움직이더니 한참 만에 입을 열었다.

343

"그…… 저놈, 아니 저분은 너보다 높은 분인 거지?"

사이레인은 피스토레를 이야기하는 듯 보였다.

"그렇지."

아셀라는 고개를 끄덕였다. 비록 아셀라는 피스토레가 정말로 자신보다 위라고 생각하지는 않았지만, 그는 황족이었으니 일단은 자신보다 높은 사람은 맞았다.

아셀라의 대답에 사이레인의 청록색 눈이 동그래지더니 얼굴이 더욱 어두워졌다.

"……때문에."

굳게 달혔던 입술 사이로 작은 목소리가 새어 나왔다. 혹여나 말을 못 들을까, 아셀라는 허리를 숙여 귀를 가까이 가져다 대었다.

"나 때문에 네게 일이 생기면 어떻게 해……."

걱정이 묻어나는 목소리에 아셀라의 눈이 동그래졌다. 고개를 숙인 사이레인은 그런 아셀라의 얼굴을 보지 못하고 계속해서 말을 이었다.

"네 대장 같은 거잖아. 귀족들은 자기들에게 무례하게 대하면 매우 화내던데. 나는 괜찮지만……."

사이레인의 말을 듣자 하니, 자신이 황태자인 피스토레를 못 알아보고 무례를 저지른 탓에 사이레인과 레너드 용병단을 데려온 아셀라에게까지 불이익이 갈까 걱정하는 모양이었다. 뭘 걱정하나 했더니!

아셀라는 웃음이 새어 나오는 걸 막기 위해 입가를 꾹 눌렀다.

자신과 피스토레를 아는 사람이라면 누구도 사이레인의 무례를 나무라지 못할 것이다. 공식적으로 그런 것도 아니고 황제나 다른 고위 귀족들이 보는 앞에서 무례를 저지른 것도 아니었다.

설사 대놓고 아셀라가 무례를 저질러도 누가 그녀에게 뭐라 하겠는가. 뒤로 수작은 부릴 수는 있지만, 황제도 인상만 찌푸리고 말 것이다.

거기다 피스토레는 실수로 사이레인이 저지른 무례를 벌할 정도로 속 좁은 놈도 아니었다. 동굴 밑 아무도 모르는 곳에서 실수로 저지른 일인데.

무언가를 결심한 듯 사이레인은 몸을 벌떡 일으켰다.

"내가 가서 말할게. 벌은 내 편에서 끝낼 수 있게 해 달라고. 그러니까 너는 걱정하지 마."

사이레인에게는 굉장히 미안했지만, 아셀라는 더 웃음을 참을 수가 없었다.

"아하하하!"

맑은 웃음이 터지며 사람들의 시선이 한곳으로 몰렸다. 주변에 있던 린체 기사단은 전부 눈을 크게 뜨고 웃음을 터트린 아셀라를 보며 입을 뻥긋거리고 있었다. 그 사이에 끼어 있던 테펜텔과 피스토레는 잠시 놀란 듯했지만 이내 평정을 되찾고 고개를 절레절레 저었다.

"레센 경. 동굴을 마지막으로 확인해야 하니 이제 들어가지."

피스토레는 놀란 듯 입을 벙긋거리는 레센을 토닥였다.

"네, 네? 아, 예. 어, 단장님이 웃으시네요. 어? 어어……. 저렇게 웃으실 줄 아는 분이었나……?"

레센은 현 상황이 제대로 머리에 들어오지 않는지 고개를 수십 번은 젓더니 간신히 다른 사람들을 이끌고 동굴로 들어갔다. 동굴 입구에는 아셀라와 사이레인만이 남아 있었다.

"하……."

아셀라는 아파 오는 배를 꾹 누르며 눈가에 맺힌 눈물을 닦아 냈다. 폐가 아플 정도로 웃어 본 건 처음이었다.

신기해라. 정말로 많이 웃으면 폐가 아프구나. 제나에게 들었을 때는 거짓말인 줄 알았는데.

살아온 환경이 그래서 그런지, 아니면 타고난 성격이 그래서 그런 것인지 아셀라에게는 이렇게 소리 내 크게 웃어 본 것 자체가 드물었다. 아니, 웃는 일 자체가 그렇게 많지 않았다. 그런데 사이레인을 만나고서는 매일 웃음이 터졌다.

"다 웃었어?"

들려오는 목소리에 시선을 내리자 불퉁한 얼굴의 사이레인이 아셀라를 올려다보고 있었다.

"응."

얼굴을 보자 간신히 멈춘 웃음이 실실 새어 나왔다. 지금 사이레인이 숨만 쉬어도 자신은 다시 웃음을 터트릴지도 몰랐다.

그렇다고 해서 그에게 숨 쉬지 말라고 할 수는 없으니 아셀라는 웃지 않기 위해 다시 제 입가를 꾹꾹 눌렀다.

"너는 사람이 걱정해 주는데……."

다시 불퉁한 목소리가 이어졌다. 그 걱정이라는 게 아셀라를 웃게 한 원인 중 하나라는 걸 아직도 모르는 눈치였다.

아까부터 귀여운 짓이다. 다른 사람도 아니라 그녀에게 감기 걸린다며 준비해 온 제 윗옷을 주는 것하며, 피스토레가 자신에게 벌을 내릴까 전전긍긍 울상인 모습하며.

아셀라의 입꼬리가 비죽 올라갔다. 어머니도, 제나도 자신을 이렇게 걱정하지 않는다. 남이 자신을 걱정했더라면 짜증이 일었겠지만, 지금은 웃음만 나왔다.

"내가 처벌받을까 걱정했어?"

"당연하지!"

사이레인은 그렇게 말하며 제 머리를 마구잡이로 헝클어트렸다.

"아무리 내가 무식해도 귀족보다는 황족이 더 위라는 건 알고 있다고. 거기다……."

갑자기 사이레인이 말을 멈추더니 입을 꾹 다물었다.

여태까지 사이레인이 만났던 귀족들은 오만했다. 조금의 무례도 용

346

서치 않던 이들.

그자들보다 더 귀한 피라는 황족들은 얼마나 더 깐깐할까. 아무리 아셀라가 높은 사람이라 해도 처벌을 피해 갈 수 없을 것 같았다.

"걱정하지 마."

갑자기 머리를 쓰다듬는 손길이 느껴졌다. 놀라 고개를 들자, 아셀라가 미소 지으며 그를 내려다보고 있었다.

"감히 나를 벌할 인간은 이 세상에 존재하지 않아."

어찌 보면 오만의 정점인 말이었다. 하지만 아셀라가 말하니 그건 사실이 되었다. 그걸 느낀 사이레인은 그저 말없이 그녀와 마주한 시선을 유지했다.

"그리고 너도."

입 끝에 걸린 미소가 짙어졌다. 긴 속눈썹 밑에 자리한 진녹색 눈동자가 무언가를 결심한 듯 반짝거렸다.

사이레인은 햇빛을 등에 지고 빛나는 여자를 눈을 크게 뜨고 올려다보았다.

"사이레인."

웃음을 머금고 있는 여자의 입술 사이로 나온 목소리는 부드러웠고 제 뺨을 쓰다듬는 손길 역시 더없이 부드러웠지.

"정착하고 싶다고 했었지."

그랬지. 그래서 에타이 놈들을 배신했지. 사이레인이 고개를 끄덕이자 아셀라가 말을 이었다.

"혹시 귀족이 될 생각은 없어?"

사실 사이레인은 귀족은 되고 싶지 않았다. 조금만 거치적거려도 찢어질 실크로 된 옷을 걸치고, 높은 놈들 앞에서도 생글생글 웃다가도 약한 사람들에게는 화를 내는 놈들. 그게 사이레인의 머릿속에 박혀 있는 귀족이었다.

347

하지만 지금은 아셀라의 제안이 꽤나 달콤하게 들렸다. 귀족이 된다면 옆에 머무르기에 훨씬 편할 테니까.

"귀족 말단 자리라도 주게?"

사이레인이 웃으며 묻자 아셀라가 고개를 흔들었다.

"말단 가지고 만족할 수 있겠어?"

그리고 이내 믿기지 않은 말을 꺼냈다.

"셀바토르의 성을 주지."

셀바토르. 그 단어에 사이레인의 얼굴에 머물렀던 웃음이 지워졌다. 귀족들은 '결혼하자!'라는 단순한 말 대신 자신의 성을 준다는 말로 청혼을 한다는 이야기를 사이레인도 들은 적이 있었다. 혹시, 이건. 설마.

놀라 눈을 크게 뜬 모습마저 귀엽다는 듯 아셀라는 작게 웃었다. 하지만 어느새 숨결이 얽힐 정도로 가까워졌던지라 사이레인에게 그 웃음소리는 조금 크게 들렸다.

"나에게 와."

저번에도 들었던 말이었다. 하지만 의미가 확연하게 달랐다. 설마, 설마.

"겨, 결혼……."

사이레인은 붉어진 얼굴로 입을 뻐끔거렸다. 아하, 아셀라가 알겠다는 듯 눈을 반짝거렸다.

"맞아, 결혼하자."

뺨에 올라온 손길이 뜨겁다.

"지금처럼 조그마한 실수에 안절부절못하는 일이 없도록 만들어 줄게."

솔직히 말하자면 사이레인이 저지른 일은 조그마한 실수는 아니었다. 하지만 아셀라가 그렇게 말하자 정말 조그마한 실수처럼 느껴졌다.

"공작 부군의 자리를 너에게 줄게. 사이."

갑작스러운 청혼에 사이레인이 눈을 느리게 깜빡였다. 마치 지금 상황이 믿기지 않는다는 듯 조심스러운 움직임이었다.

표정만 보자면 허락인지 아닌지 알기가 어려웠지만 이미 붉어진 얼굴과 귀가, 그리고 여태까지 해 온 행동들이 여실하게 답을 알려 주었다.

약간의 시간이 흐르고 사이레인이 고개를 끄덕였다.

"……내가 먼저 고백하려고 했는데."

변명 같지만 사실이 아니던가. 다시 깃털처럼 가볍고도 밝은 웃음소리가 머리 위로 내려앉았다.

"그랬어?"

"그래."

조금 억울해진 사이레인이 고개를 들자 다시 시선이 맞았다. 숨이 얽힐 정도로 가까운 거리, 아셀라의 뺨에 손을 올린 사이레인이 그대로 입을 부드럽게 맞췄고, 살짝 벌어진 입술 사이로 웃음소리가 번졌다.

"뭐."

조금은 샐쭉해 보이는 얼굴에 다시 웃음이 퍼져 나갔다.

"아니, 우리 남편 키스 잘하네, 싶어서."

"나는 못하는 거 없어."

"그렇구나."

그렇다니까. 사이레인은 대답 대신 부드럽게 곡선을 그린 입술 위로 계속해서 입을 맞췄다.

"아셀라."

동굴로 들어온 아셀라와 사이레인을 맞이한 건 피스토레였다. 사이레인은 오자마자 자연스럽게 제 용병들 쪽으로 갔기에 실제로 피스토레에게 온 건 아셀라뿐이긴 했지만.

두 사람만 남을 수 있게 자리를 비켜 준 결과가 궁금해 아셀라에게 무슨 일이 있는지 물어보려고 했는데, 한 번도 본 적 없었던 친구의 밝은 표정이 답을 먼저 해 주었다. 피스토레는 흐뭇한 얼굴로 원래 하려던 질문 대신 다른 질문을 던졌다.

"연인이 되기로 한 거야?"

그 물음에 아셀라의 미소가 짙어졌다. 명백한 긍정의 대답이었다. 고개를 끄덕인 피스토레가 말을 이어 갔다.

"좋아. 나도 너를 도울게. 너 역시도 내가 아르트엘에게 고백할 때 도와줬으니까."

그러고는 이내 진지한 얼굴로 턱을 매만지며 자신이 아까부터 생각한 방법을 꺼내 들었다.

"일단 작위를 내리지. 에타이들을 전멸시키는 데 지대한 공을 세웠다고 하면 적어도 자작 위 정도는 내릴 수 있을 거야. 그러면 네 연인으로도 어느 정도 구색이 맞겠지. 대신 에타이들을 정말 쓸어야 할 테니, 작전을 좀 더 꼼꼼히 짜자고. 한 놈이라도 놓치면 애매해지니까."

피스토레가 한참을 궁리하고 아셀라에게 꺼내 든 방법은 괜찮은 방법이었고, 어찌 보면 유일한 방법이었다. 하지만 상대는 아셀라였다.

"작위를 주지 않아도 괜찮아. 사이는 문제없어."

"어?"

단호한 대답에 피스토레의 푸른 눈이 동그래졌다.

"아, 그리고 연인이 아니라 남편. 결혼할 거야, 나."

아셀라는 드물게 하얀 이를 보이며 웃었고 피스토레의 눈에서는 초점이 사라졌다.

지금 자신이 무슨 소리를 들은 것인가. 아무리 생각해 보려 해도 중요한 부분을 건너뛴 듯이 이해가 가지 않았다.

"잠깐. 잠시만, 아셀라. 내 친구. 만난 지 얼마 안 된 사람과 바로 결혼하겠다고?"

피스토레의 물음에 아셀라는 천진난만하게 웃으며 고개를 끄덕였다.

"만난 지 얼마 안 된 건 아니지. 처음 만나고 나서 몇 달이 흘렀는데."

"설사 그렇다 해도 실제로 만나 이야기를 나눈 건 몇 번 안 되잖아!"

그 몇 달을 전부 붙어 있던 것도 아니었다. 고작 몇 번을 만났을 뿐인데. 연인도 아닌 결혼이라니. 아셀라의 행동이 빠르다는 건 그도 잘 알고 있는 사실이었으나 결혼마저 그럴 줄은 몰랐다.

"어차피 나는 결혼 따위 생각이 없었어."

아셀라는 웃음을 머금은 눈을 가늘게 떴다. 결혼은 생각이 없었다. 어머니도 그러라고 하지 않았던가. 아버지한테는 물어본 적이 없지만, 어머니를 이기지 못하니 같은 의견이겠지.

아주 만약 자신이 결혼하게 된다면 아마도 가문에 가장 큰 이득이 가는 결혼을 하지 않을까. 그렇게 한 결혼은 보통의 귀족들이 모두 그러듯 삭막할 것이다.

하지만 사이레인과 하면 어떨까? 상상만으로도 입가에 미소가 번져 갔다. 자신을 걱정해 주는 사람, 귀엽지 않은가.

"하지만 완벽한 이상형이 나타났으니 생각을 바꿔야지."

아셀라의 대답에 피스토레는 작게 한숨을 쉬며 고개를 끄덕이는 걸로 그녀를 말리는 걸 멈췄다.

"내 남편이 될 건데 작위가 뭐가 필요해. 결혼식 때 와서 주례나 서. 아니지, 주례는 최고 사제가 서는 게 모양새가 좋으려나. 그럼 넌 축의금이나 크게 내."

아셀라의 말에 도무지 따라갈 수 없다는 듯 피스토레가 손을 내저었다.

"잠시만, 잠시만."

연인도 아닌 결혼까지 생각하면서 작위가 필요 없다니 그게 무슨 소리인가! 아셀라는 셀바토르 공작이 될 몸이었다. 황제 다음으로 여겨지는 권력가, 아니 일부는 황제 위로 생각할지도 몰랐다.

단 몇 명밖에 없는 고위 귀족. 그런 고위 귀족이 약혼이나 결혼을 하기 위해서는 반드시 황제의 허락이 필요했다.

"아버지가 아무 작위도 없는 사이레인과 네 결혼을 허락할 리가 없어."

작위가 있다 해도 쉽게 허락할 리가 없었다. 그래서 자신이 무리해서라도 백작 위라도 주려고 하지 않았던가. 조금의 걸림돌이라도 없애주기 위해서.

그러나 아셀라는 단호했다.

"아니, 정말 필요 없어. 그리고 황제는 사이에게 작위가 없든 있든 결혼을 바로 허락할 거고."

마치 미래를 보고 온 듯 확신에 가득 찬 말에 피스토레의 고개가 옆으로 기울었다.

과연 아버지가 그럴까? 아무리 생각해 봐도 답은 '아니'였다.

아셀라가 황제의 허락 없이 결혼을 강행하려고 하면 황제는 허락을 빌미로 무언가를 가져오려고 수작을 부릴 게 자명했다. 그러면 셀바토르 공작가가 반발을 할 테고, 그렇게 황실과 셀바토르 공작가의 사이가 소문처럼 골이 깊어지면…….

최악의 상황이 너무도 쉽게 떠올라 피스토레는 고개를 내저었다. 망했다. 망했어.

"뭘 그리 어렵게 생각해."

피스토레의 표정에서 생각을 읽은 아셀라가 가볍게 그의 어깨를 툭 쳤다.

"돌아가면 네가 황제잖아."

아. 그제야 피스토레는 이곳으로 올 때 아셀라가 했던 말을 떠올렸다.

'돌아오면 너는 황제, 나는 공작이다.'

"뭐야, 허락 안 해 줄 생각이었어. 황제 폐하?"

웃음이 듬뿍 묻어나는 아셀라의 말에 피스토레는 눈을 몇 번 깜빡이다가 머리를 흔들고는 이내 밝은 웃음을 지었다.

"해 줘야지. 목숨이 아까워서라도 해 줘야지."

내가 해 줘야지. 피스토레는 그렇게 말하며 제 손가락을 매만졌다. 돌아가자마자 아셀라는 결혼 허가서를 낼 테니 분명 이게 자신이 황제로서 할 첫 번째 일이라는 감이 왔다.

"현명하신 선택이십니다, 황제 폐하."

정중하면서도 어딘가 장난기가 묻어난 목소리로 아셀라가 허리를 숙이자, 피스토레는 위엄이 넘치는 얼굴로 고개를 끄덕였다.

† † †

"이 멍청한 것들아."

엠릭의 거친 말투에 끌려온 한 평민이 고개를 숙였다. 안쓰러울 정도로 마른 그의 몸은 공포로 잘게 떨리고 있었다.

"도대체 어떻게 했길래 약초 채집량이 이 정도뿐인 거지."

그렇게 말하며 엠릭은 평민들이 간신히 채집해 온 약초가 든 바구니를 집어 던졌다. 노린 것인지 바구니는 정확히 남자의 얼굴에 맞았지만 남자는 비명도 지르지 못하고 그저 입술을 깨물었다.

"하지만 어쩔 수가 없습니다."

맞은 남자 대신 뒤에 서 있던 여자가 앞으로 나서며 덜덜 떨리는 목소리로 상황을 이어 갔다.

"벌써 몇 년째 같은 곳에서만 약초를 채집하니 더 이상 약초가 자라지 않아요. 조금 더 나가야……. 악!"

여자의 말은 끝나지 못했다. 엠릭의 뒤에 서 있던 남자가 그대로 여자에게 주먹을 휘둘렀던 탓이었다.

"그 핑계로 도망가려는 걸 누가 모를 줄 알아? 엠릭 형님을 귀찮게 하려는 거, 다 알고 있다고!"

남자는 쓰러진 여자의 긴 머리를 잡으며 휘둘렀고, 모습을 보며 엠릭은 즐겁다는 듯 낮게 웃었다.

"익……. 너!"

여자는 거칠게 자신의 머리카락을 잡은 남자의 팔을 쳐 냈다. 그리고 분노로 가득 찬 눈으로 남자를 노려보았다.

"너, 너! 어떻게 네놈이 우리에게 이럴 수가 있어!"

여자가 이렇게 분노하는 이유는 간단했다. 엠릭을 형님이라 부르며 사람들을 괴롭히는 이 남자는 에타이가 아니었다. 요새로 스스로 걸어온 평민 중 한 명이었지.

"못 할 게 뭐가 있어!"

그렇게 말하며 남자는 다시 팔을 치켜들었고, 여자는 곧 느껴질 고통을 대비하듯 눈을 꽉 감았다.

"그만."

하지만 고통은 느껴지지 않았다. 남자를 저지한 엠릭이 여자에게 다가와 그녀의 턱을 붙들었다.

"약초를 구분할 줄 아는 자는 귀하게 대해야지."

엠릭의 말이 맞았다. 에타이나 요새에 머무르는 평민 중에서 약초를 구분할 수 있는 사람은 아주 드물었다. 그게 여태까지 여자가 엠릭에게 말대답하고도 살아남은 이유였다.

"뭐, 언제까지일까."

여자의 눈이 분노로 떨리는 걸 본 엠릭은 그제야 그녀의 턱을 놓더니 나가 보라는 듯 손을 내저었다.

같이 막사로 들어왔던 평민들이 쓰러진 여자를 부축해 나가자 엠릭은 자신의 의자에 앉아 생각에 잠겼다. 약초도, 식량도 부족하다. 용병들이 꾸준히 사냥을 해 오고는 있지만 이제 그것마저도 힘들 것이다.

"형님, 어떻게 할까요."

엠릭의 옆에 선 남자가 얼굴을 굳히며 조심스레 물었다. 평민들 앞에서는 그들이 부족하다는 듯 윽박질렀던 남자도 현 상황의 위험성을 잘 알고 있었다.

'굶길까.'

그냥 굶겨 버릴까. 어차피 방패막이로 쓰다가 버릴 것들인데. 지금부터 양을 줄이고 서서히 굶겨도 문제가 없지 않을까.

엠릭은 불쑥 떠오른 해결책이 마음에 들었다. 그래, 그게 좋겠다. 죽을 놈들 입에 들어갈 식량도 아깝다. 앞으로 들어오는 식량은 전부 자신 쪽으로 돌리는 거다. 저들은 죽을 것이고 자신들은 살 테니까.

"좋은 방법이야……."

엠릭은 히죽거리며 턱을 쓸었다. 좋아, 일단 공용 창고에 있는 식량을 개인 창고로 옮기자. 얼마 안 되긴 하지만 조그마한 티끌도 모으다 보면 커지지 않던가.

"이봐, 당장 공용 창고로 가서……."

"엠릭."

자신의 옆에 서 있는 남자에게 명령을 내리던 엠릭의 시선이 문 쪽에 닿았다. 어느새 타스가 방 안에 들어와 있었다. 엠릭이 벌떡 일어나

타스를 맞이했다.

"형님. 무슨 일로 여기까지 왔습니까."

"오늘 약초 채집한 걸 보고하는 날이 아니더냐?"

"아아."

엠릭은 눈을 찡그리며 머리를 벅벅 긁었다. 약초량이 줄어들면서 타스가 직접 확인하러 온 모양이었다. 엠릭은 여자가 말한 말을 그대로 타스에게 옮겼다.

"그렇군."

타스 역시 고민에 빠진 듯 눈을 가늘게 뜨더니 작게 한숨을 내쉬었다.

"식량도 다 떨어져 가니 용병들의 말을 들어야겠구나."

"용병들 말입니까?"

"그래, 강가에서 고기를 잡는 게 어떻겠냐고 그러더라. 더 사냥감이 보이지 않는다고 하더군."

레너드 용병들의 말은 맞는 말이었다. 만약 사냥하던 이가 엠릭이었더라면 그 역시 비슷하게 말했을 게 분명했다. 하지만 사이레인의 주장이라는 이유 하나만으로 반발심이 불쑥 차올랐다.

"굳이 강까지 안 가도 되는 거 아니오. 뭐 거기까지 보낸다고. 요 근방까지만 보내면 될 텐데."

"어쩔 수 없지. 식량도, 약초도 움직일 정도는 있어야 하니까."

자신들이 뒷배에게 갈 때까지는 필요하다는 말에 어쩔 수 없이 엠릭도 고개를 끄덕였다.

그런데 볼일이 끝나고도 타스는 가지 않았다.

"그리고 하나 더. 내가 너를 찾아온 이유가 있단다."

"무엇이오?"

엠릭의 말에 타스가 미소를 지었다. 언뜻 보기엔 자비롭지만, 밑에

356

는 전혀 다른 의미가 깔린 미소였다.

"아주, 아주 중요한 일을 너에게 맡길 거야."

너밖에 할 수 없는 아주 중요한 일이지. 타스는 아무것도 모르는 어리석은 엠릭을 보며 낮게 웃었다.

✝ ✝ ✝

동굴에 다녀오고 나서 시간은 차근히 흘러갔다. 르카디우스 제국의 진영에서도 에타이 쪽에서도. 어서 모든 걸 털어 버리고 새 시작을 하고 싶어서 시간이 어서 가기를 원하는 사람에게도, 그렇지 않은 사람에게도 시간은 공평하게 흘러갔다.

"휴우."

남들이 전부 잠든 시각, 홀로 깨어 있는 피스토레는 제 손을 만지작거렸다. 손끝이 차가워지고 긴장으로 몸이 굳는 걸 느꼈다.

이제 정말 얼마 남지 않았다. 자신이 빠르게 움직이지 않으면 사람이 대거 죽어 나갈 총공격도, 그리고 아버지의 인정을 받을 마지막 기회도.

'아니지, 이제 아버지 인정은 필요 없어.'

피스토레는 차가워진 손끝을 꾹꾹 누르며 인상을 찌푸렸다. 그래, 자신은 이제 아버지의 인정 따위는 필요 없다. 이제는 그 눈빛에 주눅들 일도, 자신을 내치는 그 손길에 매달릴 일도 없을 것이다.

오래된 친우의 말대로, 자신은 돌아가면 황제가 될 테니까.

어차피 그 외에는 황위에 오를 사람도 없다. 귀족들 역시 그걸 알고 있으니 반발을 해도 심한 반발을 하지 않겠지. 자신과 형제처럼 자라 온 아이테라 대공 역시 자신을 지지하지 않았던가.

'그러니까 문제없어.'

그런데도 어깨가 절로 축 처졌다. 입안이 바싹 마르며 초조해짐을 피스토레는 느끼고 있었다.

마지막이다. 이번이 마지막 인정을 받을 기회.

그 생각이 며칠 전부터 머릿속을 떠나지 않았다. 아니, 처음 총공격 날짜가 정해졌음을 들었을 때부터 그랬다.

아직도 아버지에게서 인정받아야 할 것 같았다. 훌륭한 아들이라는 말을 들어야 할 것 같은 강박관념이 마음 밑바닥에 남아 있었다.

"휴우우……."

마지막 기회를 놓칠까 무섭다. 어릴 적부터 학습된 생각은 이리도 무서운 것이었다.

피스토레의 가장 첫 번째 기억은 아버지에게 인정받지 못해 울던 자신이었다. 그때가 다섯 살이었나. 피스토레는 제 손가락 사이를 꾹꾹 누르며 눈을 찡그렸다.

보통은 그렇게 어릴 적 자신을 기억하지 못했겠지만, 피스토레는 똑똑히 기억하고 있었다. 처음으로 아버지가 제 날것의 감정을 숨기지 않고 피스토레에게 쏟아부었던 때였으니까.

맞지는 않았다. 아버지는 황제답게 손을 올리거나 고함을 지르거나 아니면 피스토레를 굶기지도 않았다. 그저 조용히 표정으로 제 옷자락을 잡는 어린 아들을 경멸했을 뿐이었다.

그때부터였다. 피스토레가 반드시 아버지의 인정을 받아야 한다고 다짐했던 것이.

그렇게 십여 년이 넘는 세월 동안 피스토레는 스스로를 낮잡아 보며 자신을 괴롭게 만들었다. 그리고 몇 년 전부터 간신히 그 늪에서 빠져나오고 있었다.

하지만 아직도 완전히 빠져나오려면 멀었다. 지금도 이러고 있지 않은가.

피스토레는 자조적으로 웃으며 있는 힘껏 누르는 바람에 붉어진 제 손을 바라보았다. 자연스럽게 제가 사랑스러운 아내가 떠올랐다.

"너 자신을 비난하지 마."

실수를 저지른 날이었다. 너무 긴장하는 바람에 모든 귀족과 사제들이 모인 자리에서 피스토레는 붉은 포도주를 엎지르고 말았다.

작은 실수로 치부하고 넘어갈 수도 있었지만, 황제의 눈빛은 그걸 용납하지 않았다. 말없이 자신을 자책하게 했다.

자신을 향하던 경멸이, 그리고 아버지에게 인정받고 싶은 마음이 가장 정점에 다다랐을 때 피스토레는 그 눈빛에 그만 눈물을 흘릴 뻔했다. 그대로 연회장을 빠져나가 자신의 방에 틀어박혔고 그런 그를 따라온 건 아르트엘이었다.

"실수였잖아. 모두 실수하는걸."

제 눈물을 닦아 주며 아르트엘은 피스토레를 다독였다.

"하지만 나는…… 나는 몇 번이나…….."

아직 소년티를 벗지 못한 피스토레가 울자 아르트엘은 부드럽게 그의 뺨을 잡고 자신을 바라보게 했다.

"괜찮아. 실수는 만회하면 되는 거고."

그리고 더없이 아름답게 웃으며 다른 말을 쏟아 냈다.

"너는 그 소심한 성격만 고치면 되는 거고."

꼭 고쳐! 그렇게 말하는 아르트엘 덕분에 순간 피스토레의 눈물이 멈추었다.

……위로하러 와 준 게 아니었나?

"생각해 봐. 포도주를 쏟았을 때 아셀라라면 어떻게 행동했겠어? 아니면 나라면."

쉽게 상상이 갔다. 아셀라는 쏟아진 포도주를 보다가 그저 고개를 돌렸을 것이다. 그러고는 아무 일도 일어나지 않았다는 듯 당당하게 제 말을 이어 갔겠지. 실수는 순식간에 사라지고 사람들 역시 그걸 기억하지 못하리라.

아르트엘의 경우도 비슷할 게 분명했다. 그저 웃으면서 '실수.' 그렇게 말하고는 손에 묻은 포도주를 털어 냈을 것이다. 그녀의 아름답고도 환한 웃음이 아르트엘의 작은 실수를 덮었을 게 분명했다.

"인정이 필요하다면."

그렇게 말하며 아르트엘은 피스토레를 꼭 끌어안았다. 그 온기에 어쩐지 안심이 되기 시작했다.

"내가 너를 인정해 줄게. 넌 멋진 사람이야, 피스토레."

아르트엘의 말에 피스토레는 고개를 끄덕였다. 아르트엘의 웃음소리가 조금 짙어졌다.

"나는 네가 훌륭한 황제가 되리라고 믿어. 너는 그럴 자질이 있으니까."

그때부터였다. 무조건 아버지를 따라가던 걸음을 멈추었던 게. 아버지와 다른 생각을 하던 자신을 스스로 질타하지 않게 됐던 게. 자신이 아버지와 다르다는 걸 인정하려고 노력하기 시작한 게.

그리고 친구처럼 자라 오던 아르트엘에게 반했던 게.

피스토레는 옅은 미소를 띤 채 자신의 손을 내려다보았다. 긴장하면 유독 차가워진 손을 매만져 주던 것도 아르트엘이었다.

'그래, 열심히 해야지.'

황위에 올라 아버지와는 다른 황제가 될 것이다.

피곤한 길일 게 분명했다. 역대 황제들이 걸어왔던 길과 다른 길이 될 테니까. 하지만 그게 자신이 갈 길이었다.

피스토레는 몸을 일으켰다. 마음은 가라앉았어도 긴장이 전부 풀린 건 아니었다. 총공격은 피스토레가 여태 겪어 본 적 없었던 큰 전쟁이 될 것이다. 거기다 그는 에타이들의 요새 안으로 들어가야 하는 역할 아니던가.

'적어도 아셀라나 테펜텔의 발목을 잡으면 안 되지.'

부질없는 짓이겠지만 검을 한 번 더 휘둘러 볼 생각으로 피스토페는 천막 밖으로 나갔다.

"황태자 전하."

그리고 크레시벨과 마주쳤다.

"크레시벨 경……."

피스토레는 머쓱하게 제 목덜미를 매만졌다. 제 입으로 크레시벨을 빼자고 건의해서 그런가, 크레시벨의 태도는 조금도 바뀌지 않는데 도 처음처럼 그를 편히 대하기가 힘들었다. 그래서 요즘은 그를 은근 슬쩍 피해 다니기도 했었다.

"안녕하십니까, 황태자 전하."

크레시벨의 옆에 있는 남자가 꾸벅 인사를 건넸다. 바로 피스토레 의 대역을 맡은 기사였다.

"어디 밤 산책 하러 가십니까?"

대역을 맡아 준 기사 덕분에 불편함이 가신 피스토레의 안색이 조금 밝아졌다.

"총공격 전에 검을 휘둘러 보려고 하네."

"이 야밤에 말씀이신가요?"

크레시벨이 눈을 크게 뜨며 말하다가 이내 밝은 웃음을 터트렸다.

"역시 황태자 전하는 뭐든 열심히 하시는군요. 단장님께 들은 그대 로입니다."

"아셀라가?"

피스토레의 눈이 커졌다. 아셀라가 평소에 린체 기사들에게 자신의 이야기를 했단 말인가?

"네. 단점이 있지만, 그 단점을 모두 지워 버릴 정도로 노력하시는 분이라고 늘 말씀하셨습니다."

크레시벨의 눈이 빛났다. 그의 눈에서는 전혀 부정적인 기운이 느껴지지 않았다.

"그래서 늘 저도 존경하고 있습니다."

크레시벨의 맑은 목소리에 옆에 서 있던 기사가 웃음을 터뜨렸다.

"꼭 아부 같잖냐!"

"어, 그런가요? 그렇지만 진심인걸요. 정말입니다, 황태자 전하. 저도 열심히 하려고 노력하는걸요."

크레시벨의 말에 기사는 씩 웃으며 마구잡이로 작은 머리통을 쓰다듬었다. 어찌나 손길이 거친지 피스토레가 놀라 슬그머니 뒤로 한 발자국 떨어질 정도였다.

"하긴 요놈도 야밤에 자주 홀로 훈련을 하지요. 그래서 실력이 많이 늘었냐?"

"아악! 아픕니다, 경!"

울먹이는 크레시벨의 눈은 더없이 순수해 보였고, 더없이 맑아 보였다.

'내가 무슨 생각을.'

피스토레는 그런 크레시벨을 보며 조금이라도 불편하게 여겼던 제 마음을 털어 냈다.

그래, 아셀라의 말대로 이 착한 기사에게는 또 다른 기회가 돌아갈 것이다. 거기다 임무에 적합한 사람이었다면 자신이 아무리 만류해도 아셀라가 뽑았겠지.

어쩐지 여태까지 크레시벨을 피해 다닌 게 미안해져 피스토레는 크레시벨의 어깨를 다독였다.

"그래, 아부라고 생각하지 않네."

그러고는 자신을 바라보는 두 기사를 보며 환하게 웃었다.

"두 사람 다 날 위해서 위험을 감수해 주었지. 이 충성심은 절대 잊지 않을 거네. 수도로 올라가면 받을 선물을 기대하게."

그 말에 피스토레의 대역을 맡은 기사의 얼굴이 대번에 환해졌다.

"위험이라니요. 황태자 전하의 대역을 맡을 수 있어서 오히려 제가 영광이었습니다."

말은 그렇게 해도 목소리에는 들뜸이 한껏 묻어 나왔다. 그리고 그건 크레시벨도 마찬가지였다. 아까와 같이 환한 얼굴로, 옆에 서 있는 기사와 비슷한 말을 꺼냈다. 그리고.

"잠시만요, 황태자 전하."

두 사람을 뒤로하고 임시 연무장으로 향하는 피스토레의 발걸음을 멈추게 한 건 크레시벨이었다.

"하나만 여쭤볼 게 있습니다."

"뭐지?"

잠시만이라는 말에 어울리지 않게 크레시벨은 한참이나 입을 달싹였다.

"그게…… 혹시 이번 임무에서 제가 제외된 게."

그 말에 피스토레는 눈을 질끈 감았다. 그게 궁금했구나.

"……단장님의 결정이신가요?"

어? 갑자기 튀어나온 단장이라는 단어에 피스토레의 푸른 눈이 동그래졌다. 하지만 의아함은 들지 않았다. 무릇 이런 상황에서 결정권을 가지고 있는 건 그녀였으니까. 그녀의 결정이라면 엘로스 역시 한 발짝 뒤로 물러나지 않던가.

그래도 아셀라에게 모든 책임을 전가하기는 싫어 피스토레는 변명 아닌 변명을 꺼냈다.

363

"어, 음, 그게······ 내가 말하긴 했네."

"하지만 결정 권한은 단장님이 가지고 계시지요."

어쩐지 풀이 죽은 목소리에 피스토레는 아셀라가 한 말을 그대로 꺼내 두었다. 성격이나 검술이 상황과 맞지 않아 그런 것이다, 나중에 새로운 기회를 주기로 자신과 약속했다······.

그 말을 다 들은 크레시벨은 조금 밝아진 안색으로 고개를 끄덕였다.

"그렇군요. 좋게 말씀해 주셔서 감사합니다, 전하. 연무장까지 동행해 드릴까요?"

"아니, 괜찮네. 테펜텔이 오기로 해서 말이야."

"그러시군요. 알겠습니다. 부디 조심하십시오, 태자 전하. 중요한 일이 코앞이니까요!"

"그래, 그대도 조심하게."

크레시벨은 허리를 꾸벅 숙였다. 목소리도, 얼굴도 밝아졌기에 피스토레는 알아채지 못했다. 반짝이던 크레시벨의 눈이 무언가 진득한 감정으로 점철되어 있다는 사실을.

† † †

"이제 며칠 안 남았다."

창고 같은 방에는 작은 촛불 하나와 달빛만이 내려앉아 있었다. 사이레인의 말에 용병들은 얼굴을 굳히고 고개를 끄덕였다.

"숀, 너는 사람들을 대피시키는 데 주력해."

사이레인의 말에 문 쪽에 기대고 있던 남자가 고개를 끄덕였다.

"리스, 너는 문을 봉쇄한 후에 들어오는 사람들을 따라가. 에타이 놈들이 헛짓거리 하려고 하면 그대로 목을 날려 버려."

"나만 믿으라고, 대장. 나 그런 거 잘하잖아?"

리스는 이를 보이며 고개를 끄덕였다. 잠시 사이레인은 어떻게 에타이들 목을 날릴 것인지 고민하는 리스를 보며 테펜텔과 잘 어울릴 것 같다는 생각을 했다.

"봐, 대가리를 빡!"

그렇게 말하며 리스가 팔을 휘두르자 근처에 있던 용병들이 어어 소리를 내며 흩어졌다. 하지만 자신들이 에타이를 잡을 수 있다는 생각 때문인지 어딘가 다들 즐거워 보였다.

"이렇게 휘두르며 조져 버리는 거지!"

"맞아, 대가리를 깨 버려."

"엠릭 새끼는 내가 조질 거야. 다들 손대지 마. 알았어? 손대는 놈들은 밥을 굶길 줄 알아!"

혹여나 자기 몫을 뺏길까 리스가 주변에 있는 용병들을 협박하기 시작했다.

저러라고 부대장 자리를 준 게 아닌데. 사이레인은 고개를 젓다가 다시 들려오는 조진다는 단어에 아셀라를 떠올렸다.

자신이 저 말을 올렸을 때 눈이 동그래졌었다. 마치 그런 말을 처음 듣는다는 얼굴에 급하게 말을 바꿨었는데.

'귀여웠지?'

평소에는 귀족 나리들이 가지고 있는, 그림에나 나올 듯 우아한 모습이었는데, 눈을 크게 뜨니 또 귀여워 보였다. 그래도 앞으로는 입을 조금 조심할 필요가 있어 보였다.

'앞으로는 적어도 조진다는 말은 쓰지 말아야지.'

자신의 아내님에게 흠집이 나면 안 되는 거니까! 여보야는 검도 잘 쓰고 힘도 센 데다가 부하들 사이에서 평판도 좋은 모양이었다.

사이레인도 레너드 용병단을 이끄는 사람으로서 그렇게 많은 사람에게서 좋은 평판을 얻어 내는 건 힘든 일이란 걸 잘 알고 있었다. 분명 속으로는 아셀라를 욕하는 인간이 있겠지만 대부분이 좋아하니…….

'죽일까.'

사이레인은 흉흉한 얼굴로 이를 갈았다. 아니, 우리 아내님 같은 대장을 만났으면 그 행운에 감사해하면서 땅을 기어야 하는 거 아닌가? 감히 불만을 느끼고 욕을 해?

머릿속으로 얼굴도 모르고, 사실 존재하는지도 모르는 부하 놈들을 패는 동안, 이야기를 마친 레너드 용병들은 사이레인을 이상한 눈으로 바라보고 있었다.

그것도 그럴 것이 제 대장의 표정이 이상했다. 갑자기 뭘 생각하듯 얼굴을 붉히더니 이제는 누군가를 씹어 죽일 듯 이를 박박 갈고 있었으니까.

"대장 말이야."

리스가 옆에 있는 남자를 툭 치며 작은 목소리로 속닥였다.

"……무슨 죽을병에라도 걸렸어? 뭐 저렇게 헤벌쭉한 표정을 짓다가 돈 떼먹고 튄 놈을 마주친 표정을 짓고 있대?"

"아, 그게…….""

사이레인을 따라 동굴로 갔던 한 용병이 리스에게 말을 전했다. 용병의 이야기를 들은 리스의 눈이 커다래지더니 사이레인을 향해 고개를 휙 돌렸다.

"대장 결혼해!?"

반쯤은 놀라고 반쯤은 경악에 찬 목소리에 자기들끼리 무언가를 떠들던 용병들의 시선이 사이레인 쪽으로 향했다. 모두의 눈에는 놀라움이 깃들어 있었다.

"아."

귀청 떨어지는 리스의 목소리에 현실로 끌려 나온 사이레인이 잠시 멍한 표정을 짓더니 이내 얼굴을 붉히며 고개를 끄덕였다.

"우엑. 얼굴 붉히지 마, 대장. 토할 것 같아."

"말도 안 돼. 대장이 결혼이라고? 어떤 여자랑?"

"야, 그래도 사이레인 정도면 괜찮은 편이지."

"설마 르카디우스 제국 측 여자야? 그래서 그렇게 그쪽에 붙자고 한 거야?"

"어떤 여자야, 사이레인. 우리에게도 안 보여 주고 결혼할 생각은 아니었지?"

말이 여기저기에서 튀어나왔다. 사이레인은 흐뭇한 표정으로 용병들의 이야기를 들었다. 우리 아내님을 소개해 주면 다 놀라서 까무러칠 게 분명하니까!

"잠깐. 다들 조용히 해 봐."

그런 분위기 속에 목소리를 낮춘 리스가 모두를 침묵시켰다.

"사이레인."

그러고는 용병들 사이에서 뚜벅뚜벅 걸어 나와 그의 앞에 서더니 얼굴을 찡그리고 그를 바라보았다.

"르카디우스 제국 측 사람이라면 귀족 아니야? 그쪽은 무슨 유명한 황실 기사단이 왔잖아."

대부분의 기사단은 귀족들로 이뤄졌다. 평민들을 받는 기사단도 있었지만, 황실 기사단쯤 되는 곳은 귀족들로만 이뤄져 있을 게 분명했다. 그걸 리스도 잘 알고 있었다.

"사이레인, 설마 귀족이랑 결혼해?"

"응."

군은 얼굴로 묻는 리스에게 사이레인은 해맑은 얼굴로, 그리고 우쭐한 목소리로 대답하며 고개를 끄덕였다.

"우리 아내님은 공작이야."

높은 사람이지! 사이레인의 대답을 끝으로 방에 침묵이 내려앉았다.

여태까지 한 번도 본 적 없는 대장의 해맑은 얼굴에 놀라야 하는 것인지 아니면 사이레인과 결혼을 약속한 사람이 공작이라는 말에 놀라야 하는지, 방 안에 있던 모든 용병들은 그대로 굳어 버렸다.

"잠깐, 사이레인."

간신히 먼저 정신을 차린 리스가 앉아 있는 사이레인을 내려다보았다.

"정말 귀족 여자와 결혼하겠다고? 그것도 르카디우스 제국인과?"

"못 할 게 뭐가 있지?"

"못 할 거 많지!"

답답한 듯 리스는 소리를 버럭 지르더니 주변에 있는 사람들을 둘러보았다.

"르카디우스 제국인들처럼 콧대가 높은 사람들을 본 적 있어? 거기에 귀족, 그중에서도 공작이라고? 네가 그 여자와 결혼해서 잘 살 것 같아?"

리스의 말에 다들 무겁게 고개를 끄덕였다.

한쪽이 너무 뛰어나면 한쪽이 내려앉는다. 처음에는 몰라도 그 거대한 차이는 야금야금 다른 한쪽의 자존심을 깎아 먹고 붕괴시킬 게 분명했다.

드높은 신분의 사람과 낮은 신분의 사람이 결혼해 행복하게 사는 이야기는 동화에서나 볼 법한 이야기지, 현실을 사는 용병들에게는 이뤄지지 않는 이야기였다.

"사이레인, 오랜 친구로서 하는 이야기야. 이건 위험해. 귀족들의 생활이 어떤지 너도 잘 알고 있잖아. 답답해서 못 견디겠다고 말했었잖아."

그 말에 모두가 동의하며 고개를 끄덕였다.

368

"장난일지도 몰라. 공작이라면 셀바토르 공작이겠지. 르카디우스 제국을 휘어잡는다는 그 괴물들! 그런 놈들이 정말로 너와 결혼할 거라고 생각해?"

"……."

리스의 말에 모두가 동의하는 눈치였다. 여자를 만나 본 적 없는 순진한 대장이 홀린 게 아니냐는 말까지 나오고 있었다. 사이레인이 무섭게 노려보자 쑥 들어갔지만.

리스는 무겁게 한숨 쉬며 대장을 바라보았다.

"사이레인, 다시 생각해 봐."

진심이 담긴 충고였다. 그 말에 사이레인은 대답 없이 모두를 물끄러미 바라보았다.

이해가 가지 않는 건 아니었다. 자신이 생각해도 이건 말릴 만한 일이었으니까. 갑자기 레너드 용병단의 누군가가 '나 귀족이랑 결혼할 거야!'라고 외쳤다면 자신도 비슷하게 행동했을 게 뻔했다.

실제로 귀족과 진실한 사랑을 한다고, 결혼한다며 웃던 평민들이 하루아침에 좌절하며 울던 일이 한두 번이던가. 귀족 중에서는 그렇게 평민들이 희망을 품고 무너지는 걸 즐기는 변태 같은 놈들도 있다고 들었다.

하지만 아셀라는 아니었다.

무언가를 말하려고 입을 열었던 사이레인은 그저 웃으며 모두를 바라보았다.

"괜찮아. 아셀라는 그런 사람이 아니니까. 지금 내가 뭐라 해도 너희는 믿지 않겠지."

이럴 줄 알았다면 평소에 좀 만나게 해 볼걸. 사이레인은 턱을 매만지며 눈을 찡그렸다.

생각해 보니 레너드 용병단의 대다수가 아는 아셀라는 전쟁터에서 마주친 여자였다. 무덤덤한 표정으로 에타이들의 목을 날리던 여자. 그래, 그런 모습만 봤으면 거부감이 들 수도 있겠다.

"보고 판단하는 게 좋을 거야."

그럼 분명 엉뚱한 생각과 걱정 따위는 흔적도 없이 사라질 것이다. 아셀라는 그런 여자니까. 결정을 내린 사이레인은 모두를 둘러보았다.

의구심이 서린 얼굴, 순진한 대장이 코 꿰인 게 아닌가 걱정하는 얼굴, 그리고 아무 생각 없이 멍하니 있는 얼굴. 저 얼굴들도 그녀를 만나고 나면 순식간에 바뀔 것이다.

"다들 로인이랑 다른 환자들 잘 챙겨. 이번 일이 성공하면 우리 아내님을 소개해 주지."

사이레인은 그때를 상상하며 입꼬리를 올리면서 환하게 웃었다.

† † †

나팔 소리가 유달리 무겁게 들렸다. 르카디우스 황실의 깃발과 린체 기사단의 깃발 그리고 테센트루아 성기사단의 깃발이 잿빛 하늘을 수놓듯 흔들거렸다.

"셀바토르 경."

테센트루아 성기사단의 인장이 새겨진 은빛 갑옷에 하얀색과 황금색으로 어우러진 망토를 걸친 엘로스와 바티네가 아셀라에게 다가왔다. 그는 한쪽 팔에는 투구를 끼고 긴 머리는 하나로 단정히 묶은 상태였다. 허리춤에 걸린 검은 검집이 눈에 띄었다.

"엘로스 경."

그에 비해 아셀라의 차림은 단출했다. 눈에 띄지 않기 위해 녹색과 갈색 그리고 검은색이 뒤섞인 망토를 쓰고 가벼운 옷차림을 하고 있었다. 가장 무거운 것이라면 그녀의 검 정도였다.

엘로스는 그녀의 앞에서 환하게 웃었다.

"잘 부탁드리겠습니다, 셀바토르 경. 오늘로써 이 기나긴 전쟁을 끝내야지요."

전쟁, 말 그대로 기나긴 전쟁이었다. 처음 르카디우스 제국에 반발심을 가지고 있던 이들이 모여 세력을 만들고 또 그것이 이어져 오다 극단적으로 변질된 게 에타이들이었다. 죽어도 죽지 않는 놈들.

르카디우스 제국 측에서는 방향을 바꾸었고 그렇게 쳐 내고 쳐 낸 끝에 에타이의 핵심이라 불릴 사람은 단 한 명만 남았다.

타스. 그 인간만 잡으면 된다.

하지만 여기까지 오기 위해 너무도 오랜 시간이 필요했다.

가느다란 첫 시작을 되짚어 보자면 족히 1천여 년, 실질적으로 전쟁이 시작된 건 약 1백여 년. 못해도 한 세기를 끌어온 지긋지긋한 싸움이었다. 그게 오늘 결과에 따라 끝을 볼 수 있으리라.

"최대한 제가 시간을 끌어 보겠습니다. 이곳에 셀바토르 경의 깃발도 황태자 전하의 깃발도 있으니, 에타이 놈들은 속겠지요. 레센 경도 저희를 도울 테니 저들을 속이기는 더욱 쉬울 겁니다."

엘로스의 말 그대로 깃발들 사이에는 피스토레의 깃발과 진녹색 천 위에 은사로 셀바토르 문양이 수놓아진 깃발이 나부끼고 있었다.

"반드시 해 보이겠습니다."

아셀라는 잠시 자신의 깃발을 바라보다 엘로스를 보며 고개를 끄덕였다. 그러자 한 발 뒤에 서 있던 바티네와 레센이 옅게 웃었다. 몇 번이나 전장에 서 있던 이들의 얼굴에 긴장한 기색이 역력했다.

"예, 신께서 저희를 도우실 겁니다."

그 말에 아셀라는 작게 웃었다. 이 위태한 순간에 자신을 돕는 건 저 멀리 떨어져 있는 신일까, 아니면 여태까지 쌓아 온 자신의 실력일까. 그것도 아니라면 이번에 합류하는 피스토레, 테펜텔 그리고 사이레인이 자신을 도울까.

"그렇겠지요."

그건 끝에 가 봐야 알 일이었다. 아셀라는 웃으며 제 검은 머리를 쓸어 올렸다.

† † †

고함이 들린다. 드넓고도 오래된 숲이 소란스러워졌다. 불길이 치솟고 누군가의 생명이 꺼져 가는 소리가 숲을 가득 메웠다. 요란스러움에, 그리고 심상치 않음에 이미 동물들은 제 터전을 버리고 어디론가 사라진 지 오래였다. 피스토레는 입술을 깨물었다.

사실, 이제 고함 따위는 들리지 않을 정도로 깊숙이 들어온 상태였다. 하지만 아직도 누군가가 죽어 가는 소리가 귓가에 생생히 메아리쳤다.

자신이 저 자리에 있어야 하는 게 아닐까. 가장 위험한 자리에 있어야 하는 건 자신인데.

"야, 정신 차려."

자꾸만 뒤를 돌아보는 피스토레를 바라보며 테펜텔이 얼굴을 찡그렸다.

"네 소심한 성격이 어떤 생각을 떠올리게 만드는지 아는데, 지금 네할 일에 집중하지 않으면 상상보다 더 많은 놈이 죽을 거다."

피스토레를 향하는 테펜텔의 목소리는 짜증이 섞여 날카로웠다. 아무리 넉살이 좋은 그녀라도 지금은 잘 벼려진 칼날처럼 민감했고, 그가 거슬리는 눈치였다.

피스토레는 땀으로 젖은 손으로 꽉 주먹을 쥐었다가 폈다. 그래, 지금은 불안을 가라앉히고 할 일에 집중할 때였다. 이를 악물고 뒤를 돌

372

아, 보이지도 않는 기사들과 에타이들의 총공격전을 상상하기보다는 눈앞에 있는 사람들을 훑었다.

한 사람 한 사람들이 소중한 사람이었다. 술과 웃음으로 친해진 테펜텔. 황궁에서도 종종 마주쳤던 두 명의 린체 기사와 마주칠 때마다 선하게 웃던 성기사 둘. 그리고 자신의 가장 오래된 친우.

피스토레까지 포함해 7인의 사람 중에서 중요하지 않은 사람은 없었다.

테펜텔 말이 맞았다. 머릿속으로 생각하고 의심하고 고민하느니 그 시간에 한 발짝이라도 더 빠르게 움직여 타스를 잡는 게 정답이었다.

피스토레가 정신을 잡는 걸 확인한 아셀라는 시선을 다시 앞쪽으로 돌렸다.

마지막으로 사이레인과 연락을 취한 건 사흘 전이었다. 총공격 날짜가 다가오면 다가올수록 쓸데없는 의심을 피하고자 연락 횟수를 줄인 결과였다.

'약초와 물고기를 핑계로 믿을 만한 평민들에게 동굴 위치를 알림. 그날, 평민들 이쪽으로 도주 가능.'

짧은 쪽지를 떠올린 아셀라는 작게 웃음을 터트렸다. 투박해 보이는 외모와 다르게 사이레인의 글씨체는 상당한 명필이었다.

악필로 유명한 테펜텔은 제 손을 한 번, 쪽지를 한 번 번갈아 몇 번을 내려다보더니 전쟁이 끝나면 서체 연습을 하겠노라고 조용히 선포했다. 큰 충격을 받은 듯 테펜텔의 얼굴은 조금 우울해 보였다.

언제나 활기찬 테펜텔을 단박에 우울하게 만들 사람도 자신의 남편뿐이라 생각하며 아셀라는 웃었다.

'레이셀에게서도 연락이 왔으니 문제는 없어.'

아셀라는 미리 심어 둔 레이셀에게서 온 마지막 연락을 떠올렸다. 에타이들은 평소처럼 행동하고 있으며 대다수의 에타이들은 요새를 비운다는 연락이었다. 이런 일에 몇 번이나 투입된 노련한 레이셀이니 믿을 만한 정보였다. 그래, 문제는 없다.

하지만 어째서일까. 입술이 말라 왔다. 가슴 깊은 곳에서 알 수 없는 감정이 스멀스멀 올라왔다. 승리감일까, 긴장한 것일까, 불안감인가. 그것도 아니라면 드디어 끝이 보이는 것에서 시작된 감정일까.

'됐어.'

아셀라는 눈을 가늘게 뜨며 감정을 가라앉혔다. 어떤 과정을 겪든 결과는 변하지 않는다. 자신은 승리할 것이다. 에타이들은 전멸할 것이고, 르카디우스 측은 오랜 전쟁의 승리를 거머쥘 것이다. 피스토레는 황제가 되고 자신은 공작이 된다. 자신이 그렇게 만들 거니까.

아셀라는 검 손잡이를 쥔 손에 힘을 주었다.

"에타이들의 요새에 도착합니다."

앞서 안내하던 기사의 말에 흐르던 긴장감이 한층 짙어졌다.

계획은 이러했다. 총공격전으로 비어 버린 요새를 급습, 타스를 비롯해 우두머리들을 잡는다.

그사이 레너드 용병단의 반절이 평민들을 대피시키고, 반은 르카디우스 측과 만나 요새에 남은 이들을 진압하고 타스를 잡는다는, 간단해 보이는 계획이었다. 하지만 이 계획을 위해서 에타이들과의 총공격전을 일으켜야 했다.

자잘한 분쟁과 미끼가 된 피스토레는 에타이들을 착실하게 총공격전으로 끌어냈다. 눈치를 채지 못할 만큼 아주 조금씩, 하지만 확실하게.

"여기였네."

테펜텔이 한 거대한 동굴을 바라보며 이를 갈았다. 대강의 위치는 들어서 알고 있었지만, 실제로 보는 건 처음이었다. 사람은 가까이 가지도 못할 정도로 험난한 산, 그 안에 요새가 숨어 있었다.

"아씨, 누가 저기 안이 텅 비어 있을 거라고 생각했냐고."

산이 아니었다. 절벽이 마치 산처럼 모여 있었을 뿐이라, 그 안은 텅 비어 있었다. 제일 먼저 이 장소를 발견한 에타이들은 절벽에 구멍을 내었고 그 안에 요새를 건설했다.

"다 불 질러 버리고 싶네. 그냥 타 죽게."

테펜텔의 말에 아셀라 역시 고개를 끄덕였다. 있어도 이딴 곳에 있을 줄이야.

물론 그럴 수는 없었다. 저기에는 포로처럼 끌려온 평민들도 많이 껴 있지 않은가.

"좋아, 가자."

그 말에 멈춰 있던 발이 다시 움직였다. 요새 안으로 잠입하는 것은 쉬웠다. 이미 레너드 용병단이 손을 쓴 덕분이었다.

문지기는 제 역할을 다하지 못하고 땅으로 쓰러졌고, 르카디우스 측이 들어오자마자 기다리고 있었다는 듯 몇 평민과 레너드 용병들이 달려들어 입구를 단단히 봉쇄했다.

평민들은 레너드 용병단이 낸 다른 입구로 탈출할 것이다. 에타이들은 모르는 입구였다.

라니스 숲은 누군가가 숨고 사라지기엔 완벽한 장소였다. 워낙 숲은 넓고 오래되었으며 다른 나라의 국경선까지 뻗어 있었기 때문에.

만약 여기서 타스를 놓치게 된다면 골치가 아파질 게 분명했기에 무엇보다 도주로를 막는 데 주력하기로 했다.

문을 막은 여자가 턱짓으로 한곳을 가리켰다. 그곳에는 넓은 집 한 채가 서 있었는데, 다른 집들은 허술하고 오래된 데에 비해 홀로 하얀 벽돌로 지어져 있었다. 거기다 마치 요새를 관찰하듯 가장 높은 곳에서 있는 집. 그곳이 타스가 머무르는 곳이었다.

"대장은 평민들이 중간까지 가는 것만 보고 합류한다고 했어."

리스의 말에 아셀라는 고개를 끄덕이더니 언제 불이 붙어도 이상하지 않을 낡은 목조 건물 사이로 사라졌다. 사람들이 사라지자 문을 막고 선 리스는 나지막이 제 옆에 있는 남자에게 속삭였다.

"저 검은 머리 여자가 대장이랑 결혼한다는 그 괴…… 셀바토르인가?"

리스의 시선은 어느새 사라진 아셀라가 있던 자리에 머물러 있었다.

"맞아. 저 여자가 셀바토르 소 공작이야."

들려오는 대답에 리스는 눈을 찡그리더니 무언가를 가늠하듯 고개를 이리저리 움직였다. 그러고는 아까보다 목소리를 낮춰 제 옆에 있는 사람에게 속삭였다.

"아무리 생각해도 말이야."

리스의 말에 남자는 귀를 기울였다. 가장 열렬하게 반대하던 리스였으니 이번에도 반대를 외치려나? 하지만 들려온 대답은 그의 기대와는 정반대의 것이었다.

"척 봐도 우리 대장 잘 살 것 같다. 그치?"

"……?"

남자는 이상한 눈으로 리스를 바라보았다. 그러자 그녀는 아무렇지도 않은 얼굴로 어깨를 으쓱이더니 대답을 종용했다.

"안 그래?"

잠시 말없이 남자는 리스를 바라보다가 고개를 끄덕였다.

"맞아."

남자의 격한 동의에 그녀는 소리 없이 입술만 끌어 올리며 웃었다.

"잘 살 것 같네. 대장."

그렇게 말하며 리스는 무언가를 결심한 듯 주먹을 꾹 쥐었다.

† † †

"사이레인."

누군가가 자신을 부르는 목소리를 무시하며 걸음을 옮기던 사이레인은 뒤를 바라보았다. 그의 시선 끝에는 그들이 빠져나온 요새가 있었다.

이제 가장 높은 건물의 지붕이 간신히 보이는 곳까지 왔건만, 사이레인은 눈을 뗄 수가 없었다. 지금쯤이면 분명 요새에 아셀라가 들어왔을 것이다.

'어서 가야 하는데.'

하지만 지금 박차고 요새로 달려가기엔 이쪽도 불안했다. 동굴로 이동하고 있는 평민들의 수가 한둘이 아니었으니까. 사이레인은 일부러 후미에 서서 주변을 경계하고 있었다.

"자자, 조금 더 힘을 내라고!"

용병들은 불안해하면서도 걸음을 멈추지 않는 평민들을 응원하듯 목소리를 높이며 그들을 동굴까지 호위하고 있었다.

"이봐, 정말 우리는 안전한 거겠지?"

노모를 부축하며 걷던 여자가 안절부절못하는 목소리로 물었다. 그녀의 말에 동굴을 향해 걸음을 옮기던 평민들은 동조하듯 용병을 바라보았다.

그들의 걱정은 타당한 것이었다. 평민들과 친하게 지내던 용병들과 평민 중에서 목소리가 큰 사람들이 그들을 설득시켰지만, 불안을 완전히 없애기에는 부족했다. 고작 몇 달의 시간으로는 지울 수 없는, 고통받던 십 몇 년의 세월이 새겨진 이도 있었으니까.

377

그들의 걱정을 이해한 용병은 일부러 환하게 웃으며 고개를 끄덕였다.

"걱정 말라고. 이래 봬도 우리는 한 이름 하는 놈들이잖아?"

하지만 불신의 눈동자는 사라지지 않았다. 그들의 눈 속에는 지금이라도 요새로 돌아가야 하는 것이 아닌가 하는 갈등이 섞여 있었다.

"에타이들을 제대로 상대할 수는 있겠어? 그놈들 한둘이 아니잖아. 너희는 몇 사람 되지도 않고."

"맞아, 불안하다고……."

"도주하다가 죽은 놈이 몇인데. 나, 나랑 우리 딸은 그렇게 될 수 없어."

결국 여기저기에서 불안이 섞인 말이 터져 나왔다. 용병들이 막아 보려 애를 썼지만, 불만은 쉽게 사그라지지 않았다.

"너희는 에타이를 이길 수 없다고! 괜히, 괜히 따라왔어!"

한 남자가 크게 외치자, 희망을 품고 가던 사람들마저 휩쓸려 웅성거리기 시작했다.

"르카디우스 측에서 나서기로 했다."

사이레인이 불만을 토로하는 사람들 쪽으로 발을 내디디며 낮게 말하자 사람들이 놀라며 몸을 움츠렸다. 다른 사람들도 웅성거림을 멈추고 그에게 시선을 보냈다.

"어차피 요새 안에 있어도 죽어. 타스 놈은 우리를 방패 삼아 도망치려고 했으니까. 요새에 남아 있어도 죽는다면 차라리 희망에 목숨을 걸어 보지 그래?"

사이레인이 불만을 토로하던 사람들을 바라보며 말하자, 그들은 사이레인의 시선을 피하듯 고개를 떨궜다. 비난을 퍼부었던 남자의 어깨에 손을 올린 사이레인이 입술 꼬리를 올렸다.

"그리고 그 새끼들은 아무것도 아니야. 내가 다 이겨."

"……그래?"

남자가 미심쩍어하면서도 수긍하려고 할 때였다. 갑자기 숲속에서 비웃음에 가득 찬 목소리가 들려왔다. 동시에 앞쪽에서 다급한 외침이 퍼져 나왔다.

"사이레인! 엠, 엠릭이야! 에타이들이 여기에 있어!"

에타이가 여기에 있다. 그 말을 시작으로 앞쪽부터 비명이 터져 나왔다. 숲속에 잠복해 있던 에타이들이 칼을 휘둘렀고 먼저 걸어가던 사람들이 몸을 돌려 요새 쪽으로 달렸다.

"커, 커헉……."

아이를 안고 있는 남자를 보호하기 위해 앞으로 나섰던 용병 한 명이 입에 피거품을 물고 쓰러졌다.

"하하하!"

쓰러지기 직전까지 길을 막는 용병이 웃긴 것인지, 아니면 도망치지 못할 외길에서 죽어라 도망치는 평민들이 우스운 것인지 엠릭은 즐겁다는 듯 웃음을 터트렸다.

"내가 모를 줄 알았냐!"

그렇게 소리치며 엠릭은 다시 검을 휘둘렀다. 도망치던 남자가 등에 검을 맞고 쓰러졌다.

비명이 더욱 커지고 아수라장이 되어 가고 있었다. 지키려고 앞으로 나서는 이와 넘어진 사람을 일으키려고 멈춘 사람, 그런 사람을 밀치고 도망가는 이, 온갖 사람이 한곳에 섞여 있었다.

"내가 정말 너희가 도망치려고 발악하는 걸 모를 줄 알았냐고!"

엠릭은 몰려드는 즐거움에 얼굴을 일그러트렸다.

빠져나오길 잘했다. 엠릭은 진심으로 그렇게 생각했다.

"아하하!"

그간 거슬렸던 용병 놈들을 차례로 쓰러트리는 맛이 쏠쏠했다. 자신을 보고 울고 도망치는 평민들은 덤이었다.

처음 계획은 엠릭이 요새에 남고 에타이들 몇이 잠복해 있다가, 마치 사냥을 하듯 평민들과 레너드 용병단을 다시 요새 쪽으로 모는 것이었다. 하지만 엠릭은 형님의 말을 어기고 슬그머니 몰이꾼에 참여했다.

요새에 갈 것도 없이 여기서 다 죽이면 되는 거 아닌가! 굳이 요새에서 배신자들을 처리할 이유도 없었으니까.

타스가 자신이 도망칠 시간을 벌기 위해 그렇게 계획을 짠 것도 모르고 엠릭은 자신에게 맞서는 용병을 향해 검을 휘둘렀다.

카앙—!

하지만 그가 휘두르는 검은 곧 거대한 도끼에 막혔다. 나무가 아닌 다른 것을 베어 넘기는 데 쓰이는 도끼의 주인은 사이레인이었다.

"왔구나!"

엠릭은 즐거움에 소리쳤다. 검과 도끼를 마주하고 근거리에서 시선이 마주쳤다.

자신의 동료를 잃은 사이레인의 청녹색 눈이 오싹할 정도로 분노로 빛나고 있었다.

'내가, 이길 수 있어!'

엠릭은 그 눈을 보면서도 이를 드러냈다. 그래, 이건 자신의 승리를 위한 싸움이다. 근처에 있는 에타이들이 몇이던가.

정 안 되면 팔만 뻗으면 된다. 사방에 널린 게 비명을 지르는 방패다. 분명 저 어설픈 용병은 방패와 함께 자신을 베어 넘기지 못하리라. 자신이 충분히 즐긴 후에 거대한 곰 새끼는 힘을 빼 죽일 계획이었다.

"고아 새끼가 힘만 좋아서."

엠릭은 입술을 비틀며 웃었고 사이레인의 얼굴은 더욱 일그러졌다. 힘에 밀린 엠릭이 비틀거리며 뒤로 밀려났다. 엠릭은 두어 번 도끼를 막고 또 두어 번은 피하며, 사이레인을 조롱하는 데 집중했다.

"느린 곰 새끼!"

안타깝게도 좁은 길목인 데다가 주변에는 평민들과 레너드 용병단이 있었기에 사이레인은 제 힘을 낼 수가 없었다. 자칫 잘못 휘둘렀다가 반경이 큰 공격에 누가 휘말릴지 모르는 일이었다.

사이레인은 최대한 엠릭에게 집중하며 공격을 퍼부었다. 몇 번 더 철과 철이 부딪히는 소리가 울려 퍼졌다.

그러는 사이 평민들을 저 멀찍이 도망갔고, 그들이 무사히 도망치자 레너드 용병들은 본격적으로 에타들과의 싸움에 임하고 있었다. 인질은 사라졌고 자신을 도울 에타이들은 레너드 용병들에게 막혀 있었다.

"젠장."

"어딜!"

엠릭이 사이레인을 피해 다시 평민들을 잡으려 하자 사이레인이 크게 도끼를 휘둘렀다. 애꿎은 작은 나무 한 그루가 베어져 흙먼지를 일으키며 쓰러졌다.

"도망만 잘 다니는 쥐새끼 같으니라고……."

사이레인을 이를 갈며 엠릭을 노려보았다.

실제로 어느 순간부터 엠릭은 공격보다는 도망에 치중하고 있었다. 심지어 도끼와 검을 부딪치는 것도 피하고 있었다. 벌써부터 엠릭의 팔이 부들거렸던 탓이었다.

짜증이 울컥 올라와 그는 속으로 벅벅 이를 갈았다. 괴물 같은 곰 새끼.

하지만 떨리는 손은 정직했고 엠릭은 겨우 몇 합 만에 자신이 도망쳐야 할 때를 알았다. 더 붙으면 자신이 위험했다.

'어차피 뒤가 남아 있어.'

엠릭은 흐르는 땀을 닦으며 씩 웃었다. 지금 사냥도 즐겁지만, 뒤에도 즐거운 계획이 남아 있었으니 한발 물러나도 나쁠 일은 없었다.

'하지만 그 전에 해야 할 일이 있지.'

사이레인을 보고 기분 나쁘게 웃은 엠릭이 큰 목소리로 그를 도발하기 시작했다.

"야, 이 멍청한 놈아! 르카디우스 놈들이 너를 귀족으로 만들어 준다고 했냐? 그 말을 믿어? 너는 버려질 거야. 네 부모가 그랬듯 이용하고 나면 너를 버릴 거라고!"

네 부모가 그러했듯. 그 말에 주홍빛 머리카락 사이로 보이는 사이레인의 눈이 흔들리는 게 보였다.

됐다. 엠릭은 속으로 킬킬거렸다. 꼭 저렇게 무너질 것 같지 않은 놈들은 마음 깊숙이 상처 하나를 달고 살았다. 숨기고 숨기던 그 약한 부분을 푹 하고 찌르면 아무리 강인한 놈들이라도 순식간에 쓰러졌다.

그건 자신의 눈앞에 있는 놈도 마찬가지이리라. 지금 말 한마디에 얼굴이 창백해지지 않았던가.

"너 따위 고아에 떠돌이 용병을 다른 나라도 아닌 르카디우스 제국의 귀족들이 진심으로 대해 줄 거라 믿은 건 아니겠지, 사이레인?"

사이레인이 비틀거리는 틈을 타 엠릭의 공격이 들어왔다. 확실히 아까에 비교해서 약해진 힘에 엠릭은 승리의 미소를 지었다.

"불쌍해서 그래, 불쌍해서! 우리가 그래도 나름 얼굴을 맞대고 산 사이잖아? 안타까운 마음에 충고를 해 주는 거라고!"

말도 안 되는 개소리를 지껄이며 엠릭은 빠르게 사이레인을 몰아붙였고 그는 비틀거리며 한 발, 한 발 뒤로 물러났다. 그럴 때마다 엠릭은 공격하며 깊숙이 그의 품으로 파고들었다.

완전히 자신의 승리를 직감한 엠릭은 가까이에서 검을 크게 치켜들었다.

"사이레인, 너는 버려……."

“시끄러워.”

어? 엠릭은 순간 눈을 크게 떴다. 아까만 해도 흔들리는 듯했던 그의 눈이 차분해져 있었다. 그리고.

“아아악!”

엠릭은 검을 떨어트리고 제 얼굴을 감싸 쥐었다. 사이레인이 품에서 꺼내 든 단검으로 그의 얼굴을 그은 탓이었다.

손가락 사이로 피가 뚝뚝 떨어졌고, 엠릭은 타는 듯한 고통에 비명을 질렀다. 눈, 눈이 보이지 않았다.

“아까부터 친한 척 이름이나 부르고 말이야. 기분 더러워서, 원.”

사이레인은 단검을 쥔 채 바닥을 구르고 있는 엠릭에게 천천히 다가갔다.

사이레인의 얼굴에는 짜증이 서려 있었다. 버려졌다느니, 부모라느니. 그런 말은 이미 사이레인에게 있어서 아무런 아픔을 주지 못한 지 오래되었다.

바닥을 구르는 저놈은 자신이 어떤 바닥에서 구르고 온 건지 모르는 멍청이가 분명했다. 그러니 자신에게 그 따위로 시비를 걸었지.

하지만 엠릭의 멍청한 머리 덕에 요리조리 피하던 놈을 가까이 오게 했으니, 사이레인은 나쁘지 않게 생각하기로 했다.

“너 여기서 뒈질 줄 알아라.”

시선이 잠시 위를 향했다가 다시 엠릭에게 닿았다. 사이레인은 한 손에는 거대한 도끼를, 그리고 다른 한 손에는 엠릭의 얼굴을 그은 단검을 쥐고 일부러 천천히 그에게 다가갔다.

한 발, 한 발 가까워지면 가까워질수록 엠릭의 얼굴은 공포로 하얗게 물들었다.

죽음이 다가오는 듯한 공포에 엠릭은 아픔도 잊고 후들거리는 다리를 움직여 도망치기 시작했다.

에타이 놈들 전부 생존 본능이 뛰어났지만 저놈은 그중에서도 특출난 놈이라고 생각하며 사이레인은 성큼성큼 그의 뒤를 쫓았다.

"히, 히익! 다가오지 마!"

어느새 엠릭은 절벽이 보이는 곳까지 도망쳐 있었다. 그는 절박하게 손을 내밀었지만 그걸 들어줄 사이레인이 아니었다. 들어줄 이유도 없었고.

"잘 가라, 쓰레기 놈아."

사이레인은 그렇게 말하며 도끼를 치켜들었다. 자신의 몸을 덮을 정도로 거대한 그림자가 내려앉자 엠릭의 얼굴이 공포로 짙게 물들었다. 이젠 그의 얼굴에서 색을 가진 건 흘러나오는 피뿐인 것 같았다.

"다, 다가오지…… 아아악!"

사이레인의 눈이 커다래졌고, 놀란 건 엠릭 역시 마찬가지였다. 하필 그가 주저앉아 덜덜 떨던 곳 바로 뒤가 비탈이었고 기다란 비탈길은 그대로 절벽으로 이어져 있었다.

"쯧."

사이레인은 점점 더 멀어져 가는 비명을 들으며 안타까움에 혀를 찼다. 자신의 손으로 확실히 끝을 내고 싶었는데 아쉽게 되었다. 사이레인이 몸을 돌리는 그 순간까지 무언가가 떨어져 부딪치는 소리는 들리지 않았다.

사이레인은 피가 점점 떨어진 길을 지나 요새 쪽으로 뛰어왔고, 아직도 싸우고 있는 에타이들을 몇 처리하자 금방 주변은 정리되었다.

"후우, 대장. 대장은 괜찮아?"

"나는 문제없어. 내 피도 아니고. 다친 사람들에게는 물약을 꺼내 먹게 해."

사이레인은 제 팔에 묻은 엠릭의 피를 짜증 나는 눈으로 바라보며 상황을 재정비하기 시작했다.

"카벨은 흩어진 사람들을 다시 모아. 너희들도 움직이고!"

도망갔던 사람들이 다시 돌아오고, 동굴로 갈 준비가 끝나 갔다.

다행인지 불행인지 평민들 사이에서는 사망자가 없었고 다친 이도 수가 적었다. 아까 엠릭의 칼에 등을 맞은 사람이 가장 크게 다친 사람이었는데, 물약으로 치료가 가능해 보였다.

"좋아, 일단 모두 동굴 쪽으로……."

"어, 저기 봐!"

상황을 전부 파악한 사이레인이 다시 지시를 내리는데 누군가가 한 곳을 가리켰다. 그의 손가락이 가리킨 곳은 요새 쪽이었다.

"무너진다!"

사이레인의 고개가 바로 돌아갔다. 간신히 보이는 요새의 가장 높은 건물, 그게 연기와 함께 천천히 허물어지고 있었다. 사람들의 얼굴이 경악에 질리기 시작했다. 누군가가 믿기지 않는다는 듯 작은 목소리로 중얼거렸다.

"저거…… 타스 놈이 살던 건물 아니야?"

아셀라가 숨어 들어간 곳, 타스의 저택이 무너지고 있었다. 왜, 저기가. 왜……?

사이레인은 시선을 고정한 채 숨을 크게 헐떡였다. 허물어지는 저택, 치솟는 연기.

"아셀라!"

사람들을 헤치며 뛰어가는 사이레인의 얼굴은 공포로 하얗게 질려 있었다.

† † †

"쿨럭!"

385

금발의 성기사가 기침할 때마다 피가 흘러나왔다. 그를 부축하며 아셀라는 눈을 가늘게 떴다.

이 저택 전부가 아니, 이 요새 전부가 함정이었다. 거기다 어디서부터 함정이 시작됐는지 알기 힘들 정도로 교묘하게 꾸며져 있었다.

거대한 저택 안에서 유일하게 말소리가 나는 방이 있어 확인했더니 방에는 타스가 아닌 다른 사람이 있었다. 평소 타스가 입던 옷을 입고 그와 비슷하게 꾸민 남자는 갑자기 쳐들어온 밤손님을 보고는 망연자실한 표정을 지었다. 그러고는 그대로 제 몸을 희생해 불을 질렀다.

빠져나가려고 하는 순간 불이 난 방으로 에타이들이 들어왔고, 결국 이 지경까지 오고 말았다.

타스의 실수인지 아니면 또 다른 꿍꿍이가 있는 것인지 알 수는 없었지만, 그들을 이끄는 대장이 없어 쉽게 처리할 수 있었다.

그러나 에타이들을 처리하는 속도보다 저택이 불길에 휩쓸리는 속도가 조금 더 빨랐고, 아셀라와 다른 사람들은 저택에 갇힌 신세가 되고 말았다.

아셀라는 속으로 작게 혀를 찼다. 여기까지 들어오면서 르카디우스 측 그 누구도 눈치를 채지 못했다는 건 말이 되지 않았다.

이 공격을 위해 얼마나 많은 시간을 투자했던가. 많은 사람이 머리를 맞대고 성공률을 조금이라도 올리기 위해 얼마나 고민했던가. 그런데도 함정에 빠지고 말았다.

그건 단 하나를 의미했다.

배신자는 실제로 존재했다. 그것도 자신에게 영향을 미칠 정도로 가까운 위치에.

'배신자는 멀리 있던 게 아니었나?'

아셀라는 배신자가 있다는 사실을 짐작했었다. 그러나 이 전쟁터에 있을 거라고는 생각하지 않았다. 그간 에타이들이 보여 준 행동이나 그녀의 귀로 들어온 정보들이 그렇게 말해 줬으니까. 배신자는 조금 멀리 떨어진 곳에서 마치 구경하듯 서 있을 거라고.

하지만 아니었다.

잘못된 생각의 결과는 참혹했고, 이건 명백히 자신의 잘못이었다.

아셀라는 자꾸만 쓰러지려는 남자를 붙잡고 발걸음을 옮겼다. 피스토레와 나머지 사람들을 만나 이 저택을 탈출해야 했다.

'레이셀은 어떻게 되었지?'

불과 며칠 전까지만 해도 건네졌던 쪽지를 아셀라는 기억하고 있었다. 그의 보고에 따르면 에타이들은 아무 문제없이 우리의 계획대로 움직이고 있다고 쓰여 있었다.

레이셀은 아주 오랫동안 셀바토르 가문에 대대로 종사해 왔던 가문의 장남이었다. 죽으면 죽었지 자신을 배신할 사람은 아니었다.

……죽은 걸까. 아셀라는 이를 갈았다. 그것도 배신자가 한 일일까.

머리를 굴리는데, 옆에서 미약한 목소리가 흘러나왔다.

"죄, 죄송합니다. 셀바토르 경……."

피를 줄줄 흘리며 남자가 거듭 고개를 숙였다. 성력을 쓰느라 빛나는 그의 손은 피가 흐르는 복부를 감싸 쥐고 있었다. 하지만 피는 멈추지 않고 계속 흘러내렸다.

"독인가? 성력이 영 힘을 못 쓰네."

몰려드는 에타이들을 처리한 테펜텔이 힐끔 뒤를 돌아보았다.

"그럴지도. 아니면 마법일지도 모르지."

"테센트루아 성기사단이 같이 올 걸 예상하고 있었으니 분명 성력을 대비해 뭔가를 해 놨겠지."

성력을 쏟아붓고 있는데도 성기사의 얼굴은 점점 창백해지고 있었다. 독과 마법, 두 개 다일지도 몰랐다. 실제로 불이 치솟고 있는 이 방 안에서 미약한 마력이 느껴졌으니까.

"일단 저를 두고 황태자 전하께 먼저……. 쿨럭!"

입고 있는 옷이 붉게 물들 정도로 남자는 피를 토했다. 손과 복부를 감싸던 빛이 점점 줄어들고 있었다.

"정신 차려, 경. 나는 엘로스에게 잔소리를 듣고 싶지 않다고."

아셀라는 혹시 몰라 지참한 물약을 입에 넣어 주며 중얼거렸다.

엘로스는 자신이 오지 못하는 대신 아끼는 부하들을 참여시켰다. 엘로스가 제 사람을 얼마나 아끼는지 잘 알고 있기에 아셀라는 낙오자 없이 이 요새를 탈출할 생각이었다.

"있지, 아셀라."

저택에 더 에타이들이 남아 있지 않다는 걸 확인한 테펜텔이 두 사람에게 다가왔다. 성기사의 부축을 도우며 그녀는 아셀라를 바라보았다.

"아까 그 가짜 놈 말이야. 아무리 생각해도 이 사람을 먼저 노렸지?"

타스와 비슷한 외양에 타스의 옷을 입고 있던 남자는 마치 세 사람을 전부 노린 듯했지만, 모두 알고 있었다. 그의 망연자실한 시선은 가장 왼편에 서 있던 성기사에게 닿아 있었다. 그리고 실제로도 그가 가장 큰 피해를 보았다.

"아무나 공격했던 거라면 정중앙에 있던 네가 피해가 컸을 텐데 말이야."

테펜텔의 말에 아셀라는 고개를 끄덕였다. 그를 노린 이유는 단순했다.

"성기사가 있으면 귀찮아지니까."

성력을 가지고 있는 이가 있다면 그 사람을 먼저 죽이는 게 편한 길이었다. 만일 아셀라가 반대의 상황이었더라면 그녀 역시 성력을 가진 이부터 노렸을 게 분명했다.

걸리는 게 있다면, 지금 모두의 복장은 특이점이 없는 평범한 복장이라는 것. 그런데 마치 알고 있었다는 듯이 정확히 한 명을 노렸다는 것이었다.

테센트루아 성기사단의 문양도 없는데 어떻게 그는 정확히 성기사를 노렸을까? 기기디 한 명만 지택에 들어왔음을 어떻게 알았을까.

"……."

테펜텔의 생각도 거기까지 미쳤는지 그녀는 입술을 깨물고 잠시 침묵했다. 그리고 아셀라를 바라보며 말을 이었다.

"어서 나가자고. 여기 연기가 너무 매워. 피스토레 쪽도 안전하지 않을 테고."

테펜텔은 남자를 부축하는 팔에 힘을 주더니 성큼성큼 걸음을 옮겼다.

피스토레는 밖에서 나머지 사람들과 함께 도주로 차단을 맡고 있었다. 그들은 경험도, 실력도 출중한 자들이었다. 거기에 레너드 용병단도 있었으나 현 상황이 이런 만큼 걱정이 안 될 수 없었다.

"그래, 어서 나가자고."

해야 할 일이 점점 불어나고 있었다. 타스를 잡아야 했고, 요새를 정리해야 했고, 사이를 만나야 했고, 배신자를 찾아 처단해야 했다.

"와, 이거 봐라."

두 사람의 걱정은 그대로 적중했다.

피스토레는 지금 도주하는 타스와 포르 앞에 서 있었다. 수십의 에타이들에게 둘러싸여 있는 네 명은 눈을 가늘게 떴다. 설마, 피스토레의 말이 맞을 줄이야.

'저쪽으로 가 보지.'

타스의 저택으로부터 라니스 숲으로 향하는 길은 여러 개가 있었다.

처음에 피스토레와 다른 이들은 레이셀이 알려 준 가장 안쪽 길에서 있었으나, 피스토레가 한 곳을 가리켰다. 그가 말하는 곳은 가장 넓고 사방이 노출되어 있는 큰 길이었다. 아무리 봐도 도망치는 자가 선택하기엔 적합해 보이지 않았다.

'이 길은 레이셀 경이 알려 주신 길입니다, 황태자 전하.'

한 린체 기사가 어색한 웃음과 함께 그에게 공손히 말을 전했다. 지금 지키고 있는 길이 가장 타스와 부딪칠 가능성이 크니 이대로 있자는 뜻이었다.

평소였더라면 그대로 물러났을 피스토레는 그에게 시선조차 돌리지 않은 채 고개를 저었다.

'아니, 저 길이네. 저 길이 맞아.'
'……?'
'타스 그자는 저 길을 선택할 거야. 정 안 되면 나하고 몇 명만 저 길로 가 보겠네. 안 되겠나?'

그 말에 린체 기사 둘과 성기사가 시선을 교환했다. '황태자 전하가 원하면 해 드려라.'는 아셀라의 말도 있었기에 그는 할 수 없다는 듯 고개를 끄덕였다.

그리고 지금이 되었다. 날카로운 신호 소리에 달려가자 타스를 막고 있는 피스토레가 보였다.

"어떻게 아셨습니까?"

타스와 포르. 그리고 수십의 에타이들에게 검을 겨누며 린체의 기사는 조용히 피스토레에게 물었다. 그러자 피스토레는 시선을 타스에게 고정한 채 대답했다.

"어태까지 들어 본 비로는 지 타스라는 사람은 허영심이 많았네."

위험에 빠지자 혈육을 던지고 도망간 남자, 스스로를 왕이라 칭했던 남자.

그리고 피스토레가 요새에 들어와 본 것은 태풍이 오면 쓸려 나갈 듯 낡은 집들 사이에 우뚝 서 있는 고급스러운 저택이었다.

그 저택을 보고 피스토레는 직감했다. 혈육조차 중요하지 않은 이가 가장 중요하게 여기는 건 스스로의 허영심일지도 모르겠다고. 그렇다면 저런 좁은 길, 흙탕물이 가득한 길로는 도망가지 않을 게 분명했다.

그럼 어디일까, 어느 길을 그는 선택할까. 의문을 가지고 둘러보던 피스토레의 눈에 들어온 것은 이 길이었다. 가장 널찍하고 정비가 잘 된 길.

실제로 타스와 포르는 깔끔한 복장에 말까지 타고 있었다. 그 뒤에는 재화를 든 상자를 옮기는 이들도 있었다. 절대로 도망가는 이들의 모습은 아니었다.

"신기하네, 저쪽에 함정이 있다는 걸 어떻게 알았지?"

포르가 자신을 막은 이들을 내려다보며 고개를 갸웃거렸다.

"찍어 맞춘 걸 수도 있지."

타스는 심드렁하게 대답했다. 갑자기 나타난 이들이 신기하긴 했지만, 고작 열 명 정도였다. 그에 비교해 여기는 수십. 못 이길 싸움이 아니었다.

"처리해."

무심하게 손을 들고는 타스와 포르는 말을 몰았다. 에타이들이 달려들었고, 그대로 두 사람은 도망가려는 듯 보였다.

안 돼. 모두의 얼굴이 하얗게 질렸다. 이대로 도망가게 내버려 두면 안 된다. 그걸 알고 있는 피스토레가 몰려드는 에타이들을 피하며 가까이에 있던 바위 위로 올라섰다. 그리고 자신의 품속에서 무언가를 꺼내 높게 치켜들었다.

"나는 르카디우스 제국의 하나뿐인 황태자."

그 말에 서로 엉켜 싸우던 르카디우스 측도, 에타이도, 그리고 무심하게 지나치던 타스와 포르도 전부 멈추고 그를 바라보았다.

긴장과 공포로 덜덜 떨면서도 피스토레는 타스를 똑바로 바라보았다.

"욕심이 많은 자여, 르카디우스 황가의 하나뿐인 핏줄이 탐나지는 않는가?"

그의 손에 들린 건 대대로 황족에게만 주어지는 르카디우스 제국의 황실 문양이 박힌 문장 패였다. 황금과 루비, 그리고 다이아몬드로 만들어진 패가 햇빛을 받아 찬란하게 빛났다. 가짜라면 절대로 가지고 있지 못할 진짜 황족을 위한 패.

그걸 본 타스가 눈을 크게 뜬 채 입을 열었다.

"잡아."

"막아라!"

타스의 명령이 떨어짐과 동시에 맨 앞에 서 있던 기사가 몰려드는 에타이들을 향해 검을 겨눴다.

기사들과 용병들이 막긴 했지만 수에서 밀리는지라 피스토레는 올라가 있던 바위에서 폴짝 뛰어내렸고, 뒤쪽을 향해 전속력으로 달려나갔다. 사람들이 싸우는 소리가 순식간에 멀어졌다.

"도망가?"

"쫓아라!"

뒤에서 함성과 함께 발이 빠른 몇몇 남자들이 무서운 속도로 피스토레를 추격했다.

'조금만 버티면!'

피스토레는 입술을 꽉 깨물고 뛰었다. 조금만 버티면 된다. 조금만 버티면 타스의 저택에 들어간 세 사람이 나올 것이고 사이레인도 합류할 테니까.

아셀라, 테펜텔, 사이레인……. 솔직히 이 셋 중 한 명만 와 준다면 문제없으리라. 그러니 자신이 할 일은 타스가 도망가지 못하게 막는 것이었다.

숨이 턱까지 차오를 때쯤, 한 놈이 지형을 이용해 피스토레의 바로 뒤에서 나타났다.

"내가 잡았다!"

남자는 신이 난 듯 피스토레를 향해 손을 뻗었고, 이내 비명 지르며 팔을 거뒀다.

"커헉!"

피스토레가 바짝 뒤로 따라붙은 놈을 향해 검을 휘둘러 공격했다. 마수와 싸운 경험이 없었다 뿐이지 어릴 적부터 대련 경험은 풍부했으니 이 정도는 문제없었다. 그간의 경험을 토대로 피스토레는 착실하게 남자를 몰아붙였다.

피스토레의 고운 외모에 속아 설마 그가 자신을 공격할 거라고 생각하지는 못했던지 에타이의 얼굴이 순식간에 붉어졌다.

"이 새끼가!"

다시 들어오는 공격을 피스토레는 받아쳤다. 그 푸른 시선은 에타이의 검에서 떨어지지 않았다.

눈을 감지 말고 천천히, 그리고 차근하게. 겁을 먹지 말고! 피스토레는 작게 숨을 정리하며 에타이의 검을 받아 냈고 그대로 손목을 틀어 검을 쳐 냈다.

카앙! 날카로운 금속음이 울리고, 에타이는 찌르르 울리는 제 손목을 붙잡았다. 이 역시도 스승이 알려 준 방법이었다.

무기를 떨어트린 남자는 더 이상 위협이 되지 않았다. 안도한 피스토레가 검 끝을 에타이의 목에 들이밀자 그는 사색이 되어 도망쳤다.

하지만 완전히 마음을 놓을 수는 없었다. 저 멀리서 다른 사람들이 피스토레를 쫓아 달려오고 있었으니까. 그중에는 타스도 있었다.

"저기 있다!"

한 사람이 피스토레를 발견하자, 타스는 언덕 위에서 멈춰 서 피스토레를 내려다보았다.

"황태자! 지금 잡히면 좋은 대우를 약속하지."

개소리. 피스토레는 타스의 말을 가볍게 무시했다. 아무리 좋은 대우라고 해 봤자 잡히면 죽음이라는 결과는 달라지지 않는다.

무시하고 다시 도망치려는 피스토레의 발목을, 이어지는 타스의 말이 잡았다. 그사이 몇몇의 에타이들이 숲속을 삥 돌아 피스토레의 뒤로 접근하고 있었다.

"셀바토르가 올 때까지 시간을 끌 모양인데, 그게 가능할까? 덫에 걸린 쥐는 잡혀 죽는 게 순서야!"

역시 함정이었구나. 피스토레는 얼굴을 일그러트리며 타스를 노려보았다.

희망이 없는 건 아니었다. 아셀라와 테펜텔이 들어간 뒤로 꽤 시간이 흘렀고, 아셀라는 저택이 함정임을 알아챘을 가능성이 컸다. 그러니 바로 빠져나오겠지.

조금만 버티면 된다. 처음과 달라지는 건 없었다.

그런 피스토레를 타스는 가소롭다는 듯 내려다보았다.

"조금만 기다리면 돼. 셀바토르가 와 줄 거야! 뭐, 이렇게 생각하고 있는 건 아니겠지, 황태자?"

피스토레를 조롱하듯 그의 목소리를 흉내 내자 주변에 있는 에타이들이 폭소를 일으켰다. 아까와는 다른 의미로 피스토레의 얼굴이 붉어졌고, 그의 눈초리는 더욱 매서워졌다.

"그럼 잠시 기다려 줄까. 곧 즐거운 일이 시작될 테니까."

타스는 입꼬리를 올리며 어딘가 섬뜩한 미소를 지었다.

"황태자. 너희만 질 좋은 미끼로 낚시를 하는 건 아니거든."

질 좋은 미끼? 저도 모르게 그 단어를 입에 담으려는 순간 갑자기 커다란 소리와 함께 어디선가 불길이 치솟았다.

어디인지 찾아볼 필요도 없었다. 타스의 저택은 요새에서 가장 좋고, 가장 높은 곳에 자리하고 있었으니까.

"드디어!"

이 자리에 있는 사람 중 놀란 건 피스토레 혼자였다. 저택의 주인인 타스는 기다렸다는 듯 환하게 웃었다. 그는 자신의 저택이 큰 소리를 내며 무너지는 걸 보더니 이내 고개를 돌려 피스토레를 바라보았다.

"너는 셀바토르가 금방 빠져나올 거라고 생각했지? 틀렸다! 그 괴물은 쉽게 빠져나오지 못해!"

자신을 닮은 미끼에 에타이들, 거기에 엠릭 놈까지 남겨 두었다. 지금쯤 엠릭은 신나서 셀바토르에게 달려들고 있겠지. 총공격에 후발대로 참여한 놈들을 데리고 돌아오겠다는 자신의 말을 철석같이 믿고서.

"……그랬다는 거지. 네 희망은 없어, 황태자. 즐겁군, 즐거워! 진작 이렇게 할 걸 그랬어."

타스는 자신의 말에 절망한 듯 어두워진 피스토레의 얼굴을 보며 낄낄거렸다.

됐다. 이제 다 끝났다. 자신을 여태까지 괴롭히던 괴물의 숨통도 끊었고 그 참에 귀찮던 놈도 같이 치웠다. 거기다 이렇게 선물도 마련하지 않았는가.

'분명 그분은 좋아할 거야.'

타스는 단 한 번 본 자신의 후원자를 떠올리며 미소 지었다.

딱히 그분이 피스토레를 데려오라는 말은 하지 않았지만, 척하면 척이었다. 그분의 위치상 가장 거슬리는 건 저 황태자였다.

데려가면 아름다운 얼굴에 우아한 미소를 머금고 자신에게 천금을 내려 주겠지. 갖은 금과 보석들, 평생을 쓰고 써도 부족할 정도로 내려 줄 게 틀림없었다.

'아니지, 아니야. 작위를 내려 줄지도 모르는 일이지?'

타스는 갑자기 든 생각에 미소 지었다. 그래, 귀족이 되지 말란 법이 있던가. 게다가 자신이 얼마를 받든, 그 돈은 르카디우스 고위 귀족들이 벌어들이는 돈에 비하면 코흘리개가 받는 용돈 수준일 게 뻔했다.

후계자를 잃은 황실과 셀바토르 공작가는 크게 휘청거릴 테니, 그 틈을 타면 신흥귀족도 꽤 그럴듯한 자리를 얻을 수 있을 것이다.

자리를 잡고 주변 귀족들과 관계를 맺은 다음엔 남은 생 동안 부와 명예로 즐기기만 하면 된다. 만족스럽다.

타스는 입꼬리를 씩 올렸다. 자신의 뒷배가 그렇게만 해 준다면 굳이 자신은 에타이로 남아 있을 필요도 없었다.

'포르부터 치워 버려야겠군.'

보상을 받을 이가 많으면 많을수록 보상은 줄어든다. 당연한 이치였기에, 타스는 단숨에 엠릭에 이어 포르마저 쳐 낼 결심을 했다.

"타스 님. 잡을까요?"

생각에 빠져 시간이 꽤 흐른 뒤였다. 에타이들에게 둘러싸인 피스토레는 어찌해야 할 바를 모르고 빠져나갈 구멍을 찾고 있었고, 에타이들은 착실하게 자신의 명령을 기다리고 있었다.

"잡……."

"잠시!"

타스가 손을 들어 명령을 내리기도 전에 피스토레가 갑자기 크게 외치더니 간절한 얼굴로 타스를 올려다보았다.

"내, 내 말 좀 들어 보게, 응? 나는 르카디우스 제국의 황태자야. 자네에게 꽤 많은 걸 해 줄 수 있다네."

아까까지만 해도 독기에 오른 눈은 사라지고 처연함과 공포만이 피스토레의 얼굴에 가득 떠 있었다.

"나를 살려 준다면 뭐든 해 주지. 황금을 줄까? 아니면 주먹만 한 다이아몬드는 어떤가! 아니지, 자네는 귀족이 될 수도 있네."

"……죽기 싫어서 저러나 봅니다."

타스의 옆에 서 있는 남자가 작게 소곤거리자, 타스 역시 동의한다는 뜻으로 고개를 끄덕였다. 그도 그럴 것이 그의 표정은 진심이었으니까.

그렇담 조금 더 어울려 줄 수도 있지. 그분보다 더 좋은 제안을 하면 저쪽으로 갈아타도 나쁘지 않고.

"귀족이라니, 어디 들어나 보지!"

"고맙네, 고마워. 자네도 알다시피…… 나는 르카디우스 제국의 황태자지. 이 말은 미래의 황제란 뜻이야! 그러니 내가 못 할 일은 없네. 자네에게 고위 귀족의 자리를 내려 주지. 백작…… 아니, 후작은 어떤가? 다른 후작가들에 못지않은 힘을 쥐여 주지! 그리고 생각해 보게. 황가는 하나뿐인 핏줄을 살려 준 은혜를 절대 잊지 않을 걸세."

횡설수설 피스토레는 머리를 흔들며 말을 이었다. 하지만 타스는 그 이야길 아주 잘 이해했다. 즉, 저자는 자신을 고위 귀족에 올려 줌과 동시에 황제를 구한 명예를 드높여 준다는 것이었다. 그리고 피스토레가 말한 것은 아니었지만…….

'황제를 내가 조종할 수도 있겠어!'

약점을 잡았고 목줄을 잡았다. 이 정도면 자신은 황제의 머리 꼭대기에 올라타도 문제가 없는 것이다! 고작 에타이들 몇을 거느리고 코딱지만 한 요새에 앉아 스스로를 왕이라 부르던 지난 나날이 부끄러워질 정도였다.

르카디우스 제국과 고귀한 핏줄인 황제, 그리고 그 황제를 조종하는 자신.

타스는 온 제국인들과 수많은 귀족들, 거기에 황제까지 자신의 앞에서 고개를 조아리는 상상을 하자 몸이 흥분으로 잘게 떨리는 걸 느꼈다. 자신의 이름은 역사서 가장 윗줄에 쓰일 것이고 앞으로 모든 이들이 자신의 이름을 칭송할 것이다.

물론 그분과 함께하려고 했다. 새로운 제국의 첫 발자국을 자신이 찍으려고 했었다. 그러나 피스토레와 이렇게 마주하고 나니 생각이 바뀌었다. 그분보다는 피스토레를 제 입맛대로 구슬리기 더 쉬울 것 같았다.

'그분은…… 내가 감당하긴 힘들지. 차라리 저놈이 더 나을 거야.'

한 번 만나 봤던 자신의 후원자를 떠올리며 타스는 입술을 핥았다. 완벽한 미래를 떠올리면 떠올릴 때마다 입술이 극도의 흥분으로 말라 왔다.

"좋아, 그대를 살려 주지."

타스는 크게 외쳤다. 주변에 있는 에타이들이 당황해 웅성거리는 게 느껴졌지만 그런 것 따윈 신경 쓰이지 않았다.

어차피 자신이 르카디우스 제국의 고위 귀족이 된다면 버려야 할 자들이 아니던가. 적당히 속여서 르카디우스 제국 측 진영까지 자신과 황태자를 데려가게 해야지.

그리고 그 자리에서 목을 베면 되는 것이다. 자신의 공도 세우고 쓰레기 청소도 하고. 완벽한 계획이었다.

"대신 나를 후작 따위가 아니라 공작으로 만들어라! 내가 다른 놈들에게 고개를 숙이는 건 웃긴 일이니까!"

욕망이 득실득실한 타스의 말을 들으며 잠시 피스토레는 주춤했다.

"싫으면 지금 죽이면 되는 거고!"

"아니, 아니네! 해…… 해 주겠네. 공작…… 그래, 공작의 자리를 그대에게 주지."

피스토레의 답을 듣고 타스는 크게 웃었다.

"좋아, 그럼 저자를……."

"반대합니다."

갑자기 타스의 뒤편에서 낮은 목소리가 들리고 타스의 팔이 저 멀리 날아간 건 그때였다.

"어?"

타스는 순식간에 날아가 피스토레의 앞에 떨어진 제 팔을 멍하니 바라보았다. 고통은 조금 후에 찾아왔다. 하지만 그걸 제대로 느낄 새도 없었다. 어느새 시야가 바뀌었고 그는 땅에 누워 누군가의 발에 짓눌리고 있었다.

"이, 이게 무슨……. 쿨럭!"

타스는 자신을 발로 누르고 있는 여자를 필사적으로 노려보았다. 불에 그을리고 탄 검은 제복을 입은 여자는 늪지대가 생각나는 암녹색 눈으로 그를 내려다보고 있었다.

"겨우 이딴 새끼와 같은 작위를 받게 된다면 저는 공작 위를 반납하겠습니다. 황태자 전하."

예의 바르게 불만을 표하는 여자는 불구덩이 속에서 걸어 나온 아셀라였다.

"도, 도망가! 괴물이다!"

타스가 바닥을 구르자, 주변에 있던 에타이들이 질겁하며 도망치기 시작했다.

이래서 타스를 먼저 잡아야 했다. 에타이들의 가장 우두머리인 타스만 잡아서 바닥에 꿇린다면 남아 있는 에타이들 전체의 기를 죽일 수 있으니까. 평소에 타스가 강압적인 정책을 써서 자신의 위상을 드높인 만큼 효과는 엄청났다.

"야, 야. 이 새끼들아! 나를 구하라고!"

타스의 외침에도 피스토레를 포위하고 있던 에타이들은 걸음을 멈추지 않았다. 아니, 뒤를 돌아보지도 않고 지금이 기회라는 듯 사라졌다.

잠시 타스는 멍하니 그 뒷모습을 바라보고 있다가 조금 뒤 늦게나마 자신을 짓밟고 있는 여자를 올려다보았다. 타스의 눈이 경악으로 커다래졌다.

"셀바토르……!"

고통 때문인지, 저택이 타오르는 불길에 드리운 역광 때문인지 뒤늦게 아셀라임을 알아본 타스의 얼굴이 일그러졌다.

"너…… 셀바토르! 네가 어떻게 벌써 저택을 빠져나온 거야! 내가 너 때문에 저택도……!"

어떻게 벌써 저택을 빠져나온 건지 알 수가 없었다.

준비해 둔 함정이 부족하지는 않았을 터. 성기사가 한 명 들어간다는 연락도 미리 받고 그에 대한 대비를 해 두지 않았던가. 거기다 저택 곳곳에 마력을 억제하는 장치를 해 놔서 아무리 셀바토르라 해도 제힘을 다 내기는 어려웠을 것이다.

그런 셀바토르에게 엠릭이 붙게 했는데…… 엠릭 이놈은 어떻게 된 거지?

'죽은 건가?'

아셀라의 발밑에 잡힌 상태에서도 타스는 빠르게 머리를 굴렸다.

엠릭 그 멍청한 놈을 여태껏 데리고 있던 이유는 단 하나, 뛰어난 싸움 실력 때문이었다. 웬만한 정기사와 붙어도 문제없이 이기는 싸움 실력과 그런 싸움을 연이어 가도 지치지 않는 체력.

그건 타스가 엠릭에게 있어서 가장 높게 사는 부분이었고, 또한 그의 만행을 눈감아 줄 이유였다. 그런데 이렇게 중요한 순간에 힘도 못 쓰고 죽다니!

"엠릭 놈……. 제기랄, 이렇게 중요한 때에…….."

타스가 절망에 빠진 목소리로 이를 갈았다.

아셀라는 타스의 말로 대강 상황을 파악할 수 있었다. 타스가 그녀를 확실히 잡기 위해 거추장스럽게 발목을 붙잡았던 장치 말고도 엠릭을 준비했지만, 무슨 문제가 생겼는지 엠릭이 빠져나갔다는 사실을. 그리고 타스가 오랫동안 같이 지냈던 엠릭을 버렸다는 사실 역시 알 수 있었다.

'쓰레기.'

아셀라의 눈이 가늘어졌다. 그녀는 이런 종류의 인간을 가장 질색했으니까. 어떻게 제 몸 하나 살자고 어떻게 옆에 있는 동료나 가족을 판단 말인가.

"아셀라!"

허겁지겁 뛰어온 피스토레가 아셀라의 옆에 서더니 그녀를 요리조리 살펴보았다.

"무, 무사한 거지? 걱정했어, 아셀라. 갑자기 저택이 터지질 않나 불이 치솟질 않나. 심장 떨어지는 줄 알았다고."

조금 하얗게 질린 피스토레의 낯빛이 걱정이 진심이었음을 알려 주었다. 타스 때문에 가라앉은 기분이 조금 나아졌다.

"덕분이야, 피스토레."

아셀라는 자신을 걱정하는 피스토레를 보며 입꼬리를 올렸다.

이번에는 확실히, 피스토레의 공이 컸다. 자신이 빠져나오고 있다고 믿은 피스토레가 말도 안 되는 개소리를 지껄여 가면서 시간을 끌어 주지 않았던가.

피스토레가 시간을 끌지 않았더라면 그는 이미 타스의 손아귀에 있었을 것이고, 타스는 라니스 숲 어딘가에 숨어 뒷배에게 갔을 것이 분명했다. 그렇게 된다면 상황은 최악으로 치달았을 텐데.

"내가 뭘. 그냥 나는 너를 믿은 거지. 다른 사람도 아니고 네가 저런 저택에서 죽을 리가 없잖아."

아셀라의 미소에 완전히 안심한 피스토레가 살짝 피곤이 섞인 얼굴로 고개를 끄덕였다. 아셀라가 죽는다는 것 자체가 상상이 가지 않아 되는대로 지껄인 건데 도움이 됐다니 다행이었다.

"테펜텔이 큰 역할을 해 줬어. 마법도 제대로 안 써지는 상황에서 케른 경이 당했거든. 지금도 저 뒤에서 철퇴를 휘두르고 있어. 퍽 즐거운 모양이야."

아셀라의 말에 피스토레의 얼굴에 옅은 그늘이 드리웠다. 두 명 있는 성기사 중 한 사람이 당했다니. 물약이 있긴 하지만 성력이 비할 바는 아니었다. 혹여라도 크게 다친다면 상처 치료가 어려울 수도 있었다.

"이런……."

"뭐, 죽지는 않으니까. 그래도 당분간은 성력을 쓰기 힘들 거야. 독인지 저주인지 모를 것 때문에 성력을 이미 많이 썼거든."

"크흑!"

아셀라는 대답하면서 타스를 짓밟고 있는 다리에 힘을 주었다. 아셀라가 피스토레와 이야기를 하는 동안 빠져나가기 위해 몸부림치던 타스가 다시 신음을 흘렸다.

"게다가 잡아야 할 걸 잡았으니 더더욱 문제가 없지. 사이와 합류하고 빠르게 돌아가자고."

아셀라는 미소 지었다. 이제 돌아가기만 하면 평화로운 나날뿐이리라.

사이랑 같이 공작저에서 늘어지게 낮잠이나 자야지. 이제 늦잠을 자도 괜찮을 것이다. 누가 전쟁 영웅이자 셀바토르가의 공작인 자신에게 뭐라 하겠는가.

가끔 에타이들 잔당이 발견되면 그거나 처리하러 나가면 될 터였다.

제나는…… 조금 걸리기는 하는데, 당분간은 봐주겠지. 자신이 아침잠이 많다는 걸 아는 몇 안 되는 사람 중 한 명이니까.

아셀라의 머릿속에는 사이레인을 데려갔을 때 그녀의 부모님이 반대한다거나 다른 귀족들이 자신의 결혼을 막을 거라는 생각 따위는 조금도 존재하지 않았다.

"일단 돌아가면 상황 정리는 네가 해, 피스토레. 나는 공작저에서 잠이나 잘 거야."

"뭐? 그 많은 양을 나 혼자 다 하라고? 너는 안 도와줄 거야?"

"내가 그걸 왜 도와. 너 서류 정리 잘하니까, 네가 전부 해. 거기다 보좌관도 있으니 너 혼자는 아니네. 난 이제 여유로운 삶을 즐길 거라고."

"그런 게 어딨어! 이건 억지야, 탄압이라고! 너무해, 아셀라!"

"크흐흐……."

나머지 뒤처리는 죄다 피스토레에게 넘길 심산이었던 아셀라의 발밑에서 웃음소리가 흘러나왔다. 순식간에 방 안을 가득 메울 정도로 거대한 서류 더미를 떠안게 될 뻔한 피스토레의 시선도 타스에게 향했다.

두 사람의 시선이 타스에게 닿았는데도 그는 웃음을 멈추지 않았다.

"크하하하!"

오히려 들으라는 듯 더 크게 웃음을 터트렸다.

"돌아가? 낮잠? 여유로운 삶? 웃기군, 웃겨! 이 근래 들은 말 중 가장 우스운 소리야!"

고통과 절망으로 붉게 충혈된 눈으로 타스는 필사적으로 두 사람을 노려보았다. 어딘가 미친 듯한 타스의 얼굴에 피스토레는 저도 모르게 뒤로 한 발 뒤로 물러났고, 아셀라는 다리에 힘을 줘 그를 짓눌렀다.

"커억! 크, 흐흐…… 흐흐. 너희는 못 돌아가. 여유로운 삶에 낮잠 따위 즐길 일 없다고. 거기 황태자, 걱정하지 말지. 그대는 뒤처리 따위 홀로 도맡지 않을 거야. 하하……."

고통이 섞인 신음을 내뱉으면서도 타스는 말을 멈추지 않았다. 결국 아셀라가 차갑게 가라앉은 눈으로 입을 뗐다.

"그것참 놀랍군. 마치 믿을 게 더 있다는 얼굴이야. 누굴 믿을 거지? 저 뒤에서 테펜텔에게 밀리고 있는 포르를 믿을 건가? 아니면 네 명령을 무시하고 자리를 비운 엠릭? 그도 아니면 손도 닿지 않을 정도로 저 멀리에 있는 뒷배인가."

"엠릭 놈…… 역시 내 명령을 무시했군. 꽤 괜찮은 관을 짜 뒀는데 말이지. 일찌감치 처리해 뒀어야 했는데. 이봐, 셀바토르. 너도 근처에 묘하게 거슬리는 놈이 있다면 즉각즉각 처리하라고. 나처럼 뒤통수를 맞지 말고."

고통 때문에 머리가 돈 것인지. 이상한 말을 지껄이는 타스를 잠시 내려다보다가 아셀라는 검을 빼 들고는 타스의 목을 겨눴다.

"묘하게 거슬리는 놈은 없는데, 대놓고 거슬리는 놈은 있군."

아셀라는 이대로 타스의 숨통을 끊을 생각이었다.

타스에게서는 알아내야 할 것이 많았다. 그간 에타이와 연루된 자들의 명단이라든지, 내통한 나라라든지. 그것도 아니라면 그를 밀어 주는 뒷배의 이름 같은 것들이 타스의 머릿속에 잔뜩 남아 있었다.

하지만 아셀라는 그걸 포기해도 상관없었다.

이놈은 자신의 손에서 한 번 도망쳤던 놈이었다. 한 번 빠져나간 놈이 두 번은 못 빠져나갈까. 확실히 끝을 보고 싶다. 그 생각이 아셀라의 머릿속을 가득 메웠다.

혹시나 자신이 이럴까 봐 테펜텔에게는 포르를 죽이지 말고 생포하라고도 말해 두었으니 큰 문제는 없을 것이다.

"조언 고마워, 잘 가."

아셀라는 짧은 감사 인사를 끝으로 검을 치켜들었다. 설마 자신을 진짜 죽이려 할지는 몰랐는지 타스의 얼굴이 하얗게 질렸다. 검을 막으려는 듯 뭔가를 중얼거렸지만, 아셀라는 신경 쓰지 않았다.

"자, 잠깐! 아셀라!"

그런 아셀라를 막은 건 바로 옆에 있던 피스토레였다. 그의 외침에 아셀라의 검이 타스의 바로 눈앞에서 멈추었다. 흐으으……. 소리와 함께 타스의 바지가 짙은 색으로 물들기 시작했다.

"이게 뭐 하는 짓이야. 지금 죽이면 안 된다고! 수도로 끌고 가 그간 에타이들에게 가족을 잃은 이들이 울분을 풀 수 있게 해 줘야지. 거기다 알아내야 할 것도 많아. 아버지가 산 채로 끌고 오라는 명도 내리지 않았나."

"전쟁 중에 사람 하나 죽는 게 뭐 대수라고. 황제 폐하께는 내가 말하지. '치열한 전투 끝에 실수로 죽이고 말았습니다.'라고. 그러면 되지 않을까. 포르를 잡아 두라고 했으니 정보 쪽은 괜찮아."

"되기는! 누가 네가 실수했다는 걸 믿겠어? 말이 되는 변명을 해."

"그럼 네가 해. 네가 죽였다고 하면 황제 폐하도 별말 안 하실 테지. 너를 깔보던 다른 귀족들도 고개를 숙일 거다. 이놈으로 네 명예를 드높여, 피스토레."

아셀라는 흔쾌히 피스토레에게 자신의 검을 넘겨주었다. 얼떨결에 그녀의 검을 받아 든 피스토레는 잠시 비틀거리더니 눈을 깜박이며 진심이냐는 듯 아셀라를 바라보았다.

"네가 여태까지 발을 잡아 두었으니, 거짓도 아니지."

아셀라는 진심이라는 듯 고개를 끄덕였다. 흔쾌히 자신이 사냥한 먹이를 건네주는 암사자의 모습에 피스토레는 잠시 그 자리에 못 박힌 듯 서 있었다.

"아니. 나는 절차에 따라 죽이자는 거지. 적어도 자신의 가족을 죽인 놈 얼굴을 보여 줘야 하지 않겠나."

평민 중에서도, 귀족 중에서도 에타이들과의 전투로 가족을 잃은 이는 많았다. 누군가는 자신의 아이를, 누군가는 아내나 남편을, 혹은 부모를. 연인이나 친구를 잃은 자는 말할 것도 없었다.

피스토레는 아셀라에게 검을 건네주며 옅게 웃었다.

"아셀라, 조금의 위험이라도 없애고 싶은 네 뜻은 알겠어. 하지만 유가족에게 조금이나마 안정을 돌려줘야 하지 않겠어? 이자는 원래 계획된 대로 광장에서 사형을 집행하자고."

자신의 검을 받아 든 아셀라는 검을 한 번, 그리고 오줌 싼 채 눈을 질끈 감고 있는 타스를 한 번 바라보더니 작게 한숨을 내쉬었다.

"그래, 그렇게 하자."

아셀라는 고개를 끄덕이며 검집에 검을 집어넣는데, 테펜텔의 목소리가 다급하게 울러 퍼졌다.

"아셀라! 에타이들의 후발대가 돌아왔어!"

울창한 나무들 사이로 모습을 드러낸 사람은 테펜텔이었다. 피가 묻은 철퇴를 갈무리하며 테펜텔은 눈을 가늘게 떴다. 그녀의 뒤로 기사들과 레너드 용병들이 부상자를 데리고 왔다.

"후발대라니?"

피스토레가 멍하니 묻자 뒤에 서 있던 린체의 기사가 숨을 고르며 말을 이었다. 테펜텔도 그 뒤에서 숨을 헐떡였다.

"총공격전을 위해 부대를 둘로 나눠 둔 모양입니다. 어떻게 알았는지 한 부대가 요새로 돌아왔습니다. 아니…… 미리 이야기된 걸지도 모르지요."

기사의 말끝에는 확신이 서려 있었고, 그의 날카로운 시선은 타스에게 닿아 있었다. 기사의 말이 끝나자마자 테펜텔이 앞으로 성큼성큼 걸어 나왔다.

"미안, 포른가 뭔가 못 죽였어. 아니, 아니지. 못 잡았어. 갑자기 들이닥치는 바람에 간신히 빠져나왔거든. 얼른 그놈 챙겨서 가자고. 생각보다 많이 밀려왔어. 우리 쪽이 너무 불리해."

죽이지 말라니까. 하지만 잔소리는 말이 되어 흩어지지 않았다. 간신히 빠져나왔다는 말이 정말인지 테펜텔을 포함한 모두의 모습은 엉망이었기 때문이었다.

테펜텔과 린체의 기사는 시키지도 않았는데 스스로 나서 밧줄로 타스를 묶기 시작했다. 한 기사는 품속에서 끈처럼 생긴 마법구를 꺼내 타스의 팔과 다리를 한 번 더 묶었다. 황태자 전하가 챙겨 준 거라고 옆의 사람에게 작게 속삭이는 소리가 들렸다.

그사이 아셀라는 사람들을 훑었다. 분명 아까보다 수가 조금 줄어 있었다.

그때 테펜텔이 달려온 방향에서 발소리가 들려왔다. 한둘이 아닌 소리. 후발대라더니 생각보다 인원을 많이 배치해 둔 듯했다.

"그럼 너희 먼저 빠져나가. 이놈 잘 챙기고."

조금 무례하게 아셀라는 턱짓으로 넋이 나가 있는 피스토레를 가리키며 검을 뽑아 들었다.

"너는?"

타스를 피가 통하지도 않을 정도로 꽉꽉 묶으면서 테펜텔이 아셀라를 바라보자 그녀는 고개를 돌려 어딘가를 바라보며 대답했다. 아셀라의 시선이 향한 곳은 사이레인이 있을 법한 곳이었다.

"난 우리 남편 구하러 가야지."

아마 지금 사이레인의 상황은 좋은 편이 아닐 것이다.

사이는 종종 아기 새처럼 무언가를 떠들었다. 자신이 데리고 있는 용병들과 처음 용병단을 만들었을 때 얼마나 힘들었는지. 그리고 어쩌다 에타이들의 의뢰까지 받게 되었는지.

그러다 보니 자연스럽게 엠릭에 대해서도 입을 열었다.

'나에게 억하심정을 가지고 있나 봐. 매일 나만 보면 시비를 건단 말이지.'

언젠간 자기가 직접 조져 버릴 거라면서 작게 중얼거렸다.

사이레인의 말을 떠올린 아셀라는 엠릭이 타스의 말까지 어겨 가면서 갈 만한 곳을 쉽게 추려 냈다. 사이레인과 대다수의 레너드 용병단이 있는 곳이겠지.

"그래, 그럼 중간 지점에서 만나자고."

타스를 묶은 밧줄이 혹여나 풀려 도망가지 않도록 제 손목에 묶은 테펜텔의 말에 아셀라는 말없이 고개를 끄덕였다.

'조진다는 그 말은 고치게 하자.'

그렇게 다짐하면서 아셀라는 평민들의 피난처인 동굴 쪽으로 향했다. 아니, 그러려고 했다. 갑자기 화살이 날아와 아셀라의 발 앞에 꽂히기 전까지는.

"쉽게 뛸 수 있을 줄 알았냐, 이 새끼들아!"

화살을 쏴 아셀라를 멈추게 한 것은 테펜텔에게 반쯤 져서 약이 오를 대로 오른 포르였다. 그녀의 머리에서는 피가 뚝뚝 떨어졌는데, 고통 따위는 느껴지지 않는다는 듯 눈은 매섭게 빛났다.

"아……. 저거 완전히 끝내고 왔어야 했는데. 귀찮게 됐네."

테펜텔은 포르를 보며 작게 중얼거렸다. 직접 싸워 본 바로는 포르는 꽤 상대하기 귀찮았다. 활 실력이 상당한 데다가 접근전도 강했다. 잔꾀도 많아 왜 타스가 자신의 옆에 앉혀 놨는지 쉽게 알 수 있을 정도였다.

포르를 시작으로 후발대로 갔던 에타이들이 하나둘씩 모습을 드러냈다. 한 명, 한 명 중무장한 데다가 그 수가 많아 아까처럼 쉽게 이길 수 없어 보였다.

아셀라가 눈을 찡그린 채 주변을 둘러보자 테펜텔에게 잡혀 있는 타스가 킬킬 웃음을 흘렸다.

"거봐, 내가 쉽게 빠져나갈 수 없다고 했지. 셀바토르, 네 무덤은 여기야!"

"무서워서 오줌이나 지린 놈이 말이 많아."

낮게 읊조리며 아셀라는 매서운 눈으로 타스를 노려보았다. 혹시나 하는 마음에 자신도 수를 하나 숨겨 두긴 했지만, 여기까지 오는 데 시간이 걸릴 게 분명했다. 분명 그들이 도착하기 전에 다 끝나겠지. 어떤 쪽으로든.

아셀라가 한 발 앞으로 나가자 테펜텔이 환하게 웃음 짓더니 갈무리해 집어넣었던 제 철퇴를 꺼내 들고 그 옆에 섰다. 잘그락, 사슬이 움직이며 내는 소리가 어쩐지 섬뜩하게 들렸다.

"야! 이걸로 한 대 더 맞아야지!"

테펜텔이 철퇴를 힘껏 치켜들고 이야기하자 포르는 몸을 흠칫 떨더니 재빠르게 자신의 뒤에 서 있던 사람의 뒤로 몸을 숨겼다.

"공격해! 전부 죽여! 악의 무리로부터 타스 님을 구출해라!"

포르의 외침이 울려 퍼지자마자 에타이들이 무기를 빼 들고 아셀라

측으로 달려들어 왔다.

몰려드는 흙먼지와 귀가 먹먹해지는 함성에 아셀라는 고개를 돌려 피스토레를 바라보았다. 이런 일이 처음인 피스토레는 어딘가 멍한 눈빛으로 정신을 차리려 고개를 흔들고 있었다.

"피스토레, 정신 단단히 잡아."

전쟁 중에는 아군과 적군이 뒤엉켜 싸우기 때문에 자신이 누굴 공격하는지도 모르는 경우도 허다했다. 아무리 아셀라가 피스토레에게 주의를 기울인다 한들 사람들 사이에 가려져 아군의 검을 맞으면 끝이었다. 애당초 이 수를 상대하면서 계속 주의를 기울일 수 있을지도 의문이었다.

"그래."

피스토레는 조금 가라앉은 음성으로 대답했다. 그의 안색이 조금 창백했지만, 지금은 그것까지 신경 써 줄 여력이 없었다. 에타이들이 바로 코앞까지 다가와 있었다.

쾅! 사람들이 부딪치며 싸움이 시작되었다. 이렇게 난잡한 전투는 처음이라는 생각이 자연스럽게 들 정도로 아비규환이었다.

테펜텔은 자신의 목표였던 포르를 집요하게 쫓아가며 철퇴를 휘두르고 있었고, 피스토레는 기사들과 함께 침착하게 에타이들을 공격하고 있었다.

가볍게 들어오는 공격을 피하며 아셀라는 눈을 찡그렸다. 혹시나 했는데 역시나. 저들은 자신이 마법을 쓰지 못하게 하기 위해 무언가를 준비한 듯 보였다.

실제로 그녀가 마법을 쓸 기미를 비추면 순식간에 거리를 벌린 후 화살과 옅은 빛이 나는 동그란 물체를 꺼내 들었다.

'저건가?'

타스의 저택에서도 묘하게 빛나는 것이 굴러다녔었다. 그리고 마력이 제대로 움직이지 않았지.

저거로구나. 아셀라는 확신할 수 있었다.

다행히도 이 자리에 있는 모두가 물건을 전부 가지고 있는 건 아닌 듯 보였다. 세 사람의 허리춤에 달린 주머니에서만 빛이 새어 나왔으니까.

'하긴 저번에 단단히 당했으니 준비를 할 만하지.'

타스는 자신을 그저 힘이 센 검사라고만 생각했다가 에타이들이 가지고 있던 가장 커다란 요새를 너무도 손쉽게 잃어버리지 않았던가. 그러니 이 정도 대비는 놀라운 사실이 아니었다.

아셀라는 동그란 물체를 든 놈들과 거리를 벌렸다. 마도구는 비싼 데다가 손에 넣기도 힘든데, 저걸 어떻게 손에 넣었을지에 대한 의문은 잠시 뒤로 밀어 두었다.

"사라졌어?"

아셀라를 상대하던 사람들이 눈을 껌뻑였다. 분명 아까까지 저기 있었는데. 잠시 사람들이 일으킨 흙먼지가 바람에 더 짙어진 사이 그녀가 사라졌다.

궁수들은 활시위를 팽팽히 당긴 채 주변을 다급하게 둘러보았다.

"위도 살펴야지."

"으아악! 미친놈아!"

혀 차는 소리와 함께 나무 위에서 아셀라가 뛰어내렸다. 갑자기 바로 앞에 떨어진 아셀라를 보고 패닉을 일으킨 궁수가 활시위를 잡고 있던 손을 놓고 활은 그대로 다른 놈에게 적중했다. 마도구를 들고 있는 사람 중 한 명이었다.

'하나 줄었고.'

활에 맞아 비틀거리는 에타이를 집어 든 아셀라는 그대로 궁수들 쪽에 집어 던졌고, 궁수 둘과 다른 마도구를 든 사람이 바닥에 쓰러졌다.

마도구가 땅으로 흩어지고 사람들 발에 밟혀 바스러졌다.

'둘.'

상황을 파악하며 검을 휘두르자 두엇이 쓰러졌다. 이제 마도구를 든 남자는 아셀라를 피해 등을 보이며 허겁지겁 도망치고 있었다.

아셀라는 쓰러진 에타이의 검을 발끝으로 쳐 올렸다. 그대로 검을 던지자 숲속으로 도망가던 남자가 옆으로 쓰러졌다.

"마지막."

처리 완료. 아셀라는 뒤에 달려드는 놈을 팔꿈치로 얼굴을 찍고 손을 탁탁 털었다.

자신이 몇을 처리하는 동안 에타이들의 수는 줄긴커녕 더욱 늘어나 있었다. 도주도 고려를 해 봐야 하나, 그런 생각이 들 정도였다.

아무리 일당백을 하는 놈들로만 골라왔어도 밀려드는 수를 이길 수는 없었다.

거기다 자신들은 새벽부터 몸을 움직였지만, 저들은 근처에서 충분한 휴식을 취했던 자들. 테펜텔도 다른 기사들도 지쳐 숨을 몰아쉬고 있었다.

자꾸만 구석으로 밀리는 기분이 들었다. 자신 혼자였더라면 빠르게 이 상황을 빠져나갔겠지만, 지금은 걸리는 게 너무 많았다. 부상자에, 레너드 용병단에 거기다 동굴에 피신해 있는 수많은 평민들까지.

여러 정황을 살폈을 때, 에타이들은 동굴도 알고 있으리라. 만일 자신들이 지거나 그대로 도주하면 에타이들은 남은 평민들에게 무슨 짓을 할까?

'물러나면 안 돼.'

까드득. 아셀라는 눈을 찡그리며 다시 검을 고쳐 쥐고는 그대로 싸움 속으로 걸어 들어갔다. 사방에서 치열한 전투가 벌어지고 있었다.

그건 피스토레 역시 마찬가지였다. 아셀라가 자신을 보호해 줄 것을 알지만, 옆에서 사람이 쓰러져 눈을 뜨지 않는 것을 계속 보다 보니 어느덧 피스토레는 심적으로 몰려 있었다.

'아니야, 나는 할 수 있어.'

자신을 믿는 이가 몇이며 자신이 짊어져야 할 사람은 몇이던가. 겨우 이 정도도 견뎌 내지 못하면 자신은 닥쳐올 미래를 이길 수 없으리라.

그렇게 피스토레는 자신을 달랬다. 최대한 울렁이는 마음을 진정시키며 자신은 잘할 수 있다고. 그리고 살아서 돌아갈 수 있다고.

"이봐, 르카디우스 제국의 고귀한 황태자 전하."

묶여 있던 타스가 그에게 말을 걸기 전까지는.

"……."

피스토레는 말없이 타스를 노려보았다. 나무에 묶여 있는 남자는 볼품없어 보였지만, 눈은 어딘가 혼탁한 색으로 빛나고 있었다. 어디선가 본 듯한 눈에 피스토레는 고개를 돌렸다.

'저런 놈과는 말을 섞지 않는 게 최고지.'

말을 섞지 말아야 한다.

타스는 처음부터 에타이가 아니었다. 어디선가 흘러 들어온 외부인이었다.

르카디우스 제국의 역사가 긴 만큼 대립하던 에타이의 역사도 길었다. 그 긴 시간 동안 원래부터 에타이였던 이들과 에타이로 새로 합류한 이들로 나뉘었고, 차별이 생기기 시작했다.

원래부터 에타이가 아니었던 이들은 엠릭의 뒤에 붙어 있던 사람들처럼 일정의 역할을 벗어나지 못했다. 그건 하나의 법이었고 그들의 머릿속에 심어진 인식이었다.

하지만 그걸 깨고 타스는 위로 올라갔고, 하나의 요새를 자신 마음대로 주무르는 수준까지 갔다.

그는 전투가 능한 것도 아니었고 특별한 기술을 지녀 기술자로 대접

받은 것도 아니었다. 분명 무언가가 있을 것이다.

그를 무시하기로 한 피스토레는 땀으로 미끄러지는 검과 방패를 고쳐 들었다. 기사들이 앞서 오는 에타이들을 막아 주고 있어, 조금 지쳤지만 타스를 감시하며 한숨 돌릴 수 있었다. 꼴사납게 허덕이던 숨이 가라앉았으니 다시 전쟁에 낄 생각이었다.

"그래, 무시하며 들어. 나는 그저 단 한마디를 하고 싶을 뿐이야."

피스토레가 소란으로 뛰어들기 직전임에도 타스는 묘하게 여유로웠다. 긴박한 상황과는 어울리지 않게 잠시 틈까지 들이던 타스는 보란 듯이 입꼬리를 올리면서 기묘한 말을 꺼냈다.

"아니, 그냥 너무 노력하지 말라고 말해 주고 싶었네. 르카디우스 제국의 황태자 전하."

어느새 자신의 상태를 전부 잊은 듯 타스는 평온한 얼굴로 돌아와 있었다. 말투 역시 차분하고 여유로워 어딘가 조롱하는 듯한 말투임에도 그런 느낌이 들지 않았다.

그간 에타이들 위에서 왕처럼 군림한 사람이라는 게 믿기지 않을 정도로 타스의 얼굴은 선량했다. 눈매는 둥글었고, 언제나 웃음을 머금고 있었던지라 웃음을 그리는 곡선은 자연스러웠다.

타스의 첫인상은 척 보기에는 검보다는 책이 어울리는 사람, 높은 자리에 올라 떵떵거리며 사람을 호령하기보다는 상처 입은 누군가의 옆에 앉아 그를 보듬어 줄 것 같은 사람이었다. 피스토레와도 같은 인상이었다.

유약해 보이기도 했고 기대면 어쩐지 포근히 감싸 줄 것 같은 다정한 인상에, 다들 여러 가지 목적을 가지고 타스에게 접근했고 그대로 그에게 먹혀 버렸다. 타스는 사람의 틈새를 교묘하게 잘 파고들었으니까.

"노력하지 말라고? 여기서 우리가……."

"내 말을 들어 봐. 여기서 너희는 질 거야 같은, 틀에 박힌 말을 하고 싶은 게 아니네. 그저 내가 하고 싶은 말은, 어차피 그대는 인정받지 못하니 노력하지 않아도 된다는 소리야."

뭐? 타스의 느긋한 말에 피스토레는 이마에 흐르는 피를 닦을 생각도 않고 그를 바라보았다.

타스는 엉망이 된 몰골로 자신을 멍하니 바라보는 피스토레를 보며 입꼬리를 올렸다.

"그래도 자네는 얼마나 축복받은 인간인가. 타고난 피 덕분에 친구를 잘 사귀어서 가만히 있어도 목숨은, 화려한 삶은 보존할 테니 말이야. 모두가 꿈꾸는 삶이 아니던가! 굴곡 없는 안온한 삶. 대신 명성도, 사람들의 인정도 모든 걸 뺏기겠지만."

타스는 어린 제자에게 조언하는 선생의 얼굴로 피스토레를 올려다보았다. 인간의 틈을 파고드는 건 그에게 어려운 일이 아니었다. 특히나, 이렇게 상처가 잘 보이는 인간의 경우는 숨 쉬기보다 쉬웠다.

아버지의 인정을 받지 못한 나약한 아들, 황가의 성격을 닮지 못한 황태자. 그리고 그 옆을 지키는, 절대로 따라가지 못할 친구.

누가 들어도 순식간에 상황이 그려지지 않는가.

피스토레가 피가 날 정도로 입술을 깨무는 걸 보면서 타스는 웃음을 흘렸다.

"그에 비교해 르카디우스 제국의 황제, 그는 정말 불쌍하군. 정말로 불쌍해. 아들이라고는 하나뿐인데 실패작을 낳았으니. 황태자, 그대는 돌아가자마자 아비의 앞에서 고개를 숙여야 할 것이야."

감사하다고, 그렇게 인사를 전해야지. 타스는 말을 덧붙이며 정말로 안타깝다는 듯 시선을 반쯤 내리고 고개를 흔들었다. 그리고 피스토레를 보며 상냥하게 웃었다.

"나였다면 바로 적들의 칼 앞에 던져 버렸을 텐데."

415

타스의 그 말에 피스토레는 숨을 멈추었다.

　흔하게 일어나는 기 싸움이다. 알고 있었다. 평소에도 미리 자신을 꺾어 두려던 고위 귀족들과 자주 하던 것이 아니었던가.

　서로의 틈을 찾아 어떻게든 상처를 주고 찍어 누르려는 행위는 황족으로 태어난 그에겐 익숙한 것이었다. 그의 아버지 역시 숨 쉬듯 그를 누르지 않던가.

　문제는 지금 피스토레의 정신 상황이 안 좋다는 것이었다.

　평소였더라면 조금 꺼림칙했어도 이 상황을 무난하게 넘겼을 것이다. 싸움이 붙기 전이었더라면 불안한 마음을 다시금 다잡고, 흔들림 없이 지나갔을 것이었다. 그러나 지금은 크게 요동치고 있었다.

　이 임무가 시작되기 며칠 전부터 쌓아 둔 긴장감, 새벽부터 일어나 움직이는 바람에 누적된 피로감. 거기다 옆에서 계속 쓰러지는 익숙한 얼굴들과 사방에서 터지는 비명. 주변의 모든 게 그를 한계로 몰고 있었다.

　부정적인 마음은 한계가 없다지만, 안타깝게도 긍정적인 마음은 한계가 있었다.

　피스토레는 갑자기 시야가 하얗게 물드는 것을 느꼈다. 그리고 그와 동시에 무언가 알 수 없는 것들이 자신에게 달려오고 있음을 보았다.

　환상이었다. 적들이 자신을 죽이려 달려오는 모습은 실제가 아닌 환상이었다. 지금 피스토레는 숲속에 있었지만, 눈앞에 펼쳐진 건 어둠과 자신 그리고 적들뿐이었으니까.

　아니, 뒤에 누군가가 있었다. 하지만 피스토레는 고개를 돌리지도 못하고 겁에 질려 자신을 향해 달려오는 적들을 바라보았다. 뒤로 물러나고 싶었지만 누군가에게 막혀 움직일 수 없었고 사방은 분간할 수 없을 정도로 어두웠다.

　컥!

갑자기 어둠 속에서 두꺼운 손이 피스토레의 목덜미를 붙잡았다. 정체를 알 수 없는 두꺼운 손에는 황금과 루비가 박히고 머리를 두 개 가진 뱀이 섬세하게 새겨진 지팡이가 들려 있었다.

숨을 쉴 수도 없이 피스토레의 목을 잡은 손은 인정도 없이 그를 그대로 적들에게 내던졌다.

'못난 놈.'

누군지 뒤를 돌아볼 필요도 없었다. 그의 아버지였다.

"헉!"

피스토레는 거칠게 숨을 토해 냈다. 환상임을 아는데도 실제로 목이 졸린 듯, 적들에게 내던져진 듯 숨이 가빠졌다. 안색이 새하얘졌다.

"전하!"

옆에서 같이 싸우던 기사가 놀라 그에게 다가왔다. 기사는 다가오는 적들을 밀어내며 필사적으로 외쳤다.

"정신 차리십시오! 여기서 정신을 놓으면 죽습니다!"

바로 앞에 있는 기사의 목소리가 저 멀리 아득한 곳에서 들리는 듯했다. 피스토레는 저도 모르게 제 목을 매만지며 눈을 깜빡였다.

정신을, 그래. 정신을 차려야 해. 하지만 머리가 핑핑 돌았다. 눈을 감았는데도 아까 환상이 눈꺼풀 안쪽에 새겨진 듯 떨어지지 않았다. 요란한 소리가 귓가로 흘러 들어오지 않고 이리저리 움직였다. 정신을 차려야…….

"나는 괜찮네. 신경 쓰게 만들어서 미안하군."

피스토레는 잘 움직이지 않는 고개를 억지로 끄덕이며 검을 다시 고쳐 들었다. 그래, 자신은 괜찮다. 겨우 이 정도로 쓰러질 수 없다.

피스토레는 일부러 피가 날 정도로 입술을 깨물었다. 고통이 밀려오며 흐릿해진 시야가 돌아왔다.

"일단 저자를 다시 묶어야겠어. 입에 재갈도 씌우고……. 아."

타스가 묶여 있던 자리를 본 피스토레의 눈이 커다래졌다. 그리고 그건 주변에 있던 다른 사람들 역시 마찬가지였다. 그가 있어야 할 자리엔 묶여 있던 밧줄과 마도구의 흔적만 덩그러니 남아 있었다.

타스가 도주했다.

'어떻게?'

혹시 몰라 밧줄에 가져온 마도구를 손과 발에 채웠다. 밧줄이야 주변에 넘쳐나는 무기를 하나 슬쩍 집어 자를 수 있다지만 어떻게 마법구를 무효화시켰을까. 아까 몸수색을 할 때 무효화시키는 도구는 없었는데. 왜? 어떻게?

다시 숨이 가빠졌다.

지금 그 이유를 따져 봤자 도움이 되는 건 없었다. 결과는 같았으니까. 간신히 잡은 타스는 도주했고, 책임은 피스토레에게 있었다.

자신이 그의 말에 흔들리지 않았더라면, 그랬더라면 밧줄과 마법구를 푸는 타스를 제지했을 것이다.

실제로 타스가 피스토레에게 말을 건 시간과 피스토레가 환상을 본 시간을 다 합치면 고작 몇 분 되지 않았지만, 그 짧은 시간은 피스토레를 한없이 밑으로 끌어 내리기 충분한 시간이 되었다.

"야! 피스토레, 정신 차려!"

급하게 달려온 테펜텔이 피스토레의 어깨를 잡고 흔들었지만, 타스의 말로 헤집어진 상처와 죄책감에 피스토레는 쉽게 정신을 차리지 못했다. 그리고 그가 약해진 틈을 타 에타이들이 그를 집중적으로 공격하기 시작했다.

"타스 님을 구했다! 이제 황태자를 잡아!"

"젠장, 아셀라는 어디로 간 거야!"

달려오는 적들에게 철퇴를 휘두르며 테펜텔은 얼굴을 구겼다. 자신들이 온다는 걸 안 에타이들은 철저하게 그들에게 맞춘 방어와 공격을

418

했다. 테펜텔의 철퇴는 두꺼운 철로 만든 방패에 막혀 평소의 제 힘을 내지 못하고 있었다. 까드득.

"이놈 데리고 있어."

테펜텔은 자신을 조롱하듯 방패 뒤에서 공격을 퍼붓는 놈들을 보며 이를 갈더니 피스토레를 한 기사에게 던져 버렸다. 그러고는 그대로 땅을 박차고 달려 방패를 든 놈에게 부딪쳤다.

큰 소리가 울려 퍼지며 방패를 든 사람이 땅으로 쓰러졌고 테펜텔은 그대로 방패를 뺏어 들고는 철퇴를 휘둘렀다.

"내가 여기서 뒤지더라도 너희는 다 죽이고 간다."

테펜텔은 에타이들을 노려보며 낮게 말을 흘렸다. 거짓이 하나도 섞이지 않은 진실에 에타이들이 주춤거렸고, 방패와 부딪친 테펜텔의 머리에서 피가 흐르기 시작했다.

"으아……."

테펜텔이 한 발 다가오자 에타이들이 뒤로 물러났다. 금방이라도 도망가고 싶다는 듯 몸을 덜덜 떠는 놈도 있었다. 하지만 도주로는 없었다.

"효율성 있게 움직여, 테펜텔."

갑자기 에타이들 뒤에서 나타난 아셀라가 쓰러진 에타이들을 가뿐히 뛰어넘으며 테펜텔에게 다가왔다. 순식간에 주변을 정리한 아셀라는 눈을 가늘게 뜨며 입을 열었다.

"타스 놈은 어디 갔지?"

"……."

아셀라의 말 한마디에 순간 주위가 침묵으로 물들었고 그건 충분한 답이 되었다. 아셀라는 눈을 찡그리며 타스가 묶여 있던 자리를 노려보았다.

"다른 사람들은 잘못이 없어. 다 내 잘못이야, 아셀라."

피스토레가 하얗게 질린 얼굴로 조심스레 앞으로 나왔다.

"내가 그놈을 감시했는데, 한눈을 파는 바람에 그만⋯⋯."

죄책감으로 점철된 말끝이 뭉개졌다. 지독한 죄책감을 느끼는 피스토레를 다들 안쓰럽게 여기긴 했지만, 다른 사람도 아니라 타스를 놓친 실수는 너무나 커서 아무도 그를 달래지 못했다.

잠시 말없이 피스토레를 바라보던 아셀라는 그의 옆을 지나쳐 타스가 묶여 있던 나무 근처로 다가갔다. 그리고 허리를 숙여 무언가를 집어 들었다.

빛을 잃은 듯한 구슬, 아셀라를 무력화시키기 위해 타스가 준비했던 마도구였다.

아까 몸수색을 할 때는 이게 없었지. 아셀라는 저도 모르게 손에 힘을 주었다.

아까 흩어진 마도구 중 한 개가 구르고 굴러, 밟히지도 않고 여기까지 온 듯 보였다. 그리고 타스는 그걸 이용해 자신의 손발을 묶은 마도구를 풀었고, 피스토레를 어지럽힌 후 도주했다.

카득! 유리로 만들어진 마도구가 손안에서 산산이 깨져 나갔다. 피스토레는 홀로 저지른 실수라고 했지만 아니다. 명백히 그녀의 탓이기도 했다.

'정말 한심해.'

아셀라는 유리 조각이 박혀 피가 흐르는 손을 아무렇지도 않게 털어내며 몸을 돌렸다. 실수는 자신과 거리가 멀다고 생각했는데. 그것도 하필 이 중요한 순간에.

"나는 에타이들의 시선을 끌며 타스를 잡으러 간다."

아셀라는 주변 사람들을 둘러보며 말을 꺼냈다. 이곳으로 오면서 그녀가 주변에 있던 에타이들을 대강 처리해 놨기에 잠시나마의 여유를 가질 수 있었다. 하지만 그도 오래가진 못하겠지.

아까 나무 위에서 살펴봤을 때 더 많은 수의 에타이들이 이리로 몰려오고 있었다. 그러니 어서 상황을 정리해야 하고 다시 움직여야 했다. 아셀라의 진녹빛 시선이 린체의 기사에게 닿았다.

"경. 그대는 시선이 쏠린 사이 황태자 전하를 모시고 돌아가도록. 나머지는 나를 따라와라."

"네, 알겠습니다!"

아셀라가 검에 묻은 피를 닦아 내며 명령하자 크게 대답한 기사는 바로 몸을 움직여 피스토레에게 다가갔다.

"전하, 저를 따라와 주십시오. 제가 안전하게 전하를 진영까지 모시도록 하겠습니다."

"잠시만 아셀라와 이야기를 좀 나누겠네. 잠시면 되네."

정중하고도 충성심 깊은 목소리로 기사는 피스토레에게 말을 걸었으나, 그는 잠시만 기다려 달라 말하고서는 바로 전략을 짜는 듯 테펜텔과 무언가를 이야기 중인 아셀라에게 다가갔다.

"꼭 돌아가야 하나?"

그는 절박한 눈으로 아셀라의 그을린 옷깃을 붙잡았다. 여기서 돌아가면 안 된다. 적어도 자신이 저지른 실수는 자신의 손으로 되돌려야 했다.

'타고난 피 덕분에 친구를 잘 사귀어서 가만히 있어도 목숨은, 화려한 삶은 보존할 테니 말이야.'

타스의 말이 귓가에 메아리쳤다. 피스토레는 주변 사람들이 자신을 이상하게 쳐다보고 있다는 사실을 알아채지도 못하고 웅웅 울리는 목소리를 떨쳐 내려 계속 고개를 저었다.

"피스토레."

결국 작게 한숨 쉰 아셀라가 자신의 옷자락을 붙든 피스토레의 손을 잡았다.

피스토레는 이번 임무에서 걸림돌이 되지 않았다. 여태까지 버텨 준 게 용할 정도로 그는 힘을 냈고 아셀라의 기대 이상을 해내 주었다. 하지만 이제 한계 다다랐고, 휴식이 필요한 상황이었다.

아셀라는 돌아가지 않으려고 하는 그의 친구를 이해했다. 어릴 적부터 책임감 하나만큼은 강하지 않았던가.

"너는 잘 해냈어. 타스를 놓친 건 네 잘못만이 아니야. 내 실수도 있어. 지금 너는 한계에 몰려 있으니 중요한 건 휴식이지. 그러니 일단 경과 함께 돌아가. 뒤처리는 내가 할게."

그 말과 함께 아셀라는 피스토레의 손을 놓고는 완전히 몸을 돌렸다.

어? 피스토레는 텅 빈 듯한 눈으로 자신의 손을 내려다보았다.

하지만 그 누구도 피스토레의 그런 모습을 보지 못했다. 에타이들이 다시 몰려오고 있던 탓이었다.

"경! 어서 황태자 전하를!"

아셀라가 그렇게 말하며 잠시 검집에 넣어 두었던 검을 뽑아 들었다. 그건 다른 사람들도 마찬가지였다. 전부 지친 기색이 역력했지만, 눈빛만큼은 무서웠다. 저쪽도, 그리고 이쪽도 전부 궁지에 몰려 있었다.

"아까 말을 맞춘 대로 저 커다란 나무쯤 오면 우리가 먼저 나가 맨 앞에 있는 놈과 궁수부터 잡는 거야. 될 수 있으면 부상을 최소화해."

"알았어, 그리고 저건 내 거야. 손대지 마."

아셀라의 말에 테펜텔이 고개를 끄덕이며 포르를 노려보았다. 다른 놈들의 방해로 벌써 두 번이나 포르를 놓쳤다. 이번엔 반드시······!

포르를 처리하고 거슬리는 궁수도 처리하면 그나마 좀 순탄할 것이다.

하필 피스토레 측에 있던 테센트루아 성기사가 조금 전 싸움으로 신

422

의 곁으로 가 버렸다. 남은 건 성력을 쓸 수 없는 성기사와 물약 몇 개 뿐이었다.

가장 맨 앞에 달려오는 포르를 바라보며 아셀라가 나지막이 테펜텔에게 말을 던졌다.

"테펜텔, 버틸 수 있겠어?"

"이래 봬도 체력은 좋은 편이라고."

테펜텔은 입꼬리를 히죽 올렸다. 철퇴를 든 손이 조금씩 떨리고 있었지만, 이 정도는 돌아가서 잔뜩 고기를 먹고 술을 마시고 늘어지게 자면 되는 것이다.

"전하, 어서 가셔야 합니다."

테펜텔과 아셀라가 이야기를 나누는 사이 린체의 기사는 피스토레에게 다가와 그를 독촉했다. 어서 떠나지 않으면 발목이 묶인다.

그런데 피스토레의 얼굴이 이상했다.

"……황태자 전하?"

"아셀라!"

의아함을 느끼고 자신의 팔을 잡으려던 기사를 밀치고 뛰어나간 피스토레가 그녀의 팔을 붙들었다. 에타이들과의 간격을 재던 아셀라의 몸이 크게 휘청거리며 팽팽하던 긴장이 깨졌다.

피스토레를 따라오던 린체의 기사도, 아셀라의 옆에 있던 테펜텔도 놀라 눈을 크게 떴다.

"나도 잘할 수 있어! 실수를 한 건 미안해. 하지만 나도, 나도……."

아셀라는 그런 피스토레를 돌아보지 않고 에타이 쪽으로 고개를 돌렸다. 젠장, 기회를 놓쳤다. 이미 아셀라가 봐 두었던 나무를 훌쩍 지나 이리로 달려오고 있었다.

"그러니까 나도……!"

"피스토레."

아셀라는 그제야 피스토레를 바라보며 옅게 웃었다. 평소와는 명백히 다른 웃음이었다.

어. 피스토레의 눈이 다른 의미로 커다래졌다.

아셀라와 아주 오랫동안 지내온 피스토레는 아셀라가 제대로 열 받았을 때 어떻게 행동하는지 잘 알고 있었다. 바로 지금처럼 웃지.

"켁!"

아셀라의 미소에 바로 제정신으로 돌아온 피스토레가 자신이 실수했다는 걸 깨닫기도 전에 몸이 공중으로 들렸다. 아셀라가 한 손으로 가볍게 피스토레의 멱살을 잡고 끌어 올린 탓이었다.

"으악! 황태자 전하! 다, 단장님, 그러시면 안 됩니다!"

"아하하학!"

발을 버둥거리는 피스토레와 열 받아 피스토레의 멱살을 움켜쥔 아셀라를 보고 주변 사람들은 경악에 질렸다. 린체의 기사는 충격에 바로 달려와 아셀라를 말렸고, 다른 사람들은 놀라 그대로 굳었다. 그리고 테펜텔은 옆에서 폭소를 터뜨렸다.

"아, 아셀라. 내가 정신이 나가서. 내가 잘, 못을……. 커헉."

피스토레가 필사적으로 잘못을 빌었다. 아셀라의 힘은 아까 타스가 불러왔던 환상 속 아버지의 것과는 비교가 되지 않았다. 방금까지 귓가에 메아리치던 타스의 목소리와 아버지의 환상이 함께 사라졌다.

"제발 황태자 전하를 내려놓아 주십시오! 그거 황실 모독죄입니다! 반역죄라고요! 단장님, 제발!"

린체의 기사가 어찌할 줄 몰라 하며 아셀라와 피스토레를 번갈아 바라보았다.

황가의 위신이 밑으로 추락하고 있었다. 실제로 황족의 몸에 이리 무례하게 손을 대면 사형이었고, 반역죄로 몰려 가문 전체가 사라질 수도 있었다.

부하의 말을 들으며 아셀라는 오히려 손에 힘을 줬다. 그런데 그게 뭐, 어쩌란 말인가. 이 나라에 자신을 대체할 인간이 있던가?

아셀라는 오히려 손에 힘을 줬고 테펜텔의 웃음소리가 커다래졌다. 테펜텔과 조금 친해진 사람들이 필사적으로 그녀의 입을 틀어막았다.

"피스토레."

"으, 응!"

시간이 조금 흐르고, 아셀라가 아직도 미소를 유지한 채 그의 이름을 부르자 피스토레가 미친 듯 고개를 끄덕였다.

"이상한 생각에 침몰되지 말고 가만히 내 말이나 따라."

"네!"

경쾌한 대답이 울려 퍼지고 나서야 피스토레는 땅으로 내려올 수 있었다. 허억, 헉. 거친 숨을 몰아쉬며 피스토레는 자신의 목덜미를 매만졌다.

얼굴에 웃음기가 잔뜩 남은 테펜텔이 피스토레의 등을 쳐 줬다.

"……단장님."

린체의 기사가 아셀라의 옆에 서더니 조심스레 그녀를 불렀다. 피스토레가 도망치기엔 이미 늦었다.

"쯧, 이러나저러나 남아 있게 되었군."

아셀라는 눈을 찡그렸다. 최대한 안전한 곳에 있게 해 주고 싶었는데. 아까 도망친 놈들도 다시 합류했는지 지금 달려오는 에타이들의 수는 어마어마했다.

"저기 있다, 잡아라!"

가장 맨 앞에서 말을 타고 달려오던 에타이가 소리를 질렀다.

"온다."

다시 긴장이 흘렀다. 테펜텔은 언제든 뛰어나갈 수 있게 다리에 힘을 주었고.

"야아아악! 저, 저 곰 놈이!"

그 힘으로 고함을 내질렀다.

갑자기 숲속에서 기다리고 있었다는 듯 튀어나온 나머지 레너드 용병단이 에타이들을 공격했고, 사이레인의 도끼에 타고 있던 말을 잃은 포르가 그대로 낙마했다.

"여보야, 내가 왔어!"

사이레인은 피가 뚝뚝 흐르는 도끼를 번쩍 치켜들고는 아셀라를 보며 해맑게 웃어 보였다. 자신의 목표를 뺏겨 분에 날뛰는 테펜텔 따위 조금도 보이지 않는 듯한 미소였다.

사이레인이 엠릭을 처리하고 가장 먼저 달려간 곳은 당연하게도 타스의 저택이었다. 으리으리했던 저택은 불길에 휩싸여 무너지고 있었다.

보통 불길이라면 저택이 이렇게 순식간에 무너질 리가 없을 텐데. 사이레인은 하얗게 질린 얼굴로 주변을 둘러보았다.

"화약을 설치해 놨나?"

사이레인을 따라온 한 용병이 중얼거렸다. 그래, 화약을 설치해 놨나? 그렇지 않고서야 이런 결과가 나올 리가 없었다.

미친놈들! 사이레인은 입술을 잘근 깨물고 무너지는 저택 가까이 다가갔다.

거대한 입구는 가장 먼저 불길에 휩쓸렸는지 무너진 저택 일부에 막혀 있었다. 어디 들어갈 틈이 없나? 저 안에 아셀라가 있을 텐데.

불길 속에 갇혀 있을 자신의 아내를 생각하니 마음이 급해졌다.

"사이레인!"

결국, 사이레인은 손을 뻗어 아직도 불타고 있는 돌덩이를 움켜잡았다. 치이익. 뜨거운 돌이 손에 닿으며 살이 익는 소리가 들려왔다.

놀란 사람들이 그를 말리기 시작했다.

"위험해, 화상 입을 거야!"

"비켜!"

사이레인은 자신을 말리는 놈들을 팔로 밀어내며 유일한 저택의 입구를 막고 있는 돌 무리를 치우기 시작했다. 빨리 저 안으로 들어가야 했다. 어서, 어서 빨리. 들어가야 해.

"자, 잠깐만! 대장. 저기 저길 봐 봐!"

한 용병이 사이레인의 몸을 잡고 어딘가를 가리켰다. 땀으로 범벅이 된 사이레인의 눈이 용병이 가리키는 곳으로 향했다. 말을 타고 있는 에타이는 사이레인도, 나머지 레너드 용병들도 아는 사람이었다.

사이레인은 들고 있던 돌을 떨어트렸다. 숲 어딘가를 가리키며 제 옆에 있는 사람과 뭔가를 중얼거리다 무기를 들고 어딘가로 향했다.

"저거…… 포르의 시종 놈 아니야?"

늘 포르의 옆에 찰싹 붙어 다니던 놈이었다. 저놈이 있다면 근처에는 반드시 포르가 있다고 생각해도 좋을 정도였으니.

"포르가 저 근처에 있나?"

"그러겠지. 포르에게서 떨어지면 죽는다고 믿는 놈이니까."

나머지 용병들이 수군거리는 소리를 들으며 사이레인을 말리던 남자는 그를 붙잡은 손을 놓았다.

"사이레인, 저쪽으로 가 보자. 나는 만나 본 적 없지만, 네 아내는 대단한 사람이라며. 아직도 불길에 갇혀 있지는 않을 것 같다. 오히려 저쪽이 더 확률이 높아 보여."

그럴지도 모른다. 사이레인과 레너드 용병단이 솟구치던 연기를 보고 달려왔을 땐 시간이 꽤 흐른 뒤였다. 마지막으로 남아 있던 에타이 놈들이 거치적거리던 것도 있었지만, 여기까지의 거리가 멀었으니까.

남자는 재빠르게 자신의 품에서 수통을 꺼내 화상을 입은 사이레인

의 손에 쏟아부었다. 화상을 입은 자리에 물이 지나가며 조금 고통이
나아졌다.

"가자. 나머지 놈들이 죄다 저리로 몰려간 모양이니 네 아내를 도와
주러 가자."

"……그렇게 그놈을 따라와서 중간에 미리 매복해 있었지."

사이레인이 도끼를 휘두르며 말을 끝내자 아셀라가 흐응, 작게 콧
소리를 냈다.

그래, 그랬단 말이지. 어쩐지 늦는다 싶었더니 매복하고 있었던 모양
이었다. 하지만 그보다는 자신을 걱정했다는 말에 흡족함이 밀려왔다.

아셀라가 달려드는 에타이를 길쭉한 다리를 이용해 그대로 걷어차
며 물었다.

"내가 걱정됐어?"

"그럼!"

사이레인은 고개를 끄덕이며 아셀라의 뒤에서 달려드는 놈을 신의
곁으로 보내 주더니 상체를 조금 돌려 아셀라를 바라보았다.

"얼른 오고 싶었는데, 미안……."

말끝이 흐려지고 커다란 덩치를 한 남자가 어깨를 축 늘어트렸다.

그 모습을 보며 아셀라는 옅게 웃었다. 아까 피스토레에게 보여 준
웃음과 언뜻 보기에는 비슷해 보였지만, 전혀 다른 의미였다.

'귀여워라.'

전쟁 중만 아니었더라면 저 머리를 마구 쓰다듬어도 됐을 텐데. 아
셀라는 아쉬운 마음에 작게 한숨을 흘리며 품에서 무언가를 꺼내 들었
다. 그러고는 팔을 뻗어 사이레인의 손을 잡았다.

그의 말대로 커다란 손은 화상을 입고 여기저기가 붉게 달아올라 있
었다. 부드러운 실크가 닿기만 해도 쓰라릴 텐데 이 상태로 도끼를 잡

고 휘두르다니.

아셀라는 물약 뚜껑을 열어 그대로 사이레인의 손에 쏟아부었다.

"이제 좀 괜찮을 거야."

비록 성력에는 미치지 못해도 린체의 기사단이 보급받는 물약은 꽤 좋은 것이었으니 이 정도 화상은 금방 회복되리라.

"아셀라……."

사이레인이 감동한 듯 눈물을 글썽이며 아셀라를 내려다보았고 그녀는 다시 미소 지어 보였다. 훈훈한 광경이었다. 비록 싸우는 중만 아니었더라면 더 좋았을 텐데.

"……누가 저 둘에게 우리 아직 전투 중이라고 말해 줄래?"

그 모습을 바라보고 있던 테펜텔이 눈을 이상하게 뜨며 말하자, 마침 옆에서 에타이와 대립하고 있던 린체 기사와 피스토레가 동시에 고개를 절레절레 저었다.

"저는 감히 저 두 분 앞에 설 용기조차 없습니다."

"그건 나도 마찬가지네."

잠시 둘을 바라보다 결국 테펜텔이 한숨 쉬며 몸을 움직였다. 용기 있는 내가 나서야지. 그렇게 대답하며 테펜텔은 잡고 있던 에타이를 그대로 내던졌다.

"거기 감동적인 연인분들. 타스가 도주한 곳을 알아냈어."

그러면서 한 방향을 가리켰는데 그곳은 라니스 숲 가장 안쪽으로 가는 곳이었다.

"타스 놈, 라니스 숲 안쪽을 가로질러 가는 도주로를 몰래 만들어 놨었나 봐. 포르 놈이 말했어."

사이레인에게 제 목표를 빼앗긴 줄 알고 날뛰던 테펜텔은 포르가 죽지 않았다는 걸 알자마자 그대로 달려들었고, 세 번째 싸움에서 포르는 도망치지 못했다. 그리고 마침내 테펜텔은 승리했다.

싸움에서 진 포르는 목숨을 살려 주는 대가로 자신이 아는 것을 모두 불었고, 거기에는 타스와 그녀만이 알고 있던 비밀 도주로도 포함되어 있었다. 엠릭은 모르는 사실이었다.

"저리로 도망쳤다고?"

"그렇다던데. 철퇴를 내보이니까 식겁해서 줄줄 불었어."

내 철퇴는 진실의 철퇴라고. 고향에서도 철퇴만 들이밀면 다들 진실만을 말하더라고. 그렇게 말을 끝내며 테펜텔은 자랑스러운 듯 가슴을 펼치며 웃었다.

아셀라는 그런 테펜텔을 가볍게 무시하며 주변을 훑었다.

레너드 용병단과 사이레인이 돌아와 준 덕분에 상황은 호전되었다. 하지만 아셀라가 자리를 뜨기에는 아직 위태로운 감이 남아 있었다.

'그냥 나 말고 다른 사람을…….'

생각에 빠져 있던 아셀라의 등을 누군가가 가볍게 밀었다. 놀란 아셀라가 뒤를 돌자 옅게 웃고 있는 피스토레가 보였다.

"피스토레?"

"다녀와, 아셀라. 너는 타스를 꼭 잡고 싶어 했잖아."

그렇게 말하며 피스토레는 어서 가라는 듯 아셀라의 등을 밀었다.

"네 빈자리는 내가 최선을 다해서 메꿔 볼게. 내 실수로 벌어진 일이니 내가 책임지겠어."

아셀라를 바라보는 피스토레의 얼굴은 아까보다 훨씬 좋아 보였다.

"……네 실수만은 아니야. 타스 놈이 마도구를 풀고 도주할 수 있었던 건 내 실수였으니까."

마도구는 섬세하다. 큰 충격을 받으면 도구에 새겨진 마법진이 깨지거나 흐려지면서 마력의 흐름이 바뀌어 제 역할을 못 했다. 그래서 아셀라는 일일이 부수는 것보다는 마도구를 바닥에 떨궈 충격을 주는 쪽을 선택했다.

그런 마도구가 깨지지 않고 타스가 묶여 있는 곳까지 굴러갔을 줄이야. 운이 좋아도 억세게 좋은 놈이었다.

"그러니 너무 너 자신만 탓하지 말라고."

아셀라는 씁쓸한 얼굴로 피스토레를 바라보았다. 그녀의 말에 피스토레의 눈이 동그래지더니 이내 소탈한 웃음을 터트렸다.

"네가 실수하는 건 처음 봐."

새로운 발견을 했다는 듯 밝아진 피스토레를 보며 아셀라는 입꼬리를 올리며 웃었다.

"다녀온다."

"네 빈자리는 내가 잘 메꿔 볼게."

그 말을 끝으로 아셀라는 타스가 도주했다는 방향으로 완전히 몸을 돌려 발을 옮겼다.

"사이, 가자."

많이 데려갈 필요는 없겠지. 그녀의 말에 사이레인은 고개를 끄덕이더니 자연스럽게 아셀라의 뒤를 따랐다.

두 사람은 빠른 속도로 타스를 추격하기 시작했다. 걸을 때마다 허벅지까지 자란 풀들과 하늘을 가릴 정도로 우거진 나무들이 두 사람의 길을 방해했다. 울창한 숲은 사람의 손길이 닿지 않아 까딱하면 길을 잃어버리기 좋았다.

거기다 몬스터에 사람도 잡아먹는 들짐승들도 들끓었다. 그런 것들에게 걸렸다가는 시간이 지체돼 타스를 놓치기 쉬울 것이다.

"대강 어디쯤 도주로가 있을지 짐작이 가."

다행히도 사이레인은 에타이들 못지않게 라니스 숲에 익숙했다. 그간 에타이들이 이리저리 살뜰하게 부려먹는 바람에 자연스레 숲 지리를 익힌 것이었다.

그는 자연스럽게 동물 무리가 있는 곳을 피해 어디론가 아셀라를 이끌었다.

"예전에 한 놈이 이 근방에서 이상한 걸 봤다고 말해 준 적 있어."

처음 레너드 용병단이 요새로 들어왔을 때, 한 사람이 길을 잃고 말았다. 나름 길을 잘 찾는 놈이었지만 울창한 숲은 쉽게 요새로 가는 길을 알려 주지 않았고, 그렇게 돌고 돌다가 이 부근까지 도달했다.

길을 잃었던 그가 본 것은 무언가를 만들러 가는 듯 도구를 지고 있는 평민 무리와 그들의 선두에 서 있는 타스였다. 호기심에 수풀에 숨어 평민 무리를 따라갔다가 다시 따라 요새로 돌아왔더라고.

그렇게 말하며 사이레인은 마뜩잖다는 듯 미간에 주름을 잡았다.

"……후에 그놈이 본 평민들은 요새에서 찾아볼 수 없었다고 하더군."

입막음한 거지.

사이레인의 말에 아셀라는 말없이 고개를 끄덕였다. 확실히 이 부근이 맞겠구나. 슬슬 눈에 보이는 꺾인 나뭇가지나 발자국이 두 사람의 예상이 맞았다는 걸 여실하게 알려 주었다.

확신을 하고 조금 더 나아가자, 숲에서는 보기 힘든 색의 옷을 입은 사람이 허겁지겁 도망치는 게 보였다.

타스다. 아셀라와 사이레인이 동시에 무기에 손을 얹었다. 아셀라는 눈짓으로 숲 안쪽을 가리켰다. 사이레인에게 저리로 돌아가 앞을 가로막으라는 뜻이었다. 그리고 자신이 뒤를 친다면 쉽게 잡을 수 있겠지.

말뜻을 알아들은 사이레인은 말없이 고개를 끄덕이고는 숲 안쪽으로 몸을 틀었고.

"셀바토르 단장님!"

갑자기 튀어나온 누군가에게 가로막혔다.

† † †

꼴사납다. 타스의 머릿속에 가득 찬 한 마디였다. 팔 하나는 사라지고, 아끼던 보랏빛 옷도 엉망이 되어 버렸다. 저번 요새에서 탈출할 때도 이렇게 참혹하진 않았다.

게다가 그 당시 저 괴물에게 도망칠 때 이번이 마지막이라고, 다음에는 반드시 자신이 괴물을 사로잡겠다고, 그렇게 다짐했었는데.

타스는 몰려드는 참혹함에 이를 갈았다. 또 이렇게 추한 꼴을 보여 가며 도망칠 줄이야. 그것도 단 한 사람 때문에!

'됐어. 그분에게 가면 되는 거야.'

타스는 자신이 그분을 배신하고 피스토레에게 붙으려고 했던 사실을 머릿속에서 지웠다. 어차피 그 사실을 아는 에타이 놈들은 다 죽을 테고, 피스토레나 셀바토르가 그분에게 그 사실을 말하지도 않겠지. 그분과 그들은 사이가 나쁘지 않은가.

거기다 그분은 자신의 배신을 모를 것이다. 그분은 꾸준히 르카디우스 측 정보를 자신에게 물어다 줬으니까.

덕분에 타스는 용병 놈들의 도움으로 사슴과 함께 들어온 첩자를 잡을 수 있었고, 그놈의 이름을 팔아 르카디우스 측에 들어가는 정보를 조작할 수 있었다.

이번에 잠입한 놈들 중 누가 성기사인지 친절하게 초상화까지 보내 준 분이 그분이었다. 비록 평소와는 다른 방법으로 정보를 보내 조금 의아스러웠지만, 정보는 모두 타스에게 큰 도움이 되었다.

'그놈들은 내 뒤에 누가 있는지도 감도 못 잡고 있지.'

좋다. 더더욱 완벽하다. 셀바토르와 그 멍청한 황태자가 자신을 찾기 위해 이리저리 뛰어다니는 꼴을 가장 가까이에서 볼 수 있다고 생각하니 잠시 만족감이 얼굴에 흘렀다.

좋은 구경을 하면서 몸을 숙이고 잠시 그분의 그림자 속에 묻혀 있자. 몸이 회복되고 때가 되면 반드시 튀어나와 셀바토르, 저 괴물을 죽이고 말리라.

'나를 배신한 용병 놈들도 반드시 죽여 주마.'

반드시, 반드시! 이 치욕을 갚고 말리라!

"……!?"

거듭 다짐하며 필사적으로 도주하던 타스를 누군가 확 낚아채 이끌었다. 어느새 타스는 저항할 틈도 없이 거대한 바위 뒤로 이끌려 갔다.

"누구냐!"

"쉿, 조용히 하십시오, 타스 님. 들킵니다."

필사적으로 타스의 입을 막으며 주위를 살피는 남자는 린체 기사단 복을 입고 있었다. 린체 기사단, 그 여자가 이끄는 기사단이 아닌가. 끝인가?

타스는 정신이 아득해지는 걸 느끼며 빠르게 자신의 품속에서 단도 하나를 꺼내 남자에게 겨눴다. 이렇게 잡힐 수는 없었다.

마지막 발악이라도 해 보려는데, 갑자기 남자가 환한 웃음을 머금었다.

"그 단도로는 저를 죽이실 수 없습니다. 타스 님."

어쩐지 강아지를 닮은, 순박해 보이는 남자는 눈가를 접으며 웃더니 허리춤에 달린 주머니에서 물약 하나를 꺼내 타스에게 내밀었다.

"이걸로 일단 상처를 치료하십시오."

다른 신전도 아닌 테센트루아 성기사단의 축복을 받은 물약을 잠시 바라보고 있던 타스가 입꼬리를 올렸다. 이자는 적이 아니다. 진짜 적이었더라면 바로 힘으로 자신을 제압하지, 자신을 지금처럼 물약까지 줘 가며 회유할 이유는 단 하나도 없었다.

"그분이 날 위해 보낸 건가?"

"……예, 그분께서 타스 님을 도우라 저를 보내셨습니다. 최근에 받으신 정보 역시 제가 보낸 것입니다."

대답이 한 박자 늦었다. 어쩐지 어리숙해 보이는 남자를 바라보는 타스의 눈이 가늘어졌다. 정말일 수도 있지만 반대의 경우일 수도 있으니 확인해 볼까.

"마셔 봐."

"네?"

갑작스러운 타스의 말에 남자의 눈이 동그래졌다.

"물약을 먼저 마셔 보라고. 그대는 린체 기사단복을 입고 있지. 내 적이 아니라는 걸 조금이라도 확인시켜 줘야 하지 않겠나?"

타스의 말에 남자는 잠시 입술을 깨물더니 고개를 끄덕였다.

"알겠습니다. 그렇다면 눈에 바로 보이는 걸로 입증하겠습니다. 마시는 건 후에 효과가 나타날 수도 있으니까요."

그렇게 말한 남자는 바로 허리춤에 달려 있는 검을 빼 들어 그대로 자신의 팔을 그었다. 피가 주르륵 흘러 땅으로 뚝, 뚝 떨어졌다.

고통에 이를 악물면서 남자는 보라는 듯 타스에게 자신의 팔을 내밀었고 그 상처에 물약을 뿌렸다. 물약이 닿자 깊은 상처가 점점 옅어지기 시작했다.

그제야 남자는 이를 물고 깊은 숨을 토해 냈다. 이마에 맺혀 있던 땀이 턱을 타고 땅으로 떨어졌다.

"그분께서 나를 위해 보낸 게 확실하군."

물약이 가짜가 아니라는 건 확인했다. 타스는 웃으면서 남은 물약을 낚아채고 그대로 들이켰다. 물약을 마시자마자 고통이 사라지며 몸의 피로감 역시 순식간에 날아갔다.

"……믿어 주셔서 감사합니다."

생각보다 고통이 심했는지, 남자는 옅은 숨을 내쉬며 고개를 끄덕

435

이며 말을 이었다.

"그럼 제 말을 따라 주시기 바랍니다. 저기 보이는 나무 밑에 말 한 마리를 묶어 두었습니다. 그걸 타고 도주하십시오."

남자의 손가락이 가리키는 곳에는 거대한 나무 한 그루가 있었다.

"뒤에 따라오는 사람들은 제가 막도록 하겠습니다."

말을 들은 타스는 고개도 끄덕이지 않고 바로 몸을 돌려 나무가 있는 쪽으로 뛰어갔다.

다급해 보이는 뒷모습을 보며 남자는 하, 작게 웃음을 흘렸다. 저런 놈을 잡기 위해서 그 오랜 시간을 고생했단 말인가. 저절로 헛웃음이 튀어나올 정도로 작고 초라한 뒷모습이었다.

됐다. 이제 끝이다. 저놈과 싸움도, 몇 년을 괴로워했던 이 감정도 그리고 자신 역시 오늘로써 끝이 날 것이다.

얼마나 괴로웠었지? 기억도 나지 않았다. 천재라 불리며 살아왔던 자신은 어느 순간 하나의 벽도 넘지 못하는 평범한 사람이 되어 있었다.

그런데 동경하는 이는 끝없이 나아갔다. 자신이 손끝도 미치지 못하는 벽은 아무것도 아니라는 듯 가볍게 밟고 지나가며, 단 한 번의 막힘도 없이 계속해서 앞으로 나아갔다.

비교하지 말았어야 했는데. 아니, 동경을 시작한 것부터가 잘못이었다. 한때는 더없이 순수했던 감정이 변질하고 변질하여 이상한 것이 되어 버렸다.

지금 자신이 하는 행동은 잘못되었다는 건 잘 알고 있었다.

처음엔 아주 작은 일이었다. 행동하면서도 이런 추잡한 짓까지 한 스스로에게 경멸감이 들었지만, 곧 자신의 행동이 흠집 하나 낼 수 없다는 걸 알고 나서부터는 점점 행동이 거칠어졌다. 결국 타스에게 정보를 넘기는 일까지 하고 말았다.

첩자로 들어갔던 레이셀의 존재를 알린 것도 그였다. 선배이자 조언자였던 레이셀의 죽음은 남자의 밑바닥에 남아 있던 아주 조금의 마음도 사라지게 만들었다.

그러니 이 전쟁 중에 가문의 이름을 팔아서까지 이런 약을 구했지. 남자는 자조적으로 웃으며 품속에 넣어 둔 병을 만지작거렸다. 물약과는 다른 병이었다.

"……크레시벨 경."

천천히 고개를 들자 자신을 내려다보는 한 사람이 눈에 들어왔다. 아셀라 벤칸 셀바토르, 그의 단장이자 오랜 시간 동경했던 사람이었다.

"단장님."

크레시벨은 여느 때와 같이 환한 웃음을 지으면서 아셀라의 앞으로 걸어갔다.

"여기서 뭘 하는 거지? 경이 맡은 임무는 이게 아닐 텐데."

아셀라의 눈이 가늘어졌다. 도대체 왜 여기에 크레시벨이 있는 걸까. 갑자기 타스가 없어져 뛰어왔더니 크레시벨이 타스가 있어야 할 자리에 대신 서 있었다.

"단장님! 임무를 무단으로 이탈한 죄는 추후에 달게 받겠습니다. 하지만 일단 제가 한 일을 들어 주시기 바랍니다."

크레시벨은 눈을 빛내며 아셀라에게 천천히 다가갔다.

"단장님, 제가 타스를 잡았습니다. 다른 사람도 아니라 제가요."

"너 뭐야."

천천히 아셀라와의 거리를 좁히는 크레시벨을 막은 건 그녀의 옆에 서 있던 사이레인이었다. 크레시벨은 사이레인을 빤히 쳐다보더니 뒤늦게 사이레인이 누구인지 알아본 듯 입을 열었다.

"……아, 레너드 용병. 죄송하지만 단장님과 할 이야기가 있으니 그쪽은 빠져 주시기 바랍니다."

"아니. 그건 안 되지."

사이레인은 시선은 그대로 크레시벨에게 고정한 채, 천천히 도끼를 쥔 손에 힘을 주었다.

"너같이 수상쩍은 놈을 우리 여보야에게 가까이 보내라고?"

"말이 심하시군요. 부디 주제 파악을 해 주시기 바랍니다. 저는 어엿한 린체 기사단 소속이니까요."

"일개 용병인 나도 임무지를 이탈하는 게 얼마나 큰일인지 알고 있지. 그렇게 임무를 내팽개쳐 놓고 숲 안쪽에서 갑자기 튀어나온 놈 말을 믿으라고? 개소리를."

두 사람 사이에 살벌한 기운이 흘렀다. 크레시벨도 어느새 검손잡이에 손을 올리고 있었고 사이레인은 이미 도끼를 앞으로 내밀고 있었다. 결국 두 사람 사이에 끼어든 건 아셀라였다.

"크레시벨 경. 주제 파악을 해야 하는 건 아무리 봐도 경이군. 돌아가. 벌은 무거울 테니 각오해 두고."

그렇게 말하며 아셀라는 크레시벨의 옆을 지나치며 그를 노려보았다. 아셀라의 눈빛에 당황한 듯 크레시벨은 눈을 깜빡였다.

"그리고 사이는 내 남편이 될 사람이니 앞으로는 예의를 갖추도록."

크레시벨이 타스가 어디로 갔다고 말을 하지도 않았건만, 아셀라는 정확히 타스가 향한 곳으로 발을 옮겼다. 타스가 마음 놓고 허겁지겁 도망치는 바람에 아까보다 더욱 많은 흔적을 남겨 준 덕분이었다.

"잠시만요!"

아셀라가 크게 휘청거렸다. 갑자기 뒤에서 크레시벨이 달려들었다.

여태까지 단 한 번도 자신을 이렇게 무례하게 잡은 사람이 없는데, 오늘따라 두 명이나 생겨났다. 피스토레와 크레시벨.

못마땅함에 얼굴이 저절로 일그러졌다. 마음은 안달이 났는데 자꾸만 잡히는 기분이 좋지 않았다.

"단, 단장님. 혹시 저 용병과 결혼을 하신다는 말씀입니까?"

크레시벨은 무언가 쌓아 올린 것이 무너지듯 절박해 보이는 얼굴이었다.

그를 무시하려던 아셀라가 돌연히 입을 다물었다. 그리고 크레시벨이 눈치채지 못하도록 천천히 자신의 허리 쪽에 매달아 둔 단검에 손을 뻗었다.

"단장님, 말씀해 주십시오. 정말로 저런 떠돌이 용병과 결혼하십니까?"

"내가 누구랑 결혼하든 그건 경이 신경 쓸 일이 아니야."

단검에 손이 닿았다.

"그게 왜 내가 신경 쓸 일이 아니야!"

갑자기 크레시벨이 고꾸라지듯 몸을 숙이며 소리를 내질렀다. 놀란 새 떼가 하늘로 날아오를 정도로 큰 목소리에는 깊은 절망만이 느껴졌다.

크레시벨이 얼굴을 들었을 때는 절망, 질투, 동경, 괴로움…… 수많은 감정이 섞여 오히려 아무런 감정조차 느낄 수 없을 정도로 담담한 얼굴이 있었다.

"제가 너무 늦었네요, 단장님. 당신의 완벽함을 깨트리는 건 제가 먼저야 했는데. 용병 새끼에게 선수를 빼앗길 줄이야."

뭐?

그 말에 열 받은 사이레인이 앞으로 나서기도 전에 크레시벨이 무언가를 아셀라에게 던졌고, 그녀는 재빠르게 단검으로 수상쩍은 물건을 쳐 냈다.

"큭!"

하지만 전부 피할 수는 없었다. 일부러 그렇게 만든 것인지 유리병은 충격에 쉽게 깨졌고 안에 들어 있던 액체 일부가 아셀라의 얼굴에 튀었다. 그녀는 그대로 짧은 비명과 함께 얼굴을 감싸 쥐었다.

뜨겁다. 액체가 닿은 얼굴 절반이 불에 탄 듯, 극심한 고통이 밀려왔다.

"하하, 또 그걸 쳐 내시다니 역시 단장……."

크레시벨의 말은 그게 마지막이었다. 사이레인이 한 번의 도끼질로 그를 신의 곁으로 보내 주고, 다음의 도끼질로는 그의 목이 땅으로 내려올 수 있도록 도와주었기 때문이었다.

"아셀라!"

사이레인은 제 도끼도 내버려 둔 채 얼굴을 감싸 쥔 그녀에게 다가왔다.

척 보기에도 아셀라의 상태는 심상치 않아 보였다. 손가락 사이로 보이는 피부는 끔찍할 정도로 일그러져 있었다.

사이레인은 번쩍 아셀라를 안아 들었다.

"돌아가자! 일단 돌아가면……."

성력을 쓸 수 있는 사람이 있던가? 사이레인의 숨이 가빠졌다. 없다. 한 놈은 죽었고 다른 한 놈은 성력이 고갈되었다고 했었지.

"아니야, 일단 돌아가자. 그놈 성력이 어느 정도 돌아왔겠지."

사이레인이 눈물을 뚝뚝 흘리며 고개를 저었다. 어서 돌아가야 한다. 조금이라도 빨리 돌아가 일그러진 얼굴을 어떻게든 되돌려 주고 싶었다. 그런데 갑자기 아셀라가 제 품에서 내려갔다.

"아니, 괜찮아."

아셀라는 한쪽 눈으로 사이레인을 바라보았다.

"타스를 잡아야 해."

아셀라는 고통으로 엉망이 된 숨을 천천히 고르며 말을 이었다.

"여기서 돌아간다면 정반대 방향으로 가게 되지."

만일 여기서 성기사가 있는 요새나 진영으로 돌아가게 된다면 분명 얼굴은 고칠 수 있을 것이다. 하지만 타스는? 그 끈질긴 바퀴벌레 같은 놈은 추후 더 큰 재앙이 되어 돌아올 게 뻔했다.

저번에도 그랬다. 요새를 부수고 참모진을 다 잡아 두었으니 괜찮을 거라고 생각했지만 그녀의 예상과는 다르게 타스는 세를 꽤 불려 계속해서 발목을 잡았다.

이건 마지막 기회였다. 그러니 자신은 타스를 잡으러 가야 했다. 그게 자신의 의무였고, 자신이 원하는 일이었다.

"아픈 건 참을 수 있어."

아셀라는 옅게 웃으며 사이레인을 바라보았다. 그녀의 얼굴에는 식은땀이 송골송골 맺혀 있었다.

사이레인은 말없이 아셀라를 바라보다가 자신의 주머니 안쪽에서 붕대와 약통을 꺼내 들었다. 그러더니 커다란 손에는 어울리지 않을 정도로 조심스럽고도 조심스러운 손길로 천천히 일그러진 얼굴에 약을 발라 주었다.

눈물과 어울릴 것 같지 않은 청녹색 눈에서 눈물이 뚝뚝 떨어지기 시작했다. 하지만 아셀라가 어떤 마음으로 선택했는지 잘 알기에 그는 돌아가자는 말은 하지 않았다.

"……가자."

약을 다 바르고 붕대까지 감아 주고 난 뒤에야 사이레인은 아무렇지도 않게 팔로 얼굴을 문대 눈물을 닦았다. 그리고 나서는 저 먼저 성큼성큼 타스가 있는 쪽을 걸어갔다. 빨리 잡아 요새로 돌아가겠다는 의지가 보여 아셀라는 작게 웃으며 그 뒤를 따랐다.

그러다 무언가가 생각난 듯 문득 걸음을 멈추었다.

상체를 돌리자 쓰러진 크레시벨의 모습이 보였다. 크레시벨이 성인식도 치르지 않은 작은 견습 기사일 때부터 그를 봐 왔다.

어릴 적 아셀라를 떠오르게 할 정도로 빠른 성장에 기뻐하고, 천재라 불리며 자만해하다가, 벽에 가로막혀 절망하던 모습과 점점 뒤틀려 가던 모습을. 그래서 도와주었지만 뒤틀릴 대로 뒤틀린 크레시벨은 도움을 온전히 받아들이지 못했다.

단장인 자신을 목표로 삼고 사소한 것 하나하나를 본인과 비교하고 있다는 걸 알고 있어 언젠가 일을 내지 않을까 했었는데…….

'쯧, 못난 놈.'

아셀라는 혀를 찼다.

차라리 검을 뽑아 들고 자신을 죽이려 덤벼들지. 그러면 그걸 핑계로 죽을 때까지 두드려 패 줄 텐데. 그랬더라면 뒤틀린 게 좀 나아졌을지도 모르는 일이었다.

하지만 크레시벨은 타스와 손을 잡는 만행까지 저지르더니 고작 자신의 얼굴을 좀 망가트리는 데 제 목숨을 걸었다. 한심하기 짝이 없는 선택이었다.

† † †

어느새 달이 머리 위에 떠 있었다. 숲길을 얼마나 달려왔는지 기억이 나지 않을 정도였다. 울창한 숲이라 속도를 내진 못했지만, 말은 충분히 도움이 되었다. 하지만 이 이상 데려가긴 무리였다.

타스는 지친 말에서 훌쩍 뛰어내렸다. 그리고 고삐를 풀며 나지막이 중얼거렸다.

"젠장, 쓸모없는 놈."

그분께서 보내신 린체 기사단복의 놈은 참 쓸모가 없었다. 타고 가라며 말을 준비해 준 것과 자신을 쫓아오는 이들을 막은 건 좋았지만, 말이 빈 몸이었다.

라니스 숲은 르카디우스 제국의 끄트머리에 있는 숲이라 수도까지

442

는 어느 정도 여비나 식량이 필요했는데, 그런 작은 물건조차 없었던 것이었다.

아무리 생각해도 그놈은 머리가 제대로 돌아가지 않는 놈이었다.

'됐어. 여차하면 이걸 팔면 되는 거고.'

타스는 그렇게 생각하며 품속에 넣어 둔 보석들을 떠올렸다. 그간 요새에서 왕처럼 살아오며 모아 온 보석이었다. 하나하나가 한 가족이 몇 년 동안 풍족히 살아도 될 만한 값어치를 지닌 것들이었다.

이왕 그분의 그림자 밑에서 쉬기로 한 거, 여행도 다니며 지친 심신을 다스리는 것도 나쁘지 않지. 그렇게 생각하며 타스는 몸을 숙였다.

타스가 도착한 곳은 거대한 바위 두 개가 서로 기대고 있는 곳이었다. 그 밑을 샅샅이 훑던 타스가 바위틈을 가리고 있던 담쟁이 넝쿨을 걷어 내자, 몸을 숙여야 간신히 들어갈 만한 작은 문이 나타났다.

숨겨진 문을 보며 타스는 만족스러운 웃음을 흘렸다.

위험한 사태를 대비해 몇 개의 굴을 파 두었다. 토끼 굴처럼 여러 입구를 지닌 굴은 숲 여기저기에 퍼져 있었다. 거대한 동굴에 있는 호수 밑에도 숨겨져 있었고, 자작나무 밑에서 숨겨져 있었다. 언제 어디서든 피신할 수 있게 만반의 준비를 마쳤다.

타스가 바위 밑으로 반쯤 기어들어 간 그 순간, 갑자기 몸이 우악스러운 힘으로 이끌려 나왔다. 돌이 박힌 땅에 몸이 쓸리며 저절로 비명이 튀어나왔다.

"누, 누구야!"

"누구긴."

커헉, 몇 시간 전에 느꼈던 고통이 다시 느껴졌다. 자신을 누르는 자의 발목을 있는 힘껏 움켜쥐고 주먹으로 때렸지만, 미동도 없었다.

간신히 시선을 올리자 붕대로 얼굴의 반을 가린 여자가 자신을 매섭게 내려다보고 있었다. 달빛을 등진 여자는 천천히 자신의 검을 치켜들었다.

안 돼.

타스는 필사적으로 고개를 저었다. 아까처럼 운이 좋으면 좋으련만. 하지만 주변에는 그를 도와줄 이는 아무도 없었다. 그저 자신이 여태까지 업신여기던 용병이 잘 가라는 뜻으로 손가락으로 제 목을 그어주고 있을 뿐이었다.

안 돼. 나는 여기서 이렇게 죽을 수 없어.

"내가 손잡은 이가 누군지 알려 줄 테니 나를 살려 줘!"

타스는 필사적으로 외쳤다. 저들도 자신이 뒷배를 가진 걸 알았으니 그 정체를 궁금하게 여기겠지. 그분은 자신을 꽁꽁 감추었으니 정확한 정보를 아는 건 오롯이 자신뿐이었다.

"나만이 진실을 알고 있어, 나만이! 나랑 손을 잡은 게 누군지 너는 상상도 못 할걸, 셀바토르! 생각보다 그 사람은 너와 가까이 있다고. 손만 내밀어도 닿을 거리에……."

제 생명을 살리기 위해 타스는 외쳤지만, 자신을 내려다보는 차가운 눈에 희망이 사그라드는 걸 깨달았다.

자신의 적수는 실수하지 않는 인간이었다. 전 요새에서 한 번, 아까 멍청한 황태자에게서 또 한 번 빠져나온 건 자신의 운을 다 썼기에 가능했다는 걸 깨달았다.

눈에 고여 있던 눈물이 주륵 흘러 흙바닥으로 떨어졌다. 정말 이대로 죽는 건가? 정말 이대로?

이게 찬란했던 자신의 인생의 끝이라고 생각하자 눈물이 계속해서 흘러내렸다. 이대로 죽을 수는 없었다. 왜 저 여자가 얼굴이 저렇게 됐는지는 모르겠지만, 더 큰 상처를 입어야 할 것 같았다. 그래야 자신이 조금이라도 편히…….

"아까 죽은 놈이겠지."

그때였다. 타스의 귀에 사이레인의 목소리가 파고들었다. 아까 죽은 놈?

'설마 아까 그놈이 죽었나?'

저 여자 얼굴에 저런 상처를 남기고? 하지만 그분이 보낸 사람이 자신을 위해 죽는다는 건 말도 안 되는 일이었다. 굳이 그럴 필요가 있던가. 그저 저들의 귀를 홀려 자신이 다른 쪽으로 도망쳤다고 그렇게 말해도 되는 것을.

저 여자의 얼굴을 다치게 하고 목숨을 내놓다니 아무리 생각해도 끄나풀이 하는 것치고는 과한 처사였다.

'아, 그렇구나.'

타스의 눈이 커다래졌다. 그는 지금 상황을 정확히 깨닫지는 못했지만, 자신에게 유리한 부분을 알 수 있었다.

저들은 자신에게 뒷배가 있다는 걸 알지만 누구인지 알지 못했고, 아까 만난 린체의 기사는 자신에게 거짓말을 한 또 다른 배신자였다. 그분은 아직 베일에 가려져 있었다.

"아아, 그분이……."

타스는 일부러 절망적인 표정을 지으며 입을 다물었다. 침묵은 편리하다. 뭐든 좋을 대로 해석될 것이다.

이젠 저 여자가 든 검이 자신에게 내려오는 게 무섭지 않았다. 셀바토르에게는 더 큰 위험이 도사리고 있으니까. 그분은 자신 못지않게 저 여자를 괴롭히고 괴롭히다가 결국 죽음에 몰아넣겠지.

꽃에 둘러싸여 있는 그분과 눈을 감은 채 쓰러져 있을 저 여자를 생각하니 모든 게 만족스러워졌다. 자신의 적에게 가장 큰 타격을 입힌 건 그 누구도 아닌 자신이 될 테니까!

"잘 가. 타스."

그 말을 끝으로 타스는 눈을 감았다. 기나긴 전쟁이 끝을 맺는 순간이었다.

"휴……."

아셀라는 아무렇지도 않게 검을 검집에 집어넣으며 고개를 흔들었다. 그런데도 시선은 눈을 감고 숨을 거둔 타스에게서 떨어지지 않았다.

그렇게 오랜 시간 자신을 괴롭혀 온 놈의 최후라는 게 믿기지 않을 정도로 조용했고, 초라했다.

혼란의 시대가 얼마나 오랫동안 지속하였더라. 자신의 아버지도, 할아버지도, 선대 공작들도 끝내지 못했던 시대가 이제 흘러가고 있었다. 다시 되돌아오진 않겠지.

'……어쩐지 믿기지 않네.'

아셀라는 손을 쥐었다 폈다. 지금이라도 타스가 벌떡 몸을 일으키고는 '속았지, 셀바토르!' 그러고선 공격을 퍼붓거나 도주할 것만 같아 몸 안에 퍼져 있는 긴장감이 사라지지 않았다.

거기다 크레시벨. 정말로 저놈의 뒷배는 크레시벨이 맞았을까? 그 의문 역시 머릿속에 꽉 차 있는 상태였다.

빈자리에 크레시벨을 끼워 맞추면 꽤 그럴싸하게 맞아 들어갔다. 크레시벨은 자신의 가까이에 아주 오랫동안 있었으면서 야망이 있었고 힘이 있는 가문의 출신이었으니까.

하지만 마지막이 자꾸만 걸리적거렸다. 크레시벨이 에타이와 손을 잡은 장본인이었더라면 굳이 그렇게 끝을 맺게 할 리가 없었다. 거기다 갑자기 침묵한 타스의 마지막 반응도 걸렸다.

머리가 아파져 아셀라는 눈을 찡그렸다. 끝없이 밀려오는 일에 속이 울렁거렸다. 그때 갑자기 뒤에서 온기가 느껴졌다.

"고생했어, 여보야. 얼른 돌아가자."

사이레인은 그런 아셀라를 꼭 끌어안고 등을 토닥였다. 아셀라는 눈을 두어 번 깜빡였다. 그러고는 그 안온한 품에서 길게 숨을 내쉬며 눈을 감았다.

긴장감이 서서히 사라지며 피곤함이 그 자리를 대신하는 게 느껴졌다. 크레시벨의 일이며, 타스를 죽인 것에 대해 피스토레에게 말해야 하는 일과 저 시체라도 수도로 데려가야 하는 일 등의 뒤처리가 남았지만, 지금은 일단 쉬고 싶었다.

아셀라가 자신의 어깨에 머리를 기대 오자 사이레인은 조심스레 더 그녀를 꼭 끌어안았다. 아셀라는 눈을 꼭 감은 채 환하게 웃었다.

"그래, 돌아가자."

아셀라와 사이레인이 타스의 시체와 함께 요새로 돌아오고 나서는 일은 막힘없이 진행되었다. 타스가 죽고 포르도 붙잡힌 데다가 엠릭은 절벽 밑으로 떨어져 행방불명이 되었다. 한 무리를 이끌 사람이 없는 상태에서 나머지 에타이들을 제압하는 건 일이 아니었다.

모든 것을 끝낸 후 진영으로 돌아가자, 총공격을 끝내고 돌아와 있던 엘로스와 다른 테센트루아 성기사들의 얼굴이 순식간에 어두워졌다.

"……."

조금 전까지 신께 감사 기도를 드리며 그 누구보다 환하게 웃고 있던 엘로스의 얼굴은 참담해 보였다. 그가 들었던 보고에는 아셀라의 상태는 빠져 있었으니까.

약을 바르고 붕대로 감는 등의 응급처치를 하긴 했지만, 붕대 밑 얼굴은 참혹했다. 거기다 미세하게 느껴지는 마력의 기운이 성력을 방해하고 있었다.

혹시나 싶어 더욱더 성력을 불어넣어 보았지만, 얼굴에 난 상처는 회복될 기미를 보이지 않았다. 엘로스는 작게 혀를 찼다. 아마도 크레

447

시벨 경이 뿌렸다는 그 물약은 목숨을 빼앗는 용도가 아닌, 오롯이 깊은 상처를 남기기 위해 만들어진 게 분명했다.

"조금이라도 일찍 오셨더라면……."

물약에 들은 마력이 제대로 활성화가 되기 전이었더라면 아니, 막 활성화가 됐을 때쯤이었더라면 어떻게 해서든 손을 더 써 볼 수 있었을 텐데. 안타까움과 참혹함에 시간이 지나면 지날수록 엘로스는 말을 잃어 갔다.

결국 먼저 입을 연 건 뒤쪽에 서 있던 사이레인이었다.

"안 됩니까?"

사이레인의 질문과 몰려드는 시선에 엘로스는 입술만 깨물다 간신히 대답을 꺼냈다.

"……시간이 너무 지났습니다. 안타깝지만 제 힘으로는 더는 차도가 없을 듯합니다."

엘로스의 말에 피스토레가 앞으로 나섰다.

"엘로스 경께서는 신의 검이라 불리는 테센트루아 성기사단의 단장이 아닙니까."

엘로스가 테센트루아 성기사단의 단장을 맡을 수 있었던 이유에는 경험과 모두의 선망을 받은 인품도 있었지만, 고위 사제와 비슷할 정도로 강한 성력도 있었다. 그래서 엘로스만을 믿었는데.

"크레시벨 경이 뿌린 물약은 특수한 물약입니다. 물약을 제조할 때 특수하게 처리한 마도구의 가루를 넣어 만드는데 추후 마력을 발휘해 성력을 방해하게 하지요. 르카디우스 제국 측에서는 수입이 되지 않는 물건일 텐데."

"설마 크레시벨 경, 가문의 이름을 팔아서……."

바티네가 저도 모르게 중얼거리는 소리를 듣고 팔짱을 끼고 있던 테펜텔이 슬그머니 피스토레의 허리를 쿡 찔렀다.

"그 크레시벨 가문이 저런 물약을 구할 수 있는 가문인가 보지?"

"……크레시벨 가문은 꽤 큰 규모의 상단을 거느리고 있었던 데다가 물약 수입에 힘을 쏟아붓고 있었으니까."

피스토레는 마른세수를 하듯 얼굴을 쓸며 대답했다.

"세상에……."

천막에 있었던 모든 이들이 할 말을 잃고 차가운 얼음처럼 굳어 버렸다. 이 전쟁 통에 가문의 이름을 팔아서 저런 걸 구했을 줄이야.

하지만 아셀라만큼은 미소를 잃지 않았다.

"그렇군요."

마치 남의 일이라도 되는 듯 아셀라는 담담한 목소리로 이해했다. 오히려 굴곡 없는 그 목소리가 모두의 마음을 아프게 했다.

"셀바토르 경. 먼저 수도로 올라가십시오. 제가 바로 최고 사제님을 만날 수 있게 편지를 써 놓겠습니다."

엘로스는 다급하게 아셀라의 팔을 잡았다. 자신은 못 하더라도 최고 사제께서 성력을 써 주시면 어떻게든 되지 않을까.

셀바토르 경은 이제 전쟁 영웅으로 이름을 드높일 사람이었다. 어느 정도의 상처는 과거 영광이라 말할 법하지만, 이 정도로 큰 상처는…….

"처음보다도 상처가 옅어졌군요. 나는 괜찮습니다."

아셀라는 고개를 저으며 옆에 놓아둔 작은 거울로 자신의 얼굴을 바라보았다. 엘로스의 성력 덕분인지 아니면 사이레인이 발라 준 물약 덕분인지, 처음 봤을 때보다 흉은 아주 옅어져 있었다.

그래도 남들이 보기엔 끔찍한 수준이었다. 천천히 제 얼굴에 붕대를 감으며 아셀라는 주변을 둘러보았다. 피스토레에 테펜텔, 엘로스에 바티네, 거기에 사이레인까지. 모두가 이 천막에 몰려 있었다.

"지금 이 천막에 다들 모여 있으면 안 될 텐데요. 내 부단장에게만 일을 주지 말고 모두 나가서 수도로 올라갈 준비를 하세요."

수도로 올라갈 준비를 해야 할 지금이 가장 바쁠 때인데 모두 천막에 몰려 있다니. 답답할 노릇이었다.

아셀라의 말을 어떻게 해석한 건지는 모르겠지만, 슬그머니 시선을 교환한 사람들이 하나둘 밖으로 나갔다.

"아셀라."

남은 사람은 사이레인과 아셀라, 단둘뿐이었다. 사이레인은 천천히 아무렇게도 않게 제 할 일을 하려는 아셀라에게 다가왔다. 그새 울었는지 헝클어진 머리카락 사이로 보이는 눈가는 붉어져 있었다.

"그…… 최고 사제인가 하는 사람에게 가 보면 안 될까. 모르는 일이잖아."

사이레인의 말에 아셀라는 다시 고개를 저었다. 저렇게 사이가 울면서 부탁하니 들어주고 싶긴 했다. 아마 시간이 넉넉했더라면 사이의 말에 따랐을 것이다. 하지만 지금 최고 사제에게 가는 건 시간 낭비일 뿐이었다.

"엘로스 경은 고위 사제와 비슷할 정도의 성력을 가지고 계시지. 그런 경이 성력을 최대한 쏟아부었는데도 조금 옅어지기만 할 뿐 나아지지는 않았어."

그러니 최고 사제가 성력을 쏟아부어도 이 상처는 조금 더 옅어지기만 할 뿐 낫지 않을 것이다. 혹시나 기적이 일어나면 없어질지도 모르겠지만, 기적을 고작 자신의 얼굴에 난 상처 따위를 없애는 데 쓰면 아깝지 않은가.

"엘로스 경의 말이 맞아. 시간이 너무 늦었어."

아무리 그녀라 해도 이렇게 큰 상처는 입고 싶지 않았다. 그것도 얼굴이니 앞으로 꽤 불편하겠지. 그래도 자신이 이 상처와 맞바꾼 미래는 분명 달콤할 것이다.

아무도 죽지 않는 평화의 시대가 드디어 온 것이다. 피스토레에게 잘 어울리는 시대기도 했고, 자신이 늘어져라 잠을 자도 괜찮을 때였다.

거기다 원래 크레시벨이 노렸던 건 검을 잡는 오른팔이었다. 오른 팔보다는 얼굴이 낫겠지. 그렇게 생각하면 이 상처도 썩 괜찮게 느껴지는 것이었다.

"아셀라……."

그녀의 대답에 울고 마는 건 사이레인이었다.

"내, 내가 앞으로 이런 일 따위…… 이런 일 따위 절대로 안 생기게 해 줄게."

울먹거리며 사이레인은 아셀라를 꼭 끌어안았고, 아셀라는 등을 토닥이며 작게 웃었다. 생각보다 그녀의 남편은 눈물이 많았다. 그래서 귀여운 거지만.

"사이."

달래듯 천천히 뺨을 쓸자, 사이레인이 고개를 들고 시선을 맞춰 왔다. 이젠 코끝까지 붉어져 있었다.

"돌아가면 우리 결혼식도 생각해 봐야지."

"결혼식."

"서로 좋아하는 사람들만 부르자. 번거로운 절차는 다 생략해도 되겠지."

그거 좋겠다. 이상한 놈들은 부르지 말고 간단하게 하는 거야. 셀바토르 공작가의 정원은 넓고 아름다우니 신전까지 가지 말고 정원에서 해도 괜찮을 것이다.

분명 돌아가자마자 제나가 잔소리를 퍼붓겠네. 자신에게 집사 일을 말도 없이 떠넘겼다고, 결혼식도 왜 이렇게 하냐고 그렇게 투덜거리면서도 분명 제나는 정원을 아름답게 꾸며 줄 것이다.

혼란의 시대가 끝나고 나서 첫 번째 결혼식이 될 테니 최고가 되어야 한다는 소리와 함께.

상상만 했는데도 제나의 목소리가 들려오는 듯해 아셀라는 웃었다. 너무 오랫동안 저택을 떠나 있었더니 잔소리마저 그리울 지경이었다.

"그거 괜찮네."

사이레인은 눈물진 눈가를 접으며 웃어 보였다. 분명 자신들의 결혼식은 멋질 것이다.

† † †

"안 된다."

그 말 한마디에 소파에 앉아 있던 아셀라는 눈을 찡그렸고 사이레인의 눈은 몇 배로 커졌다.

분명 아무런 방해 없이 결혼 허락이 떨어질 줄 알았는데, 다른 사람도 아닌 공작 부인이 반대를 내놓았다. 놀란 듯 보이는 두 사람을 바라보며 공작 부인은 우아하게 찻잔을 탁자 위에 올려 두었다.

"어머니. 제가 누구와 결혼하든 어머니는 제 편이 되어 주신다고 했잖아요. 그런데 왜⋯⋯."

얼굴의 반을 가리는 하얀 가면을 쓴 아셀라가 공작 부인을 부르자, 그녀는 할 말이 남았다는 듯 손을 들어 아셀라의 입을 막았다.

"그래, 내가 분명 그렇게 말했지. 원하는 사람이 없으면 결혼하지 않아도 된다고."

공작 부인의 푸른 눈이 이상하게 굳어 있는 사이레인을 훑었다. 사이레인은 고개도 들지 못하고 탁자 위에 올라온 찻잔에 시선을 고정했다. 긴장감에 목울대가 꿈틀거렸다.

"하지만 용병은 안 된다."

탁, 소리를 내며 공작 부인의 손에서 흔들리던 깃털 부채가 접혔다.

부인은 부채 끝으로 어리석은 제 딸을 가리켰다.

"용병은 명예를 내릴 수 없단다. 내 딸아."

공작 부인의 말에 아셀라의 눈이 커다래졌다. 그런 딸을 바라보며 부인은 계속해서 말을 이어 나갔다.

"내가 너에게 원하는 자를 데려오라 한 건 우리 가문은 그자를 위로 끌어 올릴 힘이 있기 때문이지. 그러니 네가 데려온 남자는 문제가 없어. 하지만 용병단을 이끌고 있다면 말이 달라지지."

귀족은 용병대를 이끌지 않는다. 만일 이끌더라도 상단을 만들고 그 상단을 통해 이끄는 방식이었지. 사이레인처럼 직접 관여하지는 않았다. 거기다 아셀라와 결혼하고 나서 용병 일 하며 떠돌아다니는 것도 말이 안 되는 일이었다.

아셀라가 뒤늦은 깨달음에 머리를 쓸어 올리고 있을 때, 공작 부인의 시선은 사이레인에게 닿았다.

"사이레인이라고 했나요."

"네, 네!"

잔뜩 굳은 사이레인이 고개를 끄덕였다.

"사이레인, 레너드 용병단을 해체할 수 있나요?"

공작 부인의 질문에 사이레인의 얼굴에 긴장감이 사라지고 다른 감정이 떠올랐다. 지금 자신이 무슨 말을 들었는지, 제대로 받아들여지지 않는 모양이었다. 그런 사이레인에게 쐐기를 박듯 공작 부인은 단언했다.

"그대의 손으로 레너드 용병단을 해체하세요. 그렇지 않으면 내 딸과 결혼할 수 없습니다. 사이레인."

어차피 정해진 일이었다. 사이레인은 반듯하게 올렸던 머리를 헝클어트렸다. 아셀라가 숲속에서 자신을 꼬실 때부터 어렴풋이 느끼고 있던 것이 아니었던가. 저 손을 잡으면 자신은 더 이상 레너드 용병단에 머물지 못한다고. 그래도 해체를 말할 줄이야.

공작저를 빠져나와 번화가의 한 찻집에 자리를 잡은 사이레인은 답답한 마음에 차가운 물을 연이어 들이켰다. 가게 점원이 이상한 눈으로 바라보는 게 느껴졌지만, 지금 그에게 중요한 건 그런 게 아니었다.

'어쩌지.'

레너드 용병단은 그에게 있어서 집이었다. 힘겹게 싸우다 돌아갈 수 있는 유일한 곳이었고, 자신을 맞이해 주는 사람들이 있는 곳. 그건 다른 레너드 용병들에게도 마찬가지였다. 그런 용병단을 자신의 손으로 해체할 수 있을까?

사이레인은 괜스레 제 손을 쥐었다 폈다. 상처로 가득한 손이었고, 다른 용병들도 같은 손을 가지고 있었다.

그런데 같은 손을 가지고 결혼 때문에 그들을 내쫓는다? 말도 안 되는 소리였다.

어찌해야 할지 모르고 머리만 헝클어트리던 사이레인의 위로 그림자가 드리웠다.

"대장?"

사이레인이 고개를 들자, 부대장인 리스와 로인 그리고 다른 레너드 용병들 몇이 서 있었다.

사이레인을 따라 수도로 올라온 레너드 용병들은 셀바토르 공작저에서 마련해 준 숙소에서 묵고 있었는데, 마침 구경을 나온 듯 보였다. 아니면 자신이 걱정돼서 나왔다든가.

후자는 아닌 듯 보였다. 모두의 손에는 수도의 특산품이라고 크게 쓰여 있는 봉투가 들려 있었고, 커다란 밀짚모자를 쓰고 있는 사람도 보였다. 심지어 새 옷을 입고 자랑하는 놈도 있었다.

다들 수도 관광을 아주 즐겁게 한 듯 굉장히 만족스러운 얼굴이었다. 얼굴에 반짝반짝 빛까지 났다.

나쁜 놈들, 타들어 가는 제 속도 모르고. 사이레인은 얼굴을 구기며 고개를 휙 돌렸다.

"뭐 해, 대장. 왜 여기 있어? 오늘 결혼 이야기가 잘 안 됐어?"

완전히 다 나은 로인은 고개를 갸웃거리며 의자에 꾸겨 앉아 있는 사이레인을 내려다보았다.

로인 역시 '수도의 특산물! 작은 튀김 빵! 두 명이 먹다가 둘이 죽어도 모를 맛!'이라고 크게 쓰인 빵 봉투를 들고 있었다. 로인 놈은 글을 모르니 아마 유일하게 글을 읽을 수 있는 리스가 말해 준 걸 우르르 몰려가 산 듯 보였다.

커다란 찻집이 순식간에 고소한 튀김 빵 냄새로 가득 찼다.

"대장 차였어?"

"그런가 보다. 하긴, 그쪽 집안은 대단한 집안이라며."

"대장이 뭐 어때서! 성질머리가 좀 더럽긴 하지만……. 그래도 나름 괜찮잖아."

"맞아, 밥을 엄청나게 먹어서 식량 비축을 박살 내긴 해도 좋은 사람이라고."

"요리한다면서 독극물을 만들지만, 나름 착한 대장이지."

다들 동그란 튀김 빵을 우걱우걱 집어 먹으며 본인을 앞에 두고 앞담화를 시작했다. 다들 즐거운 얼굴로 밝게 사이레인을 까기 시작했다. 그간 묻어 놨던 말들이 전부 튀어나오는 듯했다.

이것들이. 사이레인의 얼굴이 점점 더 꾸깃꾸깃해졌다. 아까까지 느끼고 있던 애달픈 감정이 순식간에 사라지는 게 느껴졌다.

"대장."

한 봉지를 그대로 털어 넣은 리스가 손을 탁탁 털며 사이레인에게 다가갔다. 그러더니 맞은편 의자를 빼고는 그 자리에 털썩 앉았다.

"할 말이 있는데."

"뭔데."

사이레인은 퉁명스럽게 대꾸했다. 나쁜 놈들, 내가 얼마나 저희를 생각했는데! 자신의 앞에서 대담하게 앞담을 까다니, 이건 말이 좋게 나오려 해도 좋게 나올 수가 없었다.

삐졌냐? 로인과 다른 용병들이 사이레인 근처에 몰려섰다. 입가에 묻은 빵가루까지 닦아 낸 리스가 사이레인 쪽으로 몸을 기울였다.

또 무슨 이야기로 사람 화를 돋우려고? 귀도 기울이지 않겠다는 듯 얼굴을 구기고 있던 사이레인은 리스의 말에 순식간에 경악했다.

"대장, 우리가 곰곰이 생각해 봤는데 말이야. 용병단을 여기서 해체하자."

'하는 건 어떨까.'라는 식의 의견을 묻는 말도 아니었다. '하자.' 확신만이 있는 말.

거기다 다 같은 생각인지 사이레인의 주변에 서 있던 용병들이 고개를 끄덕였다. 다들 오래전에 결정을 내린 듯 개운하고 담담해 보이는 표정이었다.

"그게 무슨 소리야!"

용병들 사이에서 당황한 건 사이레인뿐이었다. 그가 놀라서 몸을 일으키자, 의자가 큰 소리를 내며 뒤로 넘어갔다.

"용병단을 해체하다니?"

"앉아, 앉아서 이야기해."

다행히도 한적한 평일이라 손님은 사이레인과 용병들뿐이었다지만 리스는 사이레인의 옷자락을 잡아당겨 그를 도로 의자에 앉혔다.

"너희 설마 내 결혼 때문에……."

"아, 우리 대장. 자의식이 너무 강하네. 우리가 너를 그렇게 신경 쓸 리가 없잖아."

456

로인이 웃으면서 그의 말을 빠르게 부정했다. 그러고는 어서 말하라는 듯 리스를 향해 턱짓했다.

"네 결혼 때문에 낸 결정도 아니고, 급하게 낸 결정도 아니야."

리스는 그렇게 말하며 빈 빵 봉지를 구겼다. 마치 지금 자신이 하는 말은 그리 대단한 일이 아니라는 듯 자연스러운 행동이었다.

"사실은 너에게 듣고 계속 고민했어."

사이레인에게서 그 말을 듣고 리스는 고민에 빠졌다. 들리는 바로는 르카디우스 제국의 황족과 유일하게 맞먹을 수 있다는 셀바토르 집안이 과연 그를 받아 줄까. 그리고 그건 다른 용병들도 마찬가지였다.

중요한 일을 앞두고서도 긴장이 되지 않았던 건, 그 일보다 사이레인의 걱정이 앞장섰기 때문이었다.

리스도, 사이레인도 그리고 나머지 레너드 용병들도 기억도 나지 않을 정도로 어린 시절부터 같이 자라 왔다. 그러니 가족이 이상한 취급을 받는 건 원치 않았다. 소설 속 여주인공처럼 버려지는 게 아니냐며 글을 읽을 수 있는 용병 몇이 분통을 터트리기도 했다.

그렇게 고민하고 또 고민하다가 그날이 되었고, 리스는 일부러 요새의 문을 막고 추후 요새 안에 침입한 르카디우스 사람들과 합류하는 역할을 맡았다. 사이레인이 반했다던 그 여자를 보기 위함이었다.

누군지 보고 판단해 주겠다며 기세등등했던 리스와 다른 용병들은 망토를 뒤집어쓴 아셀라를 보고 기세를 누그러트렸다. 달빛 밑에 서 있던 여자는 그저 모습만으로도 기품이 흘렀고, 시선을 마주친 순간 자신들이 함부로 판단할 수 없다는 압박감을 받았다.

적어도 소설 속 이야기처럼 버려지진 않겠다. 그리고 서로 좋아 죽는 듯하니 잘 살겠다. 그게 나머지 용병들이 내린 답이었고, 리스는 그 자리에서 홀로 한 발짝 더 나아가 결심을 끝냈다.

"그러니 해체하자."

문제는 단 하나, 자신들이었으니까.

"셀바토르 공작저 측에서 꽤 좋은 제안을 해 줬어. 그 여자…… 아니, 셀바토르 소 공작님께서 너에게 약속했던 거 말이야."

아셀라는 돌아오자마자 레너드 용병단에게 제나를 보냈고, 그녀는 용병들에게 단 한마디를 전했다.

'원하는 곳에서 원하는 것을 하며 살 수 있게 해 주겠다.'

기술을 배우고 싶다면 기술을 배울 수 있는 곳을, 글을 배우고 싶다면 학교를, 장사하고 싶다면 원하는 자리에 가게를 내어 주겠다고 약속했다.

"너도 알잖아. 로인은 글을 배우고 싶어 했고 제넌은 자기 가게를 열고 싶어 했지! 베올은 그냥 평범한 가정을 가지고 일하는 삶을 바라 왔어."

"……하지만 아이들은? 고아원은. 우리가 그만두면 그 돈들을 감당할 수 있나?"

사이레인의 목소리는 죄책감과 미련에 무겁게 들렸다.

레너드 용병단의 수입 대부분은 새 고아원과 고아원에 들어가지 못한 아이들의 정착금으로 쓰였다. 돌봐야 할 아이들은 한둘이 아니었고, 많은 돈을 벌어도 돈을 보내고 나면 고작 동전 몇 개가 손 위에 남아 있을 뿐이었다.

위험한 일을 하며 고수입을 올려도 그 정도였는데, 과연 평범한 일을 하면서 아이들에게 돈을 계속 보낼 수 있을까?

"역시 그걸 걱정했구나."

그 말에 기다리고 있었다는 듯 로인이 씩 웃더니 품속에서 종이 한 장을 꺼내 내밀었다.

"읽어 봐, 사이레인. 크리엘에게서 온 거야."

크리엘. 그 이름에 사이레인의 눈이 동그래졌다. 자신이 용병단을 꾸려 뛰쳐나오기 전, 남아 있던 아이 중 가장 어린아이였다. 몇 살이었더라, 세 살? 네 살? 그 정도도 안 됐던 것 같은데.

사이레인은 커다란 손으로 작게 접힌 종이가 찢어질까, 조심스레 펼쳤다. 종이를 펼치자 그 안에는 작지만 둥글둥글한 글씨가 가득 쓰여 있었다.

리스 언니에게.

언니, 제가 드디어 일자리를 구했어요. 제가 저번에 보낸 편지에 말했던 유명한 드레스 가게에서 재봉 일을 하게 되었어요! 아직 제가 성인식을 치르기 전이라 조수지만, 열심히 하면 바로 더 좋은 자리를 약속하셨어요.

제 꿈에 한 발 더 다가선 거예요! 저는 기뻐요. 제가 원하는 일자리를 구하기도 했지만, 이걸로 저는 더 언니와 다른 분들께 돈을 받지 않아도 되니까요.

언니, 부디 사이레인 오빠와 다른 언니, 오빠들에게 전해 주세요. 저를 마지막으로 고아원의 아이들은 전부 컸고, 스스로 돈을 벌 나이가 되었다는걸요.

부디 더 돈을 벌어야 한다는 마음에 위험한 일을 하지 않으셨으면 좋겠어요. 이제 레너드 용병단의 모든 언니 오빠들이 원하는 일을 했으면 좋겠어요.

저는 이제 다 컸어요! 다음에 한번 놀러 오세요. 저는 이제 사과 파이도 만들 줄 안답니다. 그럼 이만 줄일게요.

─크리엘 올림, 총총총.

"이게 무슨……."

편지를 든 사이레인의 손이 떨렸다. 그 작던 아이가 벌써 자라 이런 편지를 쓸 정도가 되었다고? 아직도 믿기지 않는 일이었다.

"우리의 지원을 받던 아이는 크리엘이 끝."

그렇게 말하며 로인은 어깨를 으쓱였다.

"이미 나머지 아이들은 다 자랐어. 너 몰랐지만 벌써 결혼해서 아기를 가진 애도 있다?"

"맞아. 우리가 제일 늦었어, 우리가."

"엄밀히 따지자면 그놈이 빠른 거지."

"중간에 용병 일 그만두고 정착한 차일이 부럽더라. 딸이 벌써 걸어 다닌다던데."

"뭐, 하여튼."

리스가 상황을 정리하듯 손을 크게 휘휘 젓자 뒤에서 한마디씩 거들던 이들이 조용해졌다.

"나머지 아이들이 우리를 본받아 고아원에 후원을 하고 있어. 우리의 할 일은 이제 끝이라는 거지. 그러니 너도 네가 하고 싶은 일을 해. 우리도 원하는 일을 할 거야, 그치?"

리스의 말에 다들 웃으면서 고개를 끄덕였다. 다들 뭔가를 하고 싶었던 듯 밝게 자신이 묻어 놨던 이야기를 꺼냈다. 리스는 입꼬리를 올리며 씩 웃었다.

"그간 수고했어. 대장."

우리를 이끌어 줘서 고마웠어.

채 성인도 되지 못했던 아이들이 만들었던 레너드 용병단의 마지막은 생각보다 조용했다.

수도에 있는 용병 길드에 용병 패를 반납하는 건 쉬웠으니까.

길드를 나온 사이레인의 손에 남은 건 레너드라는 이름이 새겨진 작은 나무 패 하나뿐이었다. 해체된 용병단에게 확인서처럼 주어지는 나무패, 그것이 레너드 용병단이 있었다는 증거가 되었다.

"……굳이 해체하지 않아도 되었을 텐데."

사이레인이 미련이 뚝뚝 흐르는 목소리로 리스를 바라보았다.

그녀의 얼굴에는 미련 따위는 남아 있지 않았다.

"그냥 네가 용병단을 맡아서 이끌어도 됐을 거야, 리스. 애들은 너를 잘 따르니까 내가 빠져도 괜찮았을 텐데."

사실은 처음부터 끝이 정해져 있었다. 자신들이 원하는 삶을 살 수 있는 돈을 모을 때까지, 그리고 나머지 아이들이 제대로 자립하고 정착할 때까지.

모두를 하나로 묶기 위해 사이레인은 용병단을 만들었다. 평생 이루지 못할 것 같았던 목표를 다 이뤘으니 이제 끝내는 게 맞았다.

그래서 해체를 선택하긴 했지만, 이렇게 쉽게 보내 주기에는 너무도 아쉬워 사이레인은 저도 모르게 낡고 낡은 나무패를 꽉 쥐었다.

"아, 됐어."

사이레인의 말에 리스는 진절머리가 난다는 듯 고개를 저으며 손을 크게 흔들었다.

"여태까지 레너드의 밑에서 살아왔으니 허전한 건 이해하겠지만, 익숙해져, 대장. 거기다 이제 공작님의 부군으로 살게 된다며. 기사 작위도 받는다며? 그때 용병 길드에 이름이 올라가 있으면 이래저래 곤란하지."

"어? 사이레인 귀족 되는 거야?"

"귀족이랑 결혼하는데 귀족나리지!"

오오오! 함성이 여기저기에서 터져 나왔다. 지금 깨달은 건가. 멍청한 놈들. 사이레인은 고개를 저었다.

"고아에서 떠돌이 용병, 떠돌이 용병에서 귀족! 성공했네, 대장."

한 용병이 웃으면서 사이레인의 어깨를 토닥였다. 그러더니 고개를 푹 숙이고는 작게 속삭였다.

"나중에 돈 빌리러 올게."

귀족이면 돈 많을 거 아니야, 그치? 그렇게 말하며 눈을 찡긋하는 놈과 뒤에서 격하게 고개를 끄덕이는 놈들을 보자, 여기서 끝내는 게 다행이라는 생각이 불현듯 치밀었다.

"가라, 가."

사이레인은 한숨을 내쉬며 고개를 흔들었다. 그의 마음이 한결 가벼워진 걸 보자 용병들은 와자지껄하게 웃음을 터뜨렸다.

몇은 수도에 남지만, 대부분은 수도를 떠나 원하는 지역에 정착하거나 기술을 배운다고 했고, 오늘 바로 떠나는 사람 중에는 리스도 포함되어 있었다. 그러니 이것이 레너드 용병으로서는 마지막이었다.

"잘 가라."

사이레인의 인사에 모두가 웃으며 고개를 끄덕였다.

자신은 쭉 수도에 있을 테니 오라는 말을 덧붙이고 사이레인이 공작저에서 온 마차를 타고 사라졌을 때, 나머지 용병들은 씩 웃었다.

"드디어 갔네."

"마음만 착해서는."

그러더니 다들 어디로 갈 것인지, 언제 갈 건지 떠들기 시작했다. 셀바토르 공작저에서 준 자금과 소개장이면 어디든 가서 자리를 잡기 쉬울 것이다. 원하면 땅도, 집도 사 준다고 했으니 가기만 하면 된다.

리스는 용병단 길드 문 옆에 놨던 짐을 번쩍 들었다.

"리스, 진짜 벌써 가게?"

"좀 더 구경하다 가."

"난 바닷가로 가잖아. 지금 출발해도 못해도 한 달이다. 한 달."

아쉬워하는 몇이 그녀를 붙잡았지만 리스는 갈 길이 바쁘다며 먼저 자리를 떴다. 일부러 마차도 받지 않고 돈만 챙겨 수도를 걸었다. 번화가를 지나고 성문에 도착할 때쯤.

"리스!"

"언니이이!"

그녀를 다급히 따라온 용병들 몇몇이 그녀를 다급하게 불렀다. 성문을 통과하려다 리스가 몸을 돌리자, 저 멀리서 허겁지겁 달려오는 용병들이 보였다.

"나, 나도 같이요, 언니."

"저도요. 부대장."

다급하게 따라온 듯 땀으로 범벅이 된 얼굴로 리스를 올려다보며 웃었다.

"부대장, 바다로 간다고 하고 그대로 사라질 거였죠?"

그 해맑은 말에 리스는 들켰다는 듯 제 뺨을 만지작거렸다.

그녀는 굳이 한 곳에 정착할 생각이 없었다. 떠돌아다니며 용병 일 하는 게 리스의 적성에 맞았으니까. 다들 어디에 정착할 건지, 무얼 배울 건지, 어떤 가게를 차릴 건지 너무 즐겁게 떠들어 혹시 싫은 놈들에게도 물어보지 못했는데.

"나도 이리저리 움직이는 게 좋아서."

"한 곳에 있으면 갑갑해요. 용병 일도 체질에 맞고."

아무래도 리스와 같은 생각을 한 이들이 몇몇 더 있었던 모양이었다.

"그럴까."

혼자보단 여럿이 좋으니까. 고개를 끄덕이는 리스가 갑자기 진지해진 얼굴로 용병들을 바라보았다.

"하지만 첫 정착지는 바다야. 정말 바다가 보고 싶었다고."

바다에 도착하면 다시 용병 길드에 가서 등록하자. 그렇게 말하고 웃으며 다섯은 성문을 나섰다.

마차에서 내린 사이레인의 얼굴은 복잡해 보였고, 어딘가 축 처져 있었다. 그리고 그런 사이레인을 맞이한 건 아셀라였다. 푸른 피슈를

463

걸치고 있던 아셀라는 문 앞까지 나와 사이레인의 손을 잡았다.

"사이."

조심스레 뺨을 쓸자 사이레인이 시선을 맞추더니 걱정하지 말라는 듯 고개를 끄덕였다. 가자, 그렇게 말하며 사이레인은 자연스럽게 아셀라의 손을 잡고 다른 손으로는 그녀가 들고 있던 등을 들었다.

잠시 두 사람은 말없이 드넓은 공작저의 정원을 걸었다.

아셀라는 고민에 빠졌다. 달래 주고 싶은데 이 상황에서는 뭐라고 해야 하는 걸까?

"다들."

고개를 살짝 숙이고 할 말을 고르던 아셀라의 귓가에 사이레인의 목소리가 닿았다. 아셀라가 고개를 들자, 사이레인이 씩 웃고 있었다.

"제가 원하는 곳을 찾아간 거지. 고마워, 아셀라. 덕분이야."

그렇게 말하며 사이레인은 공작저를 바라보았다. 이제 자기가 머무르는 곳은, 돌아와야 할 곳은 여기였다.

"……뭘, 할 일을 한 거지."

아셀라가 그렇게 말하자 사이레인은 웃으면서 바람에 흐트러진 아셀라의 피슈 자락을 다시 여며 주며 말을 이었다.

"나는 첫째는 딸이 좋겠어."

"딸?"

아셀라의 질문에 고개를 끄덕이는 사이레인의 표정은 완전히 원래대로 돌아와 있었다.

"응, 딸. 딱 여보야를 닮으면 귀엽고 귀여울 거야."

그런가? 아셀라의 눈이 가늘어졌다. 제 생각엔 사이레인을 닮아야 귀여울 듯한데. 잠시 짙은 주홍빛 머리를 가진 딸을 상상해 보았다. 곰을 닮은 게 꽤 귀여울 듯싶었다.

머리를 양 갈래로 묶어 볼까. 제 키와 사이레인의 키를 받으면 꽤 크겠지? 그래도 귀여울 것 같다.

"그래, 귀엽겠다."

"그치?"

서로 다른 딸을 머릿속으로 상상한 채 아셀라와 사이레인은 서로를
바라보며 웃음을 머금었다.

† † †

결혼식은 고위 귀족의 결혼식치고는 간단하게 열린 듯 보였다. 다
른 고위 귀족들처럼 신전을 하루 비워 두고 하는 것이 아니라 공작저
의 정원에서 열렸으니까.

하지만 이제 집사가 된 제나가 온 힘을 다해 정원을 꾸몄기에 화려
함에 부족함은 없어 보였으며, 몰려든 하객들만큼은 황족의 결혼식이
라 착각할 정도였다.

최고 사제와 테센트루아 성기사단의 단장과 부단장, 거기에 고위
사제들도 결혼식에 참석했으며 황제가 된 피스토레와 아르트엘 역시
그녀의 결혼을 축복했다.

그리고 얼마 안 있어 아셀라는 첫째를 출산했다. 안타깝게도 베스
라온이었다. 새 옷까지 준비하며 방방 뛰었던 사이레인의 어깨가 다시
처지는 순간이었다.

마지막 희망을 둘째에게 걸었으나, 그 역시도 루엔티였다. 사이레
인은 곱게 딸의 꿈을 접었다.

그리고.

"네, 저는 황실의 검이라 불리는 린체의 기사단장이 돼서 모든 적을
조져 버리고 싶습니다!"

465

어린 베스라온의 목소리가 아름답게 꾸며진 황실 정원에 울려 퍼졌다.

아셀라는 눈을 크게 뜨고 할 말을 잃었으며, 린체 기사단장이 되고 싶냐 물었던 피스토레는 입에서 찻물을 뿜었다.

아르트엘이 제1황자인 아렌도 때문에 자리를 비워서 다행이다. 그녀가 있었더라면 웃음소리로 난리가 났을 것이다.

그렇게 생각하며 아셀라는 눈가를 꾹 눌렀다. 두통이 밀려오는 듯했다.

하지만 베스라온의 입은 멈추지 않았다.

"반드시 선봉에 서서 적들의 모가지를 모두 부러트려 놓겠어요!"

아셀라를 똑 닮은 진녹색 눈이 아까보다 더욱 빛이 났다. 베스라온은 진심이었다. 반드시 남은 에타이 놈들도 조져 버리겠다는 베스라온의 밝은 목소리를 들으며 아셀라와 피스토레의 시선이 동시에 사이레인에게 향했다.

"……."

덩치 큰 곰은 말이 없었다. 그저 아내님의 눈치를 힐끗힐끗 보며 어깨를 축 늘어트릴 뿐이었다.

그리고.

"까아아악!"

쾅―! 굉음이 울려 퍼지며 비명이 사방에서 들려왔다. 셀바토르 공작가의 사용인 몇이 사방으로 튀는 잔재를 피해 열심히 도망치고 있었다.

"고, 공작님. 루엔티 도련님이 마법으로 연습장을 무너트리셨습니다!"

한 사용인이 다급하게 그녀에게 말했지만, 굳이 보고를 들을 필요는 없었다. 아셀라도 루엔티를 위해 만들었던 연습장 절반이 날아가는

466

걸 두 눈으로 보고 있었으니까. 언제나 담담하던 제나가 뒤에서 비틀 거리는 게 느껴졌다.

"어머니."

새하얀 털 코트를 입은 열 살의 루엔티가 아셀라에게 걸어왔다. 걸 을 때마다 간신히 묶은 꽁지가 흔들거렸다.

"새 연습장을 지어 주세요. 연습장이 날아갔어요. 이번엔 더 크게 지어 주세요, 저거 너무 작았어요."

코를 훌쩍이며 저는 하나도 잘못한 게 없다는 듯 루엔티가 당당하게 말했다. 루엔티의 뒤로는 아직 연습장 파편이 날아다니고 불길이 치솟 고 있었다. 사용인들이 불길을 잡으려 물을 퍼다 나르는 게 보였다.

'두 명으로 충분하겠어.'

불꽃이 사방으로 퍼지고 건물이 폭파하며 비명이 울려 퍼지는, 아 비규환 같은 광경을 보며 아셀라는 웃었다.

그래, 두 놈이면 충분하다. 이 이상은 제가 감당할 수가 없었다.

아셀라의 마음을 이해한다는 듯 뒤에서 제나가 고개를 끄덕였다.

그런데.

"엄마."

저를 조곤조곤 부르는 목소리에 눈을 뜨자 작은 여자아이가 저를 올 려다보며 눈을 빤짝이고 있었다. 커다란 라일락색 눈동자에 마치 아무 도 밟지 않는 첫눈 같은 은발을 길게 기른 아이, 셀바토르 공작저에서 는 볼 수 없는 색이었다.

"엄마아."

아셀라가 답이 없자 레슬리는 두 손을 꼭 모은 채 고개를 옆으로 살 짝 기울였다. 눈을 크게 뜨는 건 잊지 않았다. 살짝 머금은 미소 때문 에 두 뺨이 더욱 오동통해 보였다. 혼신의 힘을 다해 먹었더니 살이 조금 찐 것이다.

"콘라드 경이랑 바다를 보러 가고 싶은데, 안 될까요?"

엄마라고 부르면 자신이 약해지는 걸 안 저의 귀여운 딸은 가끔 이렇게 자신을 부르며 눈을 반짝이곤 했다.

귀여워라, 아셀라는 저도 모르게 웃음을 흘렸다.

차디찬 겨울, 저에게 거래하러 왔던 깡마르고 볼품없던 아이는 어느새 이렇게 자랐다. 손을 뻗어 머리를 쓰다듬자 부드러운 머리카락이 만져졌다.

"다녀오렴."

아셀라의 대답에 레슬리의 얼굴이 환해졌다.

"대신 베스랑 엔티를 데리고."

콘라드는 경악할 만한 조건을 걸며 아셀라는 웃었다. 예상치 못한 딸이 생겼지만, 행복한 삶이다. 아셀라는 진심으로 그렇게 생각했다.

외전3. 결혼식

원래 스페라도 후작가의 저택이 있던 자리에는 새로운 저택이 들어섰다.

거대한 저택은 제국 전체에서 몰려든 장인들이 혼을 갈아 만들었다. 값비싸고 귀한 재료들이 아낌없이 들어갔고, 정원 구석구석 작은 풀 한 포기조차 완벽하지 않은 것이 없었다.

그 전에 이곳에서 살던 이들더러 보라는 듯 아름답고 화려하게 지어진 저택은 다른 나라 사람들은 물론 수도에서 사는 사람들조차 한 번씩 구경을 올 정도였다.

하지만 이 저택보다 더 유명세를 끈 것은 성인이 된 지 얼마 되지 않은 어린 공작이었다.

성인이 되자마자 공작 위에 오른 어린 공작은 자신의 능력을 입증이라도 하듯, 자리에 앉자마자 어머니인 셀바토르 공작과 함께 여러 일을 해냈다. 때로는 가지고 있는 어둠의 능력으로 일을 처리하기도 했으며, 때로는 천재라고 칭송받는 명석한 머리로 미궁에 빠져 있던 일

469

들의 해결책을 내놓기도 했다.

어렸을 적 불우한 일을 겪고도 훌륭하게 자라난 그 어린 공작의 결혼식이 바로 내일이었다.

"아가씨."

세이아나 공작가의 하녀복을 입은 마델이 레슬리를 깨웠다. 부드러운 잠옷을 입고 폭신한 침구에 몸을 묻은 레슬리는 자신의 이름을 계속 부르는 마델의 목소리에 간신히 눈을 떴다. 긴 은색 속눈썹 밑에서 나타난 라일락색 눈동자에는 졸음이 가득했다.

"조금 더 자면 안 돼……?"

일어나야 한다는 걸 알았지만, 너무 피곤했다.

하나의 가문이 정착한다는 게 쉽지 않을 거란 건 잘 알고 있었다. 그래서 각오도 다져 두지 않았던가. 하지만 상상 이상으로 일이 너무도 많았다.

새로 받은 영지에 들러 사람들에게 인사도 해야 했고, 수도에 머무르면서 여러 가지 정책을 논의해야 하기도 했으며, 위험한 일이 있으면 발로도 뛰어야 했다. 거기다 옛날부터 자신의 위치를 지키고 있던 귀족들은 갑자기 나타난 자신을 탐탁지 않게 여겼다.

'그분들에게 실력을 인정받아 보렴.'

셀바토르 전 공작은 레슬리를 도와주지 않았다. 그저 웃으면서 '긍지가 높은 분들이니 쉽진 않을 거야.'라고 말해 줬을 뿐이었다.

각 분야에서 가장 긍지가 높은 귀족들에게 자신을 인정시키는 일은 쉽지 않았지만 최근 들어 조금씩 좋은 평가를 얻기 시작했다.

아무튼 그렇게 여러 가지 일을 한꺼번에 하려니 죽을 맛이었다. 거기에 콘라드와의 결혼식도 더는 미룰 수가 없었기에 근 몇 달은 정말,

정말로 눈코 뜰 새가 없이 바빴다.

셀바토르 공작가의 사람들이 도와주고 자신이 고용한 세이아나 공작저의 사람들이 전부 달려들었음에도 결혼식 준비는 쉽게 끝나지 않았다. 셀바토르 전 공작과 사이레인이 자신의 딸에게 어울리지 않는다며 계속 퇴짜를 놓은 탓이었다.

결국, 은퇴한 제나가 달려와 이러다간 길바닥에서 결혼식을 올리게 되겠다고 조용히 화를 내고 나서야 간신히 결혼식 준비를 끝마칠 수 있었다.

그렇게 준비한 결혼식이 내일이었다.

"내일만 지나면 푹 주무실 수 있어요. 여행도 가시잖아요."

마델이 안타까운 목소리로 레슬리를 일으켰다. 결혼식이 지나고 나면 여행을 떠나기로 콘라드와 말을 맞춘 상태였다.

바다를 보러 가자고 했었지.

가족과 같이 가서 본 바다는 너무도 아름다웠고 레슬리의 마음에 쏙 들었다. 다녀온 후에도 종종 언급했기에 콘라드는 조금의 망설임도 없이 바다가 아름다운 곳으로 여행지를 잡았다.

'정말로 예쁜 곳이니, 슈야 마음에도 쏙 들 거예요.'

그렇게 말하며 웃었지.

콘라드를 떠올린 레슬리는 번쩍 눈을 떴다. 그래, 지금 이러고 있을 때가 아니었다.

하필 2주 전, 신전을 공격하는 무리가 나타났고 테센트루아 성기사단은 그들을 제압하러 떠났다. 이번에 기사단장이 된 콘라드도 예외 없이 끌려갔다. 그리고 오늘은 그들이 귀환하는 날이었다.

간신히 졸음을 참고 침대를 벗어났다.

"마델, 목욕 준비는?"

"이미 끝내 놨지요!"

세이아나 공작가의 하녀장이 된 마델은 씩 웃으면서 레슬리를 욕실로 데려갔다. 새하얀 자기 욕조에는 딱 좋은 온도의 물이 가득 들어 있었다.

씻고 나오자 커다란 수건을 들고 있는 서올리와 다른 하녀들이 재빠르게 레슬리를 닦아 주었다. 졸린 상태에서 목욕까지 한 레슬리는 살짝 몽롱한 상태로 하녀들에게 이리저리 끌려다녔다.

눈을 떴을 때는 이미 단장이 어느 정도 끝난 상태였다. 이미 며칠 전에 미리 골라 둔 드레스를 입었고, 머리도 정성스레 땋아서 늘어트렸다.

일부는 세밀하게 땋고, 일부는 늘어트린 은빛 머리카락 위에는 달과 작은 꽃 모양으로 만들어진 장신구가 얹어졌다. 세이아나 공작가의 문양이었다.

조금 전까지 부스스한 머리였는데 무얼 바른 건지 반짝반짝 윤이 나는 데다가 좋은 향기가 흘렀다. 거울이 비친 얼굴에서는 어제 밤을 새면서 서류를 본 흔적 따위 찾아볼 수도 없었다.

"모두 나날이 솜씨가 좋아지네."

레슬리의 칭찬에 레슬리를 꾸민 하녀들이 어깨를 으쓱이며 콧대를 높였다.

"공작님 덕분이죠. 저택 사람들이 뭔가 배우는 걸 아낌없이 지원해 주시니까요."

마지막으로 레슬리의 손톱에 향유를 발라 주면서 한 하녀가 웃었다.

세이아나 공작가에서는 일하는 사람들에게도 배움에 지원을 아끼지 않았다. 글을 모르던 이들은 글을 배웠고, 간단한 산수를 배우는 사람도 있었다. 화장법이나 꾸밈법을 배우는 사용인들도 많았으며, 제나를 동경해 집사 일을 배우는 이도 있었다.

"그러면 다행이지. 혹시 부족한 건 없어?"

"부족한 게 있을 리가요! 식사도 잘 나오고, 잠자리도 편안하고. 제가 이런 말까진 안 하려고 그랬는데요, 제 친구들에 친척들까지 전부제가 공작저에서 일하게 된 걸 얼마나 부러워했는데요."

레슬리의 말에 하녀가 고개를 격하게 흔들며 대답했다. 몇몇 귀족집안의 저택에서는 주인이 먹고 남은 음식을 먹게 하기도 했고, 깨끗하지 않아 벌레가 나오는 숙소를 제공하는 저택도 있었다.

하지만 세이아나 공작가에서는 절대 그런 일을 허용하지 않았다.

레슬리는 자신이 예전에 겪은 일을 누군가가 또 겪기를 원치 않았다. 그래서 사용인들의 식탁은 다른 귀족가의 사용인들에게 화제가 될정도로 풍성했다. 제철 과일은 물론 고기와 생선 요리도 먹을 수 있었고, 여름에는 귀하디귀한 얼음을 사용한 요리도 종종 식탁에 올랐다.

풍족한 먹거리와 편안한 잠자리, 넉넉한 급여에 무언가를 배우는데 제한을 두지 않자 세이아나 공작가는 이내 좋은 사람들로 가득 찼다.

"그러면 다행이야."

레슬리는 거울을 보면서 웃었다. 처음에는 실패도 많이 했고 지금도 완벽한 상태는 아니었지만, 그래도 이렇게 사람들이 좋아하는 걸보면 기분이 즐거워졌다.

'이제 시간을 들여서 더 많은 사람이 비슷한 혜택을 받게 해야지.'

속으로 그렇게 다짐하는데 서올리가 신발 한 짝을 가지고 왔다. 드레스와 레슬리의 은발에 맞춰 제작한 신발은 더없이 아름다웠고 또한위태해 보였다. '벗는다.'라는 표현보다는 '떨어진다.'라는 말이 어울릴정도로 굽이 높았기 때문이었다.

"공작님, 여기 신발을 가지고 왔습니다만⋯⋯."

신발을 가져오는 서올리의 눈도 그리고 말끝도 흐려져 있었다.

레슬리는 종종 높은 굽의 신발을 신긴 했지만 그건 잠시였고, 그래도 편안함 쪽에 중심을 둔 신발을 애용했다. 하지만 오늘 레슬리가 고른 신발은 아름다웠지만 오래 신기는 힘들어 보이는 신발이었다.

"이 신발로 괜찮으실까요? 저는 솔직히 걱정됩니다."

"맞아요, 예쁘긴 한데 오늘 공작님은 춤도 많이 추셔야 할 거고. 내일도 일찍 일어나서 종일 서 계셔야 할 텐데. 조금 더 편안한 신발을 신는 건 어떠실까요?"

"이 신발도 지금 드레스에 잘 어울리실 거예요."

서올리를 시작으로 마델과 다른 하녀들이 앞다투어 자신이 추천하는 신발을 가지고 왔다. 전부 레슬리의 드레스와 잘 어울렸고 처음 고른 신발보다는 굽이 낮은 편한 신발이었다.

"아니, 오늘은 이걸 신을래."

평소였다면 레슬리는 하녀들의 말을 따랐을 것이다. 하지만 오늘은 아니었다.

단호한 레슬리의 행동에 하는 수 없이 하녀들은 레슬리가 신발을 신는 것을 도왔다.

모든 단장이 다 끝나고 레슬리는 커다란 거울 앞에 섰다.

'잘 어울린다. 예뻐.'

본인 스스로도 그런 생각이 들 정도였다.

결이 좋은 은발을 늘어트리고, 위에는 달과 꽃 모양의 보석으로 만들어진 티아라를 썼다. 티아라와 함께 제작된 목걸이는 우아함을 뽐내기에는 문제가 없었다. 그리고 붉은 루비가 박힌 귀걸이는 찬란하게 빛나 레슬리를 밝혀 주고 있었다.

거기다 긴 연분홍색 드레스 자락 사이로 보이는 높은 굽의 신발은 레슬리의 만족감을 불러왔다.

"공작님, 너무 굽이 높지 않을까요? 평소에 신던 것보다 더 높아서 저는 걱정스러워요."

드레스 자락에 향수를 뿌리면서 마델이 마지막으로 물었다. 걱정스러움이 묻어나는 목소리에 입술을 한 번 오므리더니 레슬리는 눈을 깜빡이면서 대답했다.

"하지만 이 정도는 돼야 가족들 사이에서 안 묻히는걸."

아. 그제야 마델과 서올리를 포함한 다른 하녀들은 왜 레슬리가 저 신발을 골랐는지 알 수 있었다.

셀바토르 가문에서 레슬리는 가장 작은 편이었다. 열두 살에 공작저로 오고 나서부터 저택의 모든 사람이 달려들어 레슬리를 열심히 먹였으나 키는 많이 크지 못했다. 자일로는 아마 어릴 적 너무 못 먹은 탓일 거라고 말하며 한숨을 쉰 적도 있었다.

그리고 레슬리도 어렴풋이 그 사실을 알고 있었다. 유전이라고 믿기에는 엘리도, 스페라도 후작 부인도 보통은 넘는 편이었으니까.

그래도 레슬리는 불편함보다는 편안함을 중요시했기에 높은 신발을 신어 본 적은 거의 없었다. 그러나 오늘과 내일만큼은 무리해 볼 생각이었다.

"그리고 오늘은 어머니랑 아버지가 오시는 날이잖아."

셀바토르 공작, 아니 이젠 셀바토르 전 공작이 된 아셀라와 사이레인이 수도로 올라오는 날이었다.

베스라온이 공작 위를 잇자마자 아셀라와 사이레인은 셀바토르 공작령으로 내려갔고, 지금까지 거기서 머무르고 있었다. 햇빛이 잘 들어 늦잠을 자기에 좋다나. 그녀다운 말이었다.

그렇게 수도를 빗어난 두 사람이 며칠 전 레슬리의 결혼식으로 수도에 올라왔고 오늘 파티부터 내일 결혼식까지 참석할 예정이었다.

"공식적인 장소니까, 내가 다 컸다는 걸 보여 드려야지."

레슬리는 단호하게 외쳤다. 시간이 아무리 지나도 셀바토르 사람들의 눈에는 레슬리는 아직도 열두 살 모습 그대로인 모양이었다. 그러니 오늘만큼은 반드시 우아하고 아름다운 자신의 모습으로 다 컸다는 걸 증명해 보일 생각이었다.

자신만만한 레슬리를 보며 마델은 아랫입술을 깨물었다. 자신이 눈치가 좀 없는 편이긴 했으나 이미 주먹을 불끈 쥐고 저런 말을 한다는 게 레슬리의 이상향과 거리가 멀다는 걸 말할 수는 없었다. 오히려 더 귀엽게 느껴질 뿐이었다.

그리고 그건 다른 하녀들도 마찬가지였다. 다들 레슬리의 드레스 자락을 정리하거나 주변의 소품을 치우는 듯 부산하게 움직이면서도 입술을 깨물고 있었다.

"아가씨는 잘 하실 수 있을 거예요."

간신히 먼저 표정을 정리한 서올리가 머리끝을 매만져 주며 외치자, 레슬리는 결연한 얼굴로 고개를 끄덕였다. 동그란 눈이 반짝반짝 빛이 나고 있었다.

마델이 신발 뒤쪽 리본을 묶어 주는데 노크 소리가 들려왔다.

"아, 집사님이신가 봐요."

"벌써 시간이 그렇게 됐나?"

아직 아닌 것 같은데. 그렇게 중얼거리며 문을 연 마델의 눈이 커다래졌다. 방문객이 누구인지 깨닫자마자 마델은 몸을 숙였다.

"아이테라 님."

레슬리의 방문을 두드린 것은 집사가 아니라 콘라드였다. 마델의 말에 거울 앞에 서 있던 레슬리가 몸을 빙글 돌리고는 그대로 문 쪽으로 가 품에 폭 안겼다.

"라드."

“집사에게 부탁해서 제가 데리러 왔습니다.”

콘라드는 웃으면서 제 품에 안긴 레슬리의 허리에 팔을 감았다. 고개를 살짝 숙이고 귓가에 속삭이는 목소리가 간지러워 레슬리는 품 안에서 작게 웃음을 터트렸다. 그리고 고개를 들어 시선을 맞췄다. 콘라드의 황금색 눈동자가 웃음을 머금고 빛이 났다.

“아름다워요, 내 사랑.”

그리고 자신에게 안기는 바람에 조금 헝클어진 머리카락을 쓸어 귀 뒤로 넘겨 주었다.

레슬리는 고개를 들어 시선을 마주친 채 대답했다.

“라드도 정말 멋있어요.”

사실이었다. 콘라드는 새하얀 테센트루아 성기사단복을 주로 입었지만, 오늘은 달랐다. 평소 보기 힘든 검은 정복에는 붉은색으로 문양이 들어가 있었다. 금과 다이아몬드로 만들어진 카라링스는 콘라드의 눈 색과 같은 장신구였고 머리는 반만 뒤로 넘겨 고정했다.

콘라드의 모습은 새로웠다. 늘 하얀색과 금색이 어우러진 성기사단 제복을 주로 입곤 했으니까. 평소는 단정하고 금욕적인 모습이라면 오늘은 정반대였다.

예전에 메데이아가 최초의 사제 후보들을 위로한다고 열었던 파티에서도 비슷한 차림이었으나, 그때보다 더욱 성숙해진 얼굴과 자태였다.

그런 콘라드를 보던 레슬리의 눈이 한 곳에서 멈췄다.

“커프스.”

짤막한 단어가 입에서 튀어나왔다. 붉은색과 검은색으로 꾸민 콘라드의 소맷자락에 달린 커프스는 연한 분홍색이었다. 어쩐지 어울리지 않는 조합에 눈을 깜빡이자, 콘라드가 기분 좋은 웃음을 머금었다.

“설마……”

"네, 어울리지요?"

그렇게 말하며 콘라드는 레슬리의 손을 잡았다. 손목에서 반짝이는 커프스와 레슬리가 입은 섬세한 장미 무늬 레이스가 소매를 장식한 드레스는 같은 색이었다.

어떻게 내가 오늘 이 드레스를 입는 걸 알았을까. 콘라드는 수도를 비웠었는데.

설마! 하는 생각에 몸을 돌려 마델과 서올리를 바라보자 두 사람이 밝게 웃었다. 두 사람이 콘라드에게 말해 준 모양이었다.

조금 치사하다는 듯 레슬리가 콘라드를 노려보자 그는 웃으면서 가볍게 뺨에 키스했다. 간지러움에 살짝 몸을 움츠리니 뺨에 닿은 입술에서 웃음이 새어 나왔다.

"그런데 오늘은 더 특별해 보이는군요. 다른 의미로요."

모를 수가 없었다. 평소에 안기면 가슴팍에 닿던 레슬리의 머리가 이젠 어깨에 닿았으니까.

콘라드의 물음에 레슬리는 우쭐거리면서 고개를 치켜들었다. 그 모습이 퍽 사랑스러운지 콘라드의 눈매가 휘었다. 레슬리를 바라보는 황금색 눈동자가 빛이 나는 듯했다.

"지금 키스하고 싶은데 화장이 지워져서 안 되겠죠?"

"……안 돼요."

안타까워라. 콘라드가 보란 듯 어깨를 축 내렸다. 눈꼬리가 처지며 안타까운 분위기가 흘렀다.

마치 버림받은 강아지 같은 모습에 레슬리는 고민에 빠졌다. 시선만 돌려 방을 바라보자 하녀들은 방을 정리하느라 부산을 떨고 있었다.

아무도 안 보고 있다는 걸 확인한 레슬리는 살짝 발을 들어 콘라드의 뺨에 키스했다.

"이걸로 참아요, 라드."

작게 웅얼거리는 목소리가 퍼졌다. 약혼자고 내일은 결혼식이었지만, 어쩐지 아직 다른 사람들 앞에서 애정 표현을 하는 건 익숙하지가 않았다.

뺨이 달아오르는 게 느껴져 레슬리는 손을 부채 삼아 흔들었다. 뒤에서 웃음소리가 흘러나왔다.

부끄러워하는 모습에 콘라드는 웃으면서 팔을 내밀었다. 정중한 자세였다.

"아쉽지만 그럼 내려갈까요?"

"네, 좋아요."

내민 손 위에 레슬리가 손을 올리자 탄탄한 팔이 위태로움 없이 안전하게 작은 손을 잡았다. 나란히 선 두 사람은 한숨이 저절로 새어 나올 정도로 완벽한 한 쌍이었다.

긴 계단을 내려가 파티를 위한 홀 입구 앞에 서자, 집사가 꾸벅 고개를 숙였다.

"부모님과 오라버니들은?"

"모두 안에 계십니다. 다른 손님들도 전부 입장하셨습니다."

주인공이 나올 차례라는 뜻이었다. 레슬리는 크게 숨을 한 번 들이쉬었다. 두 오라버니는 몰라도 어머니와 아버지는 오랜만에 만나는 자리였다.

조금 긴장이 되어 숨을 정리하는데 콘라드와 눈이 마주쳤다. 눈이 마주치자마자 콘라드는 자동으로 레슬리를 보며 웃었다. 애정이 담긴 눈빛에 어쩐지 안심이 되었다.

"열도록."

레슬리가 정면을 바라보며 말하자 집사가 손짓했고 거대한 문을 잡고 있던 두 하인이 빠르게 움직였다. 기름을 먹여 부드러운 거대한 문은 소리도 없이 열렸고 문이 열림과 동시에 환한 빛과 함성, 악단의 연주가 터져 나왔다. 그리고 사람들의 시선은 당연하였다.

레슬리와 콘라드가 홀 안으로 한 발 내딛자, 이미 홀 안에 있던 수많은 사람들이 달려와 레슬리 앞에서 인사를 건넸다. 레슬리와 콘라드는 미소와 함께 축하에 화답했다.

"세이아나 공작님."

우직한 목소리와 함께 레슬리와 인사를 나누던 두 사람이 빠르게 앞에서 물러났다. 목소리의 주인은 셀바토르 공작인 베스라온이었다.

린체의 기사단 제복이 아닌 정복에 셀바토르 공작가의 문양이 새겨진 망토를 차려입은 베스라온이 웃으면서 두 사람에게 다가왔다. 레슬리는 정중히 드레스 자락을 잡고 인사를 했다.

"셀바토르 공작님, 바쁘신 와중에 이렇게 와 주셔서 감사합니다."

"축하해야 할 일이니 당연히 와야지요."

그 인사를 끝으로 잠시 침묵이 흘렀다. 침묵은 웃음소리로 깨어졌다. 레슬리는 환하게 웃으며 베스라온에게 다가갔다. 라일락색 눈동자가 반가움과 행복함으로 반짝거렸다.

"오라버니, 와 주셔서 감사해요. 일도 많으실 텐데."

"당연히 와야지. 일이 중요한 게 아니잖니. 우리 귀여운 동생."

아셀라가 공작 위에서 내려오고 셀바토르 공작이 된 베스라온은 레슬리보다 훨씬 더 많은 일을 처리하고 있었다. 그래서 결혼식은 몰라도 오늘은 못 오시지 않을까 걱정했는데 역시 기우였다.

그런 제 동생이 귀여운지 베스라온은 습관적으로 레슬리의 머리를 쓰다듬으려다가 큼큼, 헛기침하며 다시 손을 내렸다.

"선물은 저택 밖에 있는 마차에 있단다. 너무 많아서 한꺼번에 나르기가 힘들 테니 집사에게 말해 손을 빌려주마."

도대체 얼마나 많은 선물을 가져왔기에 세이아나 공작가의 사용인들로는 다 나르기 힘들 정도라는 걸까. 가장 큰 방을 비워 놔야겠다. 그렇게 생각하며 레슬리는 배시시 웃었다.

그런 레슬리에게 다가온 두 번째 사람은 루엔티였다.

"레슬리, 우리 막내!"

덧니가 보일 정도로 환하게 웃는 루엔티 역시 깊은 바다가 떠오르는 짙푸른 색의 정복을 입고 있었다. 머리는 깔끔하게 뒤로 넘겼고 긴 머리는 어깨에 걸쳐져 있었다.

얼굴에는 동그란 외알 안경이 달려 있었는데 백금과 자잘한 루비가 달린 안경 줄이 샹들리에에서 쏟아지는 빛을 반사했다. 레슬리가 얼마 전 선물한 안경 줄이었다. 그걸 자랑하듯 당당하게 걸어오던 루엔티가 우뚝 걸음을 멈췄다.

"콘라드……."

철천지원수를 보는 듯한 목소리였다. 루엔티가 매섭게 콘라드를 노려보았지만, 오랫동안 그와 친분을 유지했던 콘라드는 무서움 따위 모르겠다는 얼굴로 환하게 웃었다.

"오랜만에 뵙습니다, 루엔티 님."

그런데 미소와 상냥한 인사가 불을 붙인 모양이었다. 어느새 루엔티의 덧니는 사라졌었다. 두 사람 사이에서 보이지 않는 불꽃이 튀었다.

레슬리는 튀겨지는 불꽃보다 조금 밑에서, 당황한 듯 두 사람을 바라보았다.

한두 번의 일은 아니었다. 루엔티는 콘라드를 다름 아닌 자신의 손으로 공작저에 데려왔다는 걸 분통 터져 했으니까. 거기다 최근엔.

'키가 비슷해졌군요.'

키마저 따라잡혔다. 루엔티도 성인이 된 후로도 부쩍 컸지만, 콘라드도 무섭게 큰 쾌거였다. 레슬리는 안타깝게도 자라지 않았다.

자신을 무섭게 노려보는 루엔티를 보다가 콘라드가 눈가를 접으며 살포시 웃었다.

"예쁘게 봐주십시오, 마법사님. 슈야랑 결혼해 내일 세이아나가 되는 저니까요."

일부러 한 말이었다. 루엔티가 열 받으라고 작정하고 한 말이었다. 루엔티가 이를 가는 게 들렸고 다시 콘라드가 웃음을 터트렸다.

어릴 적에는 적당히 받아 주고 넘어갔었는데 어느새 콘라드가 루엔티를 놀리고 있었다. 루엔티 역시 쉽게 당해 주진 않았지만, 레슬리와 관련된 일이라면 콘라드의 승리였다.

"레슬리, 우리 딸."

콘라드를 향해 이를 갈며 협박을 하려던 루엔티도 멈추었고, 레슬리와 이야기를 하던 베스라온도 입을 다물었다. 때마침 악단의 연주가 끝나며 정적이 내려앉았다.

또각, 힐이 바닥에 부딪히는 소리를 내며 장신의 여자가 걸어왔다. 그러자 사람들이 앞다투어 길을 내어 주었다. 선망의 눈길이 발끝에 따라붙었다.

"어머니!"

우아하게 그리고 어른스럽게를 외치던 레슬리의 다짐이 깨지는 순간이었다. 레슬리의 눈이 더없이 빛났다.

한 손에 술잔을 든 여자는 셀바토르 전 공작인 아셀라였다. 그녀는 다른 사람들보다는 편해 보이는 긴 드레스 차림이었으나, 자세에서부터 우아함이 넘쳐흘러 부족함 따위는 보이지 않았다. 그리고 그녀의 뒤에는 남편인 사이레인이 서 있었다.

"어머니, 아버지!"

레슬리가 빠르게 걸어 아셀라의 손을 잡았다. 늪지대가 떠오르는 진한 녹색 눈동자에 반가움이 떠올랐다.

"오랜만이구나, 우리 딸."

"레슬리, 아버지도 왔단다. 아버지도."

아셀라의 뒤에 서 있던 사이레인이 앞으로 나섰다. 두 사람의 복장은 부부라는 걸 뽐내기 위해서인지 비슷했다. 편안하지만 격식은 부족함이 없었고, 가문의 인장이나 위치를 나타내는 문양 따위 박혀 있지 않았다. 그러나 존재 자체만으로도 고귀한 푸른 피라는 걸 알 수 있었다.

'나도 저렇게 되어야 하는데.'

"우리 딸이 오랜만에 아버지를 만났는데 왜 표정이 안 좋을까."

"너무 오랜만에 보는 것 같아서……."

사실 그렇게 오랜만은 아니었다. 아셀라가 공작의 자리를 베스라온에게 넘겨주고, 레슬리가 독립한 지는 반 달 정도밖에 되지 않았으니까. 하지만 그게 얼마나 길었던가.

레슬리가 작게 코를 훌쩍이자 순간 사이레인의 얼굴이 하얗게 질렸다. 황제를 죽이고 신을 죽이는 대역죄를 저질렀다고 해도 저런 얼굴을 볼 수는 없으리란 확신이 들 정도였다.

굳어 버린 사이레인을 뒤로하고 아셀라가 앞으로 나섰다.

"레슬리, 너는 잘해 왔잖니."

혹시라도 화장이 망가질까 쓰다듬는 손길은 더 없이 조심스러웠고 애정이 느껴졌다. 아셀라는 주름진 얼굴로 웃었다.

"내가 아예 떠나는 것도 아닌데."

"그래도 너무 쓸쓸해요."

독립을 잘 했다고 생각했는데, 아니었다. 부모님의 얼굴을 보자마자 레슬리는 품 안에 안겨 엉엉 울고 싶었다. 조금이라도 어렸다면 분명 그랬을 것이다. 하지만 조금 눈가가 붉어진 것과 목소리가 조금 가라앉은 것 외에는 큰 변화는 없었다.

그 모습을 본 아셀라가 입꼬리를 올렸다.

"울 줄 알았는데 울지는 않는구나."

"저는 더는 셀바토르 공녀가 아니라 세이아나 공작이니까요."

레슬리는 옅게 웃으면서 대답했다. 세이아나 공작이 되면서 레슬리가 책임져야 하는 사람들은 한둘이 아니었고 부모님의 기대에 답하고 싶었으니까.

열두 살 적, 콘라드는 레슬리에게 어리니 더 크게 울어도 된다고 한 적이 있었다. 이제 레슬리는 그 말을 완전히 이해할 수 있는 나이와 위치가 되었다.

"다 컸어."

아셀라는 레슬리의 이마에 짧게 키스했다. 마치 축복을 내리는 듯한 모습이었다.

"운다면 세이아나 공작의 자문가로 잠시 머무를까 했더니, 안 그래도 되겠네. 그렇지, 사이?"

살짝 장난이 섞인 목소리였다. 하지만 레슬리가 눈을 동그랗게 뜨게 만들기엔 충분했다. 시선이 불안하게 움직이다가 슬그머니 손을 들어 아셀라의 소맷자락을 붙잡았다.

"그, 그건 긍정적으로 생각해 주세요, 어머니. 어머니가 저택에 계시면 저도 좋고 아직 모든 일에 전부 적응한 건 아니라서……."

용기를 내어 그렇게 말하는 뺨은 붉어져 있었다. 그 모습을 보며 아셀라와 사이레인은 웃음을 터트렸다.

그때 입구 쪽이 소란스러워졌다.

"사이레인, 아셀라!"

환하게 두 사람의 이름을 외치며 들어온 사람은 피스토레였다. 그 옆에는 아르트엘과 콘스텐이 서 있었다. 환하게 웃으며 세 사람에게 걸어오는 피스토레는 예전보다 조금 더 주름진 얼굴이었다.

"얼굴이 좋아졌군. 역시 공작령으로 내려가 쉬는 게 좋은 모양이지? 잠도 제대로 자고 말이야."

그렇게 말하며 피스토레는 흰머리가 섞인 검은 머리를 쓸어 올렸다. 오랜만에 친구를 만난 두 사람의 얼굴에는 미소가 완연했다.

"나도 어서 내려가 편안히 쉬고 싶은데 말이지."

"황위는 쉽게 물려주기가 힘들어서 안타깝군, 피스토레."

원래 황위는 황제의 죽음과 함께 이뤄졌다. 현 황제가 숨을 거둬야 황태자가 황위에 올랐지만, 피스토레는 그럴 생각이 없었다.

그가 원하는 건 편안한 노후였다. 오랜 친구가 예전에 자신에게 말한 대로 무덤에서나 쉴 생각은 전혀 없었다.

"하지만 이제 곧이야."

피스토레는 웃었다. 아르트엘이 고개를 끄덕였고, 옆에 서 있는 콘스텐은 조금 긴장된다는 듯 제 소맷자락을 만지작거리고 있었다.

어느새 레슬리나 콘라드 못지않게 훌쩍 큰 콘스텐은 아셀라의 시선에 마치 포식자 앞에 선 개구리처럼 침을 꼴깍 삼켰다. 이제 황실의 일에 많이 적응된 그도 아셀라는 무서웠다.

그런 콘스텐을 보며 아셀라는 느긋이 입꼬리를 올렸다.

"기대되는군."

"괜찮다면 수도에 몇 달 더 머무르게. 못해도 내년에는 큰일이 하나 생길 테니까."

내년 봄쯤에 콘스텐을 황위에 올리겠다는 소리에 아셀라는 잠시 눈을 깜빡이다가 이내 고개를 저었다.

"몇 달이나 남았으니 잠시 자고 와도 충분하겠지."

"잠을 몇 달이나 자게? 그러지 말고 황궁에 좀 머물러 줘. 나 심심하단 말이지."

아르트엘이 조금 뾰로통한 목소리로 말했지만 아셀라는 고개를 저었다.

꼭 필요한 일이 아니라면 굳이 수도에 올라와 머리 아픈 일을 다시하고 싶진 않았다. 남편이랑 같이 사는, 복잡한 것 없는 지금의 생활이 마음에 들었으니까.

"그럼 오늘만큼은 나랑 떠들어 주는 거야."

아르트엘이 어쩔 수 없다는 듯 아셀라의 옆에 서서 팔짱을 끼자, 그녀가 고개를 끄덕였다. 그렇게 네 명의 오랜 친구들이 이야기를 나누는 사이 레슬리는 조금 떨어진 곳에서 와인 잔을 기울이고 있었다.

'성공이야.'

사람들의 말에 대답하며 레슬리는 우아하게 붉은 와인을 입에 머금었다.

쓰다. 미간에 주름이 팍 잡히려는 걸 간신히 피고 대신 미소 지었다. 이 정도는 언제나 마신다는 듯, 여유로운 웃음이었다.

"세이아나 공작님은 언제 봐도 우아하시군요."

그 한마디! 얼마나 듣고 싶었던 말이었던가. 레슬리의 얼굴에 꽃이 폈다. 하지만 애써 표정을 갈무리한 레슬리는 눈웃음으로 화답했다. 콘라드가 옆에서 작게 웃음을 터트렸다.

사람들과 대화를 나누는 동안 곡이 여러 번 바뀌었다. 천천히 흐르는 곡이기도 했고 경쾌한 춤곡이기도 했다. 레슬리는 그간 콘라드와 두 번, 베스라온과 루엔티 그리고 사이레인과 한 번 춤을 췄다. 거기에 아르트엘과도 한 번 춤을 추고 나니 조금 기력이 빠졌다. 무엇보다.

'……아프네.'

레슬리는 눈을 찡그렸다.

앉아서 이야기를 나누면 괜찮을 텐데, 주최자로 계속 이리저리 불려 다니고 사람들의 춤을 전부 거절할 수 없어 계속 춤을 췄더니 슬슬 뒤꿈치가 아려 오기 시작했다.

방을 나서기 전, 마델이 천을 덧대 줬는데도 이 정도라니. 레슬리의 미간에 주름이 잡혔다. 잠시라도 앉아 볼까.

"슈야?"

레슬리의 옆에서 그녀를 에스코트하고 있던 콘라드가 그런 레슬리의 변화를 알아챘다.

"어디 불편하신가요?"

"음, 아니에요."

레슬리는 괜찮다는 듯 웃으며 고개를 저었다. 하지만 미간에 잡힌 희미한 주름은 사라지지 않았다. 그걸 보는 콘라드의 눈이 가늘어졌다.

"피곤하다면 잠시 쉬다 오는 건 어떨까요?"

"주최자가 자리를 비울 수는 없잖아요. 나는 괜찮아요."

그렇게 말하며 레슬리는 콘라드와 팔짱을 낀 팔에 조금 힘을 주더니 툭, 하고 어깨에 머리를 기댔다. 그러고는 시선만 올려 눈을 마주치더니 웃어 보였다. 그런 레슬리의 모습에 콘라드가 어쩔 수 없다는 듯 웃었다.

"제가 혼자 있어도 되는데……."

"불안해서 안 돼요. 다들 라드만 보면 눈을 반짝이잖아요. 아, 저기 베이본 백작님이 계시네요."

어서 같이 가 봐요, 이번에 거래를 새로 시작한 분이잖아요. 그렇게 말하며 레슬리는 콘라드의 팔을 이끌었다.

순순히 레슬리에게 끌려다니면서 콘라드가 입꼬리를 올렸다. 콘라드는 지금 자신의 약혼녀가 어떤 생각을 하고 있는지 알았으니까. 덤으로 왜 미간에 주름이 잡혔는지도 금방 알아챌 수 있었다.

"슈야, 목이 마르지 않나요?"

이번에 새로 거래를 시작한 베이본 백작 부부와 한창 상단에 관한 이야기를 나누는데 콘라드가 조금 허리를 숙여 레슬리의 귓가에 속삭거렸다. 레슬리가 고개를 끄덕이자 말끝에 웃음이 묻어 나왔다.

"샴페인을 가져올 테니, 잠시만 기다려요."

그렇게 잠시 콘라드가 자리를 비웠고 이야기를 나누는 레슬리의 주변으로 수많은 사람들이 다가왔다. 다들 레슬리의 눈에 들기 위해 안달이 나 있었다.

당연한 일이었다. 레슬리는 공작이었고, 셀바토르 전 공작과 현 공작의 사랑을 받고 있었으며, 황제조차 아끼는 사람이었으니까.

"공작님, 결혼을 축하드립니다. 비록 내일이긴 하지만 미리 선물을 준비해 두었습니다."

"저희 영토에서 나는 특산물을 가져왔습니다. 부디 입맛에 맞으셨으면……."

수많은 사람들에게서 여러 가지 이야기가 쏟아져 나왔다. 콘라드가 옆에서 손을 잡아 주었으면 좋았으련만, 그렇게 생각하며 레슬리는 웃었다.

"감사합니다. 선물은 부디 집사에게 건네주세요."

"주엘로 영토의 특산품이라면 귀한 물고기로군요. 꼭 한번 먹어 보고 싶던 것인데 감사드립니다."

한 명, 한 명 차근히 대답을 해 주며 레슬리는 슬그머니 시선으로 콘라드를 찾았다. 샴페인을 가지러 간 것치고는 시간이 좀 걸리고 있었다. 그러다 이내 시선마저 몰려든 사람들에게 막혀 버렸다.

숨을 작게 삼킨 레슬리가 다시 대화에 임하려는데.

"실례합니다만."

누군가가 대화에 끼어들었다. 익숙한 목소리의 주인공은 콘스텐이었다. 그는 눈을 접으며 사람들을 보며 웃었다.

"저도 대화에 끼어도 괜찮을까요?"

콘스텐의 말에 귀족들의 고개가 위아래로 격하게 흔들렸다.

피스토레가 가진 온화한 성격에 아르트엘의 강단 있는 결정력을 물려받은 콘스텐은 귀족들에게 인기를 끌고 있었다. 거기다 미혼.

사람들의 눈이 천장에 달린 샹들리에보다 더욱 빛이 났다.

"그럼요, 언제든지 환영입니다!"

사람들의 시선이 순식간에 콘스텐에게 쏠렸다. 갑작스러운 등장에 틈이 생겼다.

그사이 사람들 틈 사이에서 튀어나온 팔이 레슬리를 살짝 잡았다. 놀라 고개를 돌리자 콘라드가 웃으면서 손가락을 입술에 가져다 댔다. 황금색 눈동자가 웃음을 머금고 휘었다.

레슬리는 순순히 콘라드의 손에 이끌려 사람들 사이를 빠져나갔다. 화려한 복장을 한 사람들과 눈이 부실 정도로 밝은 샹들리에, 수도에서 제일 인기가 좋은 악단의 연주 소리가 두 사람을 스쳐 지나갔다.

"샴페인을 가지고 온다더니요?"

"음료보다는 다른 게 더 급하신 것 같아서요."

그렇게 말하던 콘라드는 무도회장을 나서 복도에 들어서자마자 웃으면서 레슬리를 번쩍 안아 들었다. 레슬리의 눈이 커짐과 동시에 문을 잡고 있던 두 하인의 눈도 커다래졌다.

"닫아라."

그러든 말든 하인들에게 문을 닫을 것을 명령한 콘라드가 재빠르게 발걸음을 옮겼다. 불시에 몸이 안긴 레슬리는 콘라드의 목에 팔을 둘렀다.

"어, 어디를 가는 거예요? 자리를 오래 비우면 안 되는데."

시선은 아직 무도회장 쪽을 향해 있었다. 저기에는 부모님과 두 오라버니와 친구들과 황제와 황후, 황태자까지 있는데 주최자인 자신이 자리를 비우다니.

"잠시 자리를 비우는 건 티가 나지 않습니다. 거기다 콘스텐을 가져다 놨으니 알아서 잘 처신하겠지요."

미래의 황제이자 현 황태자를 아무렇게나 이용하는 콘라드의 말에 웃음이 터졌다. 그런 레슬리를 내려다보던 콘라드가 뺨에 입을 맞추자 웃음소리가 조금 더 오래 흘러나왔다.

그렇게 콘라드가 향한 곳은 정원이었다. 어느새 어둑해진 정원이었지만 여기저기에서 마법구가 빛을 발하고 있는 데다가 달빛이 환해 그렇게 무섭지는 않았다.

사람들이 있을 법한 산책로가 아닌 정원 한구석으로 간 콘라드는 자신의 망토를 평평한 바위 위에 깔더니 그 위에 조심스럽게 레슬리를 앉혔다.

"라드?"

그리고 그 앞에 무릎을 꿇더니 조심스러운 손길로 신발을 벗겼다. 레슬리의 눈이 동그래졌다가 순식간에 붉게 물들었고 콘라드의 미간에는 주름이 잡혔다.

위험할 정도로 높고 아름다운 힐 밑에서 나타난 건 상처 입은 하얀 발이었으니까. 마델이 덧대어 준 천에는 이미 피가 묻어 있었다.

"이 발로 여태까지 걸어 다니신 겁니까?"

"그게…… 음, 괜찮을 거라고 생각했어요."

콘라드의 말에 레슬리는 아랫입술을 살짝 깨물었다. 자신이 생각한 것보다 발의 상태는 더 심했다.

잠시 그런 레슬리를 올려다보다 콘라드는 자신의 무릎 위에 조심스레 레슬리의 발을 올렸고 이내 황금빛 성력이 발을 감싸 안았다.

따스하고 안심이 되는 힘. 레슬리는 눈을 깜빡였다. 강력한 성력에 레슬리의 눈동자도 잠시나마 황금색으로 물들었다.

"됐습니다."

콘라드가 손을 떼자 거기에는 언제 상처를 입었냐는 듯 매끄러운 발이 나타났다. 언제 봐도 신기한 힘에 레슬리는 발을 내려다보았다.

"고마워요, 라드."

"고맙긴요."

그렇게 대답한 콘라드가 레슬리의 신발을 풀숲으로 던져 버렸다. 신발을 다시 신어야 할 테니 마델이 덧대 준 천을 집어 들던 레슬리가 입을 벌렸다. 자신도 저걸 다시 신을까 고민을 하긴 했지만 던져 버리다니.

레슬리가 당황해 뭐라고 하기도 전에 발에 다시 콘라드의 손이 닿았다.

"……?"

고개를 살짝 숙이자 발목을 잡은 콘라드가 조심스럽게 레슬리의 발에 신발을 신기고 있었다. 아까 던져 버린 신발이 아닌 다른 신발이었다. 힐은 높지 않았지만 폭신하고 편안한 신발. 언제 가져온 걸까.

"하인을 시켜 가져오게 했습니다. 마델이 골랐다고 하더군요."

신발을 신긴 콘라드가 긴 손가락으로 발목에 리본을 고정해 주며 말을 이었다.

"무리했어요, 슈야. 그 어떤 자리라 할지라도 몸을 망치면 안 됩니다. 슈야가 다치는 걸 셀바토르 전 공작님이나 다른 분들이 좋아할 리가 없잖아요."

레슬리는 콘라드의 말을 들으며 고개를 끄덕였다. 그래도 아쉬움에 발을 쭉 뻗고 신발을 바라보자 콘라드가 눈을 가늘게 떴다. 레슬리는 황급히 드레스 자락을 정리해 발을 가리고 콘라드를 바라보았다.

"그런데 언제부터 안 거예요? 아까 물어볼 때 알았어요?"

일부러 말을 돌리는 레슬리를 보며 작게 한숨 쉰 콘라드는 시선을 레슬리에게 맞춰 주었다.

"사실 그 전보다 일찍 알긴 했어요. 그런데 신발이 좀 늦어서."

"그랬구나."

대화가 끊기자 두 사람 사이에 침묵이 흘렀다.

그 침묵은 어디선가 들려오는 종소리에 깨졌다. 묵직한 종소리에 두 사람의 시선이 같은 곳으로 향했다.

"하루가 지났네요."

자정을 알리는 종소리였다. 레슬리의 말에 고개를 끄덕인 콘라드가 씩 웃으면서 레슬리를 올려다보았다. 아직도 레슬리는 바위 위에 앉아 있었고, 콘라드는 그 앞에 무릎을 꿇은 상태였다.

"오늘이 우리 결혼식 날이네요."

"그, 그렇네요."

어쩐지 얼굴이 가까워졌고 레슬리는 부끄러움에 눈을 깜빡였다. 하지만 시선은 피하지 않았다. 그러자 콘라드가 화사하게 웃으며 말을 이었다.

"길었네요. 신학 선생에서 친구로, 그리고 약혼자에서 이제 남편이니까요."

콘라드가 몸을 조금 일으켜 허리를 굽히자 아까보다 얼굴이 더 가까워졌다. 레슬리는 시선을 내렸다.

"평범한…… 축이라고 생각하는데요."

"그런가요? 저는 길었어요. 슈야에게서 처음 친구라고 확정받았을 때 얼마나 가슴이 아프던지."

레슬리 슈야 셀바토르, 축복의 이름을 받고 대기도회 때 콘라드를 만났을 때 이야기였다.

"영원히 안 되는 건가 했다니까요. 단것도 열심히 먹었는데. 그러고 보니 슈야는 내가 단 음식을 좋아하지 않는다는 걸 늦게 알았죠."

"그건……!"

라드가 너무 꼭꼭 숨긴 탓이었잖아요. 그렇게 말하고 싶어 고개를 들자 시선이 마주쳤다.

어느새 숨이 얽히고 속눈썹이 깜빡이는 게 보일 정도로 가까운 거리였다. 레슬리를 바라보는 태양 같은 눈 속에 놀라 눈을 크게 뜬 레슬리의 모습이 그대로 비쳤고, 눈동자는 그대로 휘었다.

"슈야."

따스한 음색과 함께 입술에 따뜻한 것이 닿았다. 얼굴이 홧홧하게 달아오르는 게 느껴졌지만, 싫지 않았다.

레슬리가 고개를 들자 입술이 조금 더 깊게 맞물렸다.

"기대되네요."

간질간질한 목소리가 흘러나왔다. 아직 입술이 맞닿은 채라 레슬리는 간지러움에 몸을 작게 떨었다.

"조금 후에 우리가 신 앞에 영원을 맹세하고 계속 같이 있을 수 있다는 게 기대돼요."

어릴 때부터 평범한 삶은 아니었으니 그 뒤로도 평범한 삶은 아닐 것이다. 높은 위치, 막중한 책임감에 다른 사람들의 시선이 전부 모여 있으니까.

하지만 레슬리는 괜찮을 거라고 확신했다. 누구보다 소중한 사람들이 곁에 있어 주지 않는가. 눈앞에 있는 콘라드는 자신이 죽을 때까지 옆에 있어 줄 것이다.

"응, 나도 기대돼요."

레슬리가 웃으며 다시 콘라드의 입에 키스했다. 어느새 길어진 나무의 그림자가 두 사람을 감추었다.

493

결혼식은 화려했다. 사람들이 보낸 꽃과 꽃잎이 청명한 하늘을 수놓았고, 녹음이 가득한 정원에는 긴 붉은 카펫이 깔렸다. 그 양옆으로는 수많은 사람들이 앉아 있었다.

하얀 드레스를 입은 레슬리는 천천히 그 카펫 위를 걸어갔다. 조금 굽이 낮은 신발은 편안했고 태양 밑에서 빛나는 은발 위에는 티아라와 면사포가 씌워져 있었다.

천천히 카펫 위를 걸어가며 레슬리는 익숙한 얼굴들을 바라보았다. 아셀라와 사이레인, 베스라온과 루엔티, 거기에 제나와 레슬리가 어릴 적부터 모셔왔던 셀바토르 공작가의 사용인들도 와 있었다. 간신히 은퇴 후 타샤레아 도시에서 느긋한 생활을 즐기던 자일로까지 와 있었다.

한쪽에서는 피스토레와 아르트엘, 콘스텐, 지금은 뒤로 물러난 렌티우스와 테센트루아 성기사단이 박수를 보내고 있었고, 조금 더 걷자 테펜텔과 친구가 된 바인이 레슬리를 바라보며 환호하고 있었다.

그 옆에는 셀리스와 에펜타니 백작 부부 그리고 틸레이얼 부인이 앉아 있었는데, 셀리스와 틸레이얼 부인의 푸른 눈에서 눈물이 뚝뚝 흐르고 있었다.

콘라드의 어머니인 스웰라 대공비와 동생인 프리트도 앉아 있었다. 어느새 부쩍 큰 프리트는 자신의 형을 보며 눈을 빛내고 있었다.

고개를 조금 돌리자, 하르트와 레소 반트 경과 셀바토르 공작가의 기사들이 전부 서 있었다. 셀바토르 공작저가 텅텅 비었겠구나, 그렇게 생각하며 레슬리는 웃었고 면사포가 살며시 흔들렸다. 긴 카펫의 끝에는.

"레슬리."

콘라드가 서 있었다. 어제와는 다른 새하얀 정복을 입은 콘라드가 내민 손을 레슬리가 붙잡자 얼굴에 웃음이 퍼져 나갔다.

두 사람이 주례 앞에 서자 주례가 시작되었다.

잠시 후, 오래전부터 공들여 준비한 결혼반지가 두 사람에게 건네 졌고 콘라드가 조심스럽게 레슬리의 손가락에 반지를 끼웠다.

레슬리의 차례였다. 레슬리는 조금 떨리는 손으로 콘라드의 손가락에 반지를 끼웠고 나이가 지긋한 주례는 웃으면서 식의 끝을 알렸다.

"이로써 두 사람은 부부가 되었음을 알려 드립니다."

앉아 있는 사람들 사이에서 소리가 터져 나왔다. 반은 환호였고 반은 울음이었으며 불만이 적게나마 섞여 있었다.

"내 사랑, 내 아내."

면사포를 걷은 콘라드가 레슬리를 바라보았다. 내 사랑, 내 아내. 영원토록 변하지 않을 말이었다.

내 사랑, 내 남편. 그렇게 화답하는 레슬리의 뺨을 콘라드의 손이 조심스럽게 쓸었다. 거기에는 레슬리가 낀 것과 똑같은 반지가 끼워져 있었다.

"영원히 함께해요."

"네, 영원히요."

대답과 동시에 서로의 입술이 맞닿았다. 환호 소리와 함께 꽃잎이 사방으로 흩날렸다. 화사하고 평범한 한 봄날이었다.

−The End